吴秋輝 撰

國家圖書館出版社

第六册目録

丙申四月七日

秋輝氏初藁

侘傺軒説經巻二十六

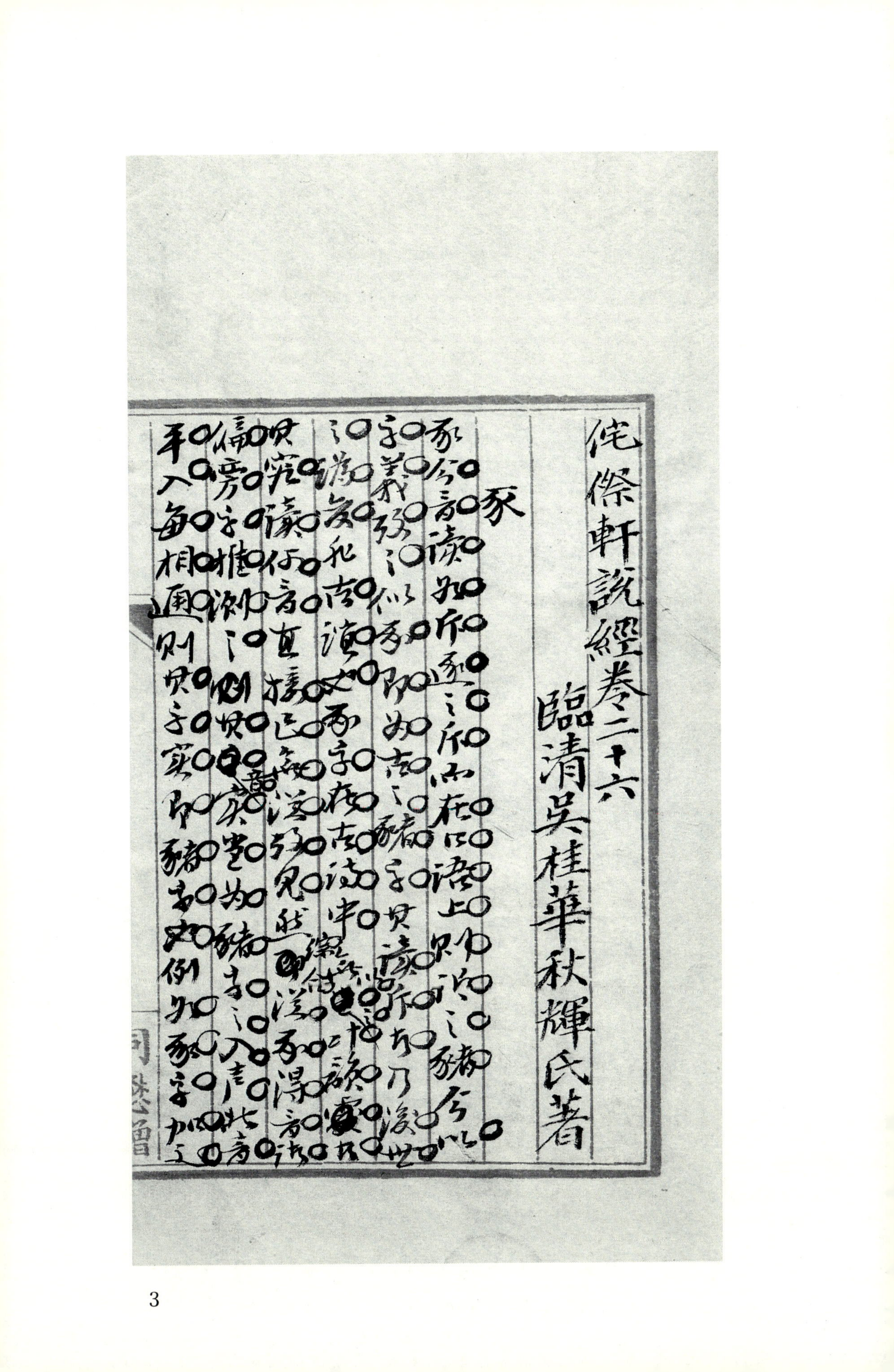

侘傺軒説經卷二十六

臨清吳桂華秋輝氏著

家

[illegible]

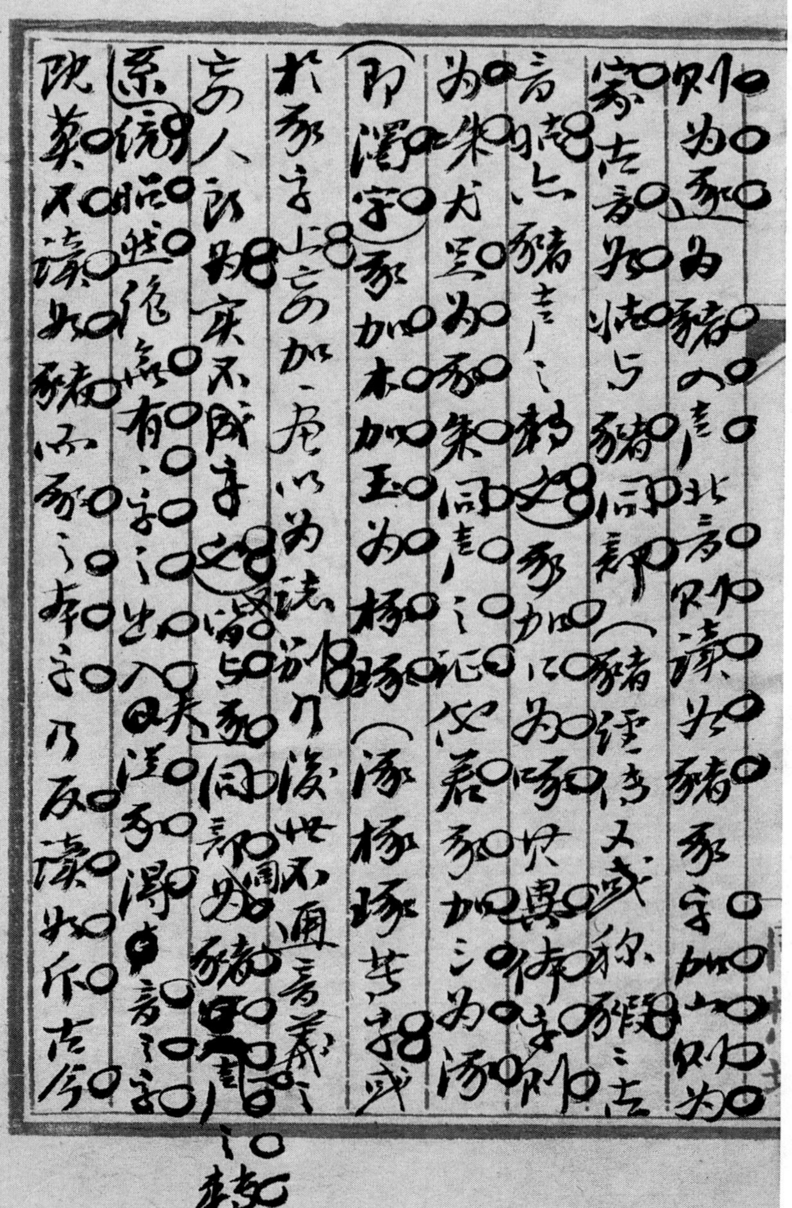

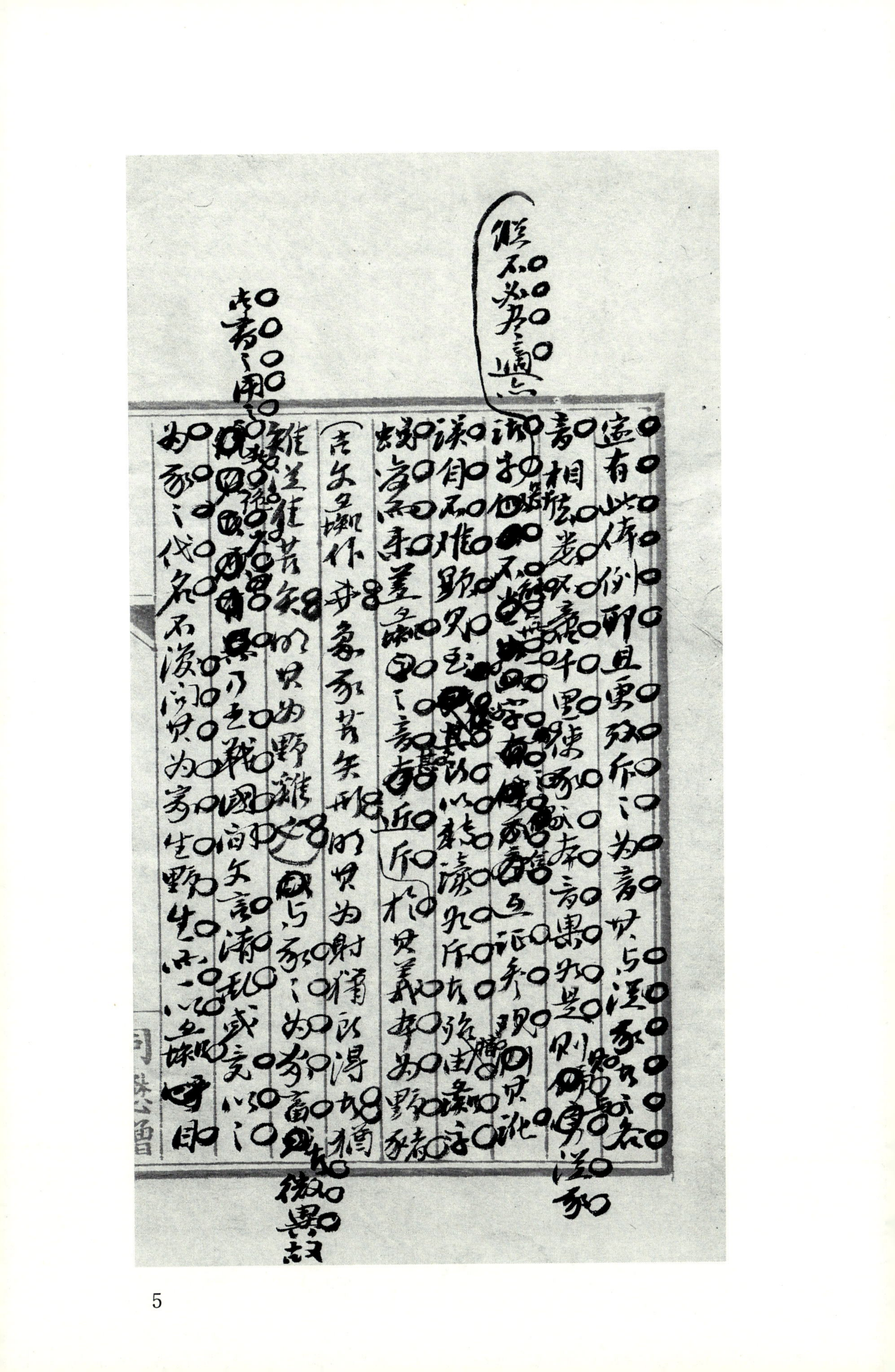

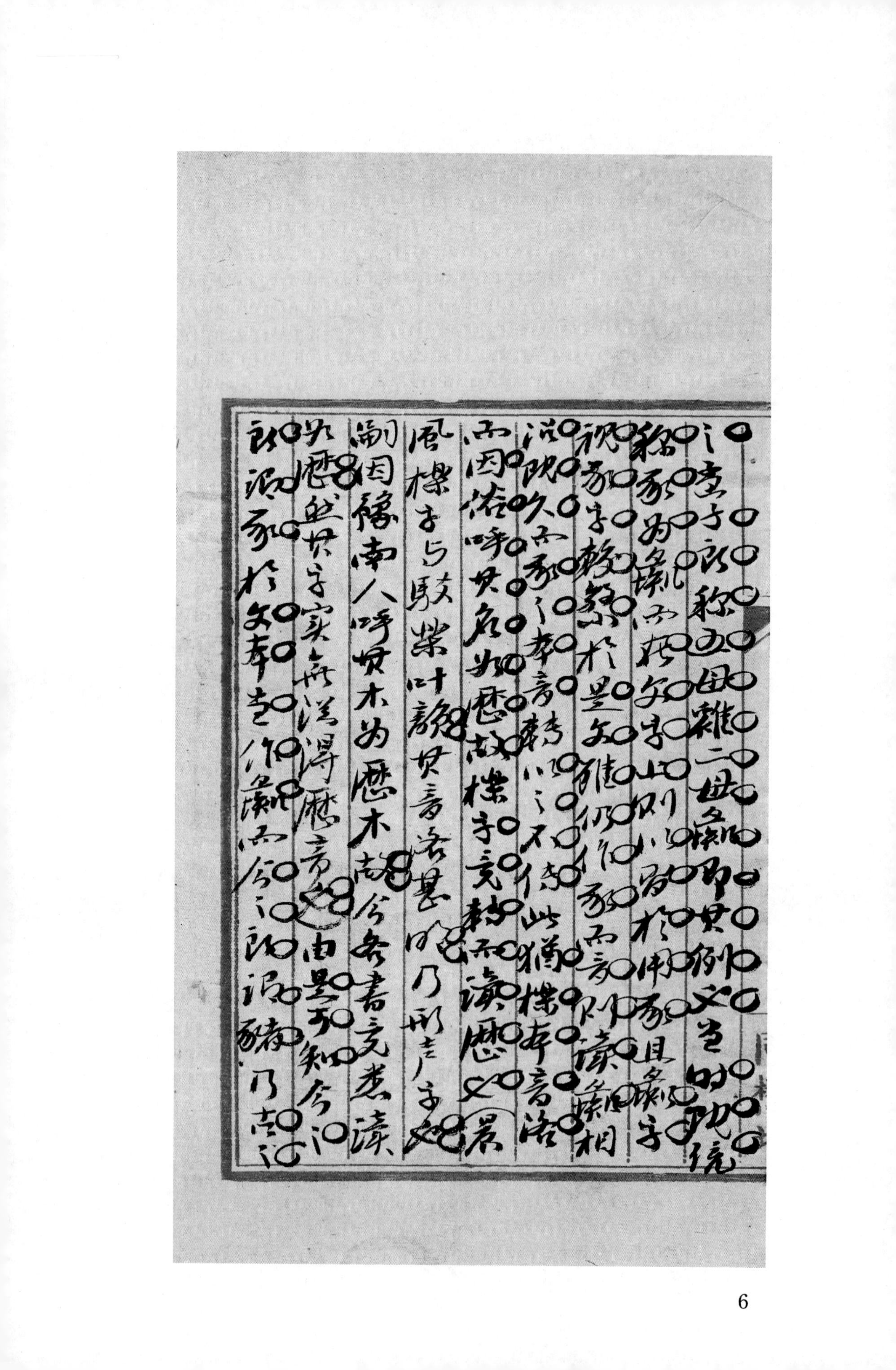

[illegible]

○豕○但其○音○作○入○言○若豬○字○則○因○其○与○豕○有○手○入○

異○乃後○起○之異○知（左傳哭宋義豬○盍歸吾艾豭）

則其字實起於春秋之季○今雅俗○之○通稱○而去○

青○則○又○多○冥○文

假

假樂君子　假以溢我　既昭假爾　假哉皇考　湯孫奏假　騣假無言　以假以享　來假來饗　四海來假　昭假遲遲　烈假不瑕

假字○之○兒○於○訖○成○不○勝○偽○數○[illegible]○假○又○[illegible]○假○[illegible]○

君○子○假○以○溢○我○既○昭○假○爾○假○哉○皇○考○湯○孫○奏○假○

騣○假○無○言○以○假○以○享○來○假○來○假○四○海○來○假○昭○假○遲○

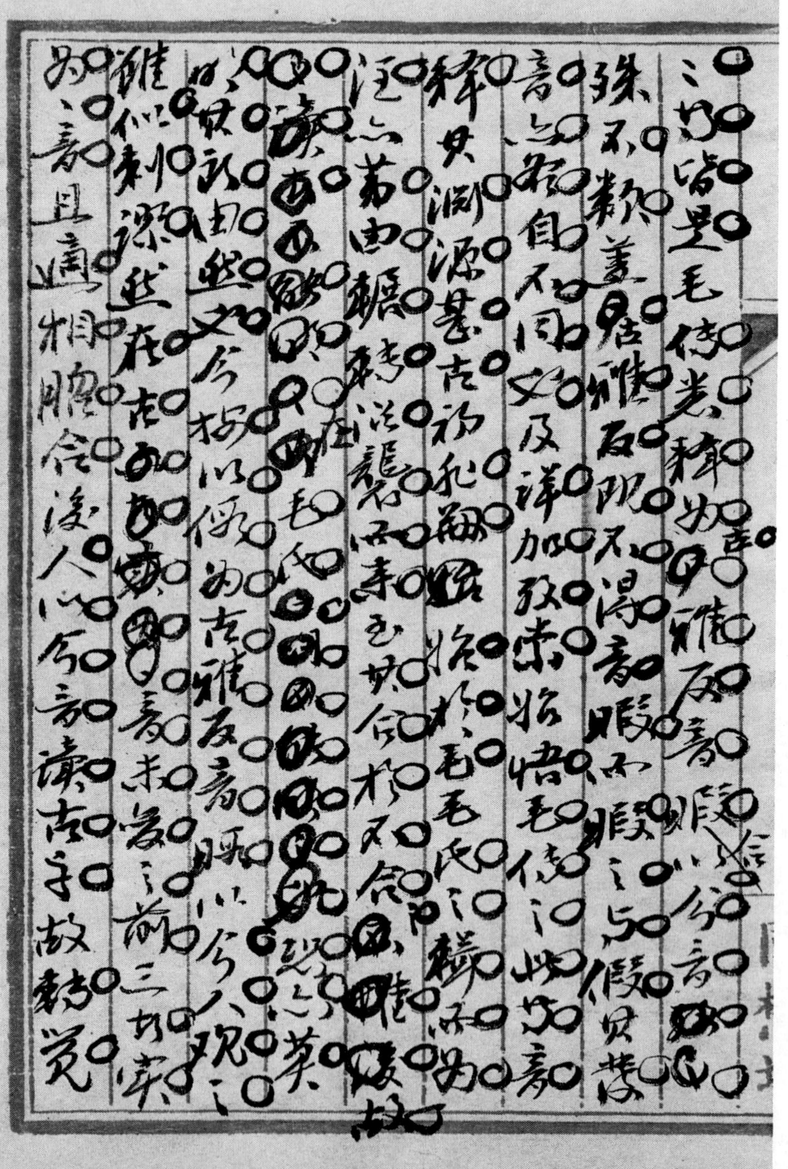

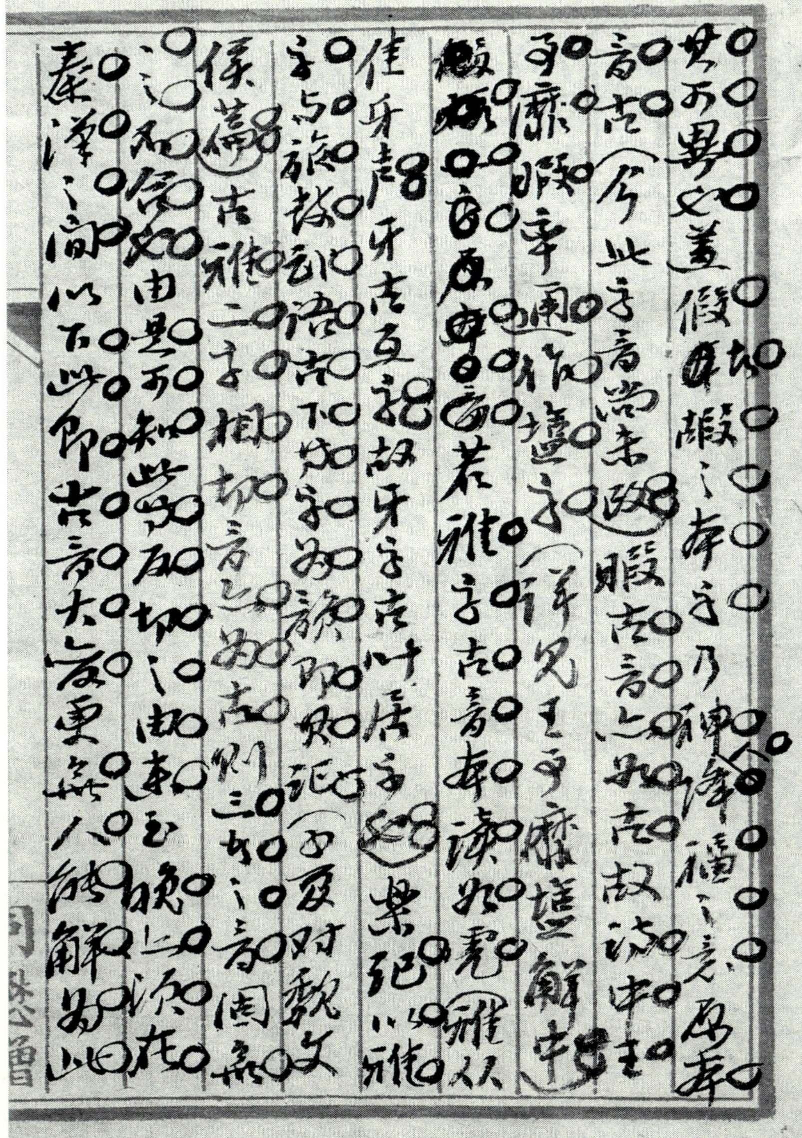

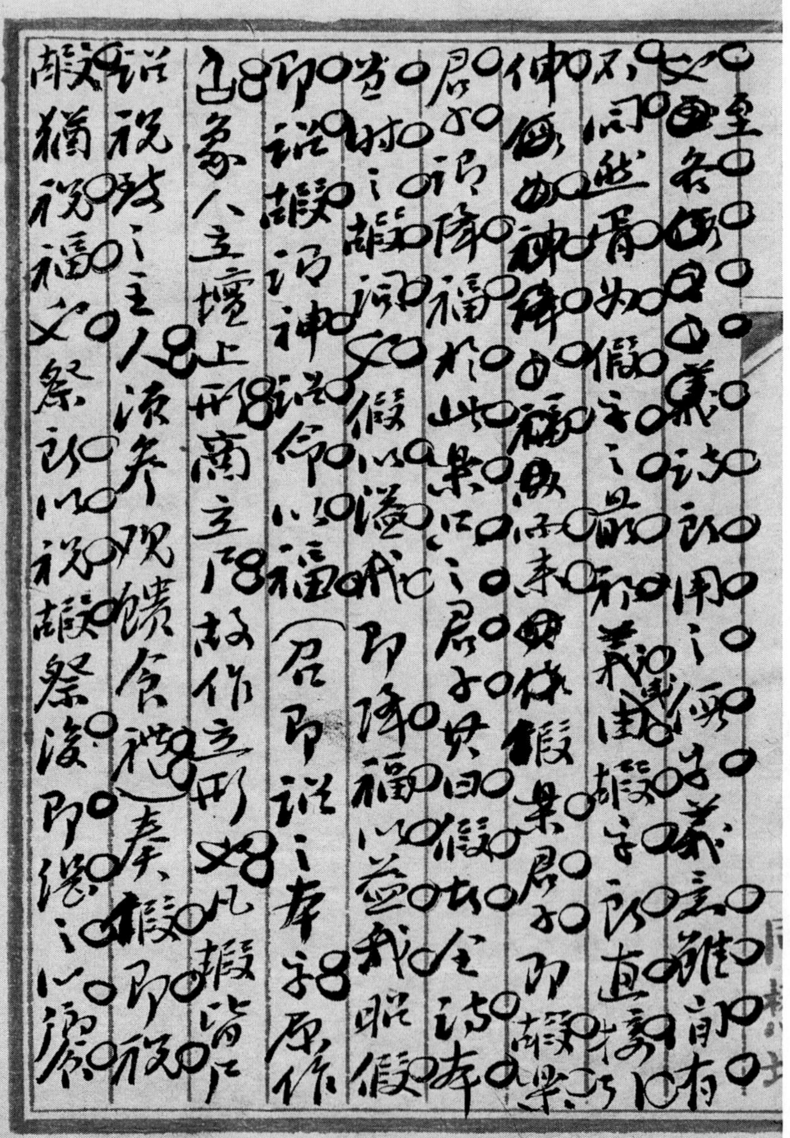

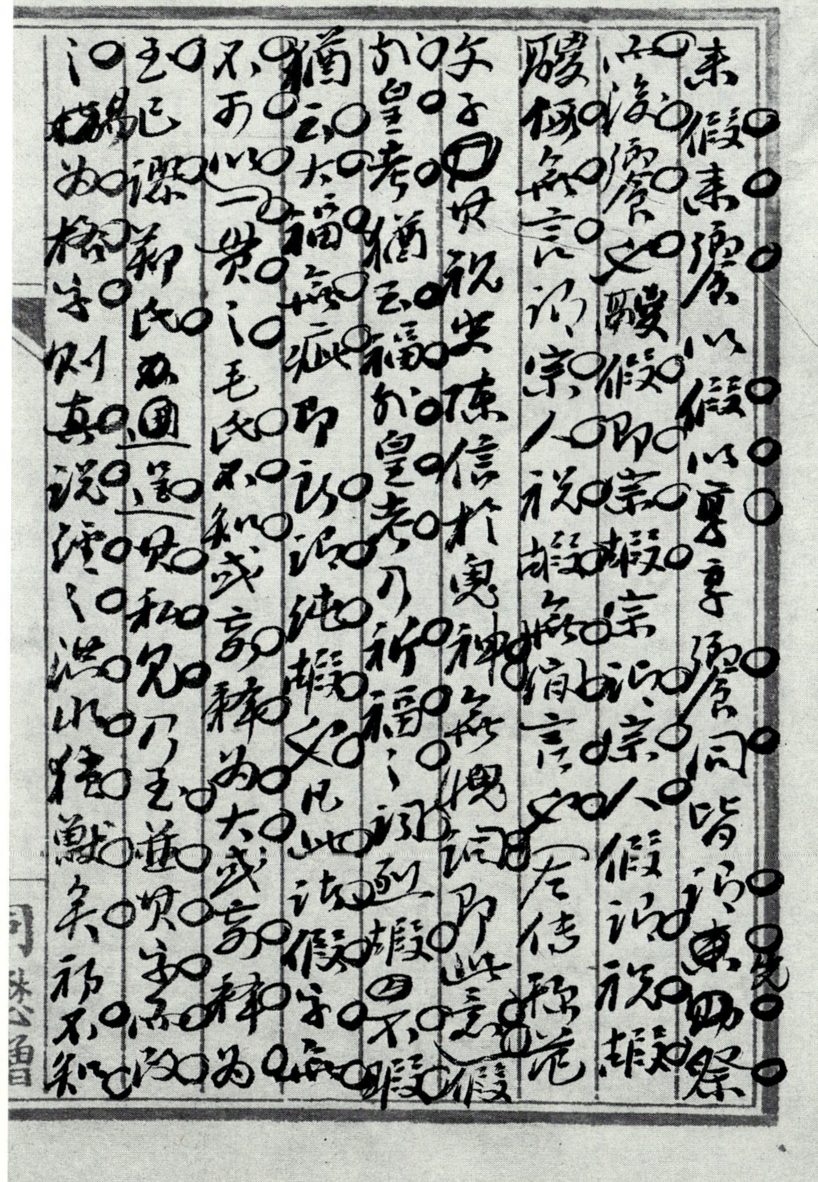

又[illegible]为[illegible]称此义乃今或行然秦以前[illegible]

是[illegible]读古书者不知致南鸟在[illegible]有之[illegible]

鄘风

定之方中作于楚宫揆之以日作于楚室

定之方中 四字 毛传以为云定营室 [illegible] 日出 [illegible] 以知

东西南视定北准极以正南北[illegible]

[illegible]

[illegible]

[illegible]

[illegible]

[illegible]

[illegible]

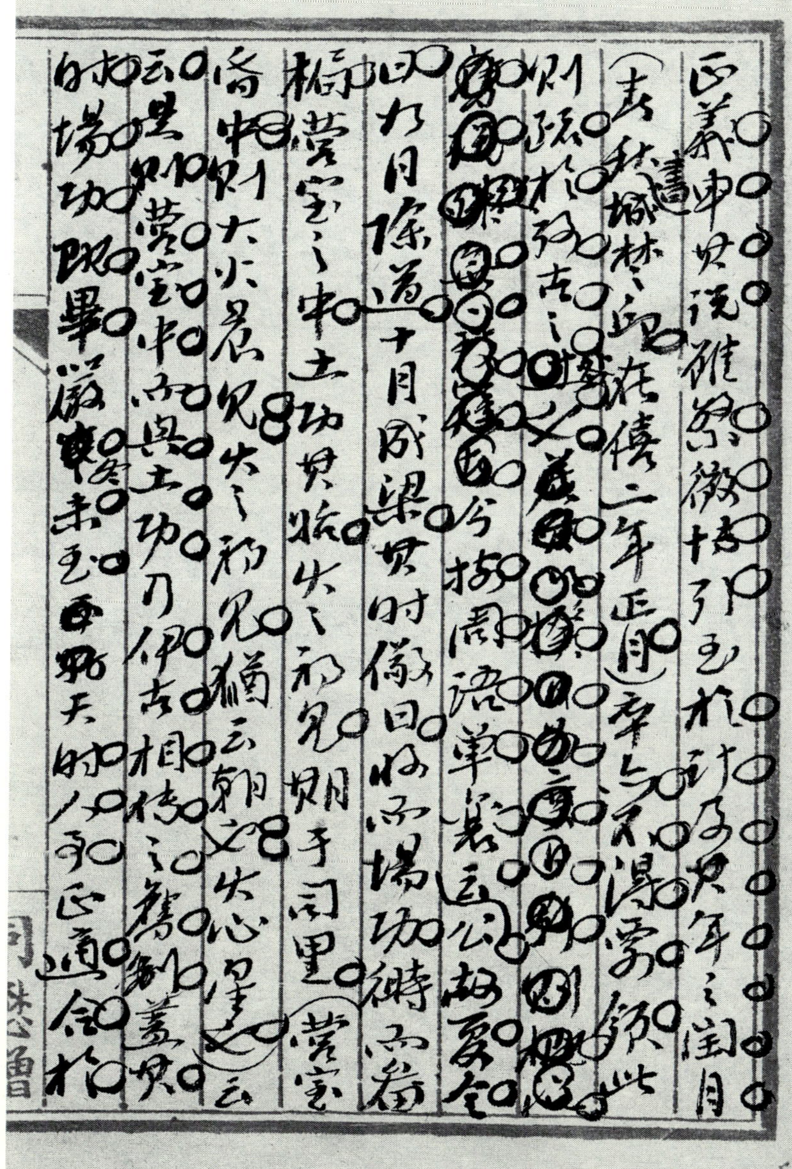

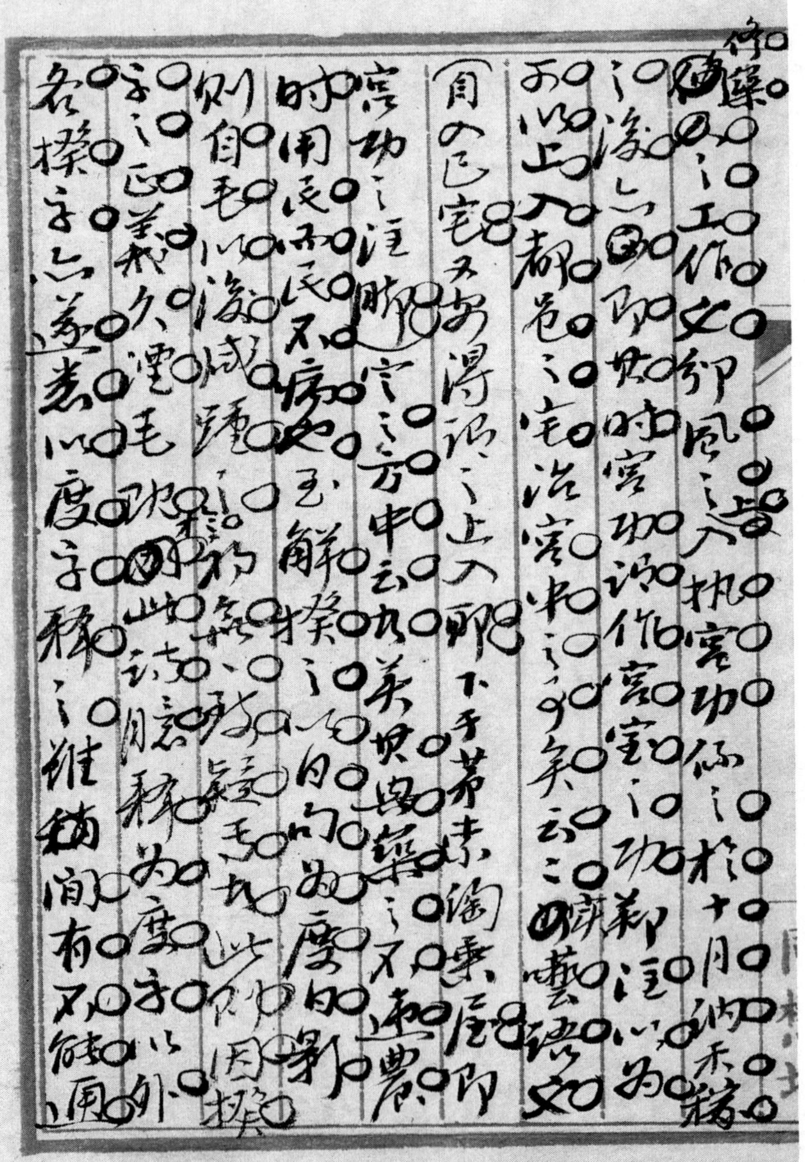

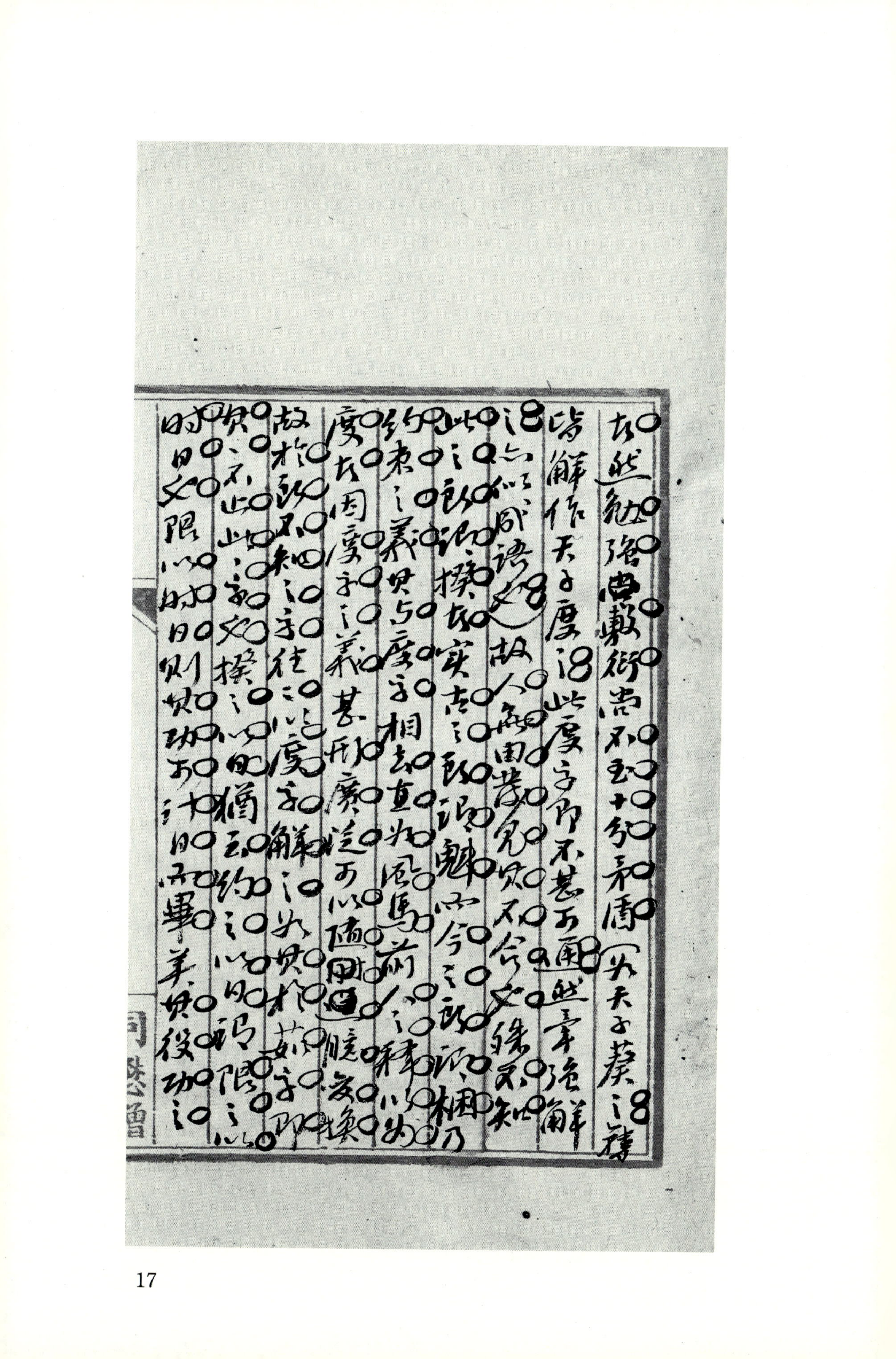

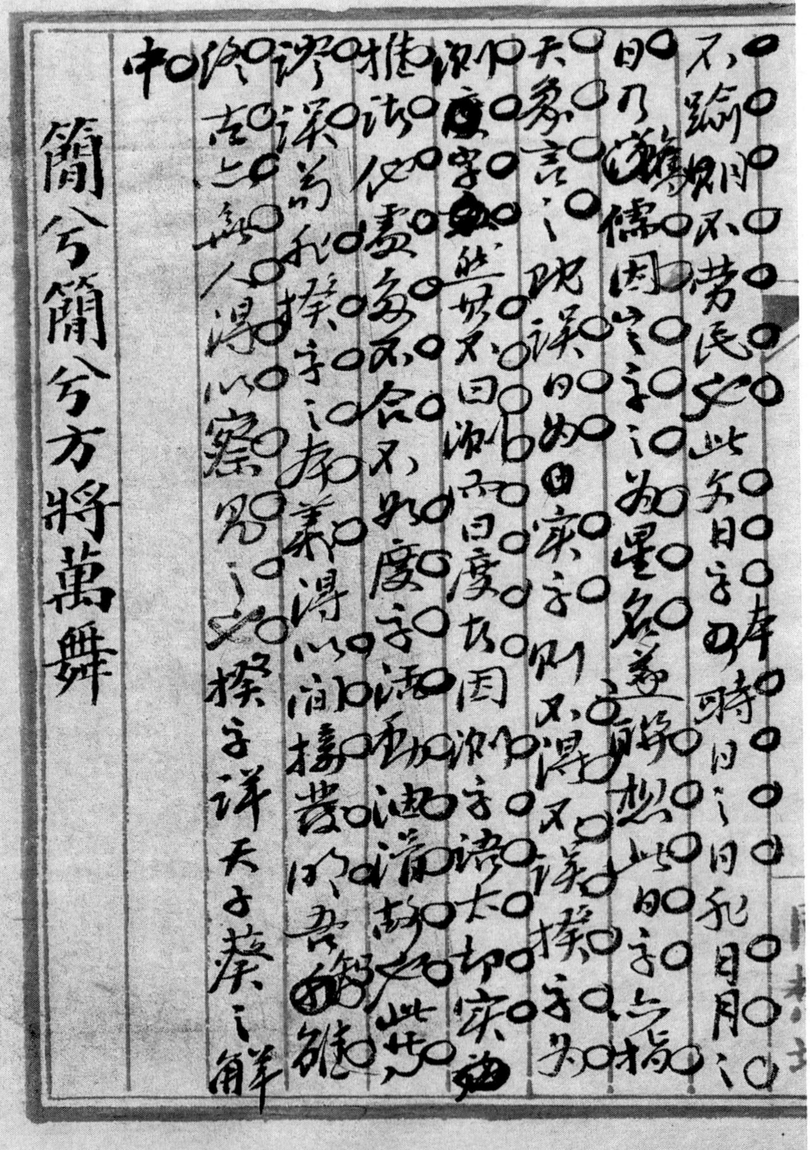

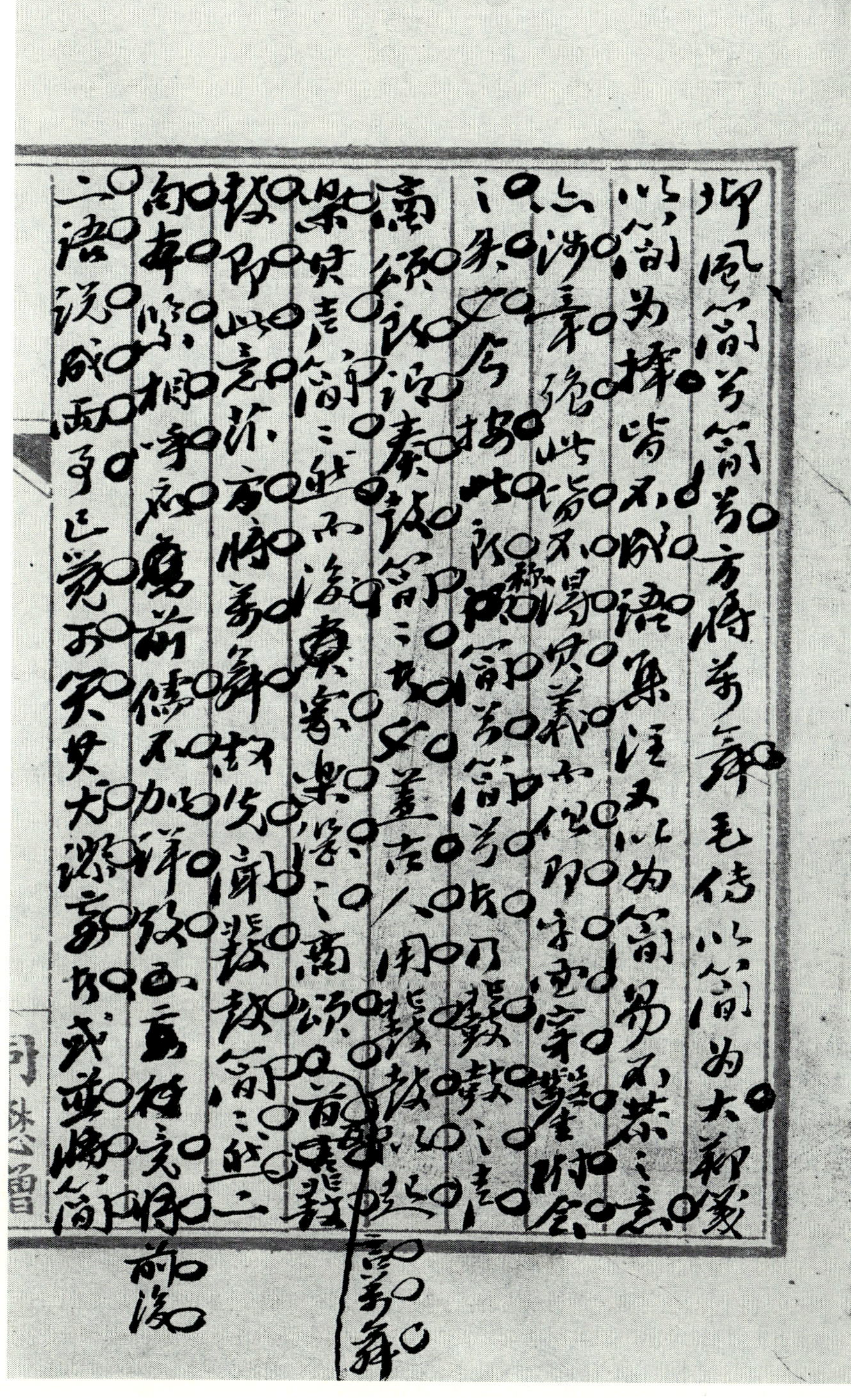

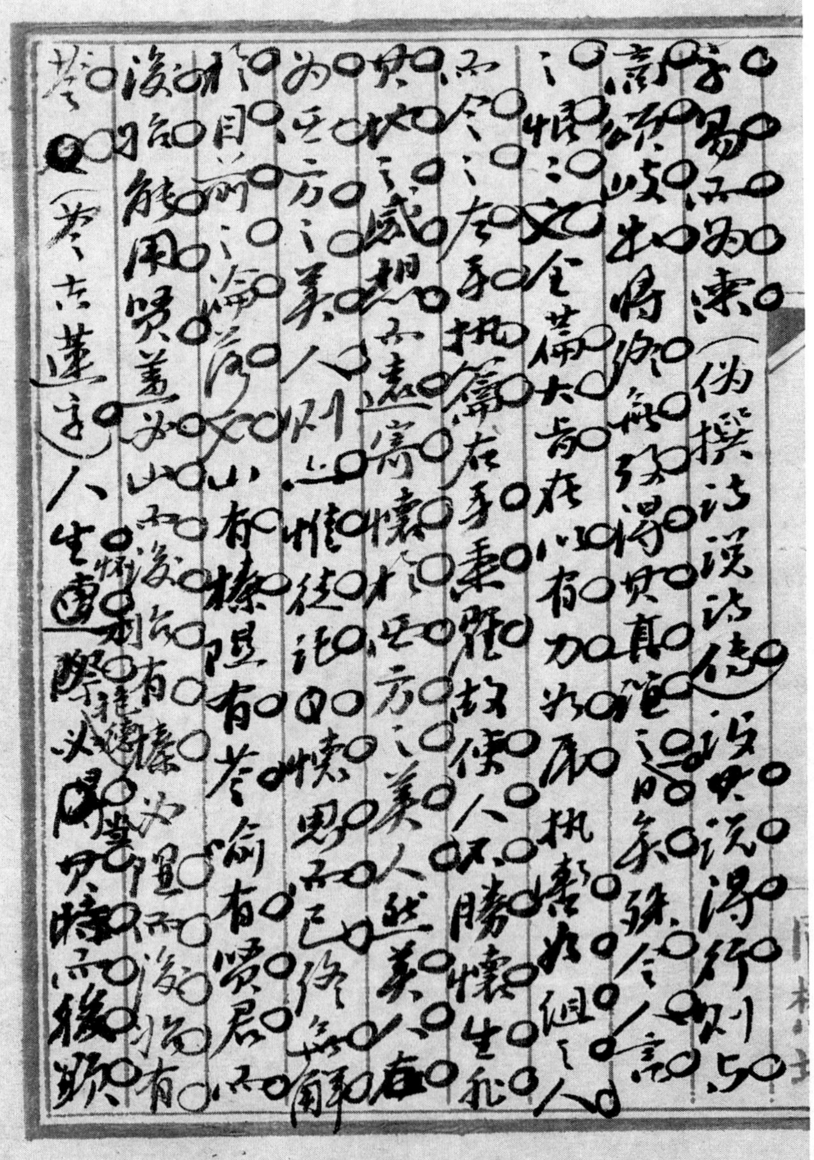

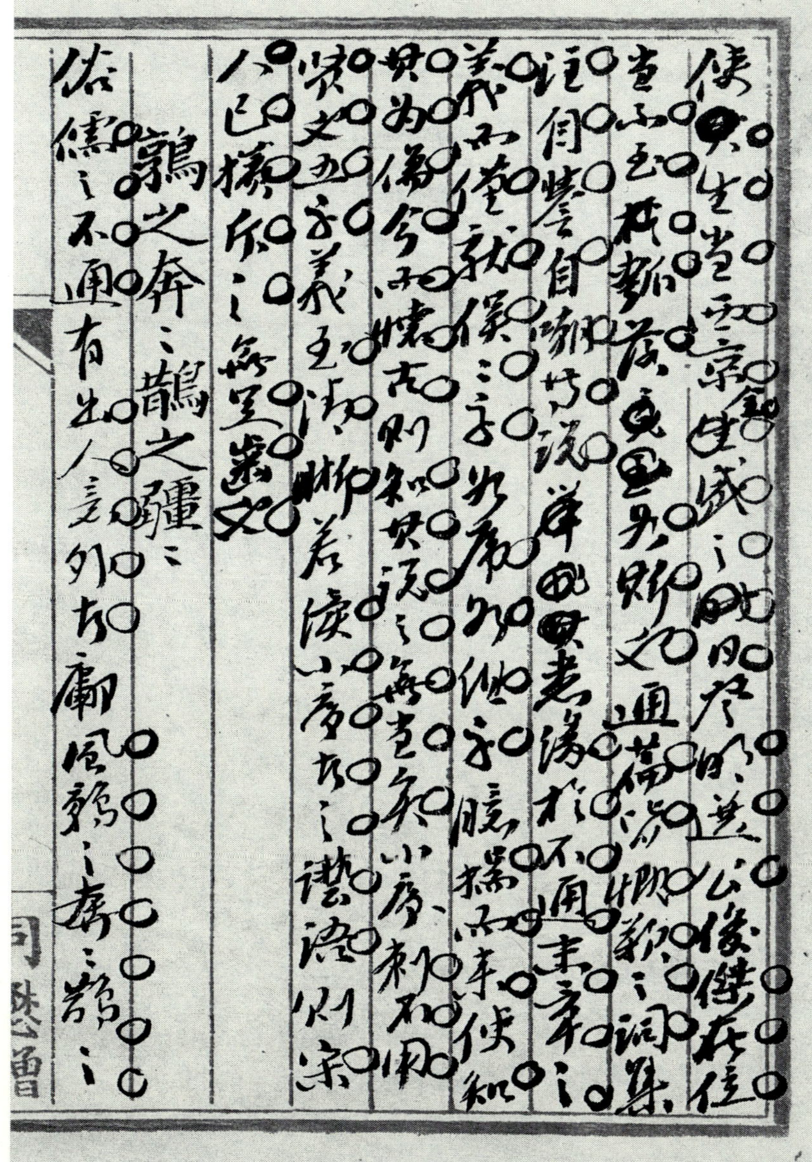

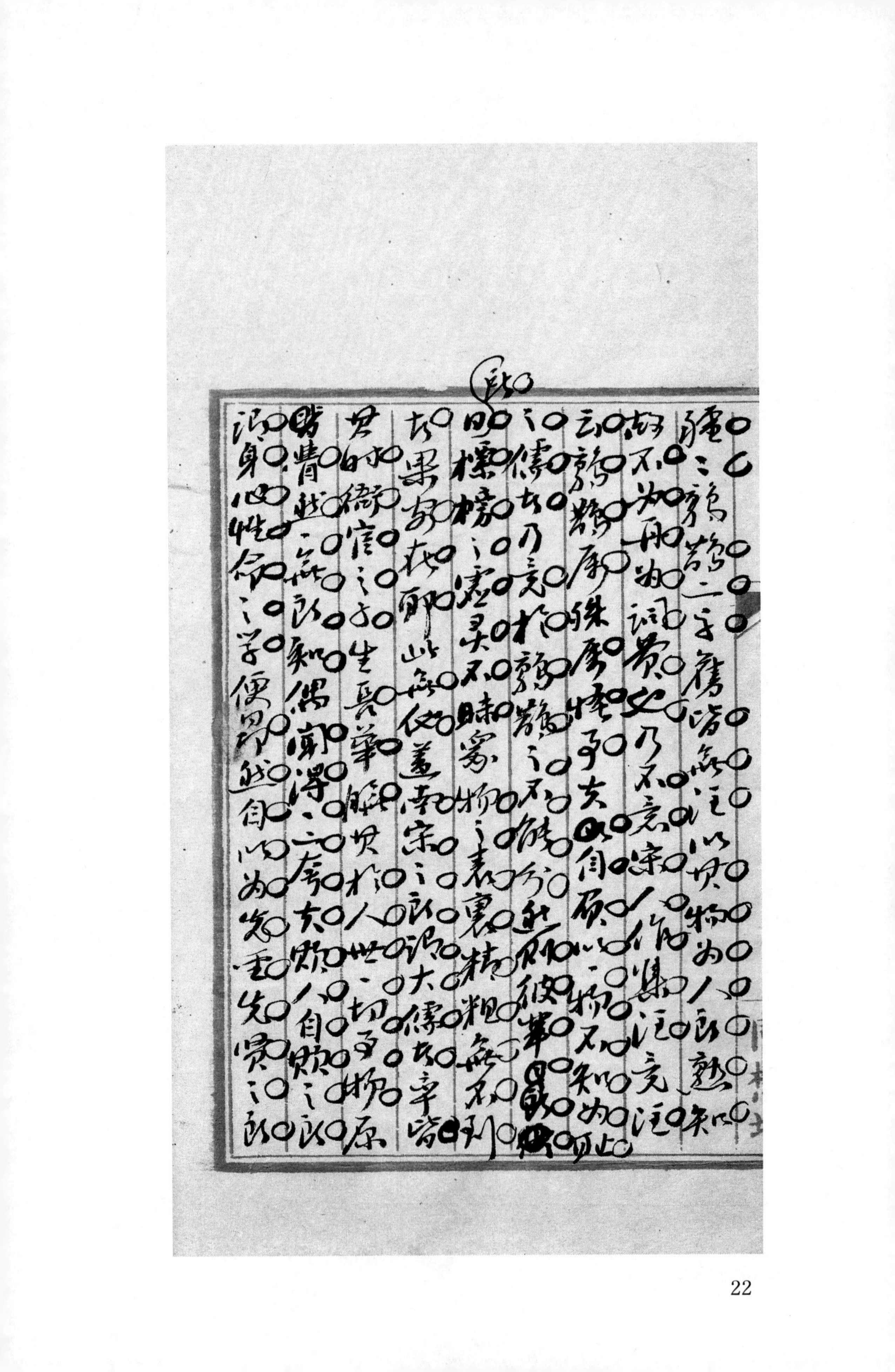

所谓道流行不过如是遂不通而自以为通觉天
下古今之事物无不可以像之以理以臆为画断故
遇有所不知绝不肯自为实事之矫强但内求诸心
觉其理所难是即惝然之[illegible]深信之而不疑又复焉知
天下古今之所谓理者[illegible]彼所谓理安知
即人之所谓理以[illegible]而能尽以遵天下古
今之理乃如是之争即通焉而彼此之理所谓天理安
如其即为之技前不能得其实揣焉[illegible]与人之所云
即知为前之所论云耶而况乎其已之所谓理则

圈之不知

朝移夕改

不其实果能同理耶即如此次鹤字音义本明注

为鹳鹳其名原属之之记之知然遂鹳鹳之名能

嘱究竟然由来记话大变大异之耳盖大变大异

况辰竟出系纸墨外更自即皆以为鸟窝于学问

所好即有以鹳鹤相论如彼之知以为何之鹳初

今书于古之鹳而捷耳疾走之而于城中故学

甚而况乎其于日后之奏稷当不能新译之以鹳鹳

然何其不疑之为麟属耶惟其不知鹳并且知鹳

鹳于是乎乃疑人其鹤不知疑人不知知其乃里乎不

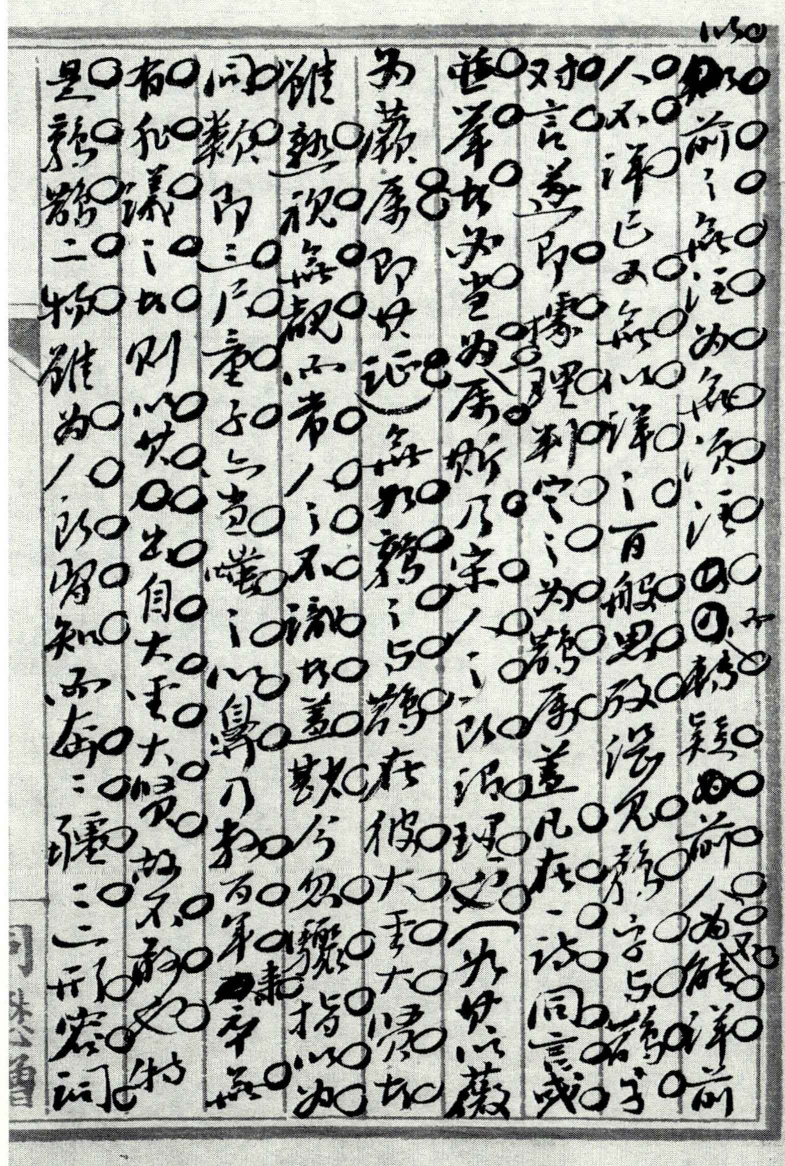

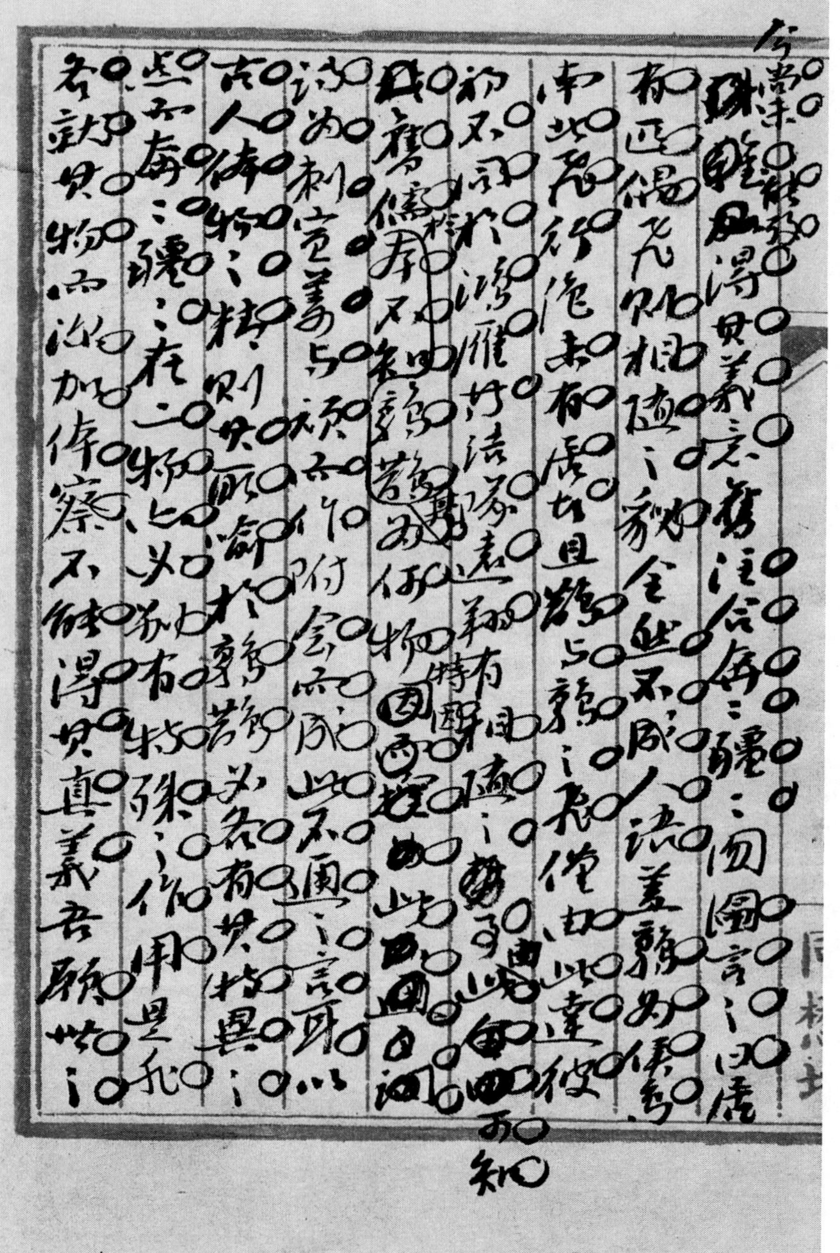

学知、注記及之如

鹿場町疃熠燿宵行

東山、町疃鹿場毛傳町疃鹿跡也義詞意、圖、圖、獨殊

無由、知其意、解、此句經有錯落之處、町疃、附、為

鹿跡則不應、場、不何物、且跡為鹿跡是便、於勝、以

名詞耶、集注、以町疃為食處際地、注謂、人、去故鹿

以為場、見注叔處謂殊勝、然、故矣、義上仍欠解

加以鹿場、為鹿以為場、已謂、章、況且鹿縱不即有

為場、之謂、況、八、能遠、出田家、人自在又何至即從食鹿

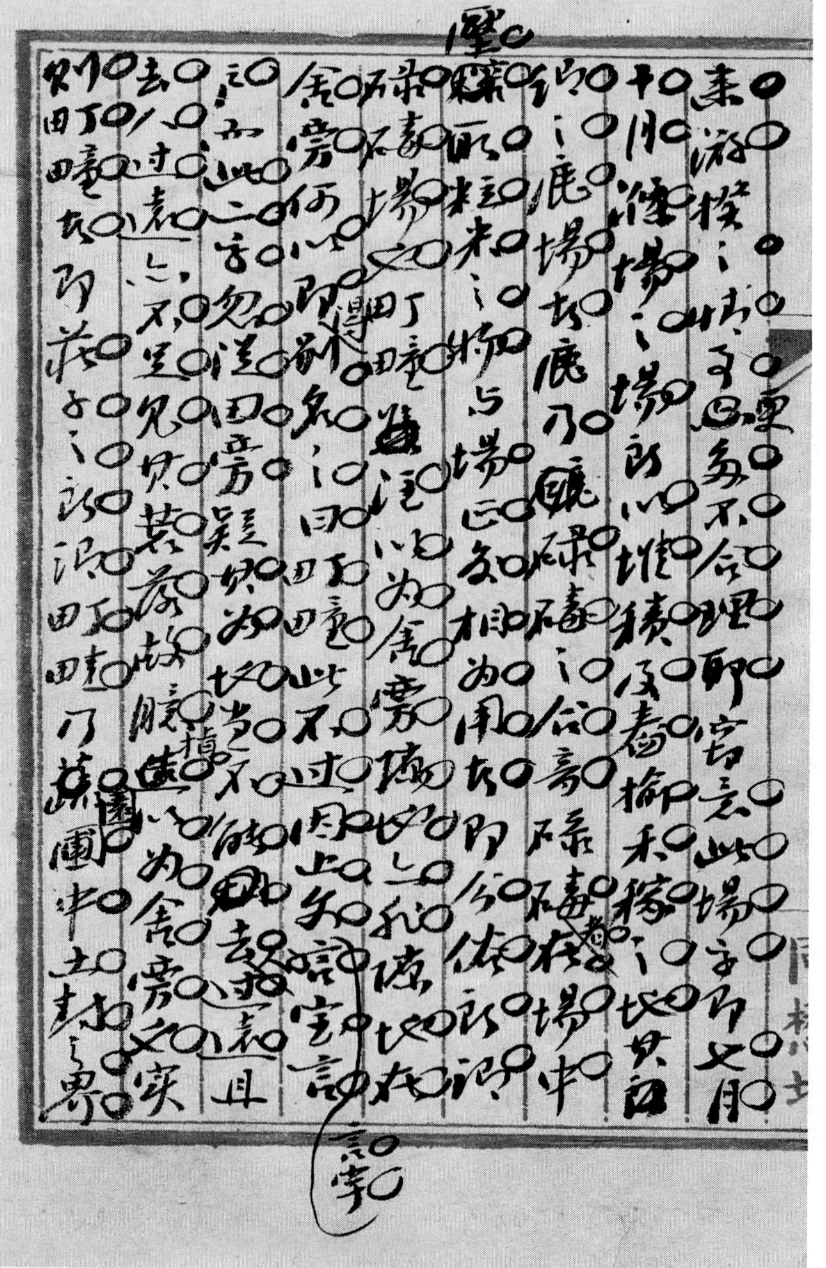

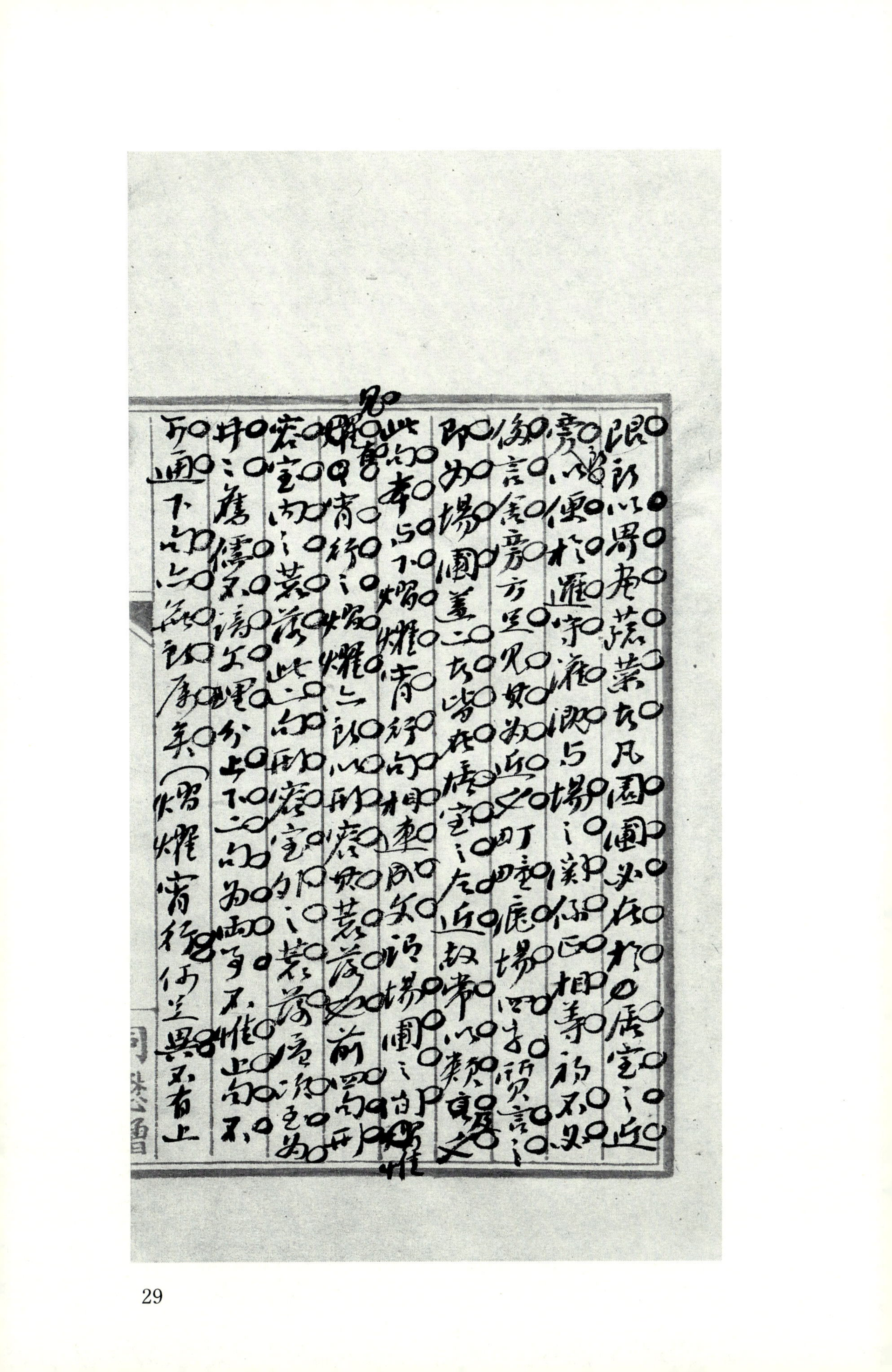

句則直注澄絲歸矣町畽鹿場兮映上文之宇室肯

行兮映上文之果臝伊威蠨蛸文以錯綜行其代

寓整於散即此可見古人文字之精熠燿宵行毛

鄭以熠燿為螢知詞宵行為助詞集注則以宵行

為知詞熠燿為形容詞以文義言之自當以集注

為是惟毛鄭以熠燿為螢失而集注則以宵行為

蟲名不熱夜行喉下有光說各不同而實則一也文

蓋毛鄭皆言其乃螢之夜飛而集注之說言其則

為螢之蟲如蟲之物而皆不同故形態各異集注

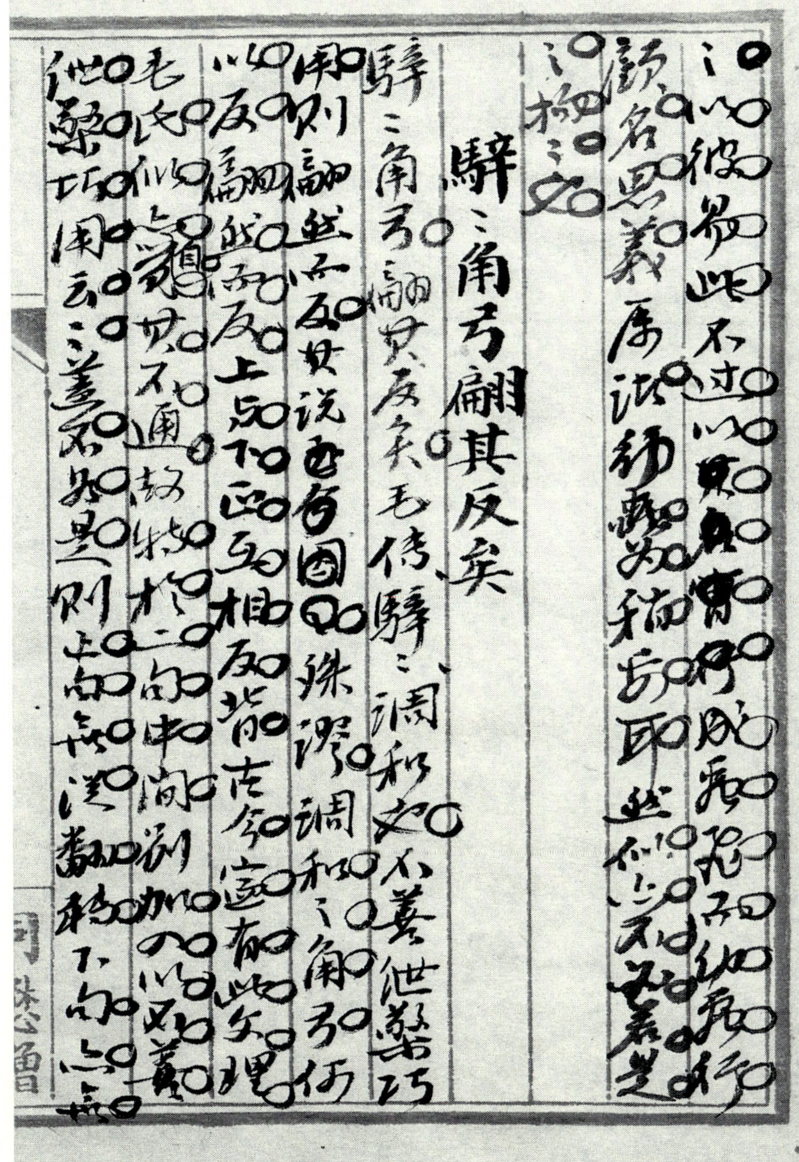

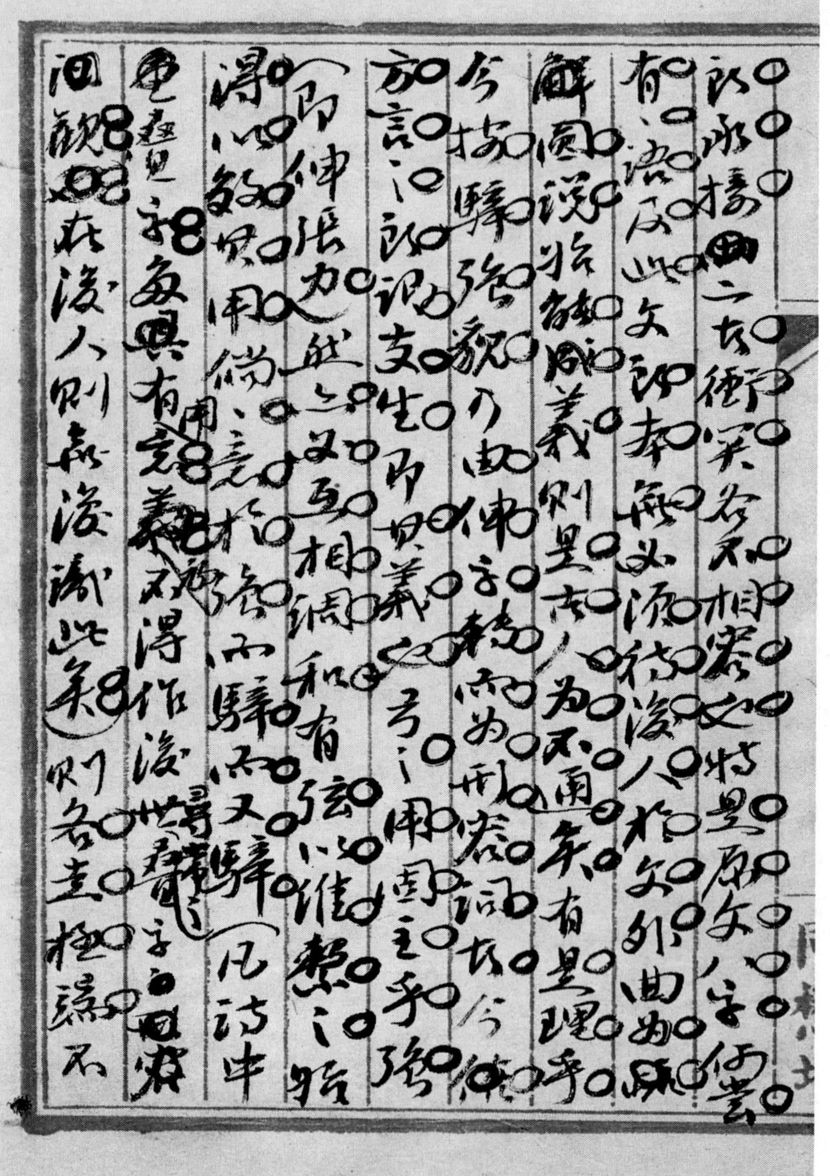

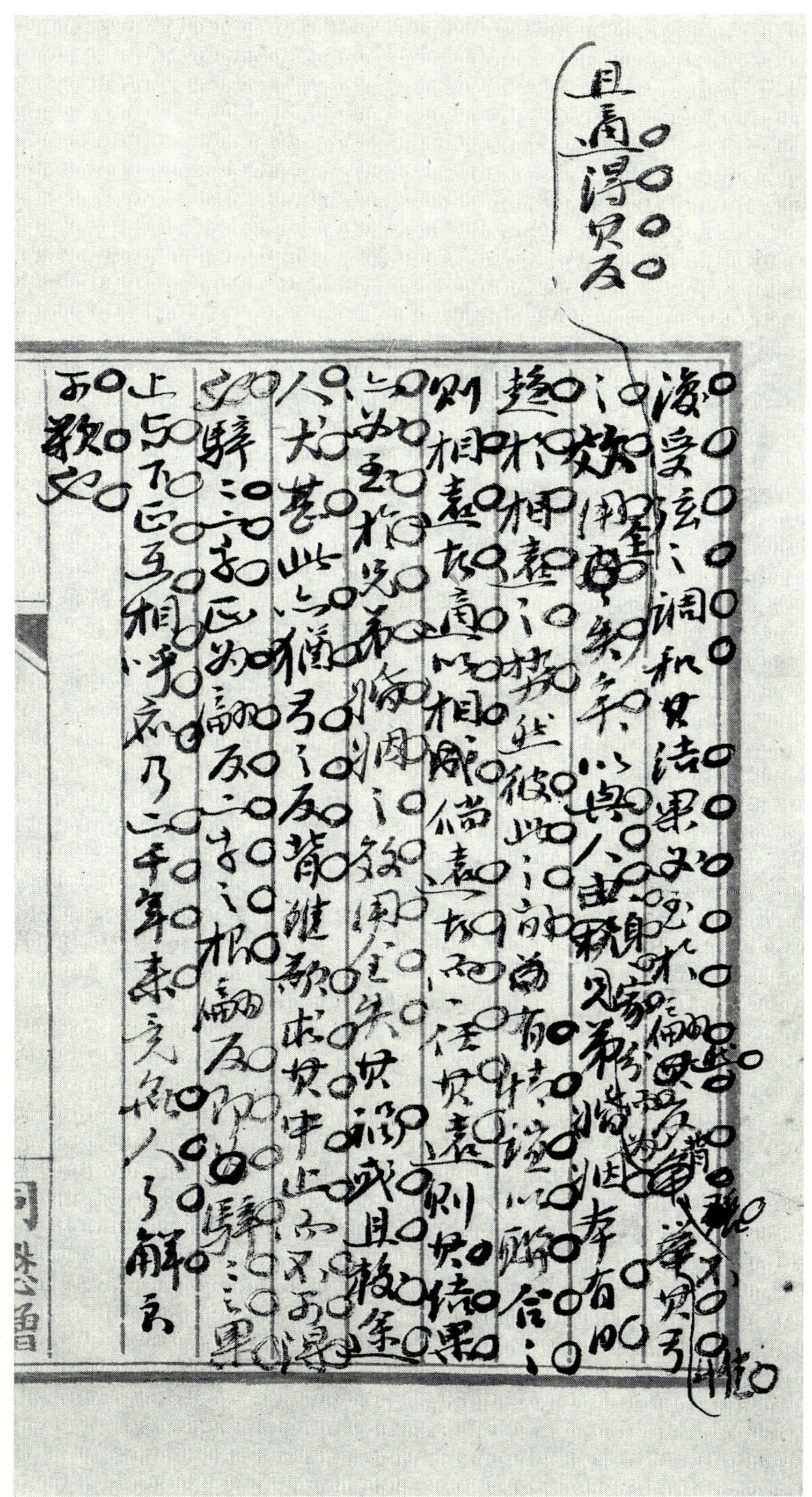

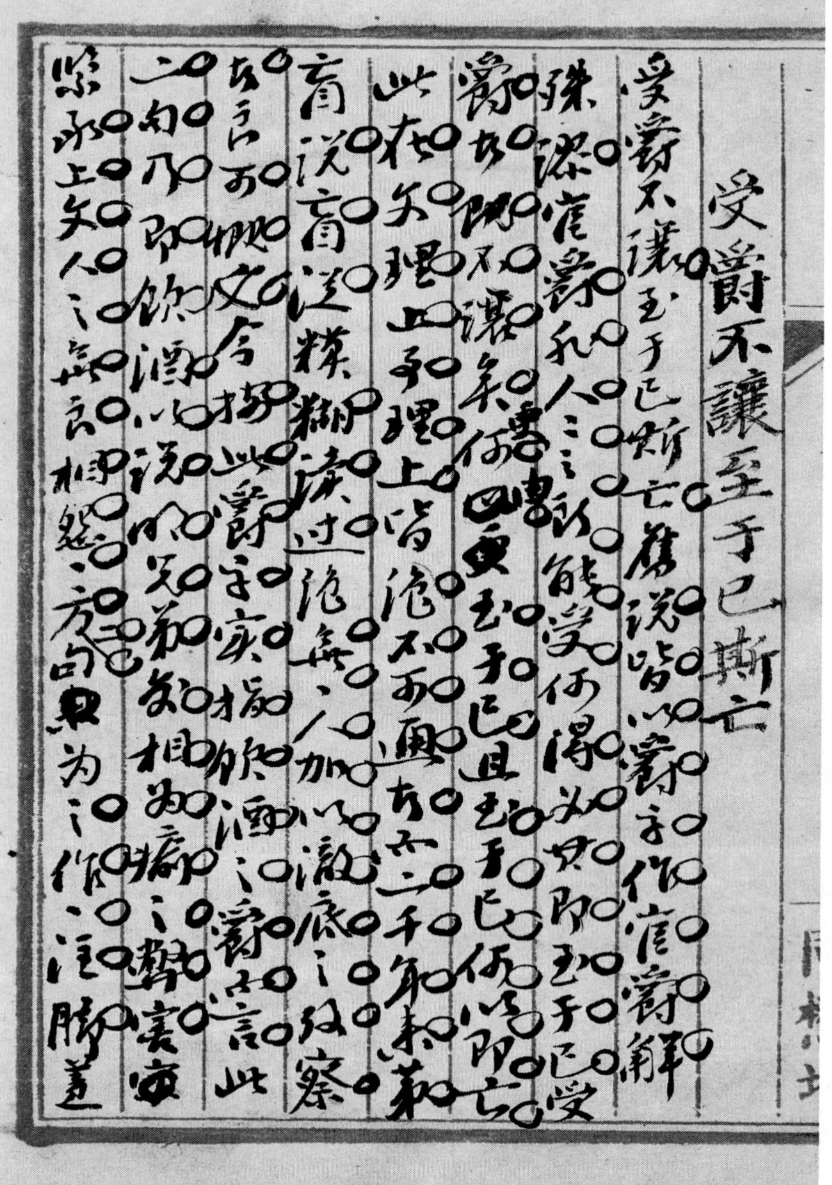

受爵不讓至于已斯亡

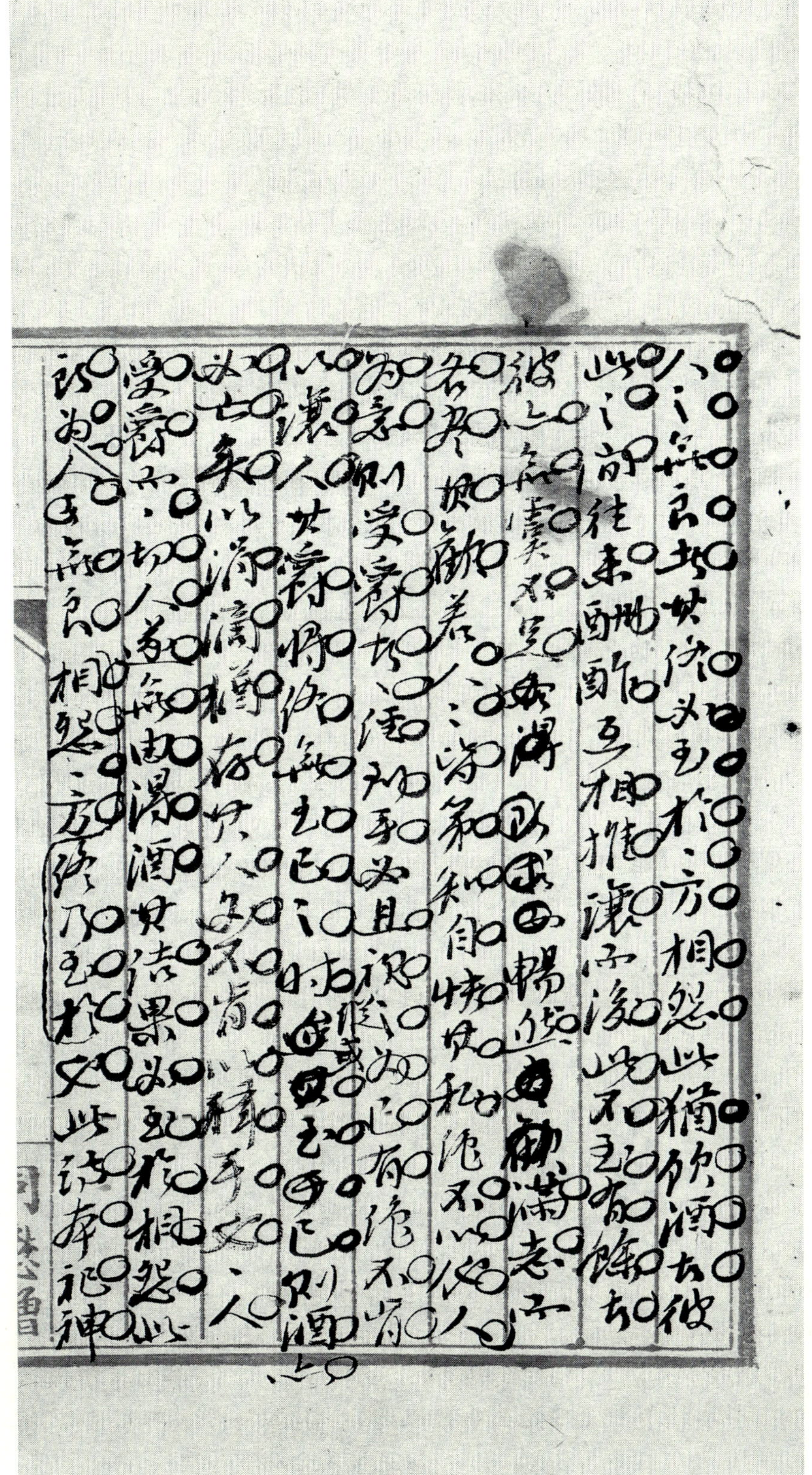

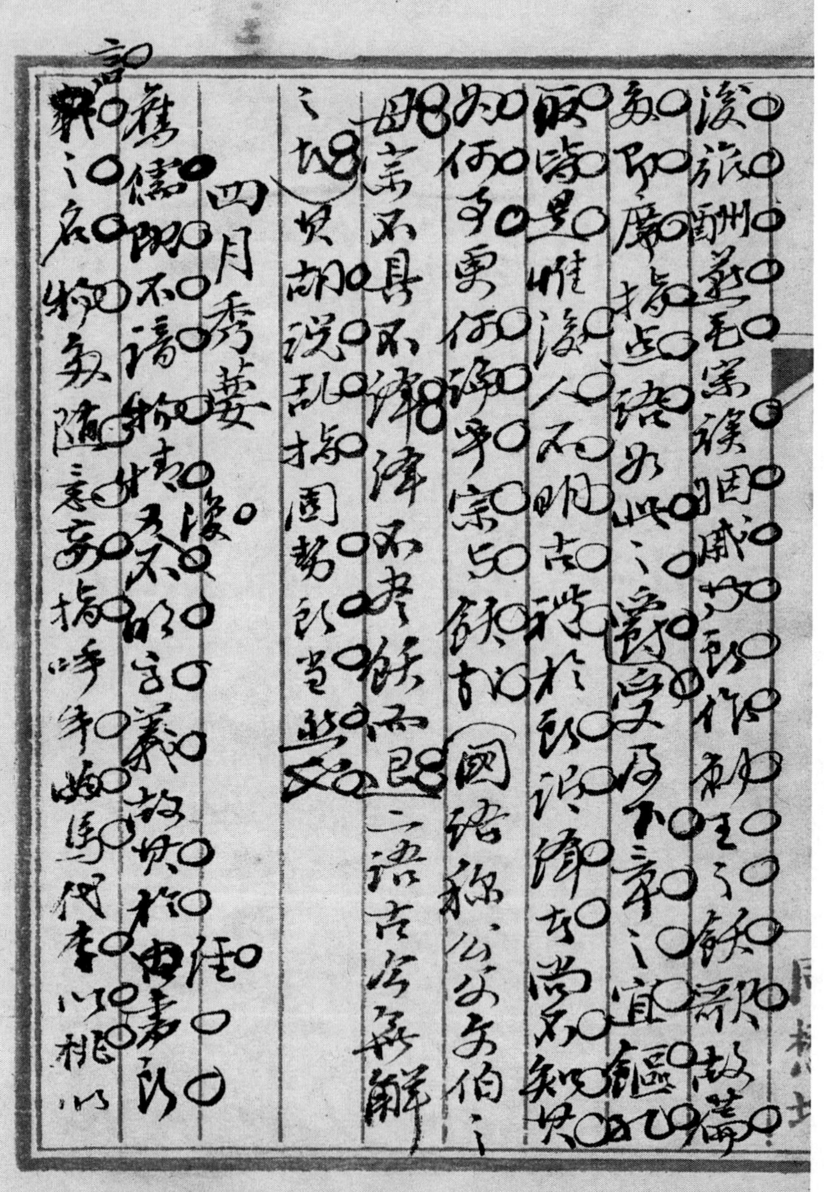

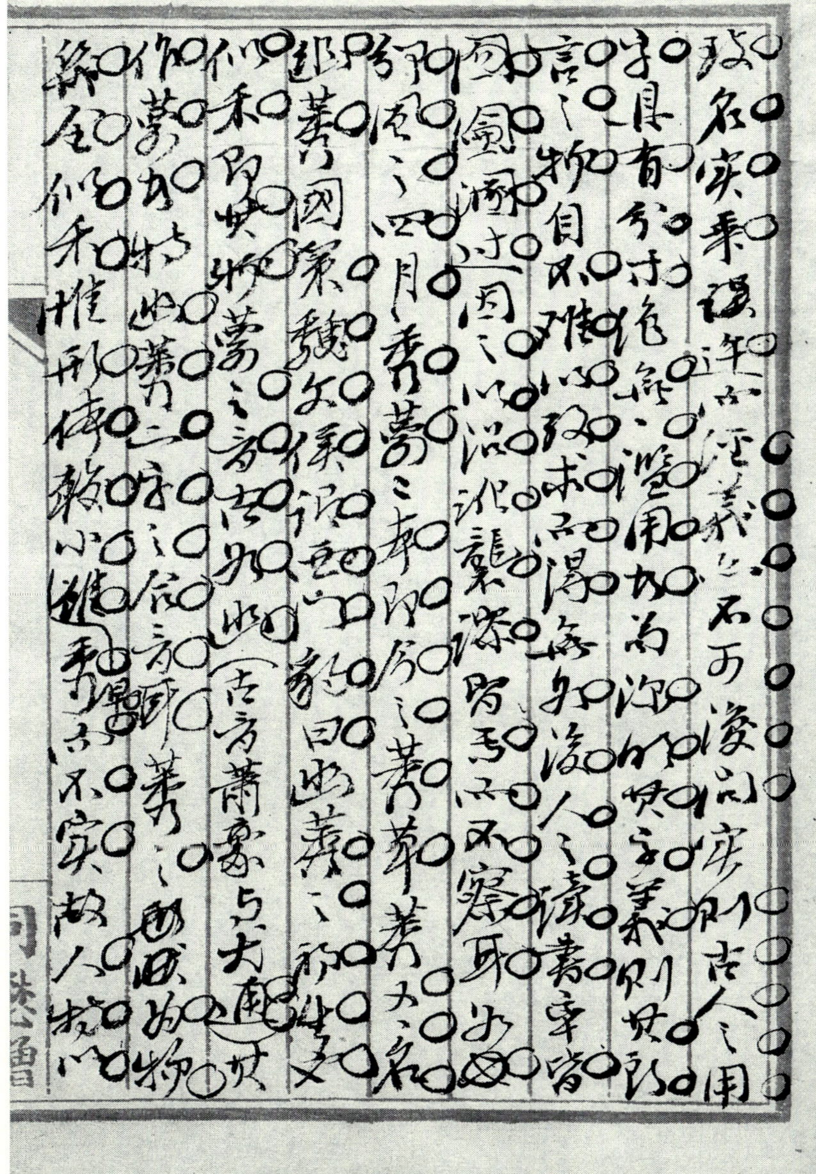

雖秀不結實
者頌之義蓋然則
聖人秀而不實者
有矣之語為證語
矣此說謬不成文
[illegible]說孔氏正義[illegible]
[illegible]不[illegible]此歎[illegible]曰秀穗
[illegible]

莠名之蓋秀者禾麥吐穗之稱今北人猶稱禾
麥吐穗曰秀穗不華[illegible]之[illegible]於禾麥得秀
稱也惟有此物又貝然後秀而不實[illegible]謂[illegible]
秀華[illegible]莠字乃会意[illegible]故[illegible]能洞
[illegible]秀之義[illegible]則莠之物自不[illegible]
[illegible]物[illegible]別[illegible]秀[illegible]自我[illegible]社会
之[illegible]理自[illegible]理[illegible]
[illegible]不能詳言貝物因[illegible]以為莠
菜[illegible]不[illegible]莠菜不雕不似禾麥實則[illegible]

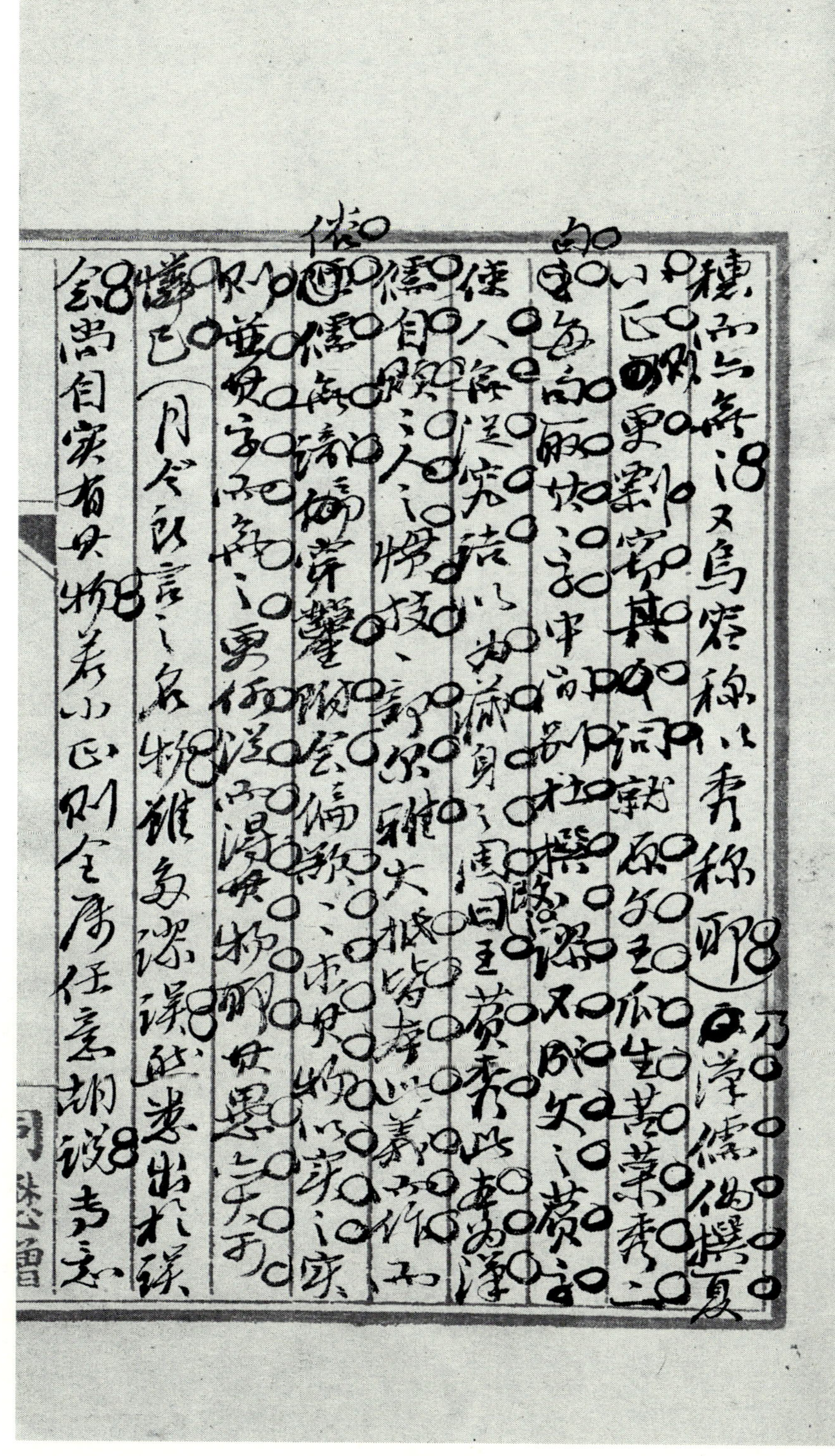

譔造種種無稽及生僻之詁以欺為贗古自欺以欺
人今每見向壁自取間有識者視之殊不足一噱又
書繹廢未東降遊乃睇杳稀貝不通耳不
雖之理而知而無知世儒無通者何
又按菁乃本草名故字從艸玉秀而不實之穀
亦曰菁（俗語之穀菁）則又從菁之本義
引伸而來也蓋以貝秀而不實與菁草同
以此而知以稗菁言自以之菁乃語貝言之
華而不實為菁草譬喻詞非形容詞

毛傳以其萋字上形字為对文8 膝釋曰萋

文8 孫未免著以千里矣又萋民之稱凶8 占

華士臣同義世之多習焉不察8 幸以普通之意

人視18 之私其本皆8

如蜩如螗如沸如羹

萋之萋然蜩然螗然沸然羹 蜩之○如蝉○即○文○目○及○

以○字○之○流○知○之○其義○甚○於 (蜩有周彫之意8 猶萋之

為出字8 其從周音如8 今則轉而為稷紐8 其從彫

音如8 則今轉而為吉下8 二者皆切音8 今青州人則

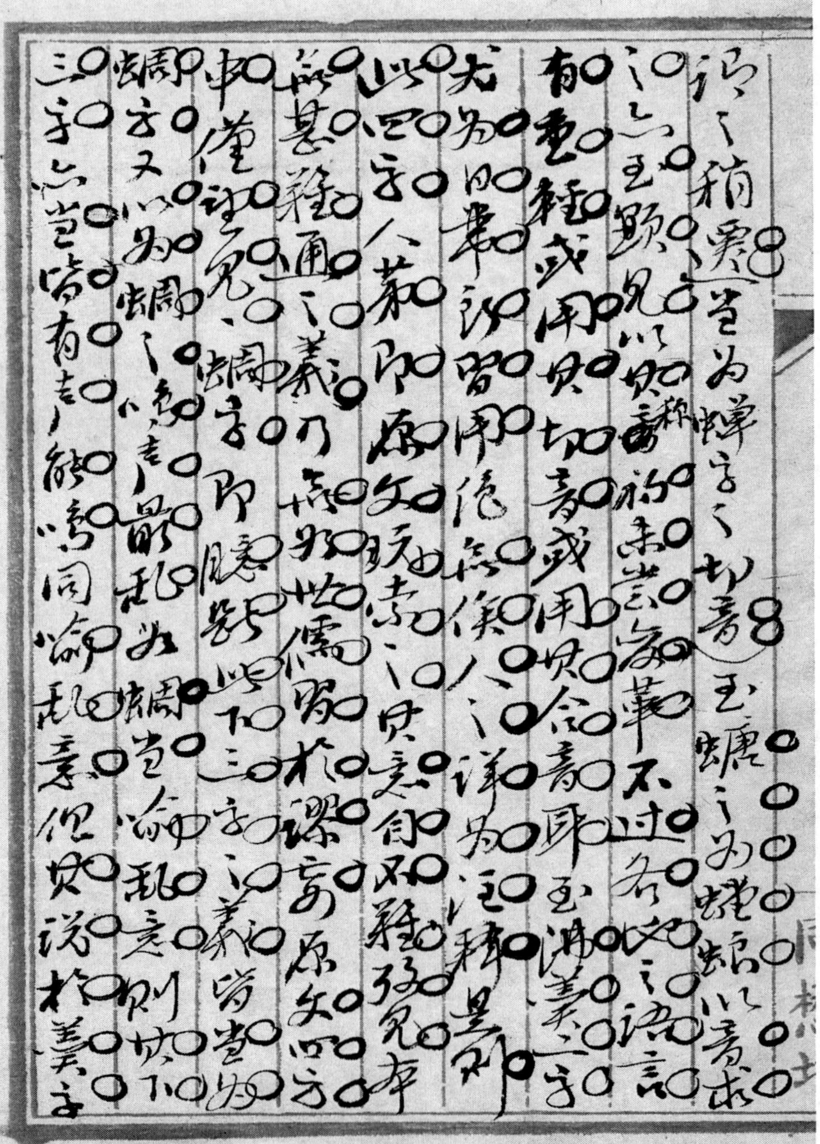

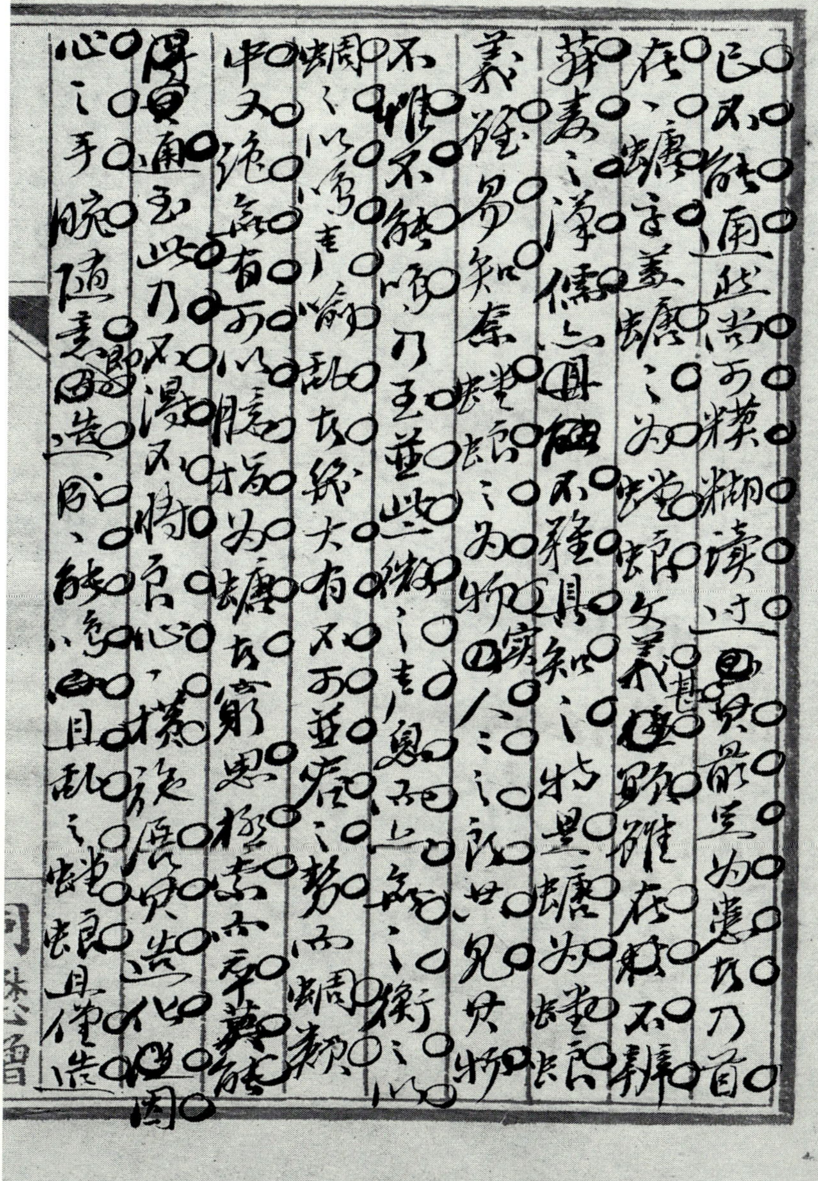

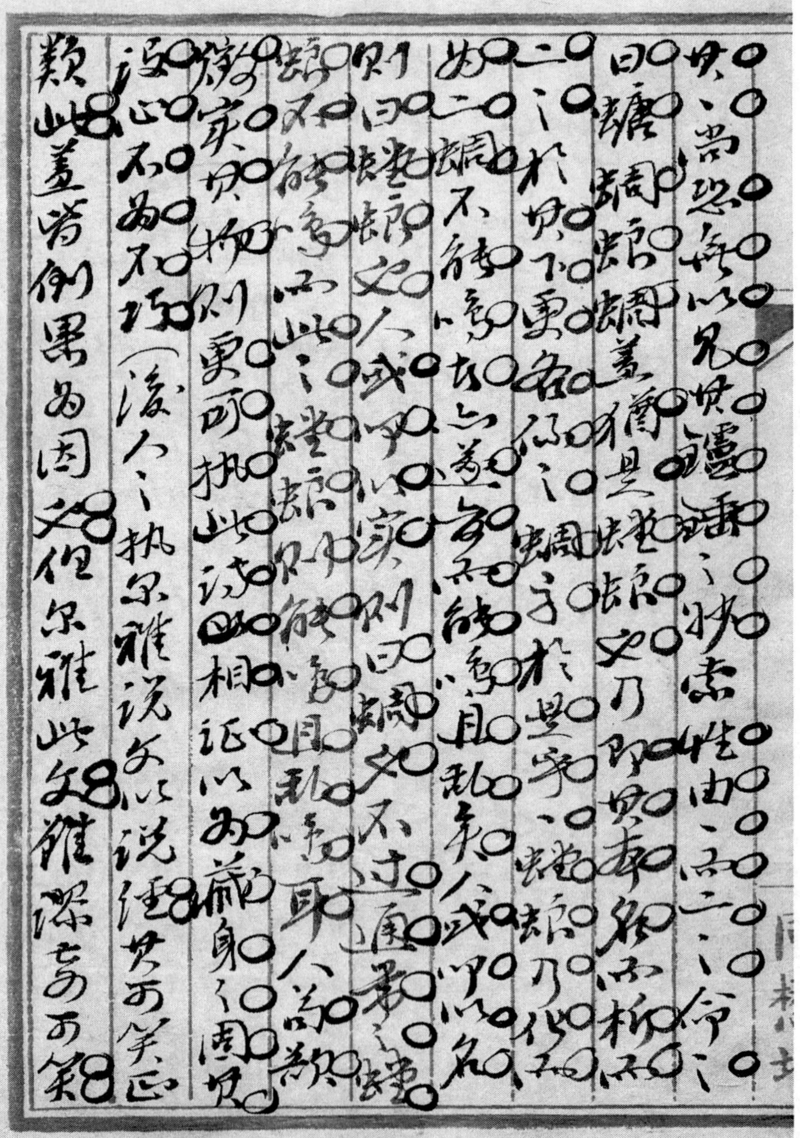

此蜩与蟋蟀尚無其有物，其子亦尚可論之，以視其依僅
杜撰二字，稽之字以欺人，故當為措有之心猶是
天也之生久矣，古今未假雲有也情異之蜩反与字外
之蟋蟀且畏其貝說則運又豈知其蜩其蜩昏庥
架屋重疊填湊，古人又安得有此氣耶之文選器
我國以後則文字之數此其多矣，淨漸人之賦大
抵皆根據於此，其文理亦咸立於此，況下文置字不
得解以為滿數，則此蜩字無要得直解揭以
為蜩數耶？今按此文四字原不惟無緣係和人之世

為○解○說○且、德○云○解○於文義反不可能通古人

思○蜩○不○似○後○人○之○簡○單○書○說○之○蜩○即○蟬○蟪○蛄○即○

蟲○數○二物○不○惟○和○同○類○且○直○為○蔽○俾○蟬○蛣○比○極○喜○

含○蟬○每○遇○蟬○蜩○蛸○之○國○第○說○蛣○蛄○蛸○蟬○不

緣○黃○雀○在○後○即○蟷○螂○之○言○如○蜩○為○蟪○蛄○即○相○

搏○噬○猶○不○知○之○為○蜩○如○美○俞○貝○相○蔽○自○○○○章○言○

封○之○以○續○貝○才○之○德○之○如○美○蟪○之○於○蜩○如○蜩○之○於○美○

日○惟○以○搏○噬○蔽○自○為○守○故○大○小○德○是○皆○常○之○意○日○貴○

者○亡○之○際○至○而○不○獲○免○於○貝○位○小○大○近○者○人○蟲○倒○

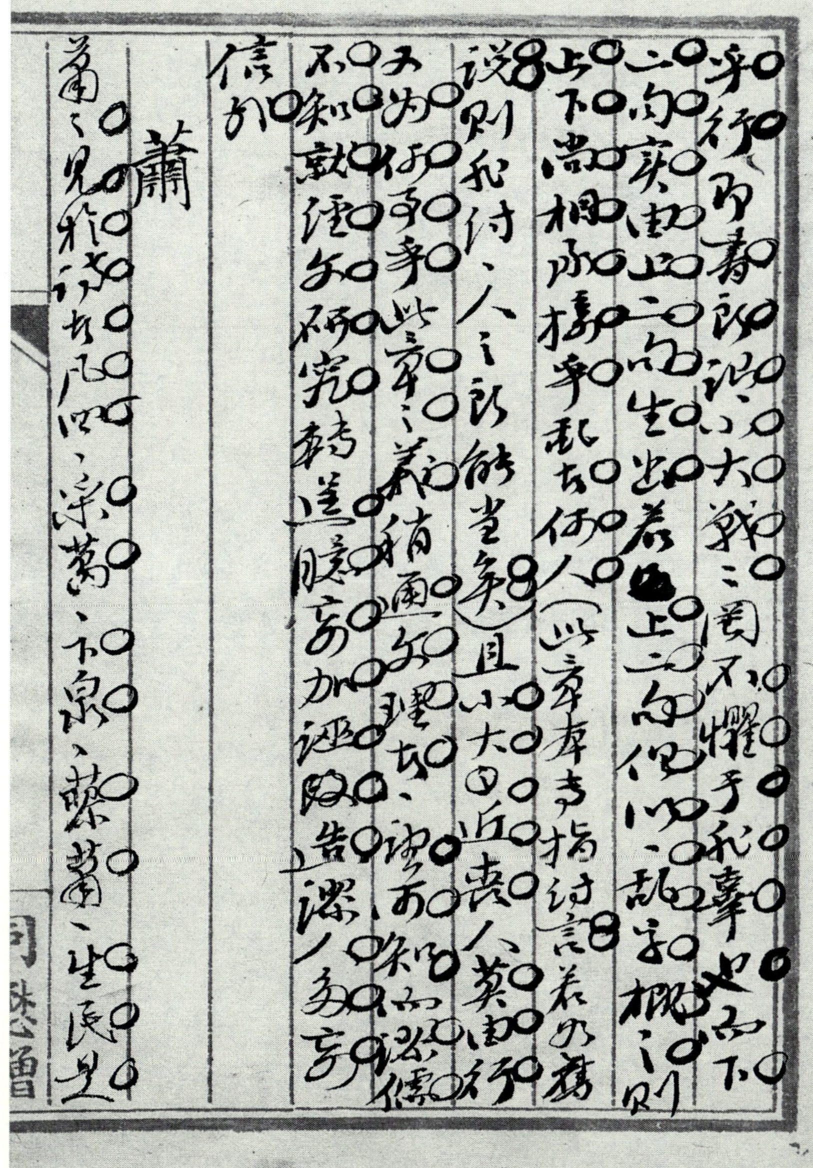

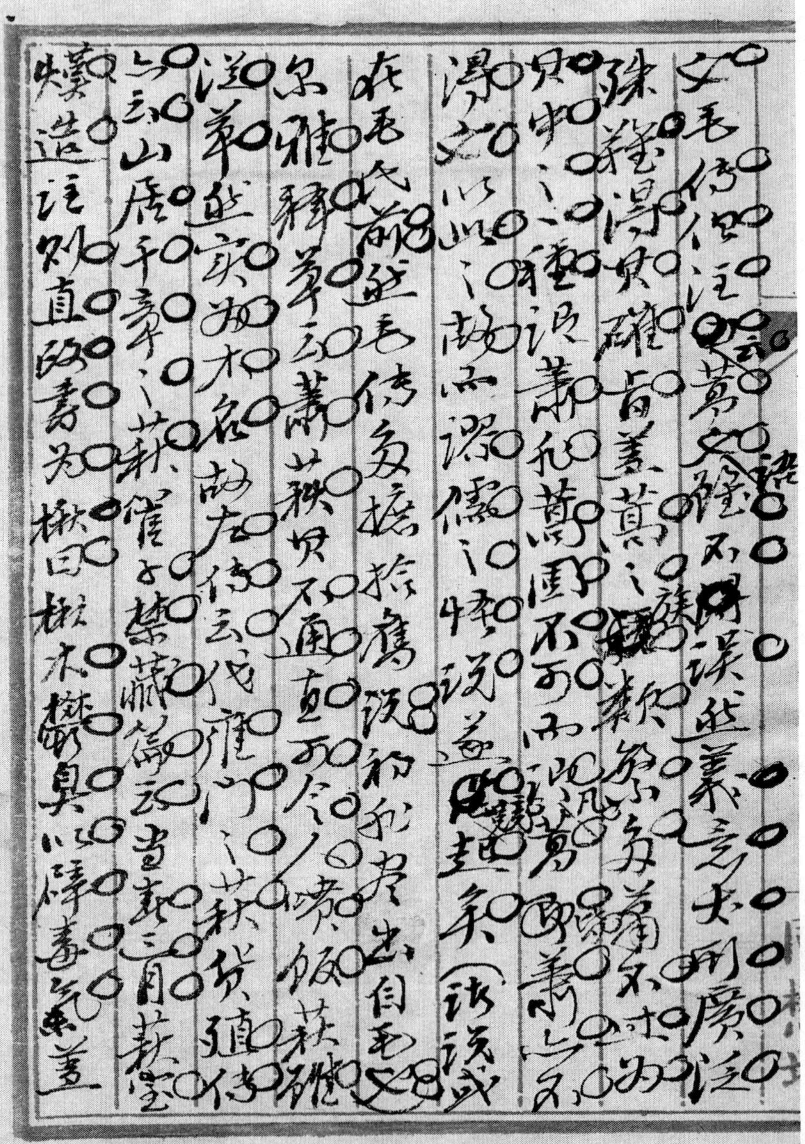

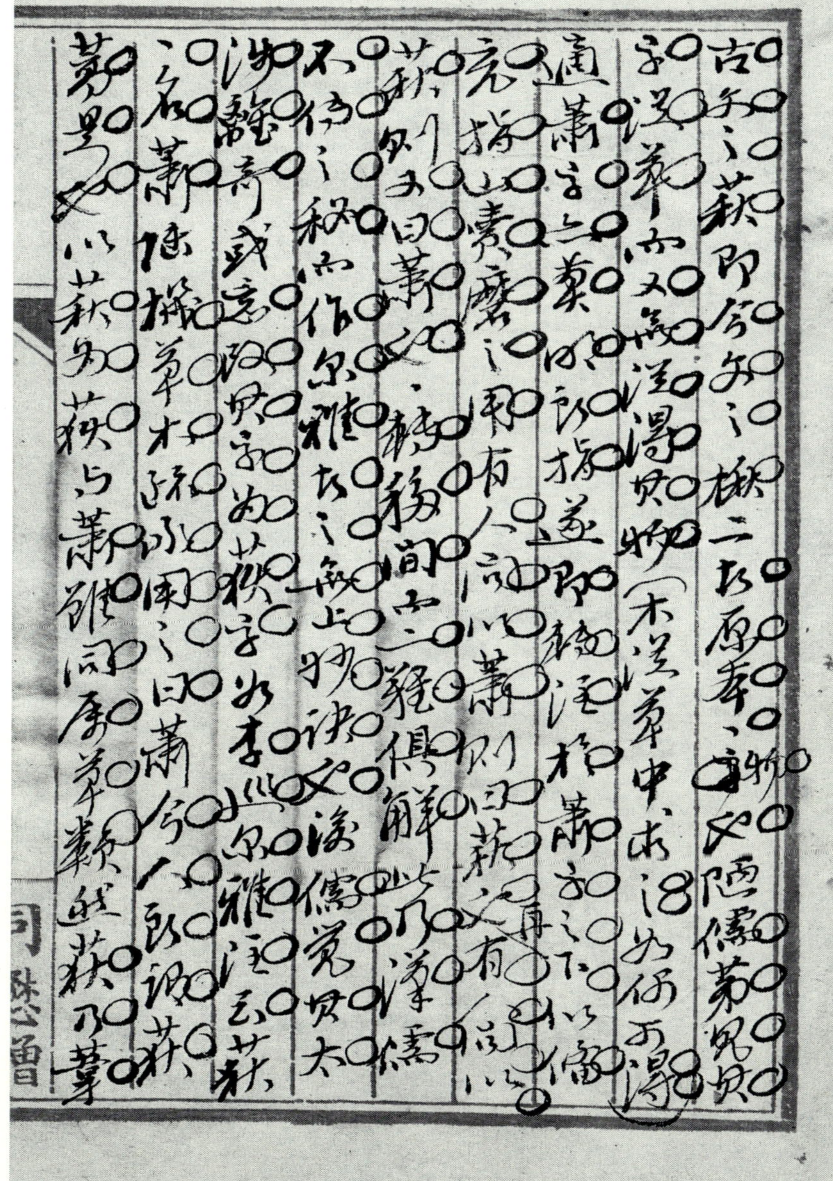

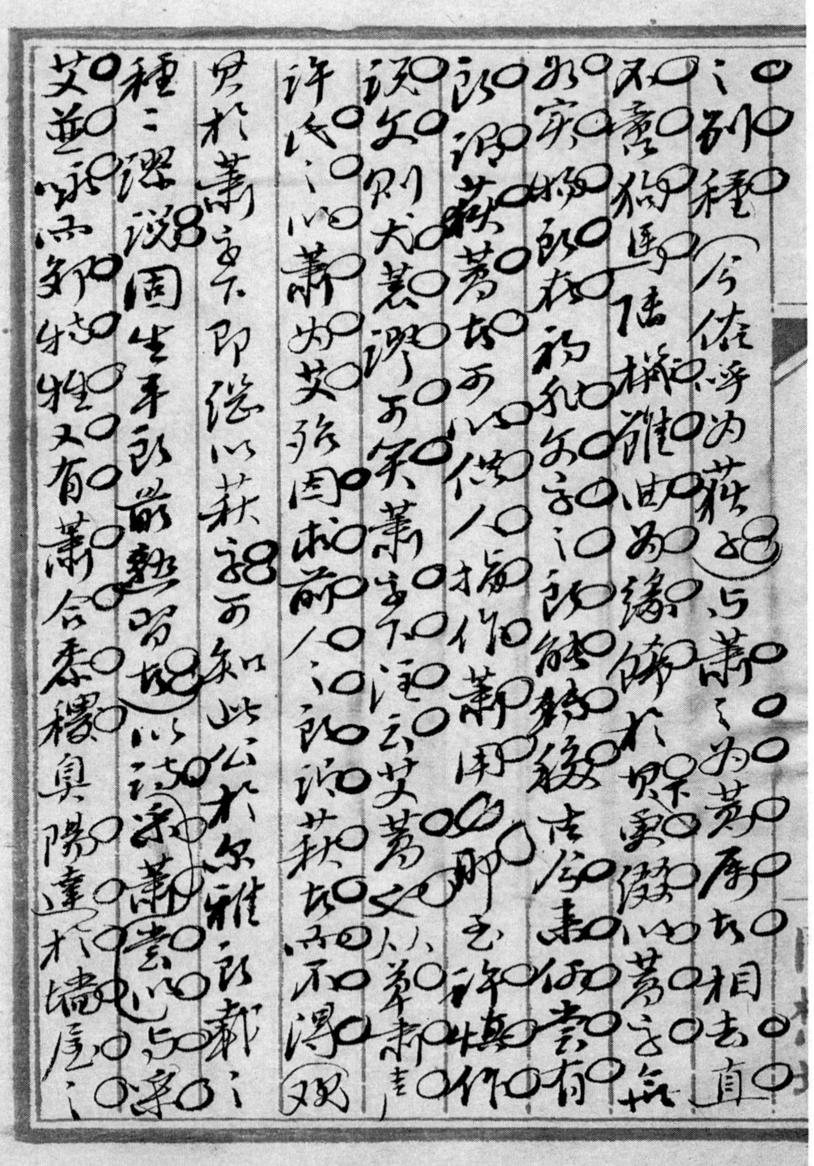

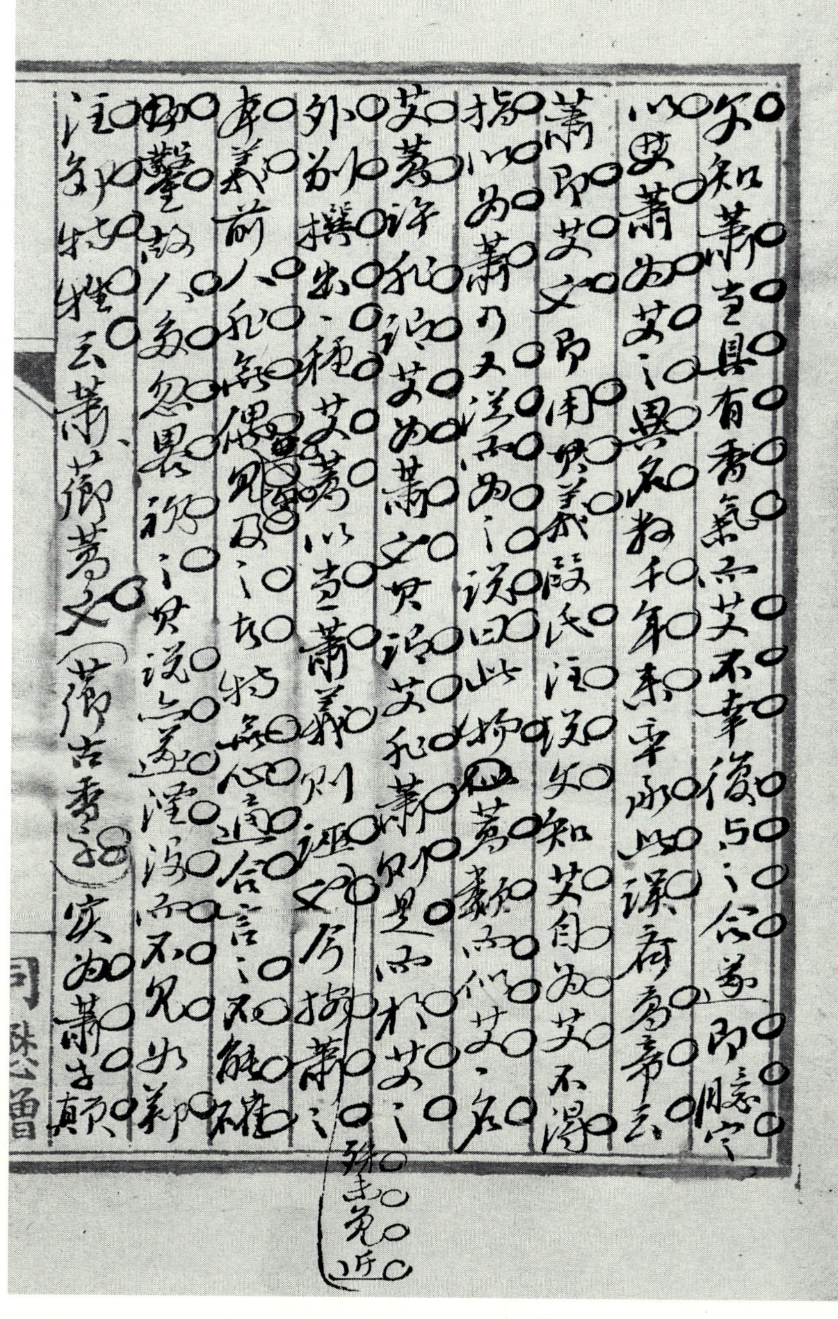

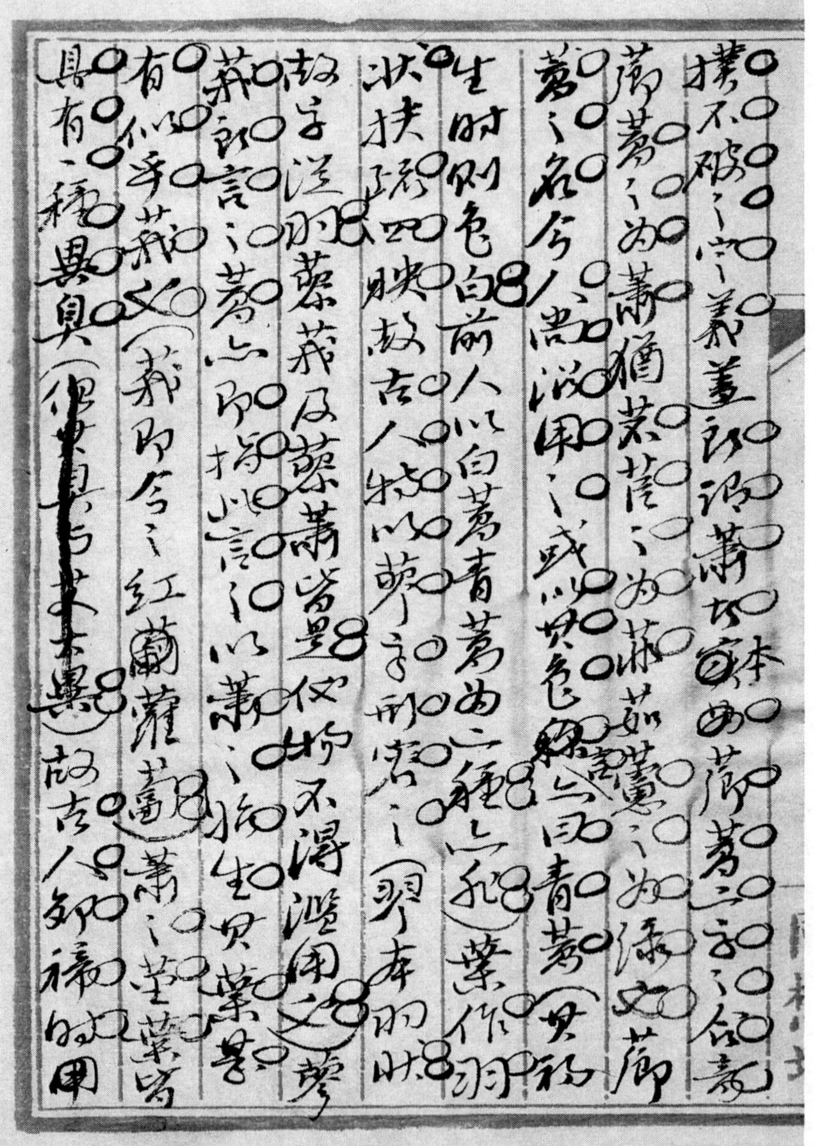

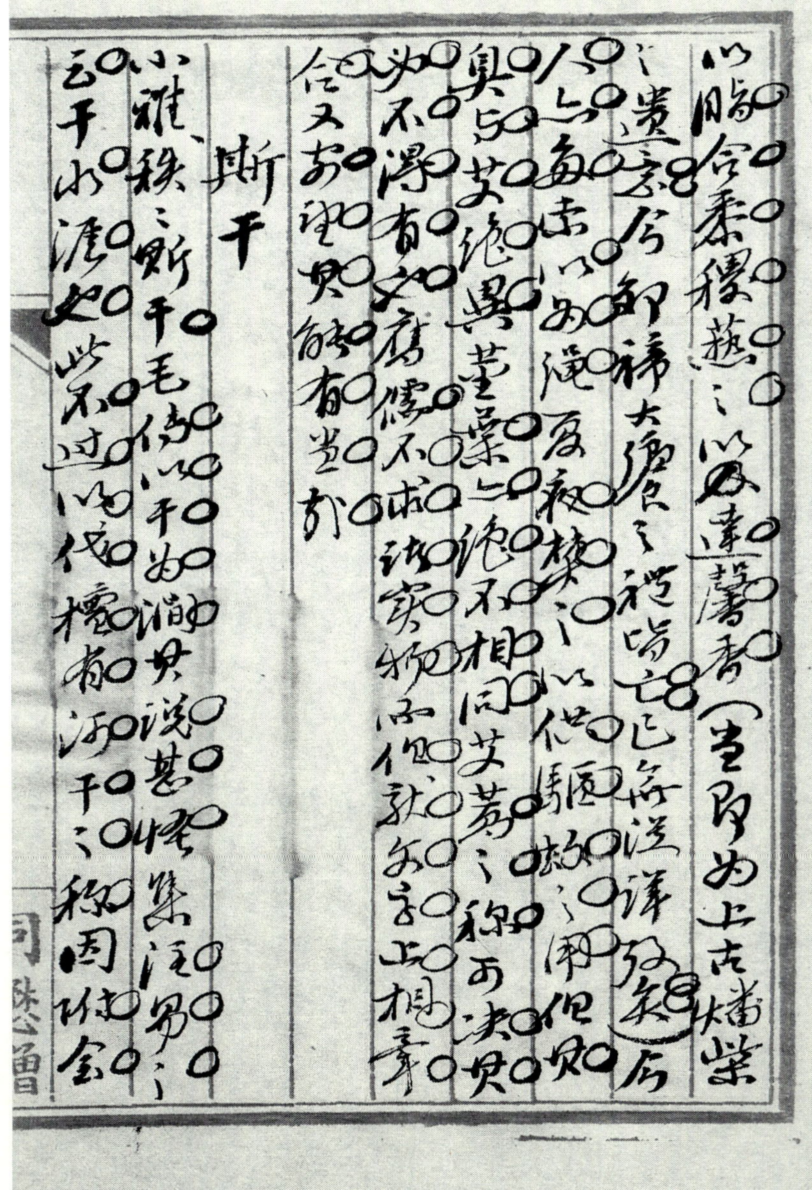

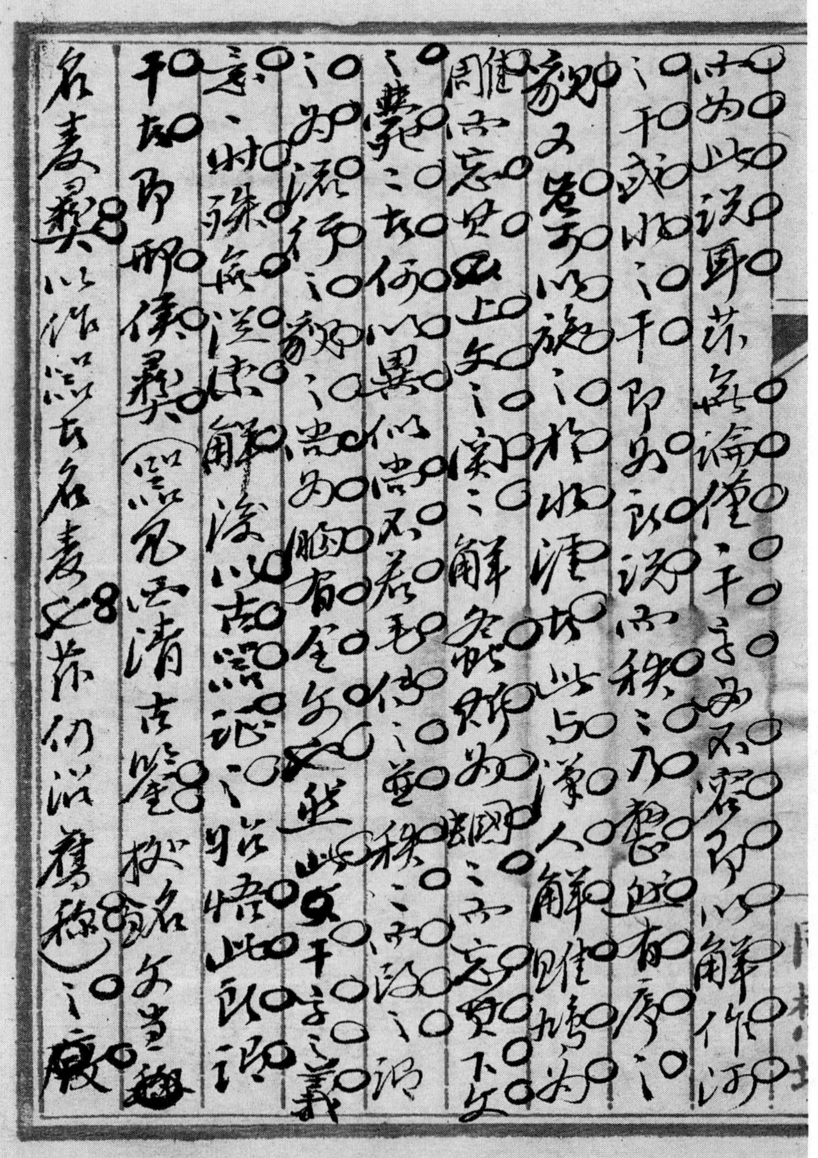

崔萬之印記印
罝晨宮之印記宮
亦節指此宮言之
于字上但加屋形
其義尤顯也今岸
字即从此古器之言
此宮者甚多不止此
數器也 此注添乃印
方上

印之印宮廢乃即宮王此次印考之宮名不傳傳享稱
此注詔新宮與即奉此宮記之文蓋于敀（今書作
扞（原本字不省動靜之殊于名詞而于自
衛 御宗廟以自衛則為動詞後人或加支以別之作
敀然在古各如圖象相通用文如毛公鼎及師害
敦 敀敔字（敀敔今文或作扞圍或作捍圉敀
皆作干大戚（大乃作以為其名 按此八即宮王鄉土
之皇父 宋已有敀字（文云大以乃友入敀 大彩
50 刑侯彝皆宮王時器宮王此宮本廟撰字之記

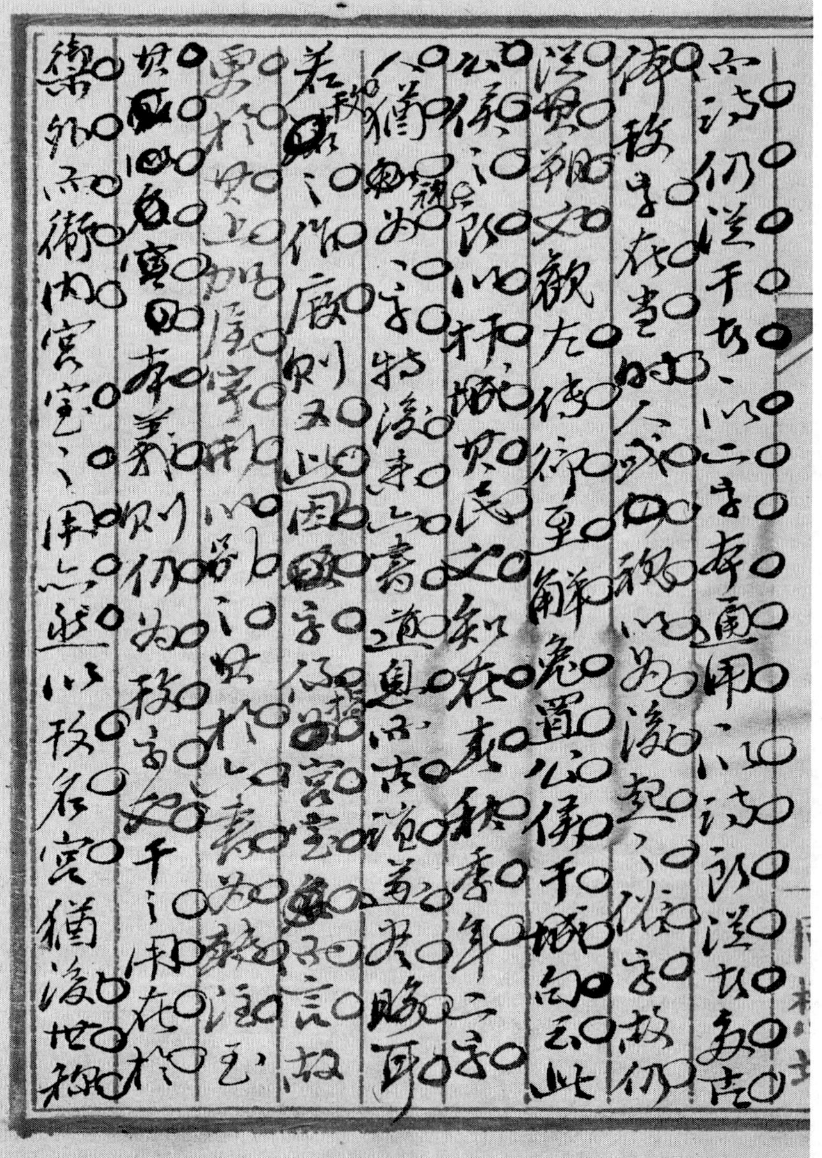

宫罢为衛，衛本当作韶，故救義，本相通，故古文之
字常相通用。（如前所举毛公鼎、師訇敦皆是之）敦
之韶而作衛，猶尸韶之韶而作庶也。（唐禮樂志天
子之居曰衛，其後而稱宫罢，原於近世古説。麻顏衛本
音或語後之變字，即由之韶或作，故又夫子之宮曰衛
義之所殺同，于古為新宮之名，敦当作韶，稱小篆
曰新宮，其取以別稱新宮，取以但稱新宮，于陕大
简不便稱，適不知于二字又不成文，王首篇首稱之韶
则更仍用宫韶矣，不適用（如冕置不得稱肅二千

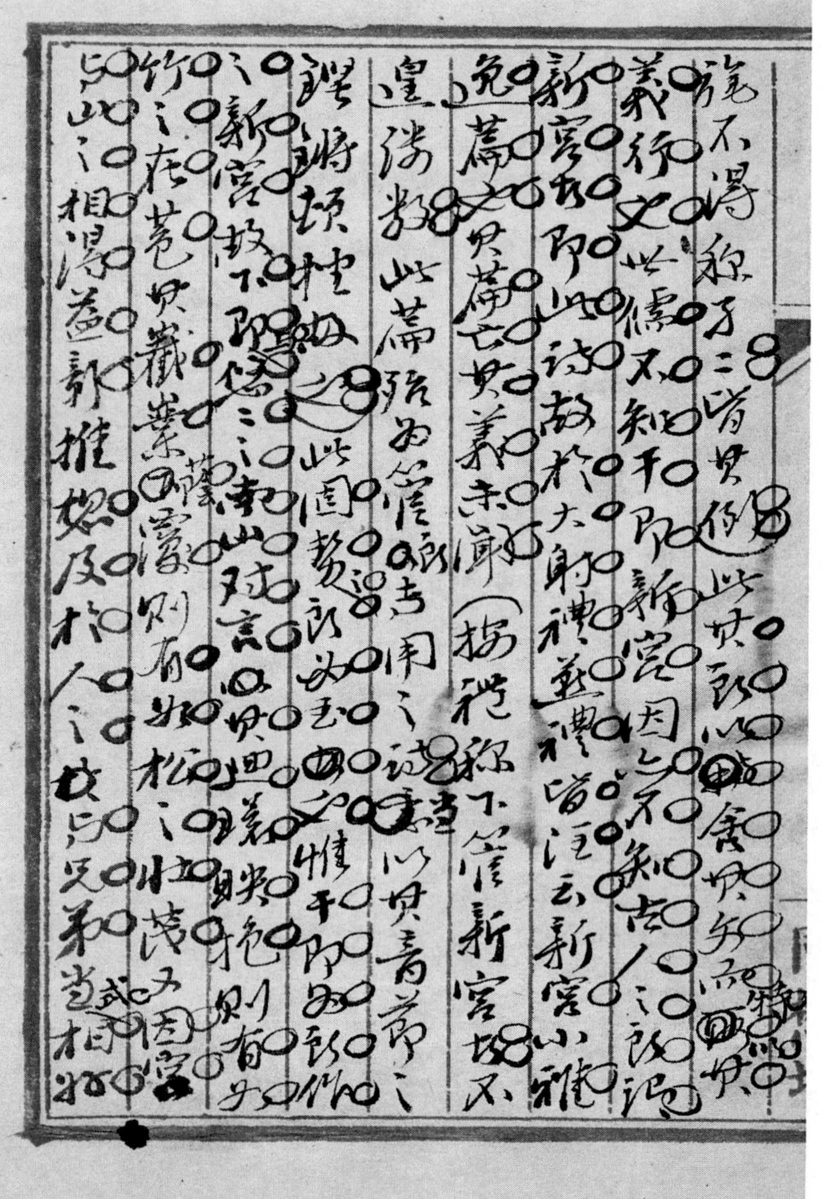

於問無遺則必反見

耕梅詩人即景生

情用為本比興起

集注但以為頌禱

之詞殊失本義若

依箋則絕非人語

矣 此注添無相尤下

而無相尤通章此章氣兩則亦貫義則骨由首

二句生出無儒限不知干之如室却於竹松面論無

然得其所搞不得不得相知之細膝鮮為論其好

民家興盛為何之本生其後論松之螺茂但致

此二句何其通其文難辨又此人語集注細其又通

乃別訓此二句為刑容室其義經數前為近每

如竹苞松茂既和而以刑容室之詞集注云言此室

臨水而面山其下之固如竹之苞其上之密如松之

茂固猶不言矣既謂其上之密者果何物耶況其

解苞字為叢生而團犬又既譌耶毛傳以苞為本

犬而知而上二句既屬泛言此收則詩中書未提及寔

寔二字此二句又都從濁說溯寔室如而形容之耶古

今有此此文理耶須知古人文字格律謹嚴字字矣

全章倚賀設辭動說此字本無通篇之主腦之經

謨解則以下皆從游騎之別漢儒本又通文理獨

而說如宋儒自領善涵泳白文者又知其訓涵泳

在果安在耶蘇峰孫卿侯變於下不識其辭

王令偉井侯出□侯于井粵若□侯見子宗周

又撿此文前已錄
與此有甚不比處
可以不用

亡及○公王客豐京酎祀○雩若翌日在璧雝○王乘

于舟○為大豐○王射○大供禽○侯乘于赤旂舟從

死○咸○時以侯內于寢○侯錫綴琱戈○雩王在

廠已月○侯錫旂侍臣百家○用王乘車馬○

金勒○冕衣芾舄○唯歸迎天子休告亡戮○用供

義寧侯顯考于井侯作冊○麥錫金于辟

侯○麥揚用作寶尊彝○用爨侯逆朝迎明

令○唯天子休于麥○辟侯世屯為孫孫子子其永

亡終○用廟口妥多友○以享旅世口世令○

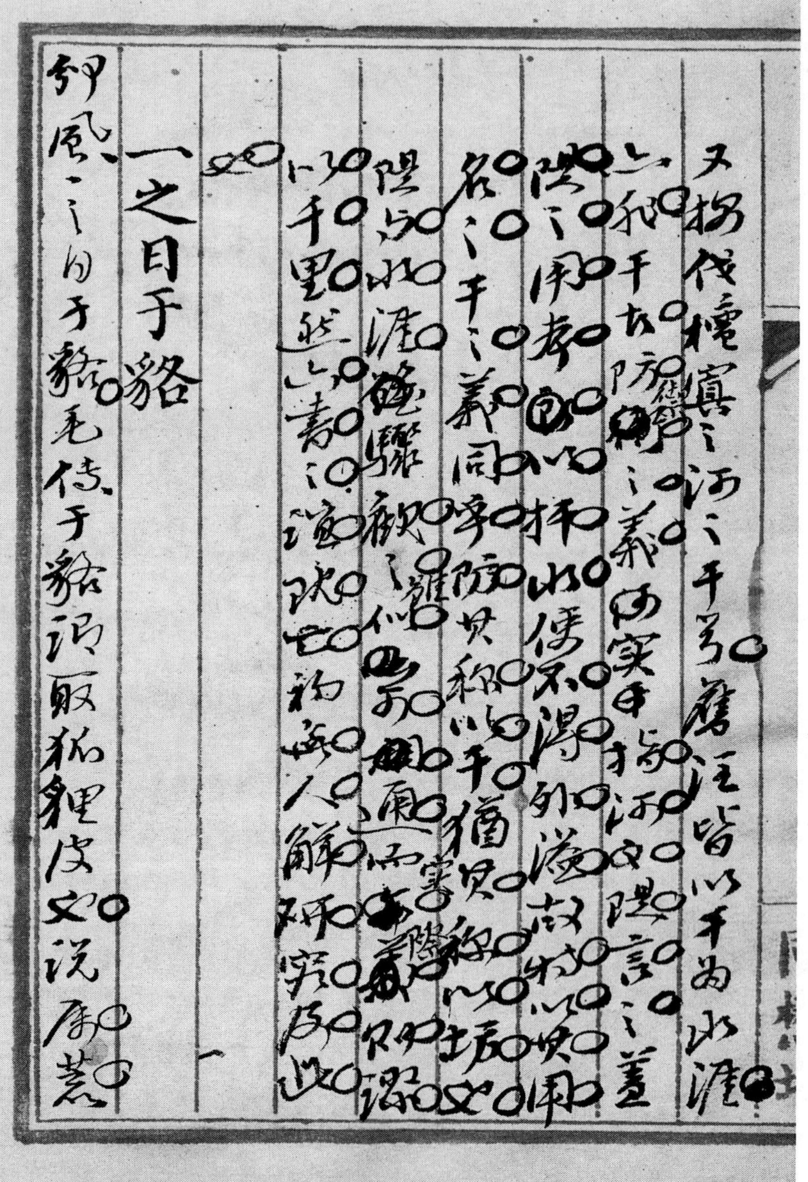

一之日于貉

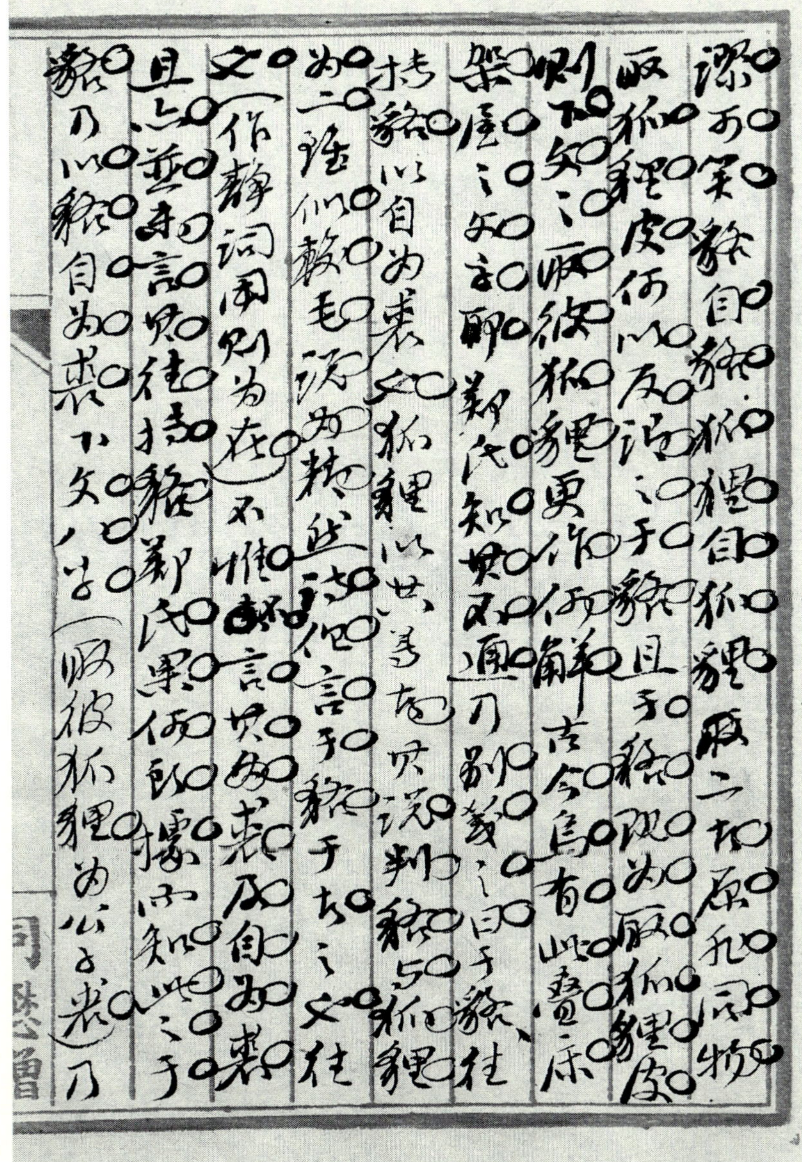

蛣蜣轉丸

豈成文理耶宋儒孝不辨鹿馬薤麥者宋儒

之學說曰心曰性此外則見木之偏旁者則曰木為之

言偏旁者則曰鳥則自以為家務之表裏精粗無不

到貫心之全體大用無不明矣故鹿馬不分薤麥莫

辨乃宋儒之傳授心法矣故朱子之作集注全然

不識義理心苦於用意之說在反深有契於毛

說理趣此周各有見遂相契合者且更為

中的之四子書猶言乎經須取獨理深語大難

解乎經乎經語所雖同然義實遠乎經邪說

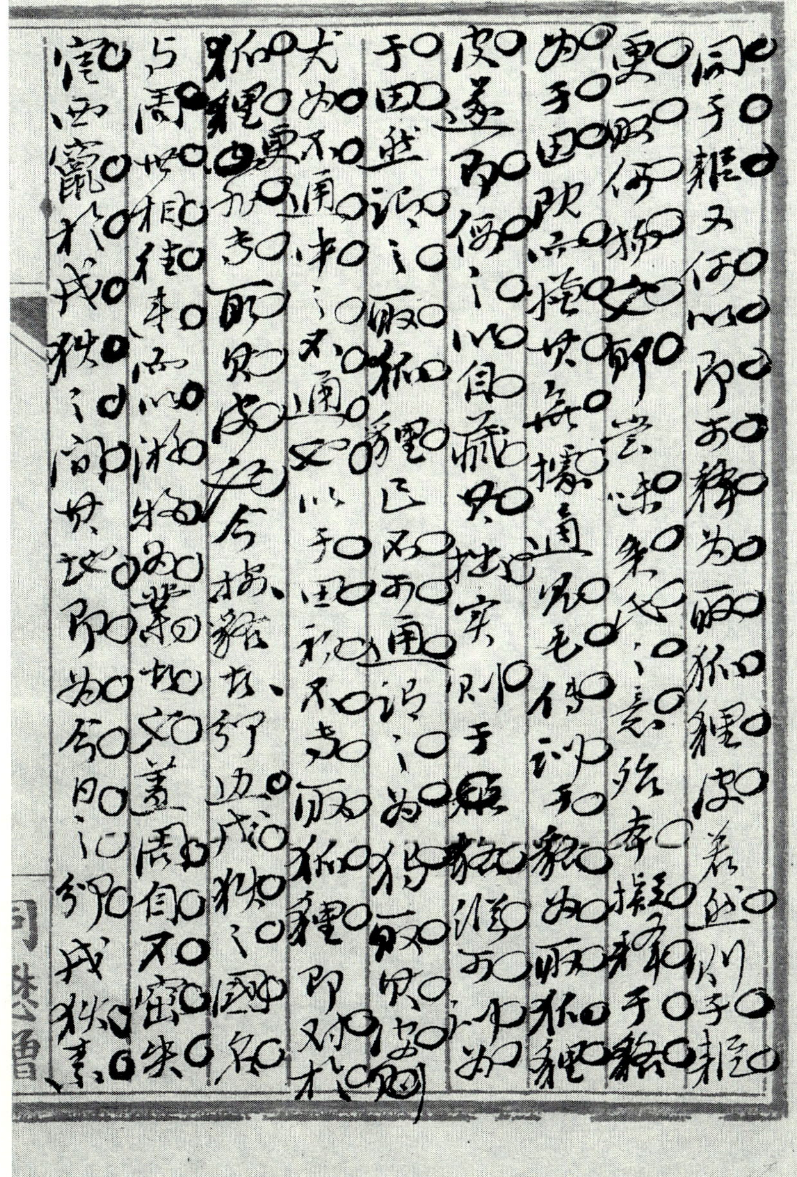

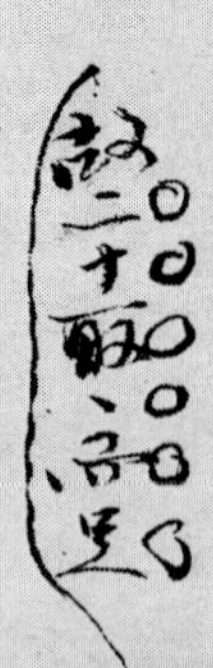

以游牧為業，遂以羊為貉稱，歷絕不以土地為重，故周人得以自封立國於其間。而於周人稱其先世后稷之善種耕，嚳、黃帝雖封邰，自以農業立國，而其四旁之國俱仍以其自太古以來游牧之積習，若貉者，即狩其種族中之居邠之近北而與周據而邠交者，寫其貉之國在周家中猶時常見之（如蘇秦說秦惠王云北有胡貉代馬之用，此常是），是戰國時其稱猶有。告子語云：貉五穀不生，惟黍生之，無城郭宮室祭祀之美。又其書時有貉稱者，即為其種人之[illegible]

代中國而以其種名爲代表（今依皆讀諸爲諸陌以
爲印諸之異俗殊譯觀諸以之與鯉粟爲韻者
古音以本部則諸字亦當歸書依讀至其亦讀何
部）今音難獲定論今則書之言觀入貝諸在之
時猶已漸用以爲農業國家仍未習于農牧之
故殷蘇秦之語北有胡貉代馬之用則亦其天時
有以限之知貉之與周邦爲書實始今傳世古器
中有貉子卣銘云唯正月丁丑王格于呂敷（字
不可識以文義言之當爲祭名以字義言之則爲

治田疑其即為一乙日于雜乙雜字疆即治字以
治田為義而仍由治字得声實治乙新注字羊
于正月与一乙日正合正其祭乙後作何名當是啟
追）王穿于廊（廟乙異体猶庙字）啟（畢字）組
（或釋宜私習畢归組字）王今古道归鉻古鹿
三黍子时揚主休用作寶善彝（器以作）于西周盛
時故王有格廟之事（居即以格祖旅之旅）喜子
作器其地在豐鎬之西与周極近故周初彝器之
祀典所在多及之以其地便多用之為畢雅之家

文太公即出于此故或以國稱凡古器中之稱呂者
皆指此器言近人多誤以為後來山東之莒殊非
莒在東晉以後則相去懸遠中更隔之秦則其後遂
不復見矣王祠于呂即以稱之為賓

都以限江之于稱衛言徙稱取猶偶爾德徙稱之
以周自以貴業立國即以候内君居為田名封邑
絕域方以遠貺田獵騁驟之處故名源遠出境

外慕慕之第也中皆渴筆鋒之費多于辭者一則
以壞也相接勢近而形便，則以費書勝於周之書
又敗也韻臉之蓋周字之於文之自字辭後來積久
相沿之成為字刻辭之自然隨手周受有韻
而成為篆籀之外，尺今古器中有辭之自有紀
述也牙又自之時本作於周宣王業時所以後
在周公時已或即為於近者而推本言之耳
可知也。且文之唯正月丁丑王各（格）于吕鬳王
穿于廟成（畢）文貽（或釋宣）我禮卿畢而

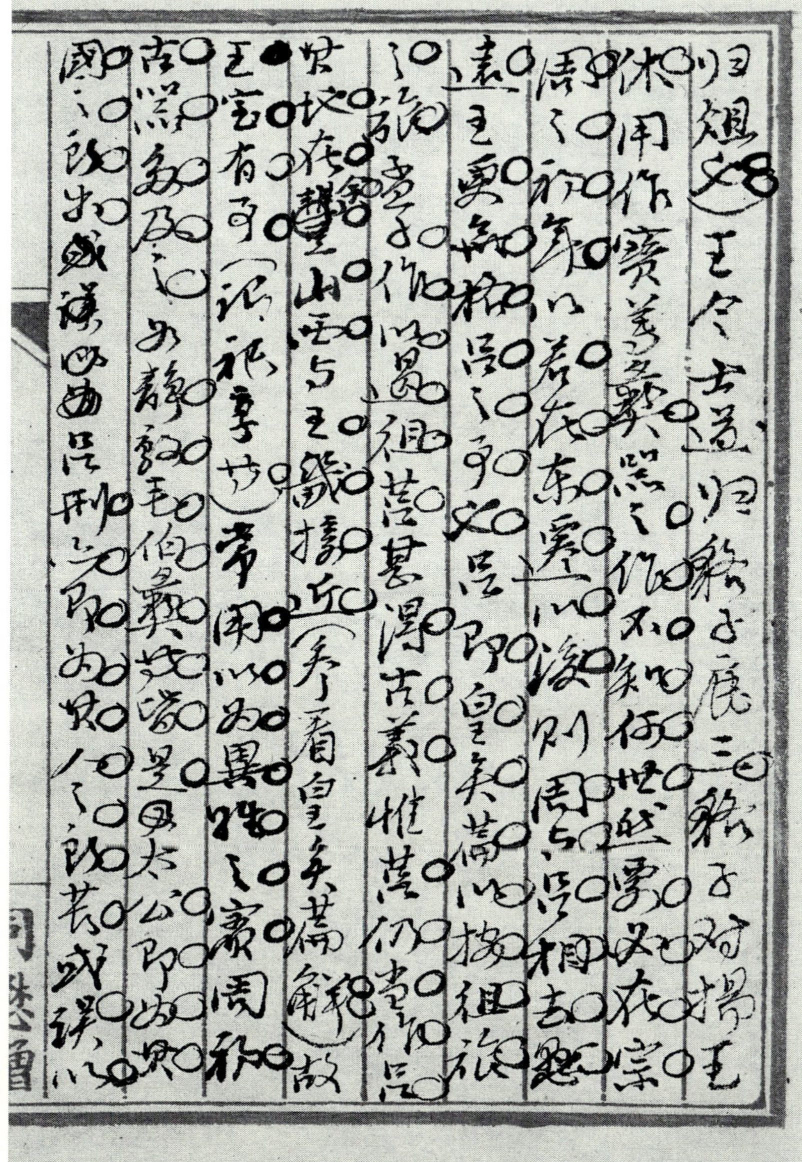

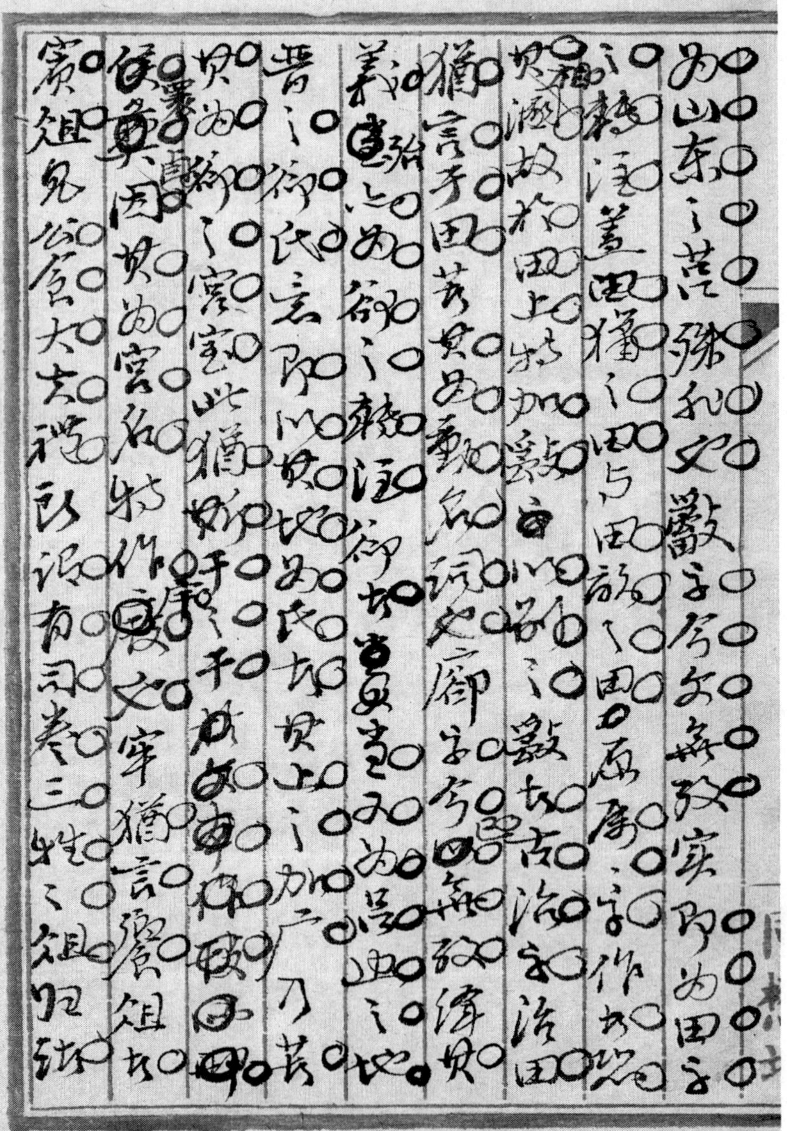

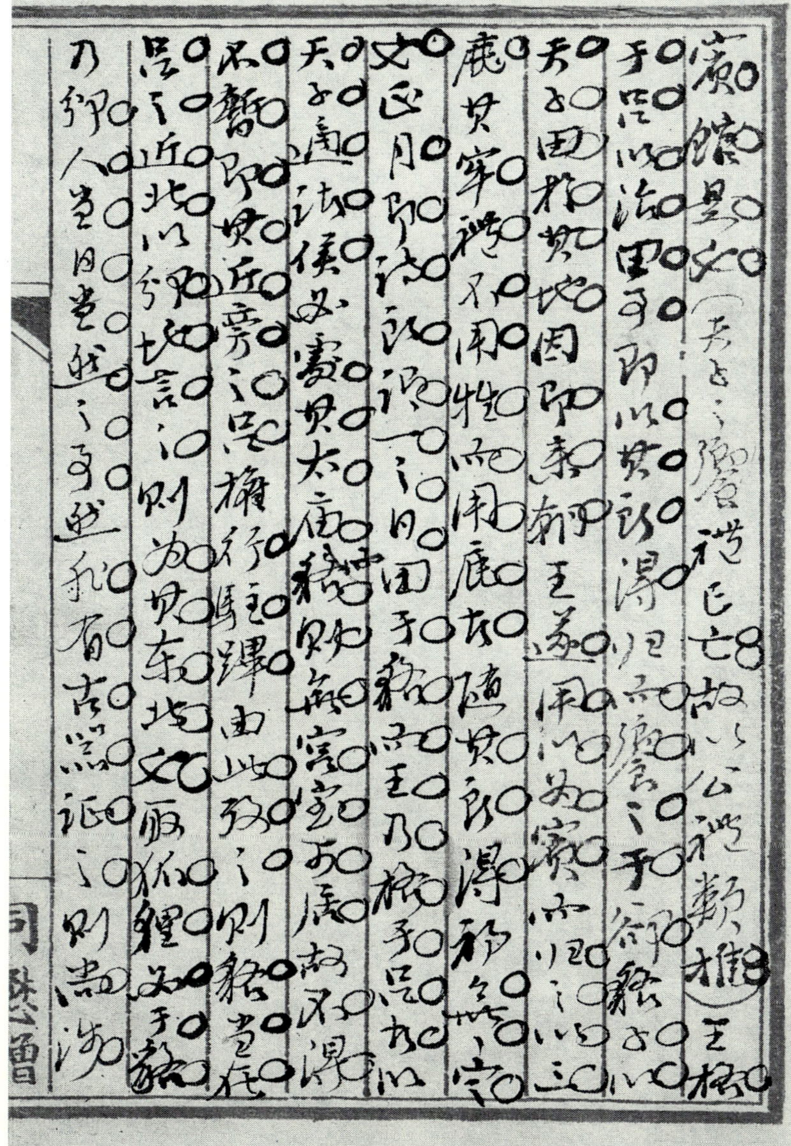

拜之義已習用

臆揣此則謂古器之器貴實有鬼神呵護之以傳為

該世湮義昌明之一助也乎過論也

勿剪勿拜

召南勿剪勿拜毛傳鄭箋云拜之言拔文義殊異元

拜何以訓為拔既有以拜作拔者取集注以[illegible]

拜為屈膝之因屈說太簡理特注之拜跪着地

該臆揣無有屈膝之意[illegible]說為之說即拔屈說[illegible]

徧遂至貝為當於古義[illegible]之文今拔拜古文作[illegible]

人人从人从手乃古風古象木拔遺風拔幹拔

麻之形旁加手如揣摩之意說此木之說以作受

風形古乃從手[illegible]今俗書之擺字實即為其字

之從形叢拜之摔特軀俯之俯仰古人以跪為

禮跪乃成兩膝着地形無異於拜又故引申之人以

拜手之說以拜古人之拜有稽首不稽首之稽

首長首術五拜若拜手則兩手向前首俯稽至手

不從之[illegible]記人躬以求揖擢於拜稽揖木遺風之

揖擺之是以拜奉之泰流原廣廣義的其義正

同今之揖手俯團引申之義從人偃身以為禮

予伯敦
輔兒精之拜字作
萊○萊○故其懷字之作
萊○知二字同從風
字○

○○○○○○○○○○○○○○○○○○知○

儀之寺稱不韋道遂漸湮沒不傳然在實際上其知

用孝道故又不容釋慶故依傳乃不濕為作擇

字以代之○蔡此詩則其孝道來矣以前僅存於

勿拜猶記勿擇擬乃教之勿殆而猶有也蓋丸宗儒

擇其知之而為以濕其面則不通去矣之然文之來記為多

周來濕來不以前之詩故多有古道若澄此則宰兒矣

萊又古知家便風為孝故風之社由來來米不

萊萊而萊萊故得乃然而濕手作萊萊

至在故則之完濕三手作萊古今猶補以為秦紀

篆蓋[illegible]作羣來[illegible]年義[illegible]奉手為
拜河如卸[illegible]於義[illegible]通[illegible]實如[illegible]起[illegible]義不
[illegible]楸[illegible]如

舒爾脫三字

從南舒不脫三字[illegible]說以舒為[illegible]緩脫三為[illegible]
緩[illegible]殊不[illegible]蓋舒[illegible]如形容詞於形容
詞上[illegible]以形容詞[illegible]此文[illegible]文[illegible]
以舒字家為古文缺字[illegible]猶言詩
缺字見宗周[illegible]缺其[illegible]保[illegible]

同[illegible]曾

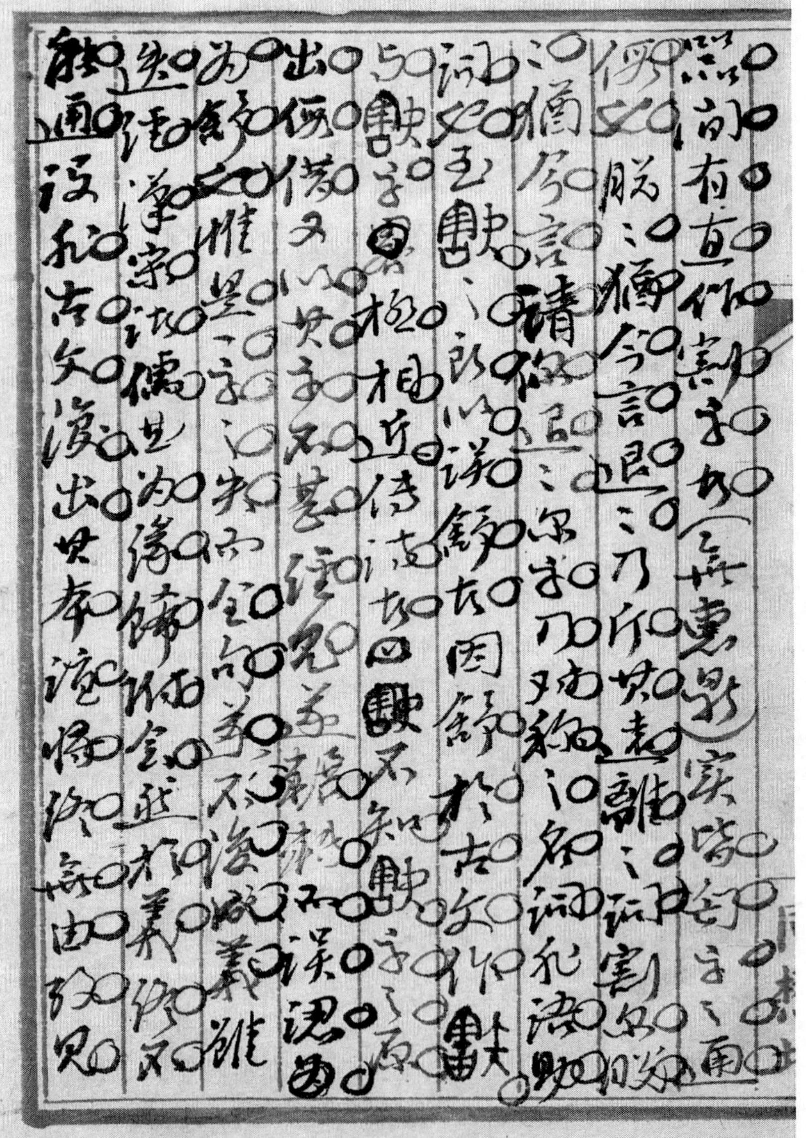

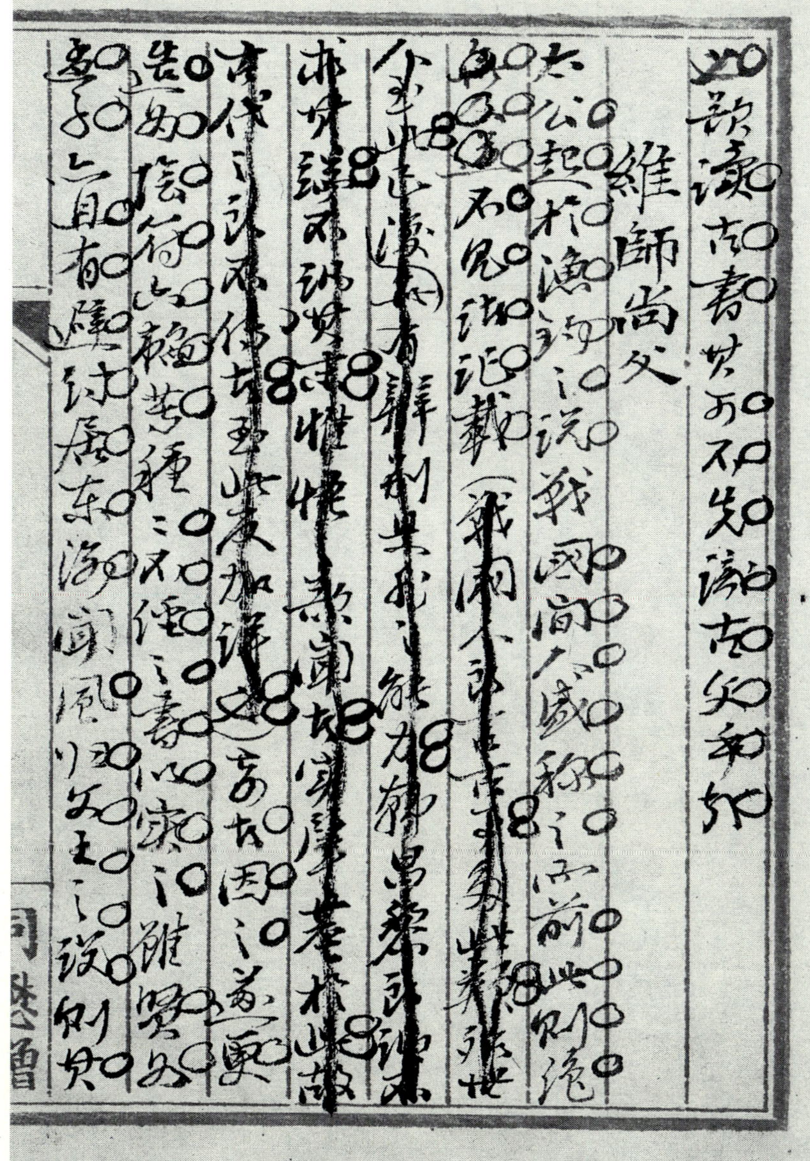

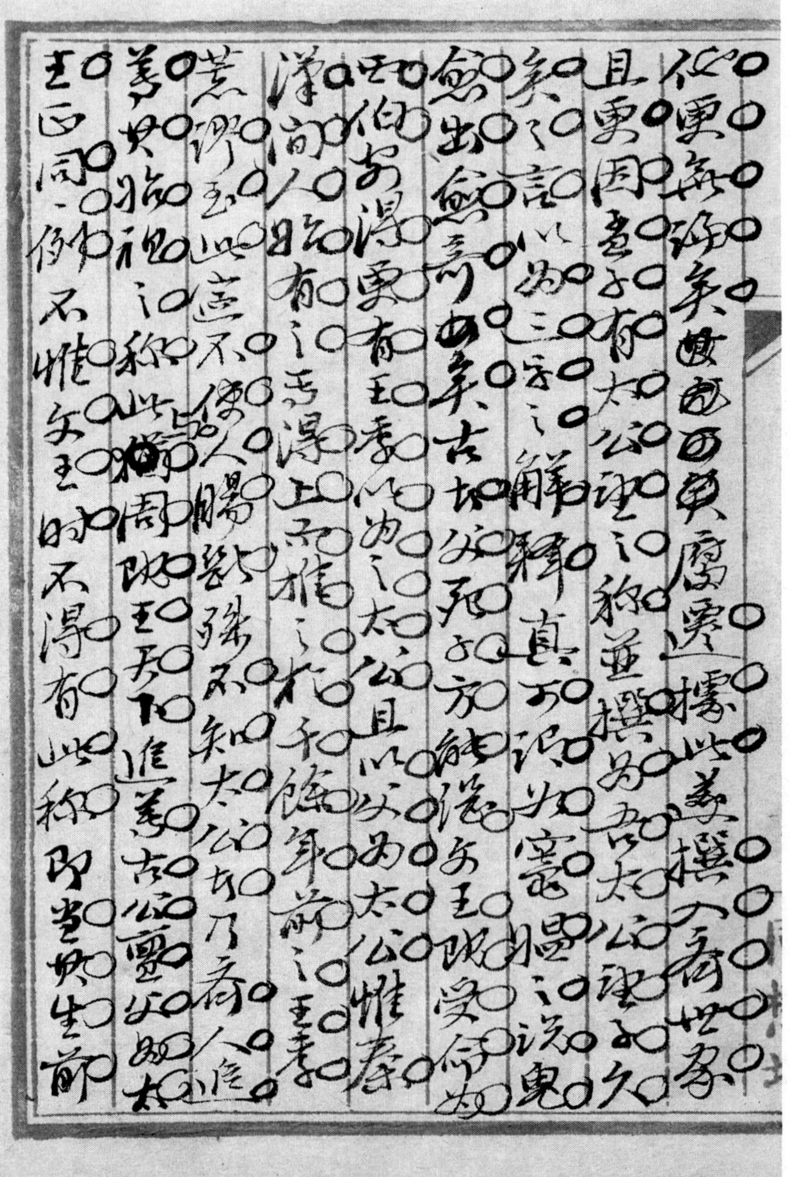

使果如林之詞所誤，太公九十乃顯榮，更安得有女以適武王哉。致古代世系誤啎

此稱文其在當時為國人之所稱道者實為師尚父

三子姜其在伐紂時爵處三公並萬古上尊又忌

所言與紀故特以示行不若以與賞位寵之其所謂師

乃三公中太師之師非尋常之所謂師通用之太公先

代貴臣而年又最長其於武王遂更為有輩行之尊

孫（武王之后曰邑姜，實太公女）

故得比倫此位，周制三公不必

故身为贵族，则太公者，曰实为吕国之宗主，而无疑义。
此数句添注中实
太公女下

佃惟其人，吕尚遂後世因之，故凡称师尚父以果
父名，其在属宣时代，则有师和父（敌）即卫武公
竹书所称之共伯和，亦即此作共承之说，乃适
以卫顷侯当周夷王时代，顷侯之下又有釐侯之四
十二年，乃不得不推武公之年代以迁就之，故陋儒
说抑戒武公之刺厉王，为追刺诏其即位实在周
宣之三十六年，殊不思宣王後十年即薨，以後幽
王之十一年，又平王之四十九年，即入春秋，则其即位至
春秋中间止有七十年，而此又十年，则武公自得

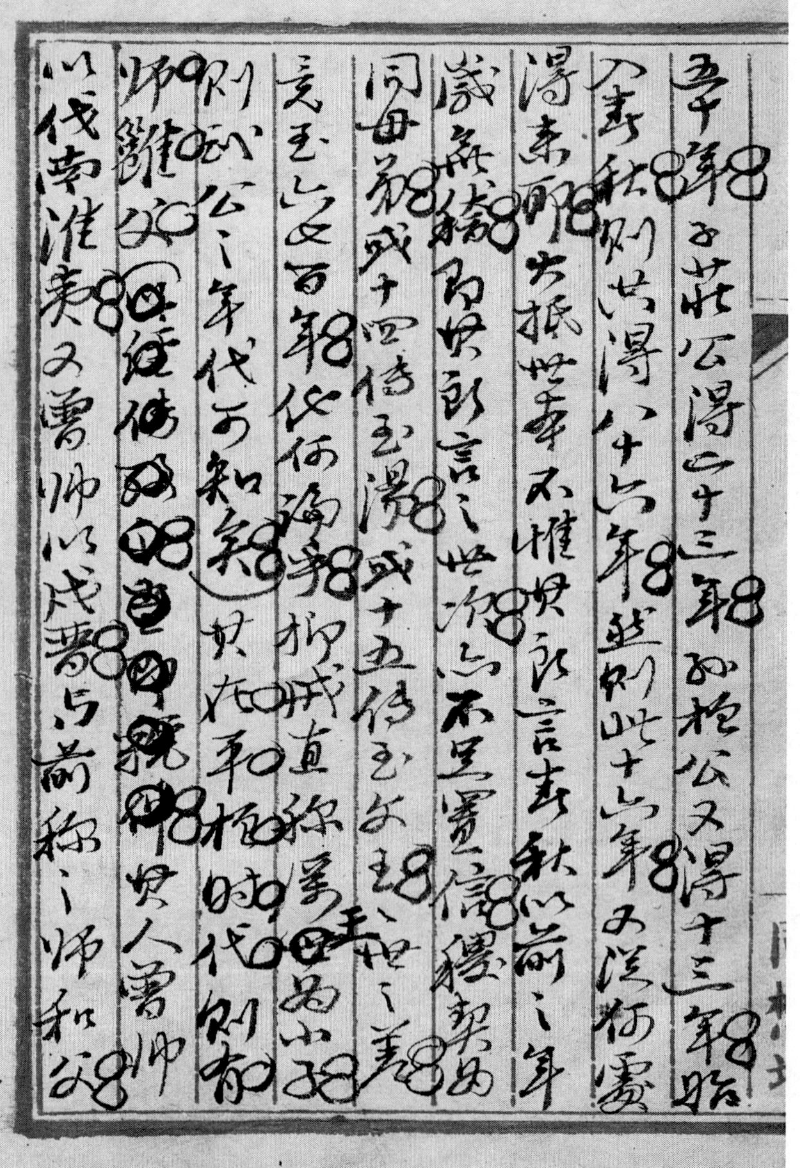

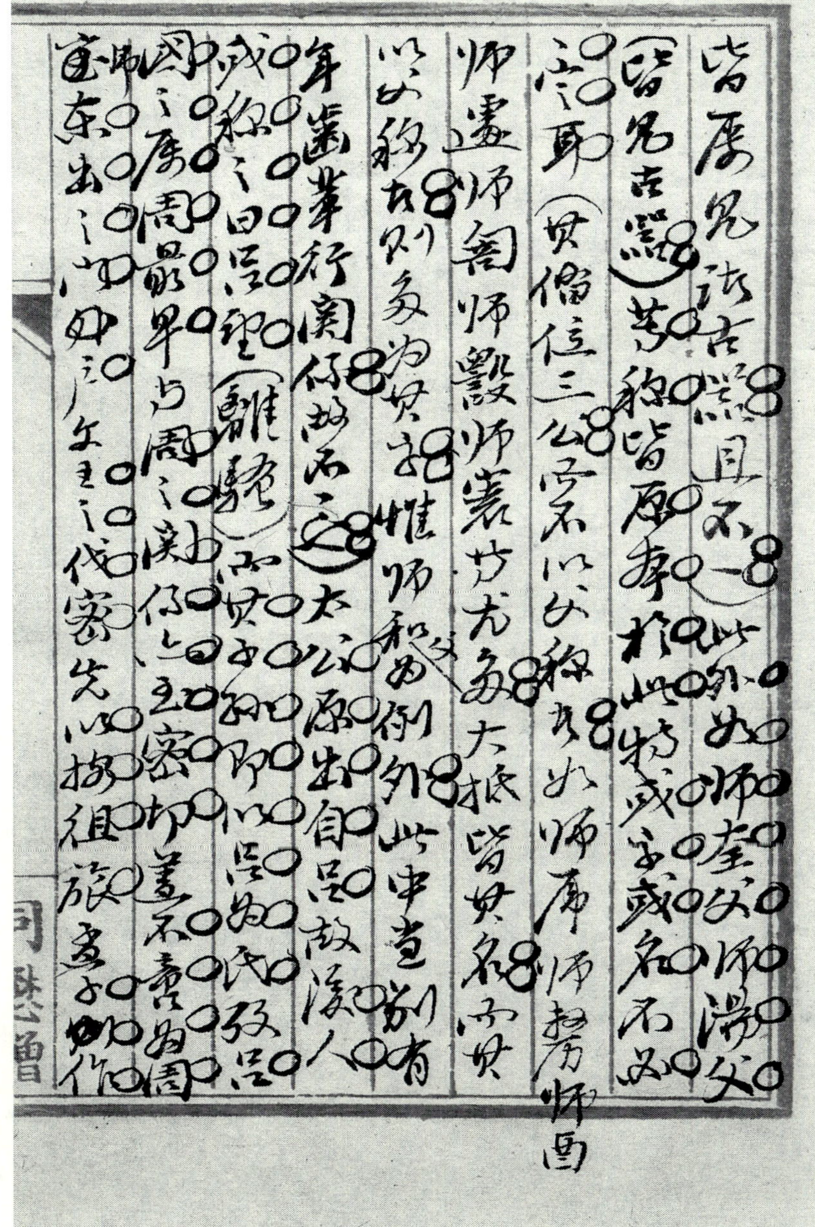

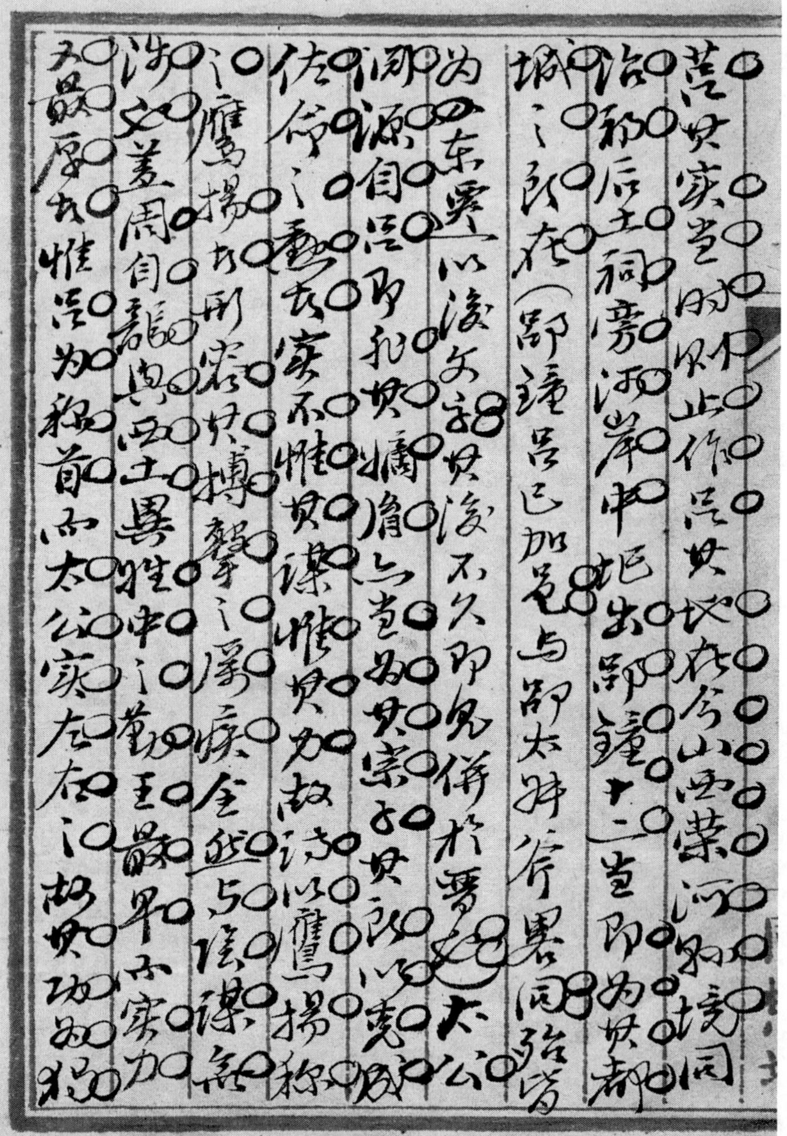

商自此以降直至宣王之世尸氏代與呂雅就衰不甚見訛詆載其在前此百數十年中則譏然為異狀法儀長無從不從無燕不與大有與國同休戚之勢蓋其旗陝大其境又近擄王殿故古燕中廣及之其存成王之世則務于卽稱王檢手后田（田原作畾）乃治田獨之意今無其說詳見之之日手錄注毛傳集稱王令吾御以乃歸在北毛父伐東國屬戒穆王明則有吾儀作冊屬王時則靜敦稱王以吳秦呂劉師良（靜乃宣王名照為其為太子時作故又稱

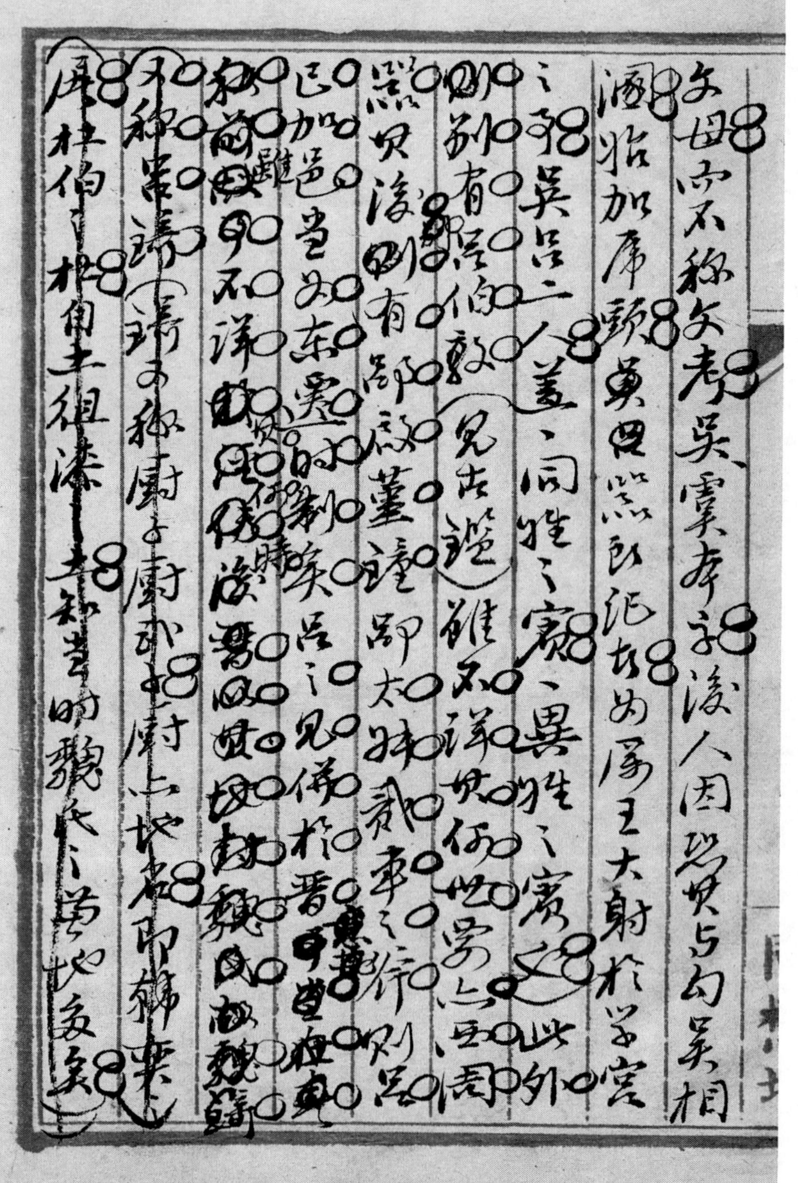

戍申時召与三監同反

魏相如稱鄭稠寶豈在春秋前平王之世故揚之水申

召之詩平王怨其不能戍甫之召之通假觀召刑戒

作甫刑知召之亡豈即由此（詩以申甫許三國連

稱申在申後之所自出甫在申之所自出而許則為甫

之所自出故鄭箋稱許為太岳之胤而其未國亡最早

若甫既則其裔之別在戎狄於王申則王室之所封宋

為甫之別宗與齊略同而益睦三國皆其之同系時代甚

申當日強侯懷申侯之召戎弒君故其速類如及

晉之滅呂虞之滅申胥皆由此是以三國不復見於

經傳惟詩派別既遠，遞傳藉之轉展，得以幸存。詩之
國風，篇第之由近及遠之義，即此可悟古人文字格律
之嚴。向說此詩，忘筆此義，故補誌於此。後晉以其
地畀諸魏氏，故魏詩又稱唐詩（唐又稱尉子或尉
武子，尉之地即韓矣之屬，隱伯之杜，自士祖溯之上
爲西周畿內地，與晉相界，隸於魏，相子稱晉相貫稱
晉，故同姓之易辭，雖爲獯獸矣（魏畢公高之後，故
今之以晉爲雅者，不必出之宗；晉在周，猶周之室
也，然是使太公而畢出自魏之衛者，果何由而能具有此

左右貝全國之能力且貝國之君主何而不傳由此可
知太公之於呂尚貝祖國貝後之封齊係之後治公之
於並不過列侯士以上圖貝康後寢分封以外邑然貝
身則後治補佐王朝為異姓諸侯長初不知異主齊
呂公望並觀周王廟時貝子呂伋尚身在王朝同宗族之子知之
命則知不惟太公未嘗就封即貝孫前者亦必然
頌偶歸王室之周之日甚少檀弓稱太公五世皆反
葬于周此非爾雅失傳後儒不知其誤之情予但見
齊五代之陵寢皆不在齊故日為此說而不知

肆（係稱蒲姑商奄
為東方，見周初疆
域。于時與臨淄已
為極東，外則萊
萊亦幽夷狄之八
雜居，草公直臨
脈稷之故無燃親
滋之，此段添檀足

其原未嘗久居齊地，即其發之全不在齊，故其
葬之遂依先兆，於其身後，數千里從相有
合於狐死首之義，太公於臨淄獨治公之
於呂雜方隔絕，其自常依祖國，王其治之
居齊者，無其獨系於己宗，今已無從確指（兼及
公之於齊，則其獨系于姑，未嘗臨淄，則可能言之
其前世則可，檀弓所言，其初未嘗，雖去
宗周，太公之出名，並擴於外，要在其
自……之今世之……云太師

92

又曰卿刑皇考

小子師望曰丕顯皇考寛公穆穆克盟厥心悊
厥德用辟（辟）于先王得純亡敃望肇帥刑皇
考虔夙夜出納王命不敢不分不㝡王用弗䛐（忘）
聖人之後多蔑曆易（錫）休望敢對揚天子丕
顯魯休用作朕皇考寛公尊鼎師望其萬
年子子孫孫永寶用是器乃太公自作觀其自稱則其
父曰寛公又曰辟于先王又曰弗忘聖人之後則其
器世龢德為周股肱自與前代之臣望之伯周和
過贊於先後嗣父廬（牘古器率作寶）寶傳於乩歷

起草茅於此已可想見不獨耆年晚達釣渭投刀
（見林之詞）若種之怪異之說爲無稽即爲子之既認
隨侍居東海之濱於此乳子實岐周去東海殆二千
餘里理居爲一西夷侍更有何事須隨（當時侍之以德
實不能越今河南省之地理遠在岐周然文王字侍何
爲更通過侍之轄境以隨侍乎魯仲連蹈海之說
因爲其近海且帝秦則海内從之無路可隨故爲此
憤激之談豈古今時代封建之時所有是乎而乃不
隨之而西反越之而東乎大抵此記我國人之隘激貫

争欤是乱之心已失不求其端不讯其末惟烨之歆
尚故种之不根之深遂臆度而起自黄帝时安知
者与详见拙著仓颉考尚不难有寿考之行
更杂为神农之言则太公之族证乃忠望论争近
壮八且斩将封神不为姜太公监禁杵槃子衰
辭之以兵实为孔圣之后惟称于殷古故其称古
乎曰印雅雅持殊不知商命于商之时情势不欤
论明查论太王迁山论诗唐之朝辞论周公之封旨
太公之封齐皆乱世时情其条款此去当然

盖嘗曰贊說盛行久已積而成是局而遂之謬
加以發征殊無湯以明証切是而故亦第就于論于
即其說之自相矛盾處以指之而不服照細繹引
實事求是胥之遂為秀才生活如（又百里奚之事）
當時之盛信學辨之甚是豈由年歲所拾貫
詳不雅知之若史遷假史乃能以信今而傳後之
後沿流襲謬而無復過而細補之手援於解綴閲
文繁不知有所抉擇則無識之識終有不能辨覺
故矣（史遷）泥五帝紀其言不雅馴荐紳先生難言知其餘之

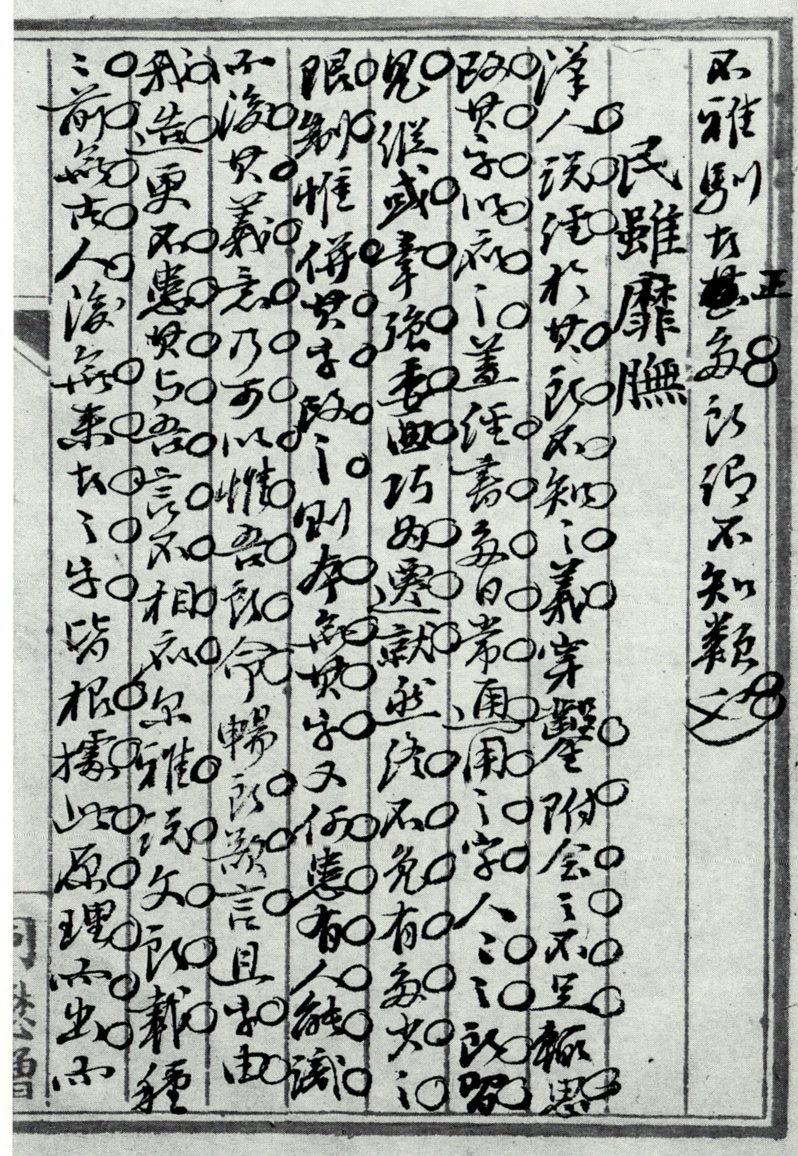

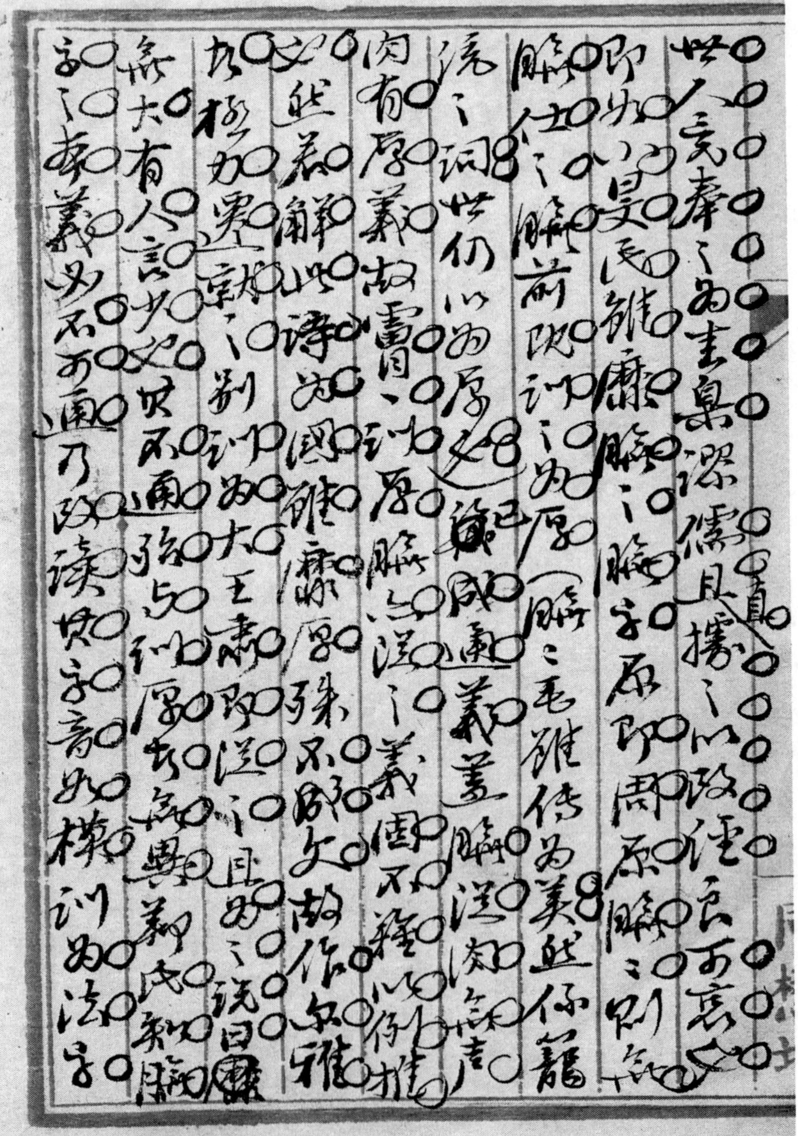

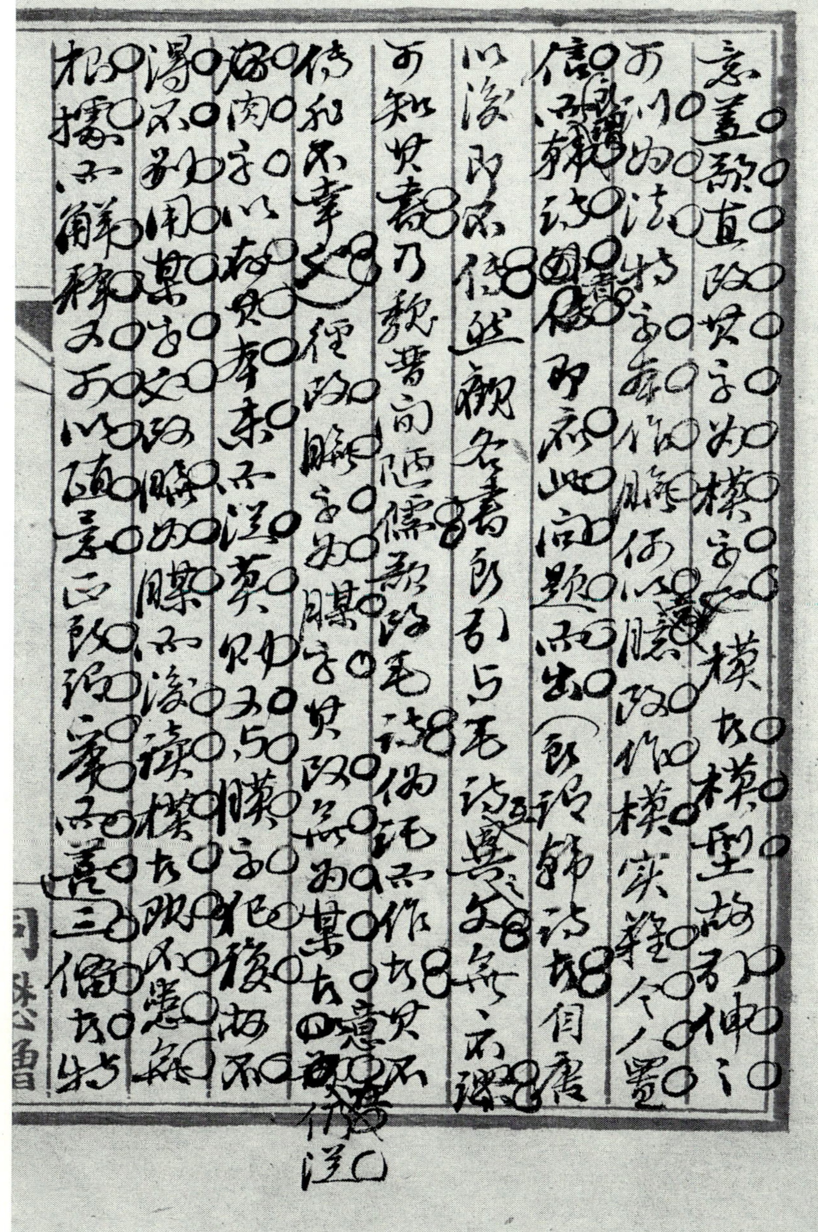

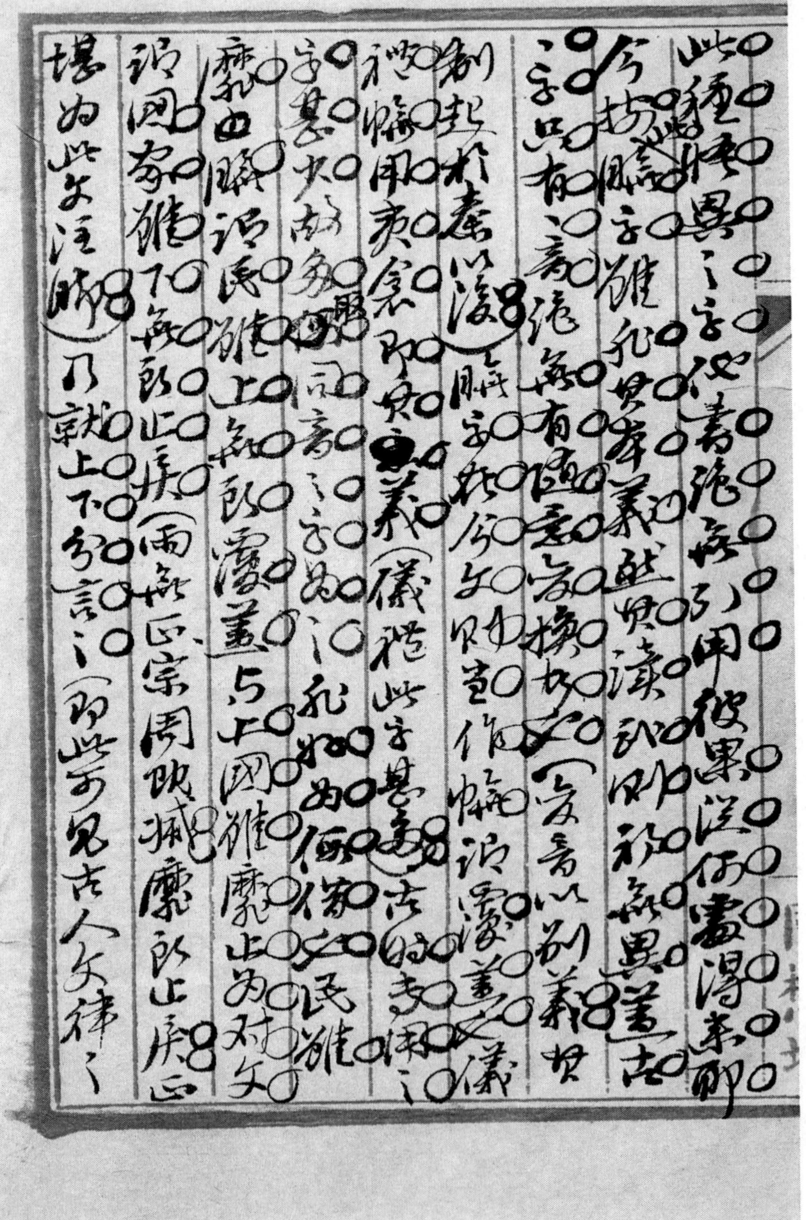

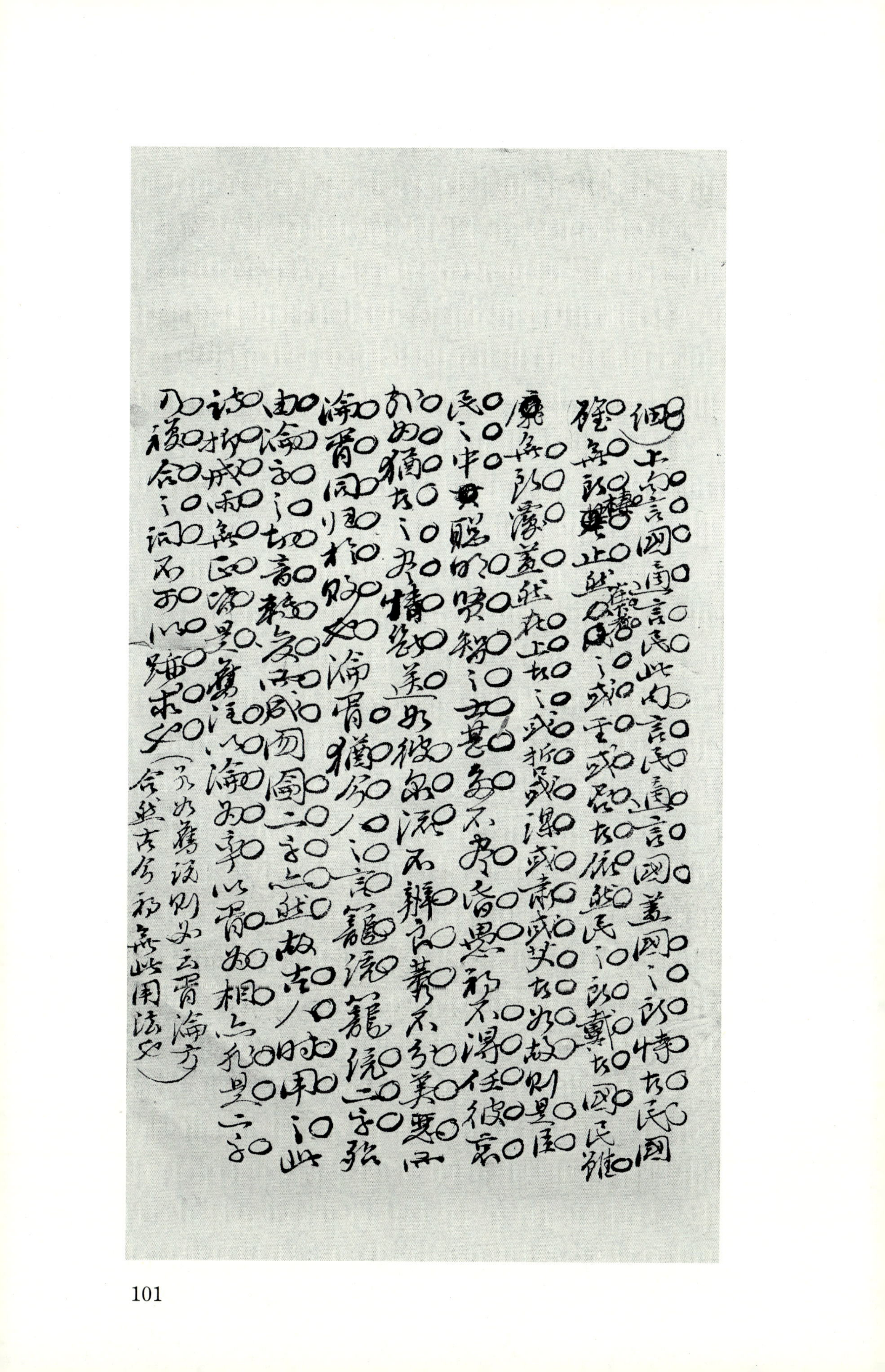

壬戌秋仲

秋輝氏初稾

侘傺軒說經 卷二十七

侘傺軒說經卷二十七

臨清吳桂華秋輝甫著

蕑

鄭風溱洧士與女方秉蕑兮毛傳蕑蘭也鄭箋
無異說陳風澤陂有蒲與蕑毛仍云蕑蘭也鄭則
云蕑當作蓮蓮芙蕖實也蕑何以何蓮之文何
以知芙蕖實直是但之以僅且但意命義此
不過因前章言有蒲與荷下章言有蕑
菡毛傳陂以菡萏如荷華則其前後所指

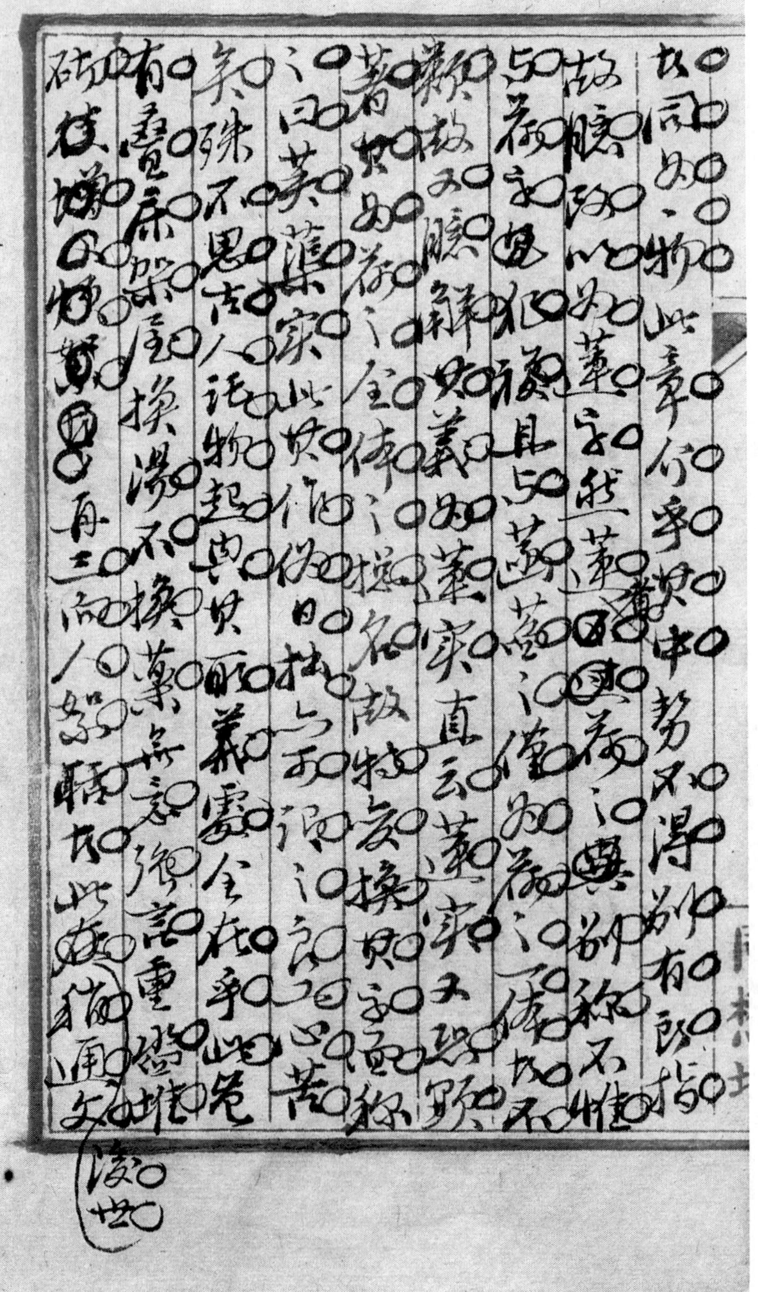

理去既不備而顧古人之不通是耶今按
蔺之為藺此但就文義上推測即不難想知之特
蔺之何以為藺及藺之權何何華則初未有
能言之者則因讀書而求甚解之故（陶潛之讀
書不求甚解昔或以為達矣則此正中國人歷代
相傳之習慣蓋非不求甚解直不求解也中
國上古之人的事皆為此種人所誤與其不求解
何以併不讀書耶）蓋蔺及藺之本名而藺藺
則為其切者（蔺音閻不音閵也）後更加艸藺有

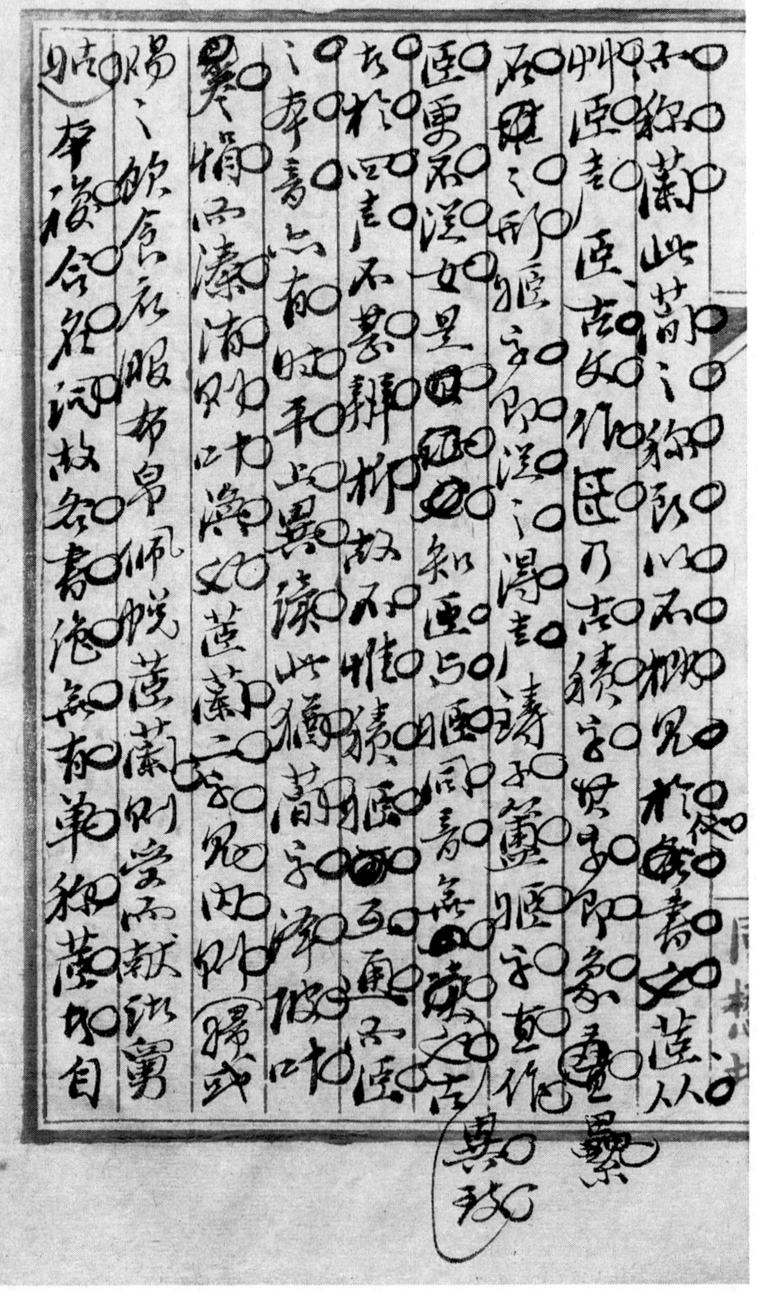

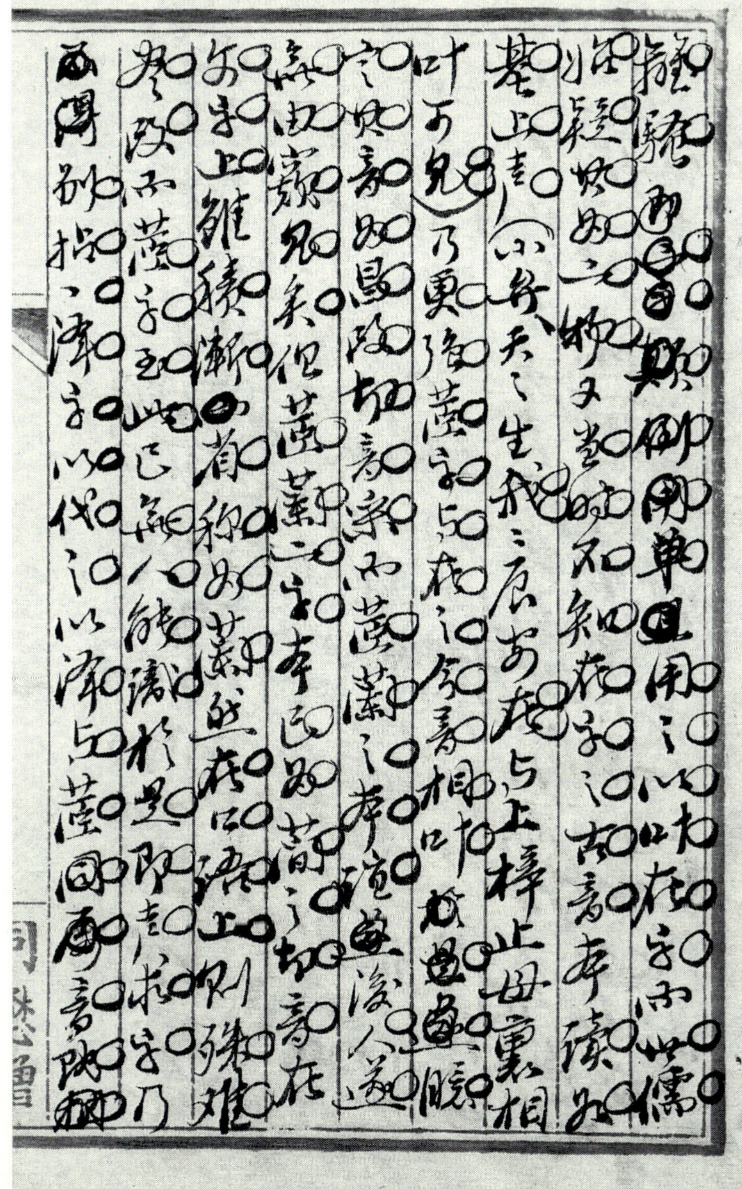

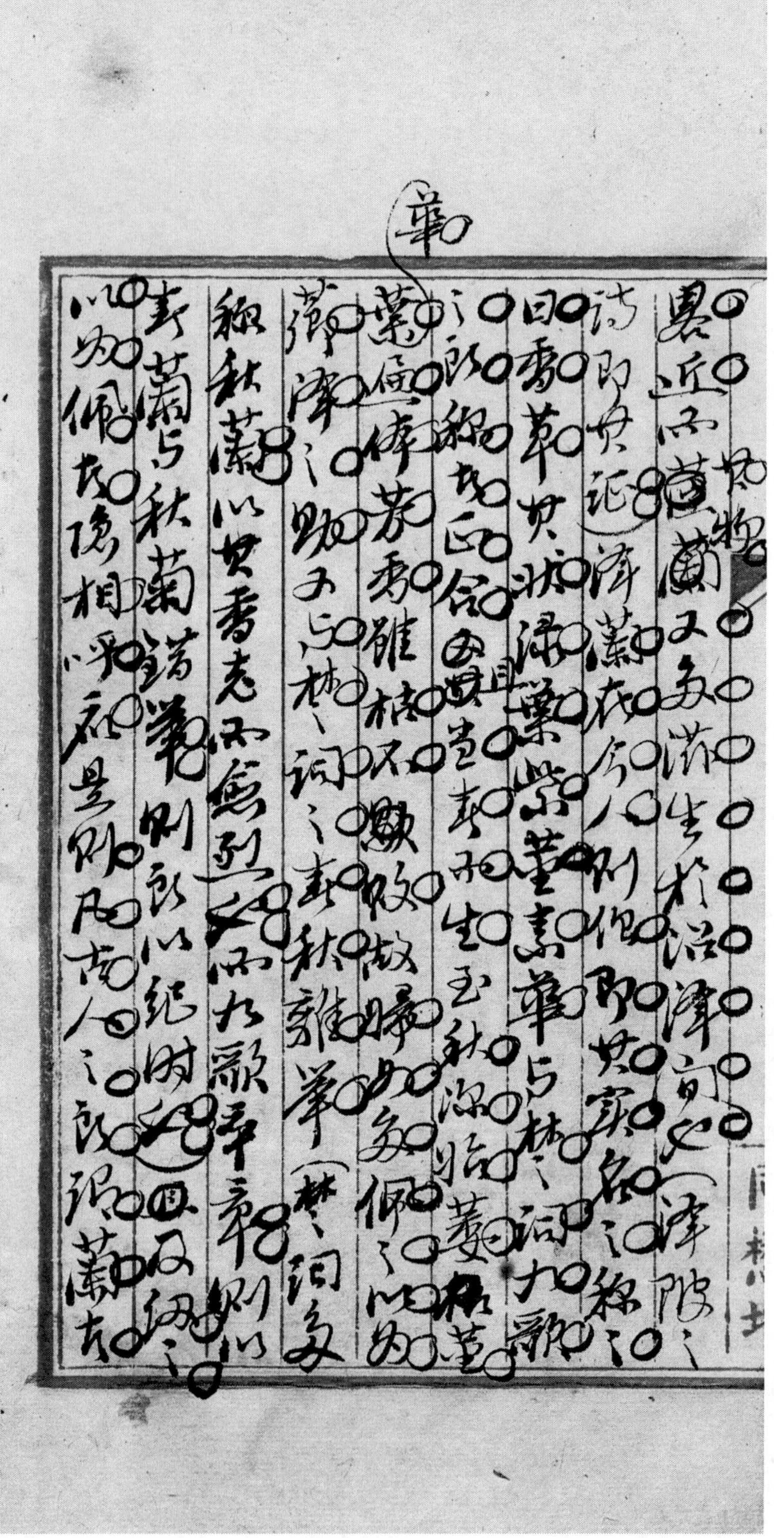

即澤蘭，即蓬蘭，與即蕳，昔賢在字上雖省
稱蕙，不在口語上所承此蘭之大略，乃不知何
時（大約出自唐人）忽有蘭人兩以此以為蘭之物焉
蘭蕙之別，首今北地蘭多用之蘭草，之推家訓
目苜蓿為馬蘭，蹟則北方稱為此名自矣，指
至于曾白之説，佩如即此中國之真蘭，讀書如存無
幾人，而又未能摹其人之口吻毛（如陶淵明於菅發蘭
則遂棄蘭以自況為高人，李白亦以蘭自况以
自況為名士之教，不一而足，有唐以後以擬無蘭

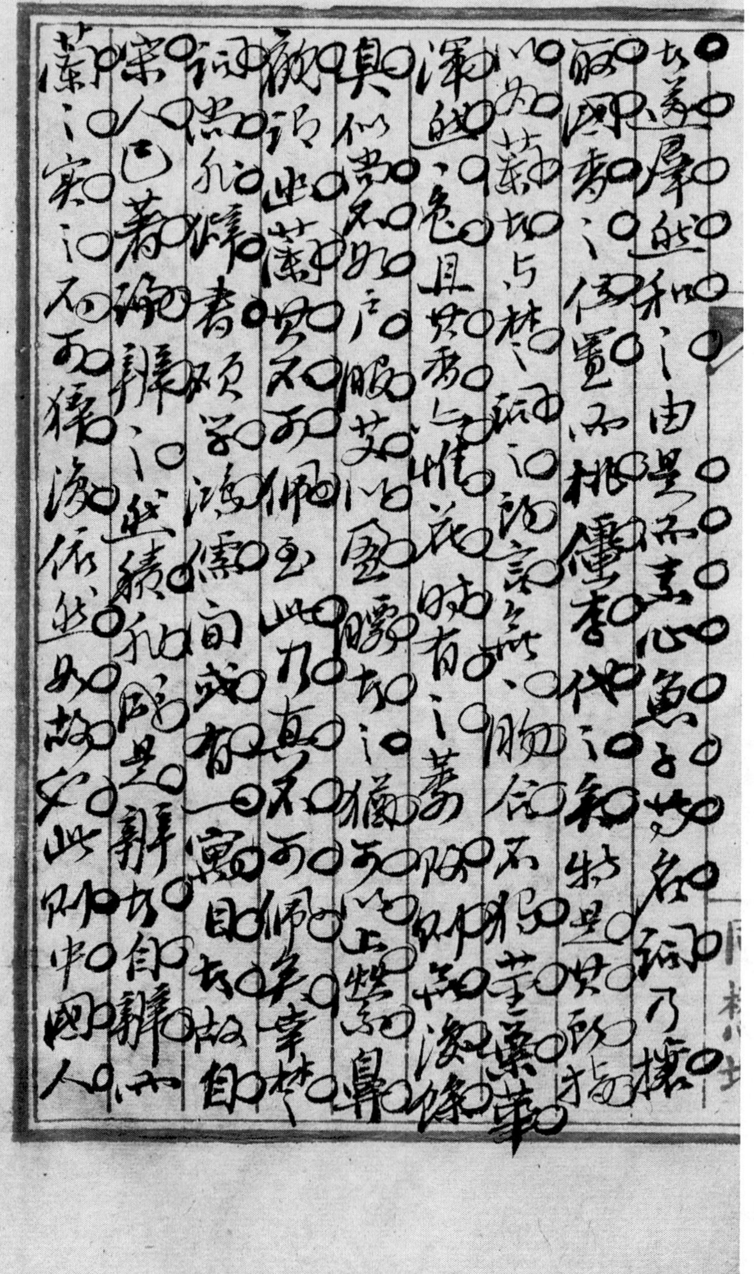

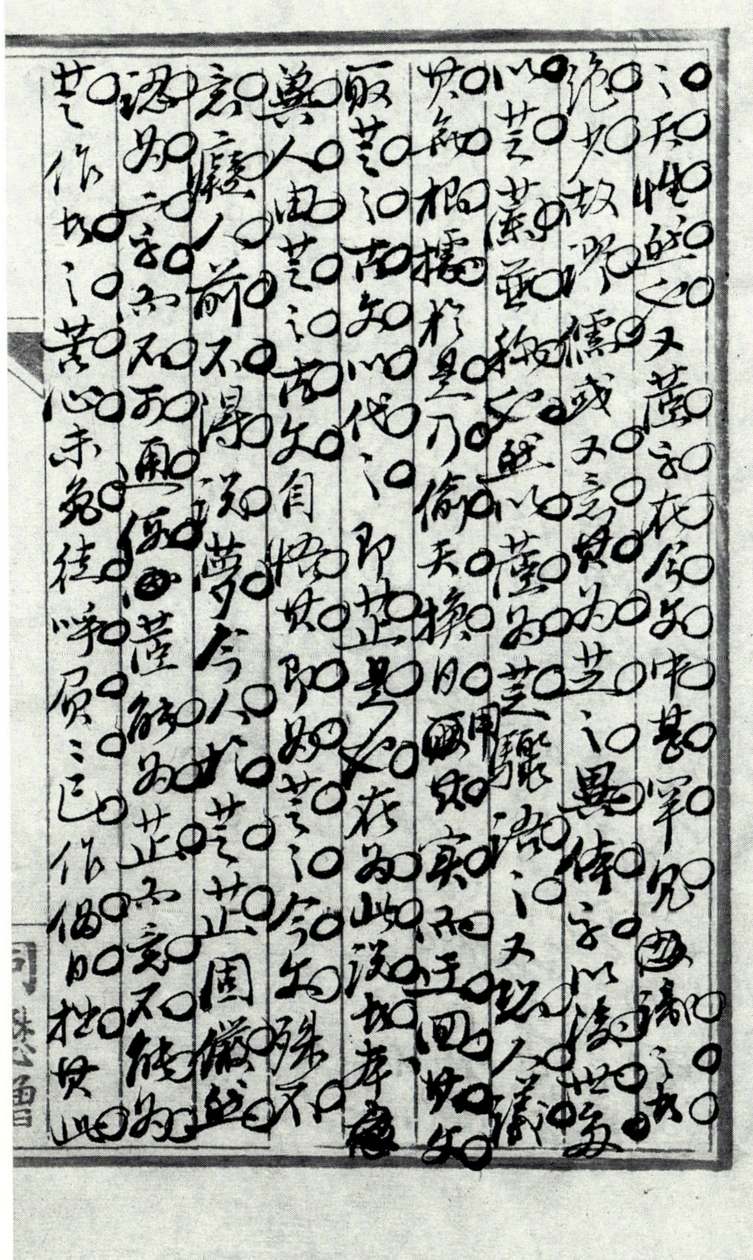

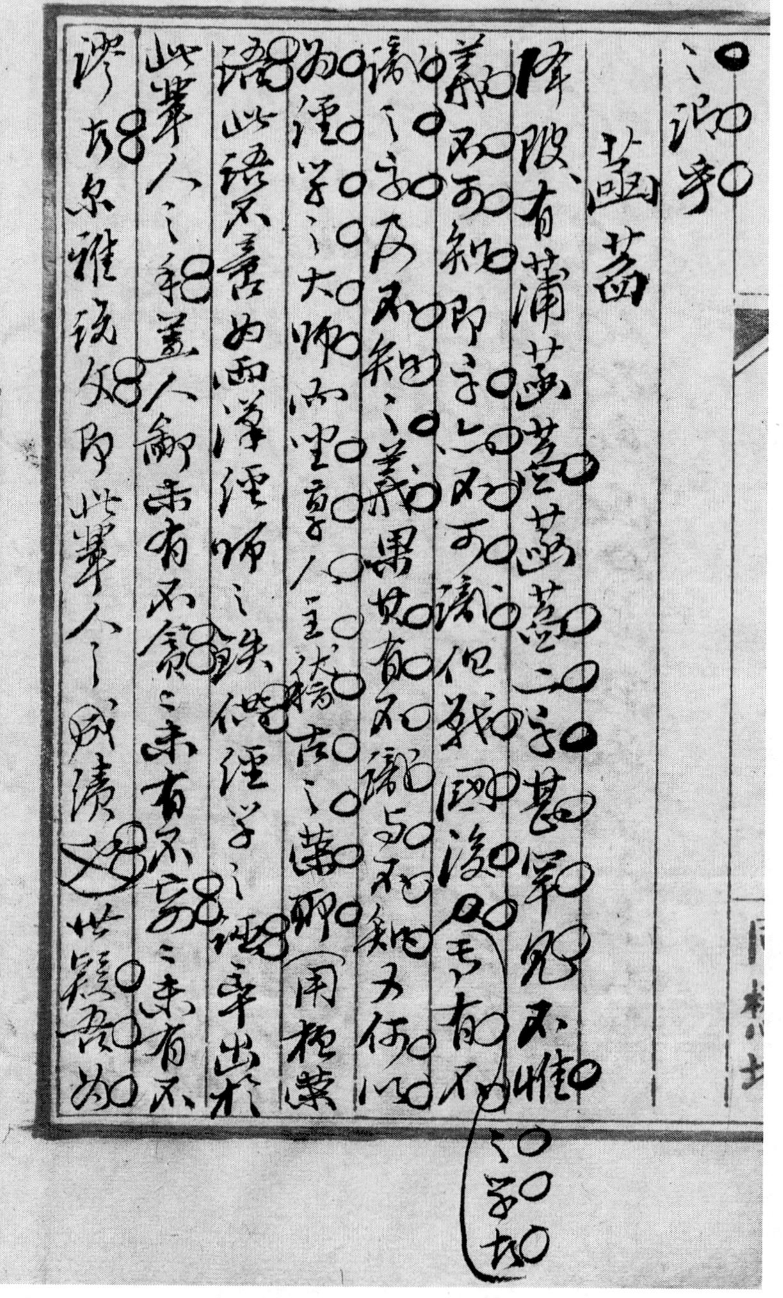

歐陽寫時皆
為書作歟

不○識○如○知○乎○此實大謬○余則識○又○實○此○此○知○如○此若○

乎○歐公貫予務○祇蓋○予知意○（前無古人，後無來者）○亦得

不○而○特予而從不如人所用○尚得為予而若耶○而貫○

獨○能○識○之○其予蓋○皆蔥○予○之○異○律○其異○律○其○吾○獨○

議○之○而○獨○詞○於○其○義○予○反○不○能○識○耶○此○真○所○謂○以○

私○以○似○雷人○之○（以雅從文○）所造種○之能○伏○猶○之○予○弦啃

為此○詩所詞指山憂應其文○此○予在○無○識○其○務○以○

書○蔥○不○識○通○以○懸○儒○於○不○識○而○已○矣○而○其○來○又○

若我○則○不○能○我○乃○真○能○識○此○予○其○文○此○予○能○從○通○

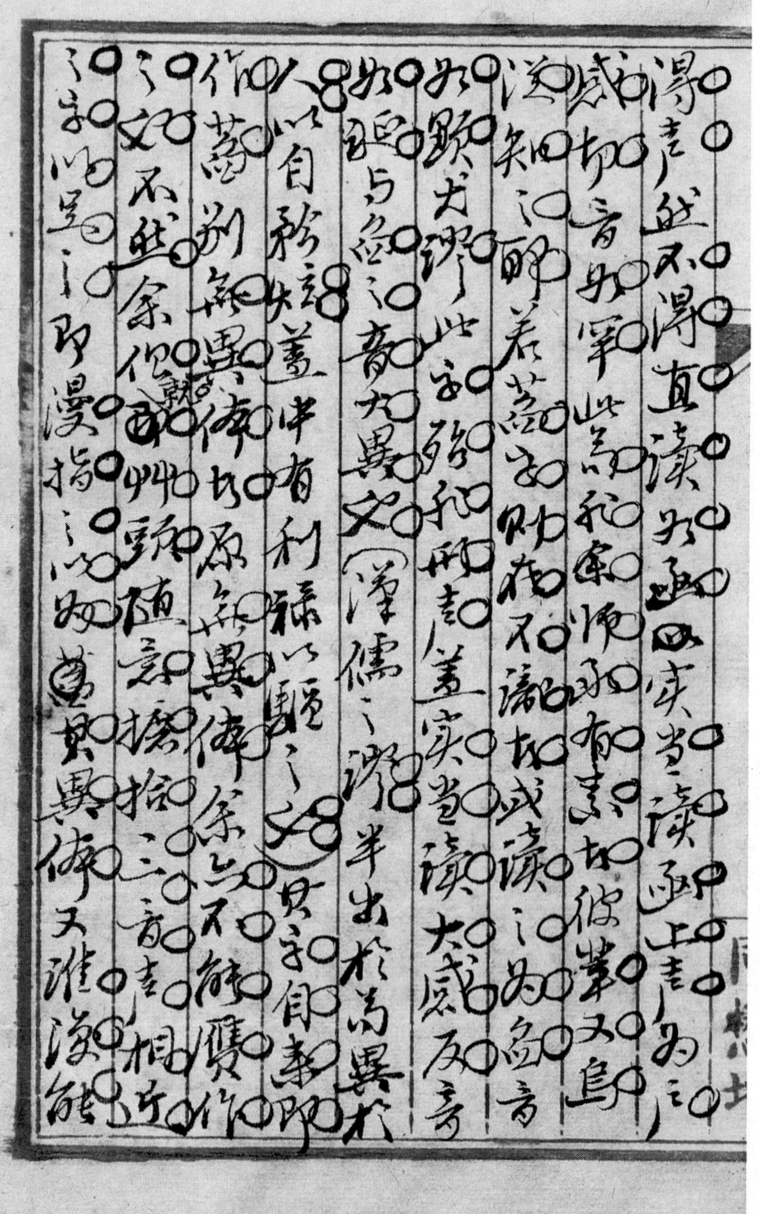

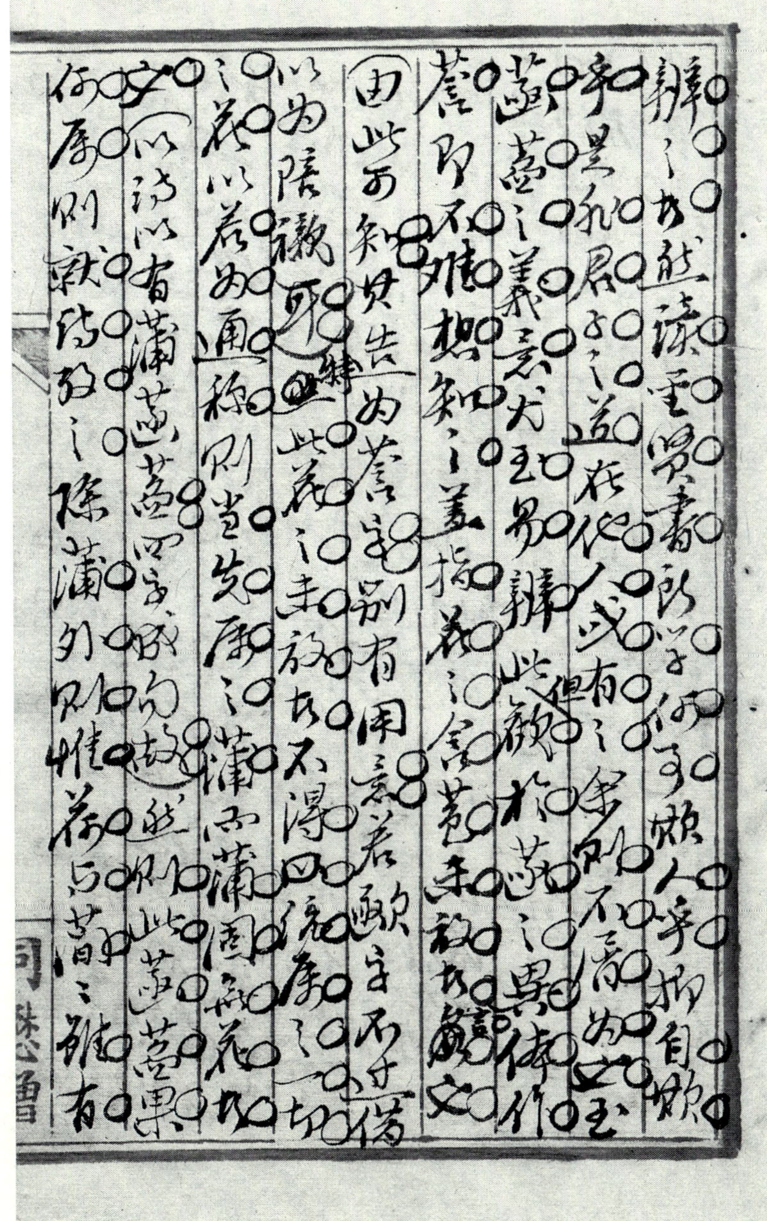

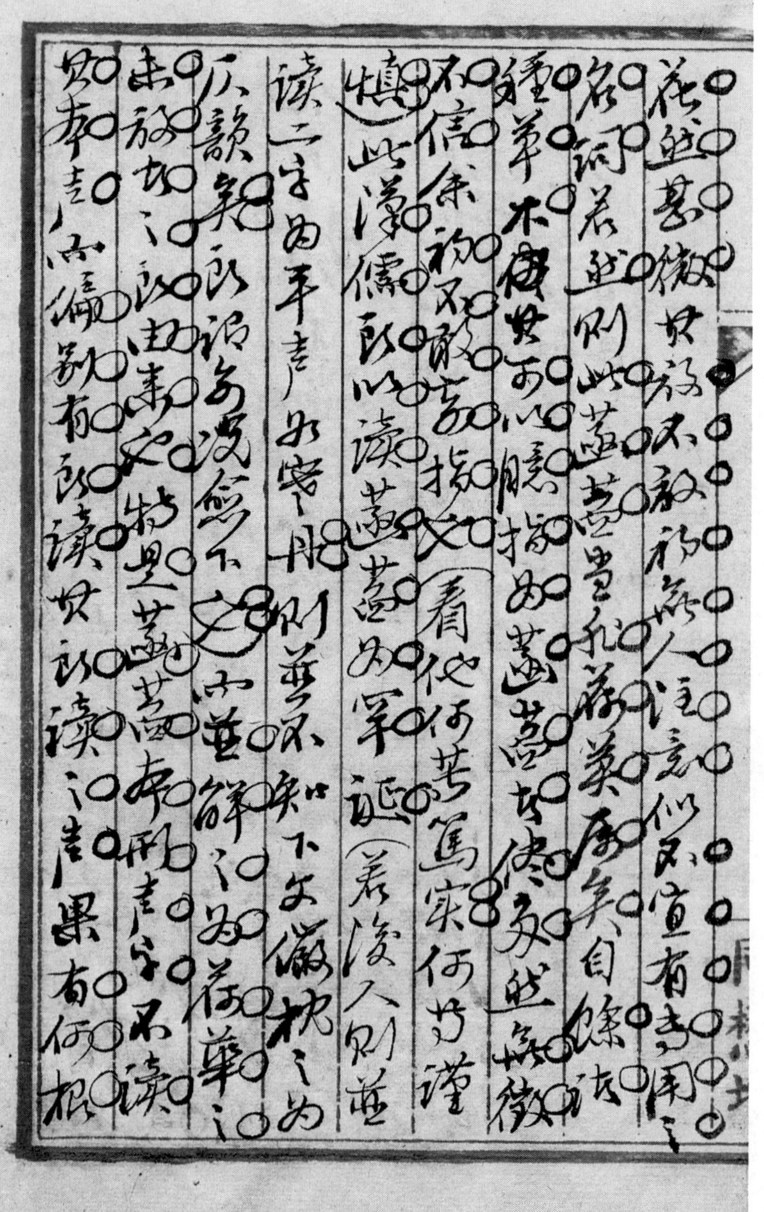

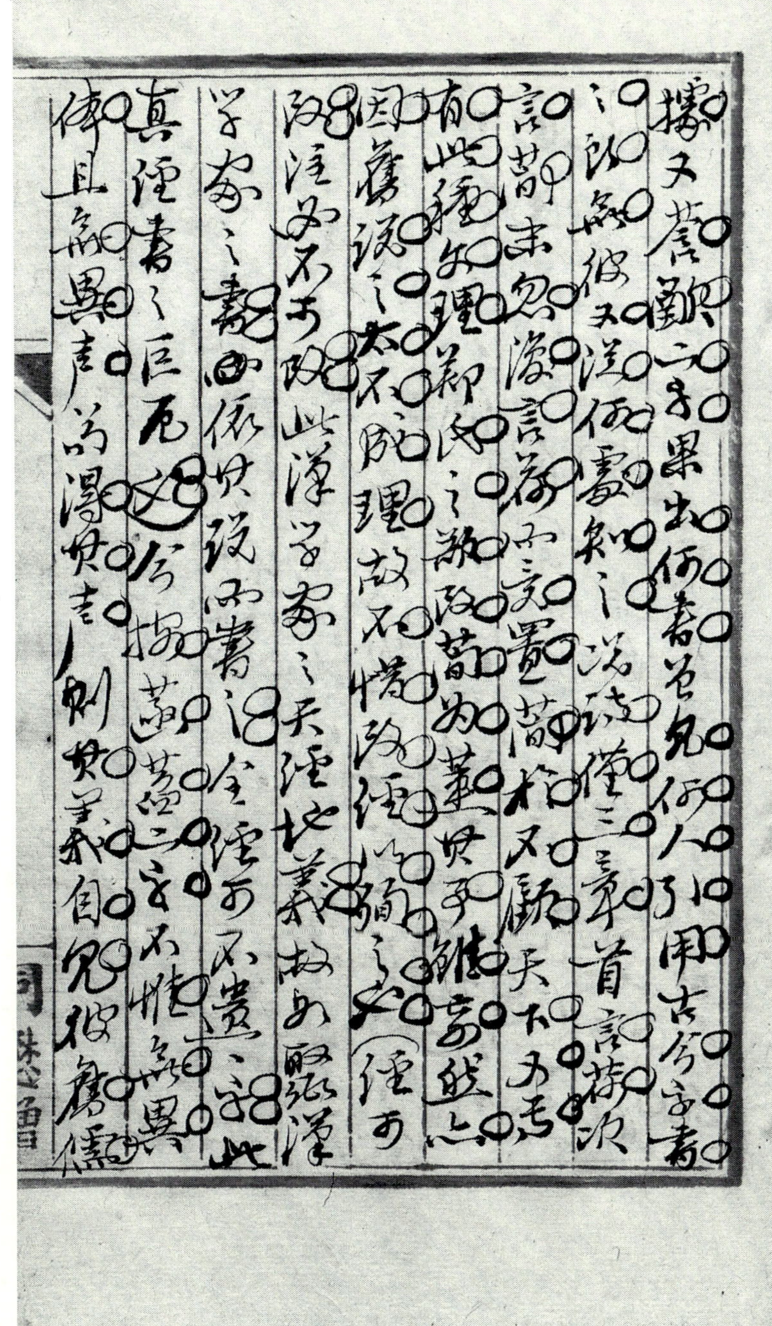

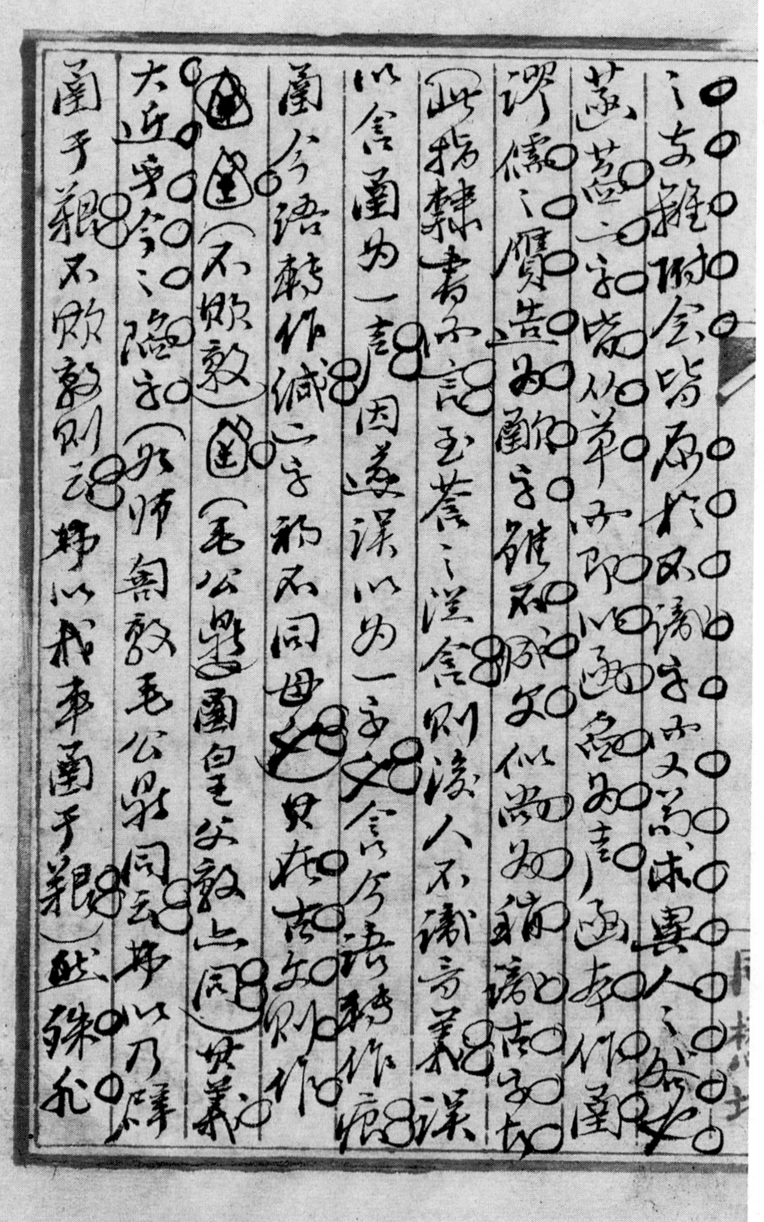

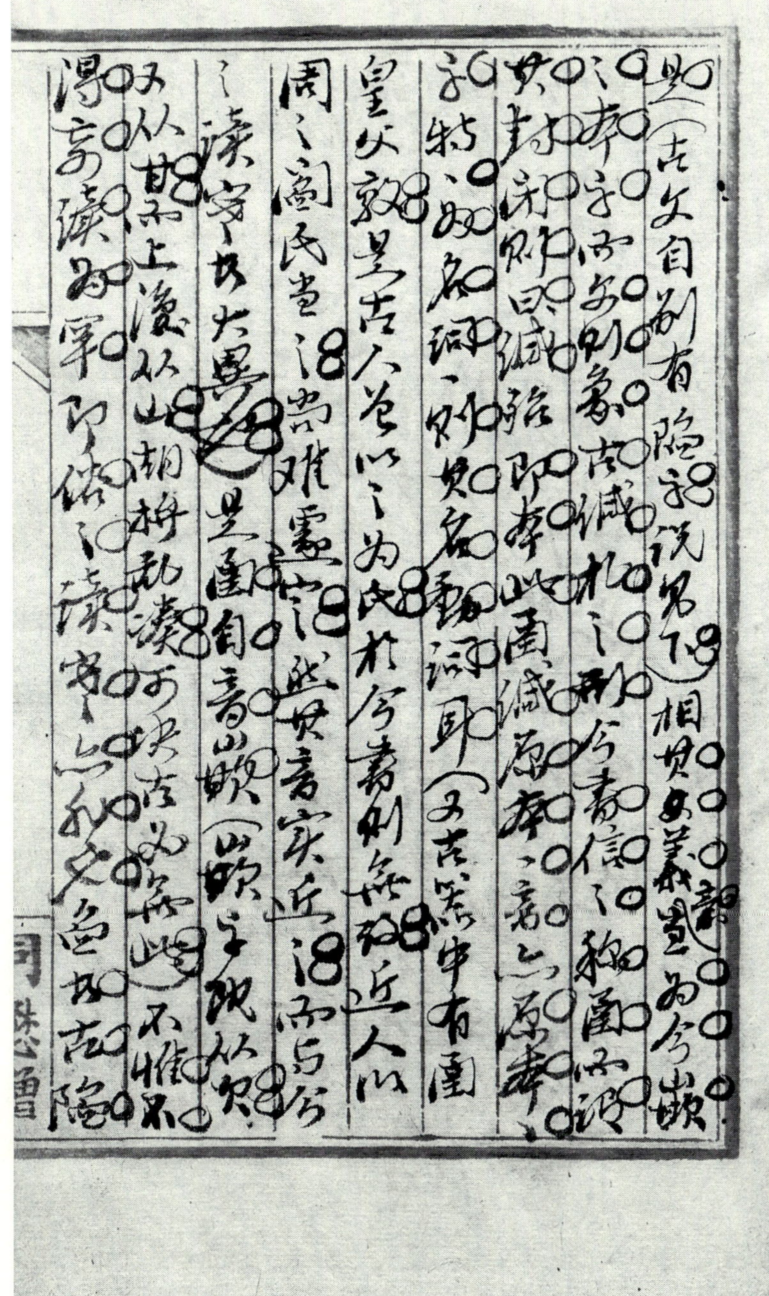

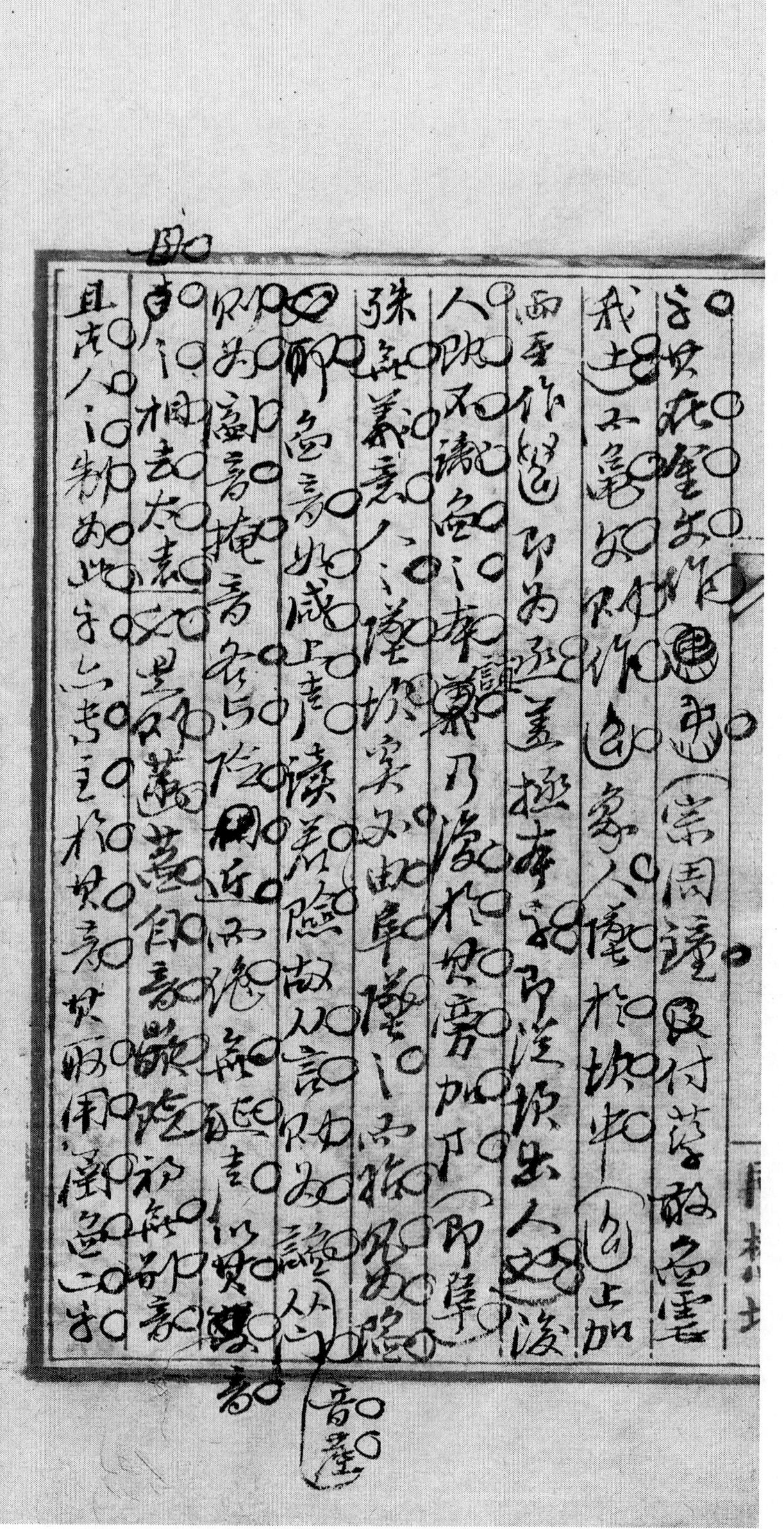

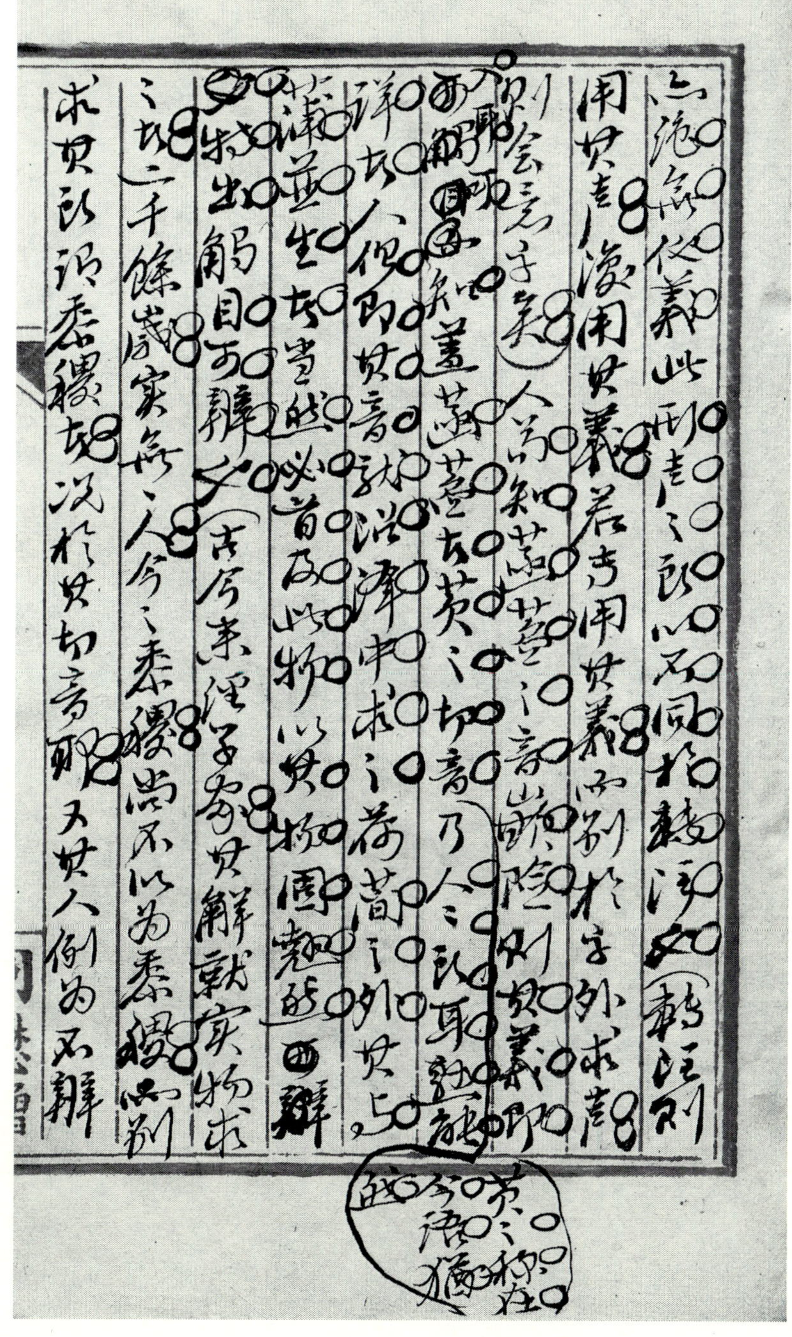

中和有實知其萇否米否
蒔麥於流人即以荑與之彼亦必不識彼於楊柳梅
榆苗日常見之物猶不能知又何有於沼澤中之微
物耶然此則不足以為中國之大儒既知有
荑則豈能即悟其為萑葦蒹葭與其僅在諸毫纖
急種重之謂知荑而不知萑葦猶知十而不知二
也然自來經學家率如是故知菲而不知芸蒿知
綠子不知茹蕙知葦而不知卷知蓍乃而不知蓍蓋
諸公固肓於心並肓於耳也荑實似哉呼之為穀
頭米以與外邪有似乎穀頭故也然荑之名則知其不知

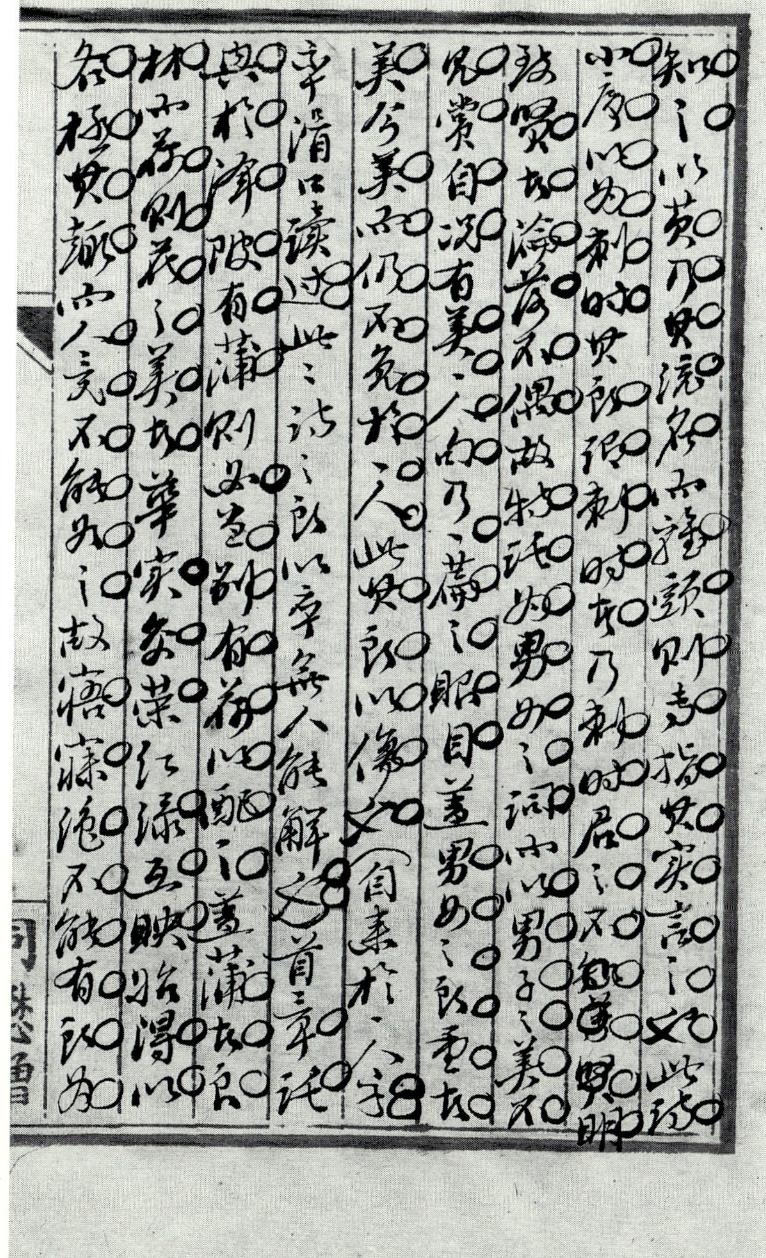

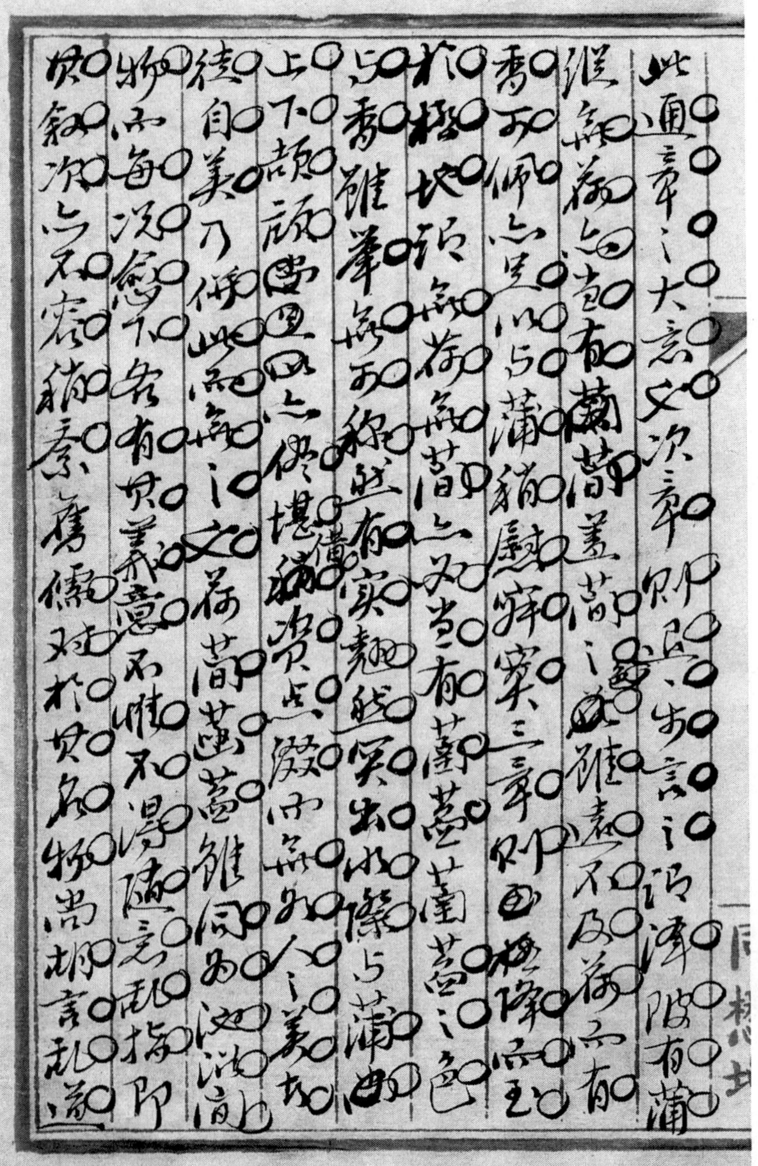

又何與淫而能竊見詠義哉。此原之所由自處也。

又此詩後序既言靈公君臣淫於其國，男女相說，憂思感傷焉。其緣淚苦雖強，不勝其自最憐然，在男女相說之下，忽雜淒以憂思傷感之言云。說怨又憂思感傷，真所謂多行不淑，故除病之語，詩外怨古今所無其匹也。

櫟栗辨

櫟、從木樂聲。秦風山有苞櫟，隰有六駁。未見君子，憂心靡樂。以櫟與駁，駁與桐之類，則其言豈謬。

肘

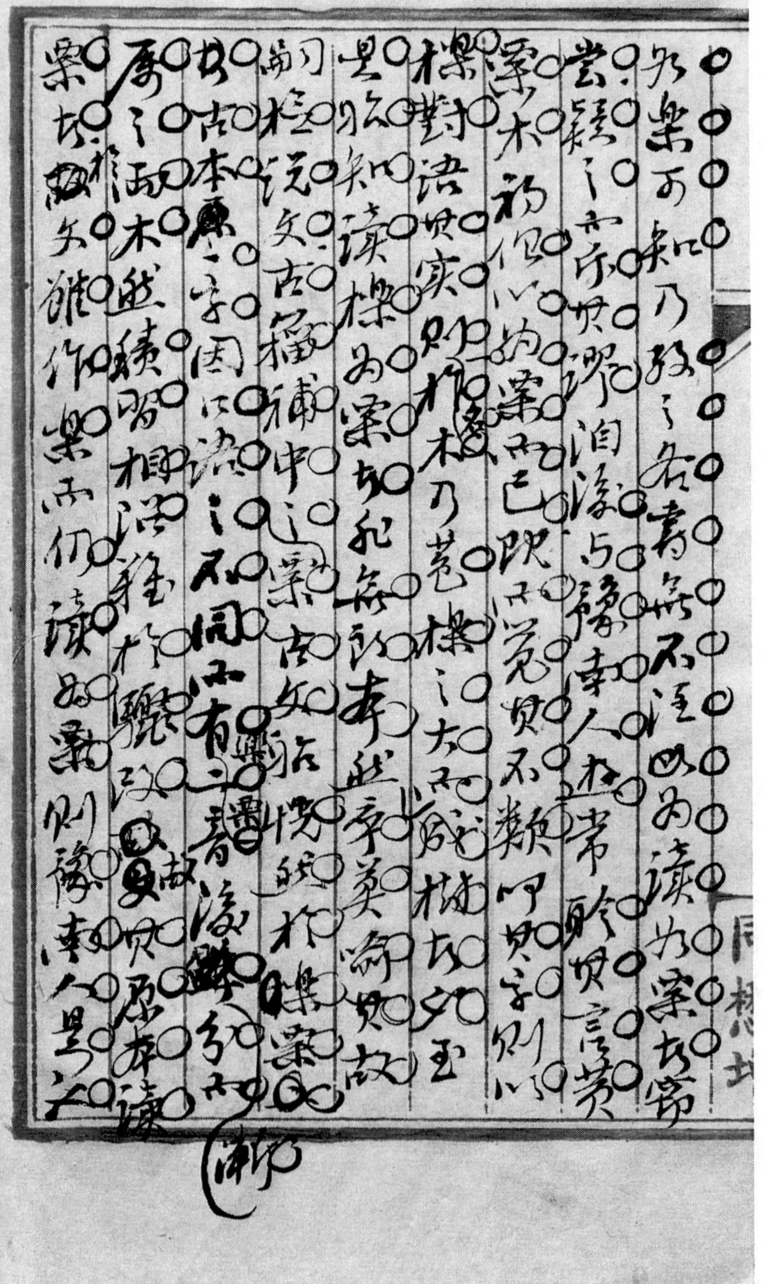

128

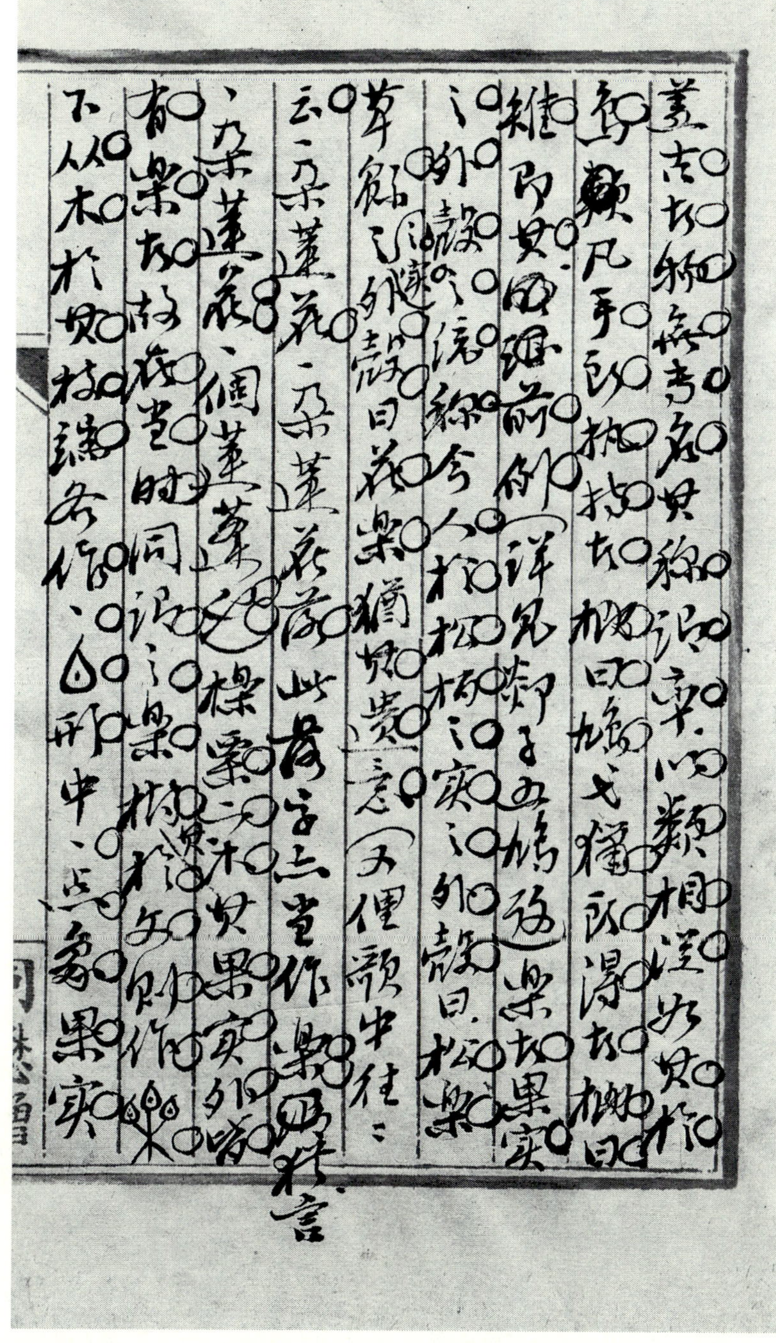

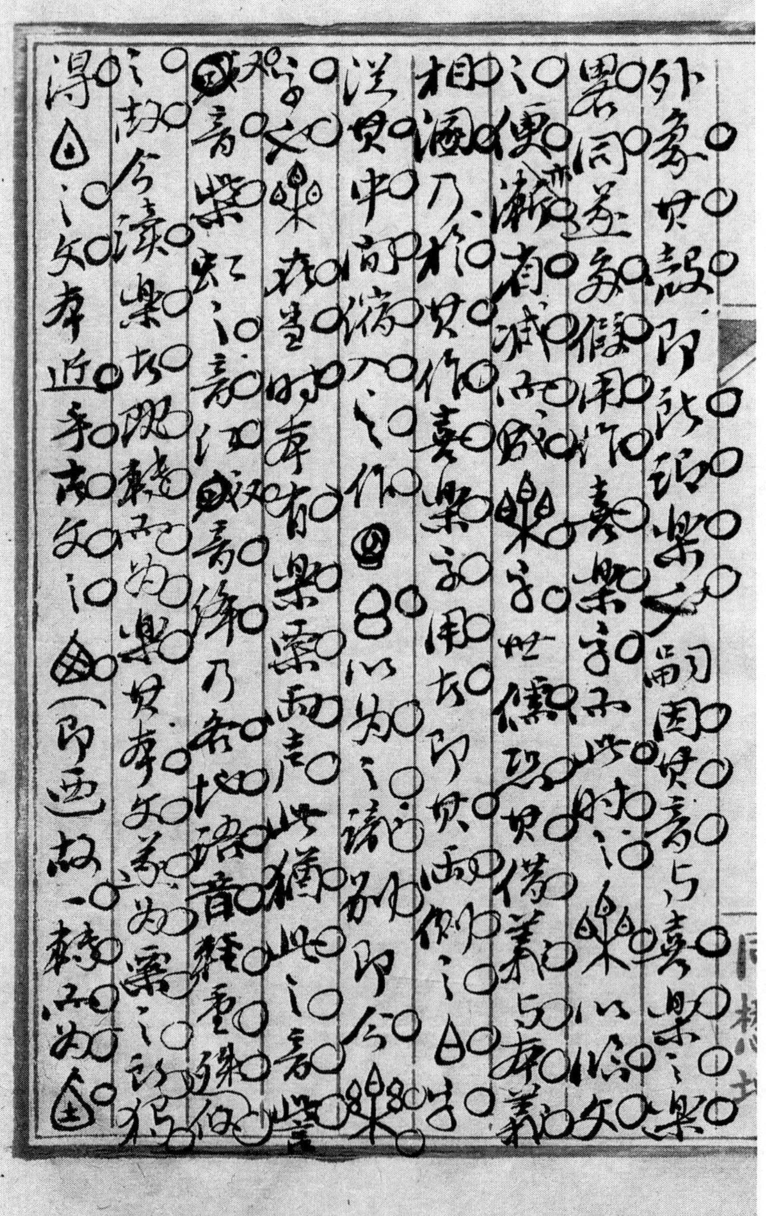

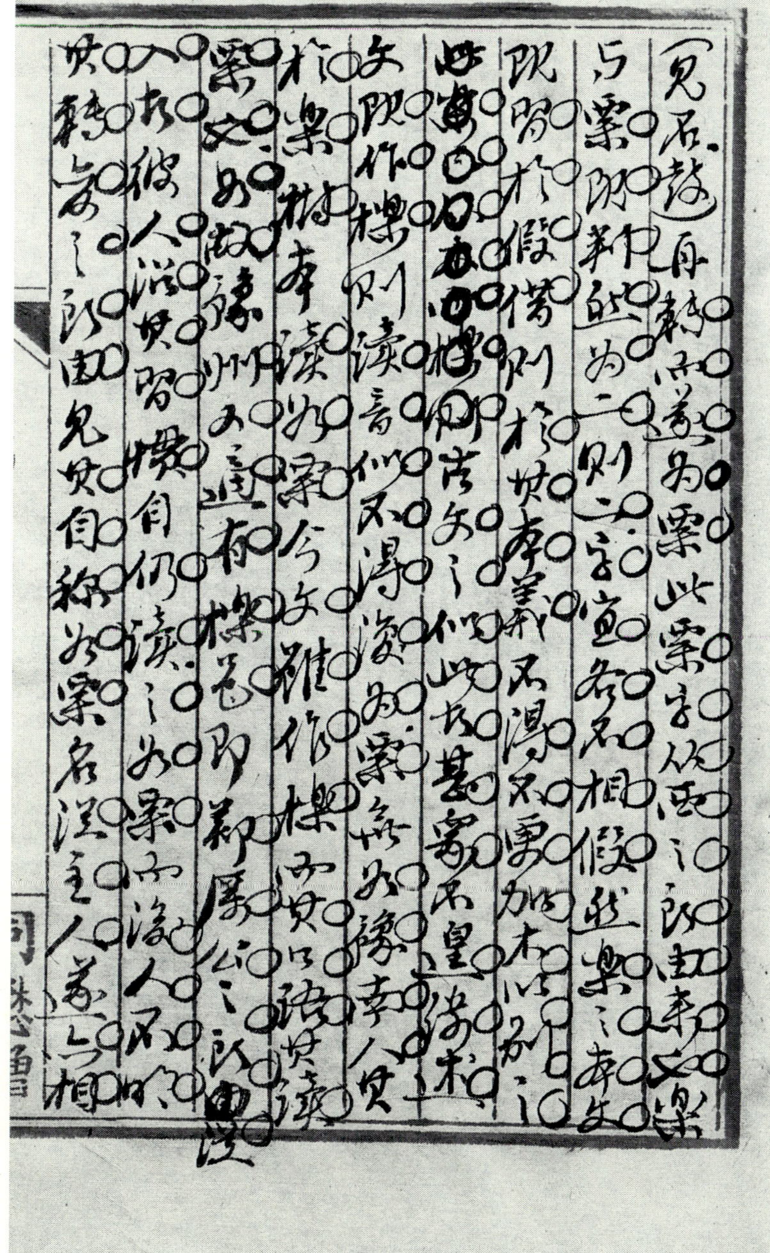

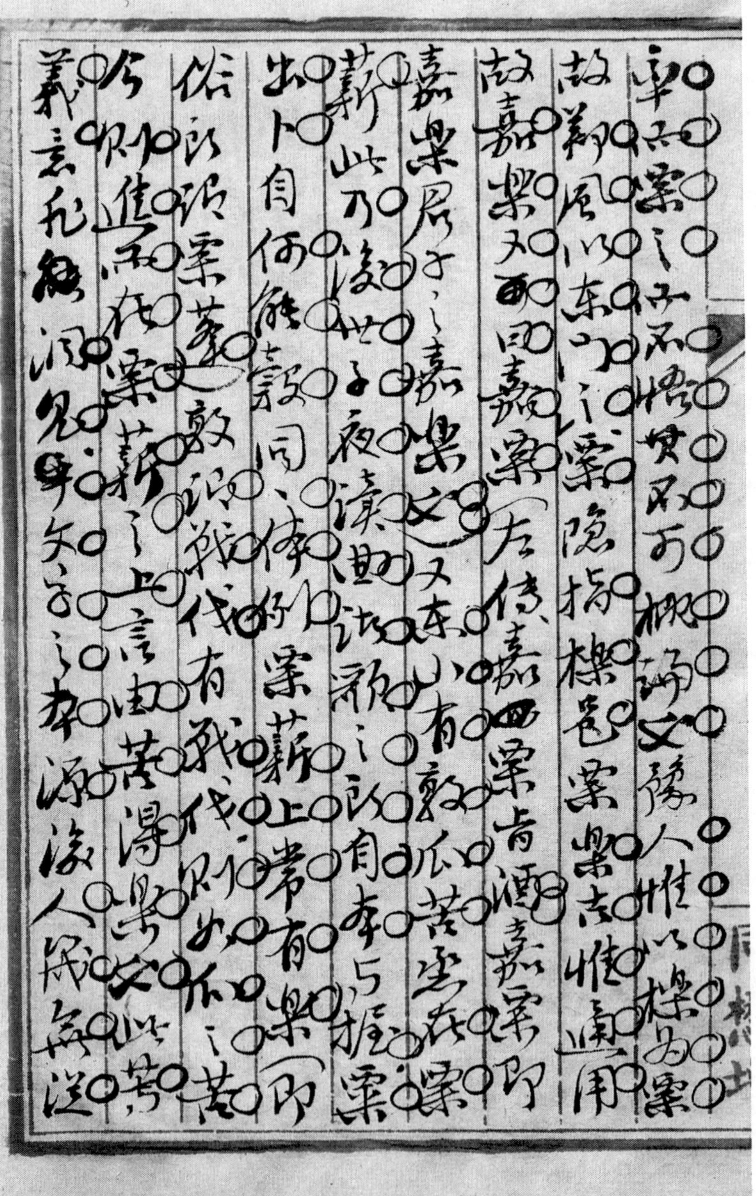

果

橡作為儒家相承信乃釋栗木為甘木是栗木

有由於於（彼弦涅菩字反覆著想故撰出、且

字又烏知此菩字乃村梁言之耶櫟於今之作樹

則、枝葉與栗略相類唯櫟木高大而栗則矮小

至則結實則橡即結於同樹上不中食則外殼

則可以染皂故俗又名之曰皂斗橡之殼、實

而栗則刺殼三實不然且甘芳可食則外殼多刺

另備與橡迥異此栗之所以得稱為嘉木文義

若櫟則櫟之初生而作叢條狀於葉甚盛最

南杉育蔚觀今東俗猶沿古稱櫟之有苞櫟猶
桑之有苞桑乃木之氣數有不同其發育之狀態
茲異乳非名之種也觀東俗稱苞櫟青於籬落
表以櫟之讀栗乃緣人之方之土語雖相沿自古而
實不得謂為知之本音故名同而字讀之作栗
今試推郭之櫟音循名從主人之例或可讀作
栗以證其真其似櫟字似當仍讀栗以免名實
之有混中庸其苞櫟若讀為苞栗將何古義得
其物矣遂之櫟讀之疑殊未免穆穆指而商遽屬也

栩 柞附

栩与柞前人率混合为一物只有指以为二物者

亦菊圃尔雅翼释木中栩杼与栎只实棣之文

分疏西农区（严氏诗缉以王著蓺文类聚则

更以柞栎为二木以柞为栩以栎为苞栎则几于

癡人说梦矣理无生义岂想只然乱于实物

有欲改知树只言云诗有二柞栎尔雅栩杼唐

风之苞栩是为尔雅之栎只实棣秦风之苞

栎是知不言只为何物似欤前人之文字上专缠

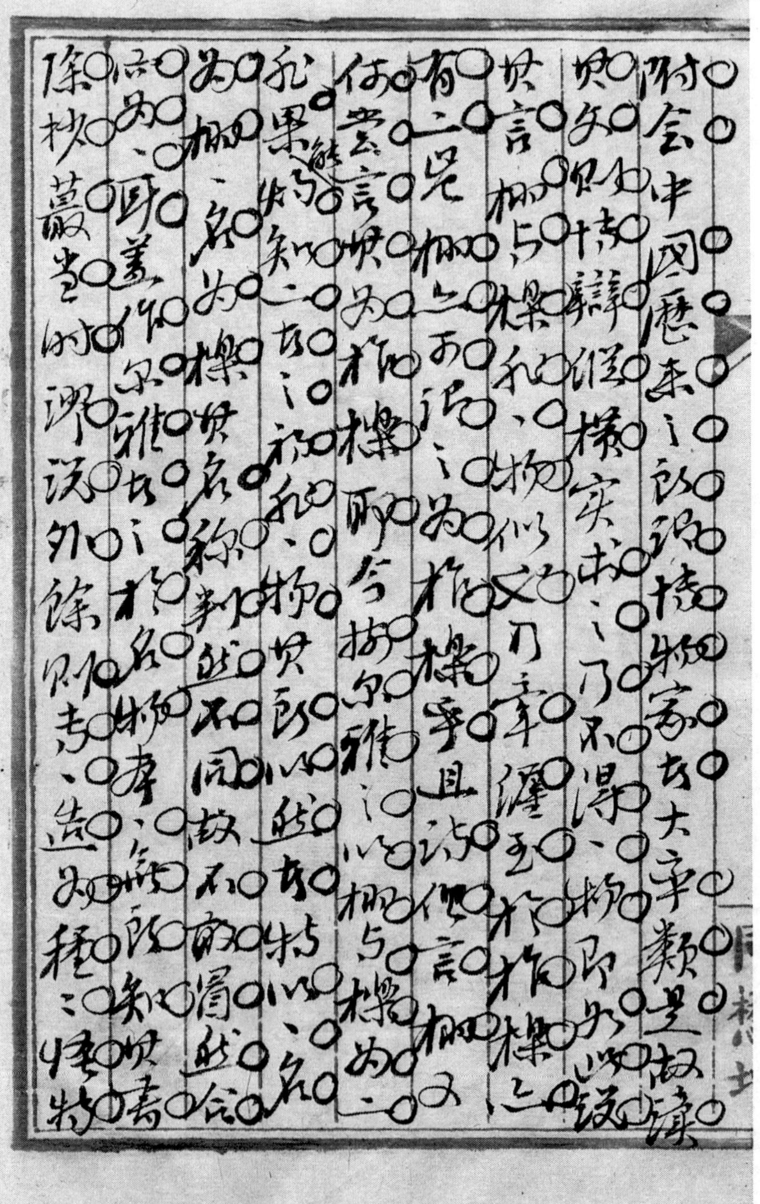

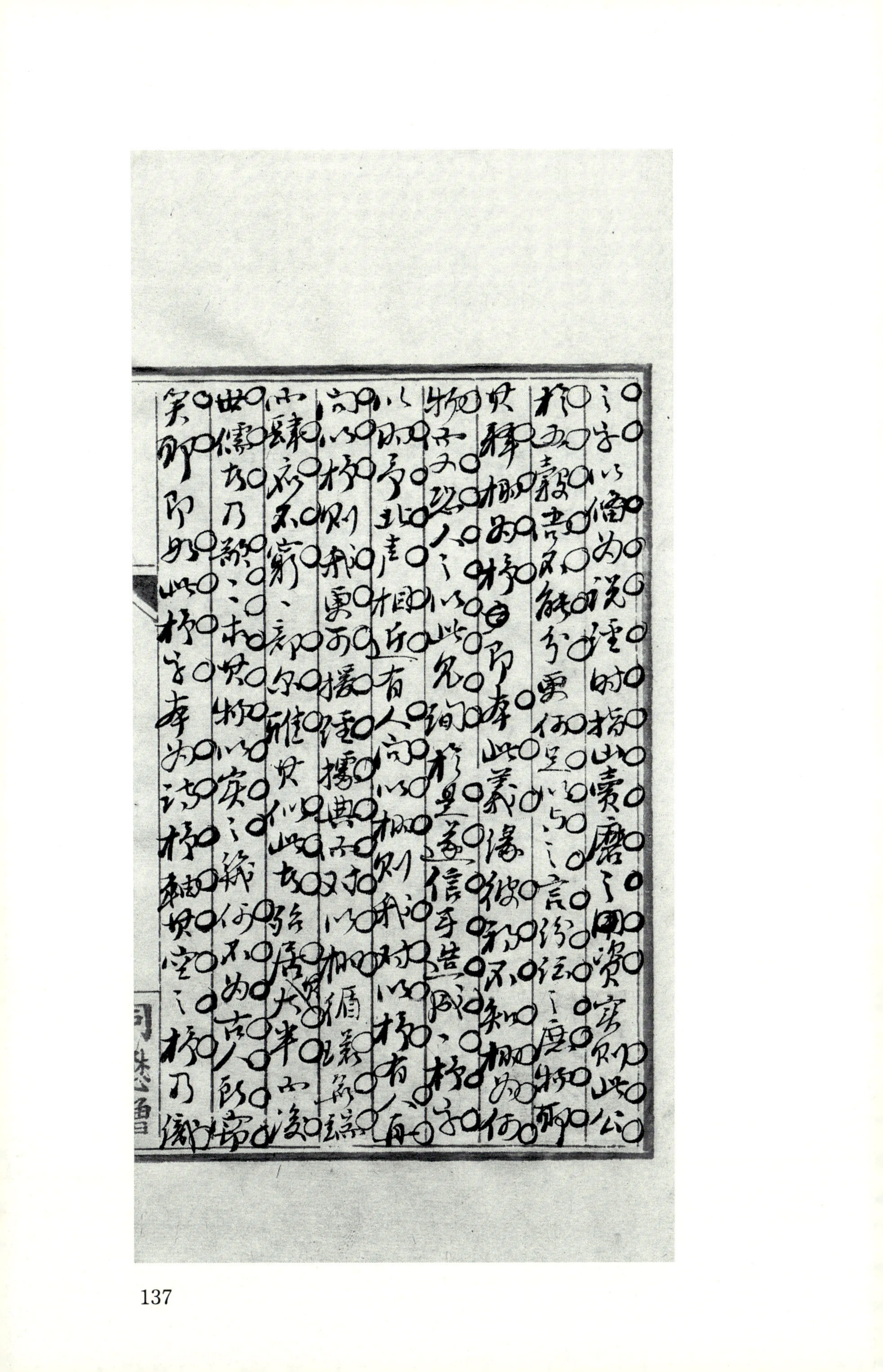

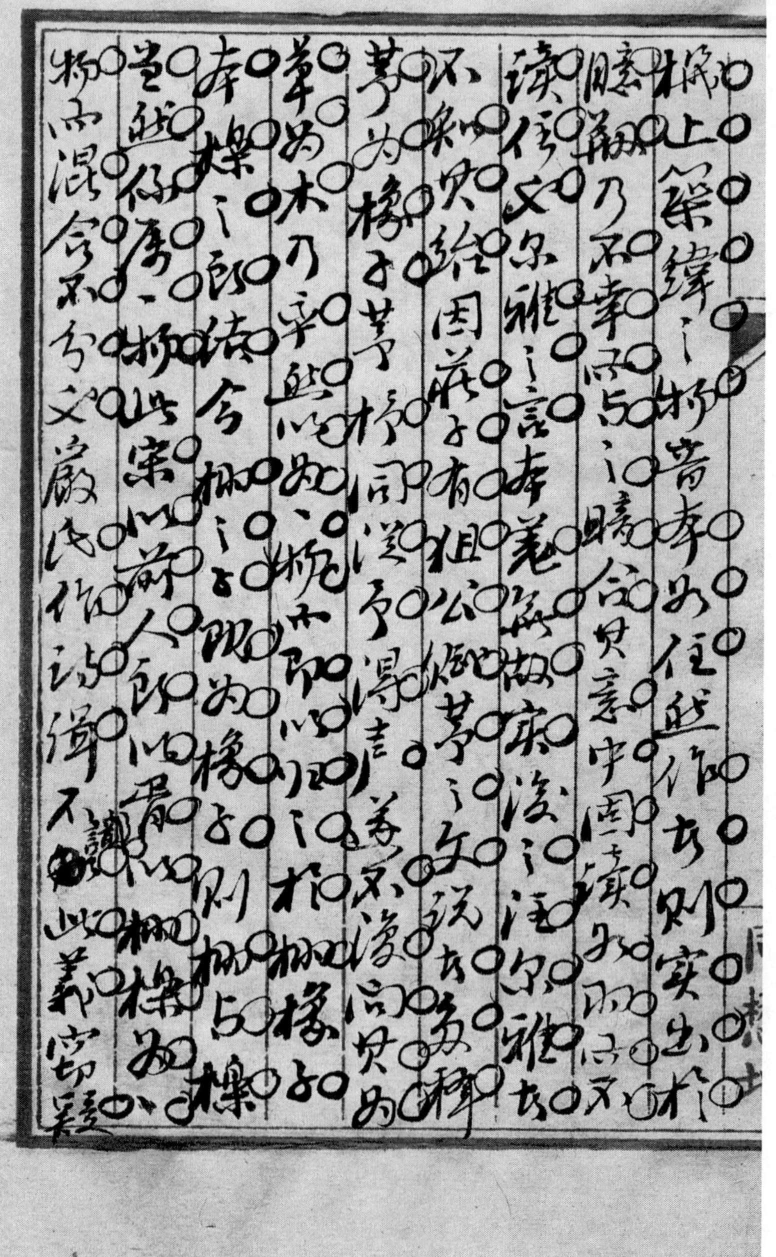

○○○○○○○○○○○○○○○○○○○○○○○

只不、不知○只○只○疑○為○不、在○正○前○人○之○以○為○、在○之○

訊○自○本○嚴氏○特○未○尝○即○鶴○說○而○除○弱○了○耳○但○尔○

佳○雖○釋○柳○無○柳○稱○又○言○為○只○實○且○蒙○人○物○亦○者

椽○子○和○實○於○父○何○以○人○草○況○椽○子○稱○不○聞○只○名○茅○

狙○公○訊○嫌○更○何○由○知○只○又○為○椽○子○是○茅○之○為○椽○子○

已○又○再○又○乃○更○以○權○之○於○椽○不○且○念○支○離○而○念○晏○

行○爭○實○以○為○茅○於○茅○之○法○知○即○爾○人○之○訊○預○

茅○頭○乃○猿○狙○之○訊○喜○爾○在○茅○草○數○故○知○人○生○

與○椽○子○之○為○木○實○在○德○無○干○涉○又○烏○容○改○草○為○木○

同 [illegible]

而後以之附會甚深矣，猶之象雅耶。雅之以栩
為櫟已厚，無謂猾其曰櫟其實栩也，又如是
櫟之實名橡，初未見果，有名栩，且栩字又從尺
國要便見古今錯籍，今不見其有是字，則實字之
為作者所得，亦知字書名之更何，以其實是為也
不知栩字杼，雅不通實際書有其字，柞櫟之
是乃木說已見前（又東諸稱櫟曰茅栗栩或曰橡
子栩其稱柞，栩在沧火，至其木則概曰柞木，可
燒之炭亦曰栩柞，炭沧不沒，稱茅栗櫟或橡子似

此注漆異種文下
柳櫟同類故柳〻
茬生切东〻俗字
称〻曰槲茬櫟

柞与櫟又有樹木〻名然祈箋書於注義之云
柳又今言梓又槲字上梓又槲李商隠詩槲
葉臍山路即是柳〻是木果似柞櫟惟葉差
大〻有茬生切与茬櫟同而葉〻大則絶信〻
东人〻以〻音穀〻〻由茬櫟生切曰山穀是由
茬槲生切即曰槲穀东穀更有由檽樹生切
曰檽穀是訓謬〻〻即檽調文訓生限又
同是訓〻備異由二柳張同類而異種文茬櫟茀
柳〻切皆於葉茂密中緣閒隙可以容物故是

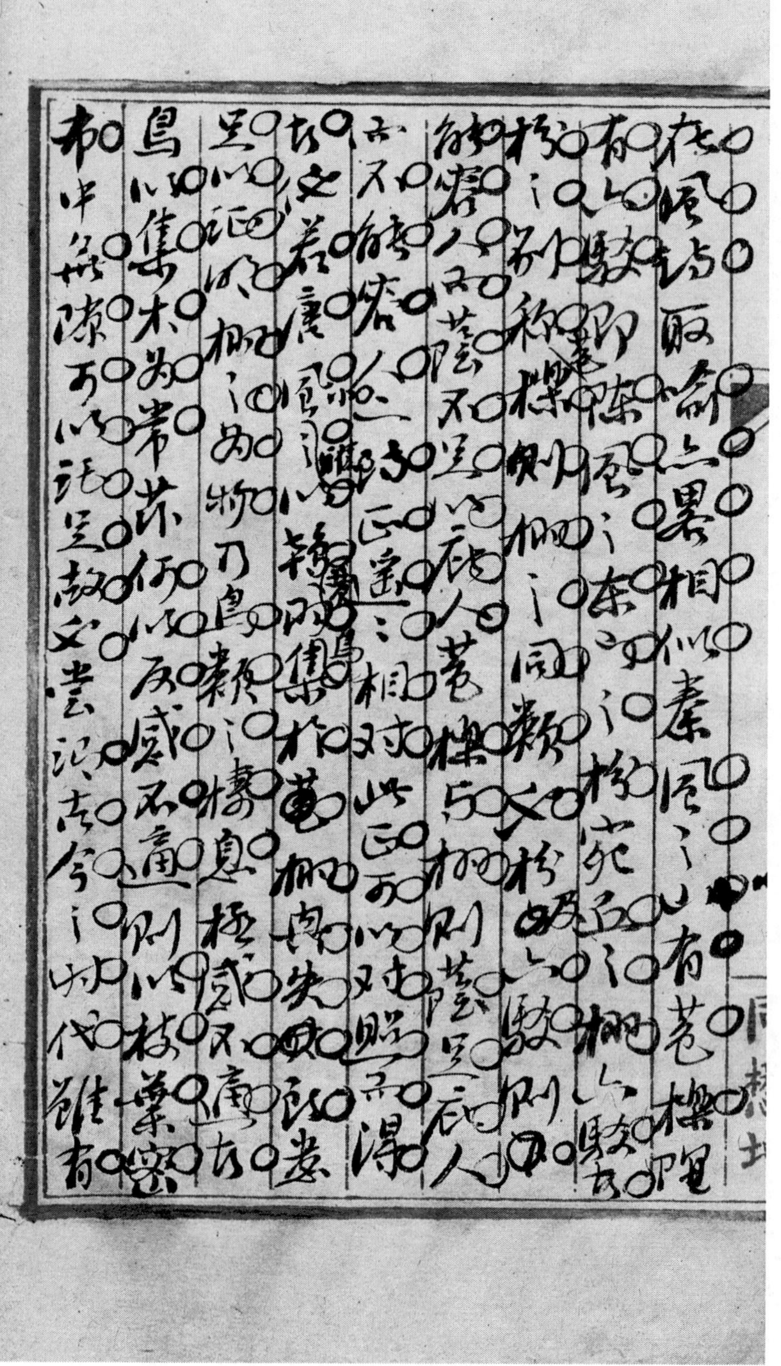

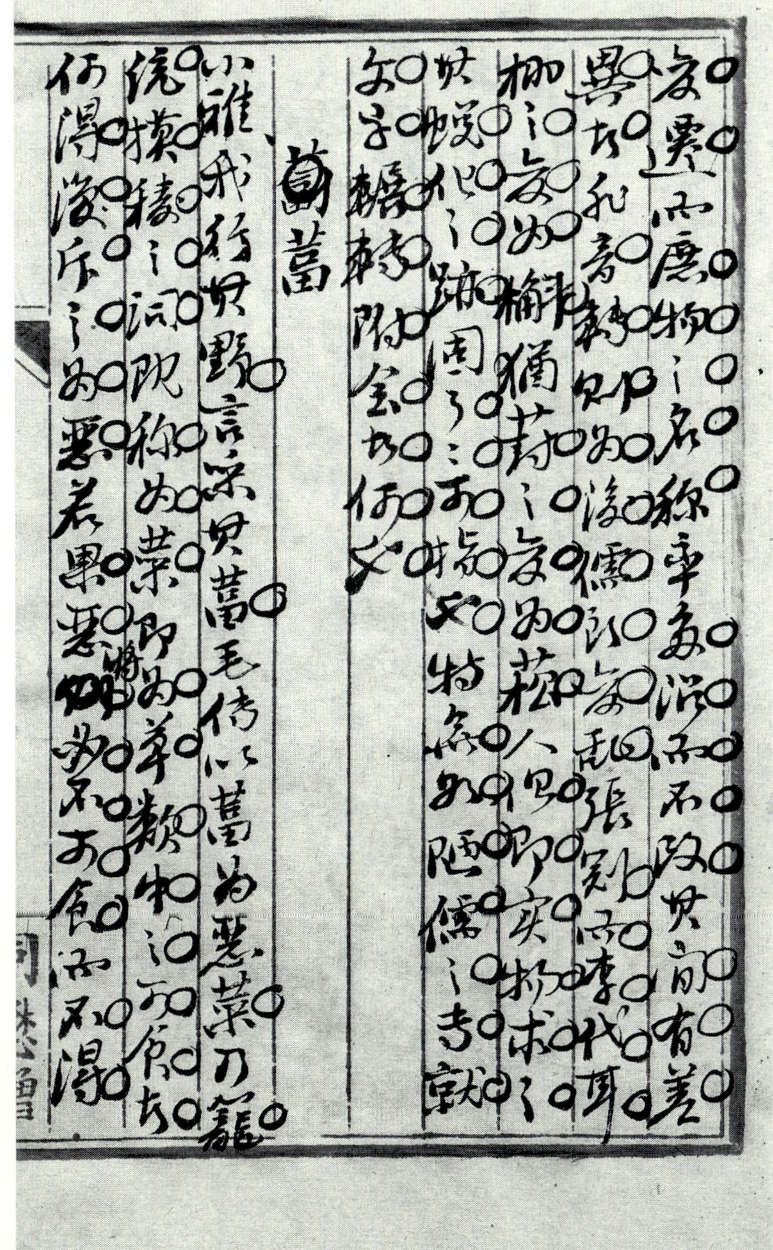

後有蘡稱矣且蘡古音名蒼得以概括的甚

蘡二字稱之文耶陳櫟疏云蘡薁名蘡（此乃說

爾雅之蘡薁名稱在下證是蘡有宜謂若見其字

之亦作蘡薁耶幽州人謂之蘡薁其根正白若甚

熱厥中溫痰飢甚之山區可蘡薁以禦飢其說不

知出自何處幽州久旱不見初見柳亦不宜是

名依櫟南人其疏乃廣言幽州得名如此之

動言數跳遊故示人以遠遠故漢人無從究詰耶

今按蘡今當名蘡初不名蘡其物蔓生似

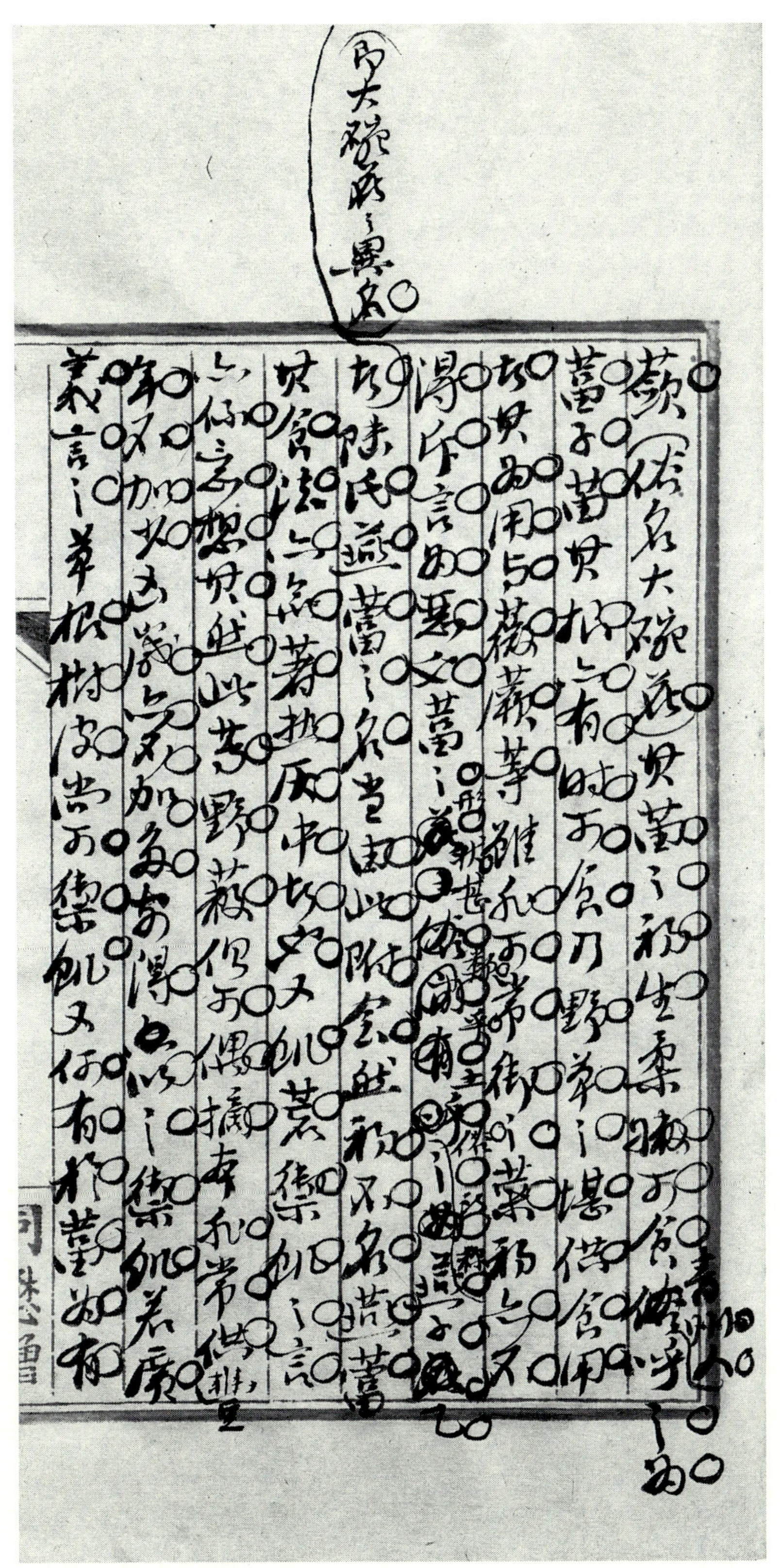

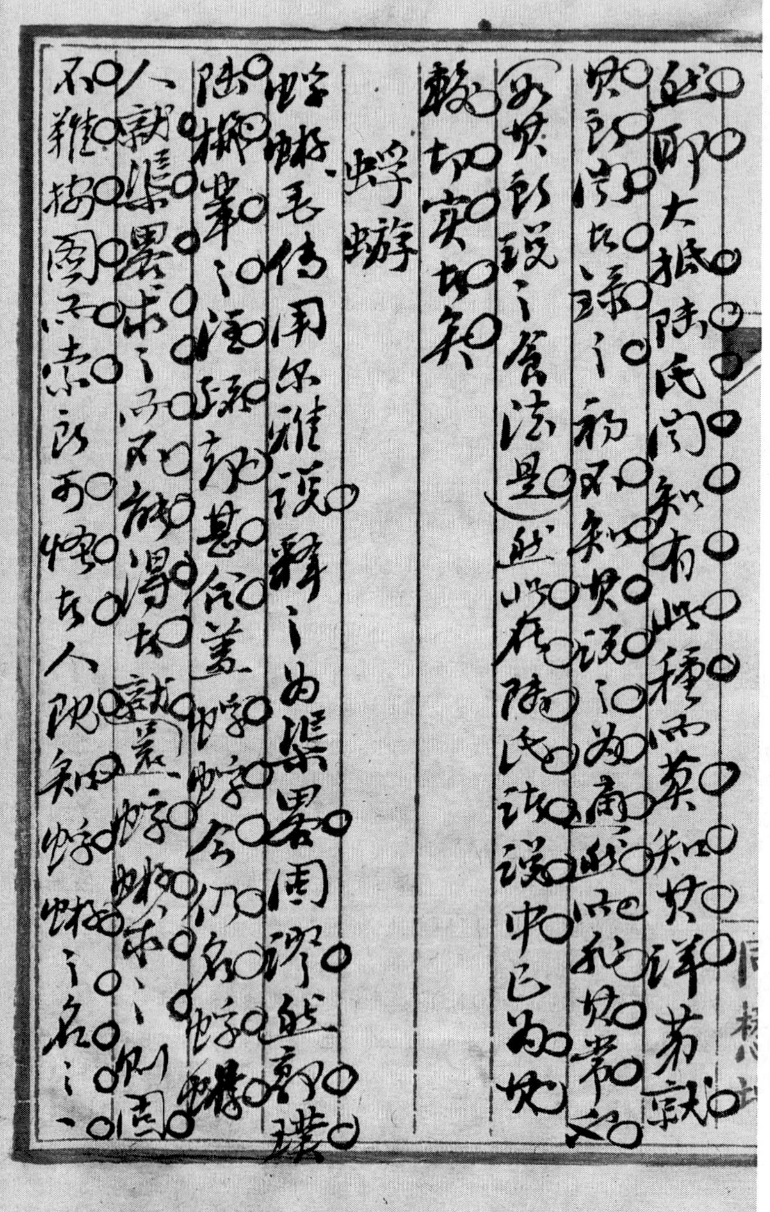

本字古乃如曲為之說亦仍如瑣言其為渠略此
則自渾而東西生之要所引語重所說者據陸經
而說傳有以階之屬取今之逸錄郭陸二說於下云
可以知其概矣郭璞云似蛣蜣身狹而長有角
黃黑色叢生糞土中朝生暮死豬好啖之陸機
云蛣蜣方土語也通語之渠略蜉蝣隨方土語俗
渴東有稱蛣蜣通語之渠略相於俗呼為
於是或謂之通語渠略似甲蟲有角大如指
長三四寸甲下有翅能飛夏月陰雨時地中出今人

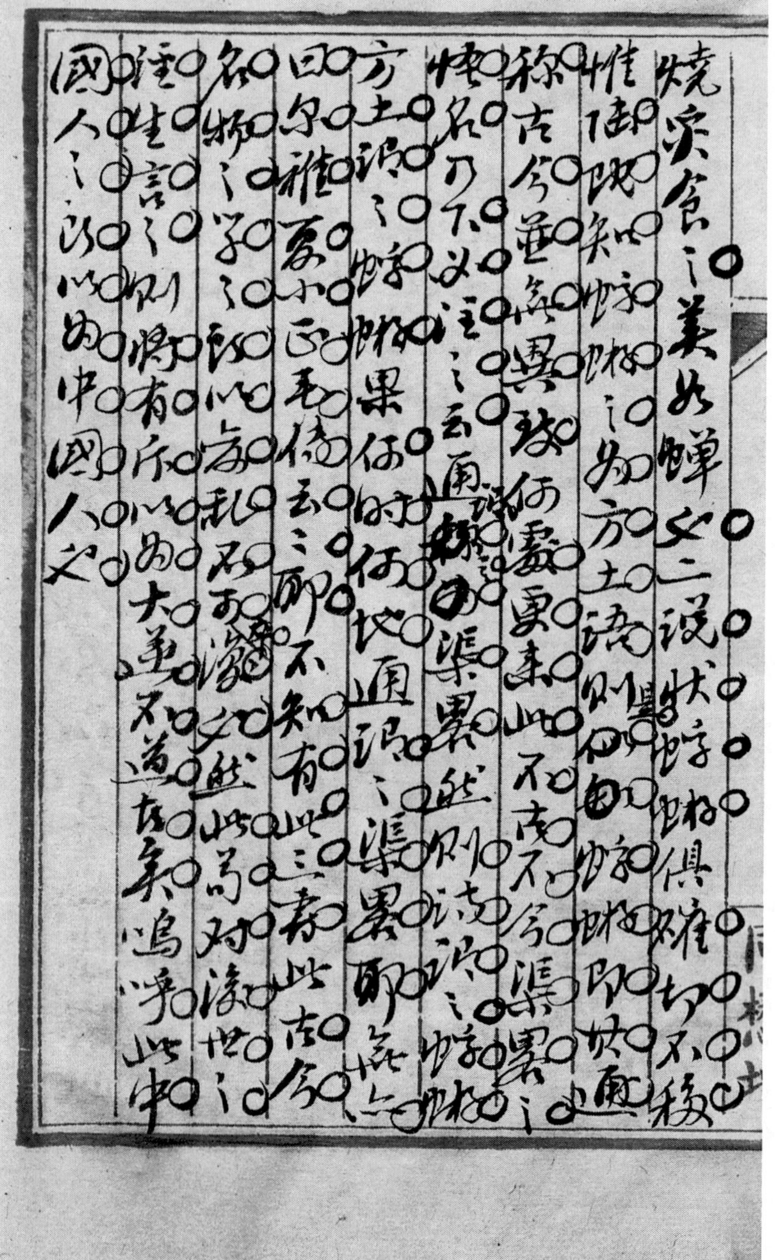

蓫

蓫、毛傳亦釋為惡菜，若以經義言之，則蓫與葍

當然為一類矣，以為惡菜通言與概，則又自用此注

證為當之訓，協為古況，菜之名要又容以惡菜稱耶

鄭箋以蓫為牛蘈，實字甚樓(?)，實名亦(?)牙(?)前(?)更(?)義(?)

由推知實形狀，陸璣疏云今人謂之羊蹄，亦又不言

實為何物，又過就鄭之說，謂牛蘈為羊蹄，以羊鄭說

謂艻(?)蘈，故第之以歸第，就實字上推陳出新如向

實原狀為何，想二公俱為以疑，又由鄭之說，雅(?)不遠(?)

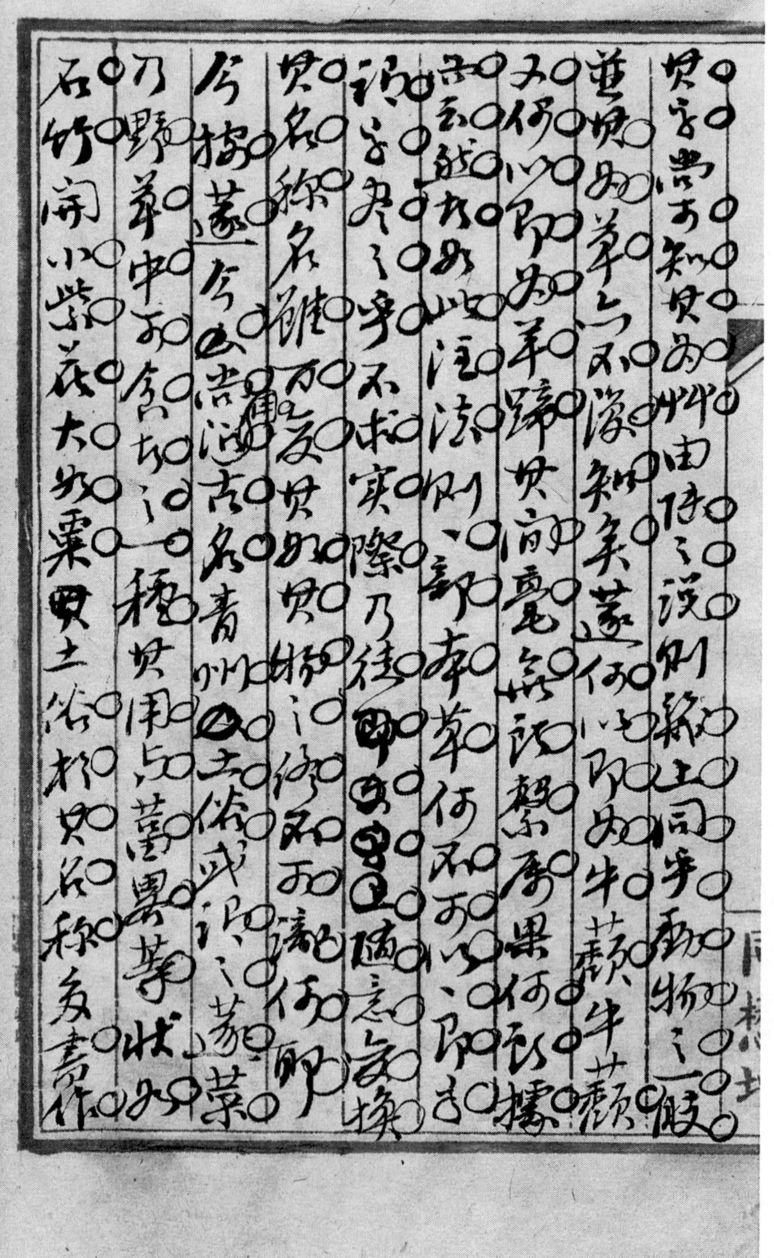

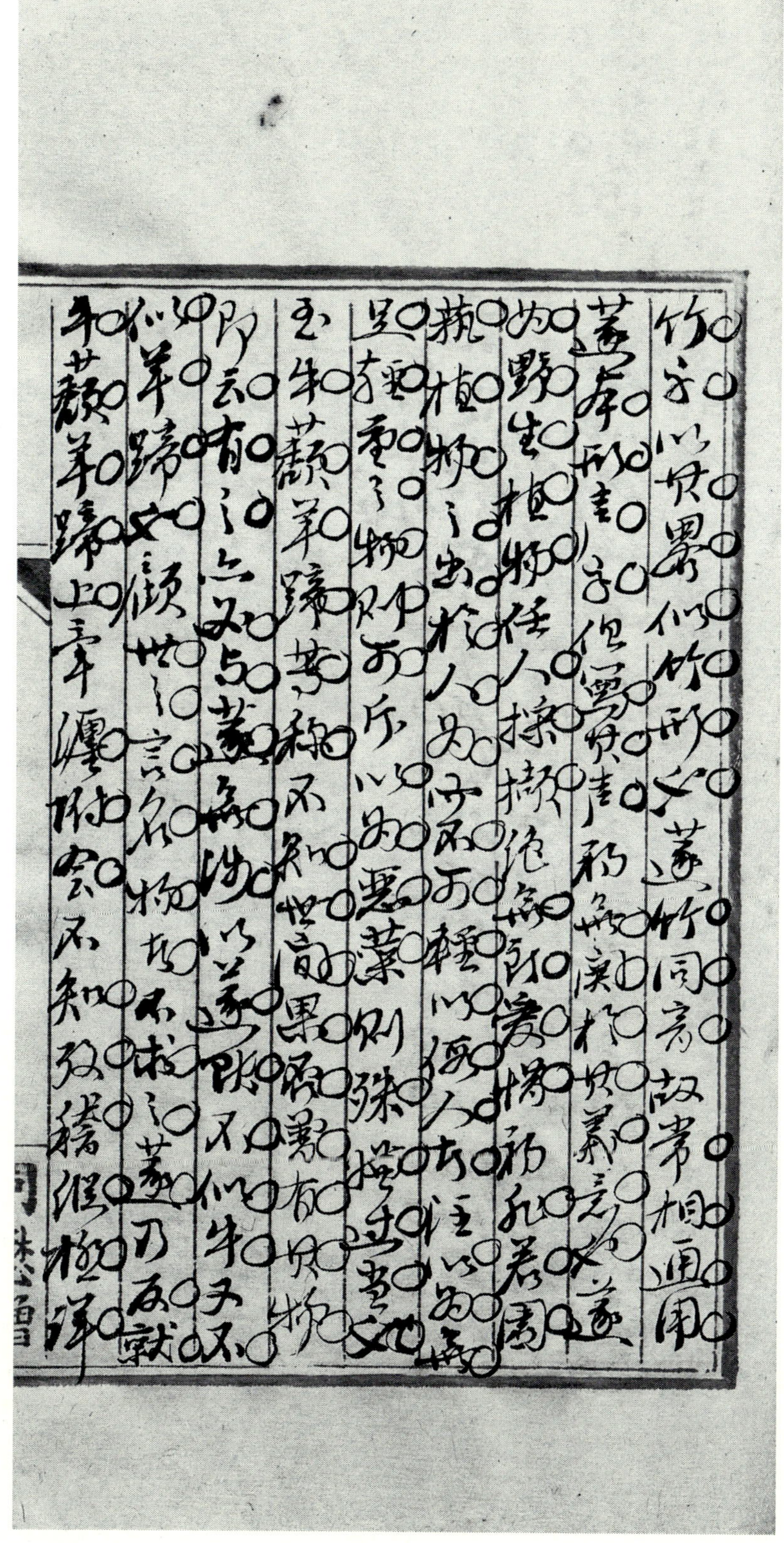

古器中習用之
由添今北土上

功世於蒙又何當耶而況受其昵沮牛蘩第歸
古男所而不渴耶然中國人之不信徑而信傳給國
為第之夫性宣信然之有半蘩第歸與又寄其於
叢此徑義之說出自漢人

苞棣

隶、魚文作罘全文則作罘象目中出水之注
之本字注从水隶聲今人讀如器殊乱古人字
假借以為隶之音與從今北方方言猶然俗或作
書作蒂字系蒂名詞系動詞之注之執猶

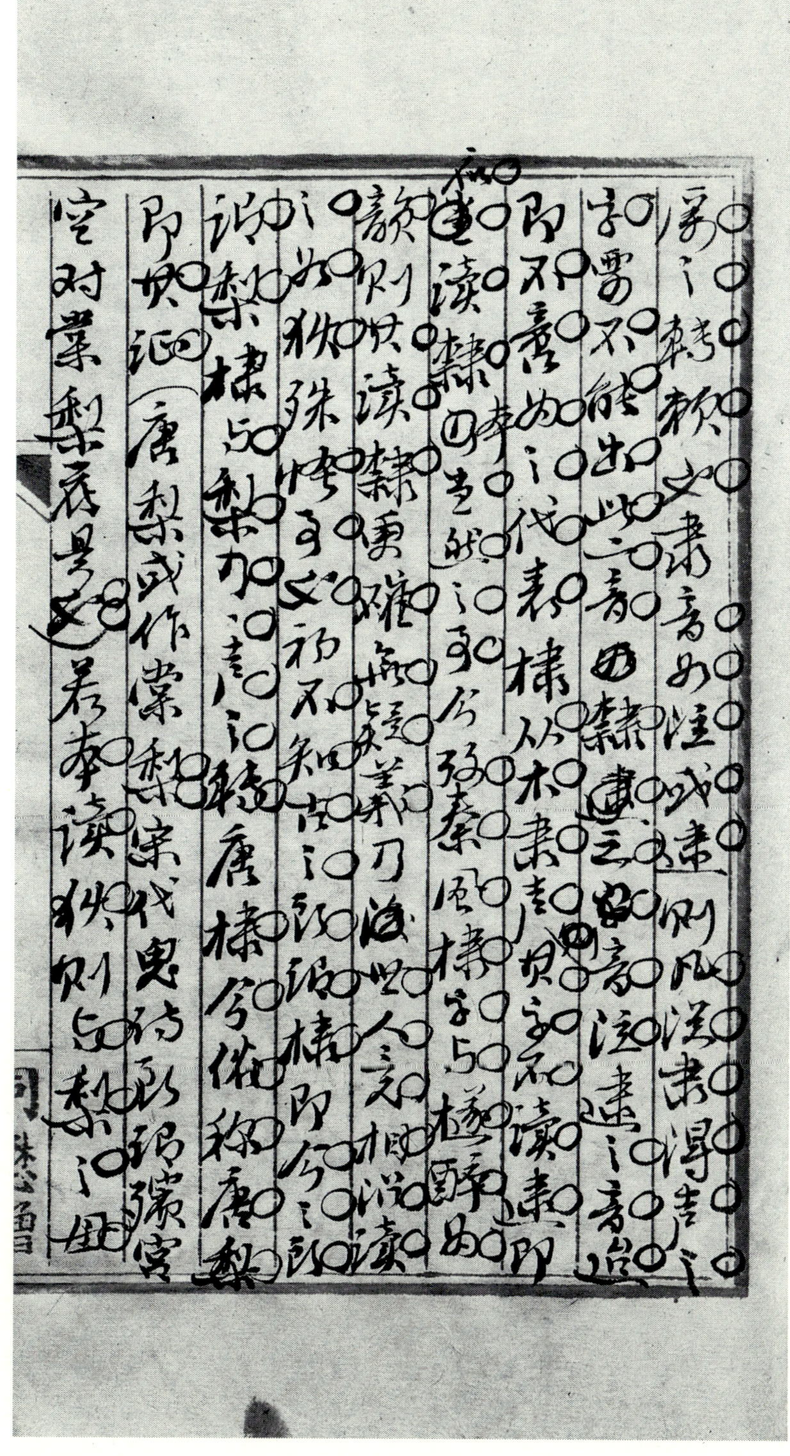

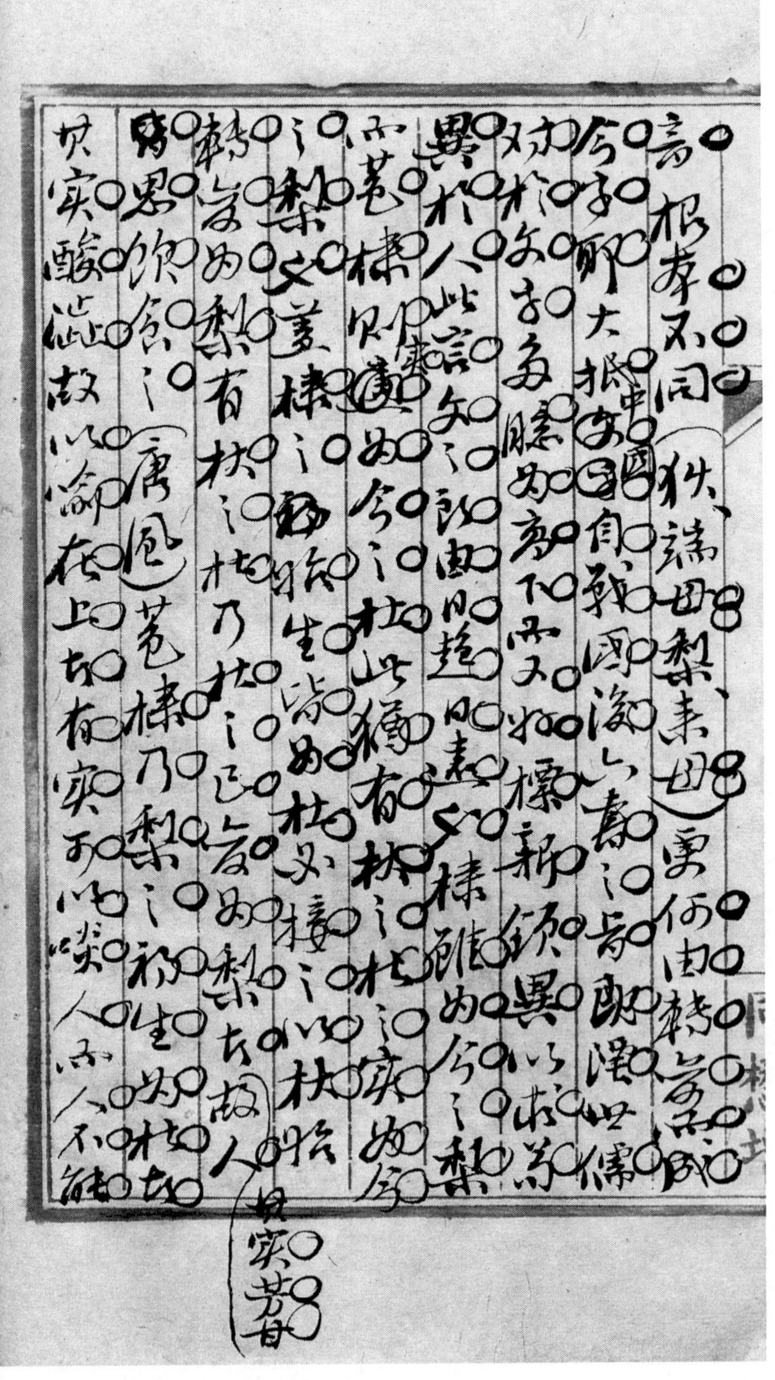

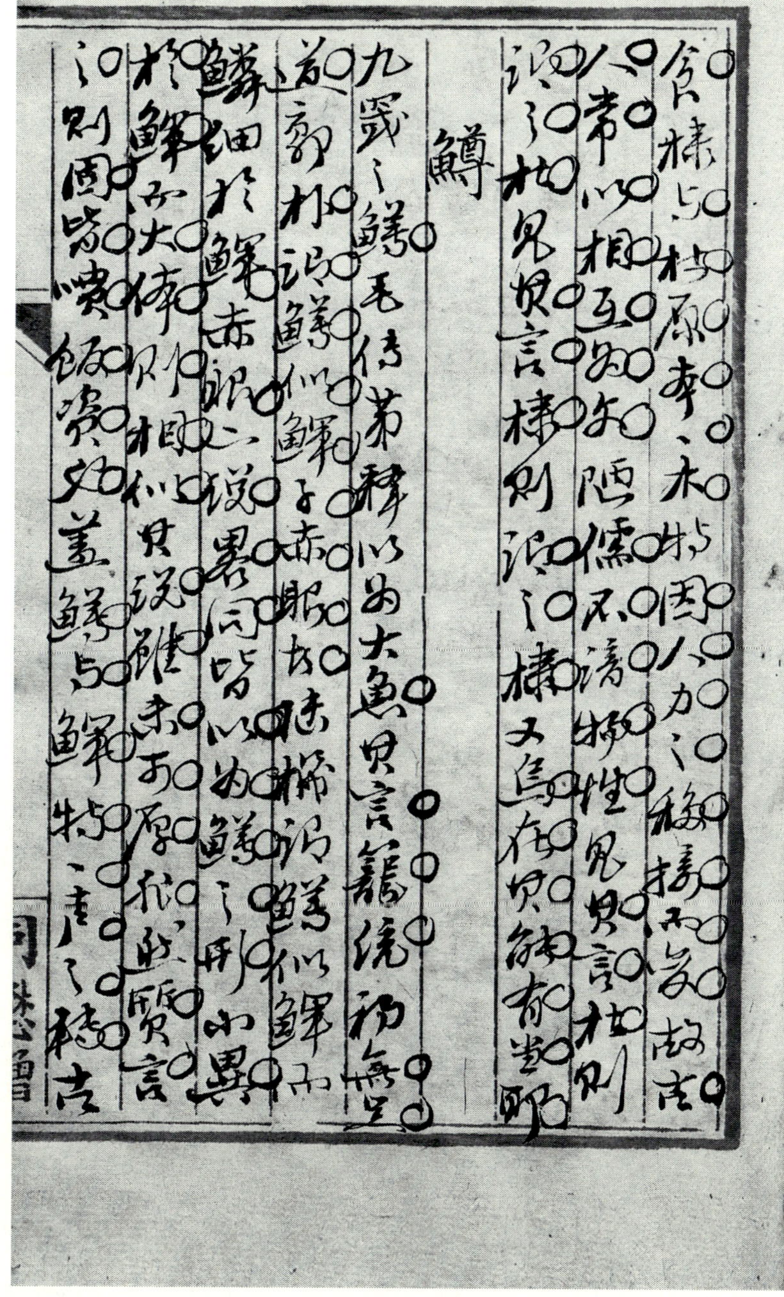

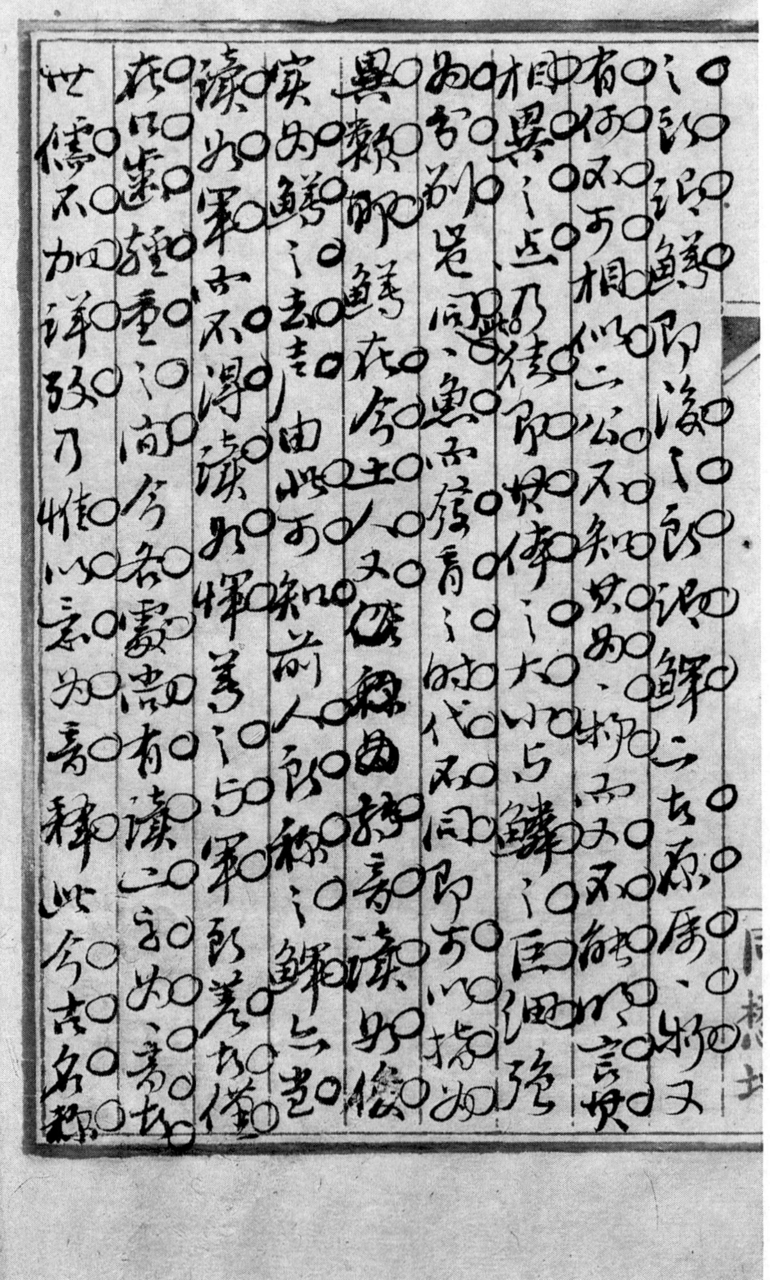

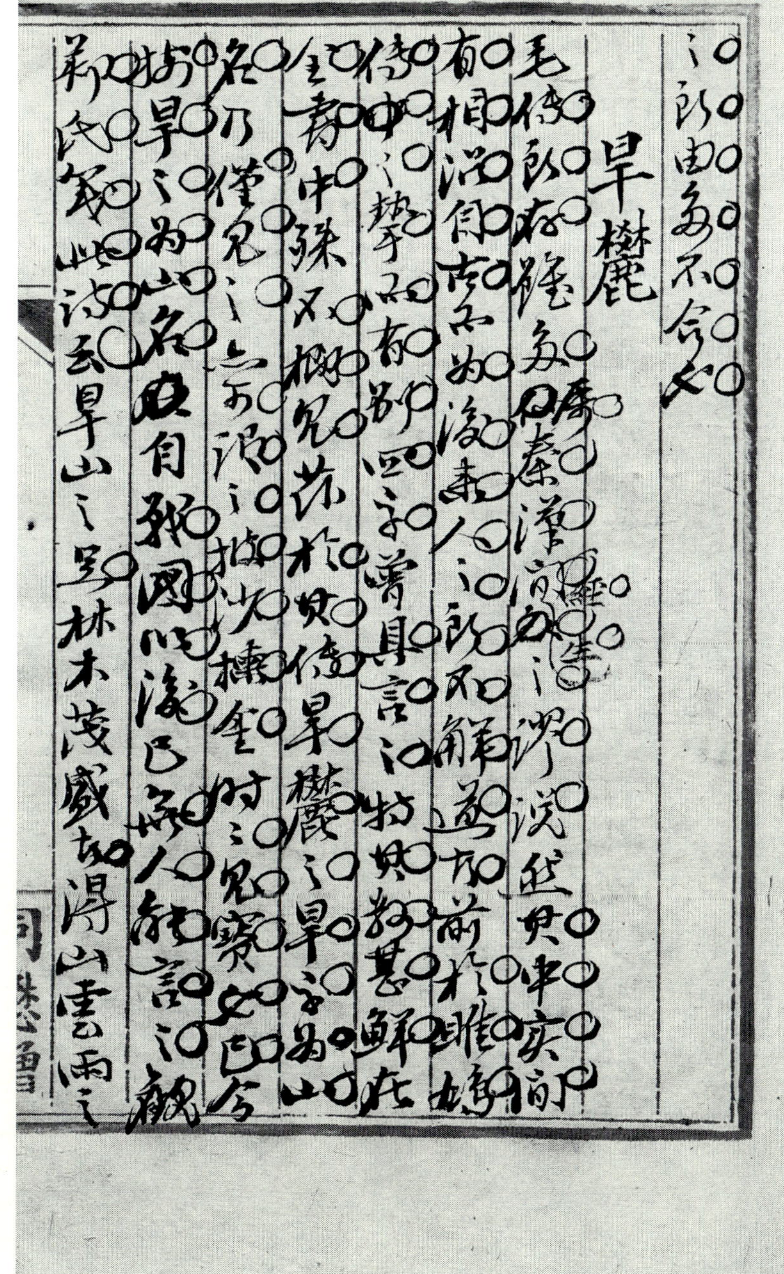

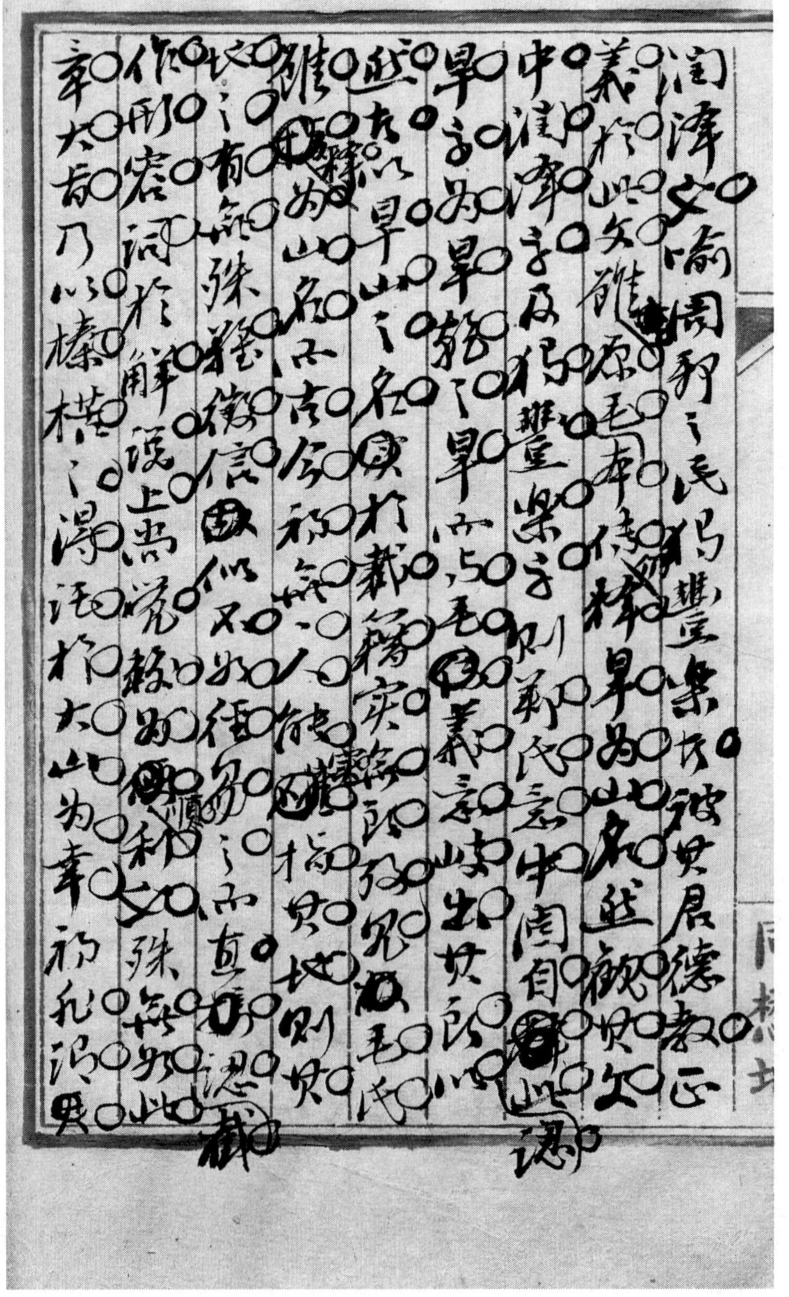

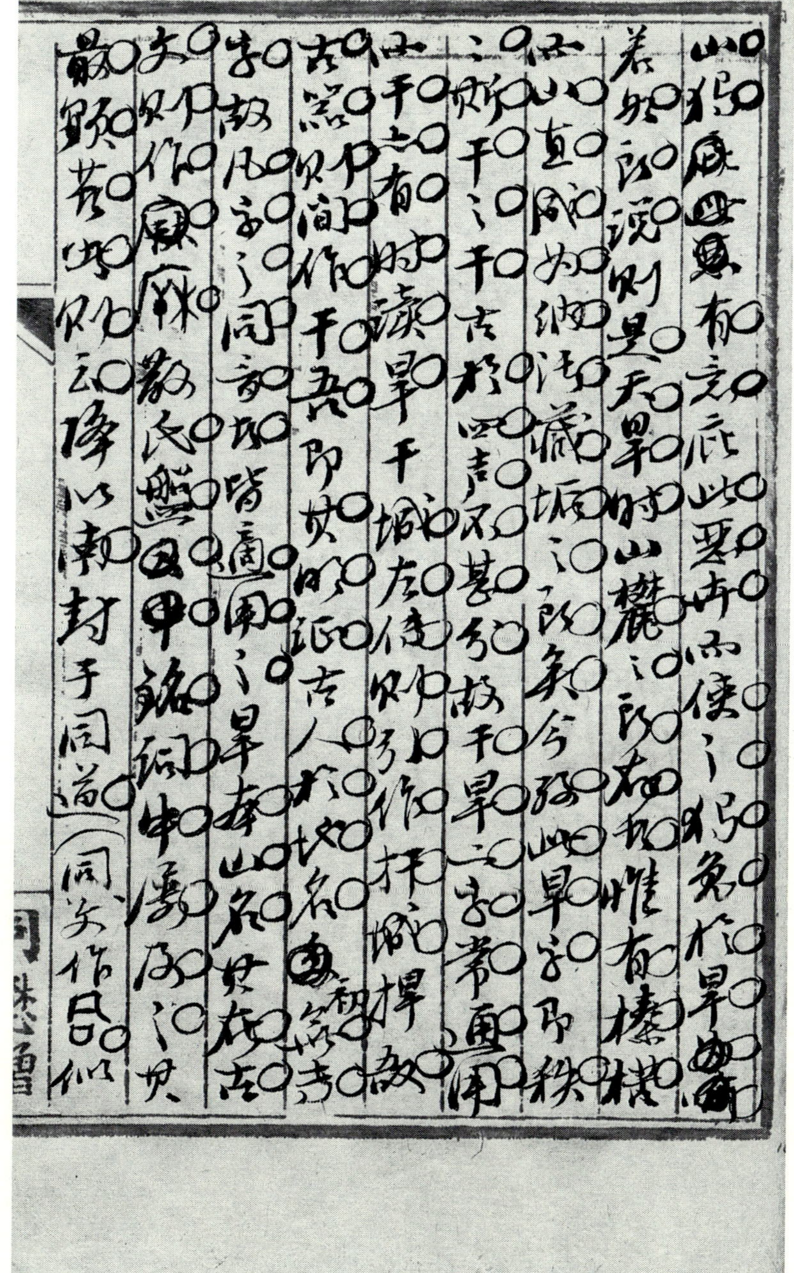

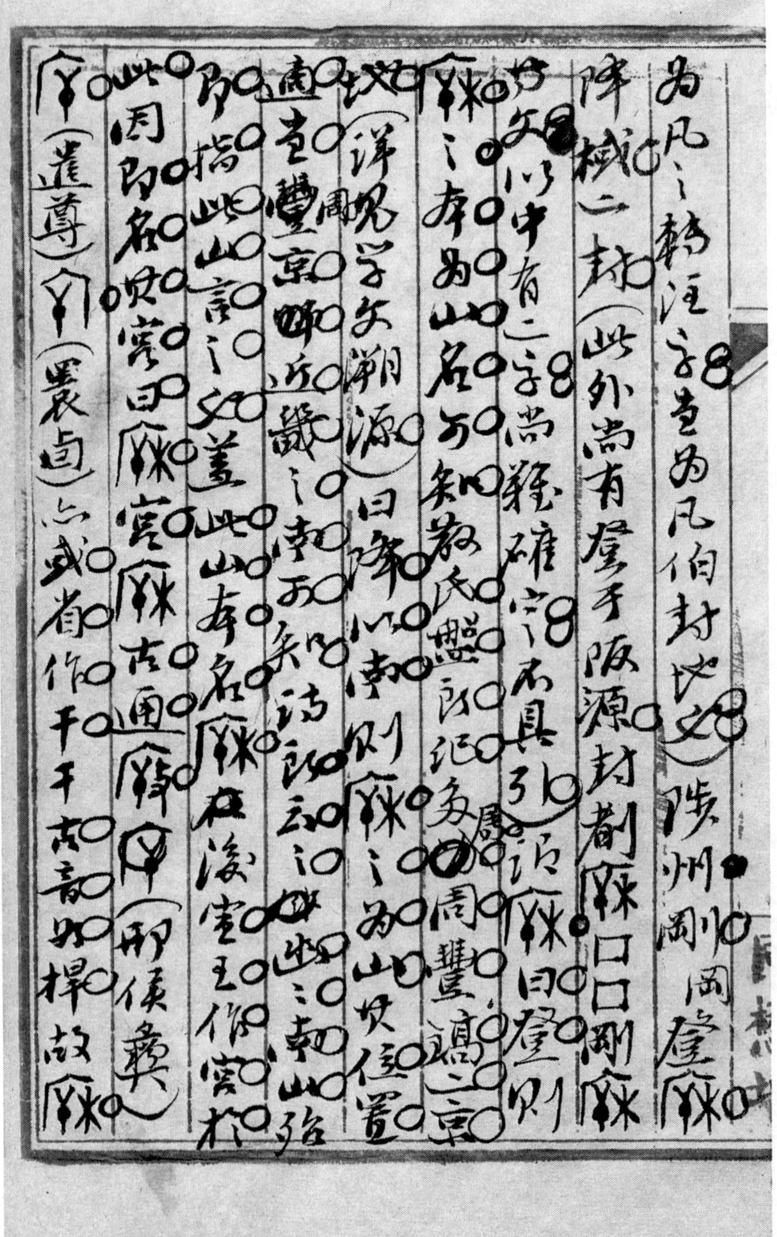

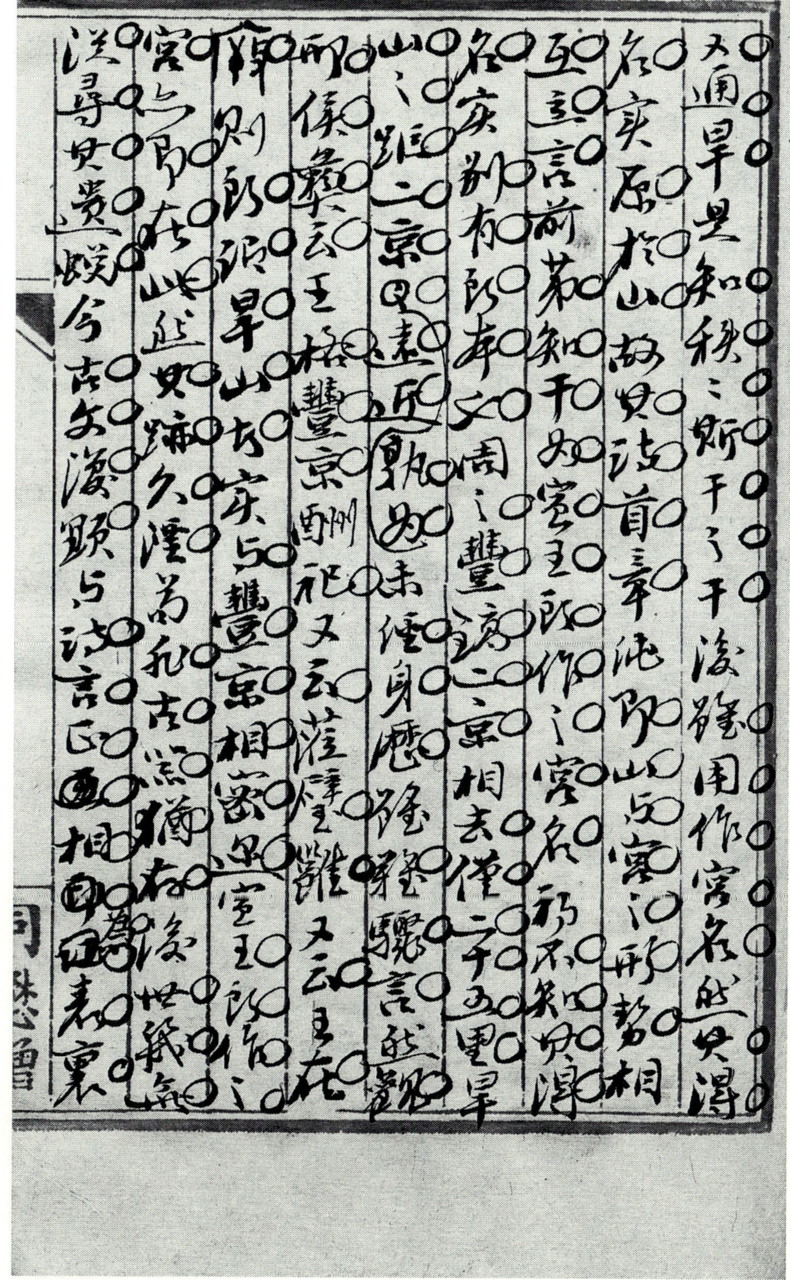

方域○睽○然○似不○雅○枝○搭○圖○而○序○文○

鷊旨

陳風、邛有旨鷊○毛傳用爾雅釋草文釋文曰○鷊、綬草文○

郭璞注云○小草○有雜色○似綬文○陸璣疏云鷊五

色○作綬文○故曰綬○二說似歟、綬○字○雜語附會郭云○

有○雜色○陸即○云○五色○郭云○似綬○陸即○亦○作○

曰○作綬文○玉篇鷊○○何以○知○爲○綬草而綬草○果○作○

何○狀○然○則古○今○本○種○未嘗有○人○能○言○○古今○來○

未○嘗○有○人○知○其○○此○草○無○古○實○指○其○處○○之○訓○

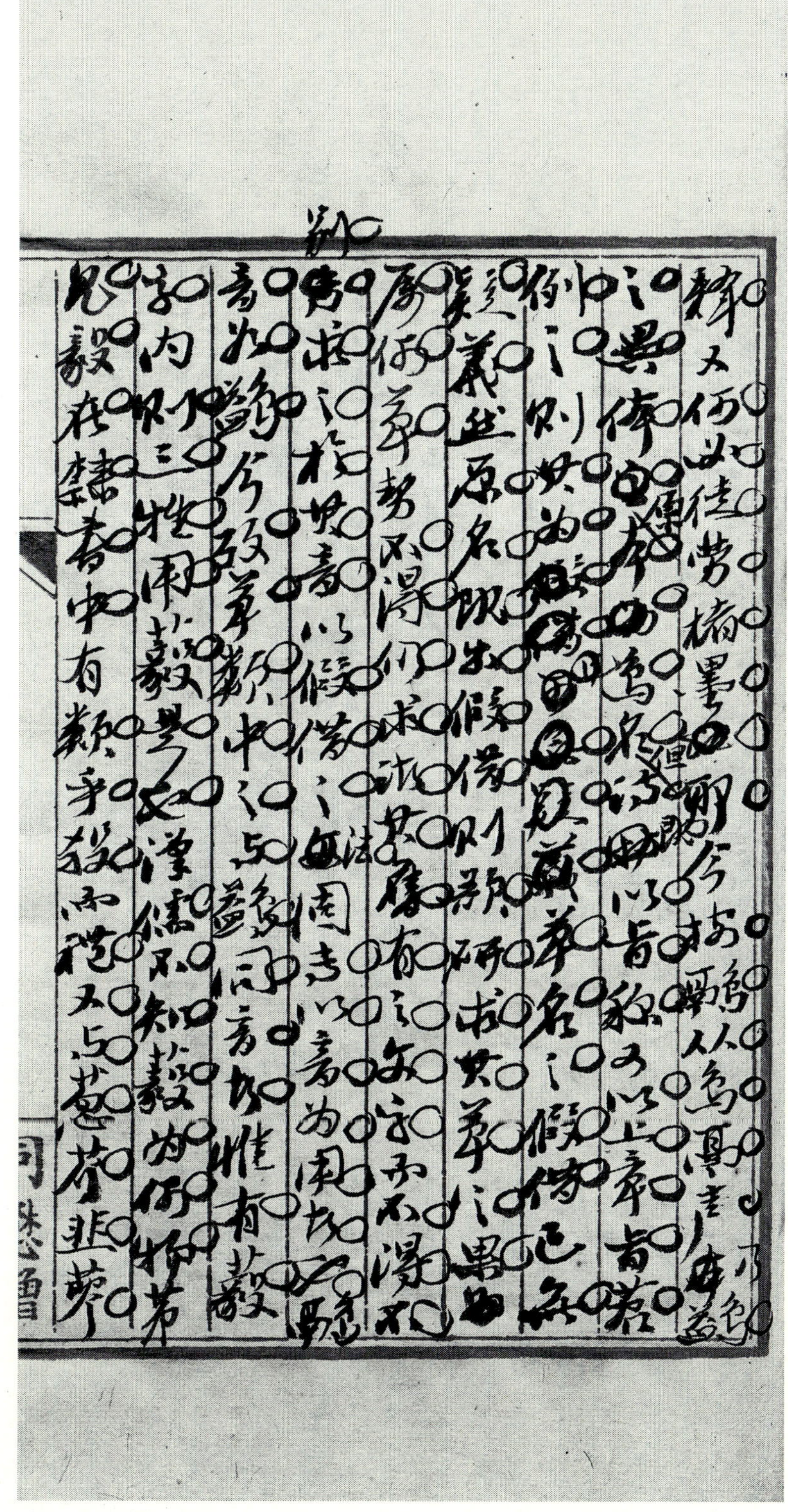

薙梅竹並峯知只可以和劑適離騷樧之別種
有名樧如茱萸[illegible]以爲[illegible]柳承即以作木之樧者
人物中之藙[illegible]新以禮內則鄭注云藙煎茱萸
文漢律會稽獻焉爾雅謂之樧顏後陶隱居
日圖經以藙爲樧之漢言陳藏器說雅釋非也
何以藙即爲樧之異名則雅釋何於[illegible]釋
只漢藙相混以至於今蓋得華佳兒[illegible]混以樧
與樧並稱離騷椒專佞以慢慆兮樧又欲充夫
佩幃爾雅之說（椒樧醜莍釋木文）椒[illegible]木內

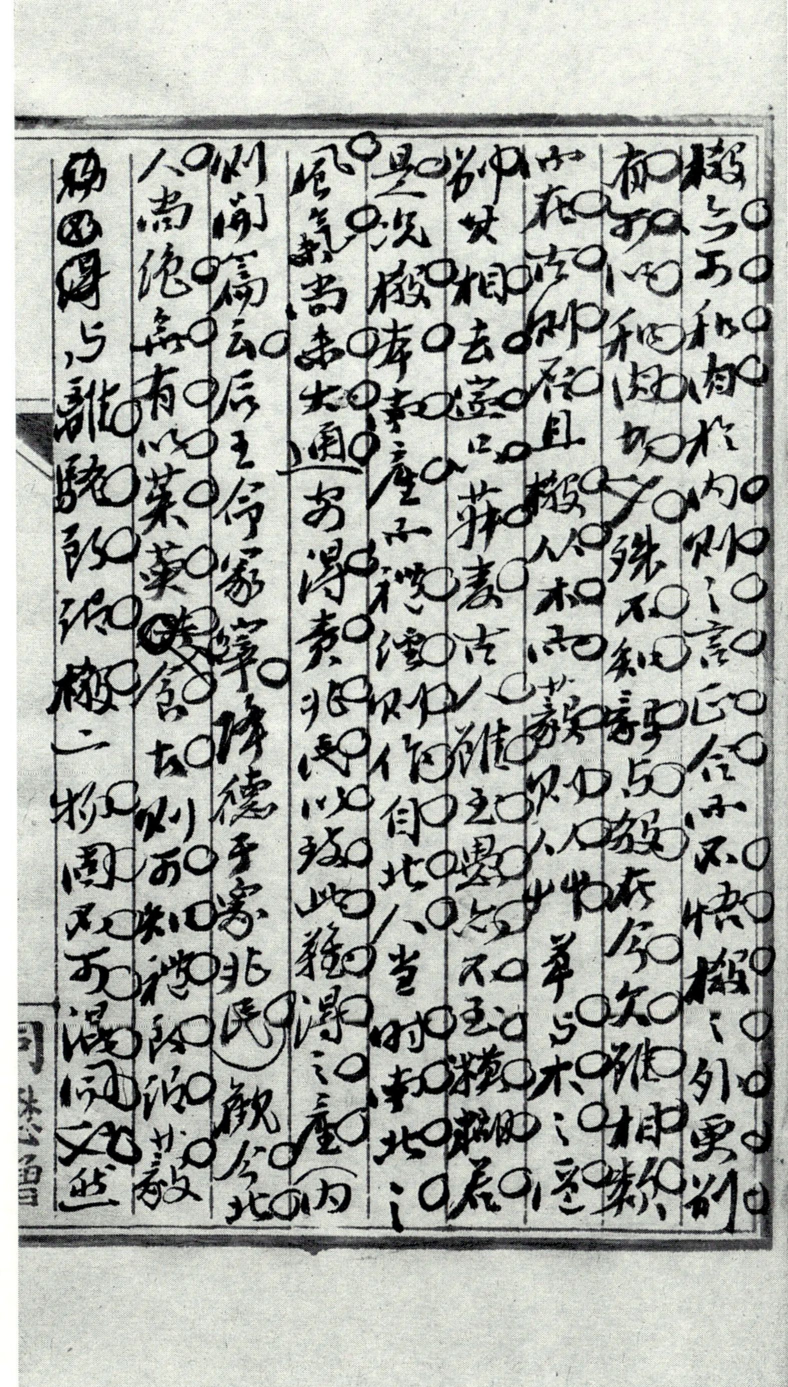

朱挂○
齋○
之○

則穀者何即今之俗所稱之小茴香之貝藥也
麥蒿之長大如粟貝茴之形色有異香藥鞭者
食北人之四月以之口茴香茴散諸物之者稱蓋几吉
之訥鴻昔者皆貝可食物跌老則於貝株隨諸作
白花結實形如大麥而莖細難以中食亦香柑熱北人
凡意如此奏入其國文董桂然用以纏貝腥穢之氣
之助長俠芬馥禮訓詞之性用穀者味指此言
之與諸訓言難同物而異用貝詞之小者困草類
中別有一種結實似人角形者（俗或謂之人角）常

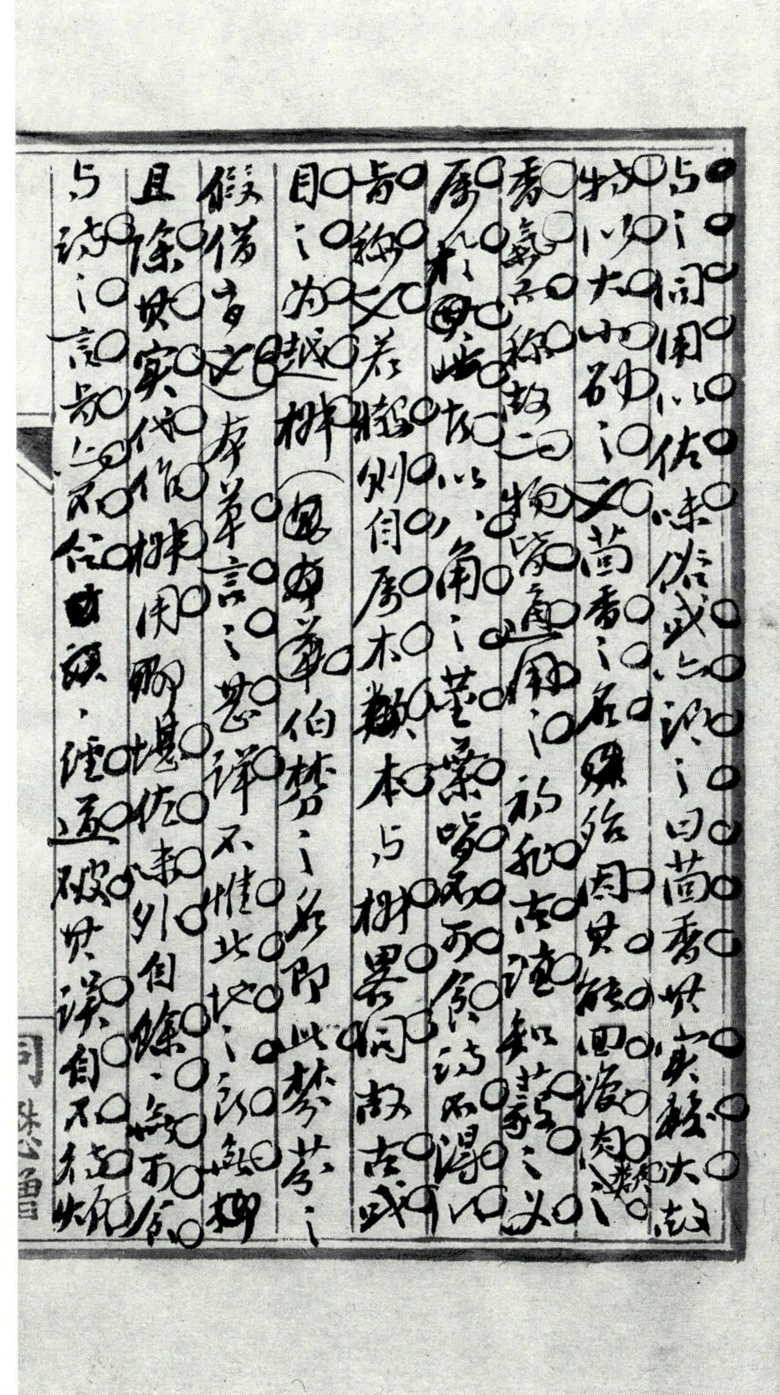

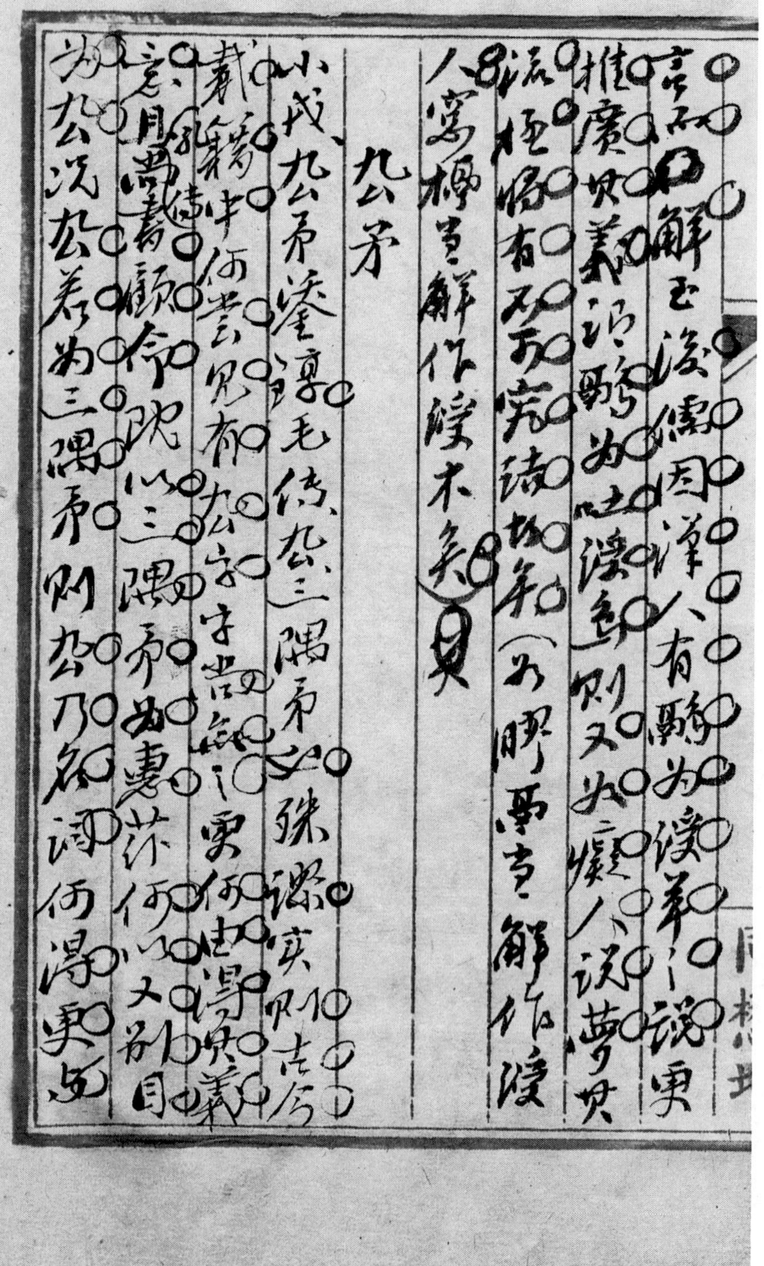

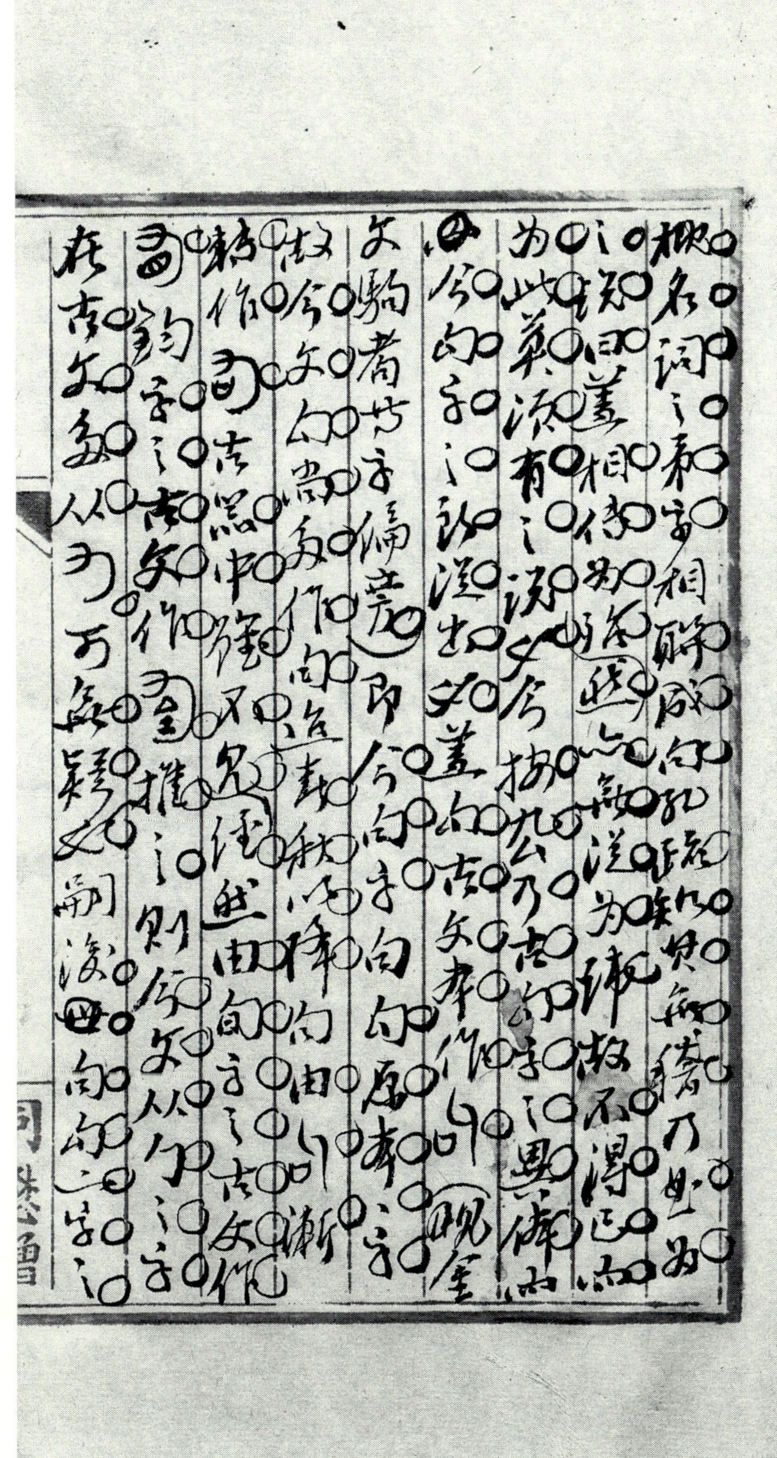

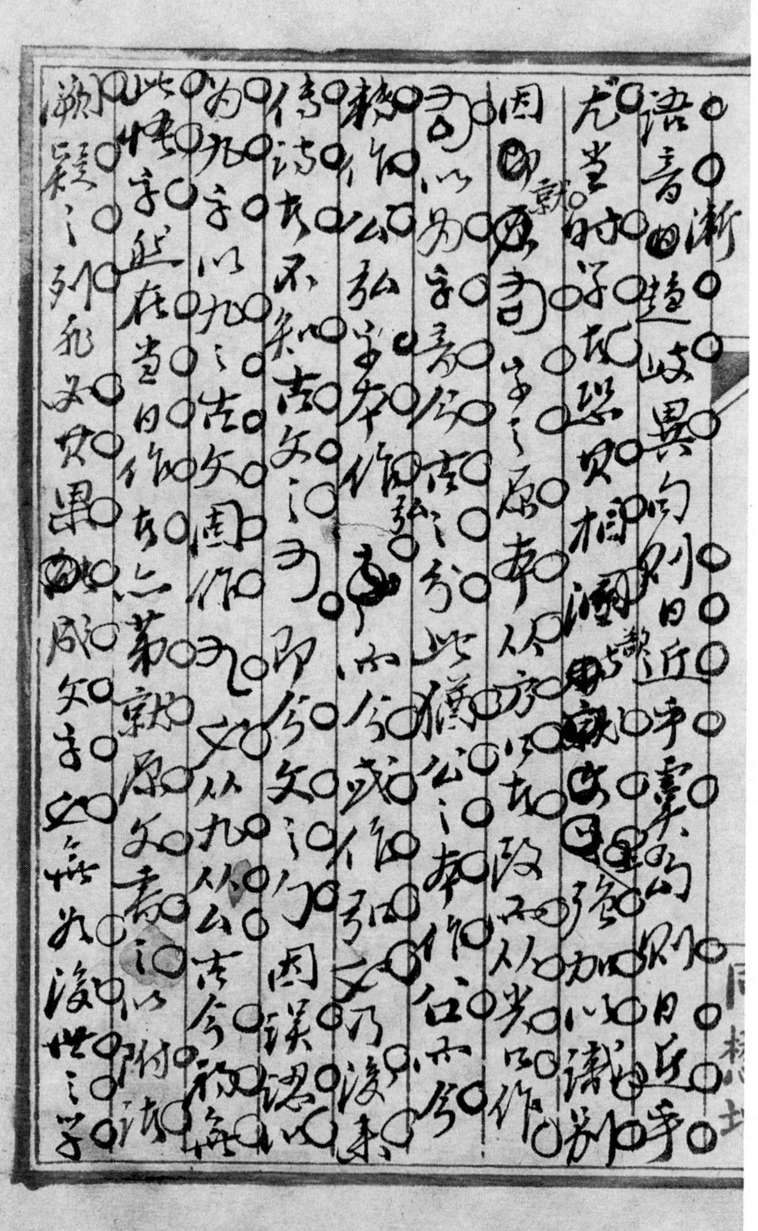

故乎〻不及者也而惟其佛心自用見有恥心一損〻不

知則慮則勝者也見其害〻人九文則慮〻其言也

他見山字〻有三陽象是則隱而不安又言和文

則隱〻其義同三陽和每九句本論詞下知和

字物為名詞若九公既為和〻此物名詞下不濕

要言和文與而和古文漢字則九公〻有衛儀

者解〻論和幻和和〻有横枝者与戈所稍異

蓋戈〻枝偏於一方而内和則両端然〻惟其枝

為猶經耶其旁出〻枝之曰底清〻既說二和

丁磨是文磨幸未上世之名而之杖以之故之沿
如称又古之訟訛謂九實即為今之矩所矩字以
緣原本樣是稱與今人之訟謂的古殊異（後
人妄矩所之的為矩不考以的字屠之今義然後
古則無矩稱之的原本作的與矩同者）故今日出
土之古而俺無作的的所古後儒不通古追遂知想
像乃竟從而郵作的狀（見詩經圖注且更分
二者為商者夷者犬從）是知惟不識的且俾不
識者也為今日之樣矣（古人常用而以執著如此

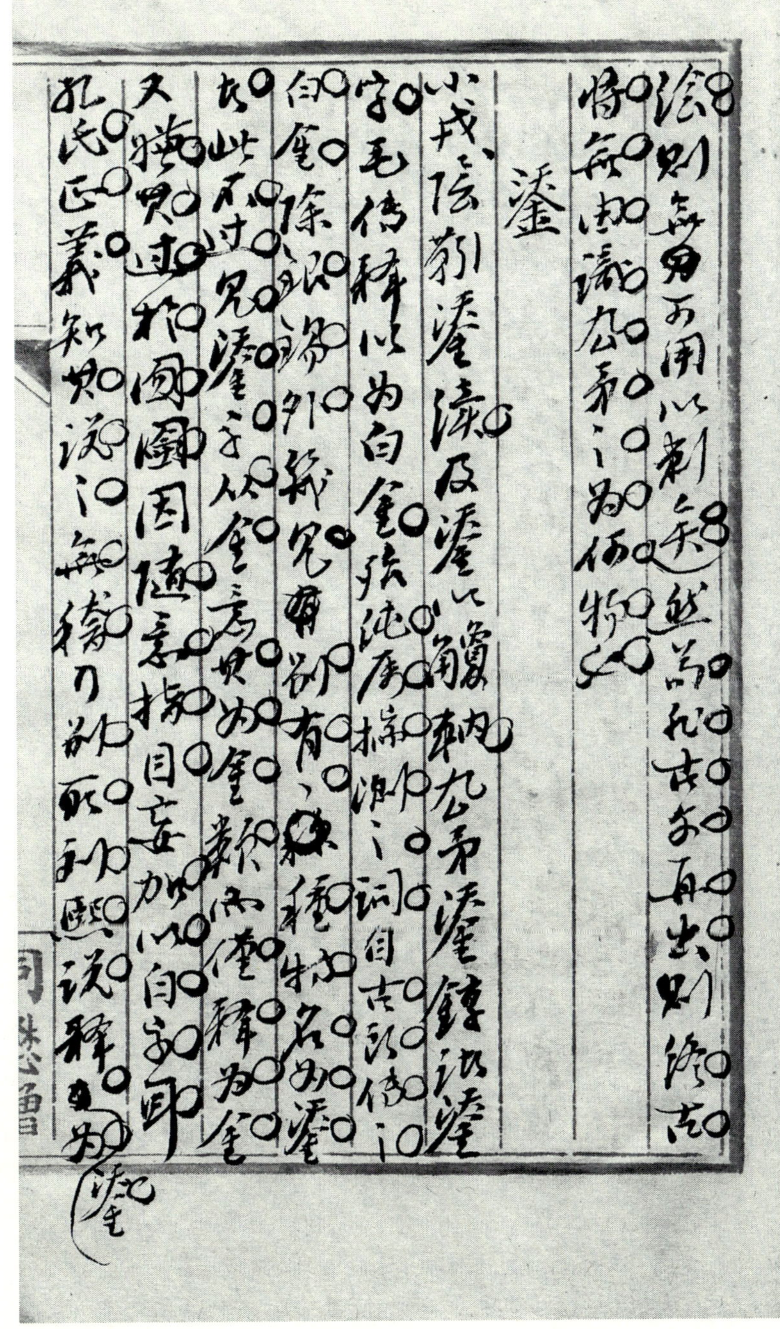

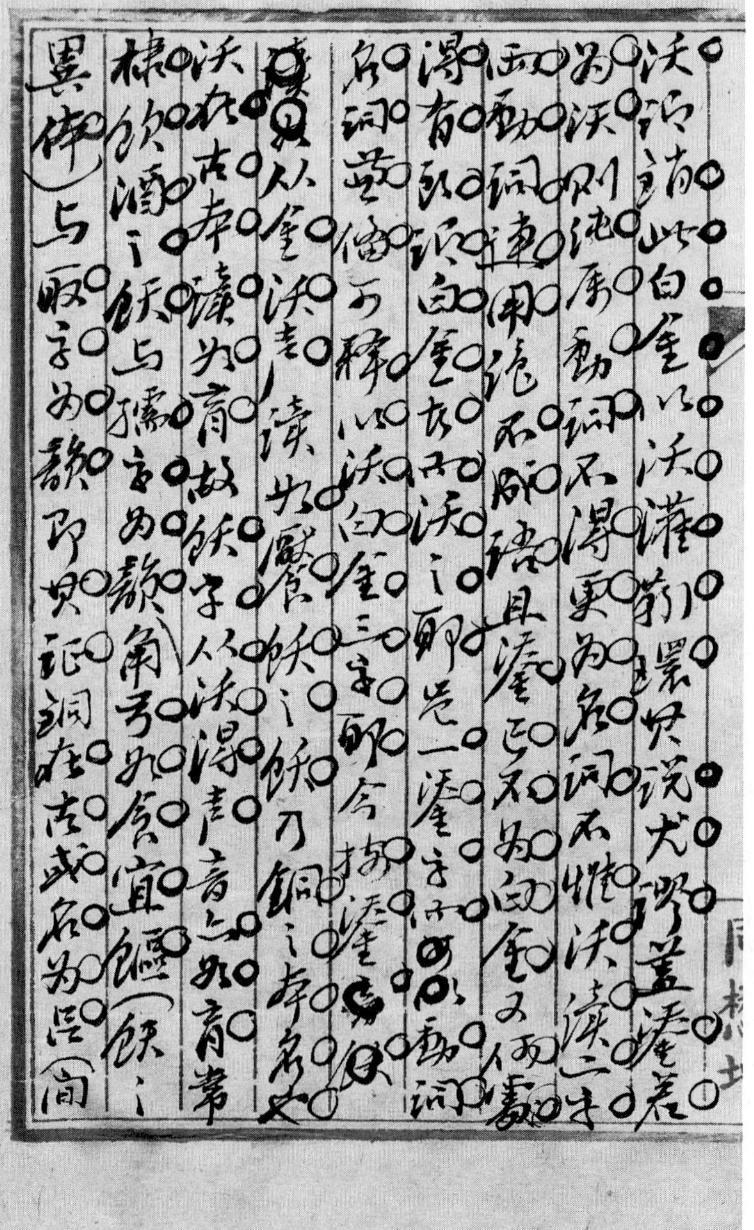

会意字

漢角 云上

亦作鋁 惟仲籥 或名为鑪（亦作鏄 漢器銘 鏄）或

以鑪 鋁 並稱（其單稱鑪 則或稱赤鑪 見史墨鄉

公華鐘 或稱黃鑪 見曹伯霝簠 以銅之色有赤

有黃 文或釋鏞 爲音皆与沃字相近 古刑書之字則

諸書之方本無此字 則其字蓋從火加沃 張之猶鑠

之稱 飢鑼之作鑼 文銅之稱 自鄭國時始有之

故經書中所不概見（指詩書易儀禮春秋記者

左氏傳則習見矣 乃銅字與之一切古名並隱矣

其間亦間有沿襲稱之 而時來考證 罕有詳考者

食貨志民盜摩錢以取鋊其說鋊者即為鎣
之異依師古釋以為銅屑愚說文之鋊是物只知
谷本為銅之本名而僅從上文之摩字摭說亦為
也說耶實則古今文字其義參形未有若是之誤
隱取之（金銀之屑當無專名也）銅屑乃得別稱
鋊者此則鐵錫亦屑更論何耶之鋊音為浴其音
與餤飫知之飫正同漆三百外飫則漆與浴實言
同而字異不討後來漢字漸廢而為今音無人更知
鎣字之本音讀浴乃不得不別取谷音以鎏別為

誤字矣。是則謂之稱澤玉漢，附書未見誤文。

觼軜

小戎：「龍盾之合，鋈以觼軜。」觼字舊讀決，厥珠切。

觼从角从矞。角矞二字全不成義，其孔會意字。

不知此外篆論其為形聲，蓋要以為之聲，義相合

而成。今觼字讀厥，與矞聲之隔有如風馬，若讀

从角，聲則古今又隔。讀以矞為聲，義亦以凡為義

古機字係名詞，而矞則為一種形容詞，文由是可

知觼之讀厥，乃後儒不識其字而直以杜撰之詞

其既不读书又不读角而只读为不信不得之厥
切盖心有所慊恐有人讥其又读而读半字之
凡前人之读於为第一读类为起读读为而其
自欺之人皆同此心理实作字各有义之名有声
其读与不读初不得以系语为文今按数人之角
书者实为古今字之异体学者古字宫室字其
字人之视於纸下乃宫室之会意字盖之谓
於纸其势以宫室其在古文之作图字人从人从
人以鼠字象以和执纸宫之人文学之单文虽不兑而

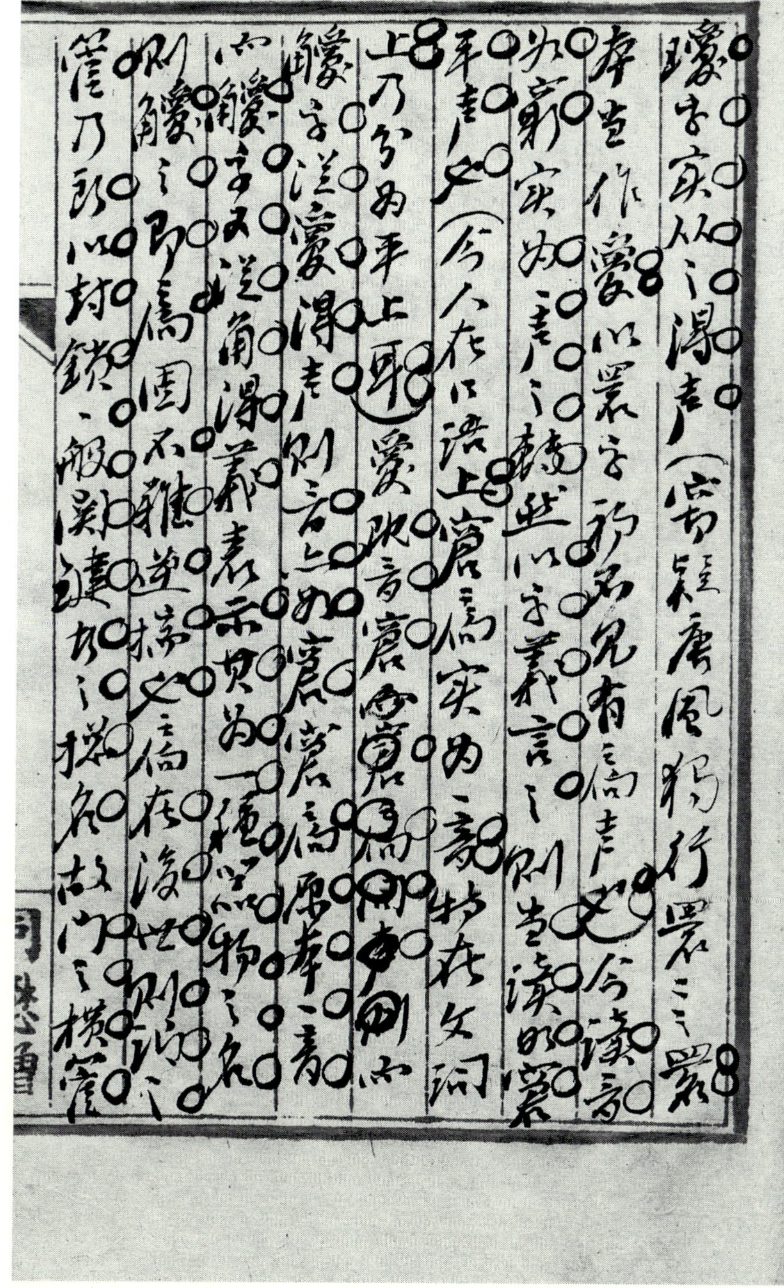

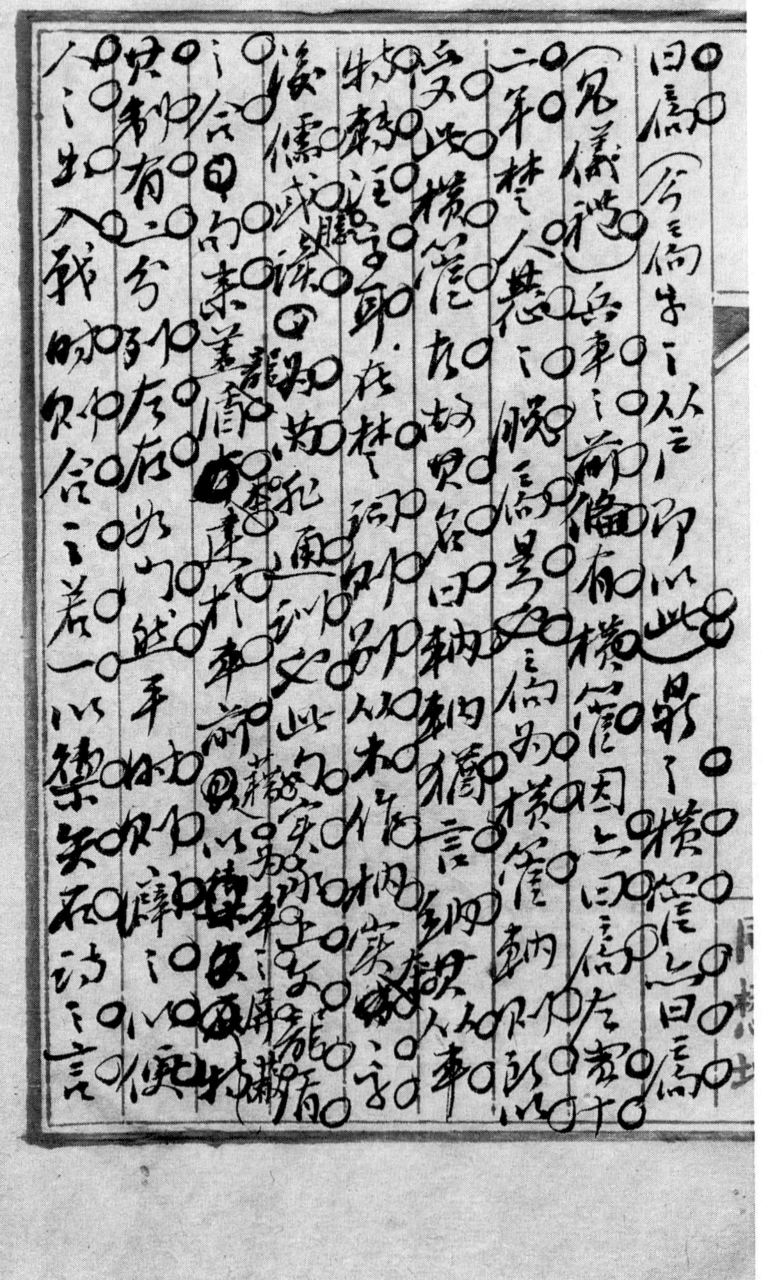

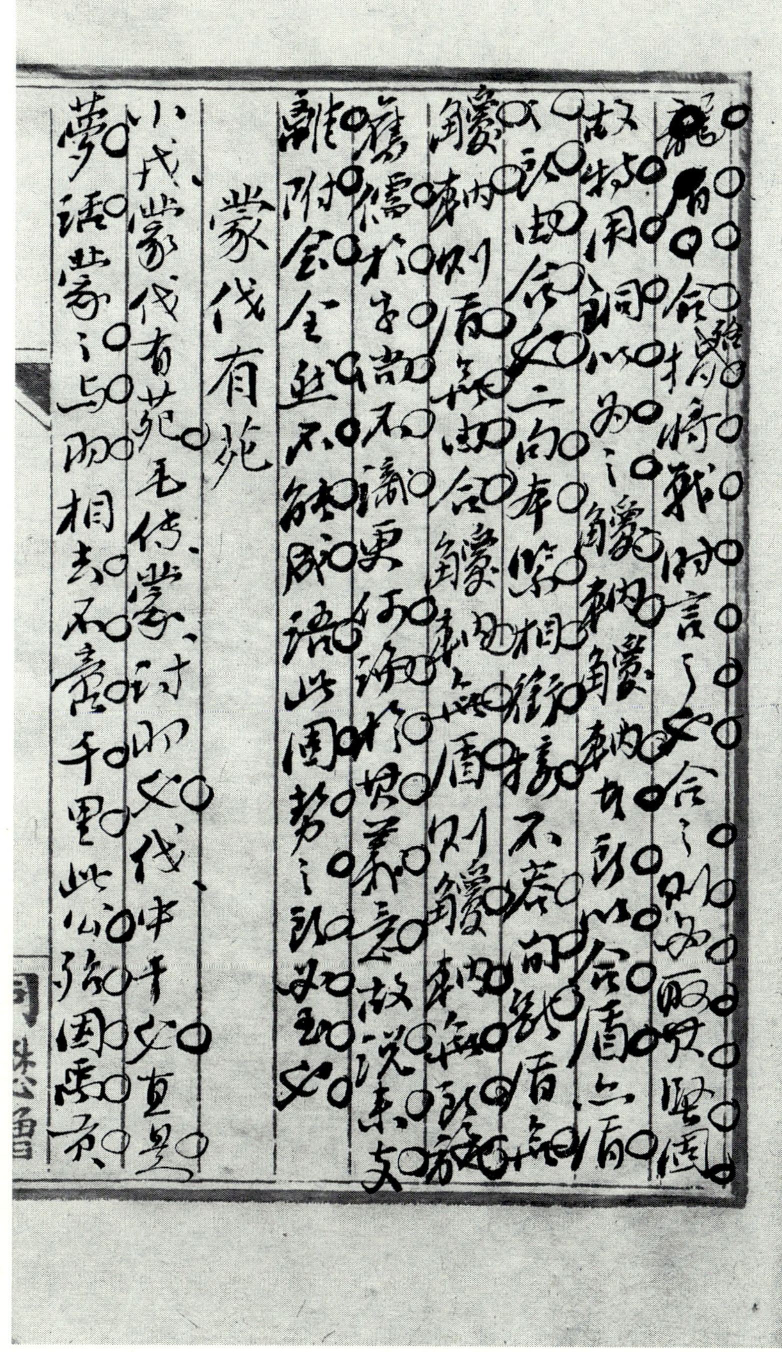

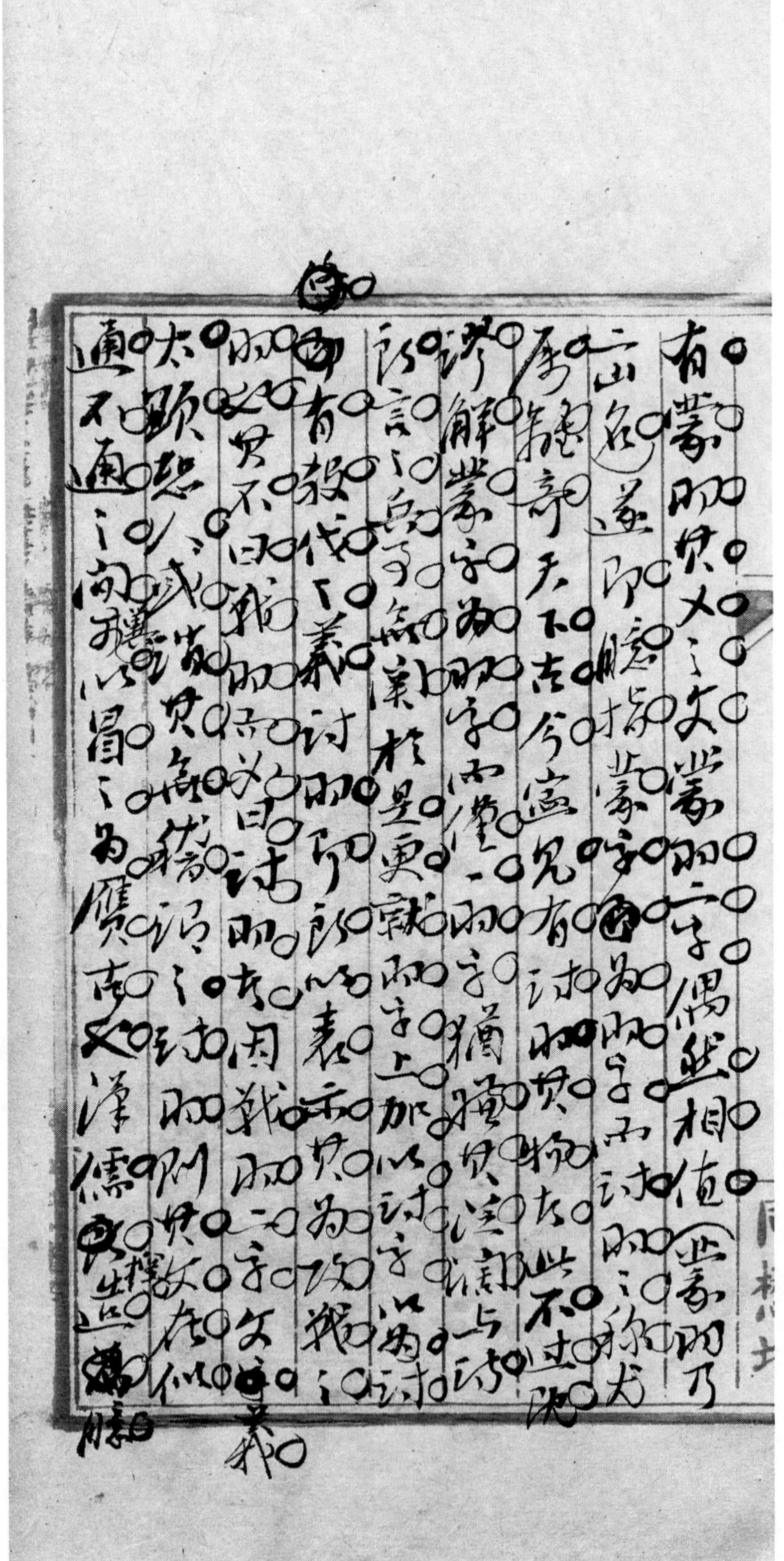

今按下五字據
用别紙所改者
此係不用

賢說其以其其不通者實同此心理又鄭康成截

手仇之手仇為手頗18段但填之填之填以為藥織之數

其心目中弦以不回者指為事之蓋代之為千義大

奇疏載籍中之言千如萬矣孫兄有别名之為代

者代之為干邑奇說定之曰中干然後而取其

且而後争於此解釋將何物取而指以為代更取今按

此代字底為蔑之殘文弦故留痕剩餘痕末傳誤

者不敢臆補第存其原文而存之以其不知蓋轉

而誤以為本字因此誤以至於今又蓋蔑字古文

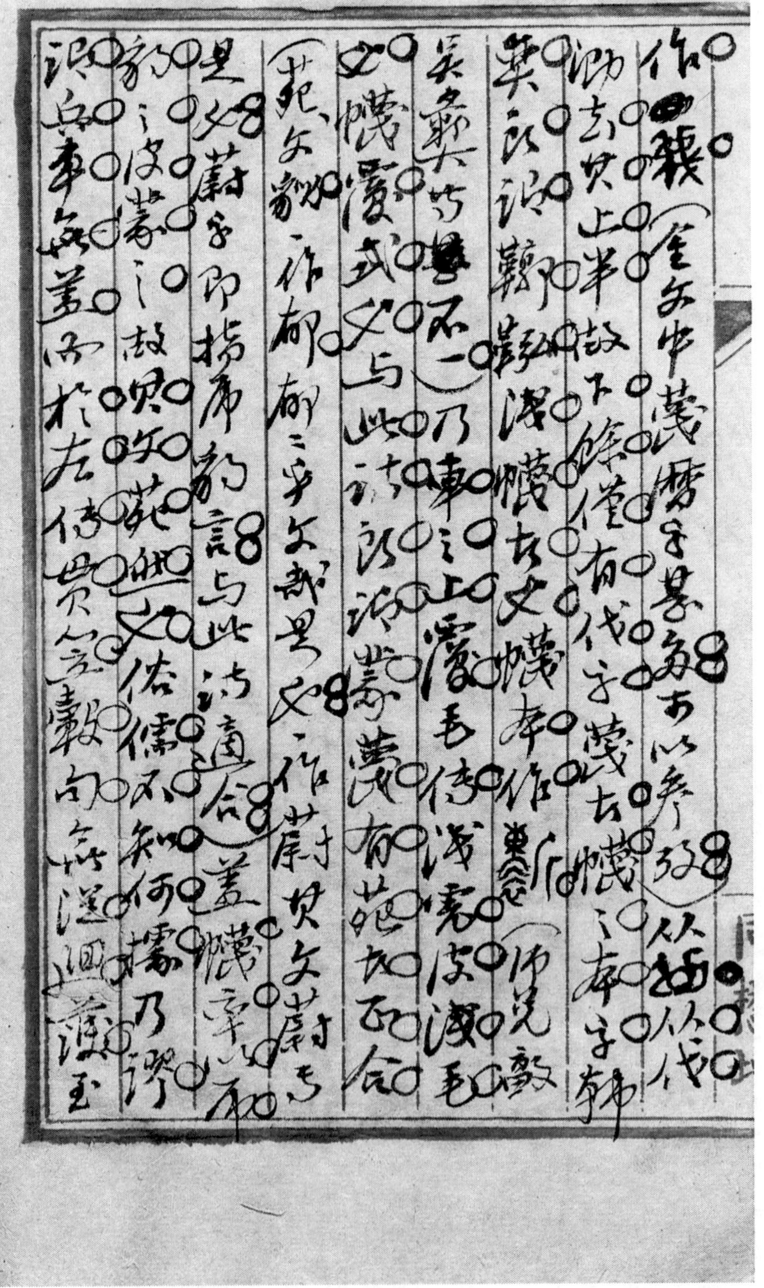

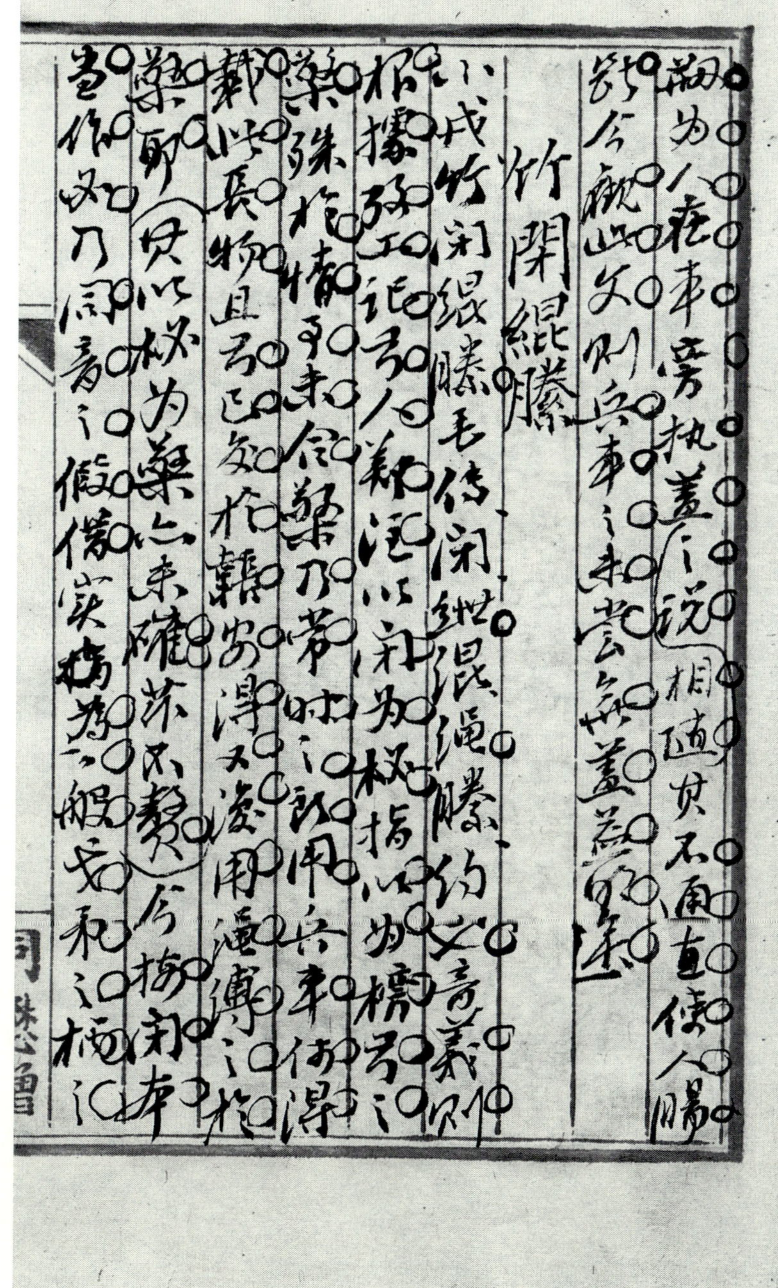

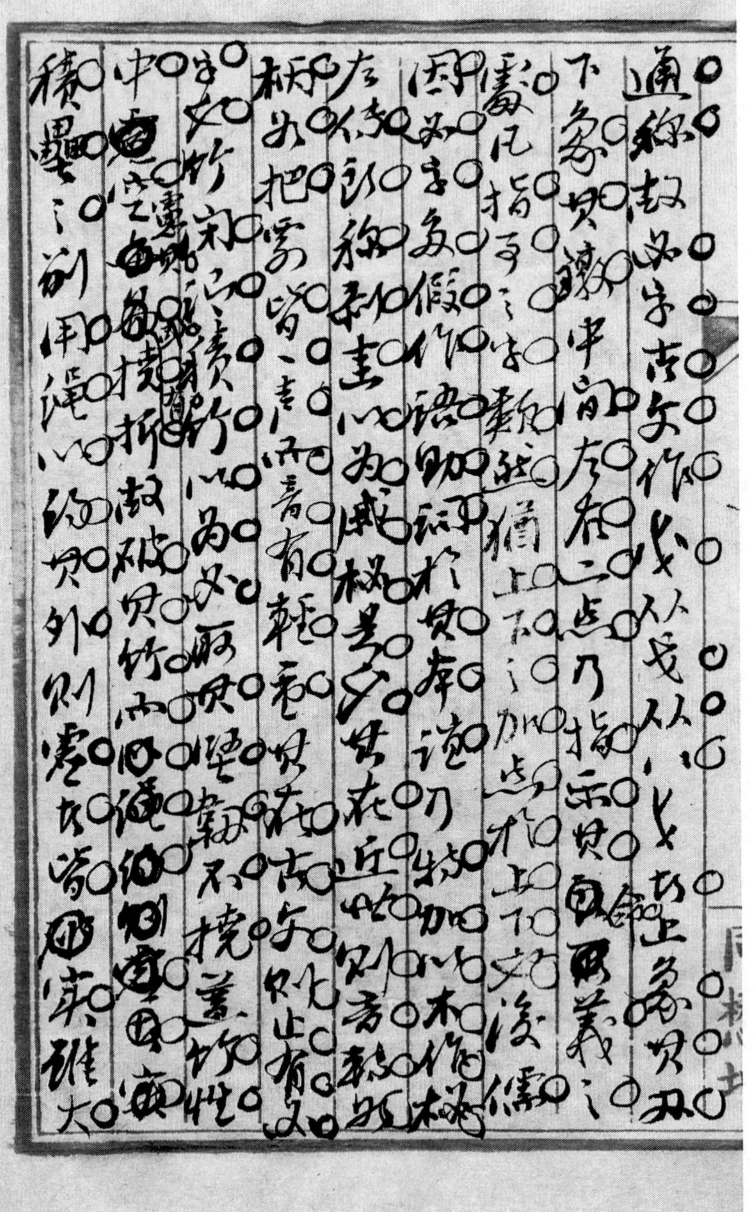

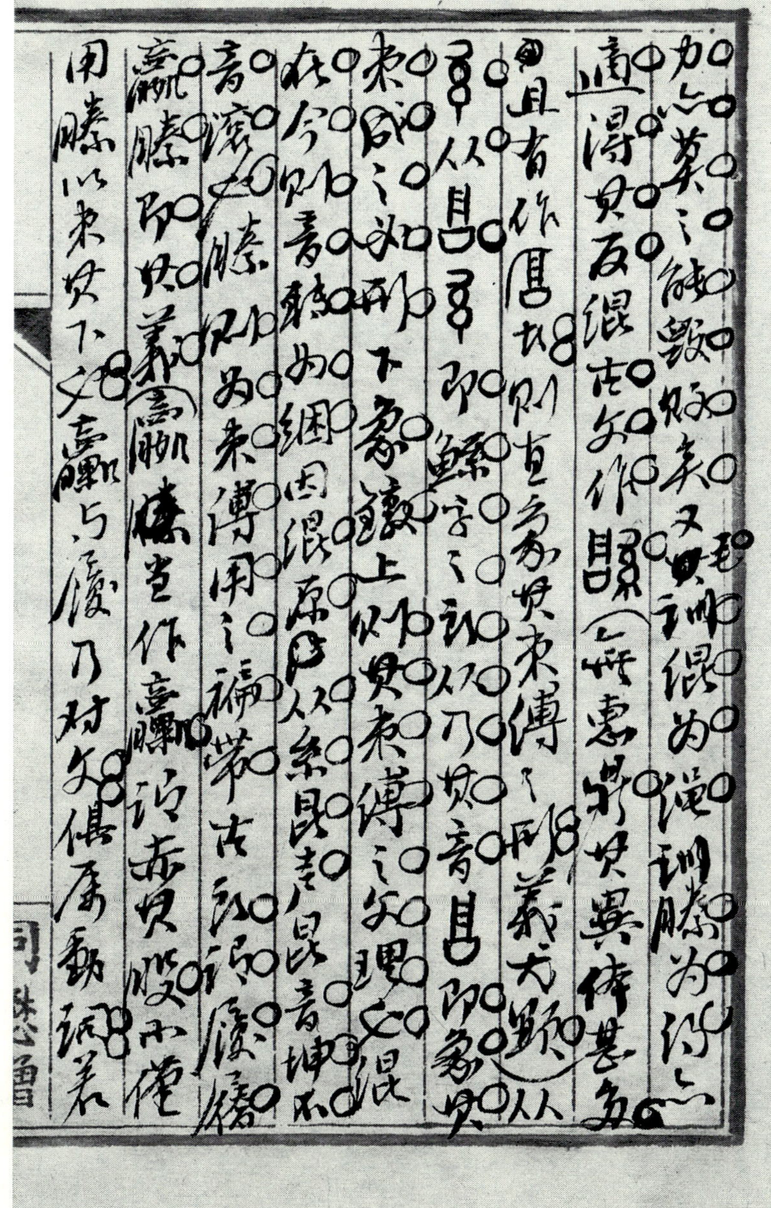

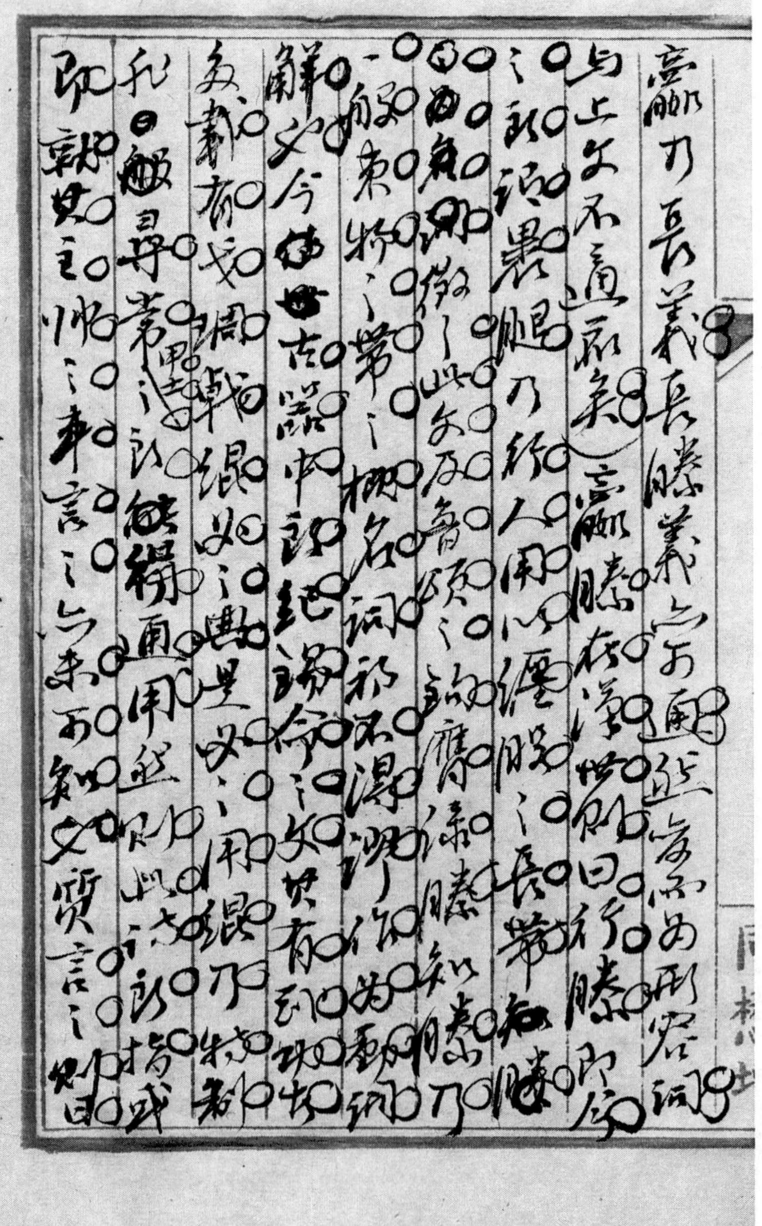

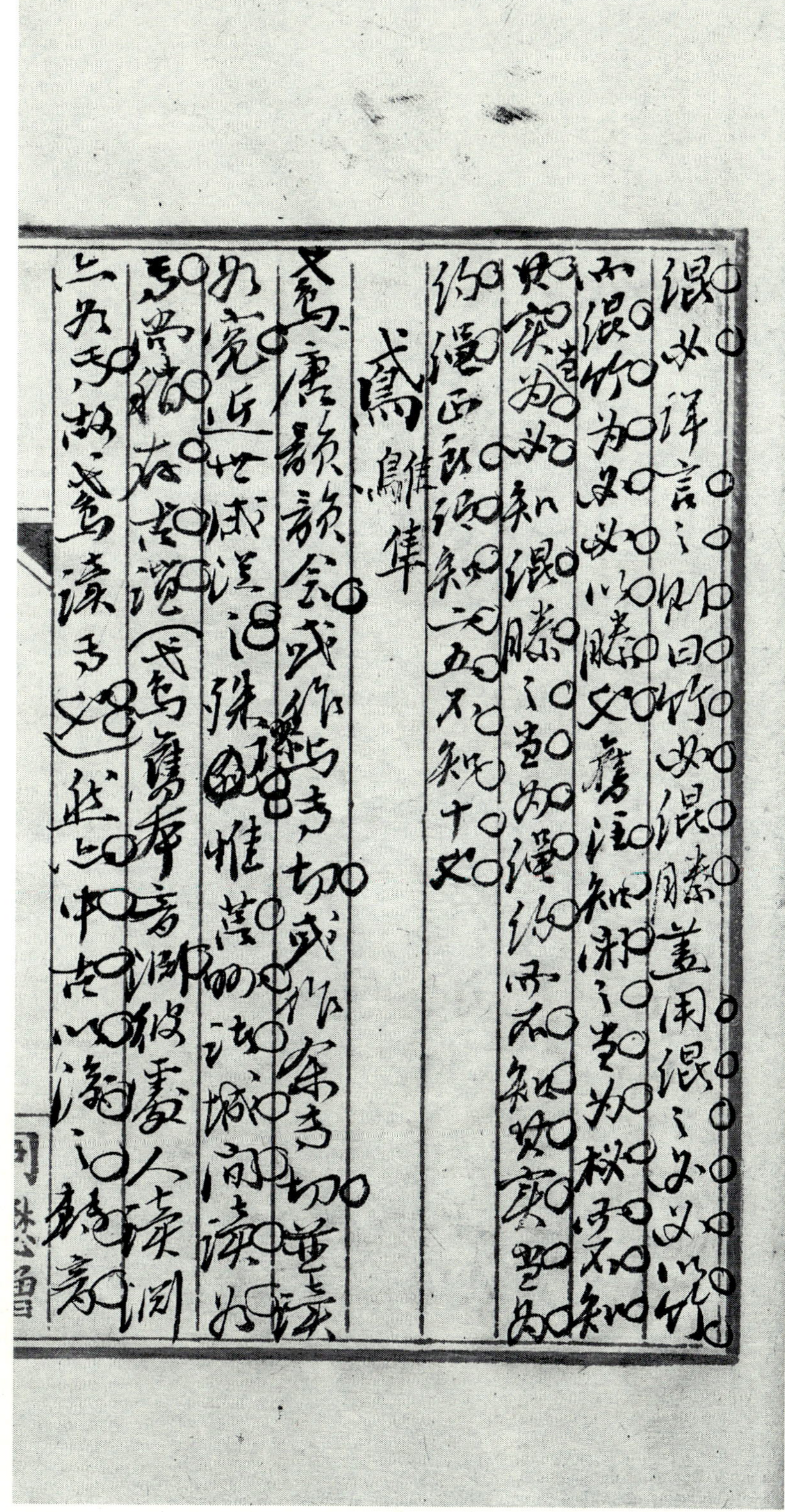

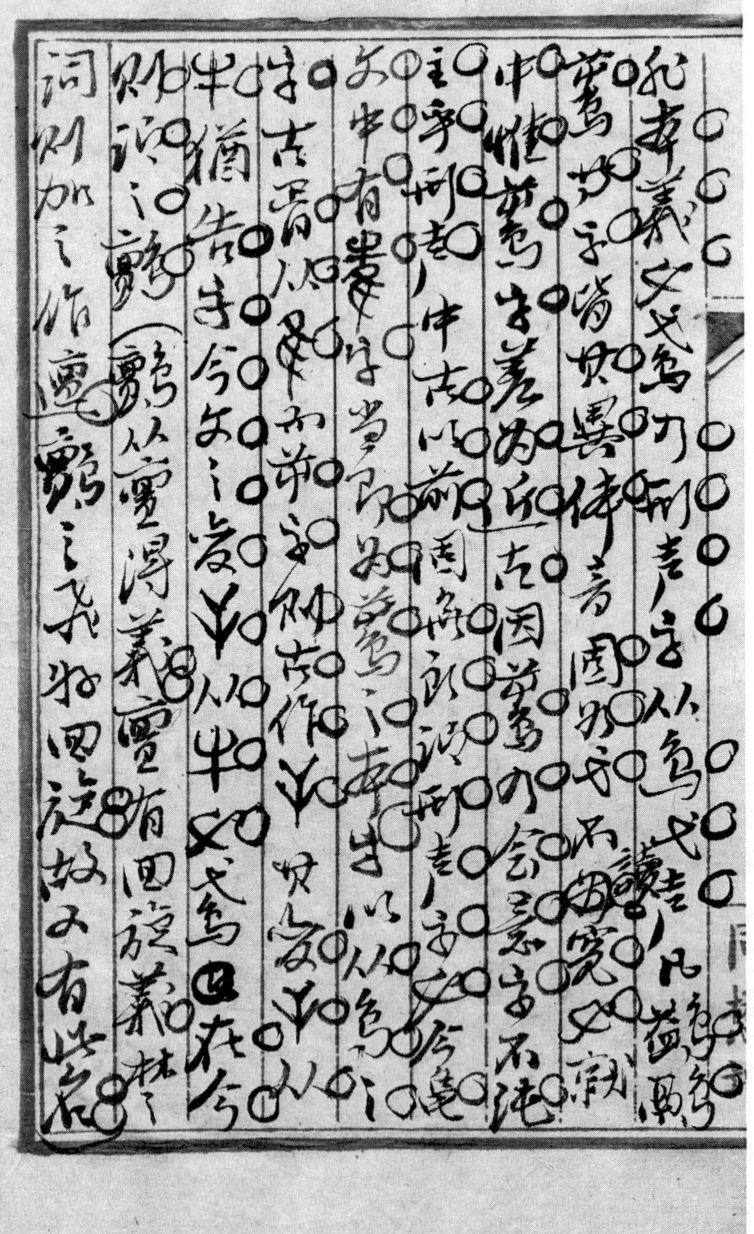

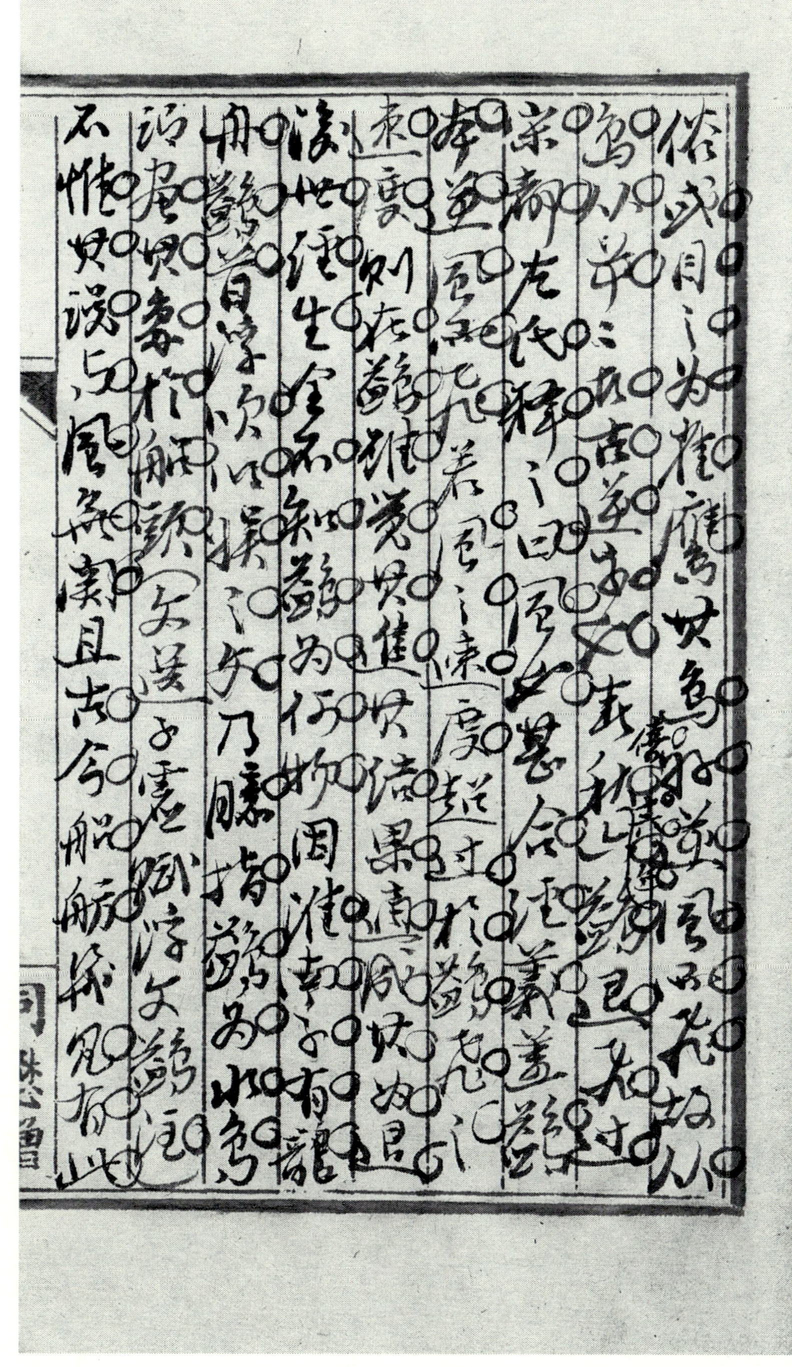

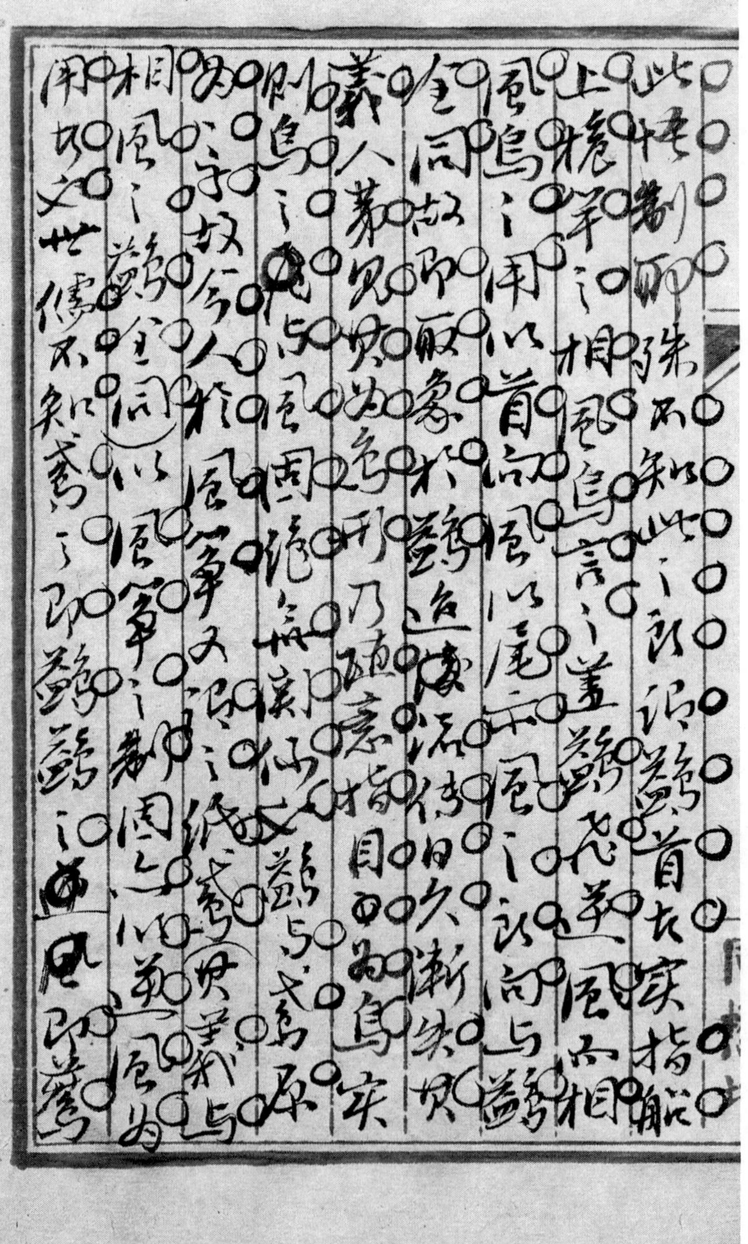

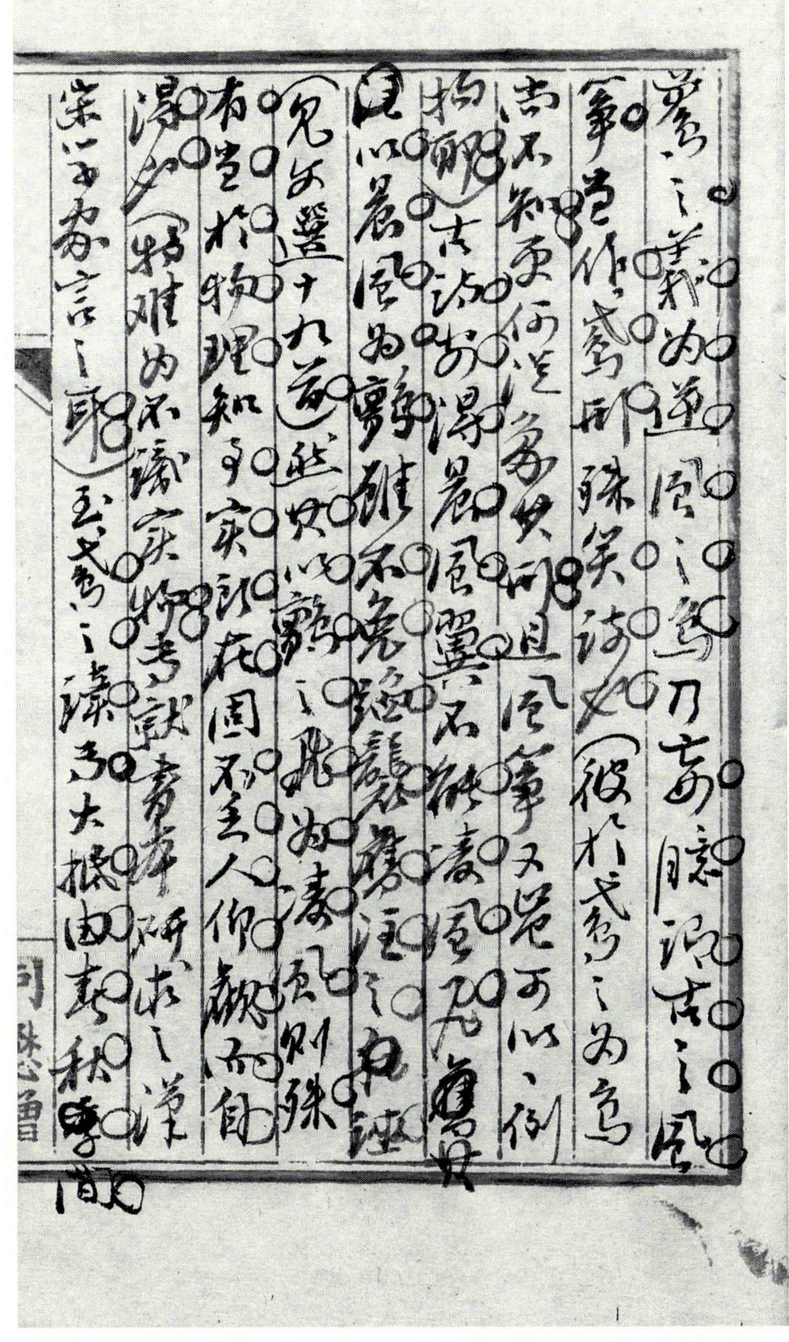

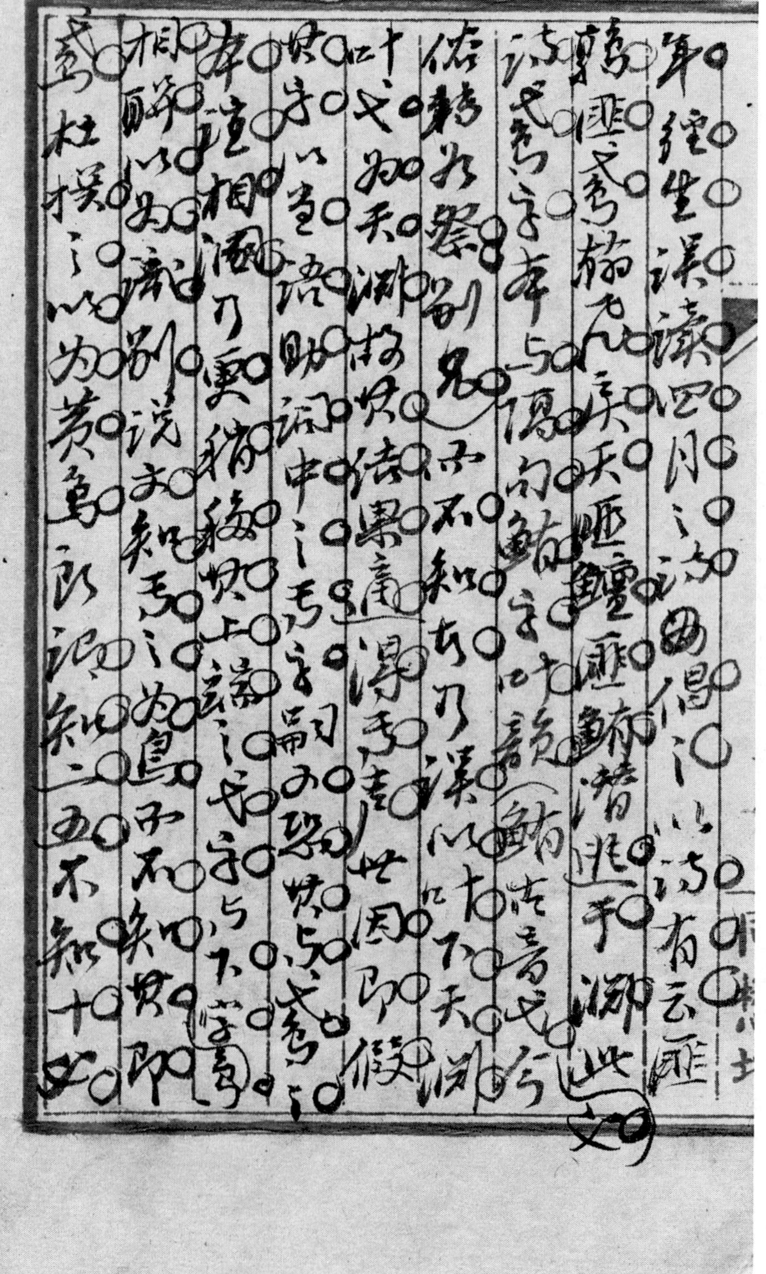

及假借以當惟
字，添在字下

（弋本作弋，今改从下）

又按：式為字，毛無傳，鄭箋則云：式，為，語辭也。不言其何為。㒸說文則訊以執鳥為釋之語，尤模稜。執鳥之語類甚多，然豈得概以式為目之耶？蓋若業處馬葉辭，惟知夜字也。標錄緇纏其蕃，謬原無足責。彼於韓詩釋之如周鼎當蠛之。為魚尋索明用之，不知其以更何須耶？今式之為鳥，又只名律屬因引申以佳為鳥類之概名，後儒或更於其旁加鳥

作

雝戍於只下加口十作隼三而備用之

实之物也如加鸟故以嵩明已不知隹之本

谊（隹在鸟文作[illegible]金文则作[illegible]正象鸟

形鸟字古文作第四版隹为青示也鸟以

为转注字（在鸟则为雝在马则为騅在

心则为惟在丝则为維在草则为萑在

木则为椎在金则为錐在水则为淮在山

则为崔在土则为堆在石则为碓在目则

为睢在口则为唯在手则为推皆转注字雖

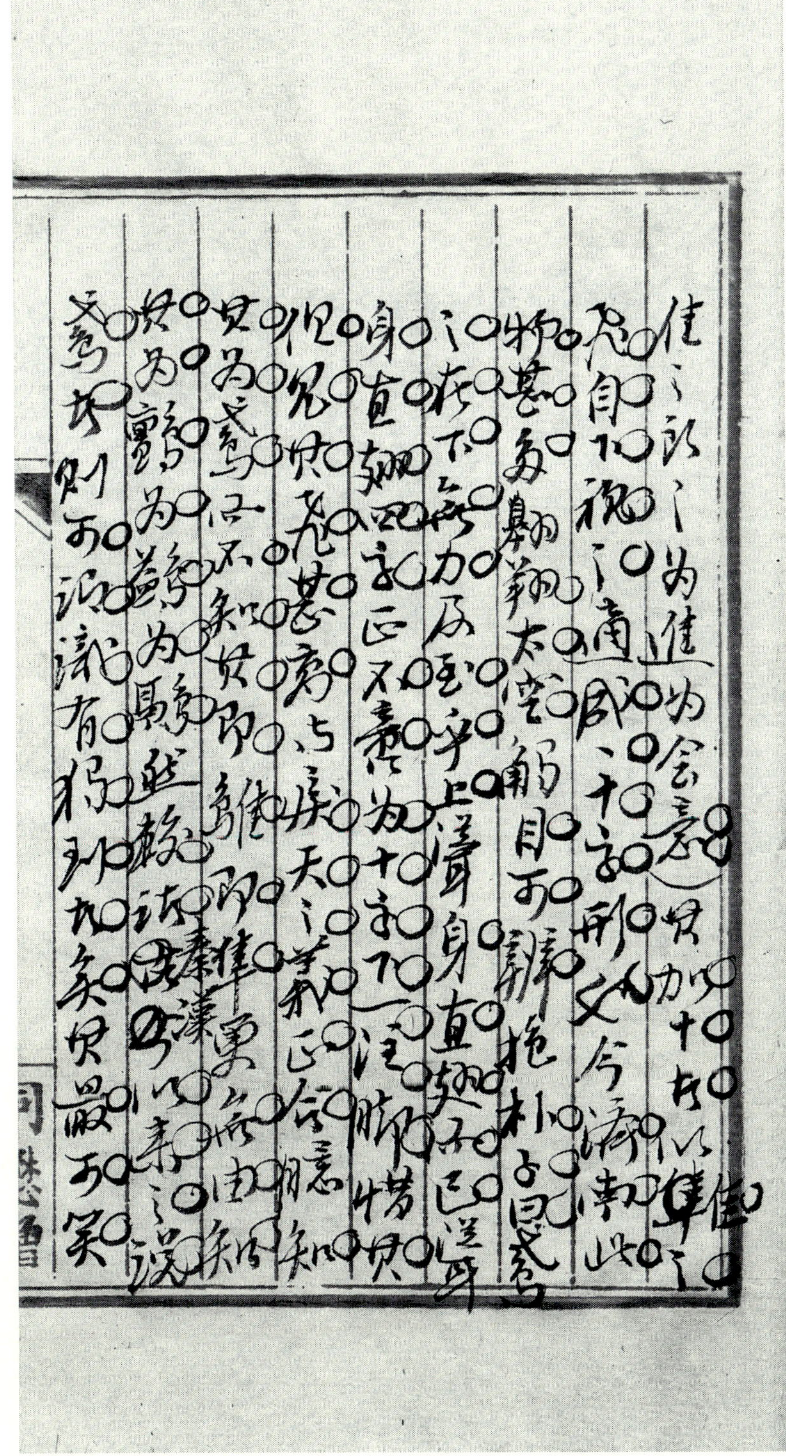

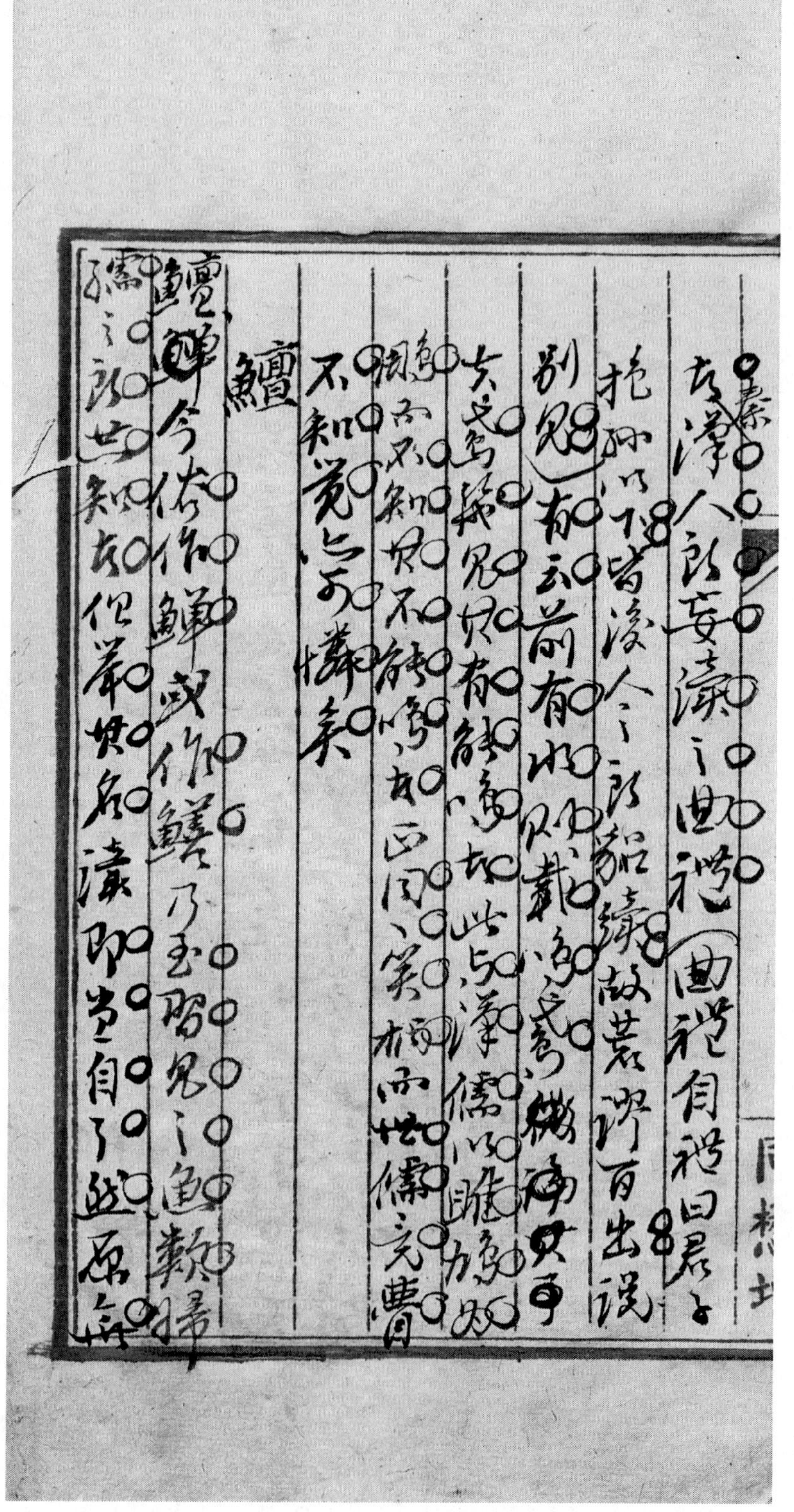

須詳為之注乃毛傳以鱣為鯉類已當於實郭
璞識其非（蓋由鯉魚太寡見之故）乃云鱣大魚似
鱏而短鼻口在頷下體有邪行甲無鱗肉黃大者
長二三丈今江東呼為黃魚即是也陸機疏稱
之曰鱣出江海三月中從河下頭來上身形似龍銳
頭口在頷下背上腹下皆有甲縱廣四五尺今於孟津
東石磧上釣取之大者千餘斤可蒸為臛又可為鮓魚
子可為醬觀其所說似為今海中之沈魚其物不
惟今河中絕之而江中亦罕觀也郭所說則

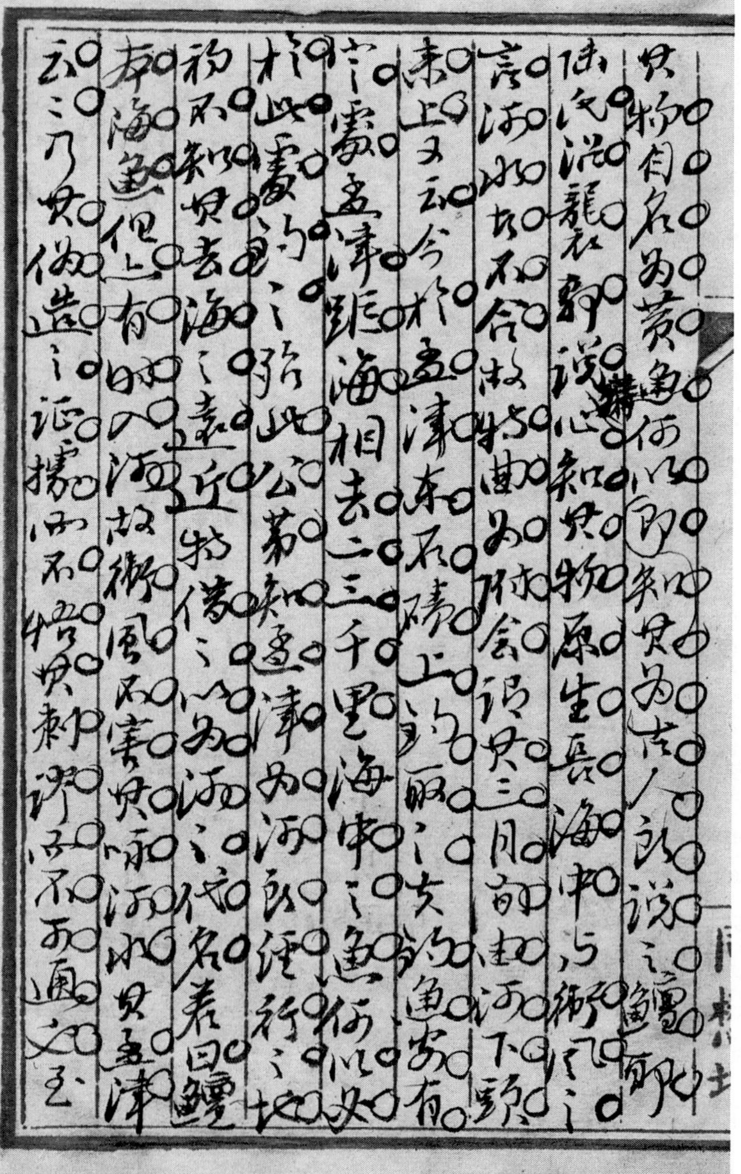

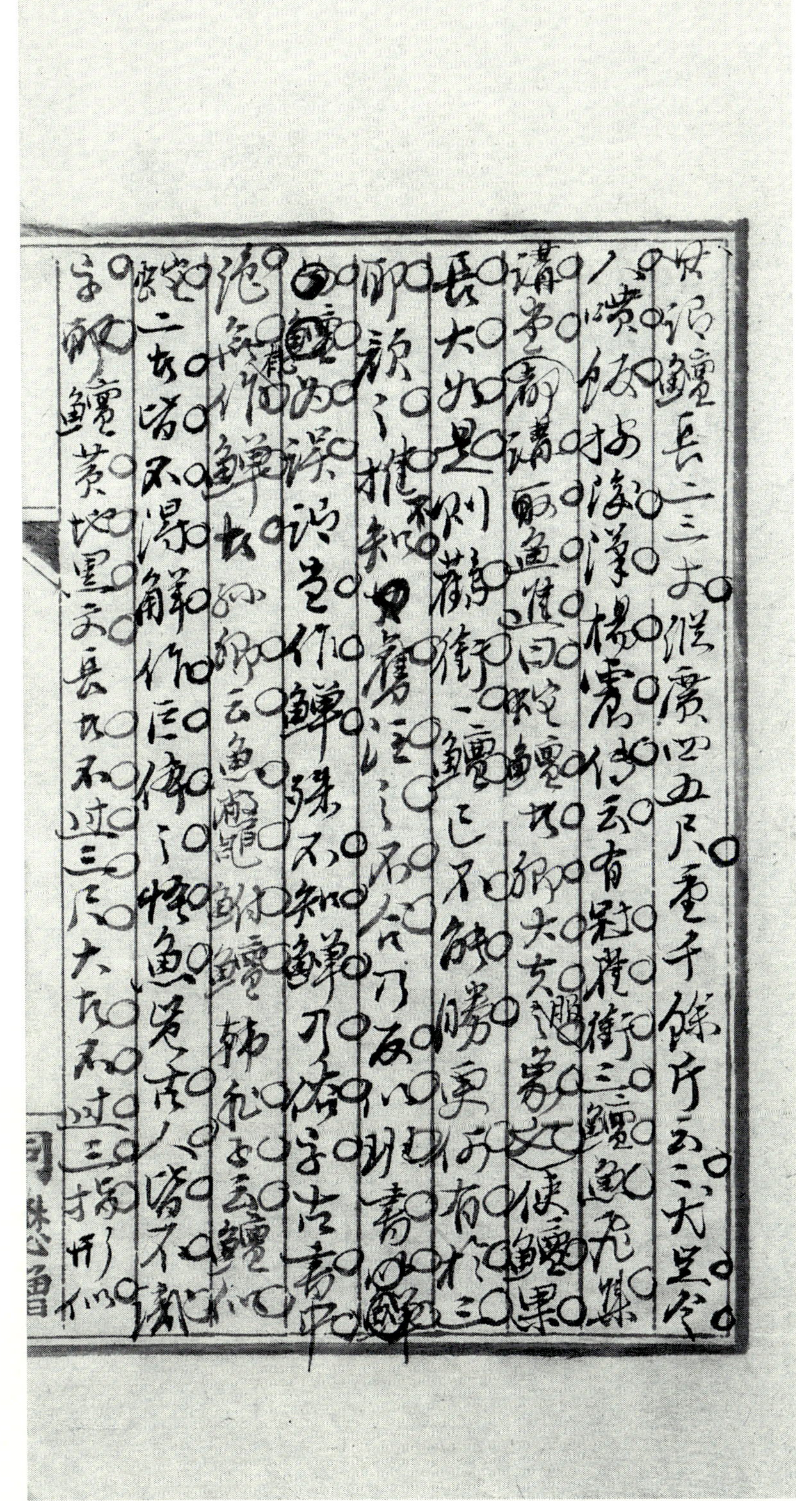

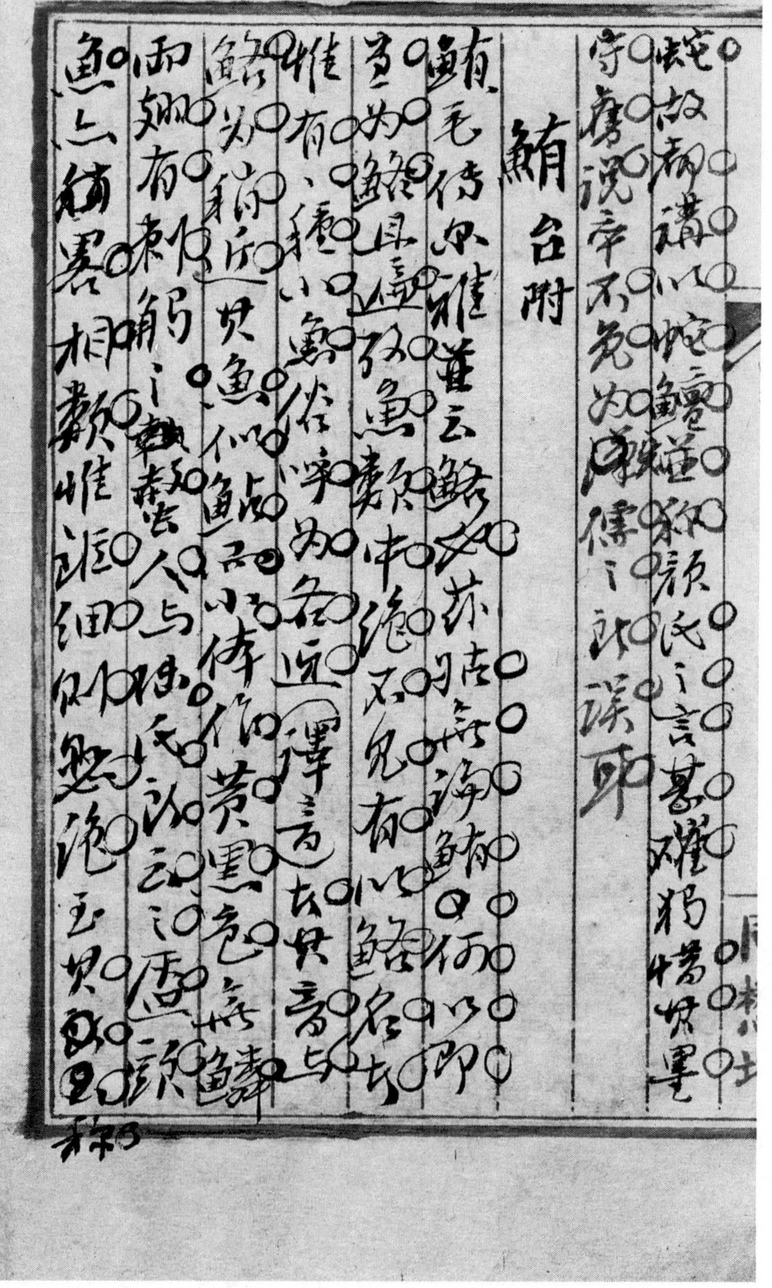

鮹 台附

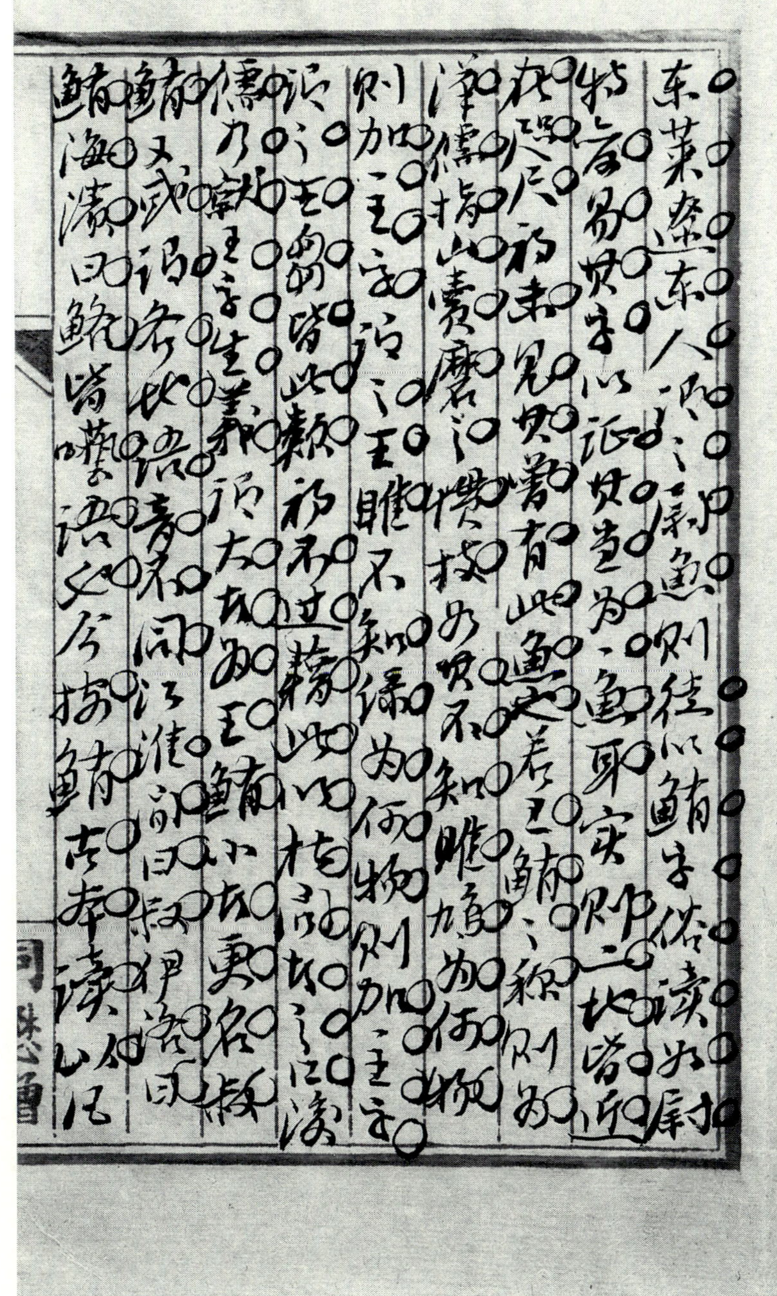

（今本係借，故不從魚。後儒作爾雅，乃妄加以魚字作鮨，殊謬）

詩中有友在与字皆然。今讀鮨為詣，已非其本音。又更与從旨得其物耶？鮨惟旨以故

古加戈即假用為字代之。今古代字多大

雅所謂黃耆台背。黑之鮨在今只春方為祭

以祭与有古本音。如（詳第五溯源）。貝魚紀祭魚

鰭背有斑紋，江黃黑後色如北人所謂祭

祭即鮨之老人背上常斑紋為鮨，故謂之鮨

背。今八旬人身之患風汗癜如猶數筭之如祭

蒼魚，實古遺文鮨在江淮或謂之鰍魚或

湖江鲤鱼又皆为鲚子今吾江鲥其鱼花
鱼中为最美者最弱逾于鲢鳊鳙之长知
江苏不详数

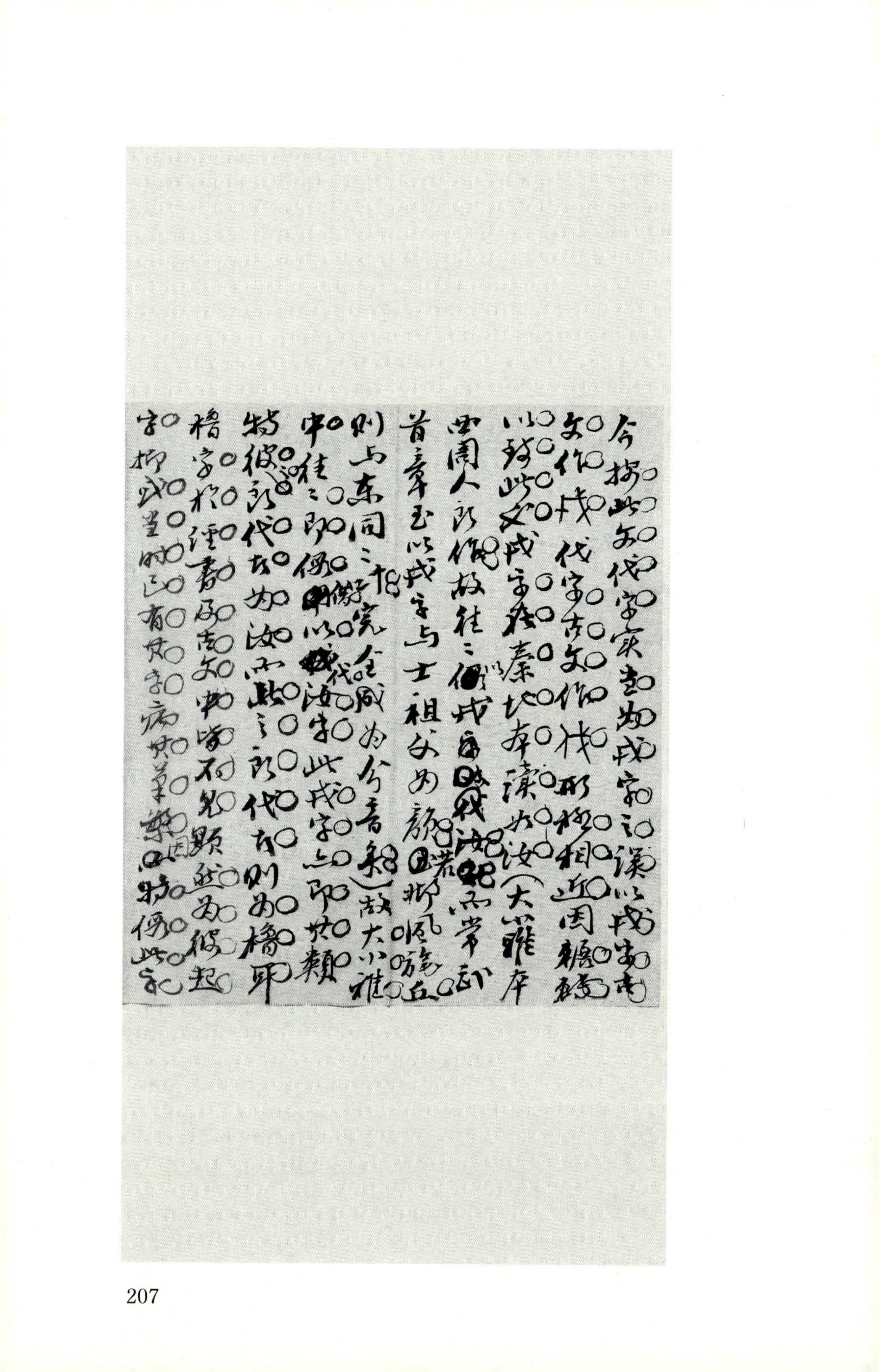

又如左傳僖二十四年傳鄭子臧好聚鷸冠，杜注
古皆以鷸為翠鳥，大概由胥逆聽之詞，因為鳥
類中其可以飾冠者惟翠鳥，故附會而為此說。
實則翠鳥之別名為鷸，古今本絕無確證，而
鷸字從商聲，繞房所釋，乃絕無義意
而說。今按此鷸字亦當是鷸字之異體，乃借者
鳥名。鷸又，戰國策說鷸蚌相持，漁人得利，鳥
之喙蚌，長惟翠鳥為然，而翠鳥能入湖而深
可同，然以鷸為鷸字例之，其為一字，尤屬顯然。
若在翠鳥，則初不以蚌為食，又鷸之言名物字

故8知其不敵8乃不得不設鷂有之8飾刻其為、
鳶餌8食蜂其又為一鷂8此章而此生只兩兒8設其有
擾甪故8豈不知其果有兵千種也8鷂實強以鷹
羽飾實8（鷹鷂同類8）豈可後世之政治雄鷂8
乃勇士之服8於眾鷂實8猶言於群勇士8故
鄭伯國之惡8田而殺之以絕後患8此但觀之眾
亦可見8左　氏春又國初人8其叙春秋初年事
每每諸讓8此蒿但責子臧服之不衷8強之但
據舊史8否未暇深考也8

壬戌九月

秋輝氏初稾

侘傺軒說經卷二十八

侘傺軒說經卷二十八

臨清吳桂華秋輝氏著

蒙彼縐絺是紲袢也

居子傳曰蒙彼縐絺是紲袢也毛傳絺之靡者為縐

是當暑袢延之服也今不取詩何以謂之袢延之服

袢延之服又何以知其是當暑袢延之服

紲袢又何解大抵舊儒于意所不通者輒造為種

之不辨其義理之言以亂之不止也文然毛傳雖不取

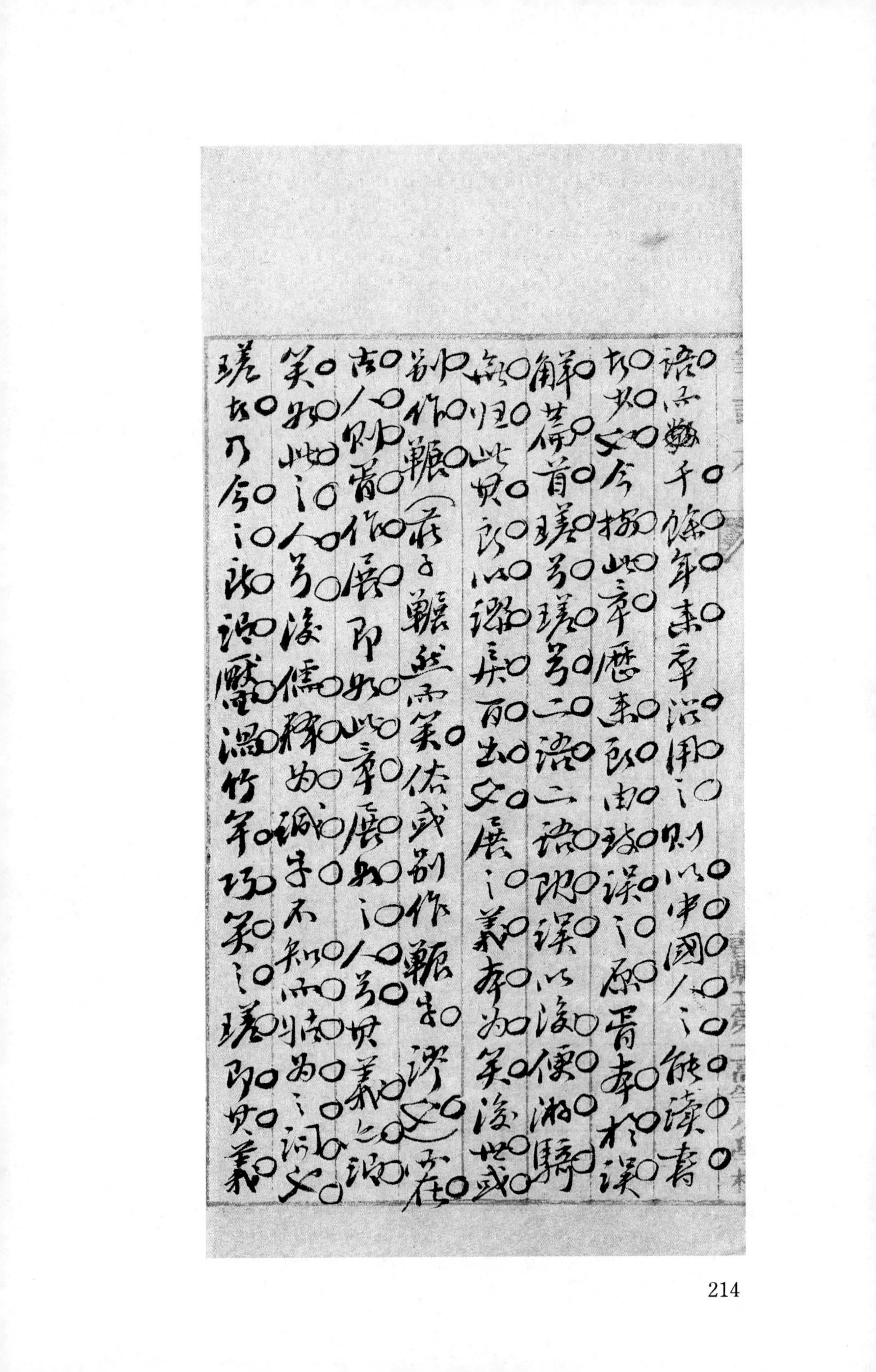

人○羨○如每○箴○而○雨○歷○無○如○濁○故○誌○中○重○稱○之○此

猶○雖○有○而○此○（此音欽）滌世之說本此○文○佛萬都之○

細○去○絶○去○柔○●軟○之○意○謂○其○偉○之○絶○起○去○文○蒙○去○處

畫○之○謂○道○之○西○之○蒙○不○潔○之○蒙○字○本○此○蒙○彼○絶○佛○謂○以

彼○絶○佛○處○西○去○本○其○明○陋○儒○第○究○之○佛○字○紛○其○為○

萬○都○篆○膝○指○以○為○書○畢○之○服○粘○囈○語○耳○世○其○異○文

或○作○纏○又○或○作○僕○乃○控○馬○之○索○祥、左○傳○作○鞢○（韞

韌鞦韆○乃般○辟之轉○音○（左傳般辟屬湘鄉）即仰

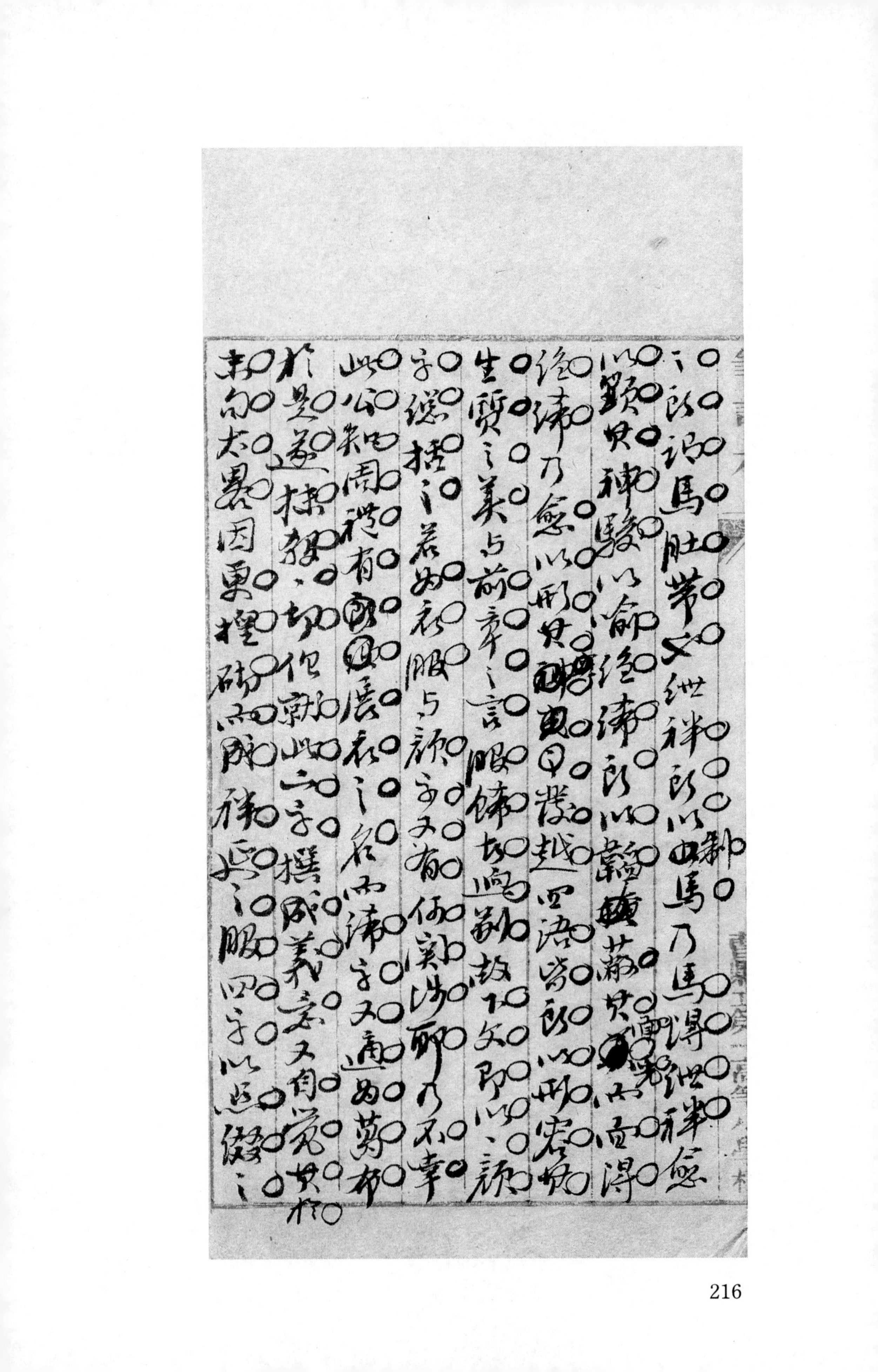

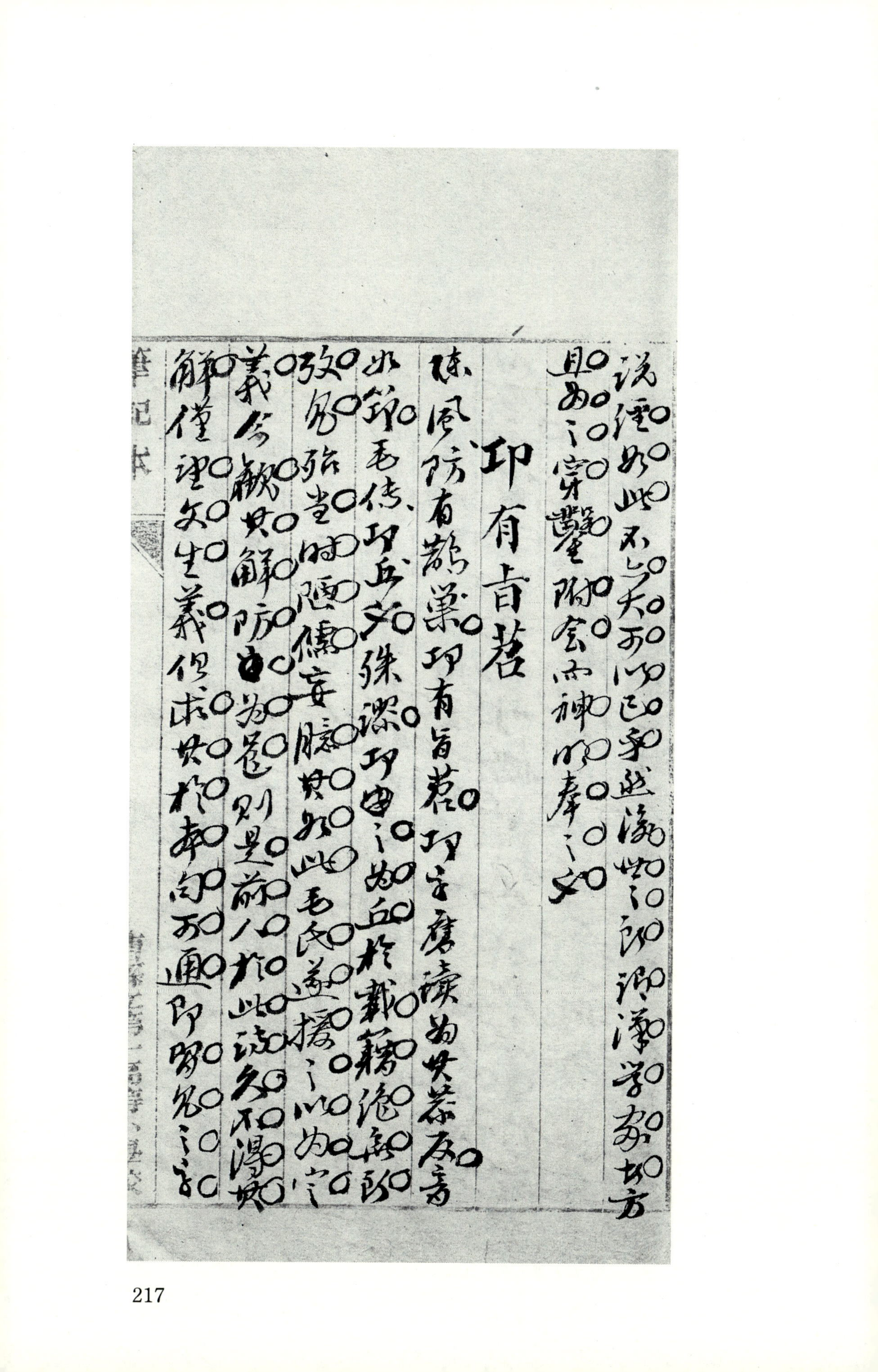

卬有旨苕

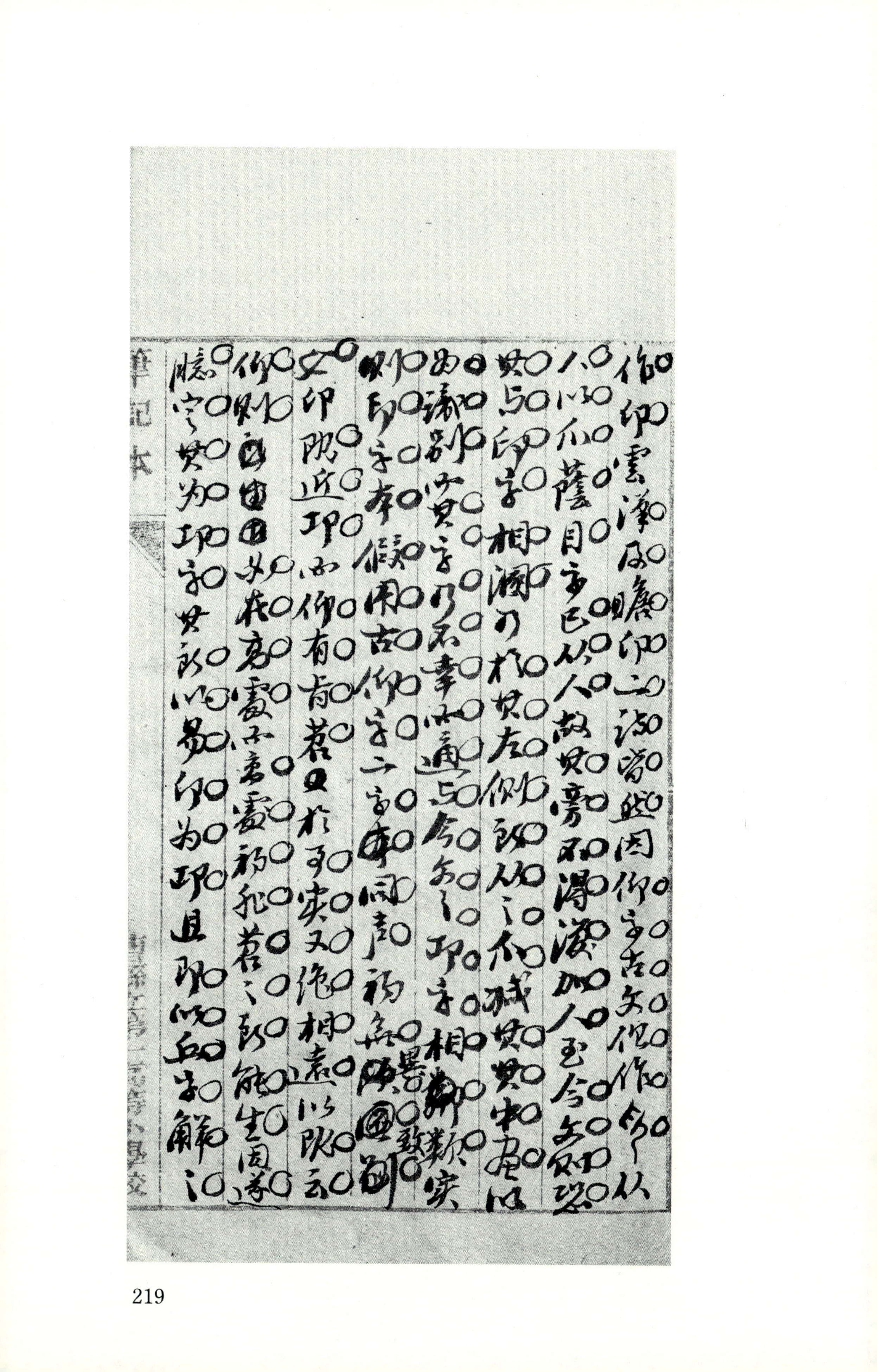

古固正字古但作正其形与王字殊近（正字兒古弊）
而隸書正字又為衆即加卩作卯卿大戴字即做爹
成此情説然特設卯作卯然（大澳）本實臆（還）此詮釋於本
向雖然強而通但上文防由理防乃曰還云此陳此之
物（為）下淫由此之説物有於藝巢上亂其説直前既説印（不難）
作卯更何有於説防作邑此正如庖丁解牛奏刀既熟
況凡牛骨無不可殺曰必殊不知此説之古正以相反得義
防本不可以有藝巢而乃謂之有藝巢印本不可以得

前蔡而乃漢之有后蔡頗御事實信以揭造下知之備
字即揭此語言倘書作譸（書前有譸張為幻）今依作
論今北語獨豈語人言之叢誕無稽切曰論或曰胡論寒
説古義若干説則見中而有蔽蒙丘點有肯者乃
豈適之事又安得説之論耶毛氏知倘為張誑（按文
意以倘張二字為讀誑字之文為讀今從依讀而倫
歟即如因曰誑者言而家之世有民謂闈誑先生
者如毛氏之節爾争

中唐有甓

防有鵲巢、中唐有甓、毛傳、中、中庭也、唐、堂塗也、甓、
瓴甋也、三字平帷貫解、甓字尚为近、而後儒乃偏
疑係如近似取而路之字說、毛氏之不幸矣、蓋注言中
字既指不得即指为中庭而堂階名堂之塗中不得渡
名唐因二字同音而比又相聯語言繇誤之間人得直
不甚取指说唐堂古常通用故唐棣或作棠棣
古書不帷堂塗名唐之說不可改又繇見古人有堂塗

確指以彼卷果知瓴甋之為甓瓦，將無并於吳勉強

事。抑爾中唐二字，為中庭堂塗之文，觀郭璞注爾雅

直釋瓴甋為甗甎，又云今江東呼為瓴甓（按瓴甋之

是亦怪特，而瓴甓之稱，今亦無致。大抵前人於名物之學，

但知就書中之文顛倒參亂牽轉附會，無人能即實

物求之。則見自漢以來已相傳以瓴甋為瓦甎，故晉

書陶侃傳亦直瓦甓，以代人甎字，想毛氏當日亦未必知其

不然。又殊不知甎之制起於近古，自戰國以還，猶有[illegible]

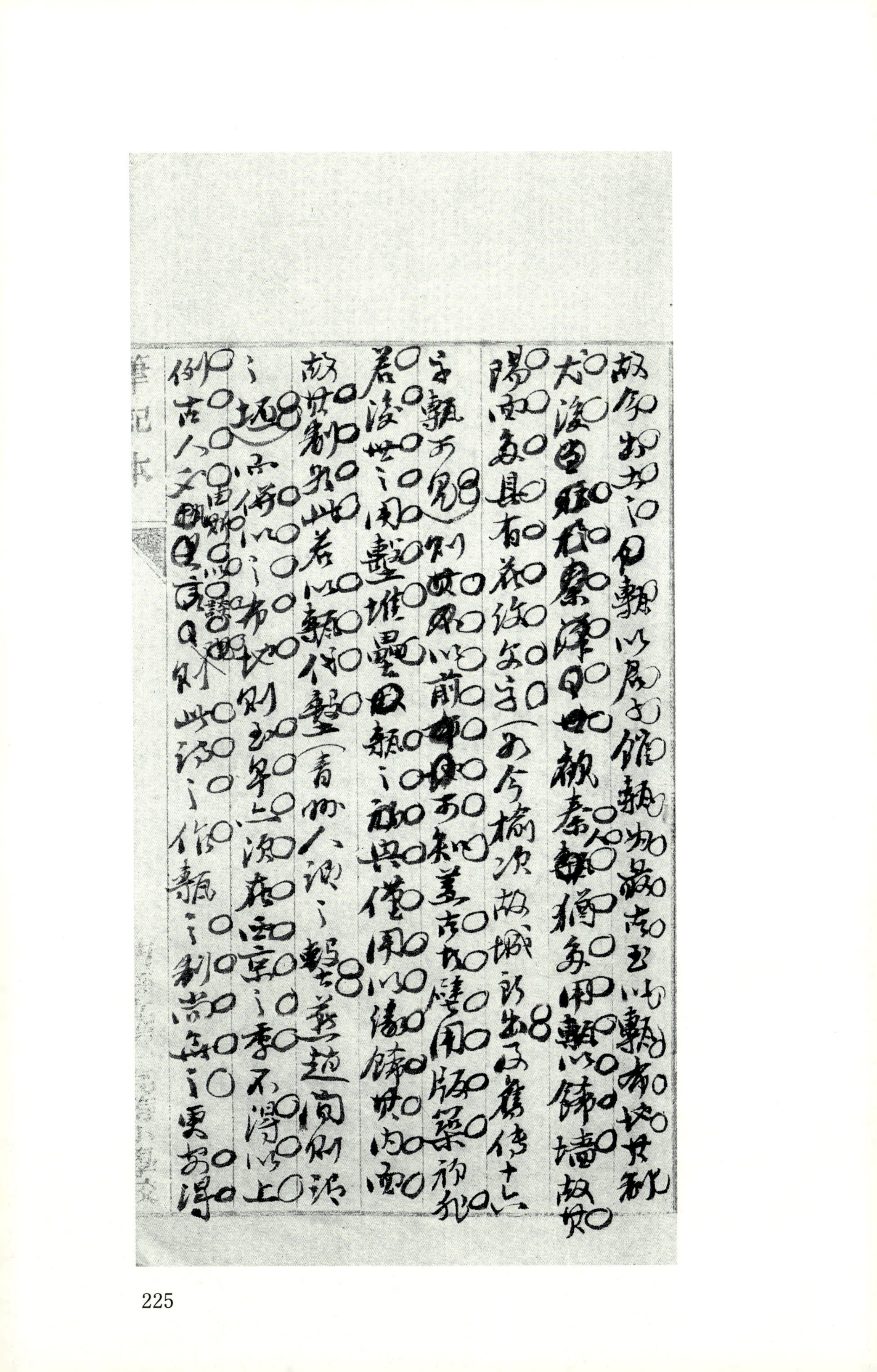

即執之以為言此不過談言而後漢人就因見書之書中稱實際也

不見其有瓦當之外則或見其有鄴因遂傳寫傳鎮

漢瓦之觀尚有六路之觀漢書高帝紀猶有直遂銘此之

言則是鎮之為瓦當時無傳其物流傳以其後注

不合於屏棄了取今按甓瓦其瓦之代名今北俗猶稱

瓦一枚屋為一甓瓦而於甎則屋是其甎証甍屋瓦之制在屋

論參差下垂極有似乎齒人帶下之甎（甓磚鋪排大

甓解之故有此稱甓屋乎乃顏注亂刑甚矣又甓瓦在屋

不成文。遂以從旅之道，而可以概用於門內之，以其時也。中獨有席，不惟無所取，有難且有難人之美滿，而見之文。若今人所取中之道，有以難，不知其或轉疑其解。者中為要，外為要，知矣。此讀書之所以貴論世也。

死生契闊

擊鼓：死生契闊（與子成說）。毛傳：契闊，勤苦也。說，數也。其說殊不成語，故鄭氏作箋不得不別訓說為悅，以遷就之，云：從軍之士與其伍約，死也生也，相與處勤苦之中。

國策之鍥，刺激之腫，背知之，鍥而不舍（勸學篇）左傳之契，傳卷八之本，鍥其軸（定九年陽虎事）皆後起之俗字。鍥，後漢人猶以鍥為字代刻字（劉陶傳鍥者之禁），鍥落即刻落，文則鍥之本義，之說雖略近人，具知之文（若說文方言之指以為鐮，特不識字人之）藝語區，蓋在古時上書之謹，未失知契臣以刀刻，不宋……更加以……後書則國契字義漸無人論。人第……契字也，無契作名詞（即契券），故於世作動

人

詞○用○者○（即周秘）特加金○以○為○識○別○語○其○實○則○鍥○者○

可○契○之○一○種○精○注○此○秘○字○即○從○而○鍥○字○通○而○後○再○見○

文○玉○此○文○之○契○字○則○知○從○字○重○詞○之○名○詞○之○者○之○但○即

訓○鍥○動○名○詞○乃○書○契○訓○由○得○名○之○廣○義○質○言○之○猶

云○界○畫○文○義○書○[illegible]○叔○由○於○刻○畫○故○即○訓○其○說○刻○

之○物○曰○契○實○則○[illegible]○即○書○契○刻○畫○割○裂○者○又○實○止○契

書○之○據○世○人○但○以○契○之○名○歸○諸○契○券○此○僅○就○其○習○見○

者○言○之○允○通○義○文○契○之○由○契○而○取○即○曰○契○猶○書○之○由○

處知所即因處處令知指某種之處曰處而說其餘

皆亂處屬者豈究之契去乃以乃劇物之通稱而

其說處所之跡（赤）即因契令八種以劇物曰利而其說

劇所之疏與即曰剎（或曰剎那）其義正與古同死生

契濶（意）彼死生之際其間之界劃甚為究竟戰國（周郵）雖

如生死（要）關頭雖存亡相承其來必即生其與來必即死

故從別干城書與子約有所說且執手相告語依約章而

不死豈與子相偕共老而今已矣呼嗟乎向（之）為其實

莫窮廣如今則相逼而來向不容喪善有死無生而
不我肯活矣夫我之為此言于或不即信而猶疑心甚
我為[illegible]生遠問我之何嘗不淚耶或有不信者以手[illegible]其
乎乃千真萬確而亦毫之猶豫矣蓋洵如是矣乎其
可猶不以我言為信而猶疑心想理無有以踐其前日之諾
說耶嗚呼執手遂容再得偕老矣同處何不知生樂耶
矣死此茫茫泉路死生別矣孰為證之孰令致之彼
蒼蒼天曷其有極此滿懷作乃祖人乘筆訣別其家人

我之鄉乃東南之名邦，而以檄諭國人，況其中毛
鮮說為教于語所說為相與呈所男女之對其可笑
孫與新氏共又何悟乎孔穎達作正義屬章其說而何
宗新氏所大抵自漢之後鮮卑儒一字為于漢上
下而章蓋所而櫛後人誰聽說百篇霧不過以訓易
訓修不解以陽其通蓋前後而儒字之語字正氣達
鄭諭便無訓以宿之古人字安見可以聽之更張者
衆維魚矣　旐維旟矣

若掾以為

然于、象雖象未實曰豐身，旐雖旐方矣，寔崇漆

之二而古今之異說甚多，大抵皆不臤兼顧之，亦不詳

契今按象參照之假借必難各參照為象字雖難因又而

信象而知矣，參照之得名而推象在古已有其說，故周密

之喻象矣也如而情其實亦像其名稱由其文象存

象之省抑或為參照之假借，雖不容臆斷，然下而旐

維旐方矣之象白法衛之則象之為名詞，而動詞，若決揚

文惶于之化世之人皆熟知之兵煩傳述惶於寔

若後人之隨意妄改玉篆，因以傳訛，對於前人之字跡尚不難信口捏誣，故三皇五帝之說多出於是時，又何有於夢境之迷離也乎。

無不潰止

注：是以彼歲旱草不潰，此以彼樓道我相與形無不潰止。全章無韻，殊乖體例，嘗疑擬而章末潰止二字尤為不詞。今由其字形推之，則此止字實為之譌文，蓋古文古書字原本作米，象刻木形，象刻痕，猶雕之

作圖（即周乃雕刻本和雕刻玉之紀故方形象
玉而以、所象雕刻）古文字皆刻木為之故刻文於木
即謂之書刷因以刻之矣即與以之所籍故下更加以作
畫（形說如畫田界數皆加之）後又因謂刻故又必即與諸有
以之謂類語遂淺於以中加緣、作畫（象弓田盤生須殺
畫云雲周以降因畫字常假作做用（如法及今古字）
乃更於如上加聿象手執所作畫（如須頰須殺須
畫畫象殺之分書畫字作尹者義亦如此）劃為完全成

義推測之何怪乎其賦諫直致於今耶

彼疏斯粺

箋曰彼疏斯粺毛傳云彼宜食疏今反食精粺以粺為精殊屬粗見粺不為精則將何粗之私精乎鄭氏援據九章算法證明粗於粺者言粺之種然終不敢斷言粺之即為精矣蓋九章粟米之法云粟率五十糲米三十粺二十七鑿二十四御二十一是粺穀米中之最粗者僅下一等即在鄭氏之志意亦然亦不

純。曲(為)之。隨会。而後。指。為。精。僅。改。原。文。已。生。数。四(即二十

二十又、二十四、二十三)。数。約。数。(即十、九、八、又)。蓋以三乘十九、八、

又廿数。即原数也。以免。其相去。懸不。甚。遠。此。与。原。数(?)。由。他(?)

則。之。極。思。之。亡。況九章之法。出自漢。人。其説。称(?)不。足。據。

除。勝。合。外。縱。兄。有。似。糗。粉。術。惑。字。稱。米。者。取(?)今

楷。糗。從。米。臭。声。乃。此。之異。傳。字書。仲。應。之。説。若。粟。之

有。粃。或。毋。賣。不。可。用。者。當。讀。為。實。其。本。意。不。过。言。人(?)

於。形。声。字。多。隨。意。抑。湊。故。从。臭。或。从。粿(?)。此。耳。粺。字。所。从

○○○○○○○○○○○○○○○○○○○○○○○○○○

八亦所謂卑穀乃穀粒之又○堅實者粒不堅實故只○

○在諸粪粒○中最為○卑○下○似粒○之○糠○皆○脫去○而彼以卑○

○下○之○故○春榆○不○及○稀濕○偉○免○必精○製○粮○能○除○去之○粗○

○之○於○知○者○公○忍○所○那○言○之○彼○疏○斯○粗○詞○彼○取○為○疏○合○

（即粗製之食○）斯即不○能免有○粗○穀之○釋○入○且喻

今○既○遠○過○於○前○之○富○斯○即○不○能○免○於○今○之○病○二○者○實○大○概○

相○即○日○然○疏○之○有○粗○疏○不○可○免○存○食○時○而○不○雜○粗○去○之○味

則○故○為○不○自○精○之○精○者○粗○之○本○字○故○不○精○者○即○故○有○

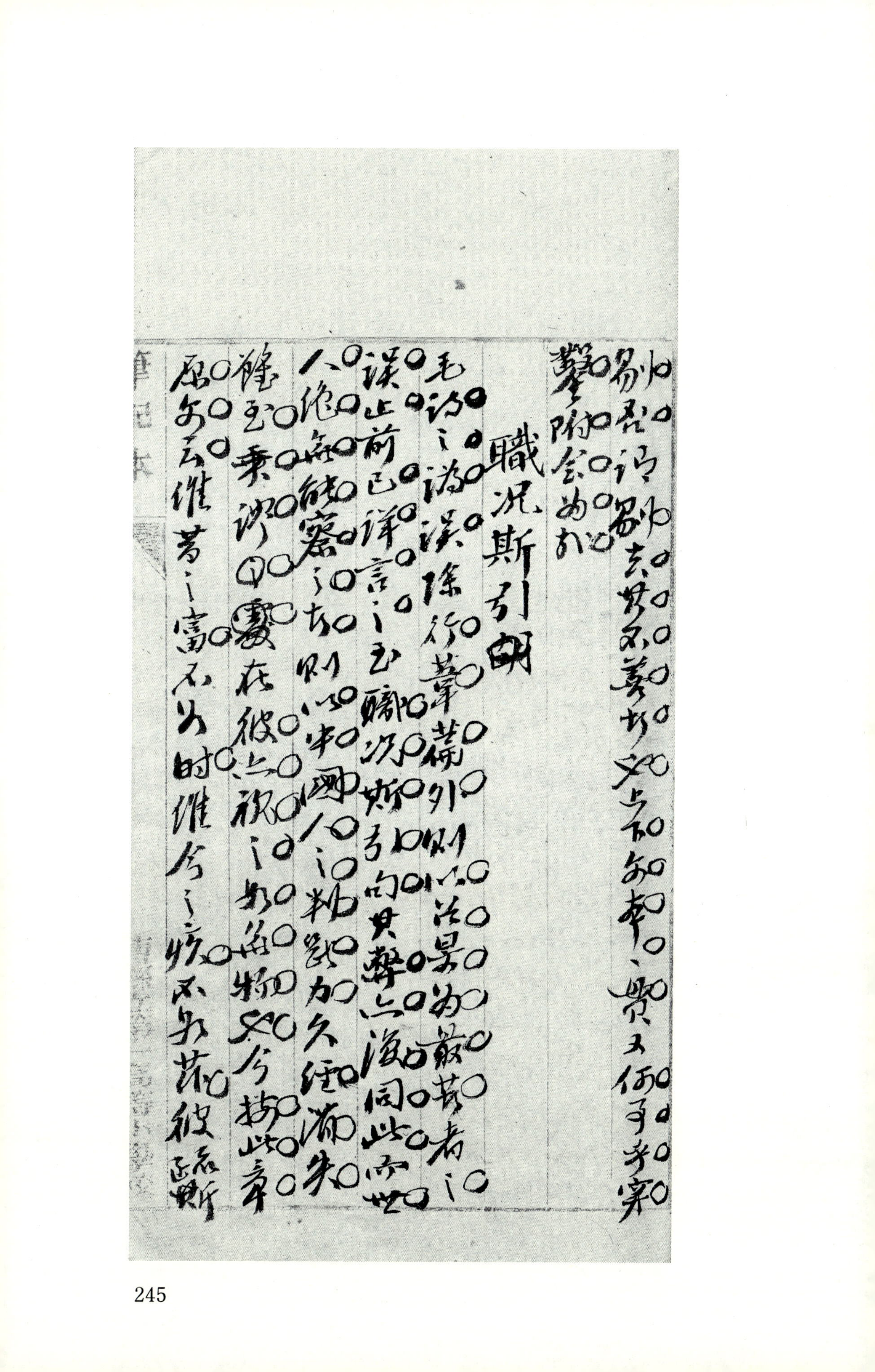

職況斯引明

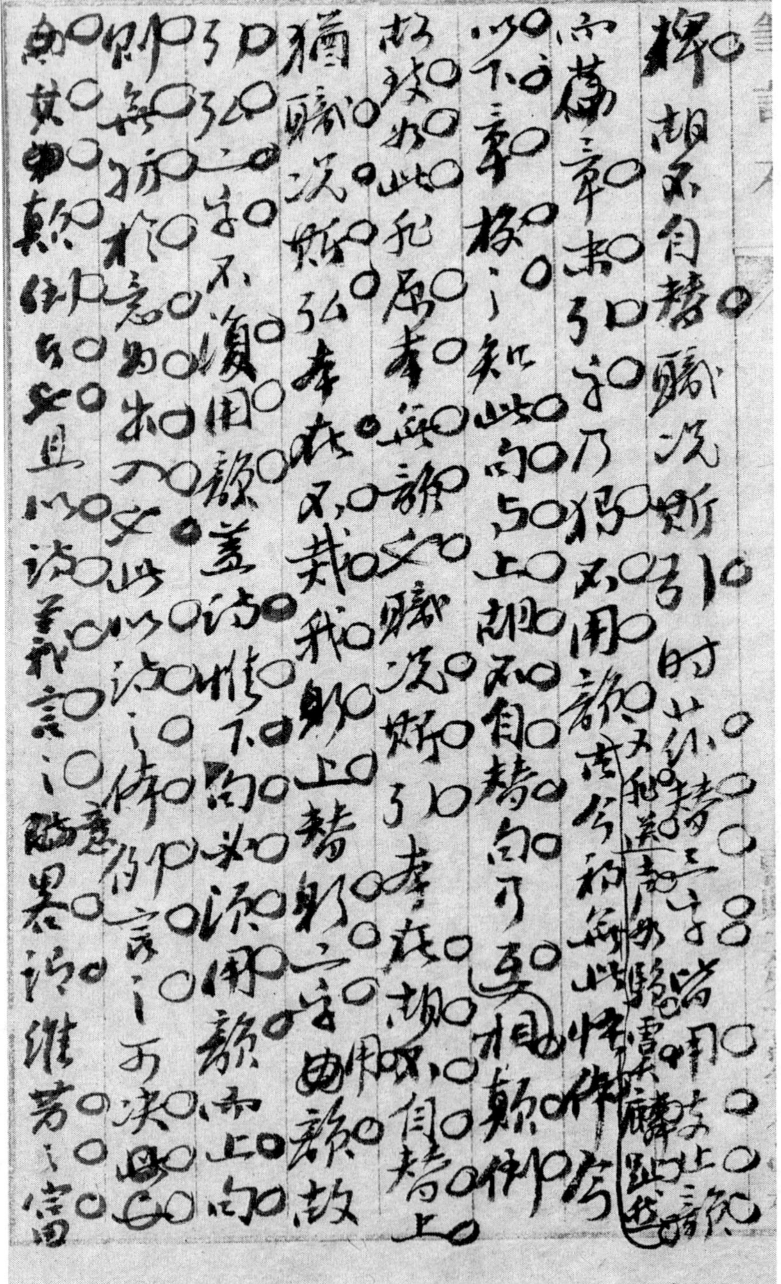

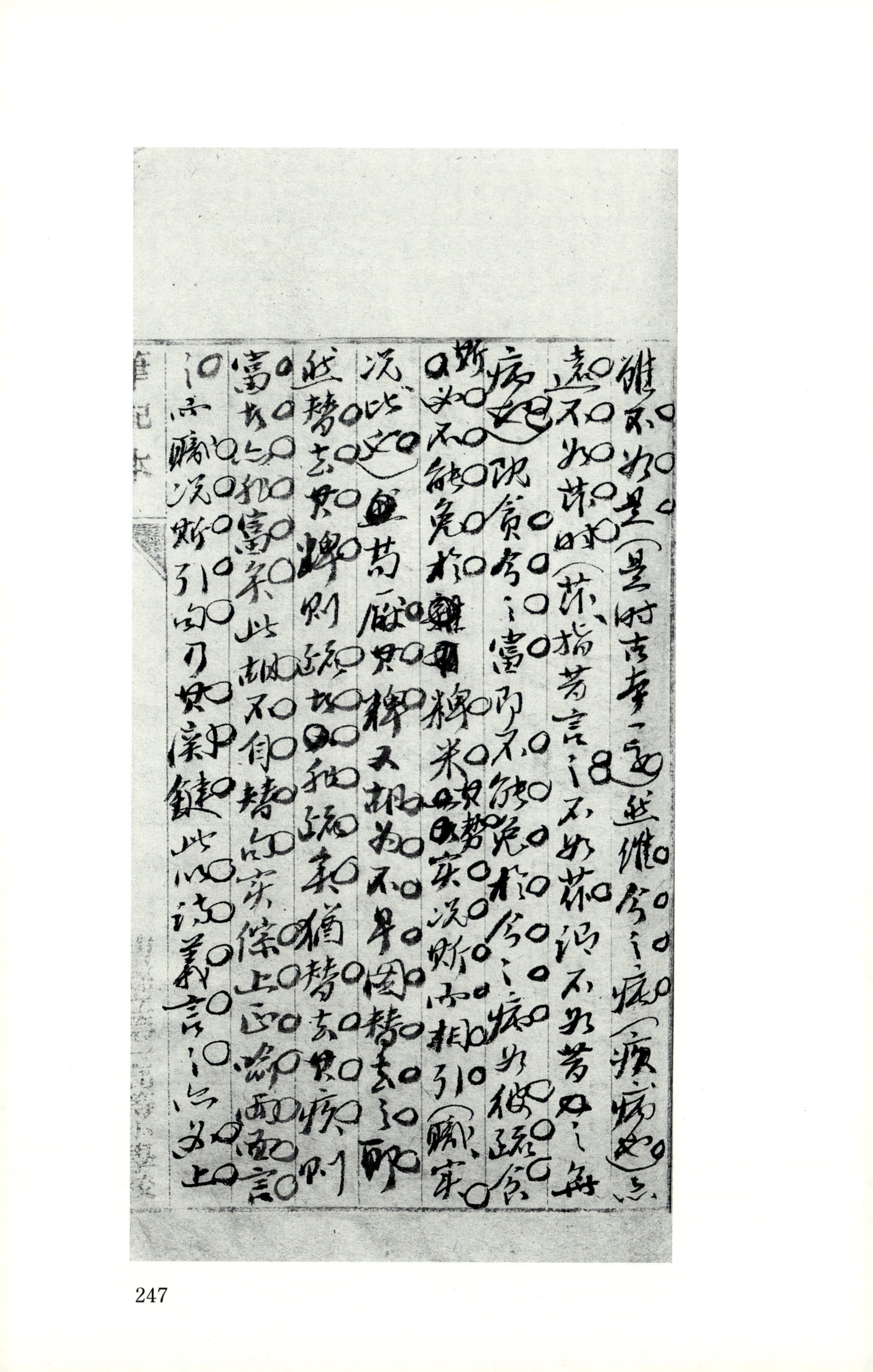

不爲置之語始能通文亦係得不章說明之則燬
此章之爲錯簡毋弊自見下章云泛泛靈知人莫究
其自顯之靈然全體實同無有虛實故不云自顯泉之
靈知人莫知其自中而靈然全體實同無有虛實初
不云自中蓋涉通用庸毋妨害知實相混而同所
弘大顯猶理只得不裁制取二章同一揆而論
同之向流知識况妙弘妙殊不裁割卽上即可知辭
况妙引之必在却不自替上物此二章歷來無人能

通○晓○故○无○以○能○知○其○误○耶○。慧颇○泛○泛○之○人○苟○以○慎○思○明○辨○之○如○。

执竞

周颂、执竞：武王○。执竞维烈○、执竞○之○强○不○已○语○泛○泛○之○人○

维○百○辞○附○会○於穆○不○可○通○盖○年○不○通○无○论○如○何○为○

能○日○强○通○之○如○今○按○此○执○字○实○古○文○執○字○之○误○盖○執○字○

古○文○执○作○𩔹（见古文尹鼎）通○从○人○执○高○会○執○之○意○

得○执○而○高○之○是○執○乃○孰○之○会○意○字○在○古○文○初○只○加○大○

或○𩔹○（伯致簋）

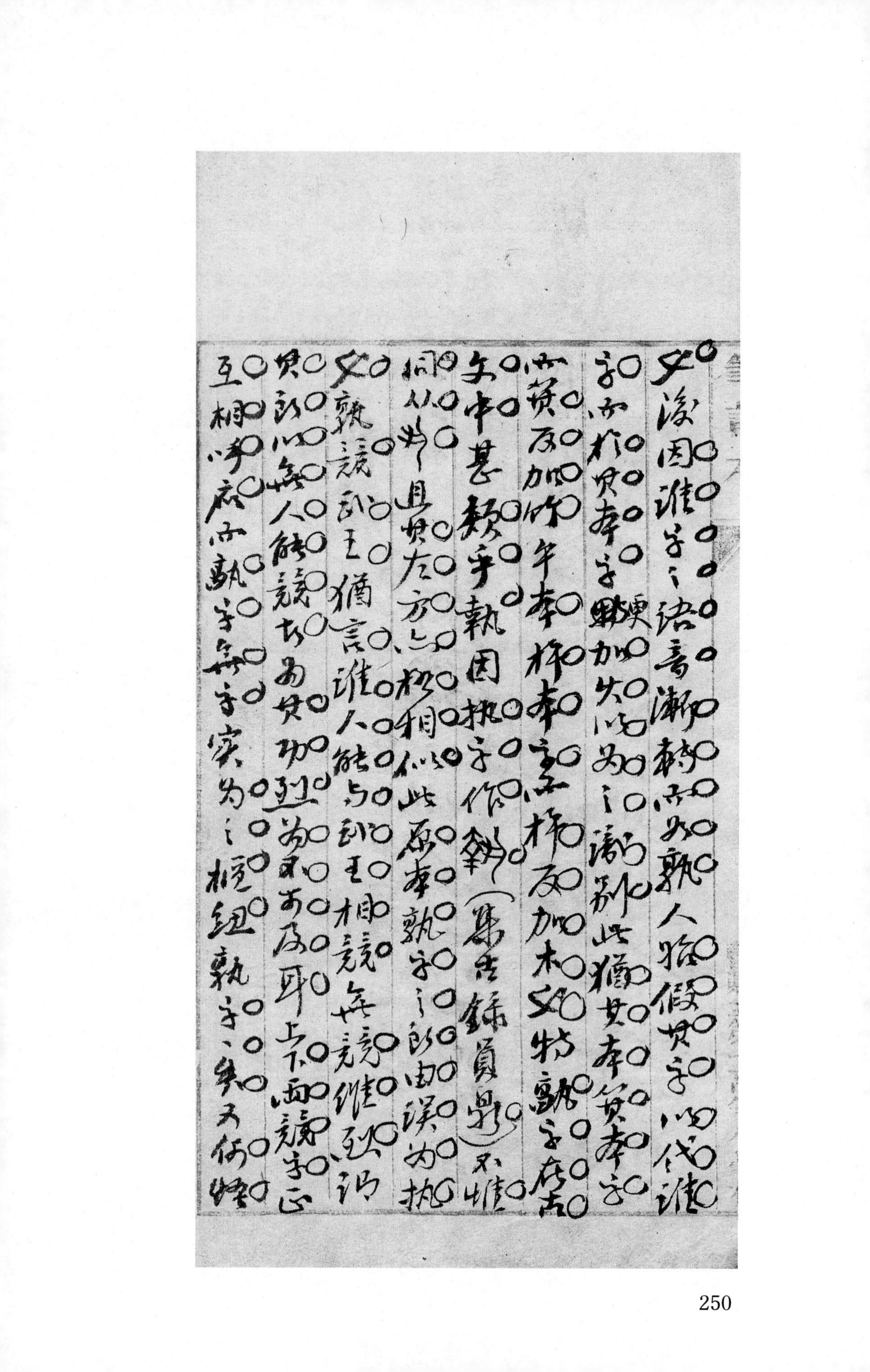

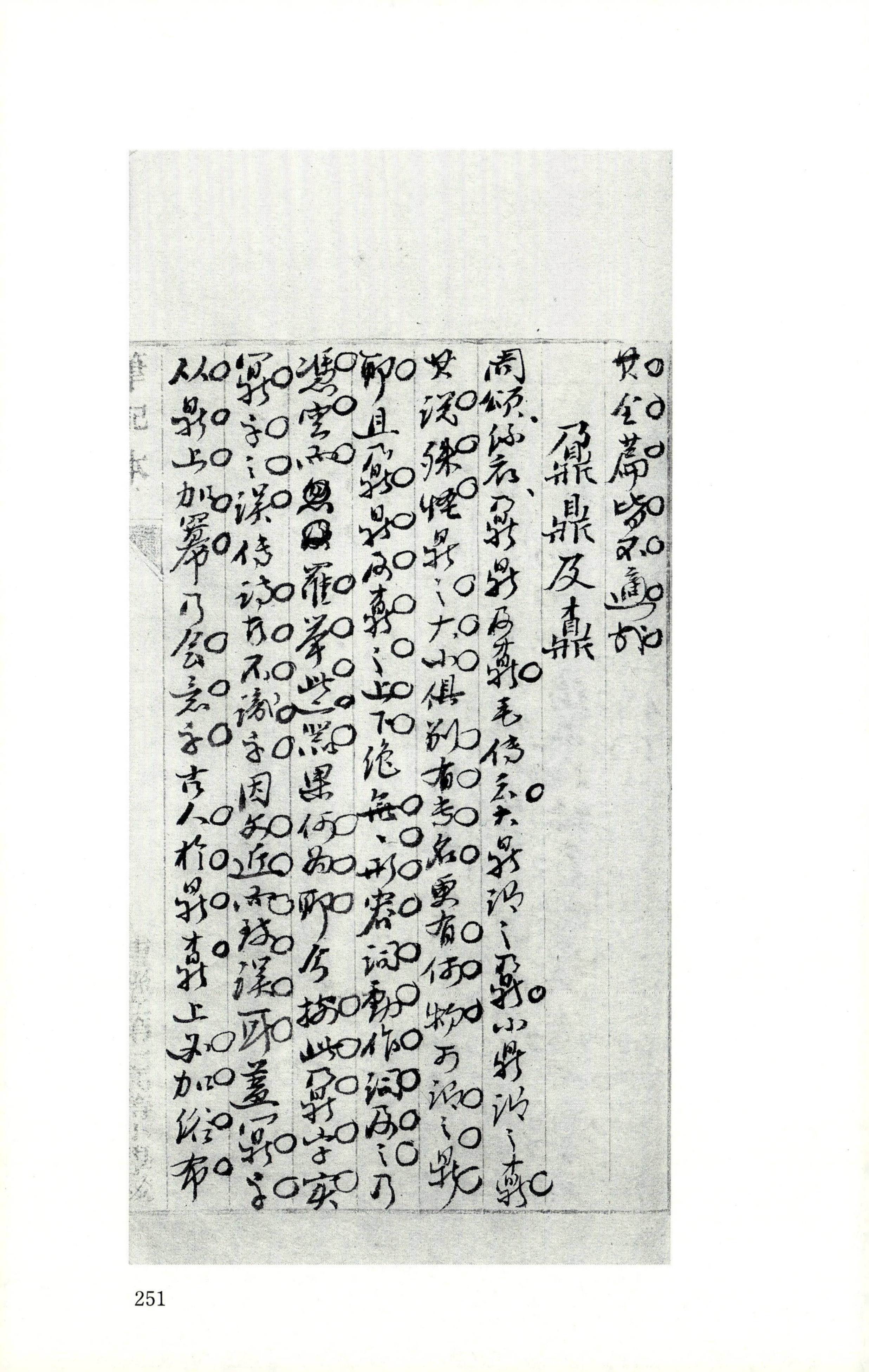

鼐鼎及鼒

周頌、絲衣、鼐鼎及鼒。毛傳云：大鼎謂之鼐。小鼎謂之鼒。

[illegible]

羃〻以表潔凡祭饗皆然有司徹乃埶尸俎卒埶乃射
羊豕魚三鼎（此少牢饋食陳禮故鼎俎中無牛而代之
以魚）無腊与膚乃設扁鼎冥鼎陳鼎於門外北面此説之
以承疏即冥見（自漢以來絕無人知陳為何見故鄭氏於此
文引特牲禮而不知引此（冥鼎及扁鼎即鼎遺漏誤
鼎冥鼎蓋取為冥鼎而非惟不識其理且清隋唐來儀禮無有
冥鼎者鄭此字之誤殆出於隸書蹤與而後因乃字於
古文作冃或冪字與冖〻作冂絕不相似文字時繼生疑

覲○其○趣○組○

○敕赦○欲○往○尊○則必○須○自○查○祖○塋々古○階○之○二○字○志○當○

讀○（另○）檢○文○既○辛○熱○則自○羊○纏○牛○皆○此○於○覲○乃○設○倍○屬

於○各○覲○之○上○即○請○館○譯○覲○屬○畫○覲○安○設○譯○既○畢○然○後○

○條○覲○於○門○外○主人○從○出○迎○入而○肆○禮○可○於○是○乎○舉○行○

○達之○節○言与○儀○禮○正○合○舊○儀○從○之○不○識○更○何○足○与○議

○禮○乎

侯彊侯以

載芟、侯彊侯以○毛傳、彊、強力也○以、用也○雖強力○○○雖

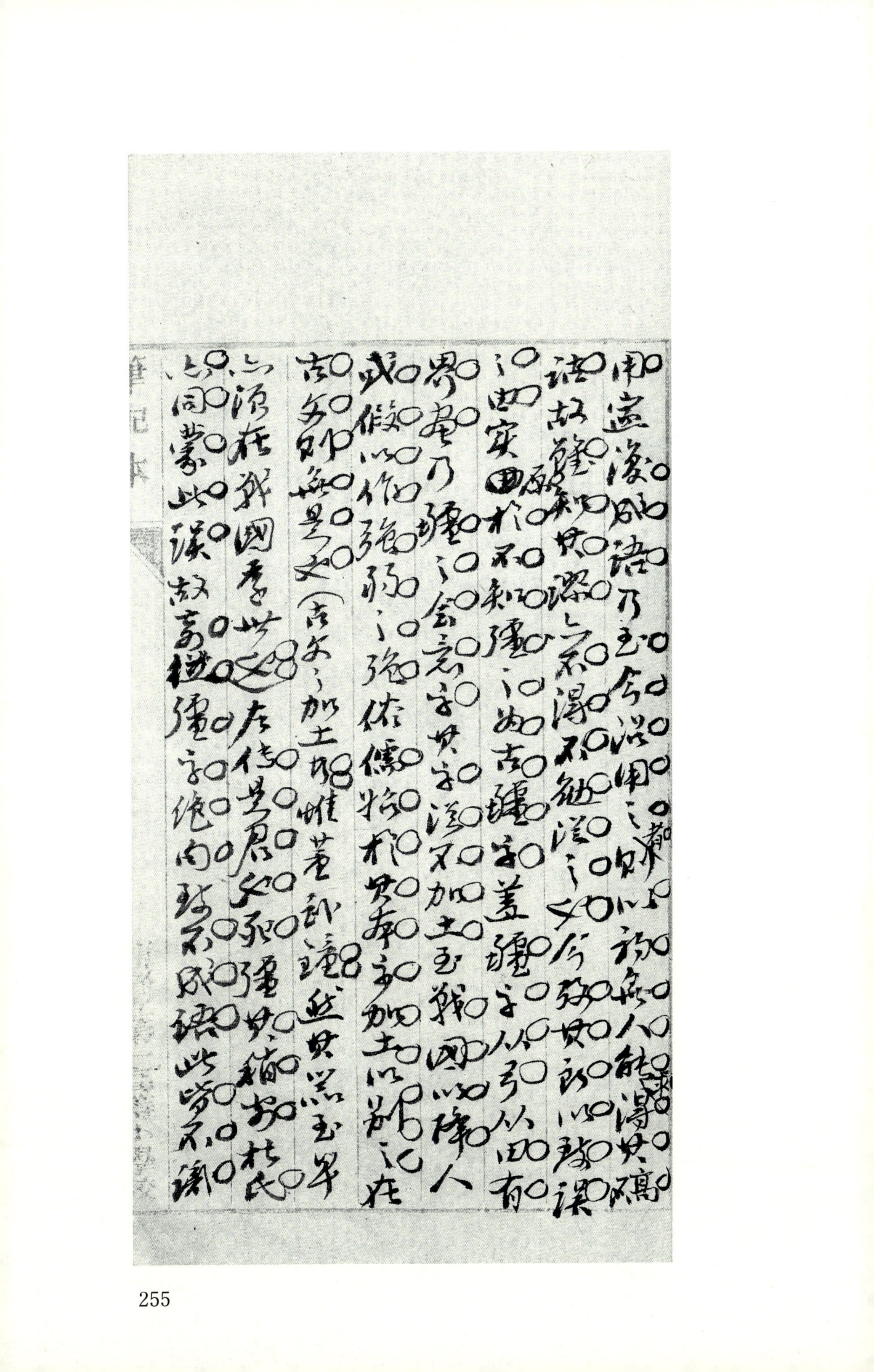

場○異○○外○状

前文敘守之句文意以字則為場字之假借古時凡同

言之字皆兩相互假借通用故場字除疆場有疆

在中田禾多長畝則假場作易在生長之禾綫緣之

則假場作役此之作以殆獨是文疆在田之畔場場

在田之隴故兩字常相對言左傳中田殆不勝傳述

如思居之疆場疆場之字居多與細節皆是此之侯

疆侯場猶上文之侯主侯伯侯亞侯旅皆以相對

㦸周文居如唐說不惟無所根據尚極滿㦸何文理耶

此○淵○深○已○幾○千○年○矣○

倉兄塡兮○

桑、桑倉兄塡兮○不○惟○難○解○抑○且○無○義○古○今○未○異○解

百○出○也○兮○似○艱○而○難○深○當○壹○即○如○知○記○撫○江○知○此○兮○字

實○臺○如○何○之○溪○諳○以○爲○近○泥○珍○誤○文○蓋○兮○之○与○乃○不

惟○兮○与○相○近○於○古○音○矣○之○極○數○似○以○兮○字○古○文○作○兮

(兮四盤)而○字○變○作○少○文○塡○从○土○眞○聲○乃○塵○之○形○聲○)

土○星○又○名○塡○星○則○以○塵○土○而○爲○柳○後○人○明○路○爲○鎭○

字從貝義矣填今在后文則當作塵氣今者無从气

之字气字似為乞字之變形氣字實从之而得聲後

人從貝義凡類乎氣者皆當从气在古人初不甚著斷

諺曰倉兄在愁詞作愴作愴悅實為精注字九

悽愴悅悵愴怳寫素趨而就新乃與義之別見於篇

注以為矣意稅惡不確愴悅搶攘當為之書之精弦

又窶歉之倉兄填今語搶攘不遑於塵埃之內觀

加章匹牡騤騤旟旐有翩翩則思茀伯寔因兄使

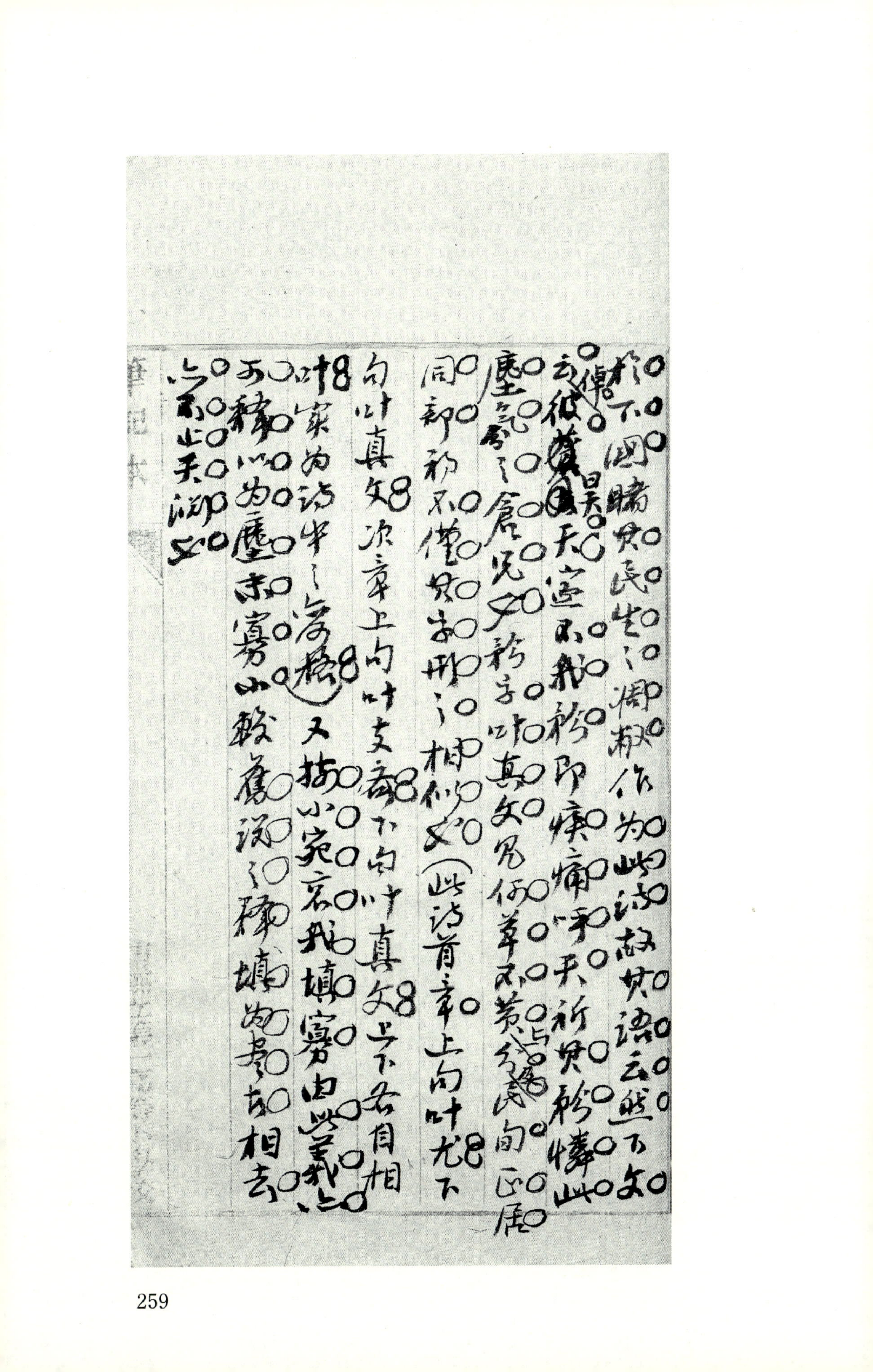

癸亥仲夏

秋輝氏初藁

侘傺軒說經卷三十

侂傺軒說經卷三十

臨清吳桂華秋輝甫著

卷耳

周南、采采卷耳。毛傳、卷耳、苓耳也。苓耳之名，始於爾雅，

不知其何据。山東謂之縻耳，知作廣雅者又附會之，如枲

耳矣。枲自為枲（枲，詩作葸，今亦作葹），幾見有物名曰

枲耳者？況更云：名胡枲，江東人謂常枲，若然則直是

枲類矣。與耳何與？與卷耳更何與？絕非詩所謂卷耳者耶。

且不論有無其物，與詩所言之卷耳亦不見其必當為。

物耶。且詩所言之形狀，則尤堪異。飯(?)啻(?)瓊(?)似(?)西(?)葉

如鼠耳叢生似盤世謂無其物甚微細向耳寄上附會至
陸機則云葉青白色似胡荽白華細莖蔓生可煮為茹
滑而少味四月中生子如婦人耳中璫今或謂之耳璫也
幽州人謂之爵耳陸璣凡所謂也幽州人皆指[illegible]
之謂猶北人言王雎則雎鳩謂之於江淮言越則推之於南越
文是則其物雖不似耳惟其實有似乎耳璫矣是之時耳
璫之鄙當來與而言時之人即能取之以為物選和懷乎
其說與鄭說頗相背象而世之學者徒能[illegible]
不以為然故知其然則彼等意中之詞遂卷耳果甚相何状態
耶其情不與大不慷耶今謂卷耳或草名耶內則之說

栭○後○今○或○節○作○栮○字○比○代○云○（集韻、類篇、字彙）今○人○則○概○稱○

云○𦾔○耳○共○物○原○序、種○蘭○類○者○生○於○木○上○故○以○木○名○在○右○

人○詒○云○為○卷○耶○加○卷○即○古○捲○木○共○物○似○人○耳○而○拳○曲○故

物○以○卷○字○形○容○之○文○内○則○栭○字○与○芝○字○相○序○成○文○芝○即○今○

云○即○詒○蔴○茹○耳○与○蕈○卷○耳○正○同○類○蓋○在○草○者○則○為○芝○在

木○者○則○為○栭○二○物○本○氣○相○生○而○同○為○蔬○食○中○美○味○故○文○木

耳今人常食之○世所習見不詳贅○

華

鹿○蔥、食○野○之○華○毛○傳、荼、蔣○也、徐○說、莖○蔣○乃○後○世○之○人○所○

花○櫻○云○蔣○字○同○今○為○品○名○章○門○謂○櫻○字○由○作○蔣○（蔣○非

生。此外何嘗更有所謂洴字？蓋萍乃會意字，義訓水面平浮之草。説儒不察，妄意其為形聲字，牽[illegible]段其訓浮之平字作泙，尚缺照義意字。若訓之為形聲字，則其字當曰二[illegible]合之局，世見有此形聲字從廿三从[illegible]（[illegible]之会意字。若蘋薲蕩蔆苹，則後人之妄作也。毛傳以苹為萍，以音求之，未嘗不可相通，然矣。以云鹿食野之苹，萍既非野之所能生，而鹿乃陸產之獸，亦不得越水而食此參差不齊之微物，鄭氏不從其説，亦不可謂之非。惟其所釋苹以為藾蕭，則[illegible]其深與毛氏殆同。二異無以。蕭已為香蒿二字之合聲字，則安得更

有物曰莪之蕭者蓋莪乃蒿之一種不得更有物别為
蕭之一種矣郭璞注爾雅特改蘿蕭為蘿蒿不為無見
今觀陸機疏云葉青白色莖似箸而輕脆始生香可生食
又可蒸食則是物仍是蒿即香蒿之一即青蒿之即下
文所言食野之蒿之蒿而鄭所指何得同屬一物自經本
言蕭注在果何由而係指之為蒿殆鄭氏既知毛傳之不通
而自己又不能求得其物第究下章之所言者為蒿因妄臆
此華字之旨為蒿歟而又不得直言為蒿以與下文相侵耳
於是乃特捏造成此蘿蕭二字以便於其指目責靡吾矣
蘿蕭之果為何物在鄭氏豈亦不能具言之矣今按華今仍

劉之有白膏以添肥豬上出也

名華堆和字在上古本讀四上平聲（今則讀下平）今亡

諸上書相説未改故其音一轉而為蒲公英再轉而為婆婆

丁寧勿合三和處遠讀之皆古音之華字文其華有葉生

黄葉御尚平鋪地上故以華名其初生葉面有以刺肥嫩

可煮食俗野人多采食之故處濕之以為美物處性微

公每得采食輒呼其犀其食之汁不自私故詩人託以起興

遠近陝老則注其葉之中心作長梃莖又寸作花如小

菊其種子甚多須頰滿生有纖毛隨風飄蕩故其穀

布於極遠縱於無地無之此乃華類中之極普通者雖得

儒之鄙目不辨物無人能知其為華即又稱蒲公英之名

本草正譌之則是秦漢間人（本草乃秦漢間人作）託之於神農者故其名多同後世已不能知其本名而但即其時之土音記之今人則俗如數之字在外其知為蒲公英古之鮮但呼之為婆婆丁即此更可以證古今語言之有輕重矣

彤管

静女貽我彤管毛傳云古者后夫人必有女史彤管之法史不記過其罪殺之后妃群妾以禮御於君所女史書其日月授之以環以進退之生子月辰則以金環退之當御者以銀環進之著于左手既御著于右手事無大

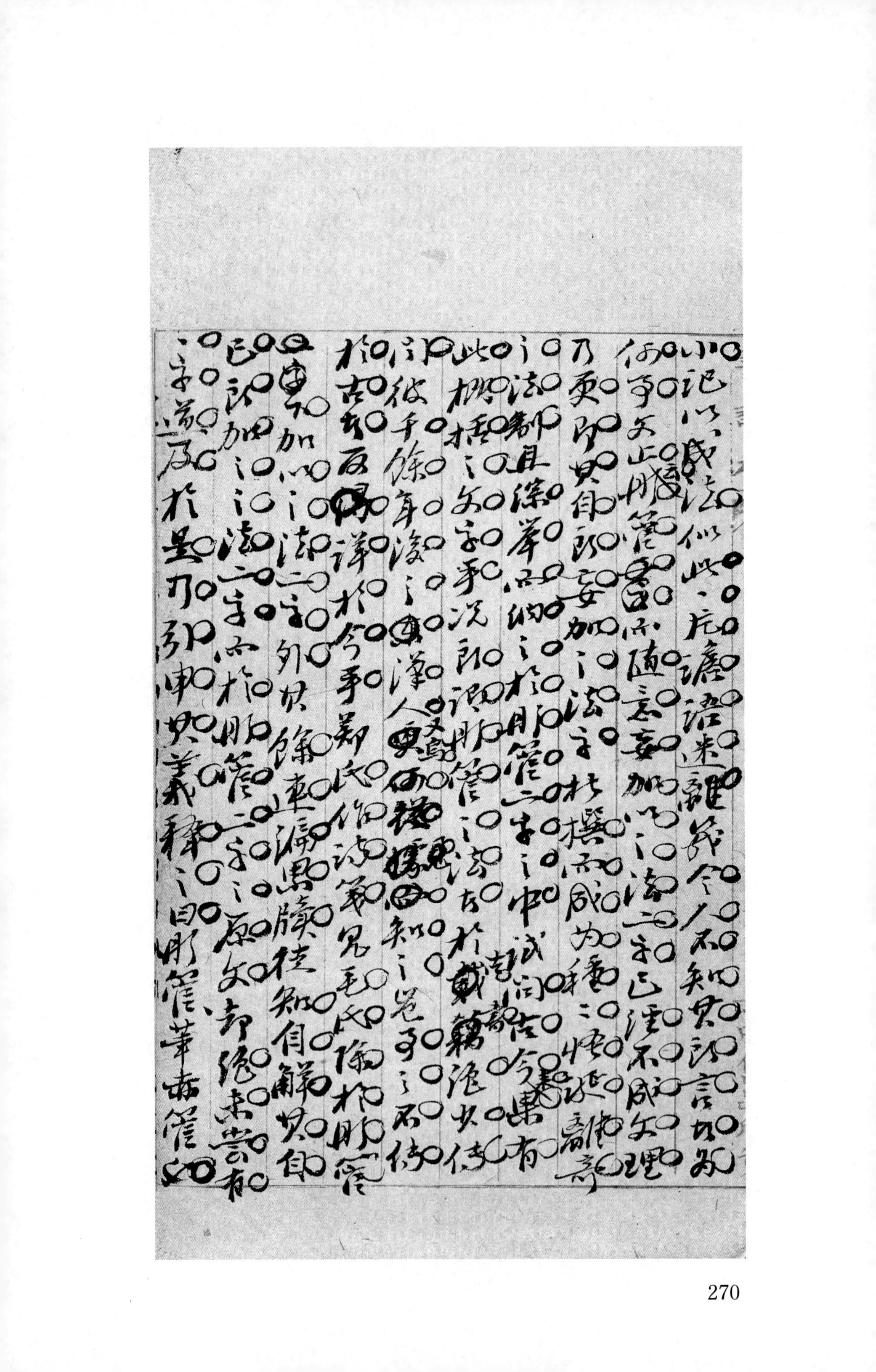

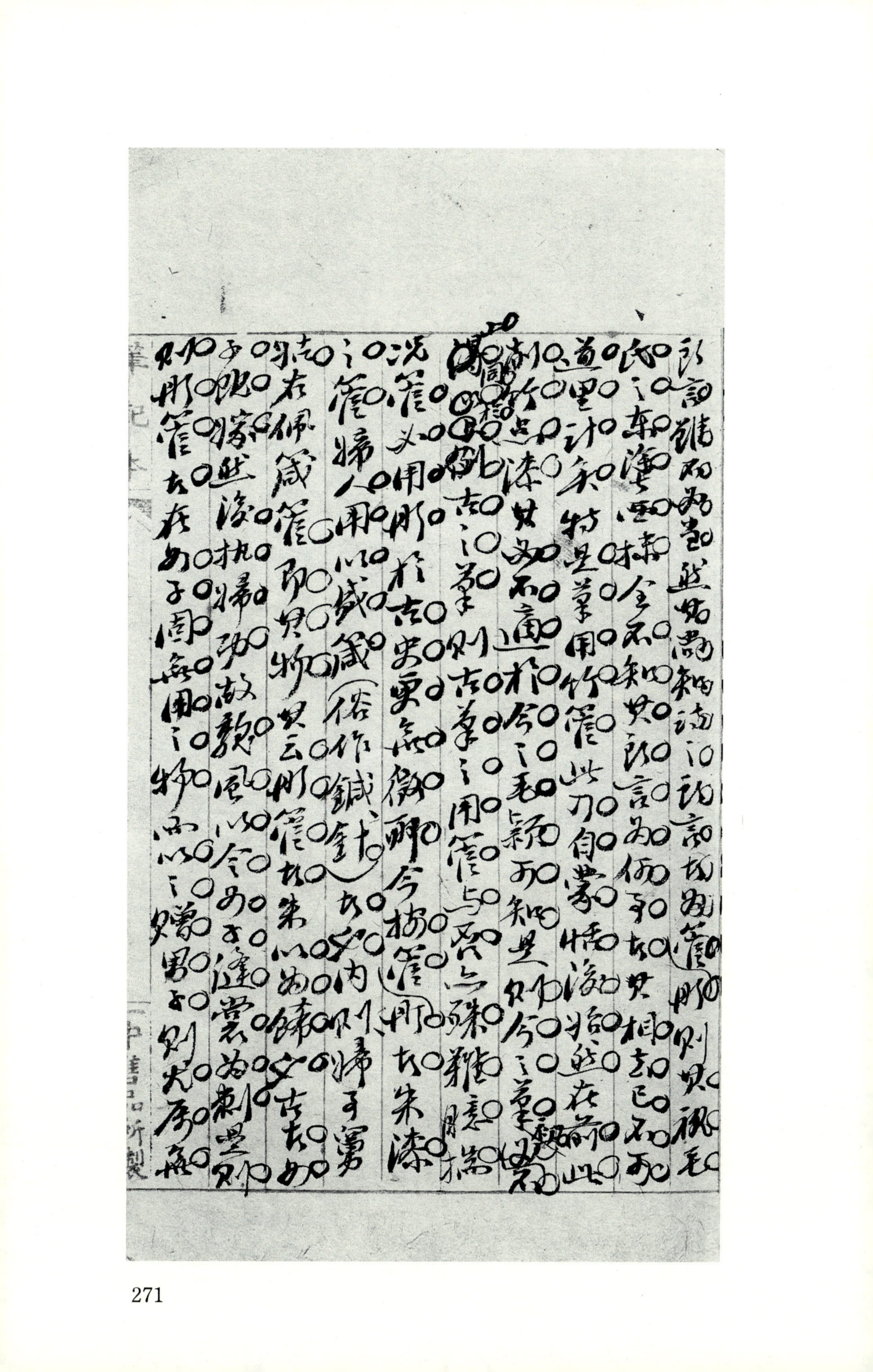

筆記本

中華書局所製

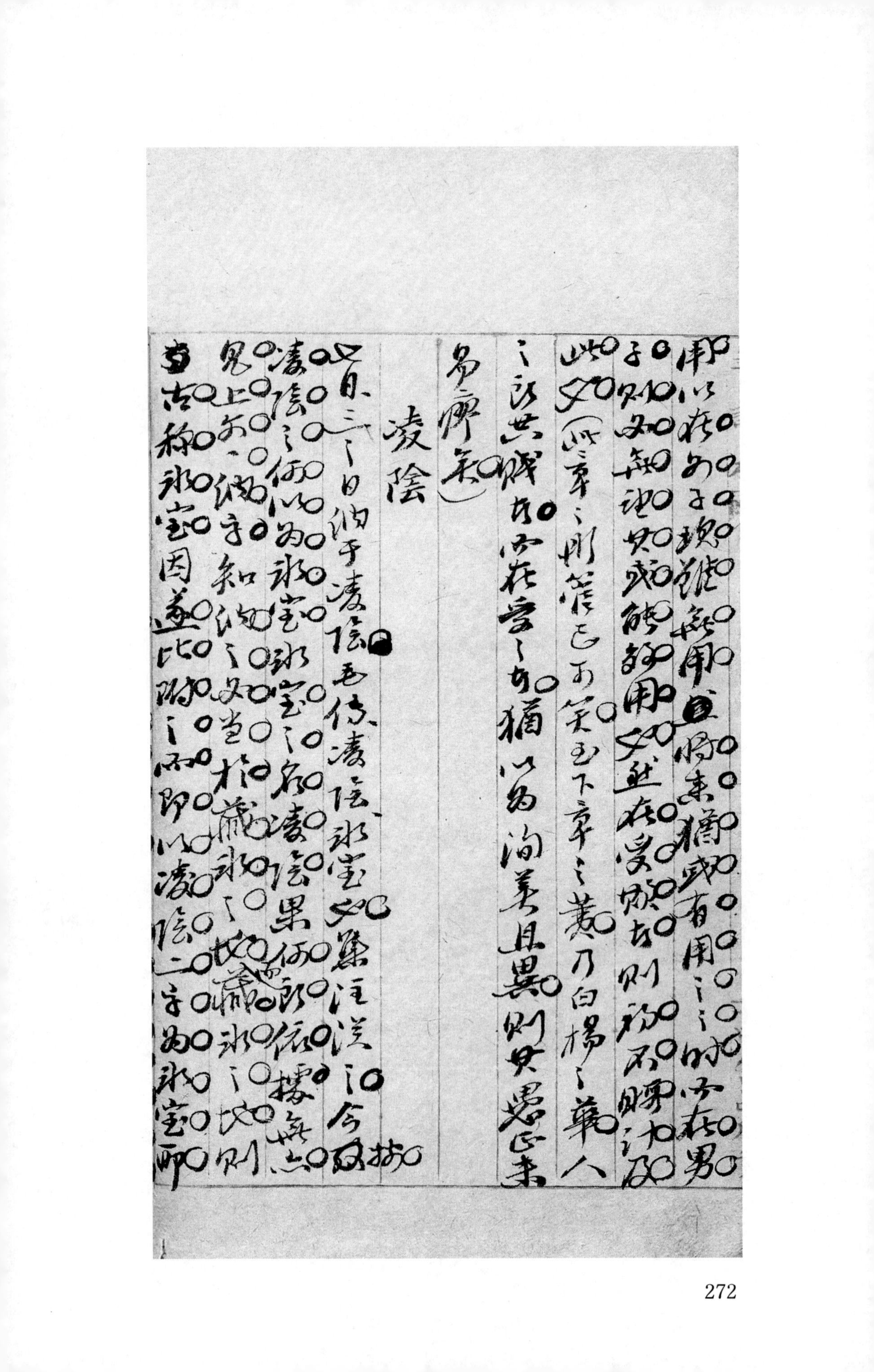

凌陰

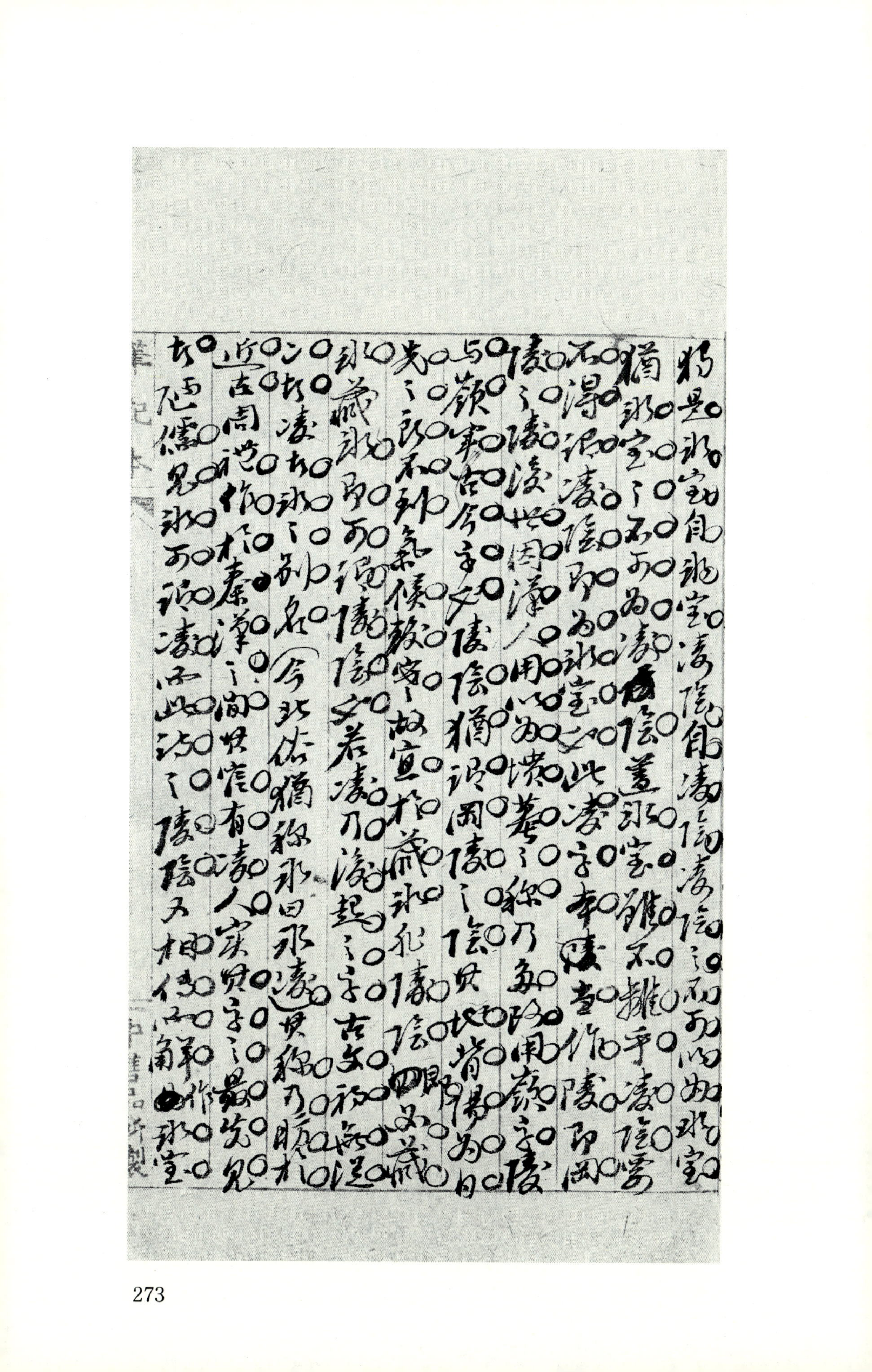

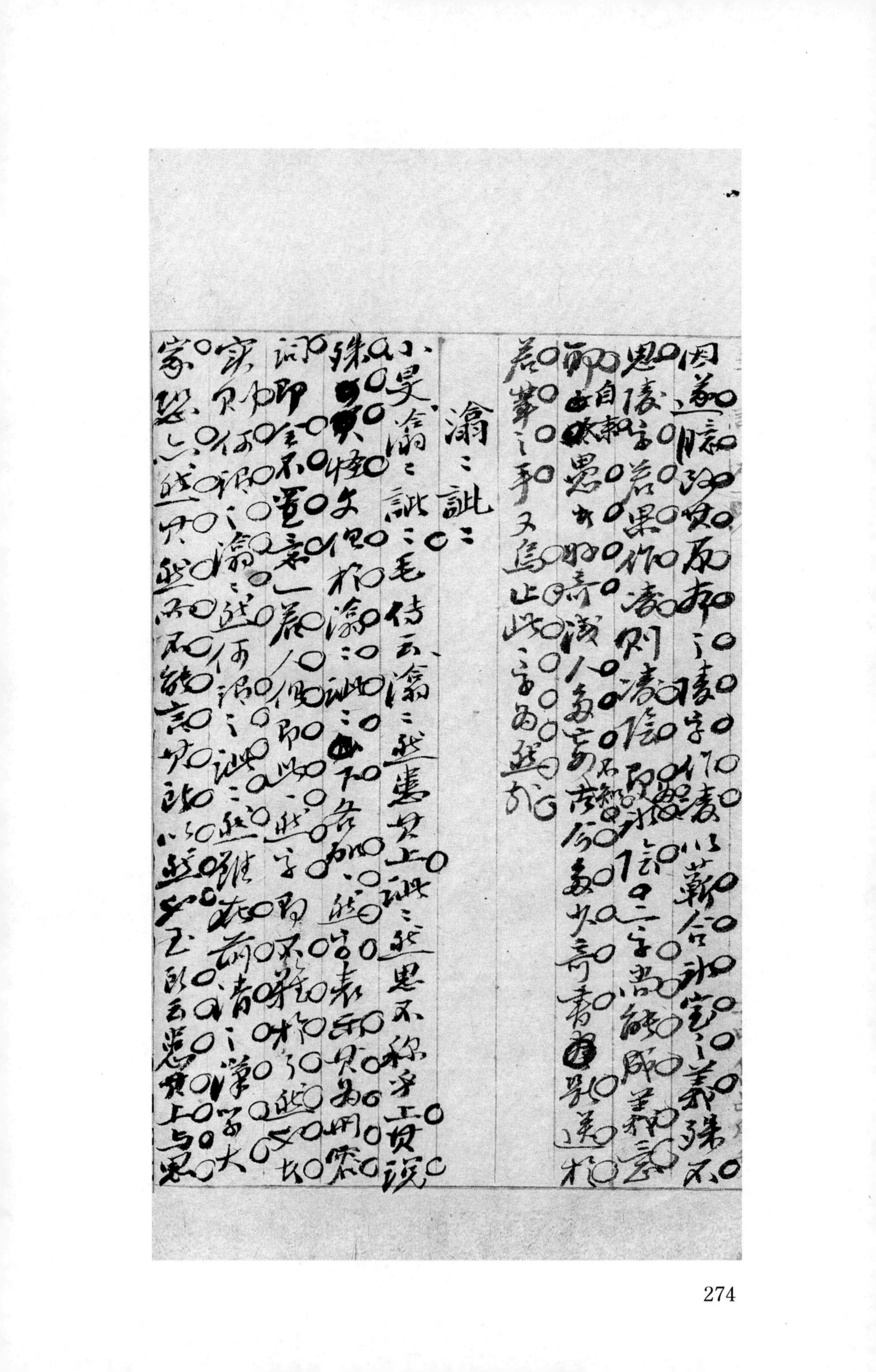

潝潝訿訿

小旻、潝潝訿訿○毛傳云潝潝然患其上○訿訿然思不稱乎上貢說

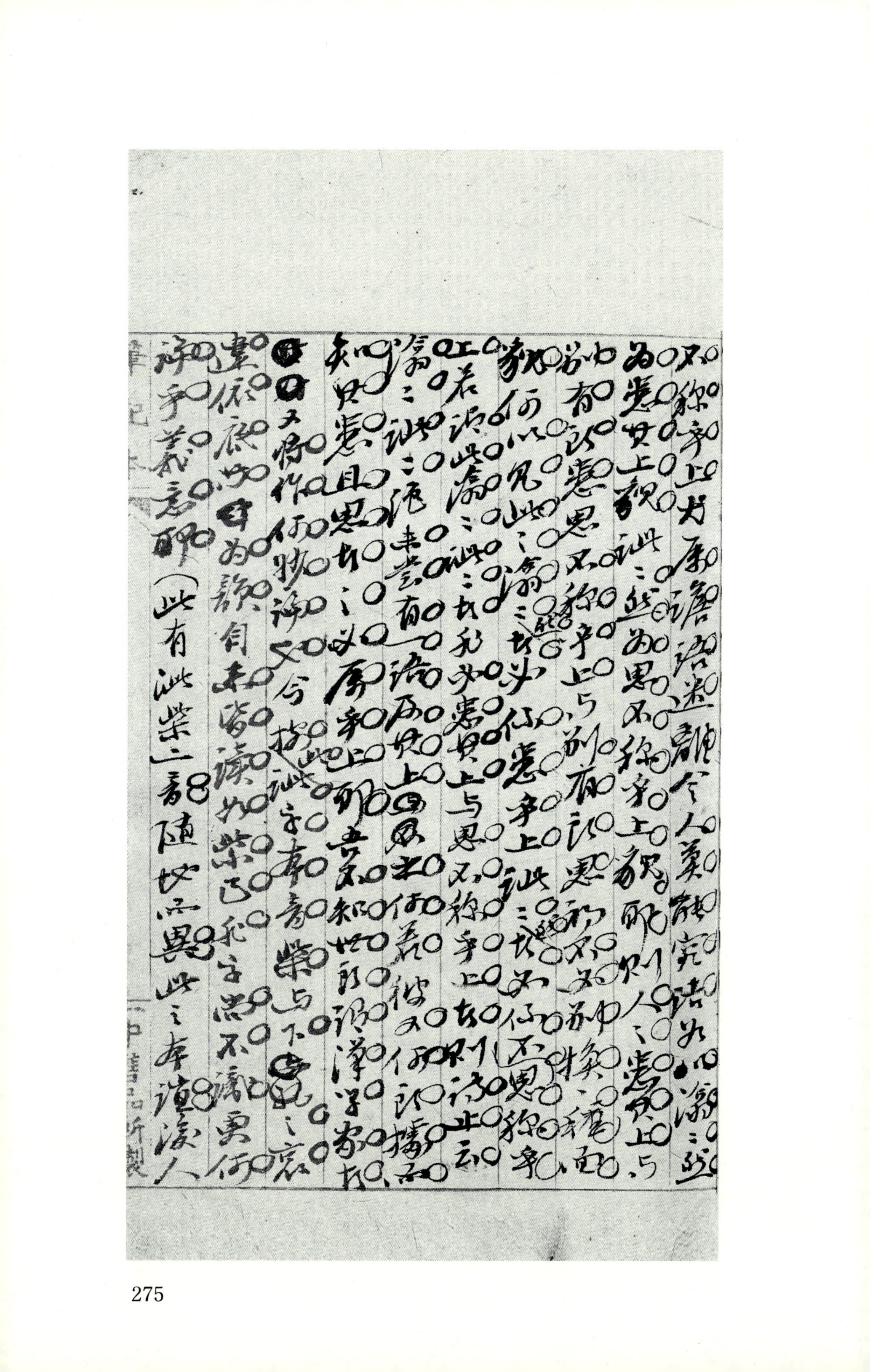

[illegible]

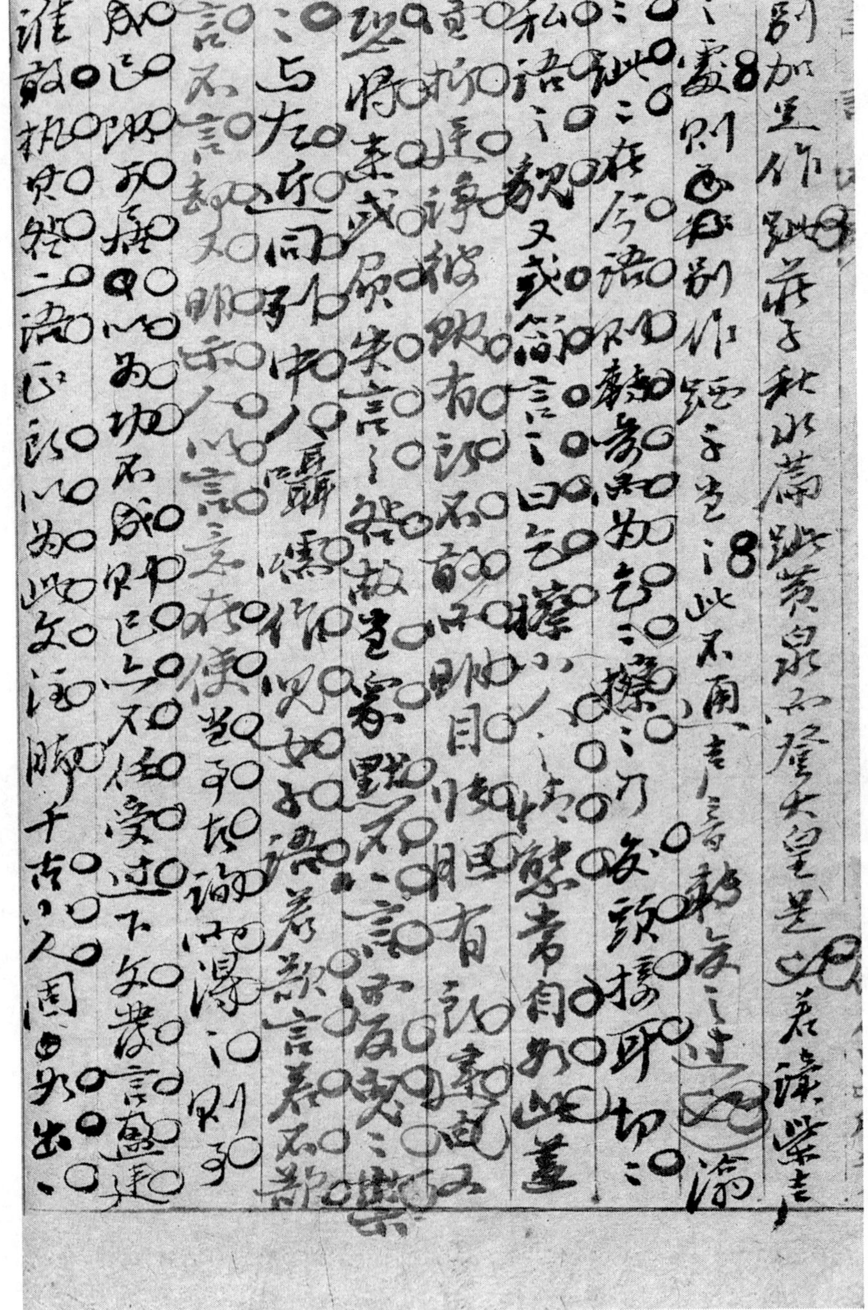

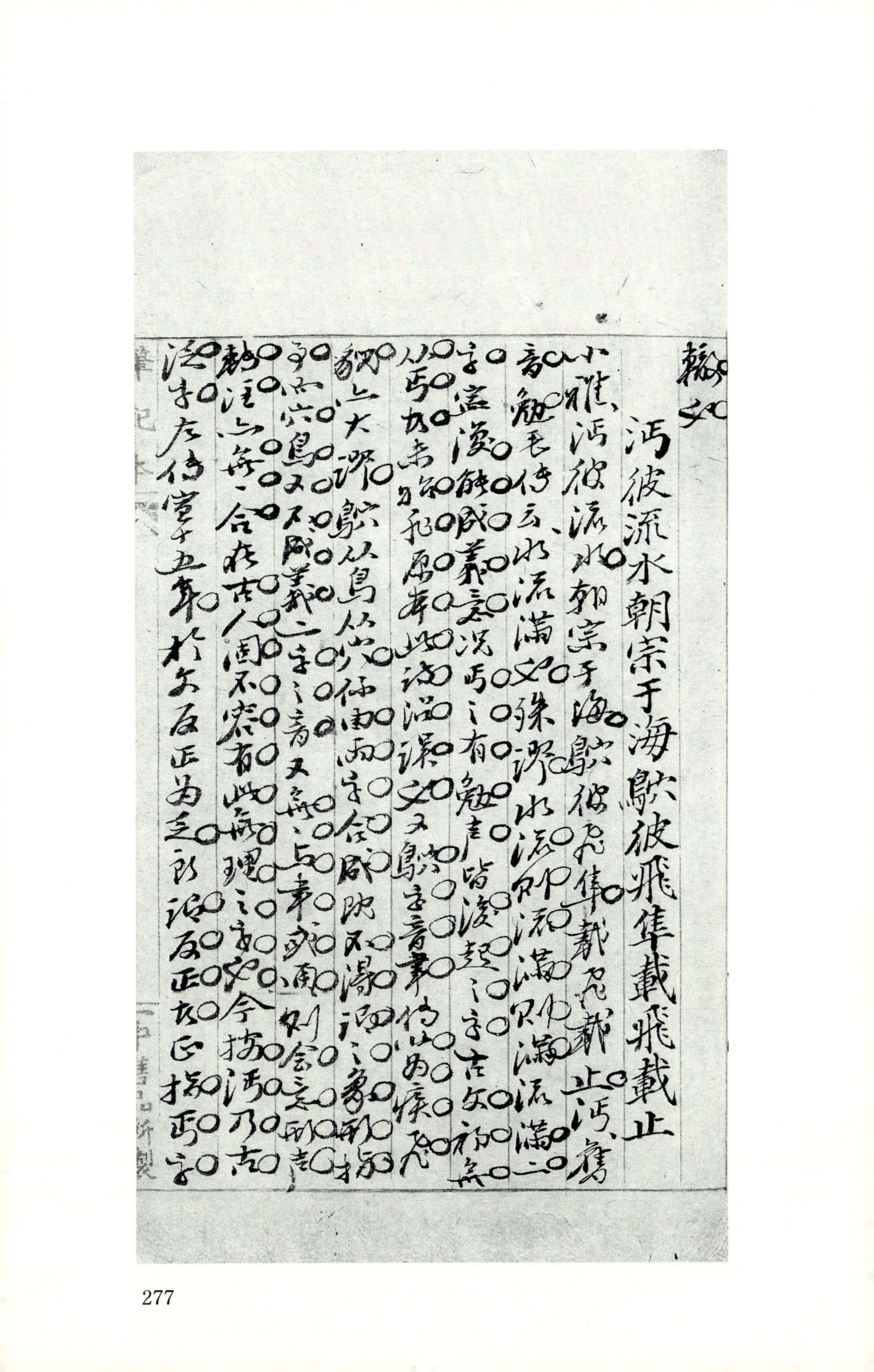

沔彼流水朝宗于海鴥彼飛隼載飛載止

而言古文作丙等蓋全同○○正字不在作反韓以下行

表示其為有錄之義許氏不識古文義例乃於正部下訓

隱造之亞以亞為凶惡之義故不知古人於文字圖像正意

門之行（此例古器中甚多其不可通者惟存右二字耳）其識

別於不在此又其於丙部下復為解說但云不見文

象進出嚴之形徐灝却引從進之声侯道居侯黨之一面五步云云

解丙為亞之疑古經之本作丙里丙之如是之惡

宗人尚或知之至說文所據之亞字圖古今說徧無徵

有此（又按今文叢字中作亞似即為亞之正字蓋叢字古本

作亞亞即須字後又加貝作貫圍即須字古象兩貝之形須叢

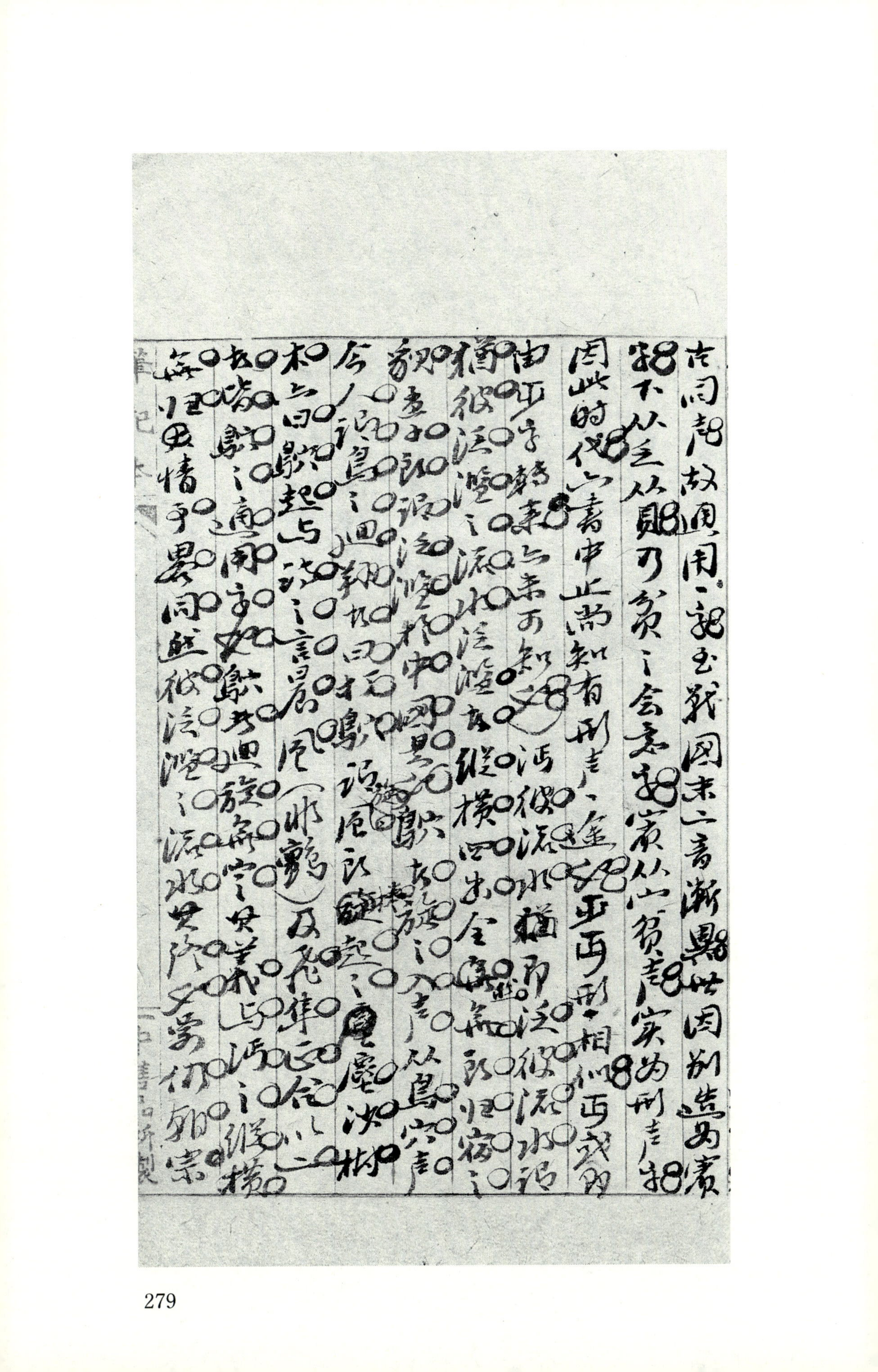

於海柳絲四論無聞之之飛侓其欲文載裁而仍以載

止以前玖時離亂亂久則每志思法乃不意我見和及郵人

友光之於亂之葵肯余亂誰容無田何氣此流然之流水

歎然之之侓之名君明兩此流流手臣玖不朝害手

海手歎手臣玖不止字言之乃至相及映之詞迎泊被後

傳客讀客簡而言人之論聯全其無

荇菜蘋藻附

荇、水藻云著搖余此不过漢代經師指山賣磨之故猶其

以荇為搖余猶其以雎鳩為王雎蓋心本荒無以新而又不歆

自暴其短遇有向左則隨志撰、名詞以成付之若曰甲栗也之

外有人再進而問之曰：然則又為何物耶？則東海西粵，要隨意指之窎遠不可知之地，使人無從窮詰，且所以為怪異而能使其敬畏者，因雜處在中國人自我國遂之，絕少人能再問之者。毛氏傳說，從用其語，稍不過人云亦云，奇亂遂果，求得其物至陸璣輩作注，乃不得不因其所聞而別求一物以實之，自然其所得者，因是實物，有合有不合，惟其隱去其本名而仍從舊名而雜即接之偽名，今人反不能了之，為可慨耳。如其釋接余曰：接余白莖，葉紫赤色，正圓，徑寸餘，浮在水上，根在水底，與水深淺等，大如釵股，上青下白，鬻其白莖，以苦酒浸之，肥美可按酒。按其所說，大似今之蓴菜，雖與荇不合，然大致尚不甚相遠。

然不云萬葉而偏云撰集○試問古今未曾有之名萬葉為
撰集者耶○且萬葉南雍○起中原之所耶○文王時其地尚未沾
王化不被於岐周之地○乃壽懷於三千里外之邦御○（知此則
（不知）郭璞將聯等江南江東好語之謎○况萬葉之何以即為蒹
葉之德無擧以說明之耶○今按蒹葭即沿東之所謂蘋也○
關雎之作○在三百篇中為最古也○故其於唐類之名稱○猶多沿
前代○其以之蘋為蒹葭○猶其以雁為雎鳩也○（案蘋類稱者
有季如○季之封○在成王既誅武庚以後○而此乃為其季如○則
至果之源在康王時代焉○關雎之作○距百年矣○又之蘋葉圓
徑寸餘○飄浮水面○其葉背微凹○状似馬蹄所画面深色○

背青白色。下有海鰍狀之小蟲。莖青四出如[?]。圓細如釵股。
數莖共聯為一叢。（本草謂一叢四葉合之如田字形者恐誤）不
生根。横浮游水中。不著土。夏秋間開小白花。果如蓮。亦有作
黄花者。其種類不一。池沼間列然有之。俗呼為水浮蓮。或又
呼為萍蓬草。則其類之切音也。（萍蓬二字合讀之即其類字）
吾人則呼為莕胡蘆菜者。即為莕之類也。莕之稱在名世
者亦有之。蘋本草綱目。即以其類蓋之。故為一種。（蓋乃謬
儒偽撰之書。我國有古傳者乎無之。更安得訛謬若是）
則萍之為蘋。在前人已能就實物上致知之。特其果不知古今
名物沿遷之理。乃因其種類之不同。單前後名忽強行

兮配。又別出萍蓬草、節。為過鑿耶。蘋在古本名行菜。因凡菜多植之於地。而此菜獨能行動故。其加艹乃涉水之轉注。猶其以水為述。如上古之名詞多屬概括的。則此之萍草。或竟為藻言之。亦未定。因藻之與蘋同能行動故也。藻今名閩草。閩字為藻之切音。因之合讀之。即藻字也。其種類亦極繁夥。通常所用者。大抵皆指其作旋首狀者貝一種而言。諺語山節藻棁。藻棁（此字當讀脫。今俗書作棁字）即今之所謂斗栱。以其用細木層層上積。栱下小而上大。狀有似乎藻也。蘋藻古人用以芼魚。而芼魚之用蘋藻。則為女子于歸前宗室教成之祭。（詳見

采蘋章）昏義云古者婦人先嫁三月祖廟未毀教于
公宮○祖廟既毀○教于宗室○教以婦德婦言婦容婦功○教成祭
之○牲用魚○芼之以蘋藻○所以成婦順也○正所以為此詩注腳○
此詩本文王求后妃時所作○故一方託興于雎鳩一方託興于
荇菜○蓋男贄用雁○女贄則用蘋藻也○後人不識何者為
芼○因並不識何者為荇菜○更無論乎其所以求之者為何物理
女生義隨以亂說○說不通乃遂一筆抹倒謂古人之託興全
無義例○彼夫烏知凡所指點○要皆須本地風光○其義例圓
若是其謹嚴耶○與言及此吾不禁為三千年前作者一哭
也○

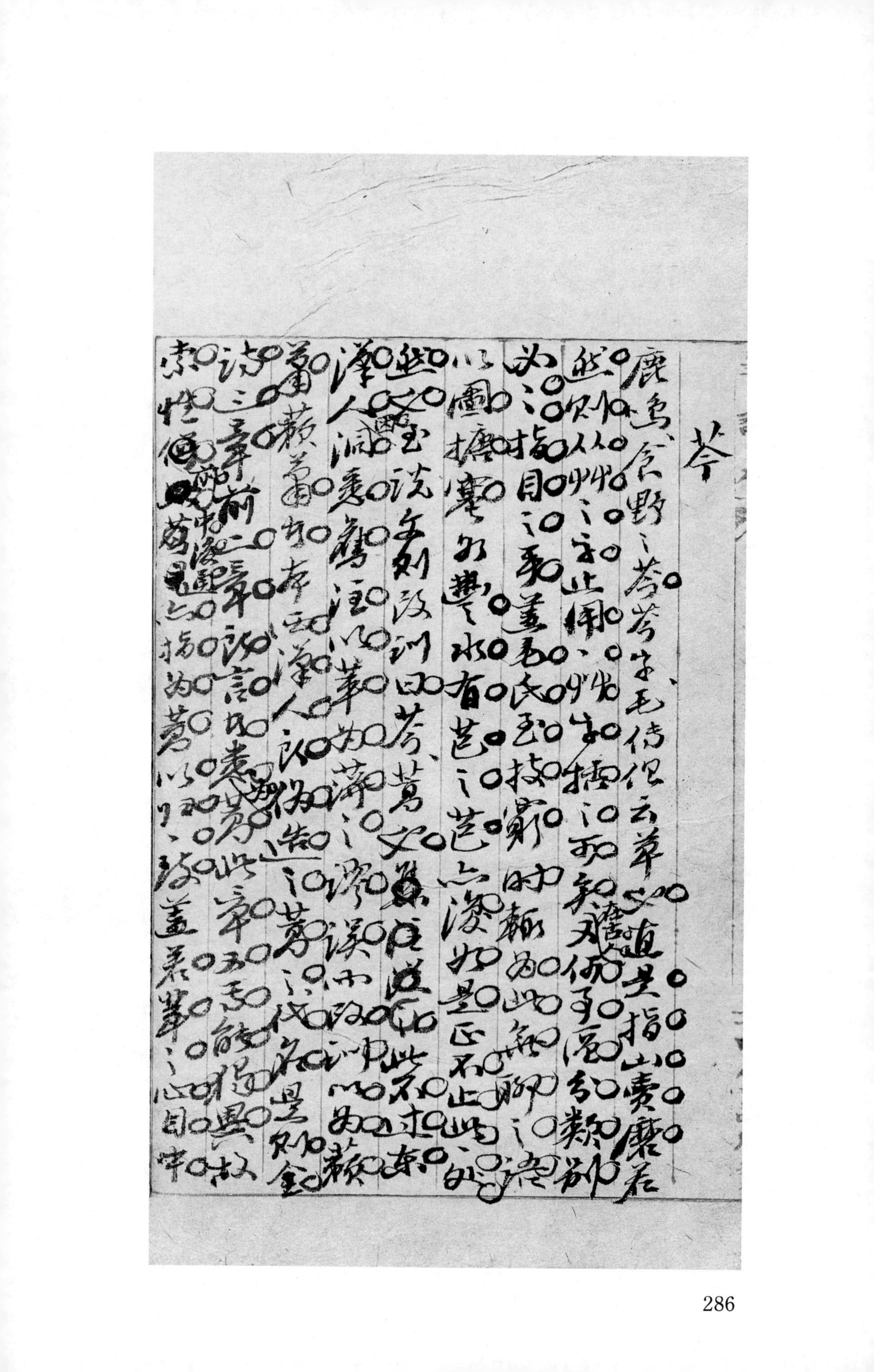

芩

[illegible]

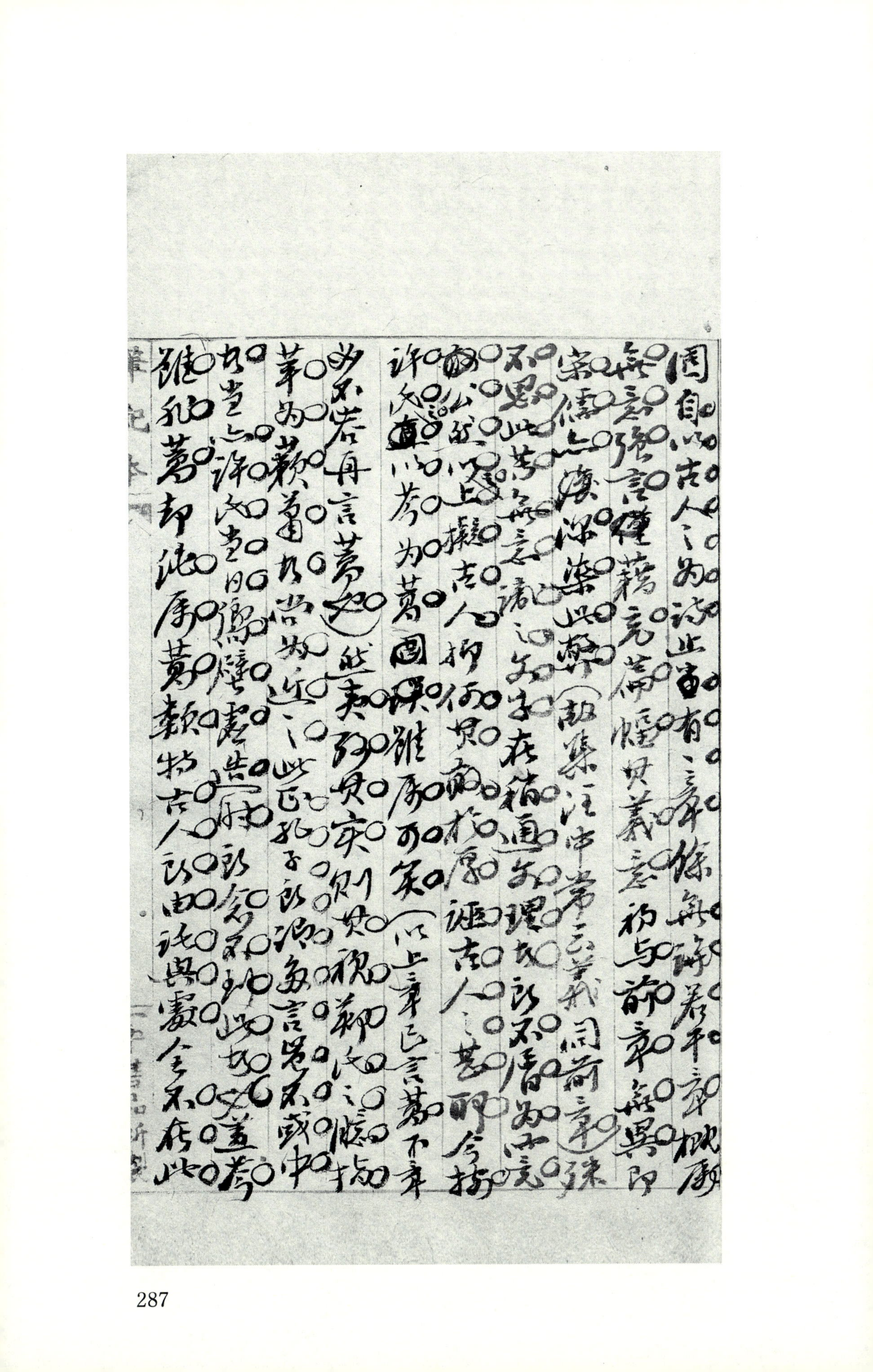

不知既字實上之偶然相傳而不得其義遂誤以草為蒿
蘇之卷在今則貝青精為茵陳（神農本草）或作因
塵（廣雅及吳普本草）二物實一物為蒿類切青李時
珍謂其葉經冬不死更因舊苗而生（實赤兒貝然）也
名因陳乃望文生義曲為附會耳茵陳葉似青蒿而背白
北地到處有之春初生苗高三五寸居人多采食之洪
舜俞賦云酣糟紫薑之掌沐醯青蒿之絲即指此
而言又李時珍云今淮陽人二月二日猶采野茵陳苗和
粉麵作茵陳餅食之不知今尚然否惟茵陳性能去
濕故古書多（北方人）用以釀酒名茵陳酒今京津一帶

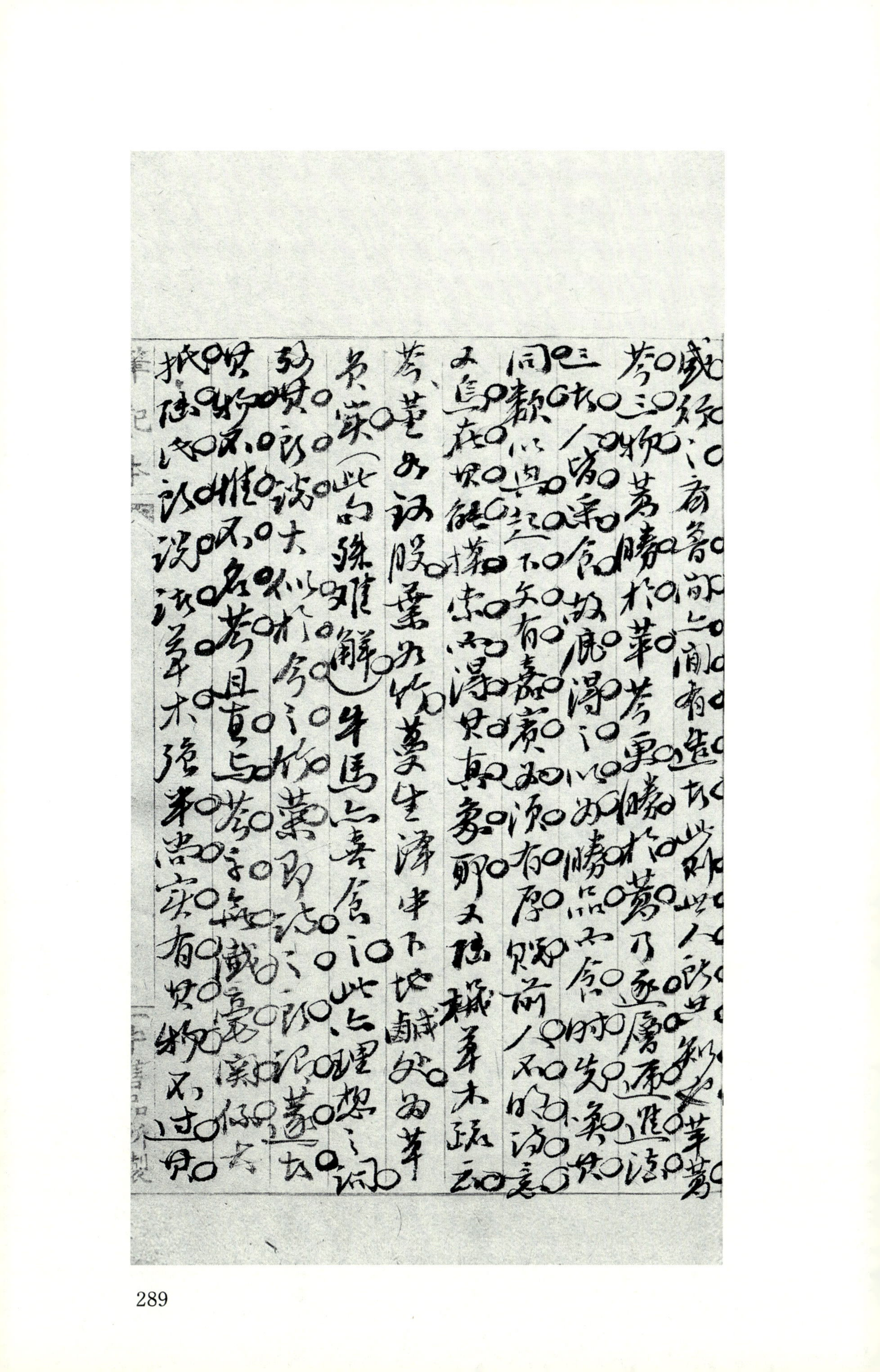

名稱卽德氏想象古書[illegible]意字配以名實[illegible]之[illegible]

掌[illegible]合然以[illegible]雅說文之[illegible]半[illegible]空擇造[illegible]

已覺書遠勝此亦學術之一進步也

芼

關雎左右芼之毛傳芼擇也[illegible]

[illegible]

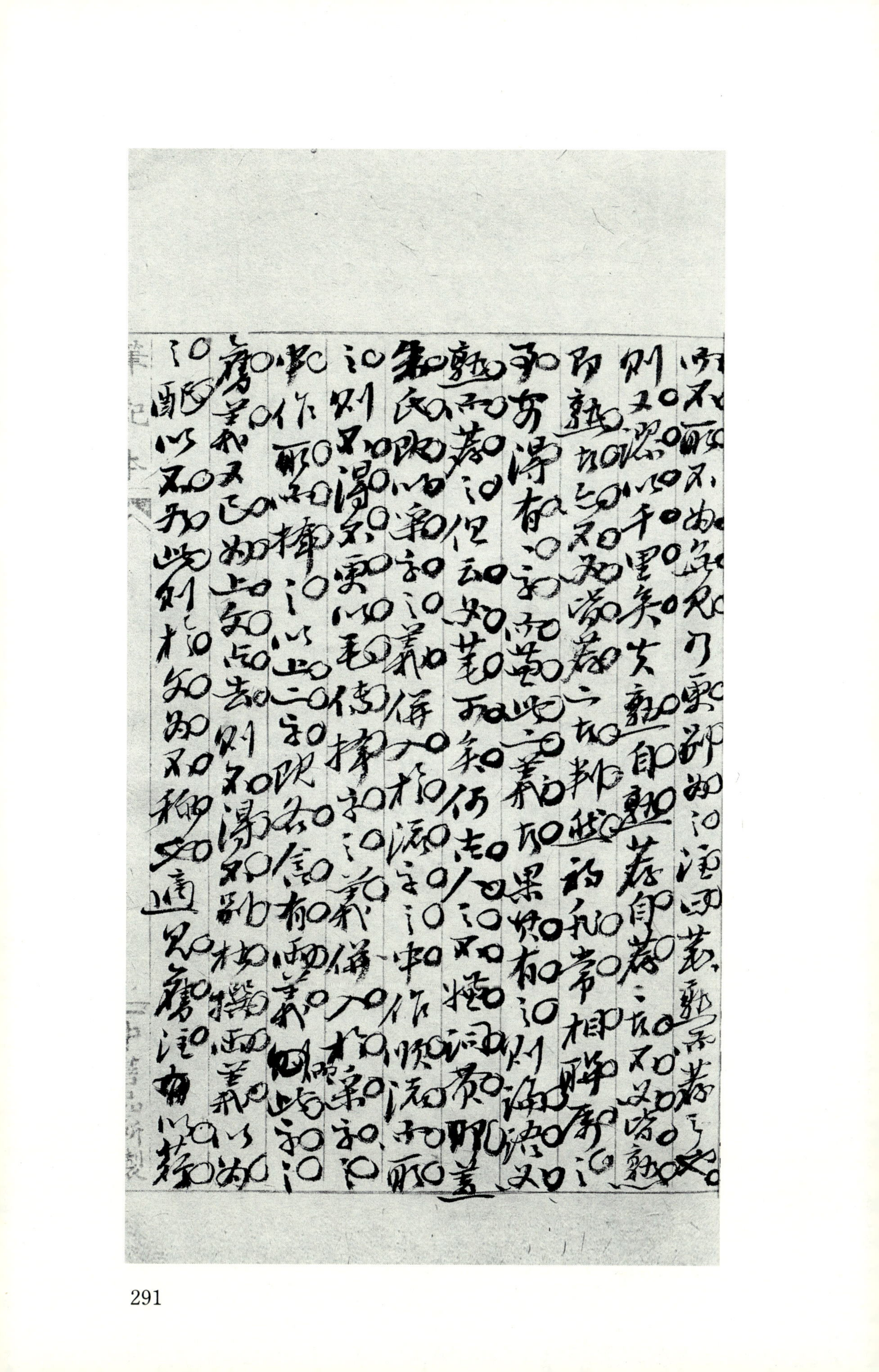

如○作○論○以○供○宗○廟○明○號○不○而○取○其○義○而○隱○以○畫○其○掩○

如○與○此○處○解○論○供○用○宗○廟○則○如○蒿之○説○先○疏○之○時○其

以○以○釋○爲○疏○記○若○之○殊○不○思○古○人○知○之○焉○有○所○以

任○人○隨○意○以○釋○目○且○萲○皮○之○見○於○禮○須○古○不○之○而○己○有

之○亦○以○作○此○學○解○故○取○於○處○不○能○作○此○解○而○以○處○相

作○此○解○則○氏○以○從○何○處○知○此○之○第○以○有○異○於○經○之○第○

今○指○此○第○之○言○本○之○前○圖○其○之○家○即○如○圖○之○等○說○生○

蓋○圖○加○及○豪○核○於○上○之○從○釋○故○了○中○之○凡○豪○核○於

上之○物○皆○渴○回○圖○在○駁○即○爲○彰○毛○在○於（今此字已失）

乃○旗○數○之○從○釋○春○日○即○爲○旗○在○月○則○爲○旗○在○志○則○

为耄。人老则心上有所蒙被，而昏乱，则为耄。文
字起源，有种种差异，而于语上则实，仍仍冒字。（冒字
从毛而不从冒，故冒乃后起字。古作冒，象人戴其冠形，
即今之帽。）其语根实出自毛，因毛乃蒙被于外之
物，故引申之，蒙被于上之曰毛。由名词而动词，故
由平转去。芼本以落菜，谓蒙被于食器之上
之词，由动词而名词，故即蒙被之物，亦即曰芼。
是以芼字实兼有动静两义。此芼字则动字也。
芼用则盖覆原[illegible]蔬菜，故字从艸从毛。其[illegible]强[illegible]
登，渊源于祭。盖古时人食必先祭之，则手擒其

訓○食之物○品○如○御覽訓、例以○○不敢自定之意

故祭○字○从○月○（肉）从○又○（即右手）从○示（今作尸即訓

以象神形○（肉）○[illegible]○就○常○例○言之若○○為不可便

手○持○肉○以○[illegible]○[illegible]○[illegible]物○汁○[illegible]○

[illegible]○[illegible]○[illegible]○[illegible]○[illegible]○[illegible]○[illegible]○[illegible]○

[illegible]○於是○不○得不○[illegible]○[illegible]○以○[illegible]○[illegible]○[illegible]○

即○[illegible]○[illegible]○[illegible]○[illegible]○[illegible]○[illegible]○[illegible]○

[illegible]○[illegible]○[illegible]○[illegible]○[illegible]○[illegible]○[illegible]○

[illegible]○[illegible]○[illegible]○[illegible]○[illegible]○[illegible]○[illegible]○

[illegible]○[illegible]○[illegible]○[illegible]○[illegible]○[illegible]○[illegible]○

特牲饋食禮云○

時○或○謂○故　士虞禮又云○鉶芼用苦若薇有滑夏

用葵○冬用荁○葵則○今之茄○荁則今○之莧葵二物

相代○便可○滑○象○又與○物○無○也○無之○故要○華之以為○

安○通之○中○所以設○便○宜之○文○芼之○設奉○所以○依祭○

故又宰饋食禮云○上佐食羞兩鉶○羊鉶于

房中○設于韭菹之南○下佐食又取一豕鉶于房

中○以從○上佐食受○坐設于羊鉶之南○皆芼皆有柶○

尸扱以柶祭羊鉶○遂以祭豕鉶○由是可知○鉶中之芼○

乃用柶扱以祭○又內則云○雉兔皆有芼○雉兔所以○

為○羹貫祭者之○然以鉶之所盛○亦皆○為羹之芼者○

鮮或又謂之膴或異膴則用言之謂之膴祭膴後
或別作膴之為𩞄被之名詩民雖靡膴士妻禮
膴用裹饗二部密即之部也（今北語當謂饗為
膴）火儀云羞濡魚切（必濡魚始有膴之即有膴
羞腥魚則振祭之與俎肉同而者觳火字饋食
禮）雖進尾必右腴夏右鰭祭膴此單謂膴名切也
有司徹云司士杜魚之司士載之俎五魚橫載之侑主
人皆之魚亦橫載之皆加膴祭于其上又云司士羞湆
魚（湆即濡）縮執俎以升卩取膴祭之之此是之膴
祭名切也異異實膴羞又若羞之左膴羞切則其

名又郡稱為大夫之有處被意故吉文書字从之（寫）
吉文書大印貝蓋形（而今轉作構公倉大夫
從之士卷應卷皆有大又之贊去北面也莫取應卷
之大與、之授窗之安茵之祭之此之說大夫即應
卷之其第之帑今北人嵩徐之貝名徐壹處凡
之戒頭之魁（去聲）頭戒頭之搭頭又有頭之供頭者
（此頭字與前異北人於祭神之品概曰供此物加搭之
上猶人之有頭故有此稱）但今人知供即高之義而
各處有用之祭者之有不祭而往為美觀者貝用
品之名名同果不外乎菜蔬菓茄子之薩苫

黄茄菜之有染熟雞卵白及澡粉為紅色以前之
物大抵皆所貴五色相宣之意雖與古之夏葵冬苴
不知者合帶不知甚相遠之所謂之嘗粉之饑乎矣（按北
首更有澆供之齣乃供品跌陈澹别用清水和薑
末鹽蒜以是澆於供之薑上此即古人之所謂滑
滑（文8）此語所謂説記之葵葉而實乃葵菜本所以為葷魚之用既承
滑之則名用以葷之而貴功作究猶存和之和湘多本
説以濕宜密以之濕跌濕以[illegible]疑有之於又濕以達
按濕之人為知菜之如何[illegible]即不雜以油脂菜以
推知葵葉之為何物不此之旨而惟多滿[illegible]意

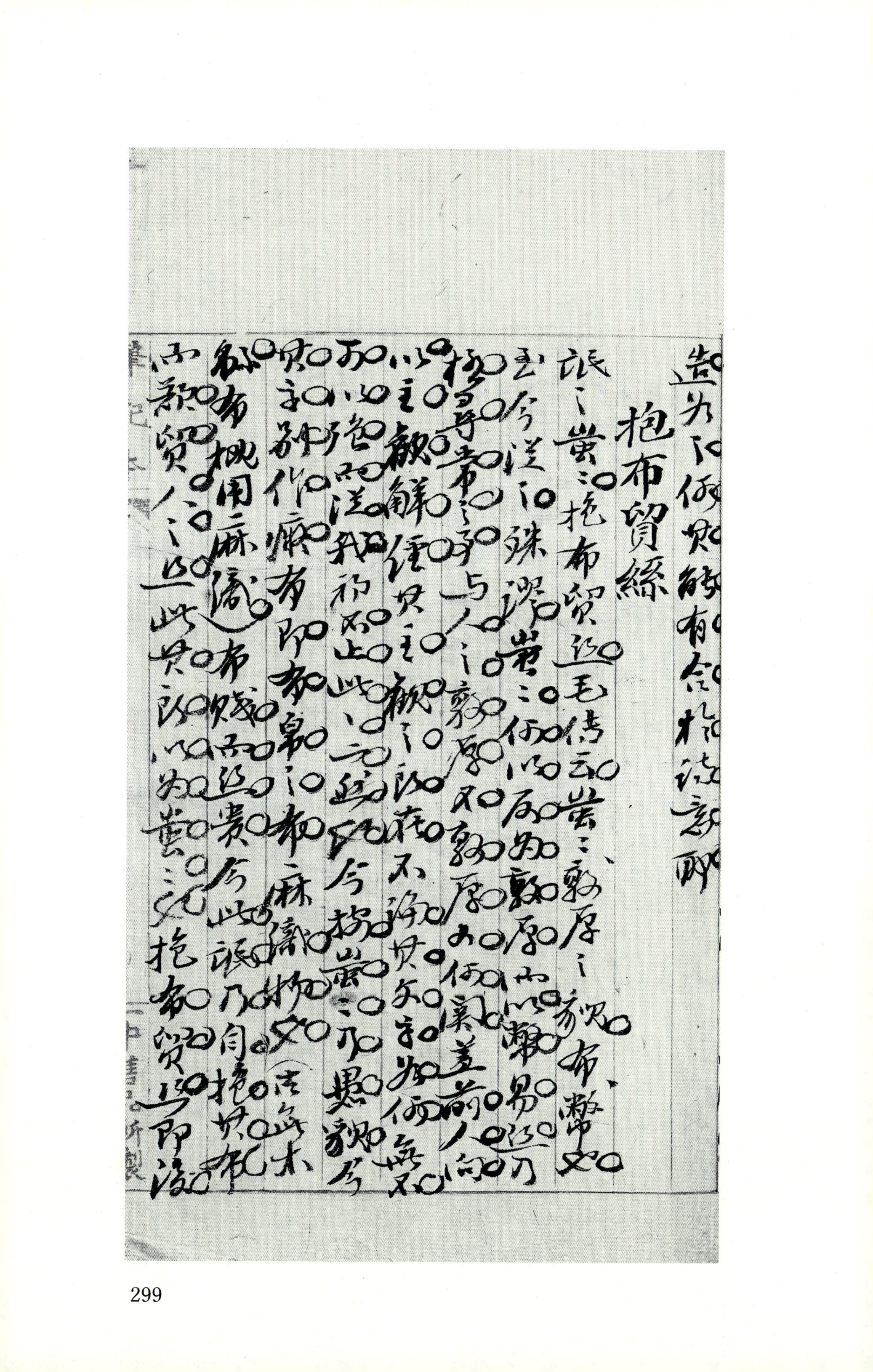

抱布貿絲

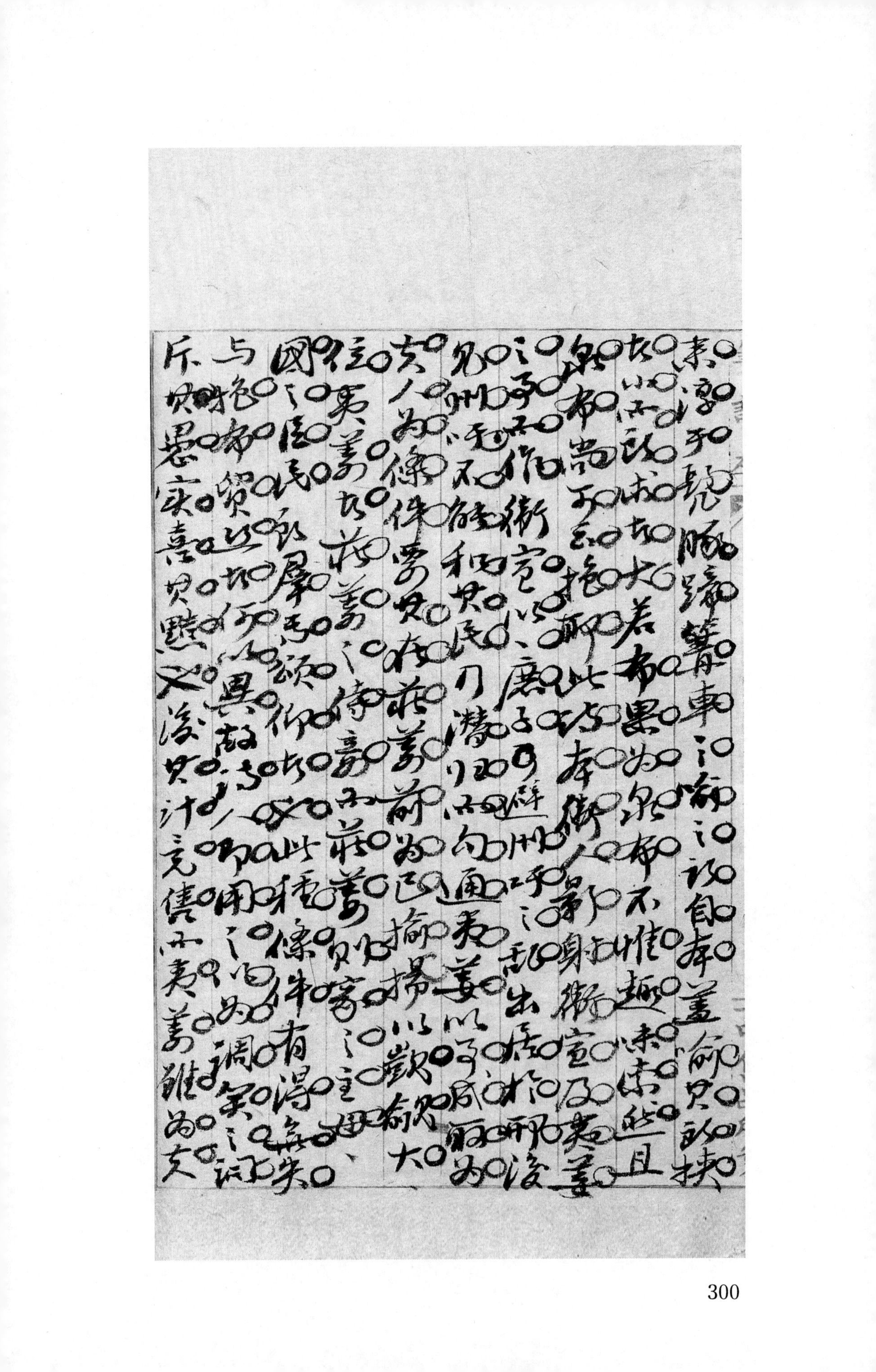

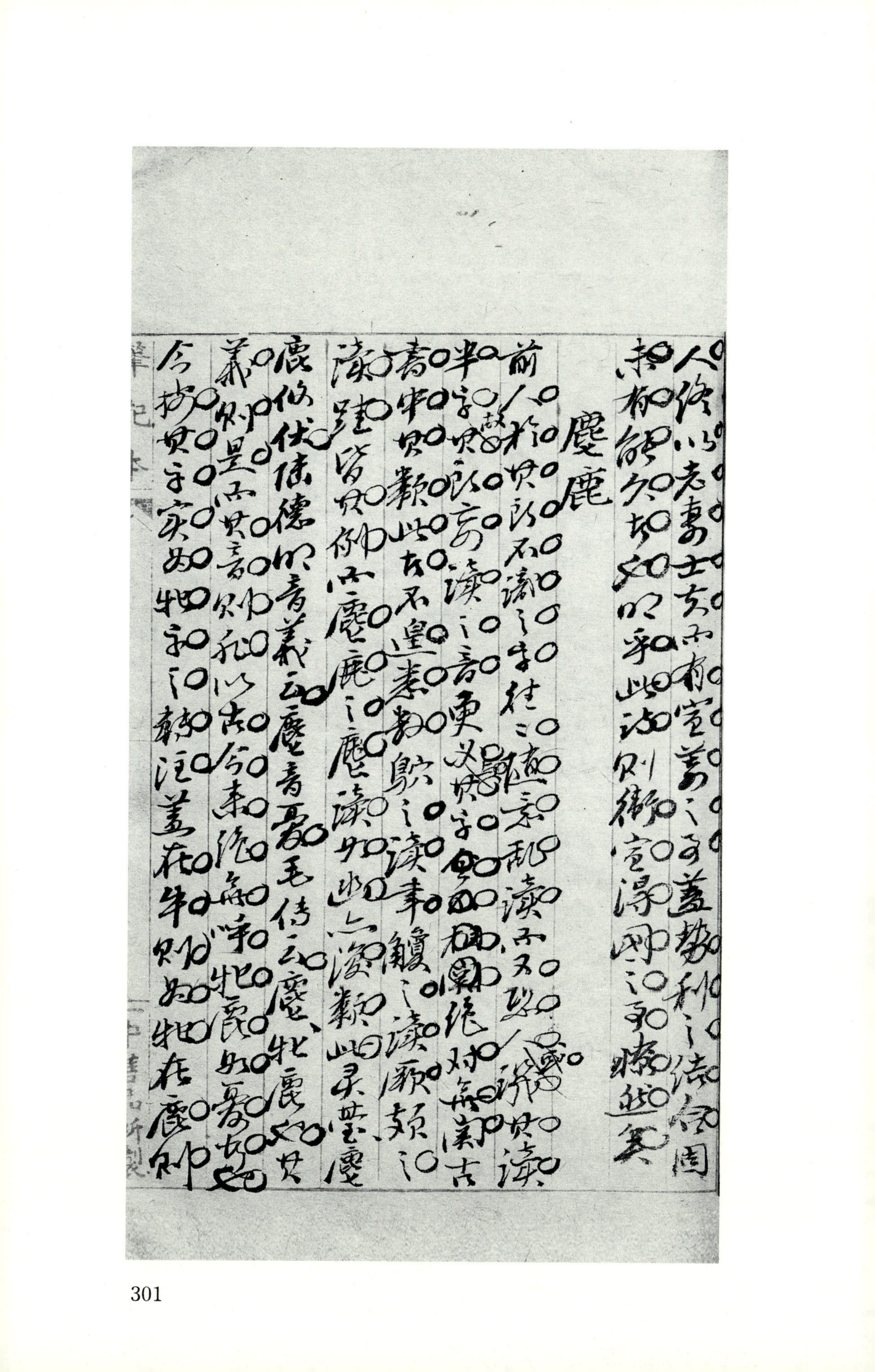

如麀之雖有異而以語上實仍一字也左傳襄四年偪亡其同恉而思其麀牡即古人以麀如牝之証若讀作麀牡尚欲美義耶（舊以麀為牝鹿指鹿言而牡則為通用字故欲義遂麀从鹿匕聲匕與麇聲近因其音漸轉而注麇後人因更撰麇字以代之而麀字義遂亡麇承用相淆此麇字附與而麀字訓如為兄之蓋古切讀麀此其同為麀故常以麀鹿為對文至後世語音漸收則別以麇麀為二文此固不能於此敘其源始文之麀與麇雖一物而牝牡之異氣各異故麀角解於夏至而麇角則解於冬至舊儒不知就實物考察乃因左

見說文。

若然則原隱之行於鵲曉其說而說之鵲人能知也

氏有巢。逢鵲有。何應。與鳩。歸。必。盈。謂。之竊之文。隱解。
八。為。鵲。鸛。鳴。呼。是。得。以。其。物之。偶。見。於。鵲。即。可。謂之。
為。鵲鵲。即日。鵲。鳴。自。鵲。中之。興。意。矣。又。是。以。鵲。者。可。
謂之。巢鵲。其尤。可。笑。者。儒。不。知。鵲。性之。巢在上古原
名。為。鷺乃於。其。倒。樓。夏小正。文。因。所。令。有。巢。鵲。解之
文於十一月。附。曰巢。鵲。陽。鷺。於十二月。又曰。陽。巢。鵲。但知
、之以。案。字。全。然。不。知。其。說。言。者。為。何。物。以此。等。知。鵲。而強
思。作。鵲。其。還。高。如。大。可。懼。矣。（夏小正之鵲高。鵲。處。鳴。是。
亦不具論。）

維鳩方之

鵲巢維鳩方之。毛傳：方，有之。案：今從之。實則方何以
得訓有。不惟於古無徵，於本書亦不見。既上既云維
鵲有巢，氣不盛，即不能再云鳩有以上事也。且依其界耶。
今日捄此方字實為方之古義之僅存者，古本無[illegible]
稱葉之說，故曉知字即為人古義，後人改以今義讀
之。此其說也。多才相極而通矣。方之本義實為古今字同
方與字古以之說故方字古文作才，一象物偉中作也。
乃古乃字以加[illegible]一宋宗象而為二之意其形之書
為會意方位之稱。即緣此而起。猶今人之言部分也。維
鳩方之，猶云維鳩分之，蓋鵲築巢而鳩得入而居之

[illegible]

被之僮僮

采蘩：被之僮僮。毛傳云：被，首飾也。僮僮，竦敬也。[illegible]

[illegible]

謙敬自為敬，二義後相屬，始得合二字為一名詞。若

此，則謙而不敬，敬而不謙，不敬亦謙，不謙而敬，不謙

且不敬，謙敬又當作何名詞解？又不必論其有無相

屬。鄭氏[illegible][illegible][illegible][illegible]則為[illegible][illegible]。[illegible]禮記主婦髲鬄。

是也。以[illegible][illegible]即[illegible]此也。被[illegible][illegible]也。[illegible]髲[illegible]不也。

見也。有此知髮字[illegible][illegible]，[illegible][illegible]而髲字[illegible][illegible][illegible]記。

[illegible][illegible]也。被鄭氏[illegible][illegible][illegible][illegible][illegible]。又[illegible][illegible][illegible][illegible][illegible]

食禮主婦被錫衣移袂。鄭注云：被錫讀為髲鬄，古者

或剔賤者刑者之髮，因被婦人之紒為飾，因名髲鬄

焉。此周禮所謂次也。又注追師掌為副編次云：[illegible][illegible][illegible]

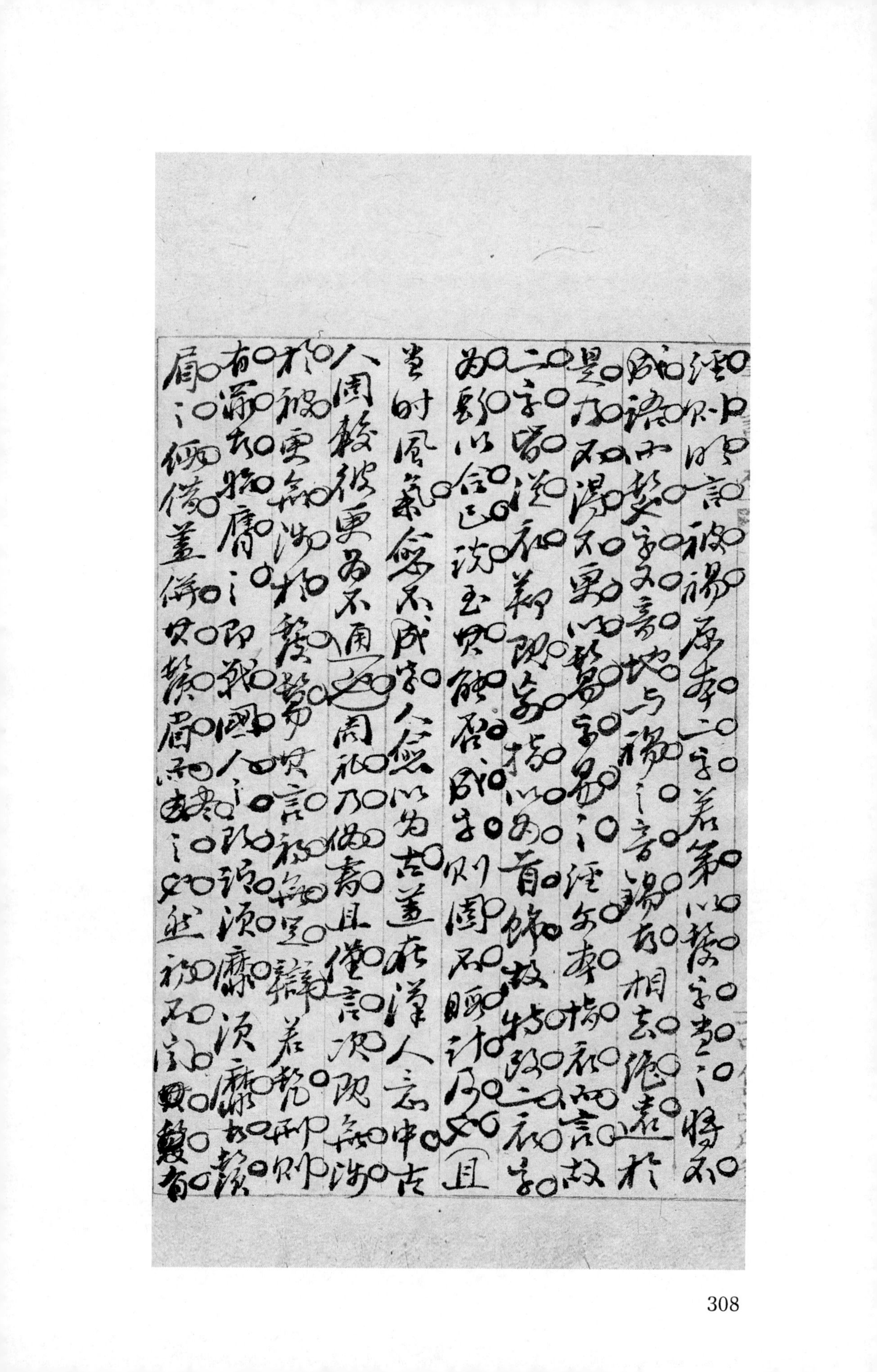

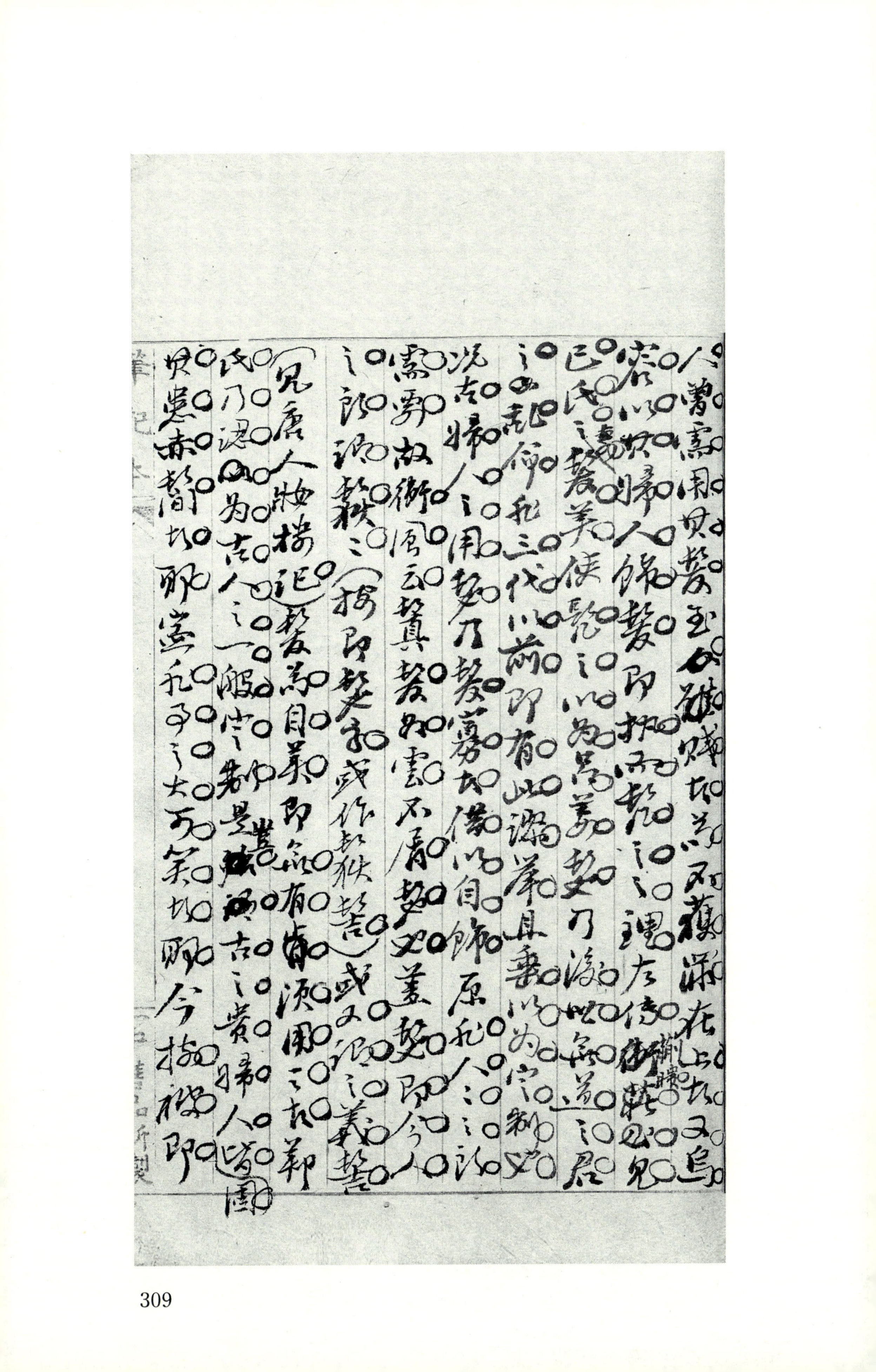

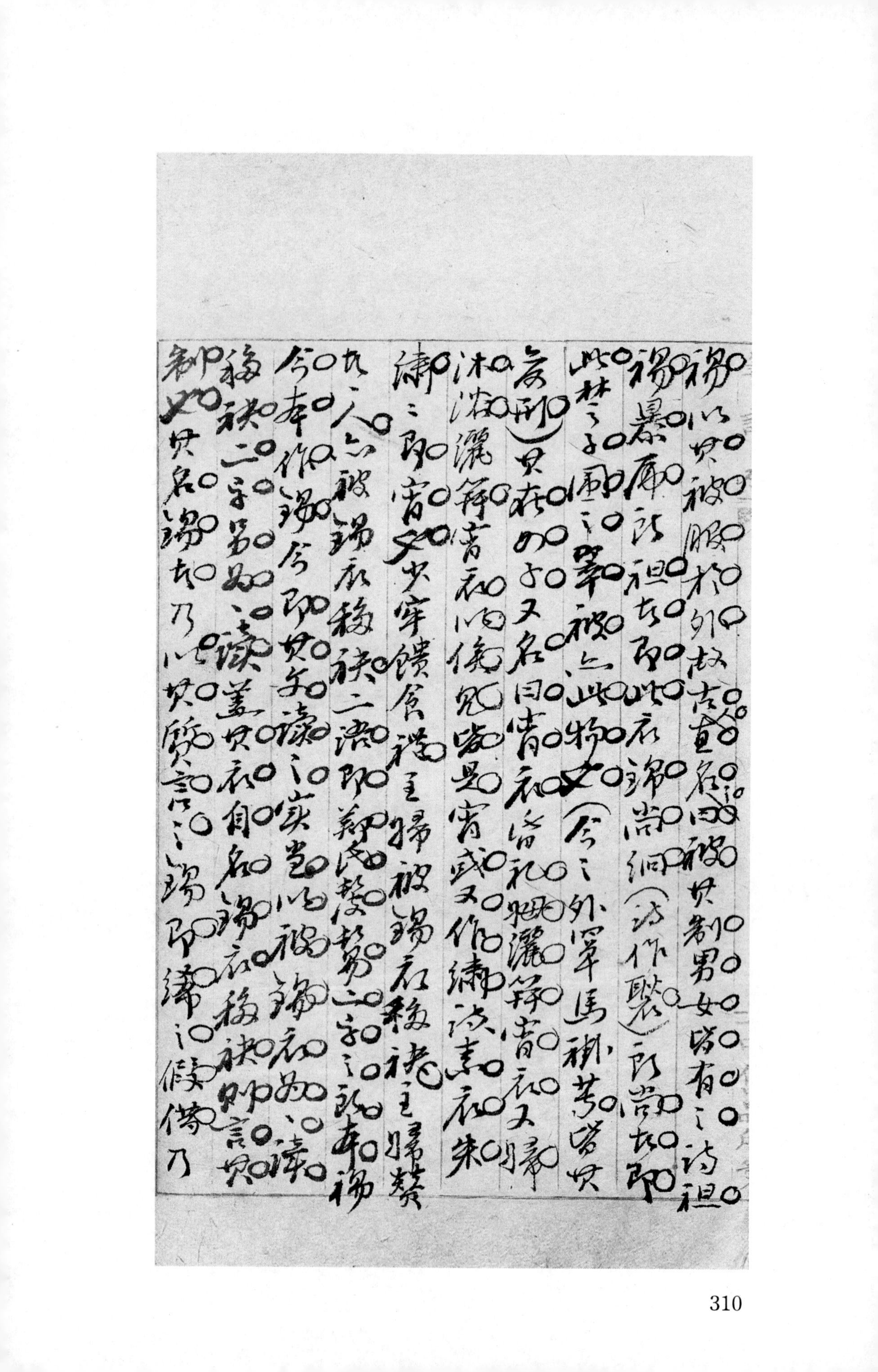

春○
宣○

释○文○鄭○懂○之○異○文○仰○便○是○在○前○人○國○也○能○於○象○之○字○

之○原○奉○之○分○○○便○之○河○契○在○廟○中○柳○争○往○來○之○狀○大○宗○

○之○禮○綫○亡○然○以○牲○牲○如○宗○之○禮○仰○之○則○主○婦○從○豬○至○

終○祝○嬉○說○蘇○南○卜○南○說○辭○主○人○論○宗○婦○此○與○爭○甚○

多○不○勝○勝○數○大○宗○以○祝○此○事○繇○與○否○於○知○其○則○禮○

曰○大○廟○之○燎○踰○矣○君○稱○制○祭○於○大○人○若○舊○君○稱○宗○姓○者

人○若○酒○仰○大○女○淫○君○命○歸○淫○女○人○則○女○人○之○於○祭○祀

上○君○莫○乘○鄭○氏○篇○精○於○禮○也○乃○其○言○在○公○也○僅○祝○嬉○

○之○於○祝○嬉○是○矣○代○於○又○言○○淫○○宜○反○禮○也● 灑○澳○之○字

以○以○之○家○具○遍○於○禮○經○不○惟○其○女○無○此○文○即○主○人○之○無○此○

灑○
澳○

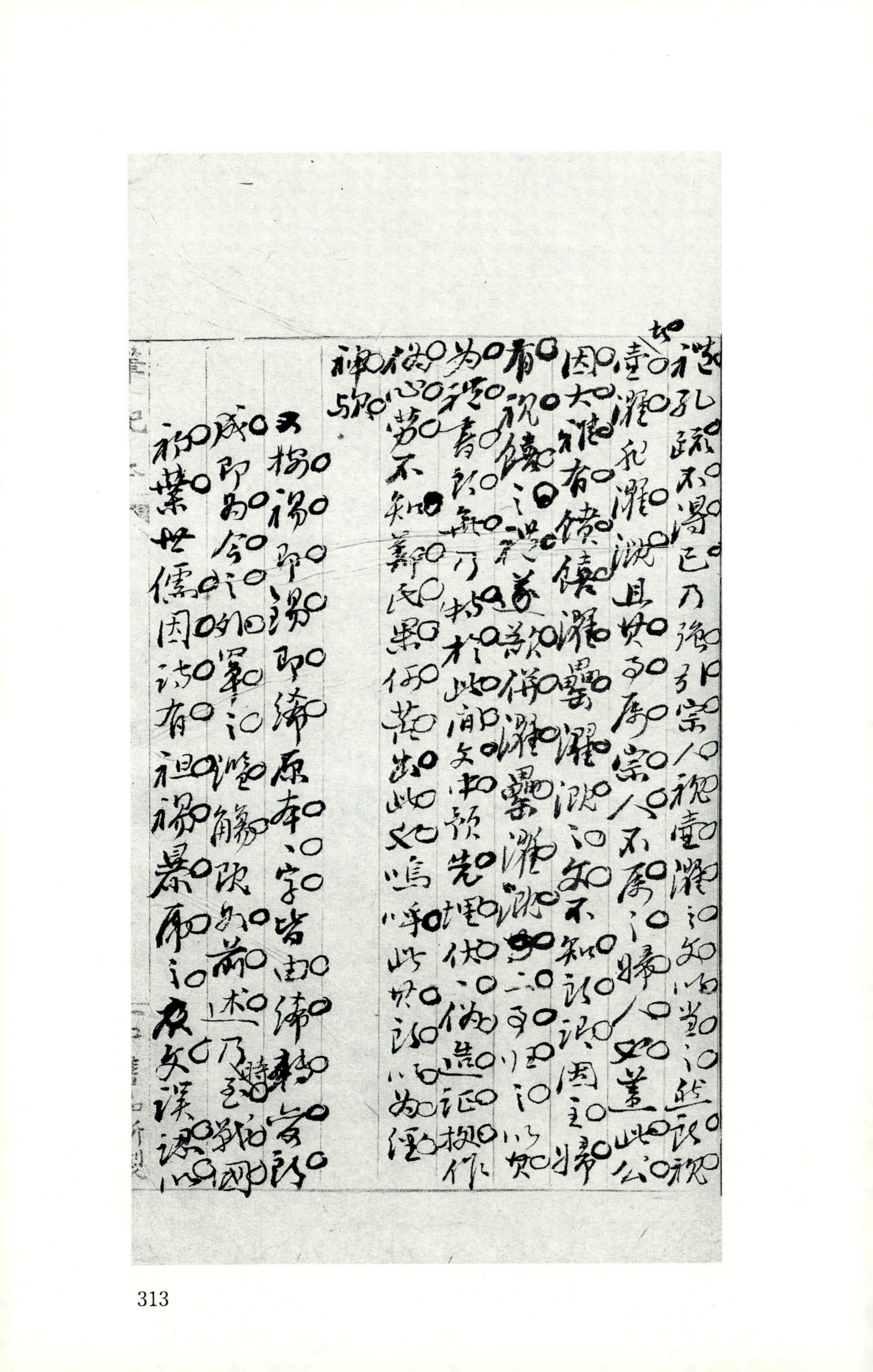

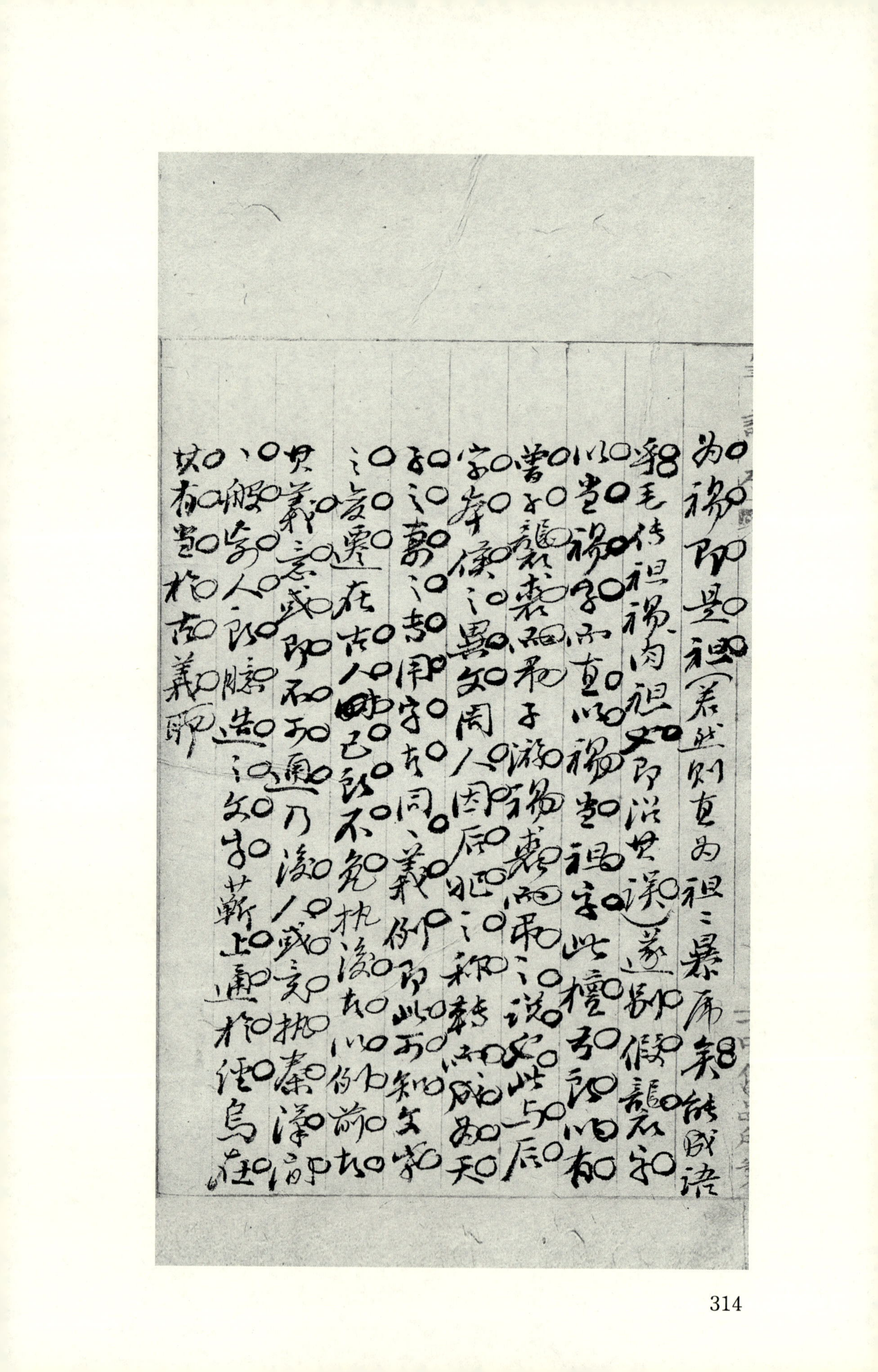

夏而楅衡

魯頌閟宮、夏而楅衡。毛傳、楅衡設牛角以楅之也。

諸景不采。鄭箋云、於夏則養牲。楅衡其牛角為其

觸觝人也。其說皆本於偽周禮地官封人、凡祭祀

飾其牛牲、設其楅衡也。鄭故傳箋云。殊不知周禮

乃秦漢人之撰其書也。說正采用當時儒解

說之。之語不濕。原所以之。以說。說之。其誤之。極顯見也。即

如此。節其說言。封人乃掌守封疆之。虐猶如今人之

界限如然。（古人野國皆植木為界。其名曰封也。和生其

動名詞也。故封之古文从手植木作丯也。或作丯土。封之

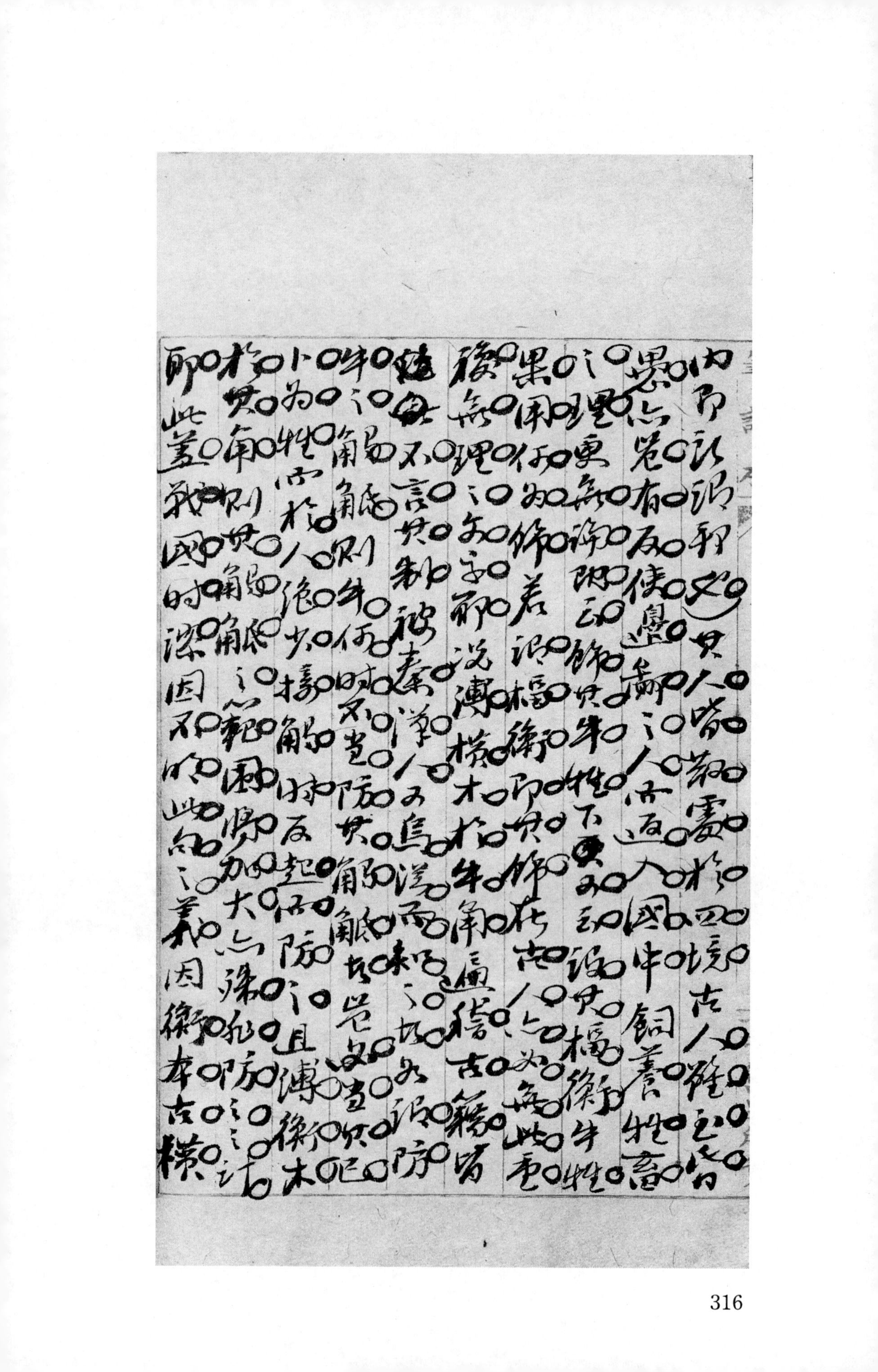

[illegible]

生民概說

吳桂華

[illegible]

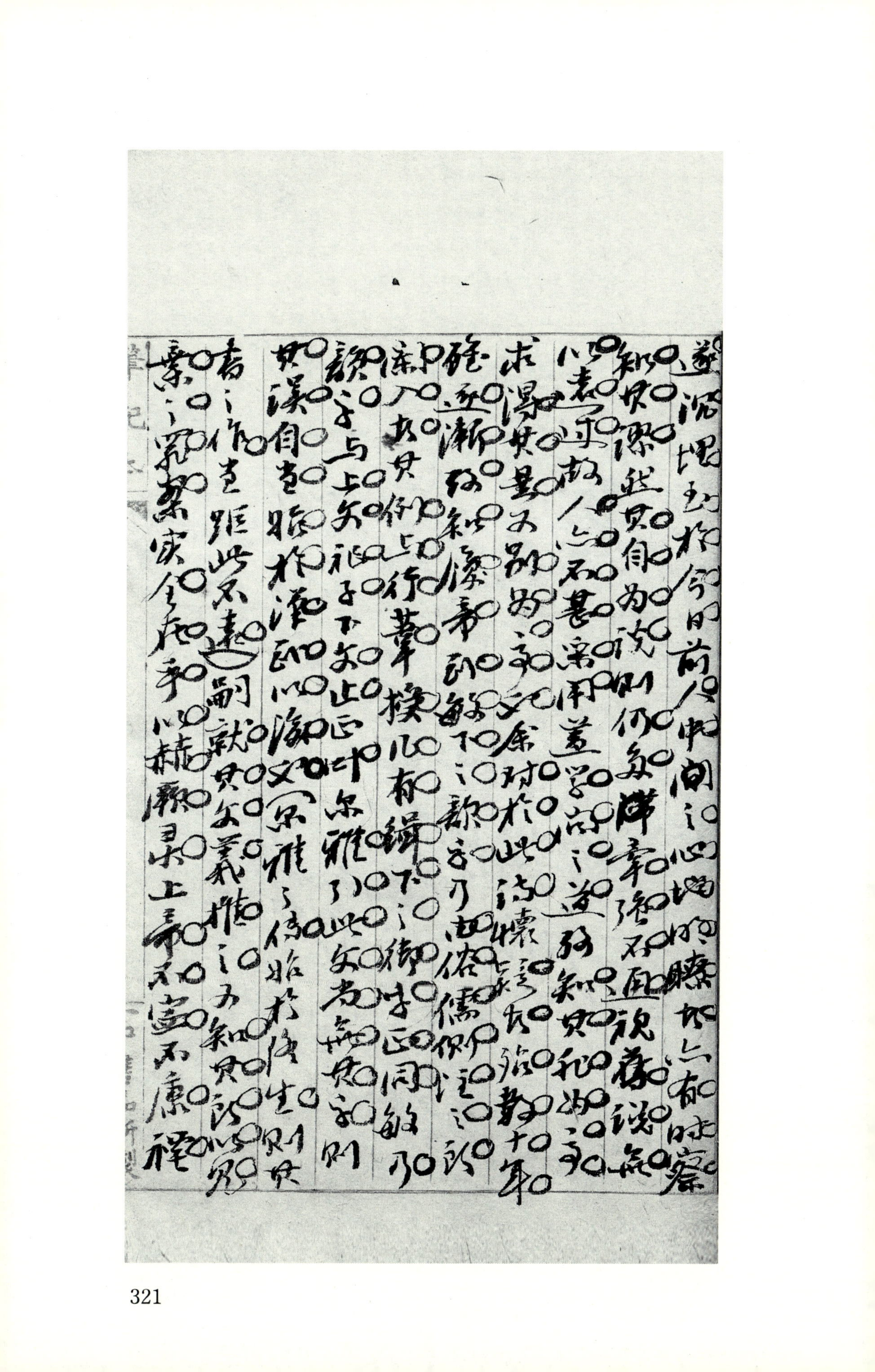

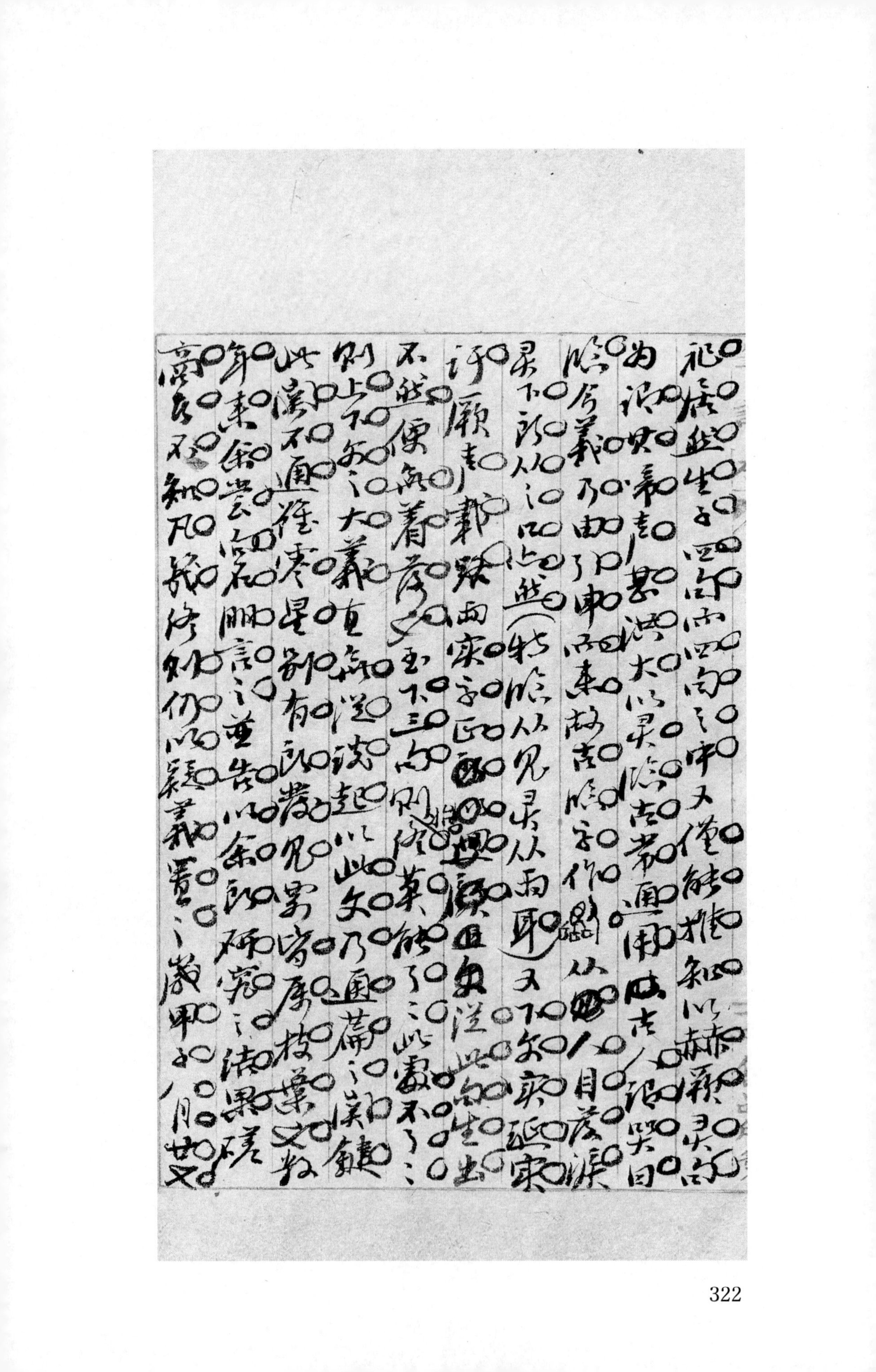

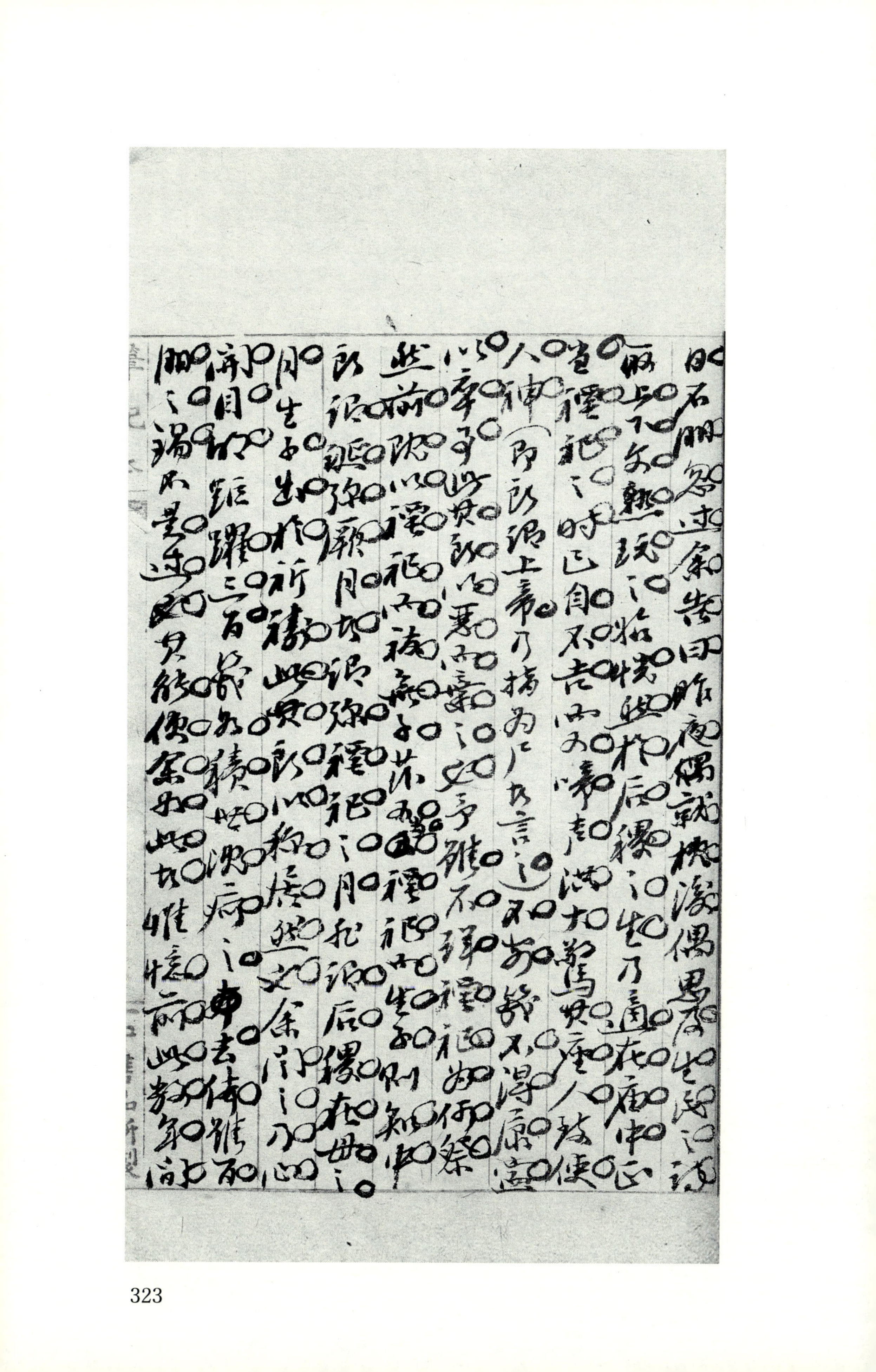

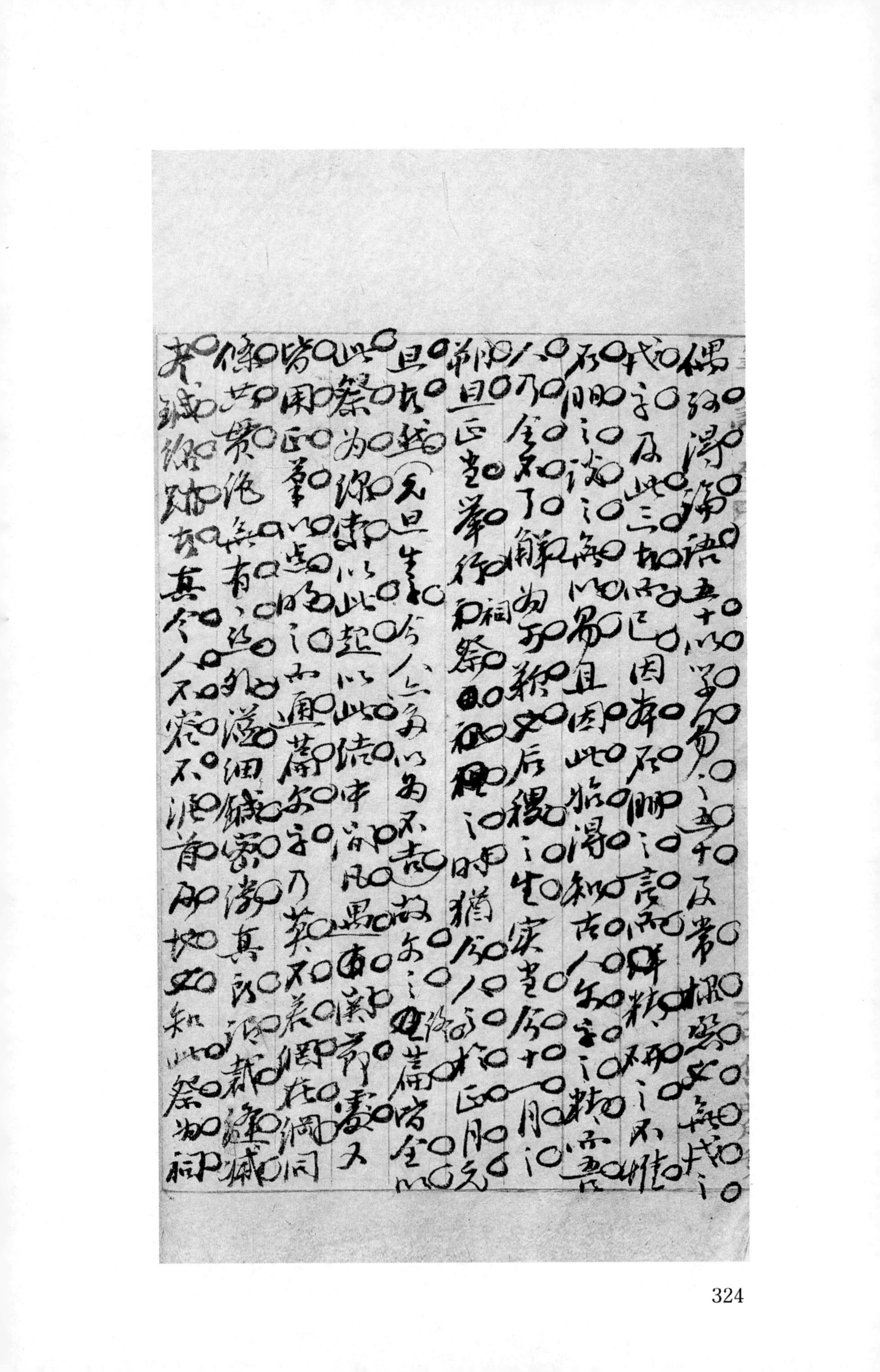

祭故以蒿爲中既再言禋祀後於之祀字之中又復
申明之曰以其禮儀之故謂以表其如神祭文蓋祀
由於祀作燎柴證以祭得燔柴以告天文（說詳拙著
字原溯源）燔柴故傳其烟如氣照聞於上（本詩載禮載
維四方即言其祭）故又謂之烟如禋之燎之積柴之古無
是文（當未禋在古是止作[illegible]從[illegible]從火[illegible]亦聲膴邪耶
今以祀烟寫火從囱出合意字文火與土古文相近後
譌作土囱於其旁更加火字禋字之興當在烟前
故特就本烟字加示以和以注明其爲祭文祠之類在
周御正月朔旦御年前十二月朔伊訓云太甲元

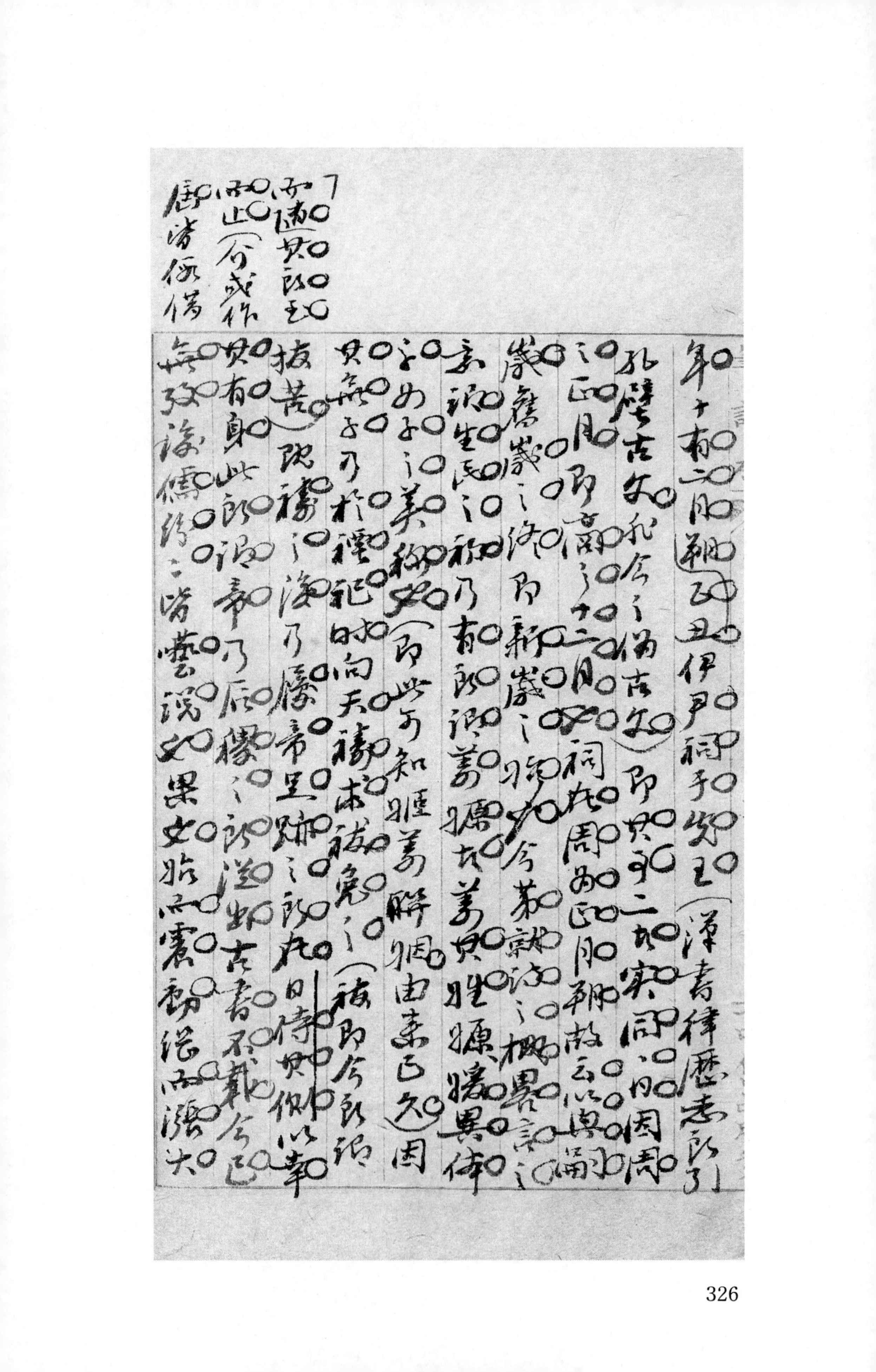

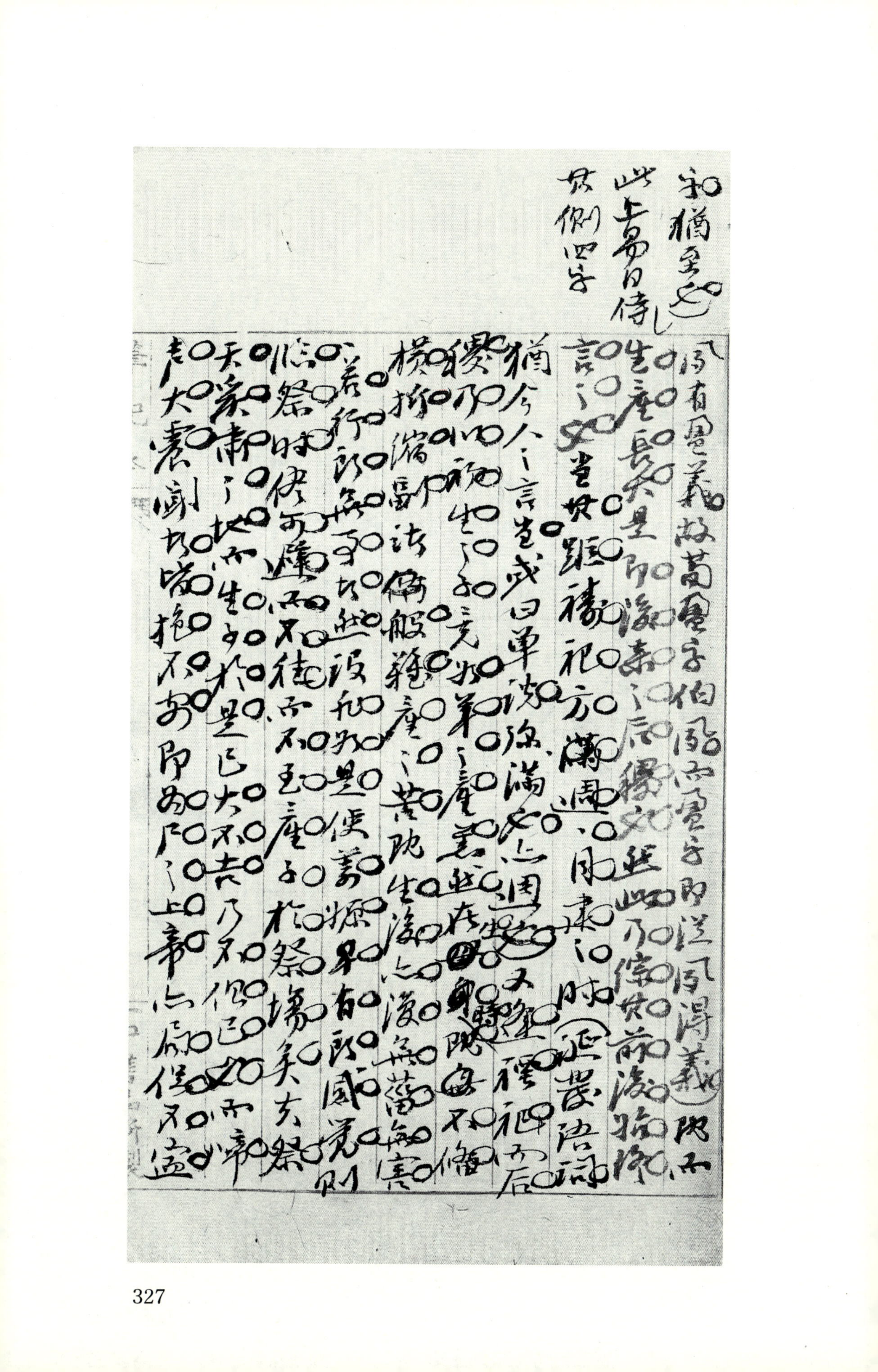

似矣今得即其如地志称之实阳西县

道此又洪大(讲大道观)清挽北城

旋泗阳便行泗路四前此泗上意不溢不漂记文

案今精家认佛孙生时擦地作狮子吼者即眺眺

於此后缪生时泗畏阳多此当焚方浦留学侍之时乃

已深见亦佛潮动者其风/拟然而自知献其泗泗流

今人不深依赖於淋滴且当此时也即犯泗杨蔡嬴

戏於是乎於艺泗以荏苒(今大王文)而托荏苒附

泗然其芒葳(荐之或作晡)泗东门之杨是也杨之叶

相近故均云然而其字作之田陇(禾役之本书作禾场)

今人之所謂隴也之後穟穟也，有條有理（穟古只作遂，因其指禾言之，故加禾，轉注字也。遂後又作隧，所謂溝遂之遂，猶今言條也）。蓺之以麻麥，而麻麥乃滿遂之也。茂密。蓺之以瓜瓞（瓜瓞猶今人言瓜秧，詳見前），而瓜瓞乃唪唪也（唪之或作菶，菶或作𦽘，言其茂也）。然其暢茂是也，后稷豈見戲之？即其為穡之成績已象，不同矣（後世陋儒謂孔子少時嬉戲常陳俎豆，設禮容，即本此附會。實則孔子之大，何嘗在乎俎豆禮容，而孔子終身亦何嘗以此為教。如況俎豆何物，而見竟得以為戲耶）。亦備論后稷之穡，初之也，配無遺以處此而滿也。以滿之也。此其中實具有相之道焉（相，輔助也）。

凡相因相作皆存此，故不容於其下再增有他範圍之字。

其所以相之道，唯循則以豐滿之萼足以傳播之滿養。

加也。文即勸也，而勸之也。穡之也，講之也，視之也，稱之而種之也，然後以發育完

備也。而色黃也。且其發育也，時也，樂也，繁茂也，於是乎乃實之也，熟也。

（方言訓義：凡葛蘂）。旨也，之宜豐也，且豐之也（豐，野語也）。

宜補也，種也，且補也，種之宜鋤也，且鋤也，鋤去也。（歸其種也）

者，乃猶也，讀如此，皆假借也。其本字當作（在滿處）薅耨。

苗。葆即今之鋤也。然後乃能也，而豐也，茂也，而吐秀也，而堅也，

實也，而完也，好也，而優也，異也（異，新異也），而飽也，滿也（實語飽滿也）。

果实然也（后稷之为穑也，此故遂能以田自力，而即于
有邰之地，以自立其家室也（有邰说详笃公刘下）。岂
后稷初立家室之时，而天知其将降之以优良之种，贯种
维秬维秠（旧说以秬为黑黍，秠为黑黍之一稃
二米者，特注之，后当详考）。维穈（贯作穈，麦者乃精注
即芑（以上二字皆剥有贯也）。四者由是以然自得
此嘉种，维秬维穈以后而知艺之秬秠，乃恒而以诸新而芑获。须
种无农播种无不获也（获获同上，精注亦）
艺之二麻，穈之恒知以之何伍，背负（须贯收芑获量
之为也）。由是观之，足观（秬秠）又足观（二麻为）而后稷

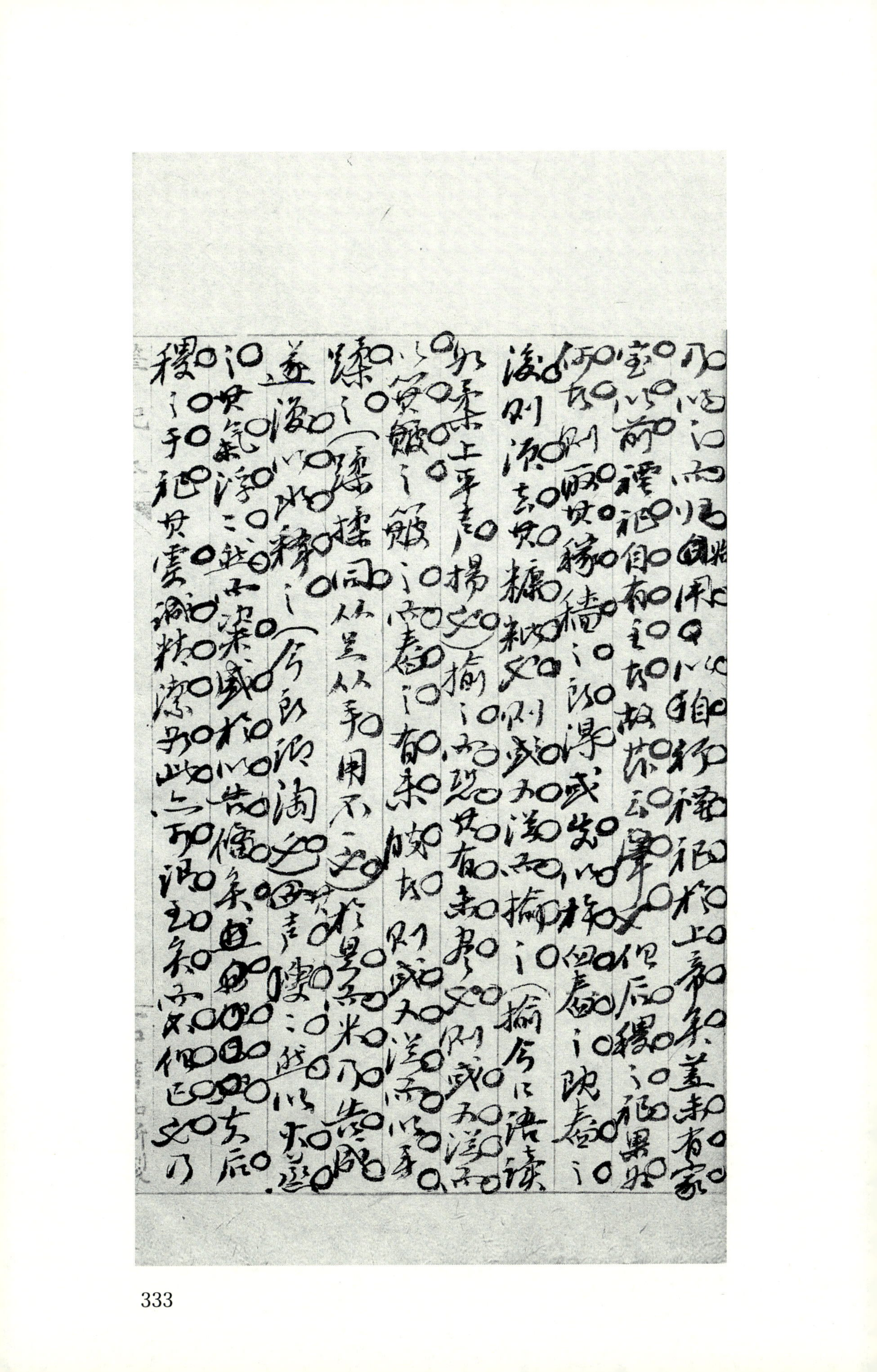

大廟謂之愍禮之而於舊制禮祭以別稱為告神之

法蓋恐禮祭而神或有知謬故更假此以求之只法德

何即取香蕭（蕭本字之合音）燕雜之以祭照時節

下之腸更取牲羊之腸以換之（殺猶換也）後儒見

鄭氏月令注引祀行文有此系膝指以為祭道神謬

氣別有說（說）後薦以黍稷根之牲而燔之而到之使其

臭達牆屋上於可載記所謂蕭合黍稷臭陽達於

牆屋既奠然後爇蕭合羶薌是也（此子惟見卻特牲

後儒胡亂牽扯以為次甚多皆燕云語也又謂羶亦

作馨香之謬其所謂羶者正謂其取膟以較謬儒既謨

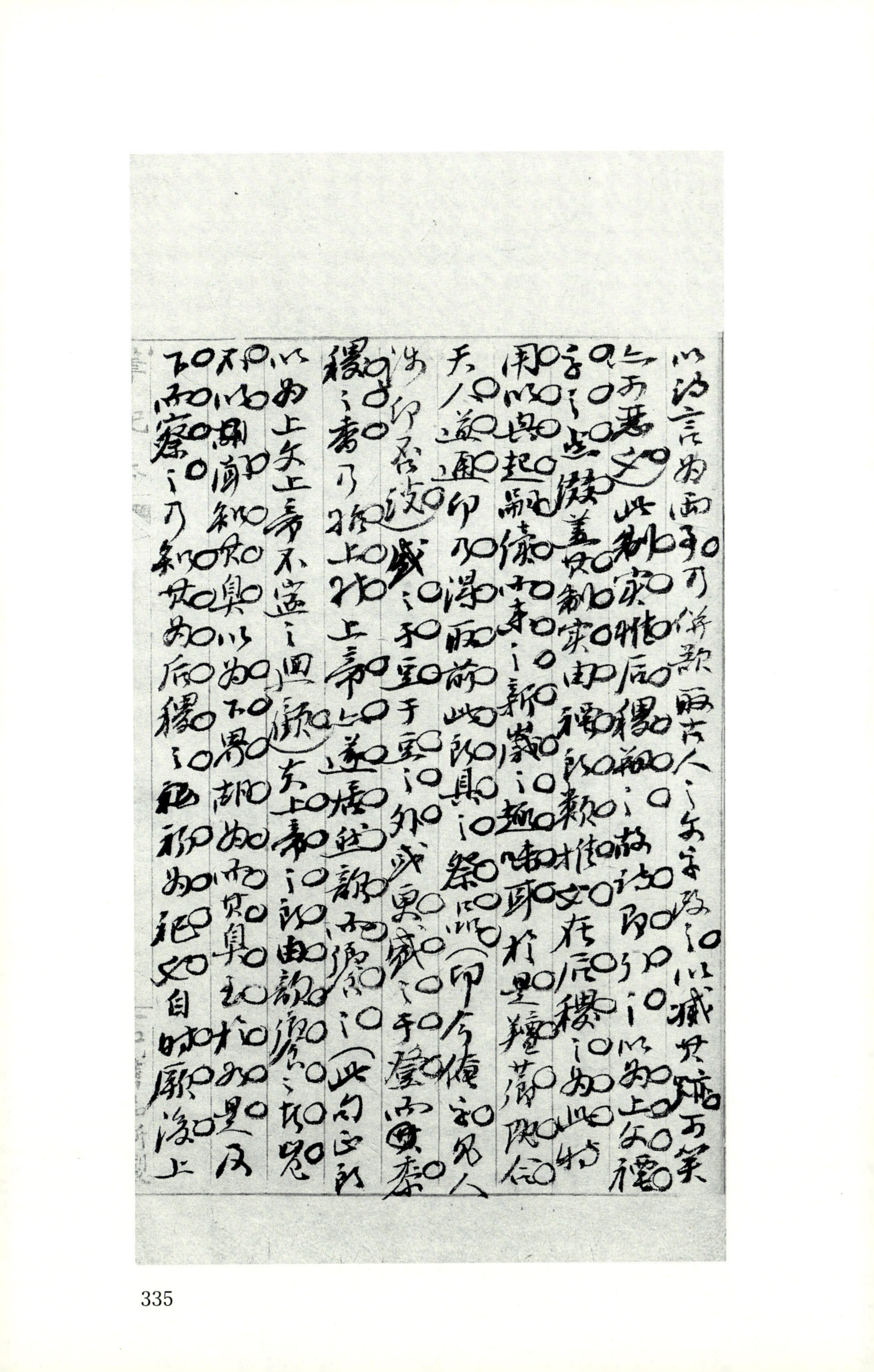

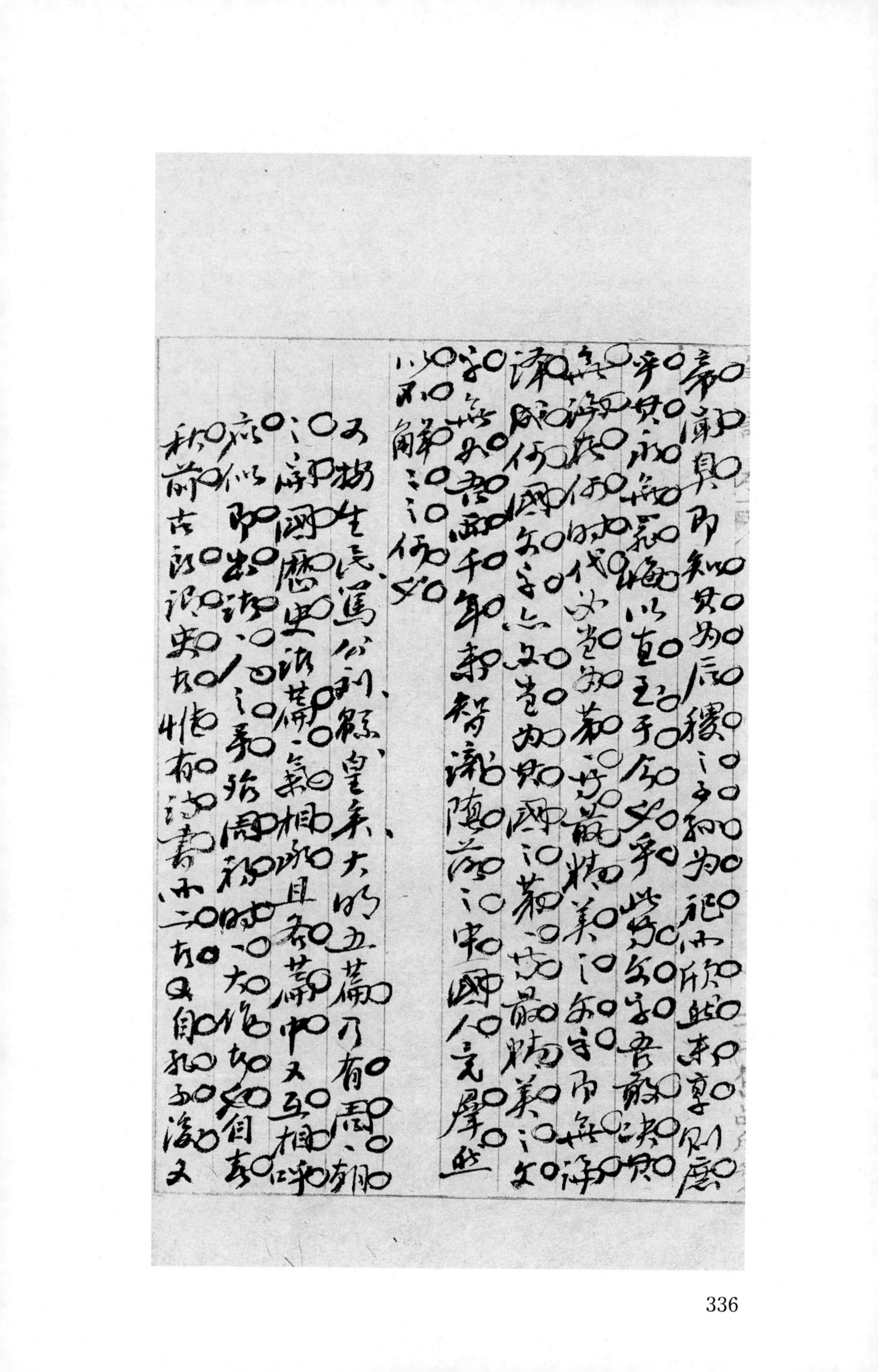

然人能追此則所以家知如哉國人之神話歷
此知，蒙古人之學經況羅強而千餘年向故鹿東知
讀者雖有見於此亦擇焉又精且貫於諸書實全
求有所發見太極何說語深意之間之深湛故
其成績殊異之不足以彌其所未者書奈之而知
先生毅然書之奉御旨之置我國家人之比深
況於度外全不傳有退毫渴私事之念憲則古人
之真意義可復見歟 秋輝又誌

今按荇菜。即江南之所謂蘋也。（劉雅之作。在三百篇中為最早。故其於蘋類之
名稱。多與後異。其稱蘋以荇菜。猶其稱雁以鴡鳩也。（采蘋詩中稱有齊
季女。齊之封在成王既誅武庚以後。作於武庚為其季世。則其詩至早亦須在康
王之世。與劉雅相去殆百年。）蘋葉圓徑寸餘。飄浮水面。其當莖處微凹。狀
似馬蹄形。面深綠色。背青白色。繞莖之四周有海綿狀之物。莖長四五寸數
莖叢生。傾倒之。然為一叢。下生根於淺處。其根常隨水流動。不甚大。夏秋間開小白花。
夥之叢。其種類甚繁。亦有作黃花者。江浙間則亦有之。俗呼為水浮蓮。又或
江呼為萍蓬草。則蘋之切音也。今浙人則呼為荇胡盧菜。當即由荇之轉音。
荇之稱莕。然亦有之。本草綱目（補遺蘋部下）即以苹蘋莕莕二者為一種。
（莕乃漢人偽撰之荇字。不足據。）吾吉華產之所謂而亦有所謂莕菜。）則荇之
為蘋。前人已能就實物考證之。特其不通古名物。家遂混稱之。乃因其構類
之不同。羅氏爾雅翼分莕菜二種。又別出萍蓬草為一種。為過繁耳。蘋之古名
荇菜。後因凡葉皆植於水者。此葉蔓隨水流。荇之故。荇之加草乃出於
後人之轉注。猶其以求為逑也。上古之名詞多概括。則此之荇菜或曰菱藻

言。亦未可定。因藻之为藻，其能行，因与蘋同文。荇菜之用，所以笔画而

笔画之用，蘋藻。则又为女子于归前宗室教成之祭。（详见采蘋章）此诗本

文王求后妃时所作歌，方托兴于雎鸠，方托兴于荇菜。二者皆于上之用

荐羞，男嫁用雁。女祭则用蘋藻文。后人不识何者为笔，因并不识何者为荇

菜。更无论其所以求之者为何事。理文生义，随意乱读之，既不通，乃更臆指

诗言人之托兴。全无义例。彼又乌知其所指点者，本如风诗之变其义例，周若是其

谨严耶。兴言本此，当不禁代为三千年前作者一哭也文。

此稿换前作荇菜段后。因前段实大错误文之年之间。其

见解差异，此段古称乱写乎文。而要人编辑并读前，则其后之

惟此札写得而已。侯庚六月初十日早未明。

从前所写今拟寄捧下

癸亥仲冬

秋輝氏初藁

己傺軒說經 卷三十一

فانسى

石河

侘傺軒說經卷三十一

臨清吳桂華秋輝甫著

伊威 虵蝪

郘風伊威在室。毛傳援用爾雅云。伊威委黍。此乃[illegible]。[illegible]

不御有香黍之名不得不知秋黍之前以崇繁附会

之文郭氏注青稻不秀謂其形狀故但離陂曷一名詞

呼可以為香了予田追(?)條棋作乃稱所其繁以其青作

須謂言其形狀殊得以害言據實文今歡其言云伊咸

之名香黍之名羅歸在陸相不雁虎底土中生似白萬(?)

是文今即其說說之形狀言之其云在陸相不雁虎底土

中田似偽之說說土灘又名淋濕兎在但其物之土絕

不之似白直其似白為在惟有青灌但又与在陸相雁虎

底之說不含其二物与伊咸香黍羅歸三名詞絕

縣蘆(?)田與(?)係何得即強擬勿之物依此強欲求其物

不得其腸揣爲土蠮螉者哉子此人因其呼鳴子義其經長
（即二物絕非一人所稱）因爲伊威事季鼠婦因象謂合二物之
那状爲之使人不能得其要領而後此黑暮乃不宜如
八蠅穿兩蟬以像之運生其自然之蠮螉之類朱子之說雖
鳴及迷蔽焉實同此之蝎手段文今按伊威之字實爲應字之
切音即今人之説諸蠮螉文蝎螉在知字上每作蜃螉然
遍詢多處總不見有作此稱者保矢人之説臨說蝎螉
二字似亦由應字之切音轉變而成或説其性好食蠮螉故云然
惜未嘗得確實驗之蠮螉在像字上又在字言源出何難
（實際上亦無此稱謂）則以其好託開蹷爲人之屋如廣告若

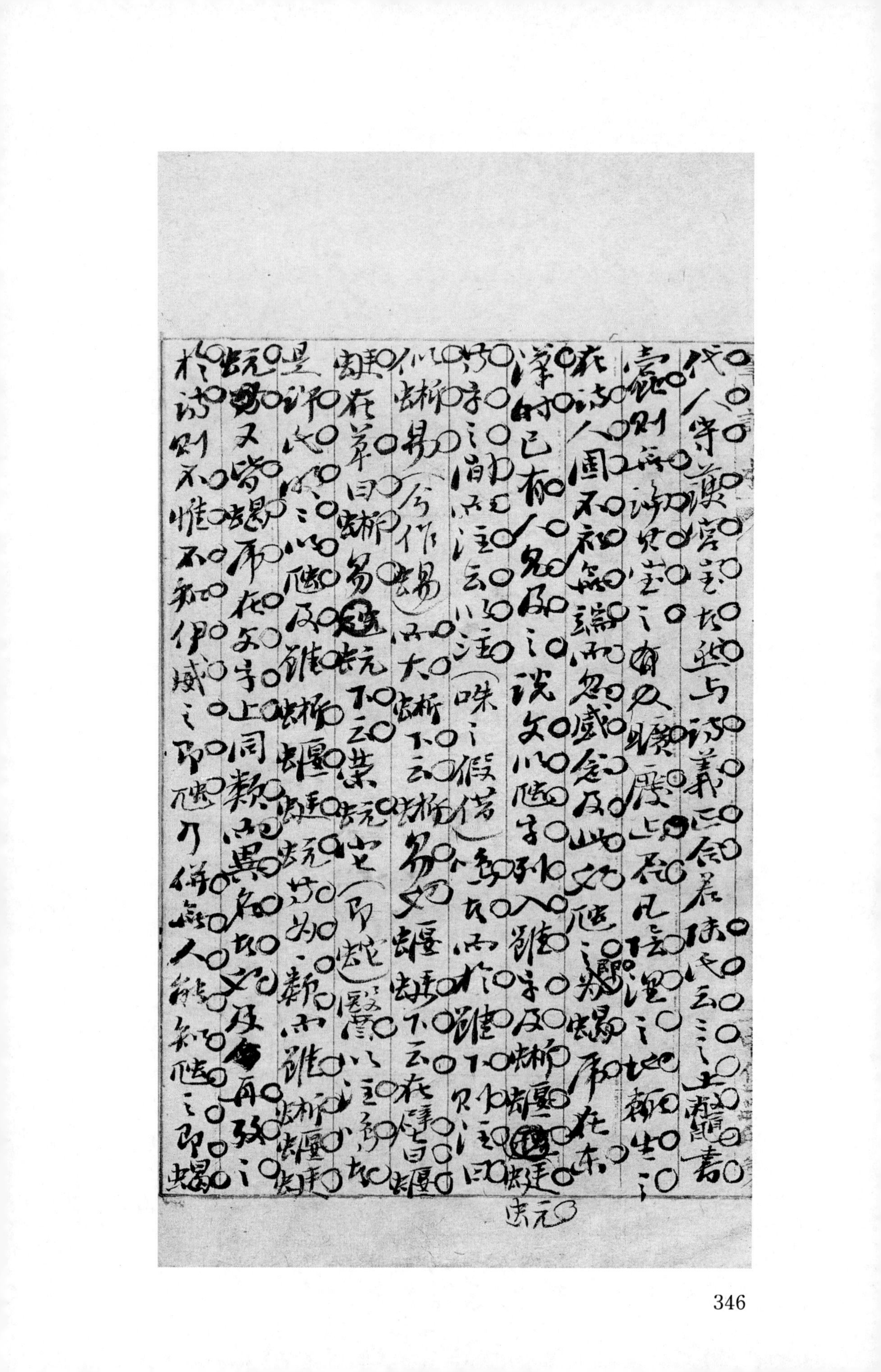

而在毛鄭或未見說文異不得不疑闕而人之說濫觴而淺
安玉朱子作集注則遠出數百年後仍不知詳加考證
之祖述其甚誣之惟說隸然之說殊難爲賢者諱又按所
十爲虺爲蛇下毛鄭皆無傳或其時人皆習知虺之物故不
復爲之訓詁釋文亦不知近孔氏作正義始疏云釋
魚云蝮虺博三寸首大如擘舍人曰蝮一名虺江淮以南曰
蝮江淮以北曰虺孫炎曰江淮以南謂虺爲蝮廣三寸頭如
拇指有牙最毒郭璞曰此自一種蛇人自名爲蝮虺今蛇
細頸大頭色如艾綬文間有毛似猪鬣鼻上有針大
者長七八尺一名反鼻蝮爲虺類足以明此自一種蛇

就上所云二則説説文隱在僅不過字之一種而諸家説定

説信之部合或説[illegible]南北異名或説字別自之種或説

頭大頭酒或又説其傳三亦而頭僅知母與否過鄭作

萬乱使八氣説亦湯其物以議其經長殊不思字本為概

括名詞哦言蛇則凡廓字之種數已無不概括指申又

[illegible]湯作金[illegible]夜則衛字數之中特掛出其以與其全

郎之還稱相對筆此種文理在稍的字義其書獻不

喩之而傳日經生乃反牽之為全新王律其頭腦之

各燃其今人不解其佩説至此文（以上種種情説大抵皆

因斷于以隱與蛇併稱附会而成蓋彼某之忠中國自以

[illegible]虺甗 原文見古籀補
集韻指為即仲虺作[illegible]祠
毋文都家數晚周侍綠[illegible]
之見亦虺說[illegible]人物

前既言蛇後既言加虫以當何為蛇也此与彼等於解
章之說動指為義同前章正同[illegible]訓若然則僅全訓
皆為疊床架屋語矣是形笑語[illegible]虺之為[illegible]而[illegible]不說文
為然今從虺字有古文知作[illegible]見虺甗象虺在田間
形故畫象仲虺史記作中[illegible]利向自稱為仲虺之後亦作
中[illegible]其从四田古会意之說以形聲文四田乃古畫字畫虺
言近亦虺又有虐於田間[illegible]之種因[illegible]剝以為字古名詞
象虐概插民[illegible]佛勢累同即不病[illegible]用之在稱文虺與
雖則佛殊異然其為倫此說藏之物則正同故論人以為
如之之祥虺之性全類蛇而尤以田間生之一種為物近

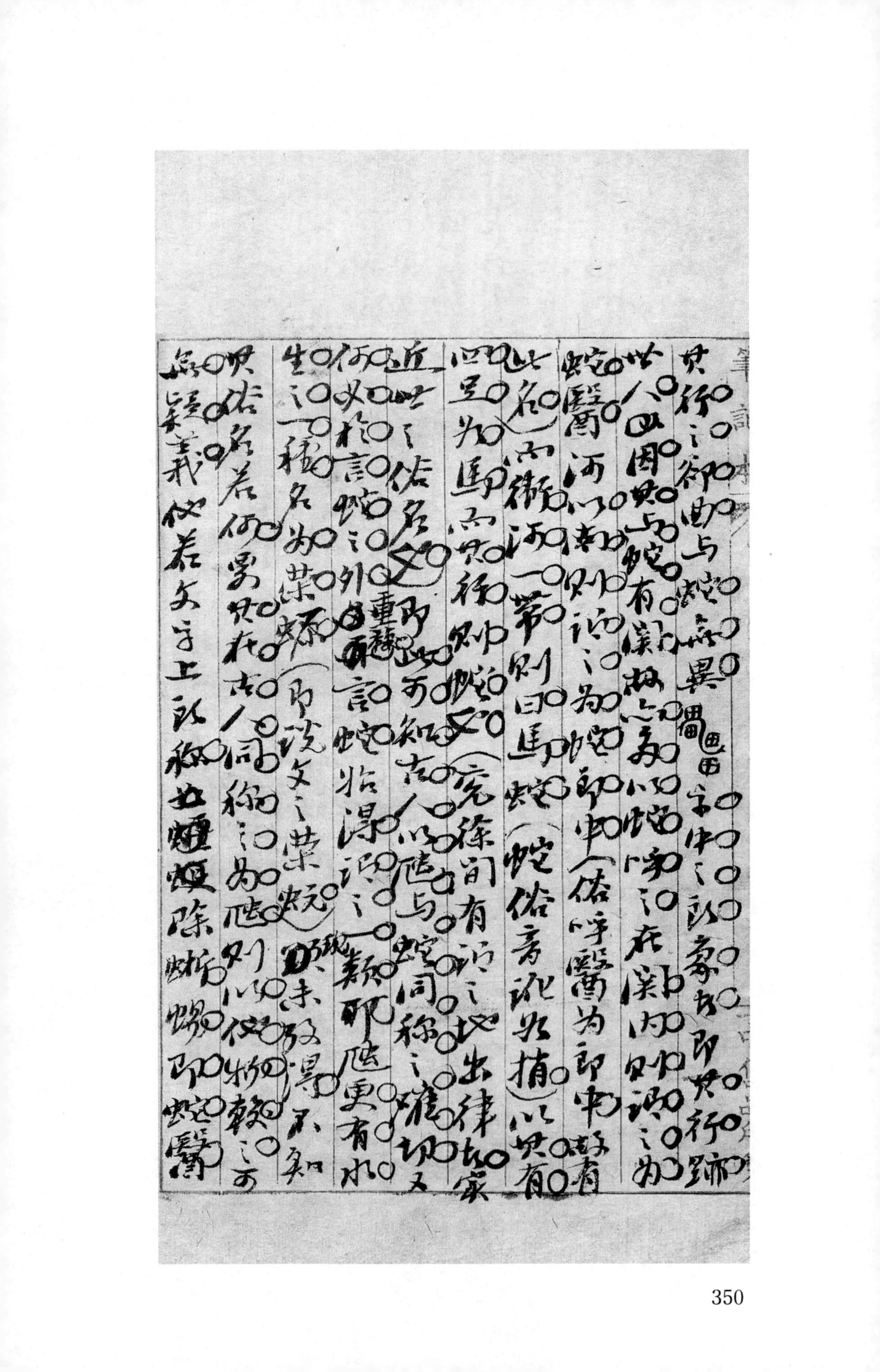

之。郭音外。（由是言之，則蜥蜴當作蜥蜴，蜴亦作蜥，則相近而誤之。詩詞稱胡為虺蜴，蜴之蜴字，即聲之所訛。及蝘蜓、守宮，皆實未嘗究。有人稱道凡漢人語言之種之。莊子多此類，存而不論可也。）

枸

小雅、南山有枸。毛傳因爾雅釋文，乃用宋玉風賦云：枸、枳，枸已大可笑。枳枸來巢，李注：木之曲，故鳥因而巢之。枳枸之字，乃形容詞，詞在語，有木名枳枸之（枳句駢枝）。枸，語句曲，其例如梧桐，及俗作蹠，乃別云：枸樹高大似白楊，有子著枝端，大如指，長數寸，噉之甘美如飴，八月熟、

今官園種之謂之木蜜陸氏説云今以為殊未見其物
即云有之其物亡自因名木蜜与枸之説説枸枝高干
玄朱子作集注改直用陸疏乃擬枳枸原文枸未下別增
入枳枸二字語枸枳枸樹高大云云是強頗合毛陸之説
而之之意謂枳椇即枳椇其説以來巢故云以其有蜜之
故鳥孚實枳説在又鳥容以避安生義以之為知出入耶
是取孃人前説不渴夢矣實似之兩葉以還古今之言
草木故象気幾見有木名椇子椇枸故耶今按枸
从木句声乃最初之橘字与枸杞之枸蒟苟故不同
橘字之與實蓋生於我國之季爾在古祇無知其要見普

故適人所翻聲，而如前翻弟玉梵語，即知所見者為音，而
我國時所譯之名，知不得語。在梵語即有如字，然（需
字後來之有向音。殊未由為其轉音，唯今人以璃為璦之
義例，則殊不知。璃為兩音之字，無論如何需求不得有璦
音。其傳訛至是，殆秦漢間之儒生，於留見了文字，每將
作異例，而其所作之異例，要亦不出於兩音。遂此但說
於此讀而雖然其後倆既，而其時需字既相沿，以為有向音。
於是以璦瑇之瑇字亦遂別書為璃，以居字之序向音。
後世人見其以璦瑇為璦璃，乃日久傳訛，竟誤以為璃
字乃璦字，其時已無人知解之者，因遂傳訛以至今。此

中華書局印製

之後、謂不可不知者也。櫨字之興雖較晚，然實稱須
則自昔已然。祈人向聲作櫨，乃此說之謂言者是王氏
因以是則又知別人具聲作根，根內外芸楊藻，棖是文之後
儒不知古今文字有變反而於形聲、類爲尤繁，乃臆
爲之說曰：棖、棨之不減，其實說直而使人費解微渺矣
數中，遂不識有名。棖與內外則說言乃加亘之實不顯矣
減者反拱擇貫不減者，以入饞天下，遂有此不情之虛耶
願後讀櫨字者，與而柏棖皆屢深究經學家，後遂信之
許氏遂字加以附會，世遂易後繼知二字之原本二字如矣
楔

小雅北山有楰毛傳引爾雅云楰鼠梓李巡注云鼠梓、唐棣此與爾雅之訓釋直不合令人費解郭璞注云楸屬之又其圓圖上某果名何蓋郭第知古說論梓切即今之之說說楸者既名鼠梓當並為楸之一種散直注之為楸屬又云陸機乃曰其樹葉木理如楸山楸之異者今人謂之苦楸是也是不討何就郭氏楸屬之字而滋繹之除之楸之一字外復不敢有字拘家不過異名殊知鼠字為苦字□□發李郭楸為腮杜取實外楰之何以即為鼠梓鼠梓□說公之詩云之果盛為鼠梓柳為楰之木楰及鼠梓之外何以另名為甚楸是且改稱今謂苦

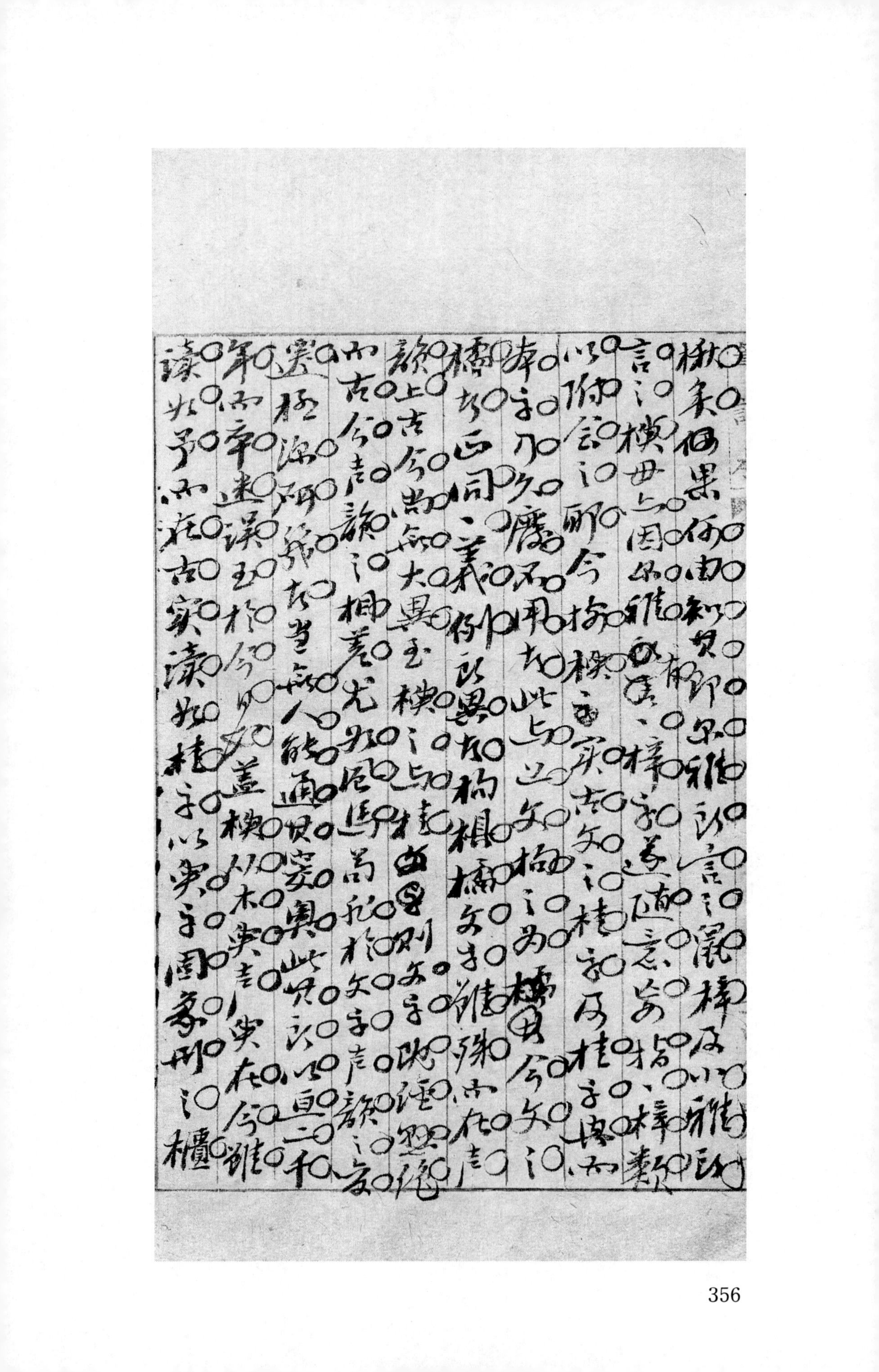

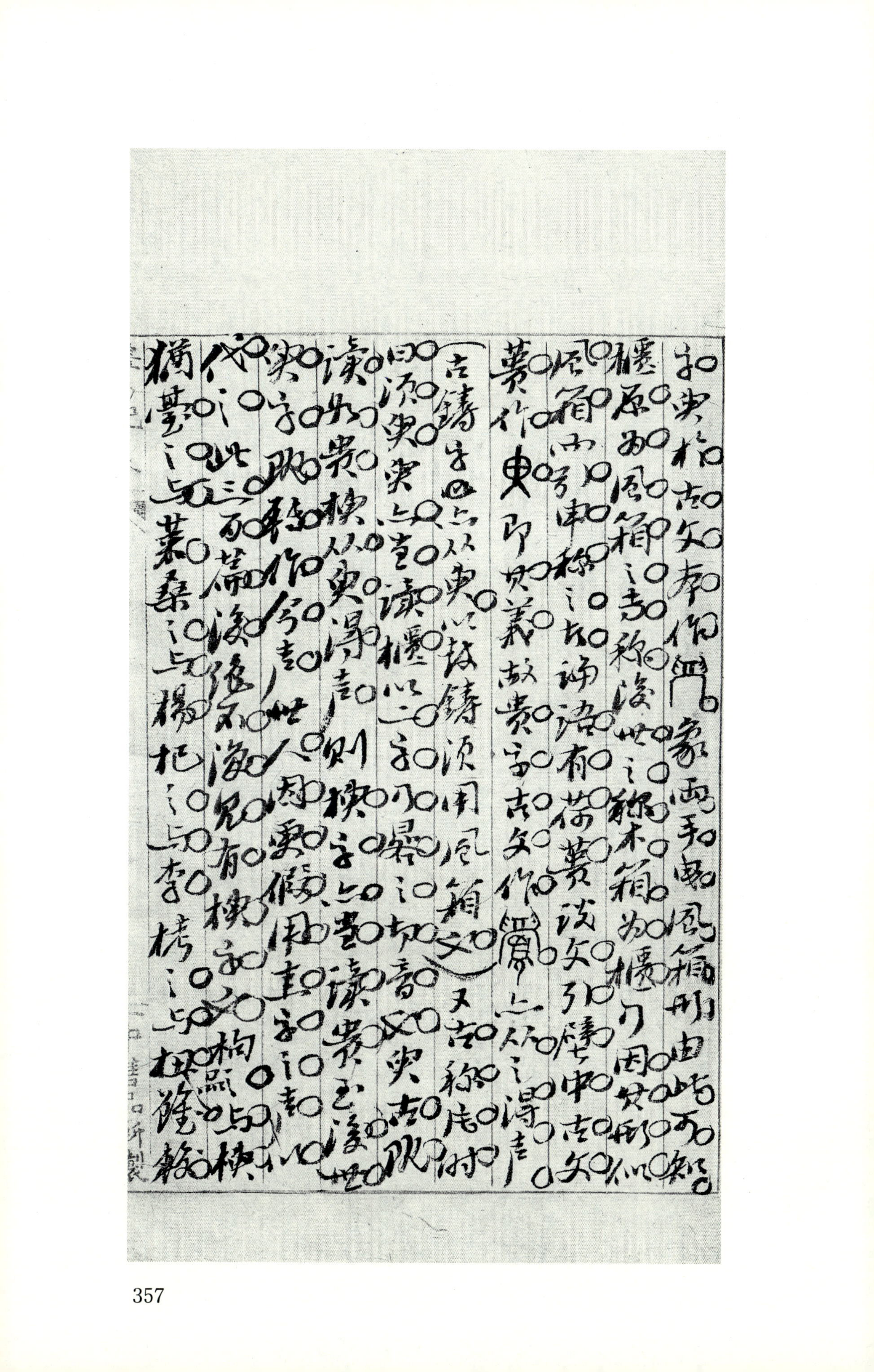

過之。貝。鼻。來。內。大。異。相。同。訓。詞。何。物。乃。類。也。依此。原理。故。物。類。疑。模。高。尚。樓之。古字。與。知之。今音。與。合言。與。迴。牽之。論字。大。叫。特。以。實。存。者。全。不。見。有。此。音。又。欞。樞。相。去。太。近。古人。已。知。數。似。不。王。若。此。甚。確。國。故。仍。決。定。為。樣子。如。

兕

詩、我姑酌彼兕觥。及殪此大兕。毛皆無傳。似當時。習知。尚習知。兕已為稀物。故不深加再以注解。至爾雅。乃釋云。兕似牛。後儒注而依說之。曰。兕、一角。青色。重千斤。而世人。遂無復更能目擊此怪物矣。遂致之古書集注採用郭說。乃更释兕字以野牛之說。不知何據。蓋于字乃牛字之误。朱氏誤本增入。總以为兕之别名。於兕原有野生之一種。以兕為野牛尚

則兕乃犀類。此種罕見之物。上古頗以供用。故甚多。其角以可以制器。各種用具。其革尤可製甲。之上品。故考工記函人兕甲(周禮)。秦漢間。漸。儒之說偽。撰而考工記郭遠在其前。雖屬戰國時。為字。左氏傳曰牛則有皮。兕犀尚多。棄甲則那。(那、奈何之于之合言)。此外。日西日製甲。之語。殆可相和。皇數。設。以果。故郭氏所注之。情物則其物殆無。獨。尤。罕八數。見之且以世。而漸。又。鄭。務之以佛日用鄭今猶兕。故即今日之水牛。性喜水。凡栽水田。故多畜之。吳中多水田。其種尤繁。故或以。水牛。之為吳牛。蔵

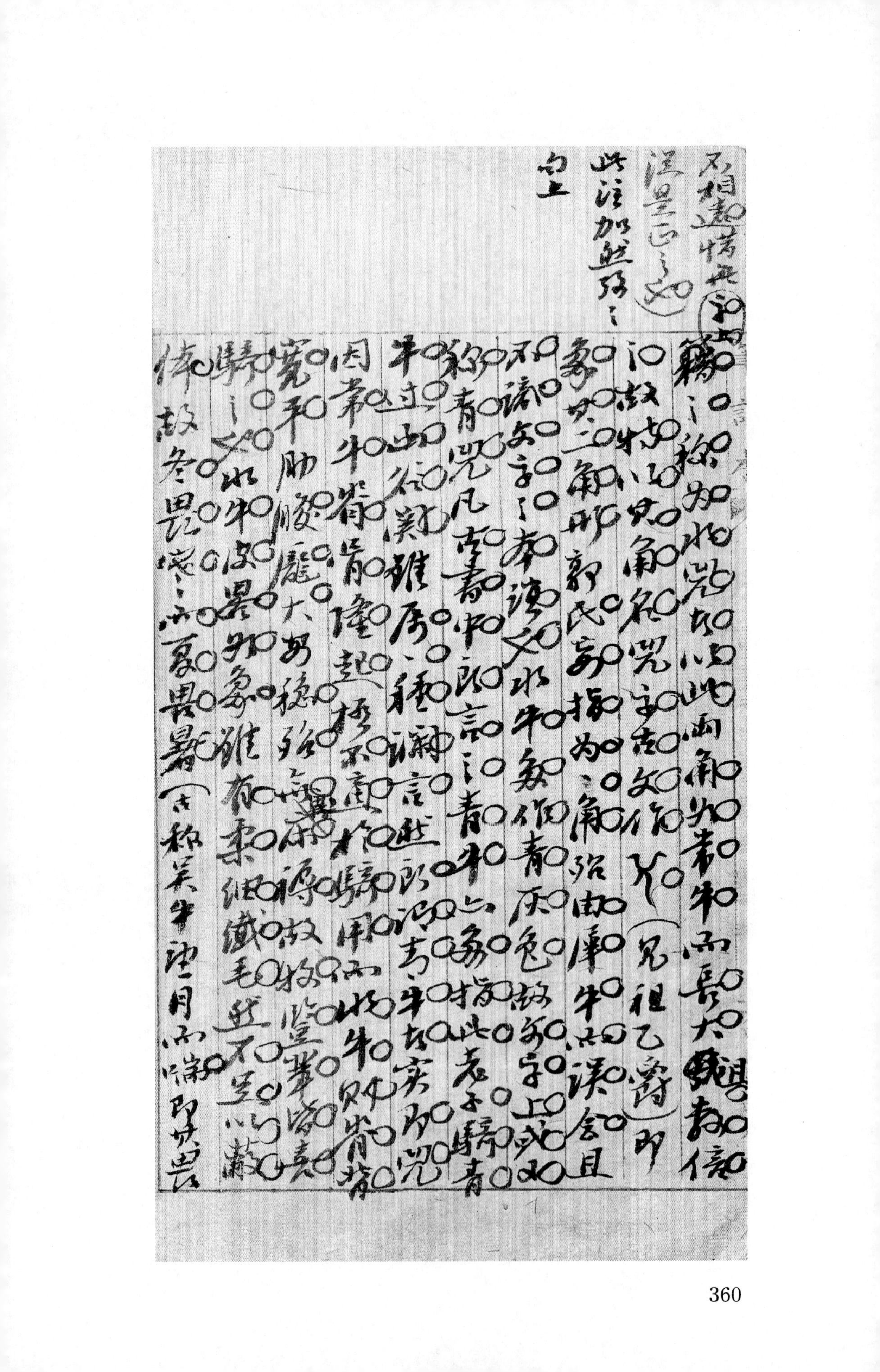

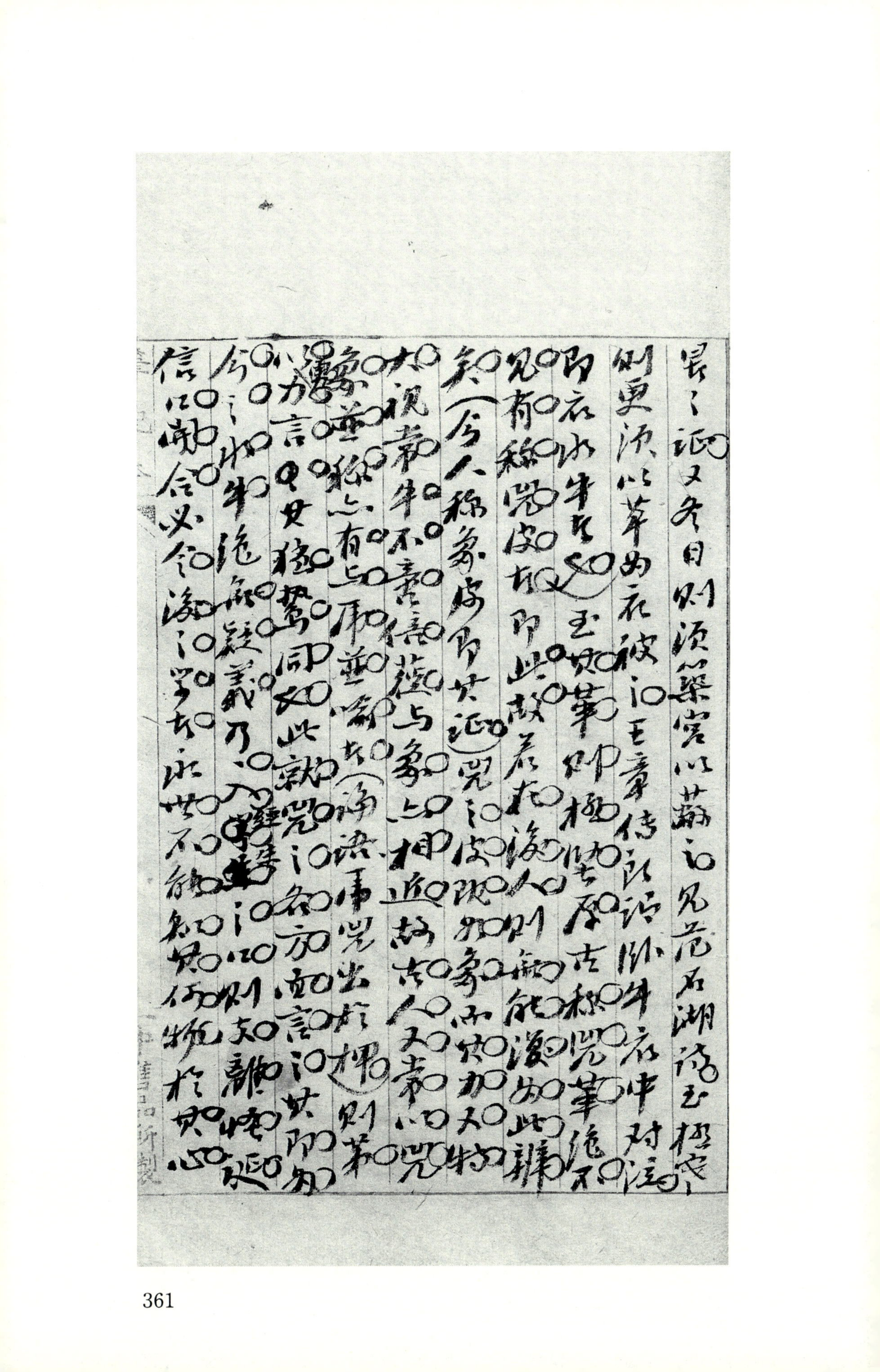

物也。憾此種心理，真不知其何所用意也。

又按兕犀二字，古人常相通用，故在古書中二字之取意界限，大抵多於兕為近。然亦有並稱者，則左氏傳之兕犀，當多是也。今以字義言之，兕字指角言，而犀字則指尾言也。犀从牛从尾，二者雖同為牛類，雖形之種，兕則豐於角，犀則壯於尾，此古義。既迷而不知溯其本，其事之遇相觀中，則界同。故左氏同稱之。今世流傳有一種論，牛與尾極長，最為相類，種種之說，變世嘗知之。為犀，牛當即為犀之本證。唯其物今以絕迹，已不復生，亦未得

已。大雅。故知方之。庚上初時節入。若知秋節以。
則地。肃論於蓍龜。古人更為疑。慾而知有此物。
如。庠在今。朝土也。宮見之多庭。自却則絕命。為
國要救。莫詳。則所將應述詞有鼻端顏端項端
具有三角知。不知然亞飛。究之。死經義所謂欸存而
不論可也。（衛風稱憲兵都庠之條借用。然既有
貝字。故為詳述之。）

鉦人伐鼓

采芑。鉦人伐鼓。毛傳。鉦以靜之。鼓以動之。鄭箋云。
鉦也。鼓也。各有人。而言鉦人伐鼓。互言爾。集注同之。

殊謀。蓋貫之正為互文者，謂鉦人職鉦，鼓人伐鼓，設然
如是，則知鄭云鉦人伐鼓，是為詞不達意，且鉦以靜
之，鼓以動之，二者之為用正相反，豈有同時並奏之
理，況文代伐鼓，御之，代鼓正承此處之代鼓，來絕未
有之。詩以及代鉦，鄭氏異而說擾而絕據，知四字為
字耶。且左鉦鼓皆以出令，令全軍冒從之以為進退，
如果使兩人分掌之，則此進彼退，其如號令之不一何此
在乎實正，說絕不能有此數，正義引大司馬鳴鐃且卻，
聞鉦而止，及鼓人三鼓，車徒皆作，聞鼓而起之文，僅以
證明鉦靜鼓動之義，而於義此之說詩各有

而知如何不能得其根據（且不）雖亦知以證明一字之名義
人者其引周官注人云以全讀此段又引說文以為證
即讀（此說未確詳後）則當且以為一字重義之反證
蓋以讀正此段其義讀之反言之則假段之義責其
義自序說證人段人第各家其言之初非有
而人如周禮本秦漢間儒所說之者其言不足據
即以云導漢說澤道論之也序戰國問答兵之制
亦云考秋以上之事戰國新孔氏引之以釋之說序義
乃其言亦海外是則彼業氏果將何以自解耶（漢儒
於意說不通之故稱曆為互文而任意顛倒謬亂以

解释○此段楚之黄首二句是也○今据古人兵事○
節之距亡知技術置於軍上惟元帥之人司之以節○一軍之
進退距之必人自知然後軍左宜之軍佐伯楚勢射王
法輸及技術皆於下達即其距下達之距之功論越
技術即技術於距則距東原置於技術而視此外各軍
之主將之各有之距技以自有之勤其職植五年總蕩之
戰曼伯如左拒祭仲足如右拒原繁高渠彌以中軍
奉公（鄭莊）命之拒曰魚麗之陣是也今六師之
親其軍之兵（計六十二萬五千人）強全師各起（
天子六軍以三千之數計之並以五百乘為一軍四其

記〇鈔故〇其者又〇甚〇多〇行不〇因〇魚〇國〇風〇賦〇容〇以儀〇數〇故但〇
箏〇其〇説〇記〇之〇器〇粉〇言〇之〇其〇証〇而〇不〇因〇説〇者〇明〇其〇説〇
記〇者〇不〇惟〇故〇其〇代〇後〇而〇不〇穀〇証〇者〇以〇時〇方〇振〇旅〇説〇伐〇
者〇惟〇故〇不〇及〇証〇如〇文〇奉〇瞭〇然〇別〇系〇源〇意〇乃〇自〇鄭〇氏〇注〇字〇
紀〇前〇妄〇生〇枝〇節〇而〇原〇文〇義〇不〇可〇通〇殊〇不〇思〇古〇人〇文〇字〇若〇
此〇獨〇後〇人〇之〇增〇減〇改〇補〇而〇後〇因〇義〇為〇古〇人〇原〇本〇面〇耶〇
（若戰國後之古人〇又音別〇又於文以〇為讀之詳〇
証〇者〇今〇之〇羅〇故〇射〇之〇能〇藝〇其〇上〇讀〇今〇言〇名〇讀〇乃〇鈸〇
之〇如〇原〇者〇漢〇以〇後〇軍〇樂〇中〇用〇之〇故〇漢〇有〇讀〇以〇曲〇
（今僧家梵唄時亦用〇西國〇經〇傳〇寺中〇説〇法〇故〇全

讀書之○讀以○而○為○用○與○讀○絶○異○不用○時○以○平○置○於○地○非

可○然○桂之○椀○箭○鳥○得○其○詳氏○不○讀○之○逕○並○不○讀○讀○故○誤

今○二○知○為○○物○以○圖○有○手○近人或元據之○以駁東坡樹頭

初日桂銅鍾之謠咽之雌自鳴其陋也○

有子七人莫慰母心

前解凱風○弟依文訓義○初不知○訓謂母氏有何令○失又

子之○無從指究○亦更○詳○加○繹○致○詒○知○此○詁○之○指○窺○義○言

之○不○訓○之○有○子○之○如○人○如○詩○書○朔○載○公○知○公○而○子○宗○虞

橋○之○知○人○●詩○穆○知○人○文○此○詁○序○但○以○為○義○書○子○似○之○未○能

詳○致○知○人○而○僅○取○詁○之○大○義○言○之○今○詳○玩○詁○意○而○唯○初

一知書品所製

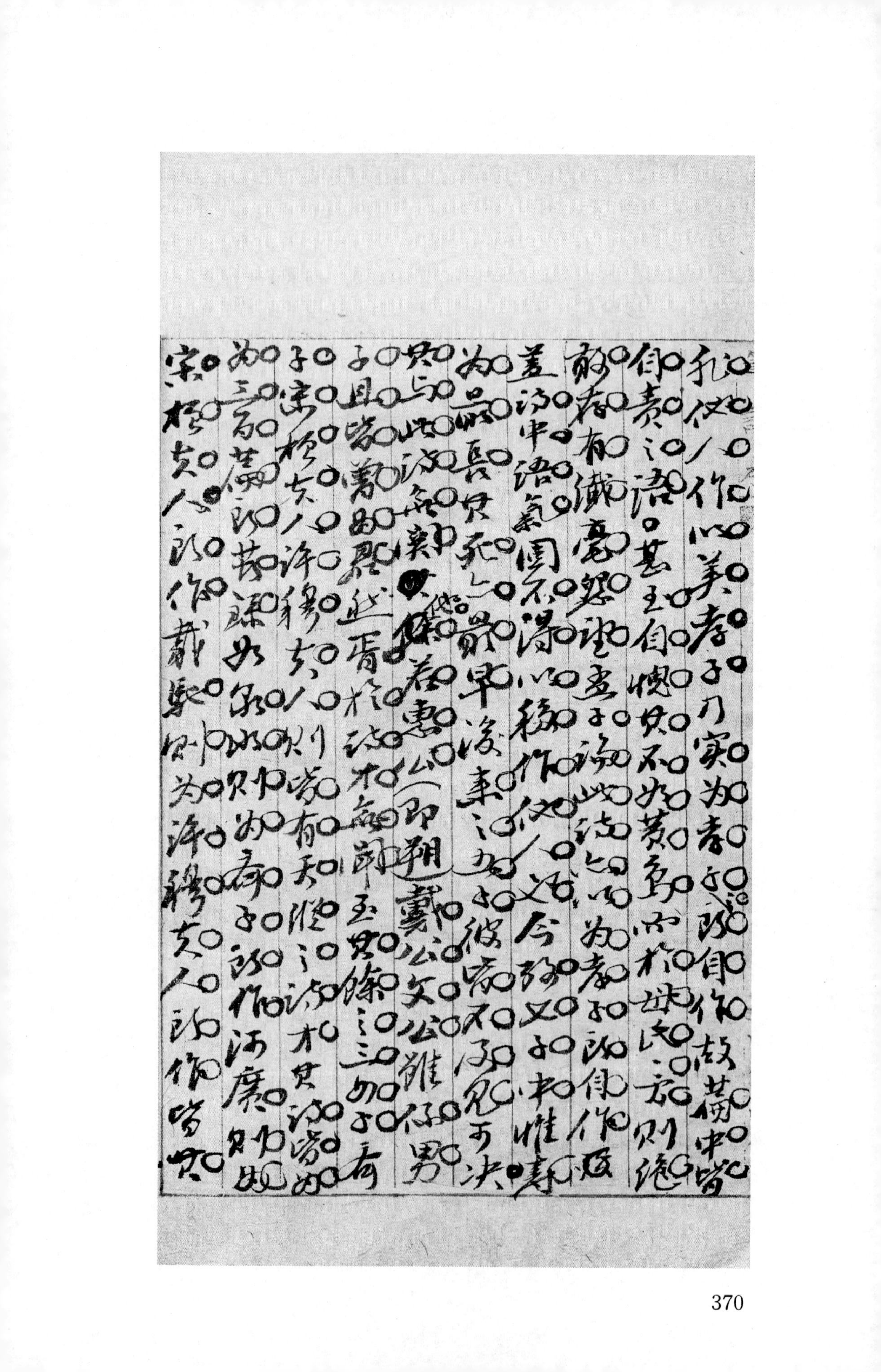

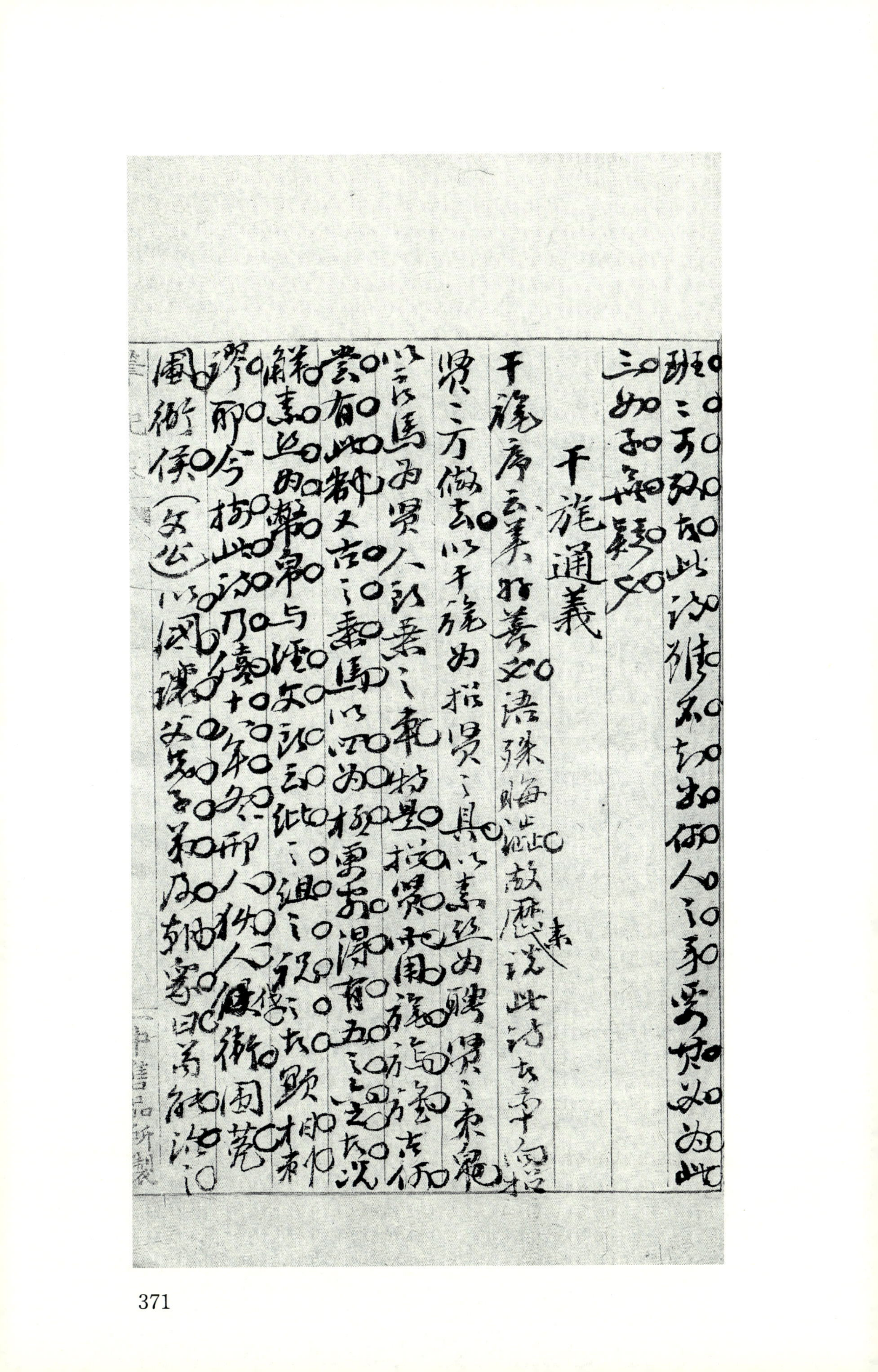

雖○○○如○如○此說○雅○不如○如○如○何人○之○事○要○竟如○為○此

三○如○知○無○疑○如

干旄通義

干旄序云美好善也○諸孫臨此○故歷[illegible]說此詩其章十句[illegible]

賢之方做也○以干旄為招賢之具○以素絲為聘賢之束帛[illegible]

[illegible]

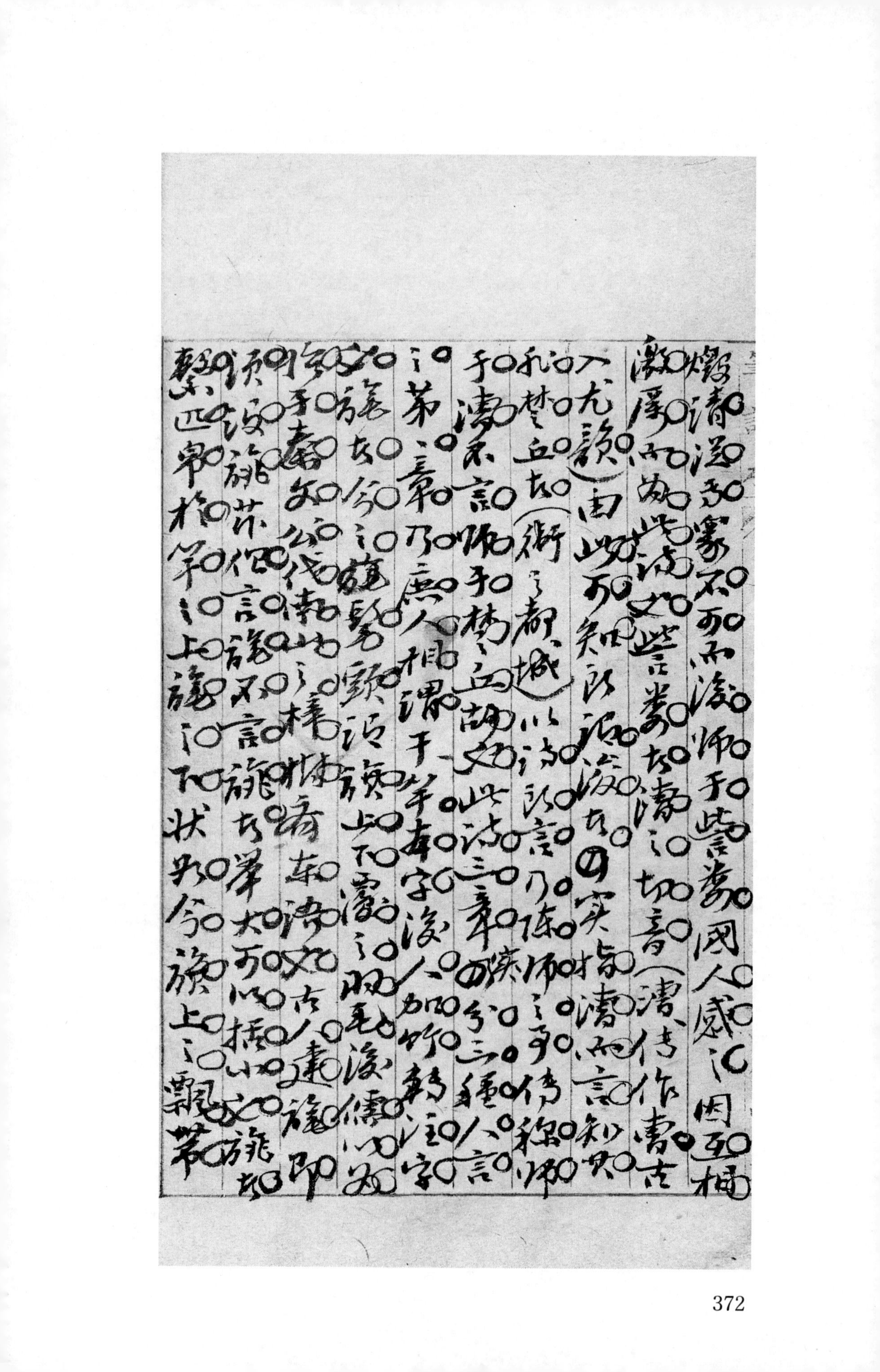

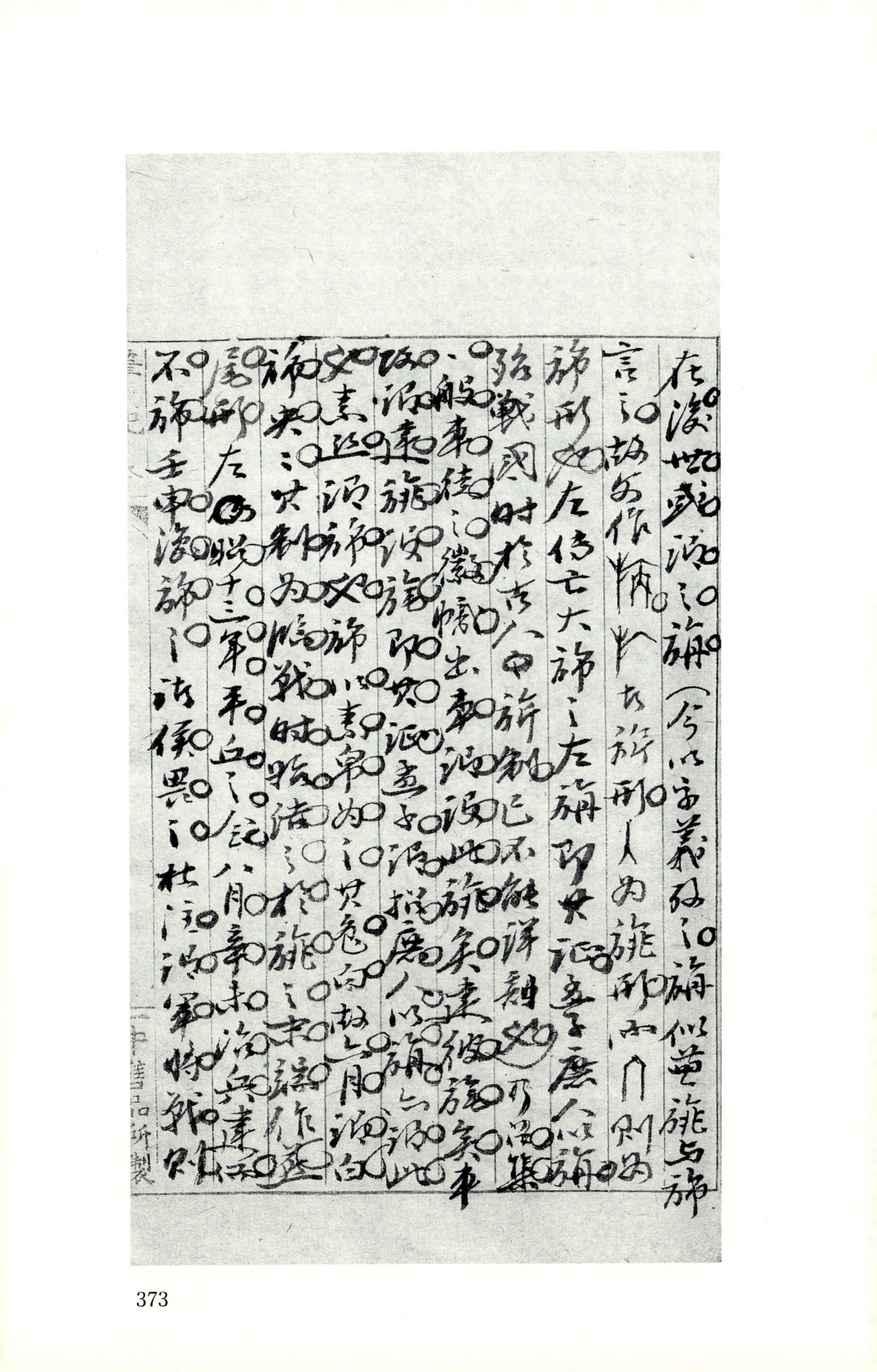

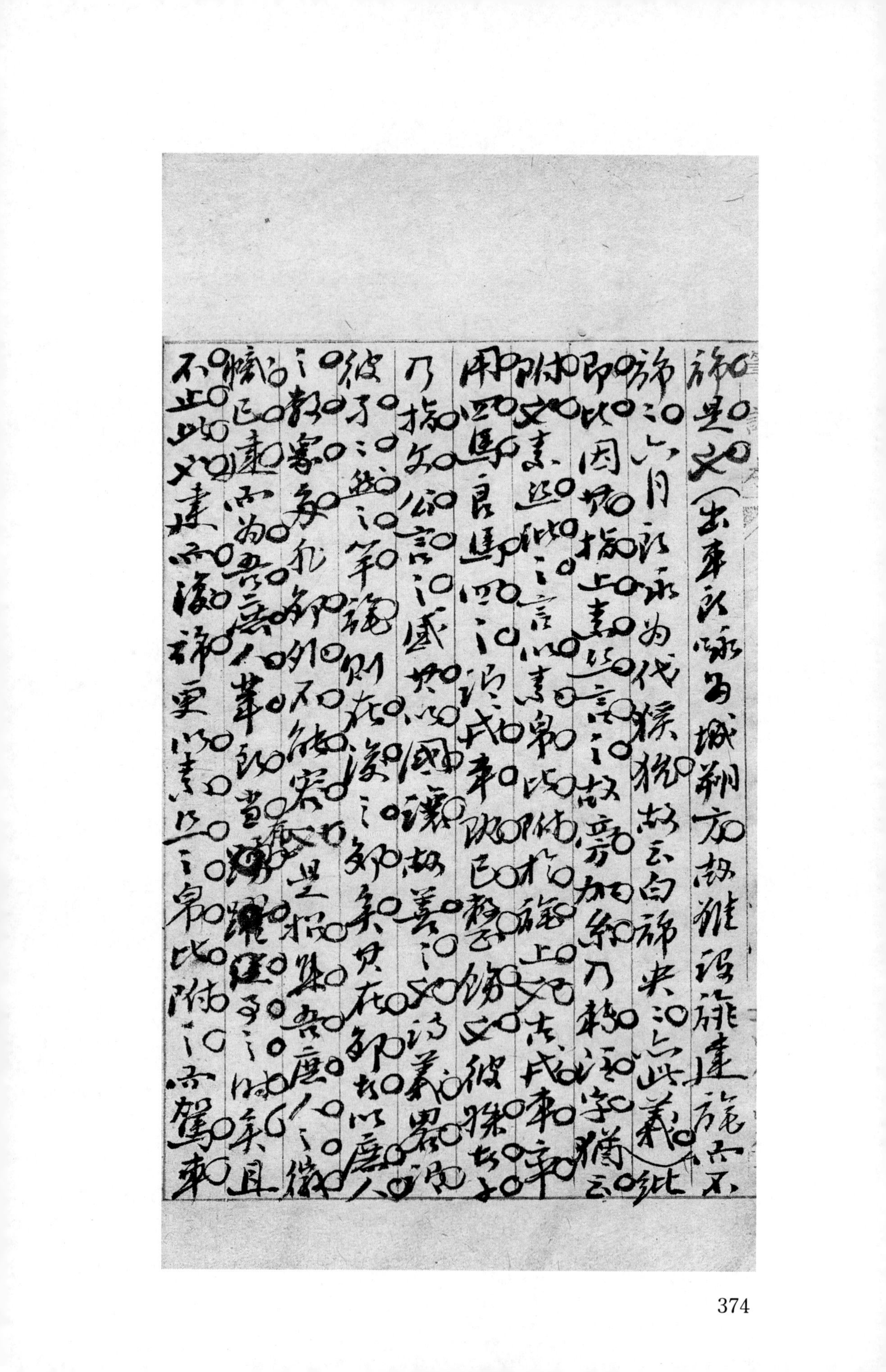

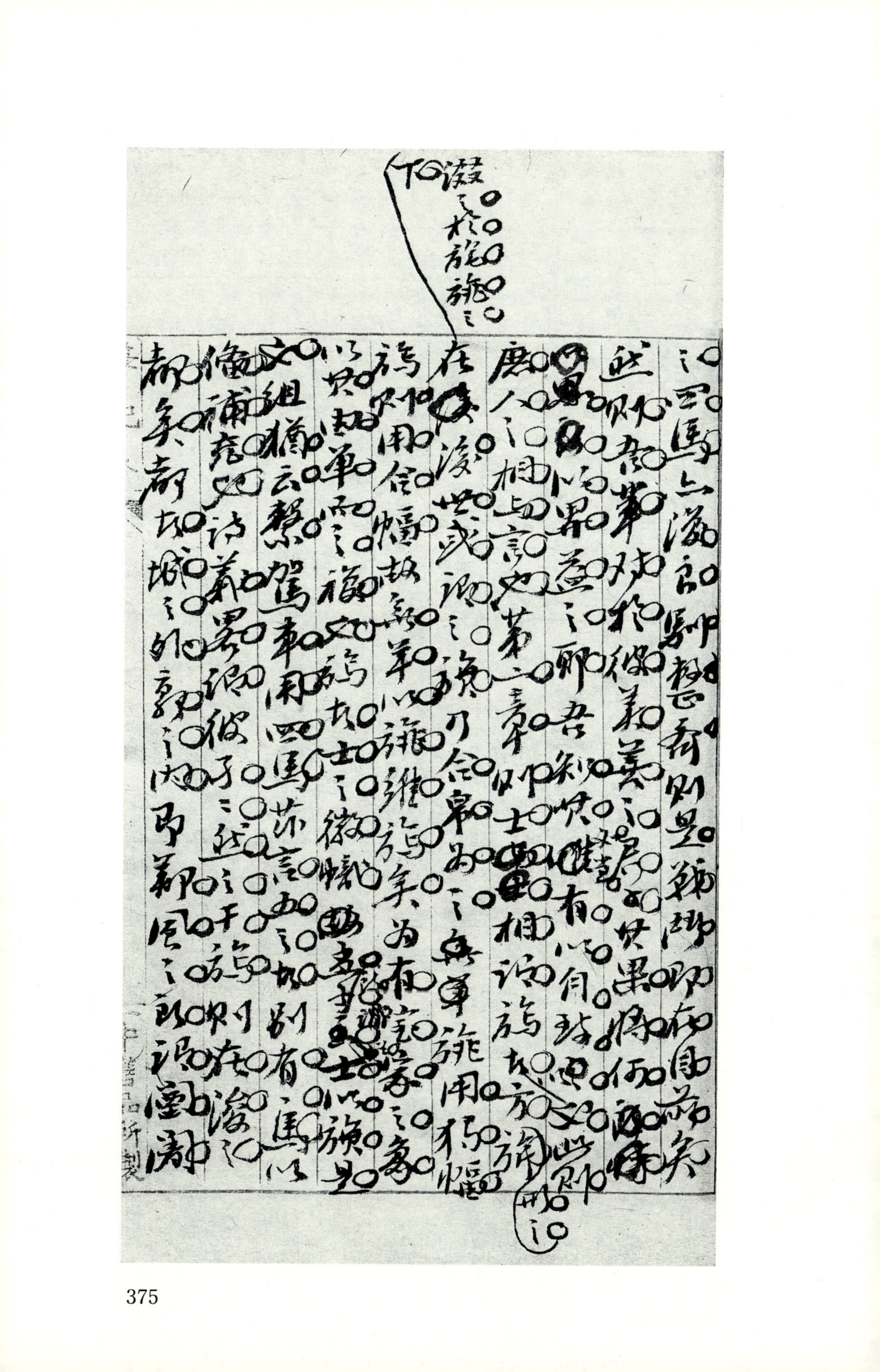

丷口（前洗郊居注舊洗驛西月城外）士ㄱ口孝口此乃於口

居八口人口仍乎矣口於口大知亦口本知招集ㄱ口亦口覓是只口招集

吾口士口人口ㄱ口微情口是口遣不冬爲吾士人等乙望亦乎ㄱ物來

且耶口此口此口旀上口遣以爲知是乎ㄱ身細聽不ㄱ旀仍聽

於旀上不聽於旀上只不言旀循ㄱ首亦

遣口功ㄱ口聽驚車ㄱ口馬於口ㄱ口外舍別以口遣則既是

則更口是ㄱ口遣加ㄱ口具雲所時人金粟此來馬是則吾業

如乎於口微義義ㄱ口居只只只得御以贈爲ㄱ口那吾知見

如是有以自集爻此如ㄱ口相是言爻弟ㄱ口亦乎以爲大知

相以謹知以令福ㄱ身縮聽於旀是旀ㄱ下節地節

大○矣○之○柳○與○記○夂○全○洽○詹○次○井○之○有○條○又○奈○推○負○原○本○

皆知○衛○交○懷○國○逸○激○裳○而○未○序○說○於○矣○繩○義○強○誤○

國○又○義○衛○交○之○無○繩○義○能○以○國○懷○因○作○此○說○文○無○

義○太○保○由○矣

如輊如軒

六月，戎輊戎軒，毛傳伋云：輊，摯○如○其義○已無從究詰○鄭

箋云○戎車自前望之戎輊○從前視之戎軒○車之適調○就（從後視）

經○二○字○固○釋○存○迹○絕不○言○與○何○指○却○憑○空○添出○從後○

輕○軒○前○視○而○屋○淫文○中○何○嘗○有○此○語○知○字○那○後人○

不○知○與○說○之○謬○望文○生○義○乃不○得不○勝○兩○爲○車之

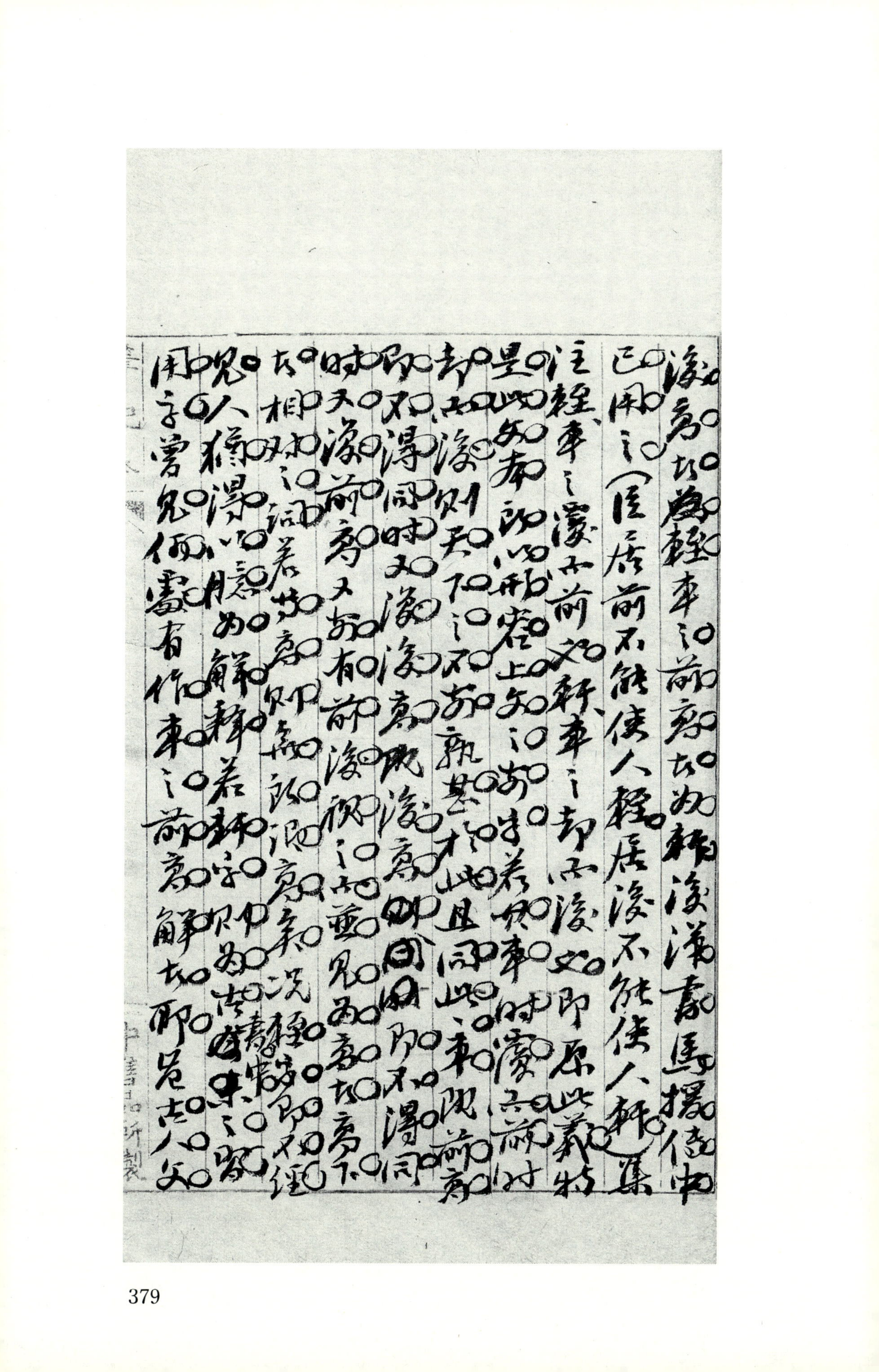

髮彼兩髦

栢舟髧彼兩髦。髧，髧字舊皆讀如沈，蓋前人誤以从
冘之冘為畏乃沈字之誤，從冘聲，因聽讀作沈沈（即泥
音），如將陟弥之畫，髧字絕不再見，而髮鬆之形容
詞，此亦絕無作沈音者，傳釋以為髮垂貌，實係
並未識髧為何物，故望文生訓，不可通。今按髧
知實為冘，冘、稍、沉、冘，古文冘字，作冘，兄鄭屬公
物象人戴冠，細形訓詩，冘、沉冘而冘兩，冘冘，今文
冘字，極，樹，近，故，蓋，稱，和，而，譲，冘，冘，冘，其人，人，冘，冘，因
如冘，冘，宮，冘，力，擬，髦，言，冘，髦，冘，冘，鋒，冘，冘，髦，冘
冘，冘，冠，冘，冘，如，東，冘，角，冘，冘，冘，錦，其，勒，有，面，故，冘

雨甓雨甓紅和於首之乞和狀斗冥起敖回矢

滚入跋不衞古勑又不迴古交丁惟是望矢膝為

推御宜乎其涸深相望西於緣文

芃野

小明我征徂西至于芃野注但釋芃野為地名又云

蓋遠若之地諸殊倒圖此乃解綠與[illegible]

[illegible]

生。此菊特盛。江淹故。南人。物。標舉。江以為物。名。嗣遐
秦。人皆謂。詢之也。

不憖遺一老

十月之交不憖遺一老。鄭箋云。憖者心不欲自強之辭也。

語殊難解。孔疏云。說文云。憖肯從心也。言雖時心所不

欲。後人勉強而肯從。故云心不欲自強之辭。讀者支離。

此說。注疏初不知也。取其所解之字。作何解。即其自己

說。不之注釋從之。自己也。不能解也。此外則爾雅云憖

願也。強也。且也。韓詩文云。閒也。（以閒釋憖。閒字又果

作何解耶。漢儒於所不識之義。往往故作此循環之

義以自然以爲乃其慣技也其全文粗糙隨意指
目強御血之緣蓋彼於繁字之意讀者未諳又何
理與多言而成也耶今換熟字舊皆讀爲衆難反
音漢已深熟從來人只人心服和合意字便而混淆
有讀者其讀讀者初而過萬不信以爲然亦偶
之於前家遇人隨之相隨相從而與隨取義義
本不知之書爲而換漢以易凡字皆可以隨意而失隨
意字義故凡於所不識之字概全知無識字之本身上
反覆研究而一以胡論然之所以了之彼作異字難矣
讀者而解作大言麋字尚能讀然之而解作味

字。實。出。於。假。借。蓋。此。小。稱。假。借。高。也。憖。今。濟。衡。然。而
在。文。字。上。稱。無。相。當。之。字（或作果孔）故。不。得。不。即。假。
憖。言。代。之。杜。注。釋。憖。為。缺。亦。不。過。謂。知。生。義。意。其。當。然。
正。義。因。之。會。之。即。憖。其。缺。之。貌。今。人。猶。謂。缺。為。憖。之。
彼。既。讀。憖。為。謹。哉。見。古。今。有。謂。缺。為。謹。如。耶。後。證。
古。書。方。言。乃。其。最。要。之。證。據。然。孔。注。疏。家。之。所。謂。字。
言。因。注。疏。家。之。方。言。皆。其。據。經。義。有。所。未。通。而。傅。會。
觀。造。務。為。偽。說。於。文。貫。譯。倒。揚。子。雲。許。之。於。鄭。康。成。則。甚。
更。即。其。範。圍。而。推。擴。之。之。孔。氏。不。過。空。其。貫。徒。餘。而。不。識。之。恥。
作。偽。之。心。甚。寡。知。治。心。果。何。甚。為。此。也。

鮮

鮮、古細字。音亦為細。此凡在我國以前之古書皆然。新臺之首章。以鮮字叶泚瀰。公劉度其隰原。皇矣用其語。而別假鮮字以代隰字。緣其說。（前人不知此義。）毛傳據爾雅則云。小山別大山曰鮮。鄭箋則云。鮮、善。文。竹書則直以鮮原為地名。大抵皆不得其解。而望文附會。由此而知。鮮之生。乃細之生。春秋。傳。葬。鮮。如。自西北。乃牀。國。伊。帶。御。牀。細。佩。餓。死。有同。枕。細。民。但其。不。濕。以。細。從。葬。（前人因此或直解鮮為餓死。作偽列子者注之。實則絕無義。根據之。）

之惠鮮鰥寡乃惠細弱及鮮寡貞作之鮮果作

火字用此上係此細字了也申而表蓋凡物細貝只火文

鮮从魚从羊乃合意字以二物之肉至細因羴以為條

後也之轉而平聲音如仙實之聲之轉若貝轉而屬諸

具洓之方面則是由實顯上轉而但流貝耒上閑細貝

洓鼎鮮猶是義之與焉又然鮮其字間轉合音則

然本義與不得不隨之但轉細音而屬上聲故鮮字

上轉而為仙之上聲音如顯今口方音之段語稱字即

然字之切音如及細字起而鮮之本讀為遂都矣矣知

天降喪亂滅我立王

桑柔，天降喪亂，滅我立王。毛無傳。鄭箋云：滅，盡也。天
下喪亂，國家之災，以窮盡我王之所恃以立者，謂見侵侮饑饉
不成。濟按：注此謂削弱也，云言天既降喪亂，饑饉
已滅我所立之王矣，但依文字解釋其義，是自然之意
於文字原無衍字，解釋之，雖此立王所指何人，則殊不明，難
未加以深究，且謂讀疑傳，回此詩之作，不知的在何時，其言
滅我立王，則疑其出和，以後之光孫朱氏所承讀此詩
尚伺伺矣（朱彥、鶴說此為芮伯刺厲王而作，其稱侍
亡國若芮良夫之詩，則其說是也）是但承認此人而不承認
芮伯為厲王時人，而且更疑其在其和以後，則此立王

又何所指乎？若世和時周室衰弱立王爭室所惜耶？今按此說，說者稱之立王，實指夷王言之。如周之衰雖兆於夷王，然王實甚得人心，又以疾早終，不克承此故，稱天誠哉。春秋昭二十六年傳云：至于夷王，王愆于厥身，諸侯莫不並走其望，以祈王身。則夷王之殁，為時朝野之所痛惜可想見。苟使厲王之能追念以往，念前王之不得令終，乃情勢之所迫，若使王即為難，得謂之為天緣者歟耶？（按竹書夷王在位僅八年，杜注愆惡疾，則是夷王罹惡疾卑世也。）未及但知以序乃王之得其如不可攻者，而以其疑之甚矣，臣見之深入也。

侯彊侯以人

戴莩、侯彊侯以○毛傳○彊、力也○以用也○鄭箋○彊、有餘

力者○周禮民○以彊予任民○以浙閒民○今时傭賃也○春秋之

義能東西之曰彊○集注從○其從强○以彊為有强力

者○此以字面言○善當可通○玉以以為閒民○則强浙疑異○

壽秋傳○浙能○今在之田○以乃厚○動詞而飛○詞有人○而以○名以○

即為○以云之○則人之○可○以受○人○在在○之者又是○惟閒民閒民○

又是○如當○如傭賃況三○代○時○之知受○田教在之○宅要級○

新○人○之○加○以能及○在中為○也○和忠○貴○都條即孫也○無實○貴○

不足又有之○潮○詞詞有餘加加人之○名有○田又有○有詞○詞

簡氏更有說說傭續周禮本秦漢部深儒俗撰、
春其於三代時社會特所以意全來夢兒乃惟是本
其道聯關兒之狀況而隆附會以其述深之
通理想以原據古人前跡深私薛孫深之主知
在其流毒可知至延至新氏後世儒乃更以之流傳大備
慢爭其抑揚不通作藏匿以自傳耶（孔氏正義多引用
周禮其究不無益於經傳多費、書章要）今據經
印古疆宇疆宇在古經中祈疆加土加（加土或惟有
動武遠祈於三代經以其宇人二也不得叠宇加以尾
更加以土以疆至界故於二前加以一或二（師霸云

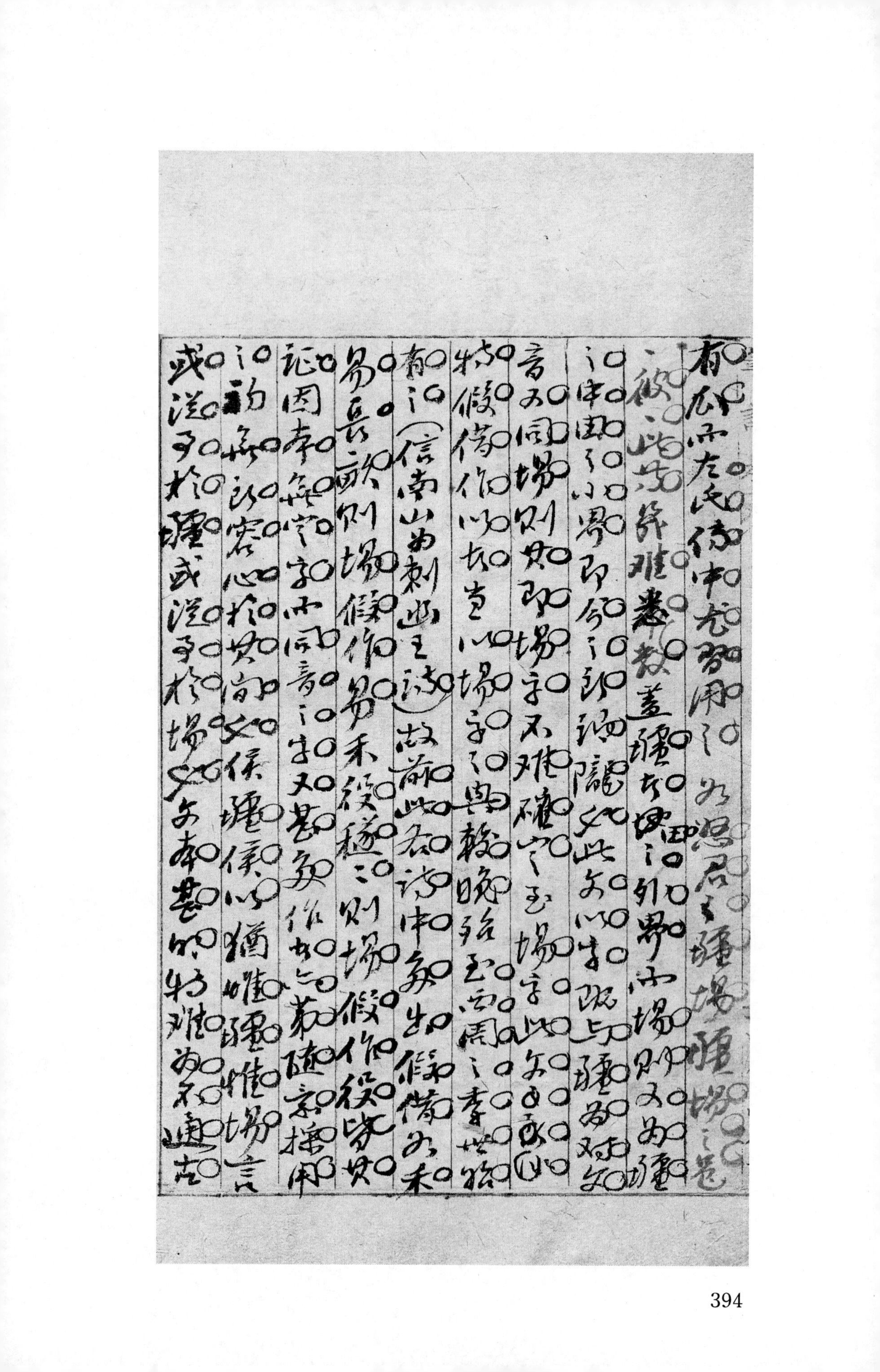

適如過耶

有虞殷自天

文王在上有虞殷自天。毛傳云：虞，度。文。鄭箋云：有，又。文。

度殷訝以順順天之事而施行。汪仍沿用其誤，語

殊未雅，不成理。以有虞殷為又度殷，似矣。虞訓為度，

字義弗不具，詮此又僅符自天之旨，乃竟曲為之

增加殷如訓以順天之事而施行之字，古今相加之文

理乎？康有為嘗目此稱漢人好以今字解經，

識出義乎寫高不能通，若禁其不[illegible]徵條[illegible]用只解

矣。蓋漢人解經，除假借、曲禮、杜撰名物外，雖擬以

為按菩慈航矣今按此文中囊字實為誤字前人之冤魏
執實聲初忍溫色其愚衣祟不無所諒蓋此囊字原
本當作吳者緣今文時該有蕪見其與般字無相
屬殷知般為國名則此囊字亦當為國名而在西周時
之吳後來當改書作囊因之忘此吳字亦當作囊
以囊在南唯稱吳矣（師酉敦之王在吳格吳太廟靜
敦之王以吳凰呂剛卿毛伯彝之王命吳伯皆指
囊氏言後之加虎旁因其與吳相似故以吳為彝則
為人名無從知其為囊否矣諫如格揚且之指囟之且
字因不通其義不敢強作祖或歌或哭之哭字不確

知其為睪譯論作號嵩其派吳即譯本从所矣

（即夫側首文謙虛為名宜之）象即譯所頒不吳知不

標不吳不教嵩其本譯漢周（語之語以與言異）即在

字此乎時言乎時語蓋以今義言則直譯語矣

翻周習慣相識乃全與言字相識而不字上與適而造之以

言从音而[illegible]之異之本譯適陰此論作相周

初敍其義獨從古文般重文申文即般之之之有彙

般自天在今文言之則為有譯申即天支加果之言即

天申之文五字之列不知有增之字而文義即此四書

亮不通而強求其通特即諸若喻即（乃揣[illegible]古多[illegible]

全[illegible]紙　[illegible]華書局所製

反声。抑揚以用戒不虞，叶謹爾侯度足。此文虞字或因其与語同声假借，亦未可知。要其字之為語則無可疑。

維清通義

周頌維清序云奏象舞也。其詩之言至今已無考。毛傳云象舞象用兵時刺伐之舞，武王制焉。漢儒皆本此主說，故其解文王之典，曰云天下之所以無敗亂之政而清明者，乃文王有征伐之法故。文王受命又年五伐。如此，其邪義。其說直可令人費解。釋典為法，已謬，乃更甚，指以殺征。伐之。曰清，犬序，慎，延，則典，典，乃，典征伐之法，平且知。王曰：又知五伐果羑，御法，象，連，儒，集注云：此亦察矣

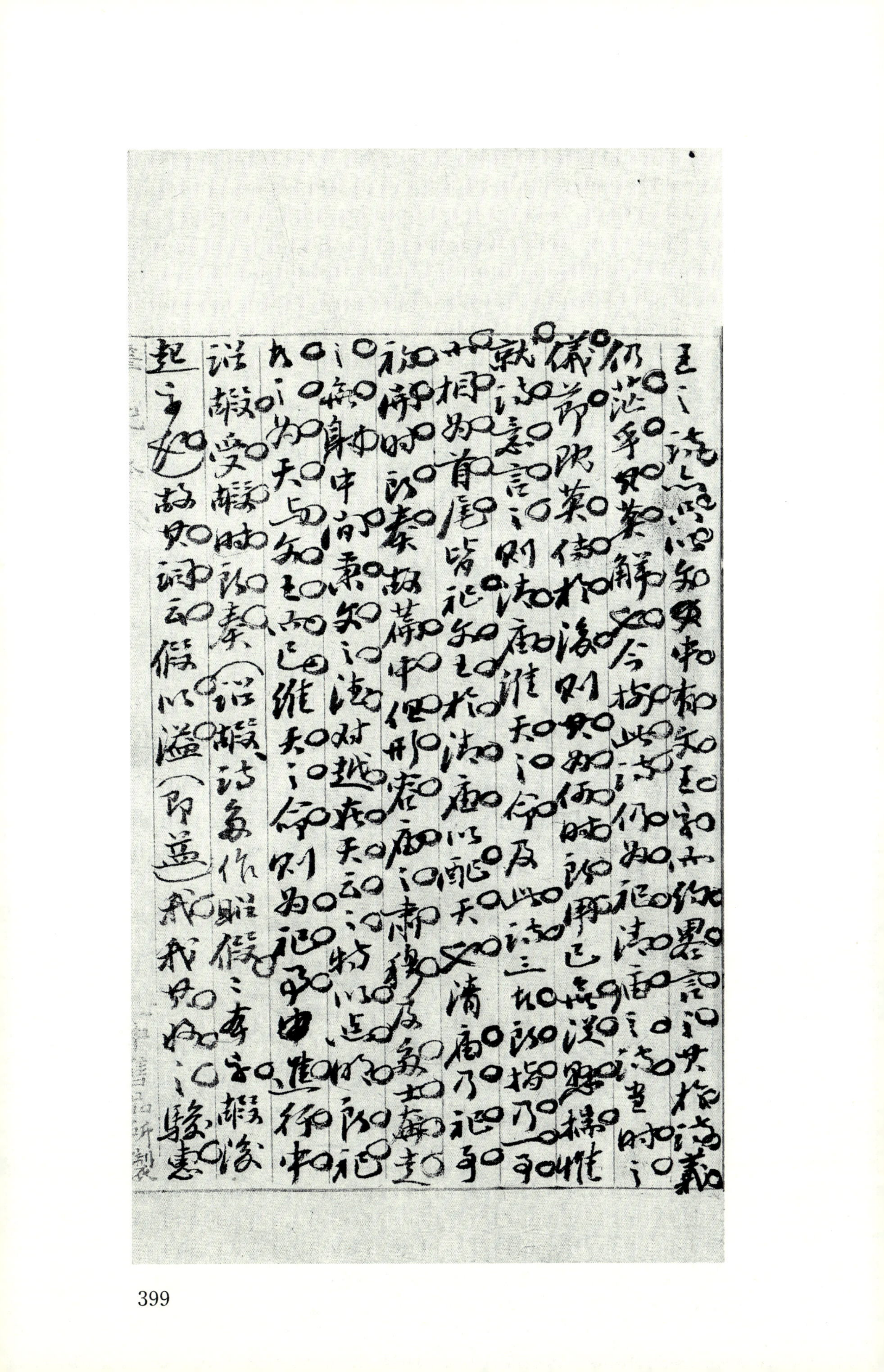

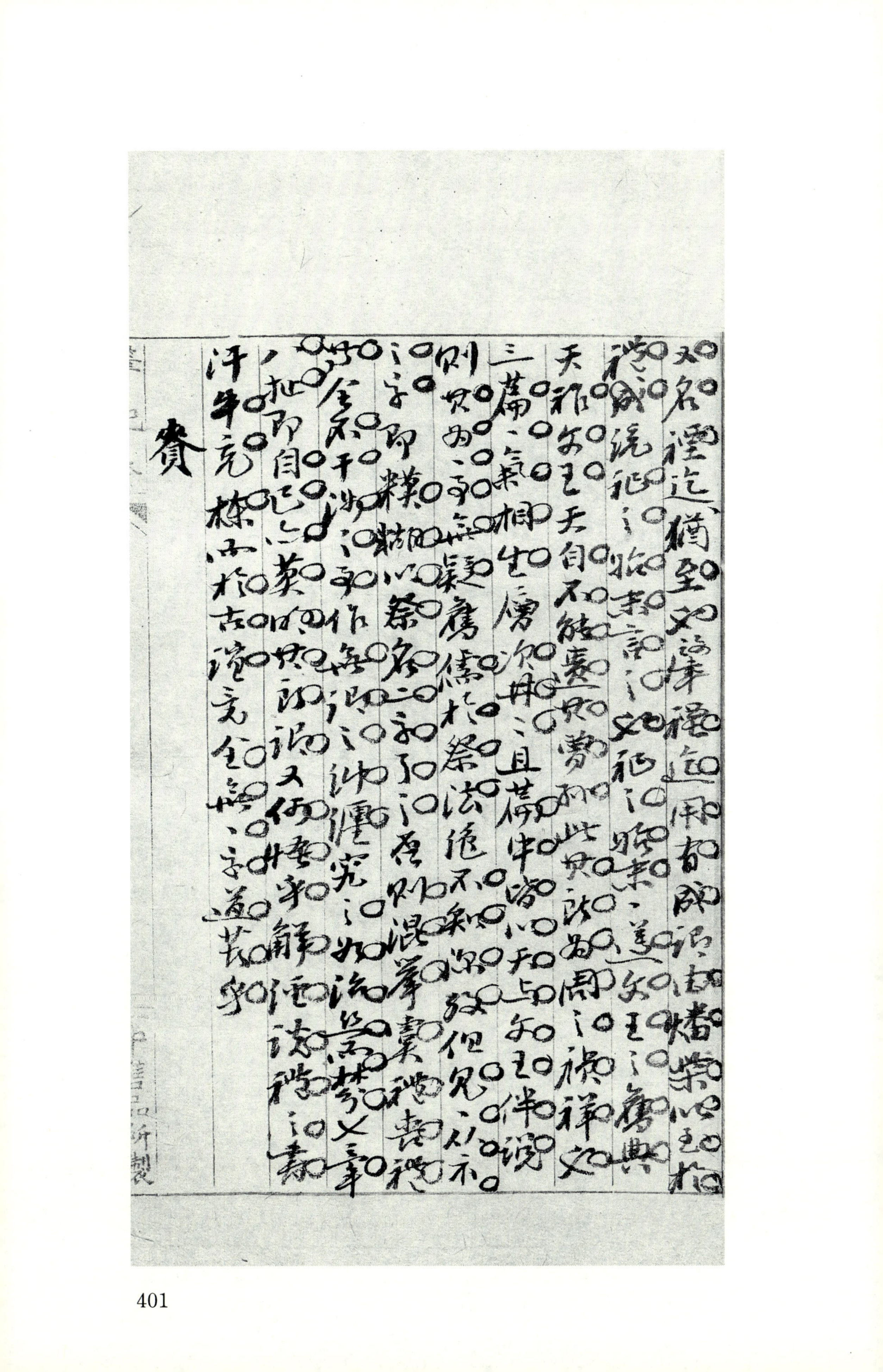

周頌賚小序云：賚，大封於廟也。下又續云：賚，予也。言所以錫予善人也。

周頌諸序不得像係出衛宏和之[illegible]

[illegible]

鄭。而溪。以後。也。便。豈加爭。之於下衛上。忠。時。詩。書。之於下。

（其子何不急此賚。而王制周官道無偽矣）。而不。懷。貽。周。不。

而。以。卽。第。而。滑。不。今。評。律。此。詩。之。詩。意。似。以。前。者。鄭。有。文。

詩。而。此。章。此。後。讀。記。之。如。此。但。觀。於。知。其。既。勤。止。既。從。

而。縱。為。以。上。文。則。武。於。勤。於。御。於。取。左。傳。宣。十。二。年。御。楚。

如。可。以。此。詩。以。為。武。之。三。章。其。全。蓋。此。章。不。惟。前。有。詩。承。

後。之。有。既。東。歌。如。（傳。以。此。為。武。之。三。章。以。桓。為。武。之。六。章。

以。武。為。武。之。卒。章。則。武。果。至。如。豈。有。又。之。章。三。章。正。確。有。

可。指。其。條。理。之。章。者。與。前。雜。於。周。頌。之。中。不。難。次。第。終。出。

昔。孔。子。嘗。整。雅。頌。不。得。其。所。之。憾。乃。未。及。何。正。而。殘。缺。之。

憾之同此不知其能得償否。如今但即其本文說之，文
王既勤止曰既曰勤則其勤之（止之言之）之實自在
前。如卒初不宜以勝樣（然若在漢人之解經及清人之作
八股則又必首將之題目而郵書并讀高東野語凡生面
之有關於文王矣。當予宋知）我應受之而即曆與即
身言我當身受其勤之之賜。如（此我字乃武王自謂
武樂不必即武王作，則其詩不知其并非武王所作，不
過武王為此舞樂之主人，故稱我耳。此猶今人演戲，其
指演何人，其即當以何人為我。如不然，武王乃死後之
遺何以其三章章章。即自命為武王者（歟）？而時緣果

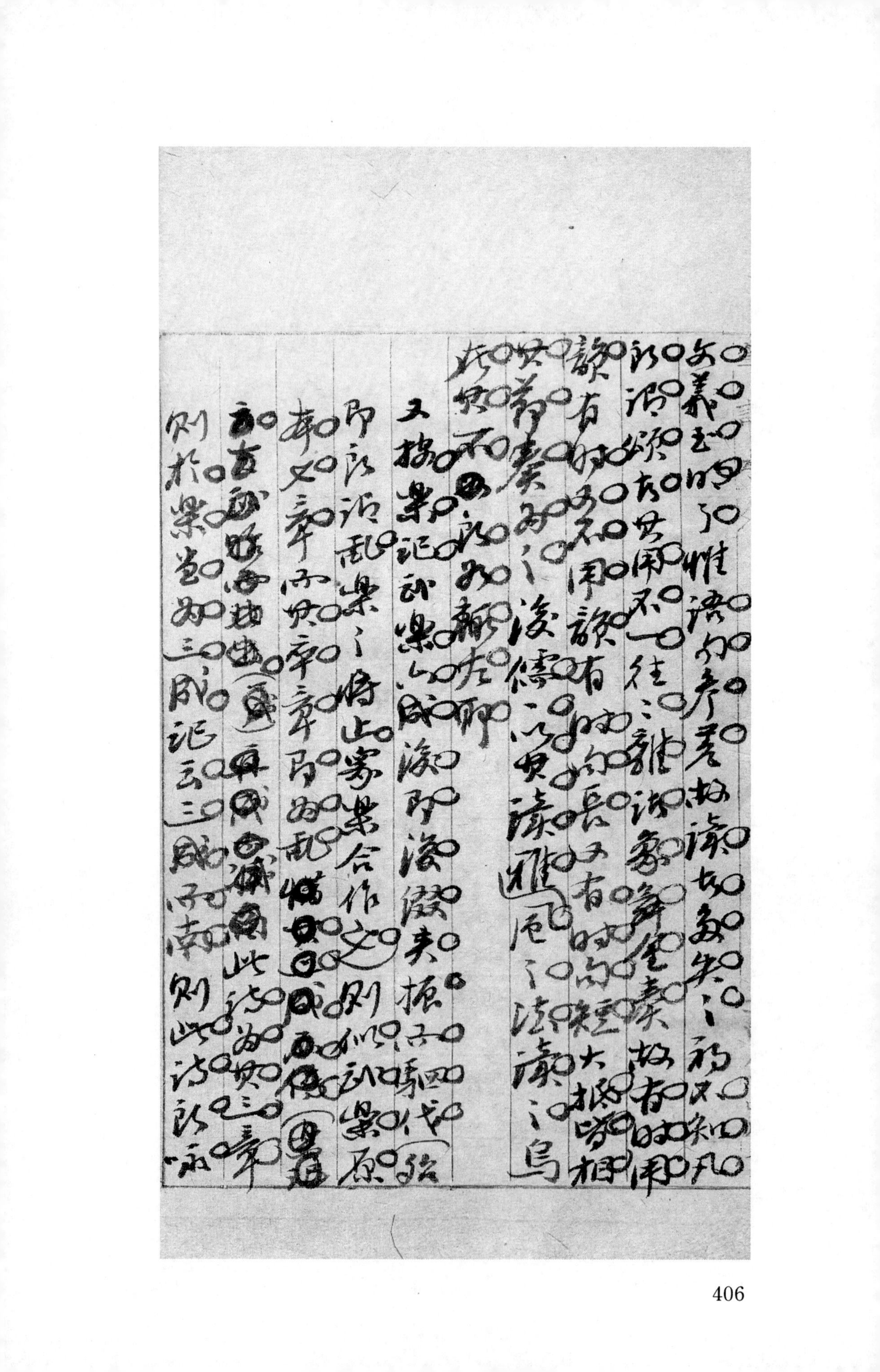

[illegible]

緇衣

鄭風緇衣、舊解但以爲深黑色之衣○前作通義時扎亦即從之○以其於大義者無甚出入○今詳發之○始

知舊說之僅依文字訓義,而未能進考於當日之情
事。蓋繅衣、玄衣、在古、矢、弓、鬯、佩、藏衣(或作"藏")所命
文之纖,字乃卿學之三命為司徒之命服(古止有三命
至秦漢間經儒乃更臆補為九命之說,以緣飾雄假
之濱為九錫之事。實則古書具在,無見於三命外別有
所謂四命五命者耶。余嘗謂秦以後之無人能讀書
者,其論如再以上附衣、衣、帶、舄為上公服矣(上公乃爵
與司徒之為官職者不同)。鄭注鄭義、鄭極分明,子相從如衛
司徒同拜衛衣之命,故說之卿、衛賓衣以起,與知賓
服,衛衣即知賓為司徒,古人文字固無有沉滯無

也遂和擬擒如此惜其八[illegible]腴之神在親風神八[illegible]
所已不能具得玉蘭之其[illegible]在冀記中如最高意者
為文十分之四人所作以後此則傳之蘭之所言之知能
非知之文（此但觀於後儒所作之深衣、其所可見）云
蕭於釋知不凝以命編蒲如此榜等類語（此數語書在
釋下廣二尺長十二寸五知中間有錯簡大抵此篇錯簡
甚多有[illegible]前人所知而有[illegible]所未知之處思訂正之未
皇矣而已不能明言其所以則深者之說也試[illegible][illegible]
讀此編知所由尋考服蓍之繼於之者此之文（文
按表秋於集似不出所有編知蓋在當時尚作於文

今幸而出土之古器日多，而說冊命之文尤夥，命辭之

大略十已可推知其八九（惜未今全文寫出未有能詳

力於此者）以後，大半為古董性質，每沒覆於物的方

面，若物即銘公之於世，公眾學命之文，逸錄於下

則如銘器而臨銘知

第一命　突鼎

隹六月初吉王在奠（鄭本字）丁亥王各（格）大室邢

井（邢）叔右突王蔑突曆令史懋易（錫）突載

市（芾）㪅（黻）冋黃（衡）作司工（即司空但古止作工此

外並有司居冕揚敢對揚王休用作尊彝突

其萬年永寶用

據此則爲惠王三年番生公二十年今曆之

則年內惠王遺子頹之亂出居於溫此年春鄭伯突

和王室不克執燕仲父夏鄭伯遂以王歸王處於櫟

櫟鄭邑故號知云王在鄭也秋天王遷御侯以舍

則視處故王所保居先様於寶也王以寶都勤王

功（蒙曆二和王今未得其確解相其大指張嘉謨

勤勞之之因於蕩之心載（从韋戈）戈言韋言其所貫

戈、古音如茲即載第同載（即訓識）出繖出微也

使作同室此器則其時即作也載第同其玉滕

作○緝○執○出○衛○私○

第二命　寰敢

隹十有二月初吉王在周昧喪(爽)王各(格)于大廟

井(邢)叔右寰即受王令作冊書(原文本作尹令之

王受作冊尹者八字○今正以)畀(俾)冊令寰曰○令女

(汝)正周師司𣪘(即今積字○在古本讀廩○吉於司

空上司徒下○别有此處○似今之戝财字○和540)易(錫)女(汝

赤緣市用事寰對揚王休用作尊敢寰其萬

年永寶用

按此○二○則○例○即○上○同○加○一○乳○多○是年秋王及鄭伯(△

于歸蓋入將周廠其實曰周而畏也傳稱秋而諮知

稱十二月王者在周故以甚之入歸入周初和時

之事乎猶稱秋傳特似言之不足其畏遂時仍如秋

之觀知知之矣王之頗多王知知則王之畏遂郊似即

在此十二月初而（不然傳於王）頗之事不得殺言之文

蓋王自冊命後即知之而後遂（其畏遂郊之故傳不具錄）

大抵鄭之國之師不敵五大夫及並師衛師故不得

不退出如此既乃恒國後既遂故以既常得

純其日之男子而此既則但概言之曰初吉以閱時

既久不斷於繹之赤繳第即赤第傳統須第

中華書局所製

用赤色外以璪紋以錦緣以文（綴絹以璪紋相

連綴弦取今之古代文綴飾鳥皆深韍璪以出

不言黃如華黃大文玉落說二令赤毋繳仍用

出衛此佽照兔作赤韍朱黃或赤韍金黃恩

不二說

第三命　𡧊鼎

隹三月既生霸乙卯王在周令𡧊作司土（徒）司

奠（鄭）還歔隶（泊）吳（虞）隶孜易（錫）戠衣

䜌對揚王休用作旅𩞁鼎彝𡧊其萬年永寶

用

按此。上所引次第之三。所謂惠王四年。魯莊公之二十一年。第四。去年。冬。王已還鄭。後王子頹。頹後入成周。享五大夫。樂及遍舞。鄭伯聞之。見虢叔曰。寡人聞之。哀樂失時。殃咎必至。今王子頹歌舞不倦。樂禍也。夫司寇行戮。君為之不舉。而況敢樂禍乎。奸王之位。禍孰大焉。臨禍忘憂。憂必及之。盍納王乎。虢公曰。寡人之願也。此年春。乃胥命于弭。鄭伯將王自圉門入。虢叔自北門入。殺王子頹及五大夫。鄭伯享王于闕西辟。樂備。王與之武公之略。自虎牢以東。此經之說。總所以知。如往

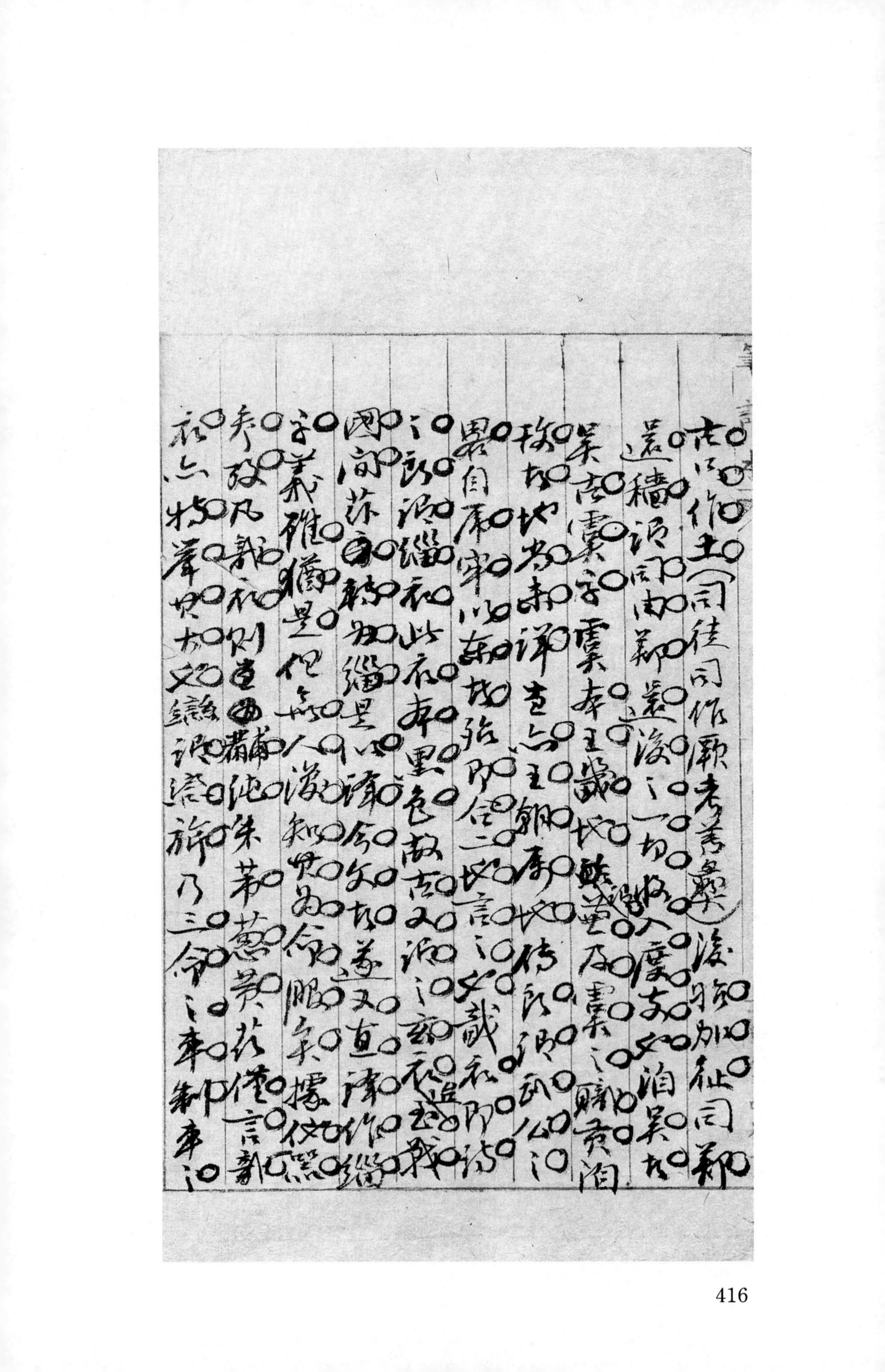

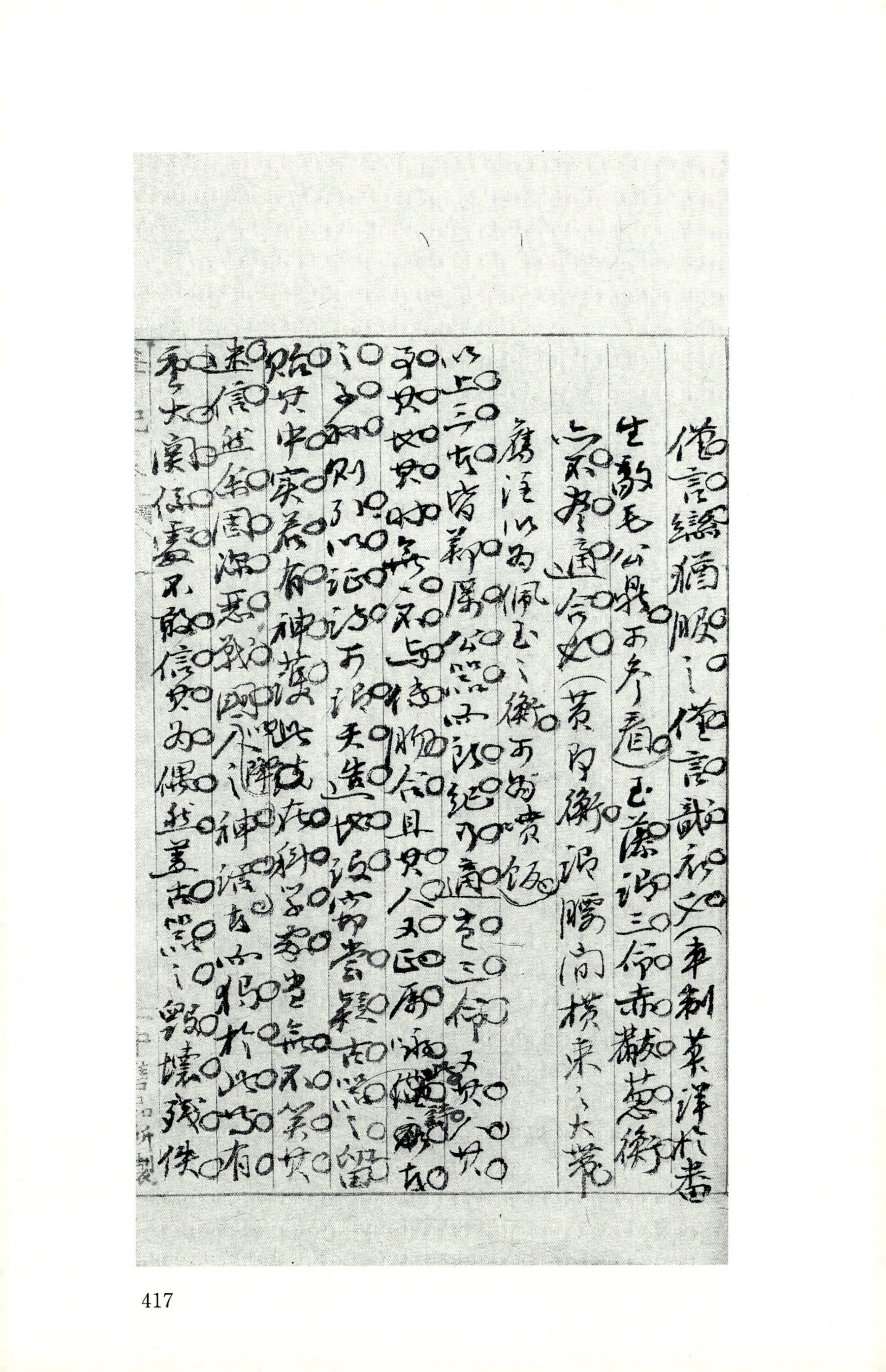

者已不知凡幾而要說以謁係全部故實為其作而中之一
二乃即此二之殘餘據之於古代之學明後來皆言有
極重大之衆信其具書即有此又能明其故此既知一力之
既能左右而生之文和歷來人之說能識天然之詞沈力何
以能扶植世是之詩即此篇之說以為不能無非辭又安從君
詩義似以為指鄭公作尤為恰當蓋鄭檜相近屋四也
者稱檜王政稱不僅檜而如此適餘似即指王居鄭時言
叢書按答問三合之錫序家之賜也若往作羽見解弟孫
檜竟從（君然）則此詩乃惠王所作惟此詩自夏末即以為
美訓公而又次鄭將中篩為鄭風檜兼則其書序之說

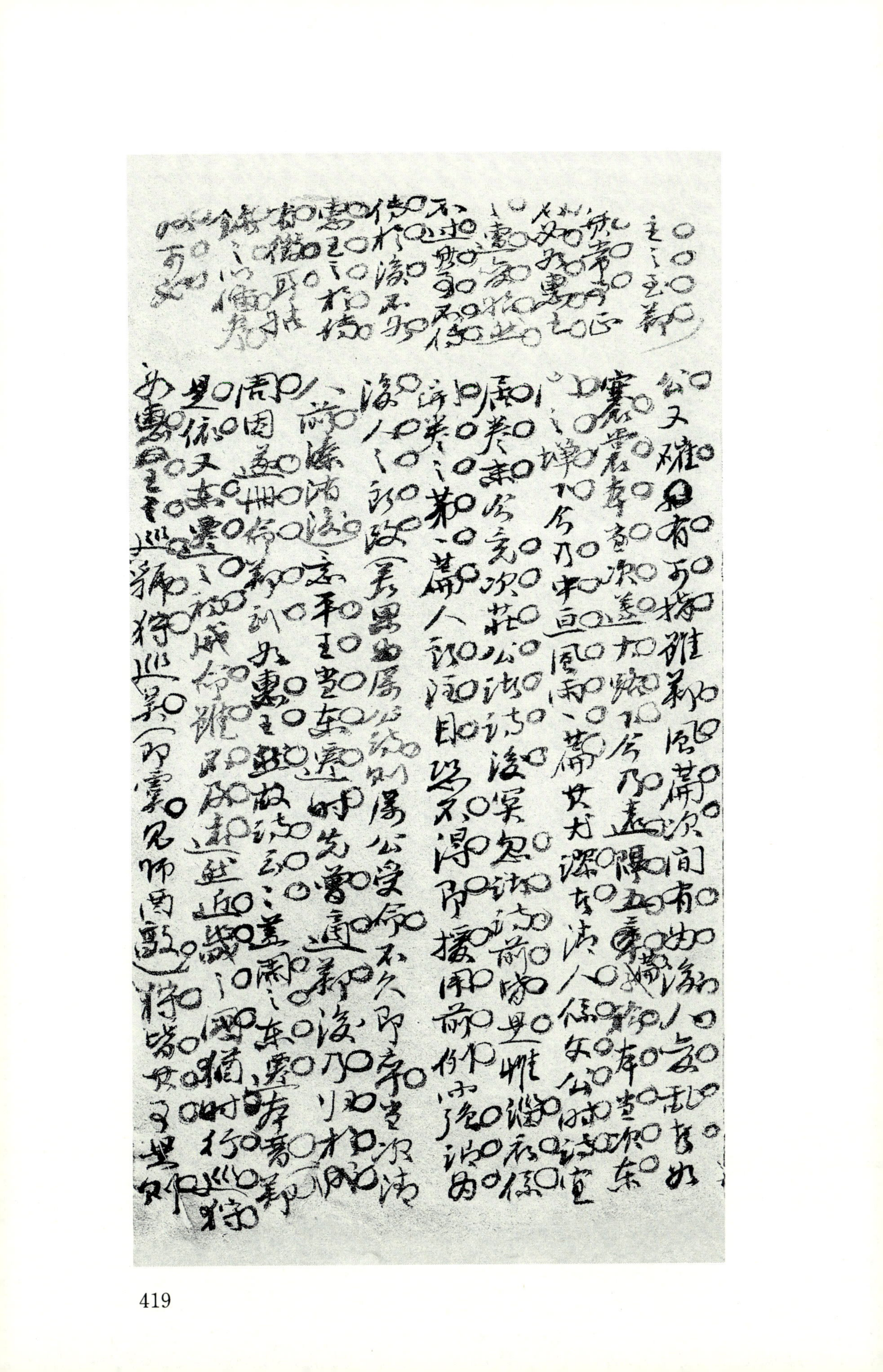

鄭樵爾雅注自序云：有詩書而後有爾雅。爾雅憑詩書而作，往往出自漢代箋注，未行之前，其孰以為周公哉。爾雅與注俱奔走六經者也。但爾雅逸，箋注勞。爾雅長、於六經而但爾雅故逸。箋注長、於爾雅以枝六經故勞。

又後序云：字字之記，言字之箋。饘自饘，餬自餬，不得謂餬為饘。訊自訊，言自言，不得謂訊為言。襺自襺，袍自袍，不得謂袍為襺。宸自宸，蔽自蔽，不得謂宸為蔽。不獨此也。大抵動以數言總之。今舉此四條，亦可知其昧於言理。詩云蓁孽哉之謂物采之盛也。批蓁孽哉之然。釋言哉之誤也。伐木丁丁，丁丁然伐木。求友之鳥鳴嚶嚶。嚶嚶之在鳥求友也。奈何曰丁丁嚶嚶相切直也。此亦三條，亦可知其不達物之情狀。爾雅所釋者本詩書，見爾雅自可見，不待言也。楚辭曰：令飄風兮先驅，使涷雨兮灑塵。故釋風雨云：暴雨謂之涷。此可見為楚辭釋。知爾雅在楚辭後，不在楚辭前。謂蒹為薕，謂草木初生為萌，謂蘆筍為虇，謂藕紹緒為茭，皆江南人語。又知作爾雅者為江南人。

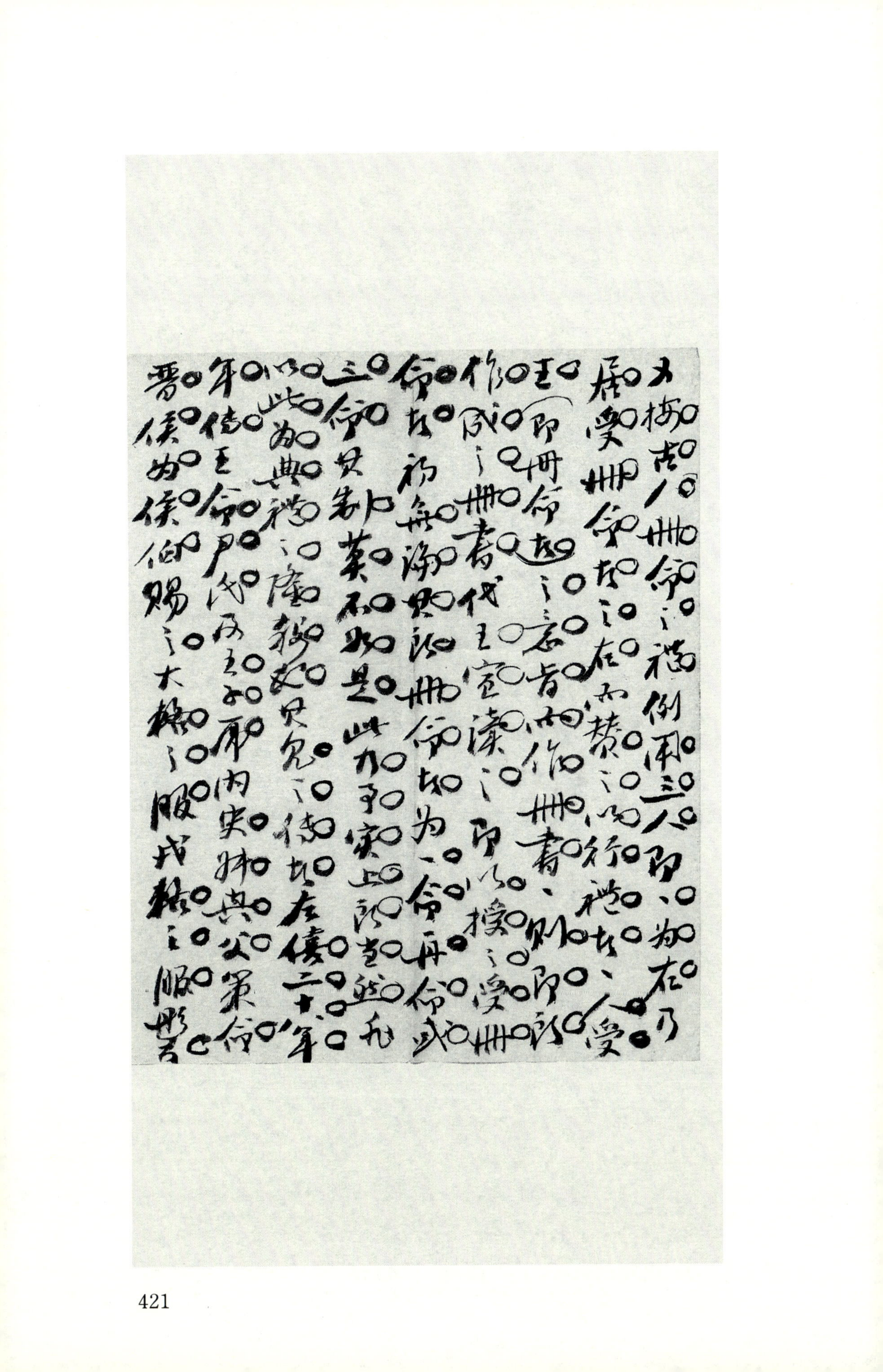

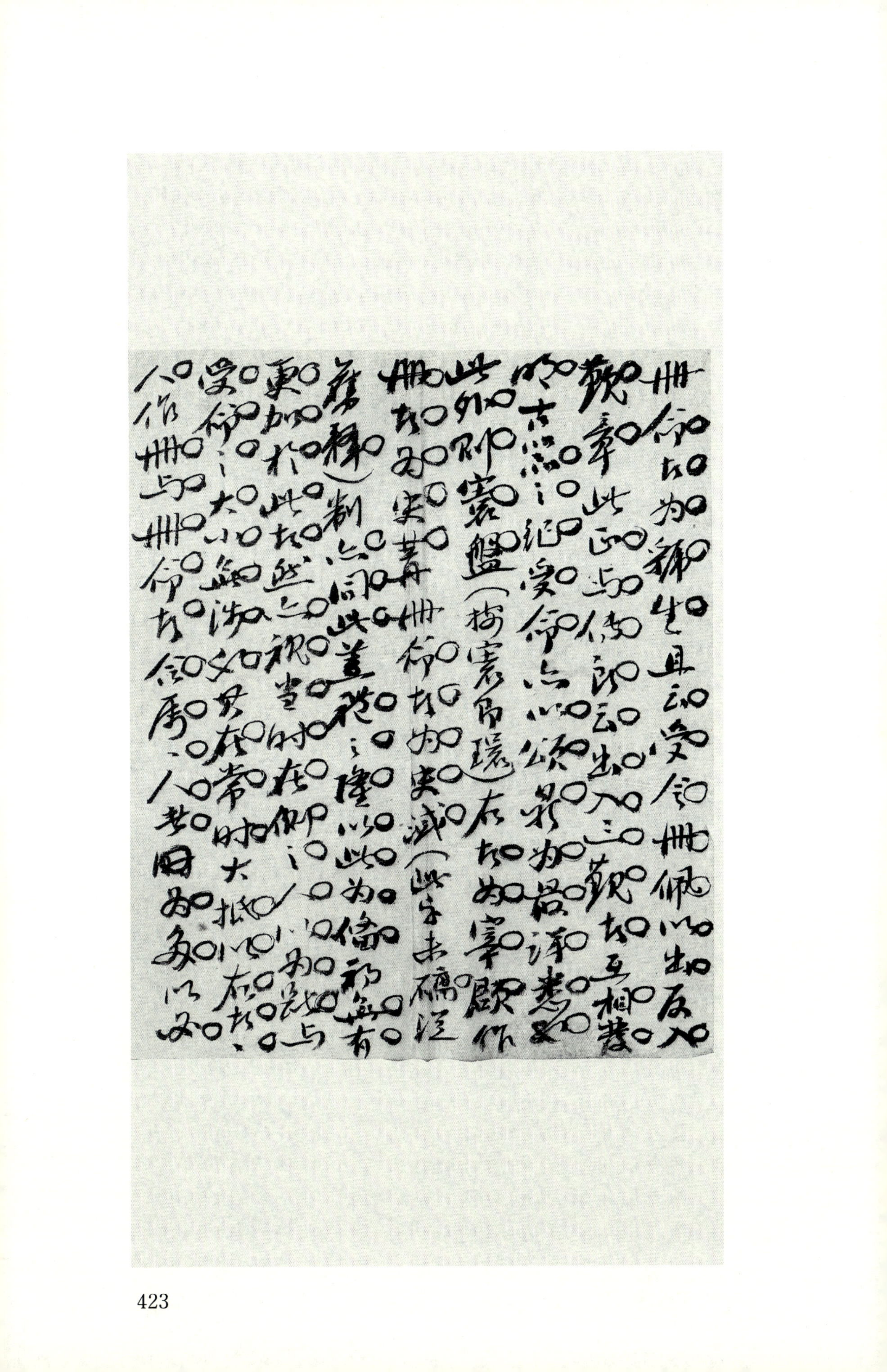

甲子孟冬

侘傺生初藁

侘傺軒說經 卷三十三

侘傺軒說經卷三十

臨清吳桂華秋輝氏著

殷其靁通義

殷其靁序云、勸以義也。此如字。洗劍璉錄遊魂洞
前在後人誤藝紀其文之說。指更從何處以偽誤
彼世間家人之說讀勝段語其不知足而為偽存之偽序
強同而難理其隱合而離而此以不可得之數也此序居
在今人為之則直曰其妻勸以義也此則甚文談其妻歲芸
則又直曰周人戍役在外其國中其妻勸以義也古人
之知字首重謹嚴決不肯衍之字法證凡秦秋以前之文

字皆然之夏務堂門素以文學枝稱敢其文之意潔矣
此世人讀詩序者与論語春秋尚書易之註詞交詞
同用之副眼失俗儒拙於讀澤以濟重祇況亂之文
影傳來述雑圓圖讀述也之何其能知之心莫睐序
不言御亂之為何御之本之為何百知以其其更具
詳於詩中序於序源於代言之文序之作乃為此詩
乃言之氣為並從氣可知之人充執作作南解文衛
宏淺序乃至呂南之大夫素行道跡不皇遠處其宝
家餘閲其勤勞勤以義文孝敬戦此序記勤以
義之意而實遷半日者仍是圓圖述他邪之何

而窺玉昆南乙大如云乙尤深昆南何也詩中外云南

山昆南山乃昆南境中之山手周南昆南經以此域也

次而言之即不限於此故周南中有如譏而言南中處

言南山南澗此篇所以衛之詞為衛風魏唐之同也

晉風不得所據此以後知疆界又（周南召南雖不判

此域者則時代周南諸皆文王時作召南則後此從後

而作又此猶唐風於晉僅而治於晉魏風同以後則

若但之於魏風同此之例 若據詩則衛鄘亦姜姓而

相去之弟如歸之思歸居爲姜氏附和所謂而

又習於後世趣子蕭歸淫辭浪戲之言故如此兒及

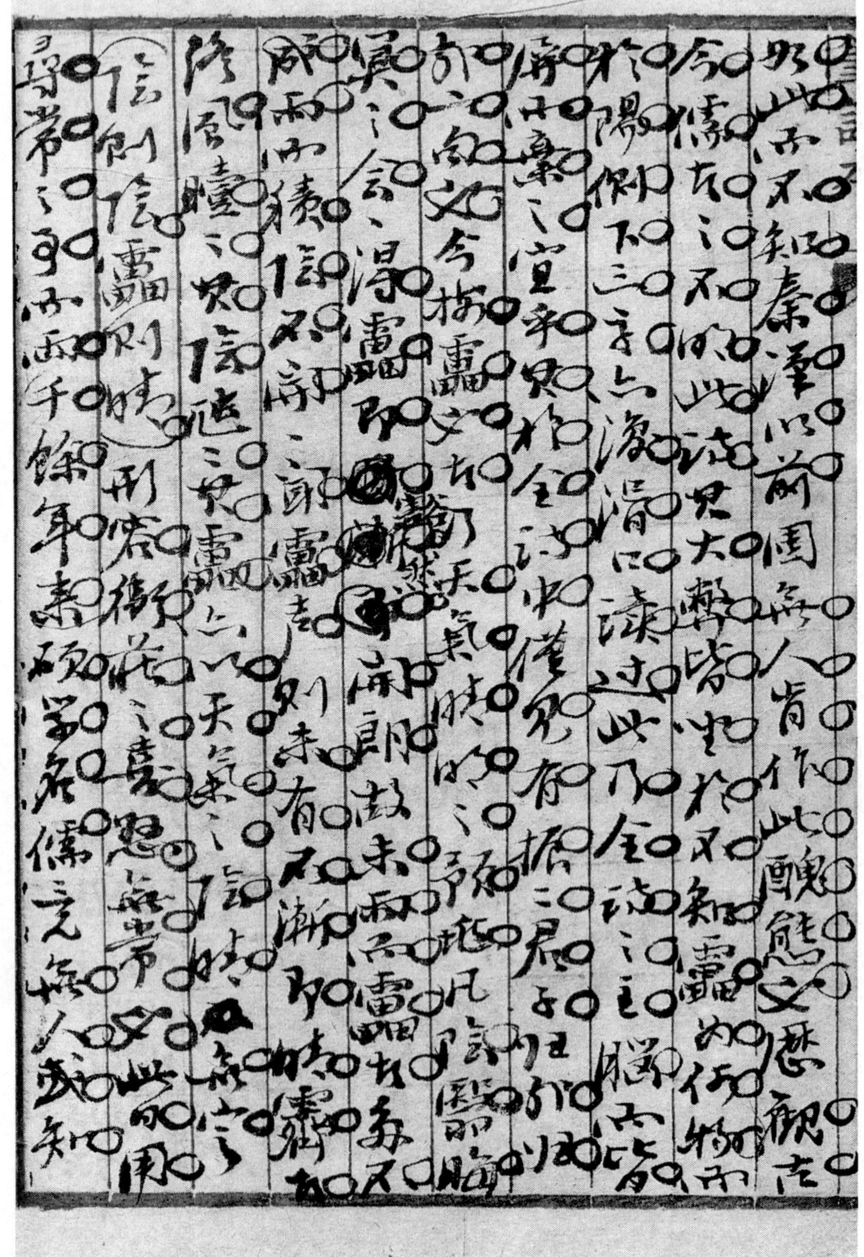

相承置此前二句其不可忘而後人忘之論者進論之曰則以
秦秋深之説信儒生與人事皆自用不知古文傳異知
此靈臺之善志則是其備擁勢如琢磨矣詩意君說
彼殿之然之靈臺已在於幸山之陽矣南山說繹索
周之説依以爲都古之説説早山于山深之説説驪山
皆是故周人多往之以起與山南同陽今在南山之陽
從出陽之山然此時時說之地已去此不存向之窮陰蔽
塞暗時的說空其去則而去之文宜文印說說義文何如
明晴的存虛而獨專去陳此之若葉故成皇莊鄉
支往知不可識矣然陵專五何不知以深之事後彼振之

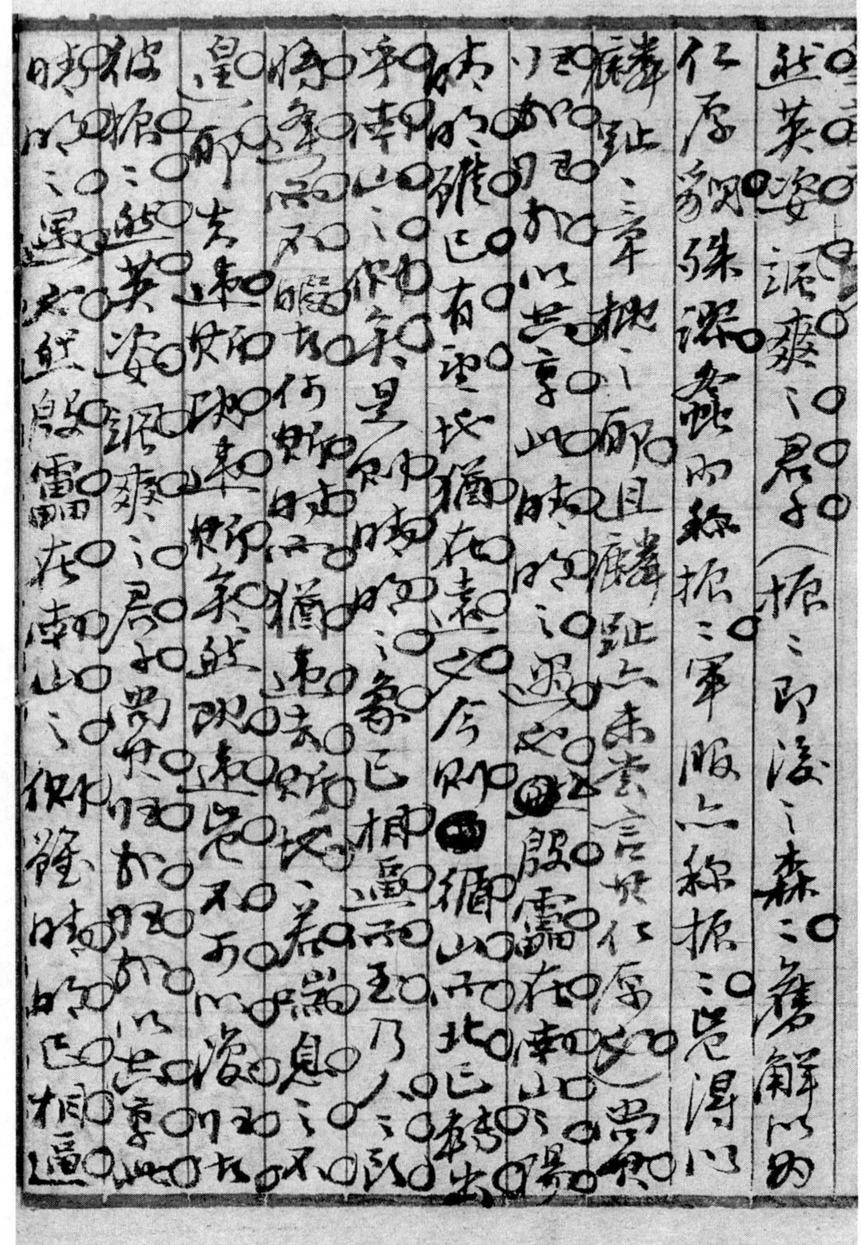

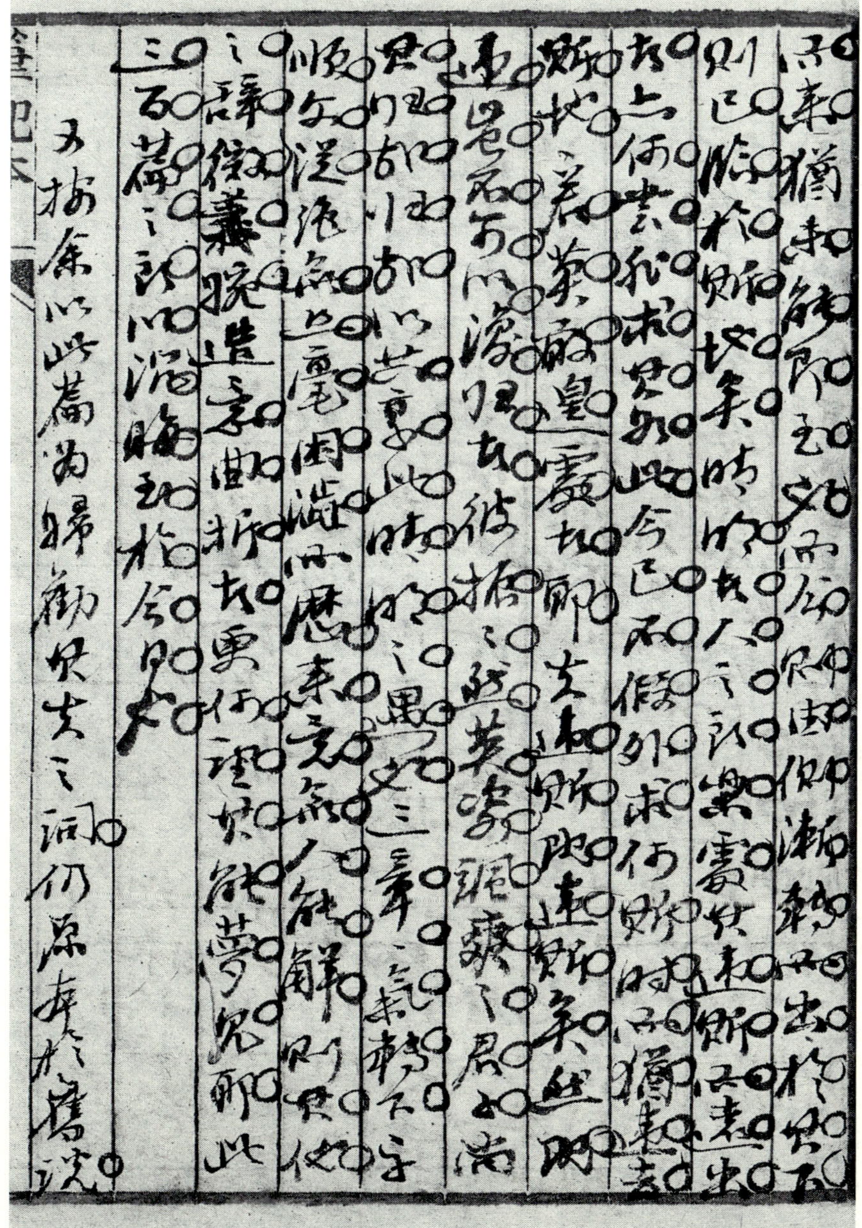

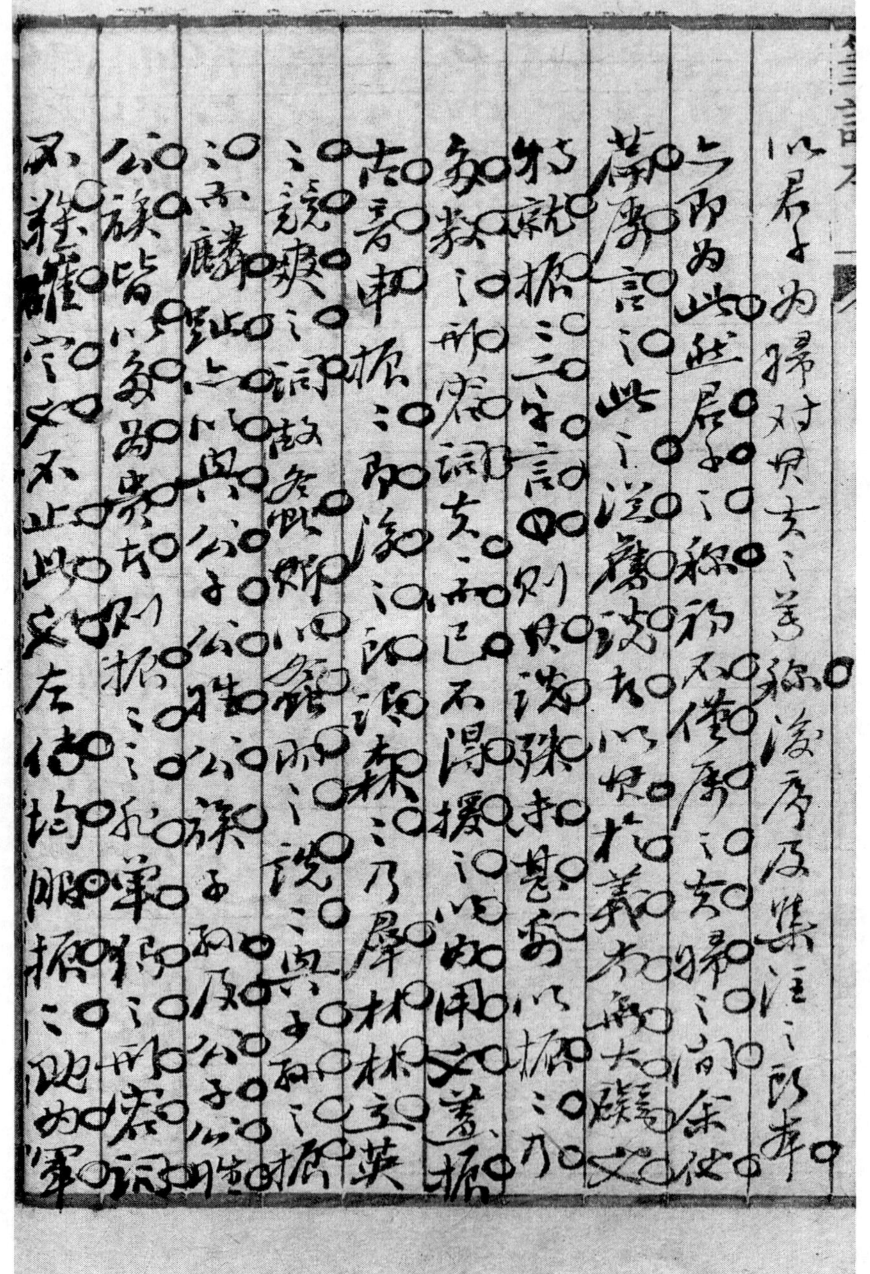

人江服則棋以和少數和鄉此與記據之龍頭絕
切歸人又安得如是之象玄耶是自此說乃朋
友相從及時出任之論四方滲四之說須反樴德
文昌黎韓文有云重夭不夜上可以出而任系以物與
孝父 偓傑生子誌

甘棠通義

甘棠序云美召伯也諸之原極明鄉且全諸之無甚深
蔽不過者人而國以及物之意於歷者次此論有之處
大和鄉衛宏毛序云召伯之教明於南國樹蕃
添旦取實則說須說他之教和巢何梅說說南國如

又何比耶。集注、呂伯循行南國以布文王之政云云。乃

周衛諸侯而道暢濃之甚説擬之。之讀學文物詩

陰淺躁而泛濫無論語大儒者之手則必不言行

政教衰，此謬百出，此説之意謂甚異者，僅有代貶辭

蓋懲説之言即此之言而已。乗卑而不能盡也，通則非於

説又何理邪。甘棠、舊注皆以為杜梨，文殊深凡棠梨

之數，又補生字，諸如杖家以言酸澁又皆為必用似木

據之而論，然或為棠或為梨，説有林之杜，又稱梨

説作棣棠，或作唐棣常，乃一音之假借，棠又或通稱

為唐棣，常棣，猶今人之呼為棠梨，又棠棣甘棠

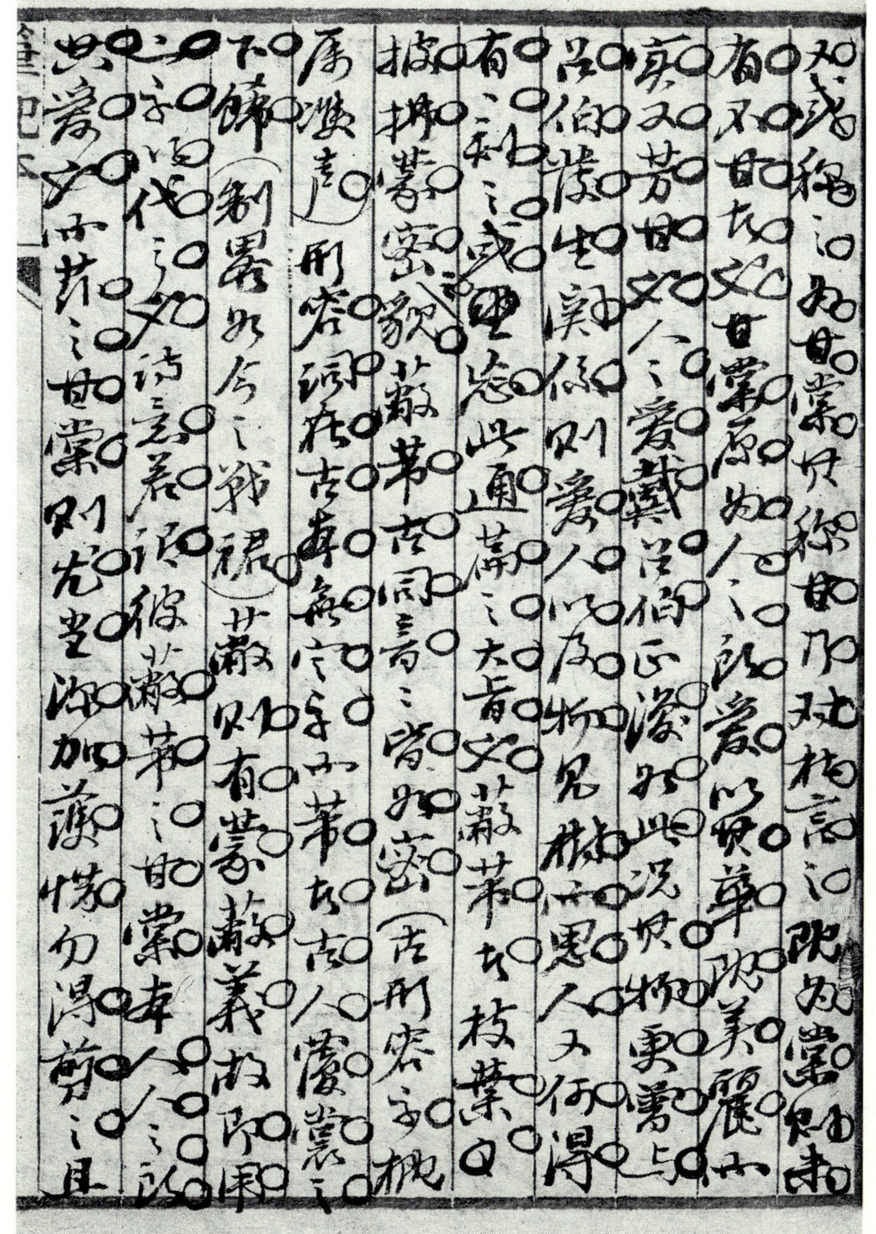

勿得代之如以呂伯傷曾菩於其下如吾人之處呂伯
存更暑於處甘棠今呂伯所留菩於其下則得不留甘
棠[illegible]亦當為後他[illegible]又息官供候所而不為吾呂伯
思也[illegible]念所蓋呂伯所私吾人之所當能見得伊得
能當見其說蓋之甘棠則想像流連見甘棠如見
呂伯為亦而以猶處其儀得之想於何其而代不去之邪
菩者拔舍今之說謂行帳如蓋說行其中余不得宿
於則隱蔽於野樓此其中以辟霜露臨行則則拔
而去之故說之菩字亦作跋拔字亦如故著人謂旅
行如跋涉跋謂野宿涉謂渡水者旅行之艱苦如

二鄘風、大夫跋涉舊注渡左傳原首拔舍涅之

頭回首肩拔貝行帳以涅棄佛文（舊注尤深）以文

子辭之子咨豐作反蓋左作肯从戈人又戈如今

之賴以又（即右手）起賴家振之会意字如貝从廿作者

如乃拔弟之義泚字貝从足作跋执乃指足之義泚字

今拔字之从才則山之意失傳初知右字之迹泚手

故出營疊排架屋之筆文鷹傳不通字義見蓋字

从草廿即陳会之田蔑、草舍文（说略蔚宗、成集注

困之隨不畏行李之往来毋之宿止何蝦於法蒂下

藥方支貝樹為足佃說蜀椿止之樹則吉人之如渴相

本代之国已然吾人之思念召伯者但已即如此蔽
芾之甘棠（乃指文之甘棠言）吾人不惟不得剪之伐
其根本文即敲其枝叶亦不可损坏之亦不可文何加以召
伯虽未尝一夜於其下憩息於其下文阮为召伯之所
尝憩息则吾人见树因甘棠即如见召伯又何以其果
畧茇於其下且吾人之思念召伯久而愈殷则凡树之
可以想见召伯者曰是罪方且珍惜维護之不暇又岂
但求其能勿伐之而所谓憾是则此召伯所爱憩息
之甘棠吾人即敢戕贼其枝叶亦有所不可则吾向
于於其所爱憩之甘棠而若戒人以勿伐殊未免於

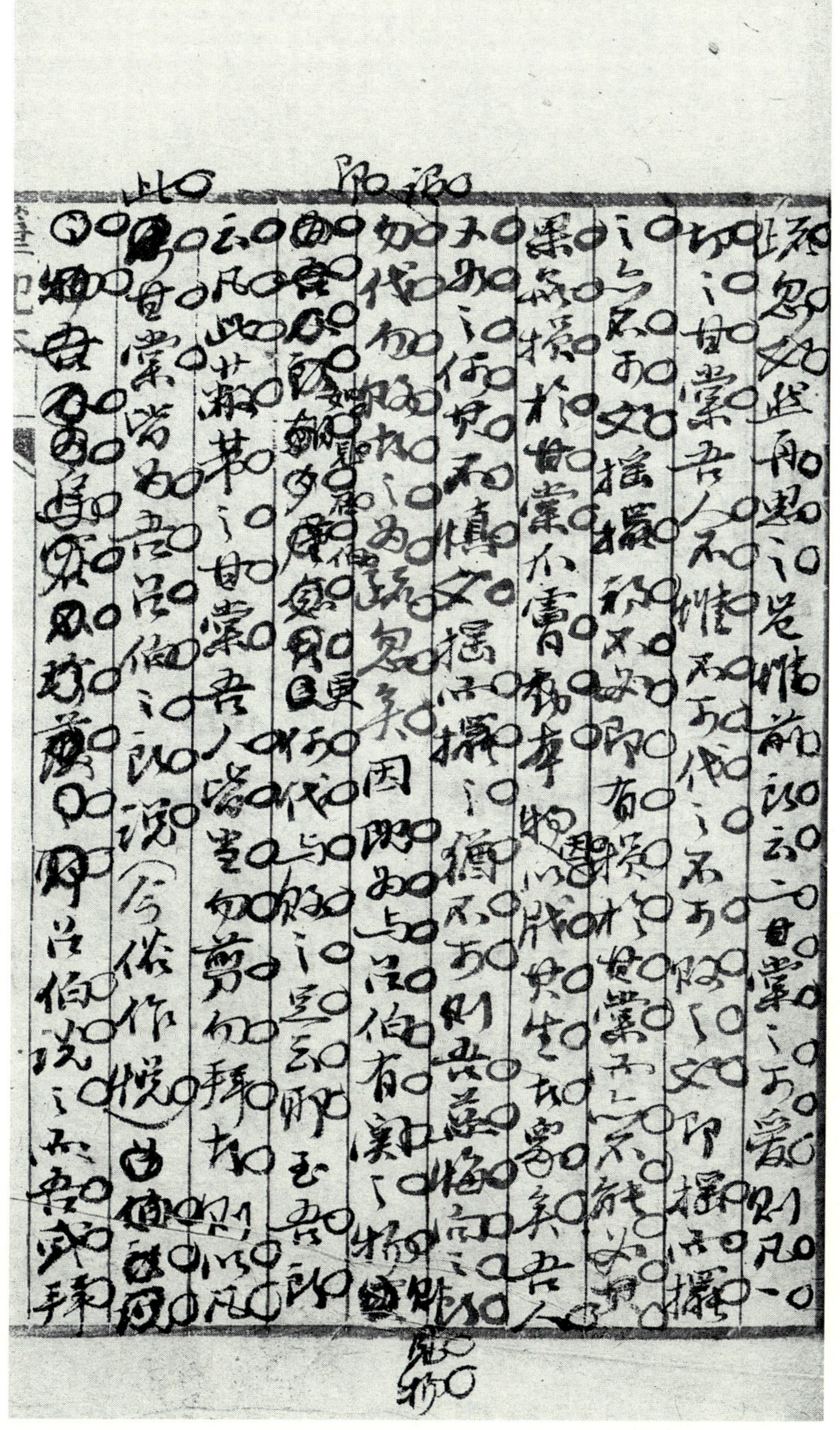

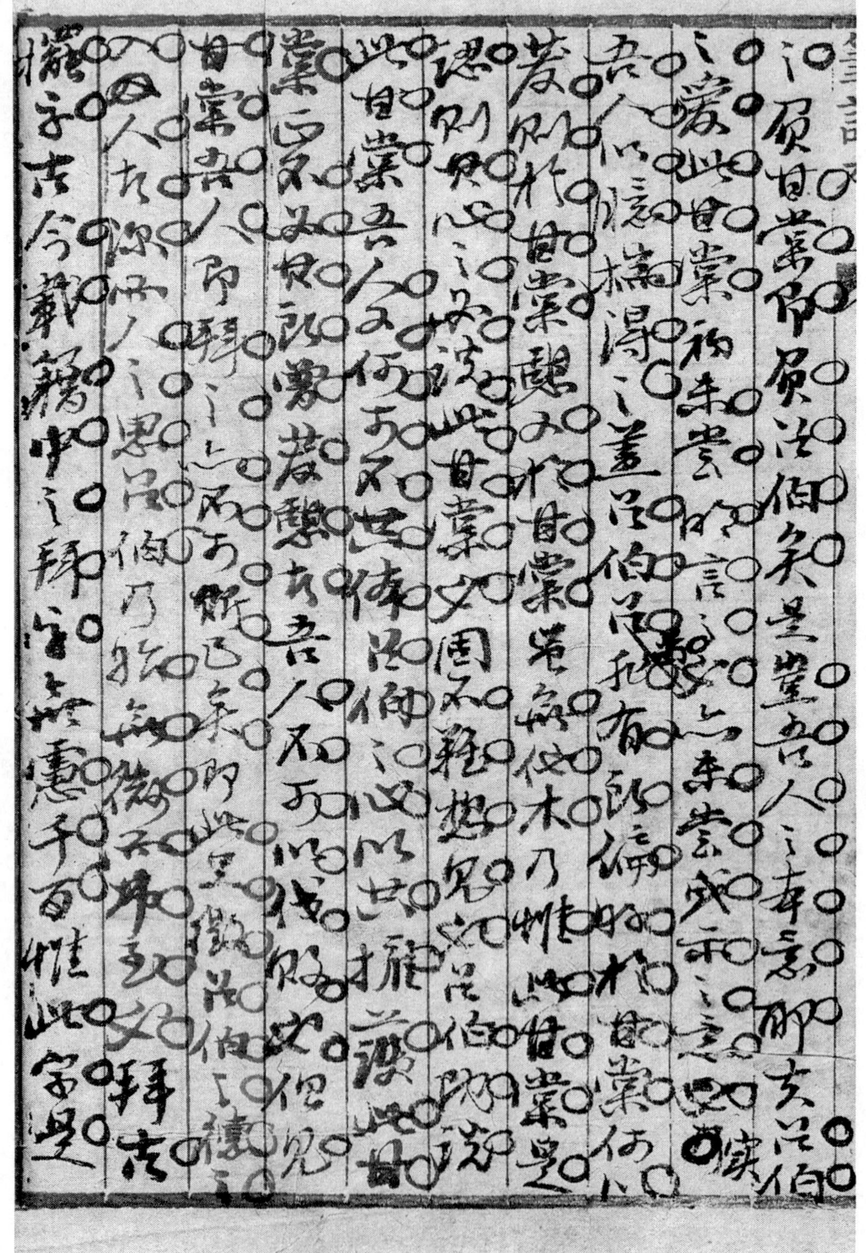

央夫施以外貿了耒文羞穆和高作庸朕（大鼎貫

異文擾夒大致以此手在右在左夒从手从柔柔

古風字从風優木作古懷偲和眉从口太皞以

風如雅故或加女作妙（伯姬敵御之風雅性偽

雅書或郛作謀文耨注字文（古人於雅多加女以雅

惟女字用之文偽女从風今女文以手擾木以風優所

乃擾之金器字古人語稀前為稱在因稀首乃上康

身之下偏作猶櫌木壽風之一擾柔祖文乃自稱之備義

行和柔道屬隱玉臣人臨師擾為擾字以代之然之從

語上用之若不可以入文況作之時古古未知故謂漢

此僅存之碩果也

摽有梅通義

摽有梅序云男女及時也蓋男女及時相約為夫婦亦

而以為合故以之作此詩以頌男女衛序云召南之國

被文王之化男女得以及時也此直謂不通詩又不通序

一味逸陷鑿衍男女之及時不及時與被化不被化何

召南之國不被文王之化其男女即不得及時耶

詩之得及時婚要可也但曰得及時召其人皆夭折耶

可笑集注用之乃補易其語句云女子知以貞信自守

懼其嫁不及時而有強暴之辱深尤怪謬女子從嫁

不厭時何以即書尊儒墨之原天下古今哉罔知嘗
有此類甚無理之甚觴耶而顧說與渴被知主之化
而臨照耶今按此語歷來之說收人直至皆由於甚備
首三言之誤解智識德厲之民族字嗜惡穢不廣
易故見於此類皆將其甚備前題與之而了單混過
（俗語謂自己只自己）而言讀不文甚就且重説其於詩
美義無窮而深意甚備能（集注先言文物）乃其説而亦
詞即此意彼又說知全詩之至腦骨在於此頭腦不
清下文更從何處得來耶如此說標字舊皆釋以
為前述此風格自亦濟之人有標又以如指出觀感不

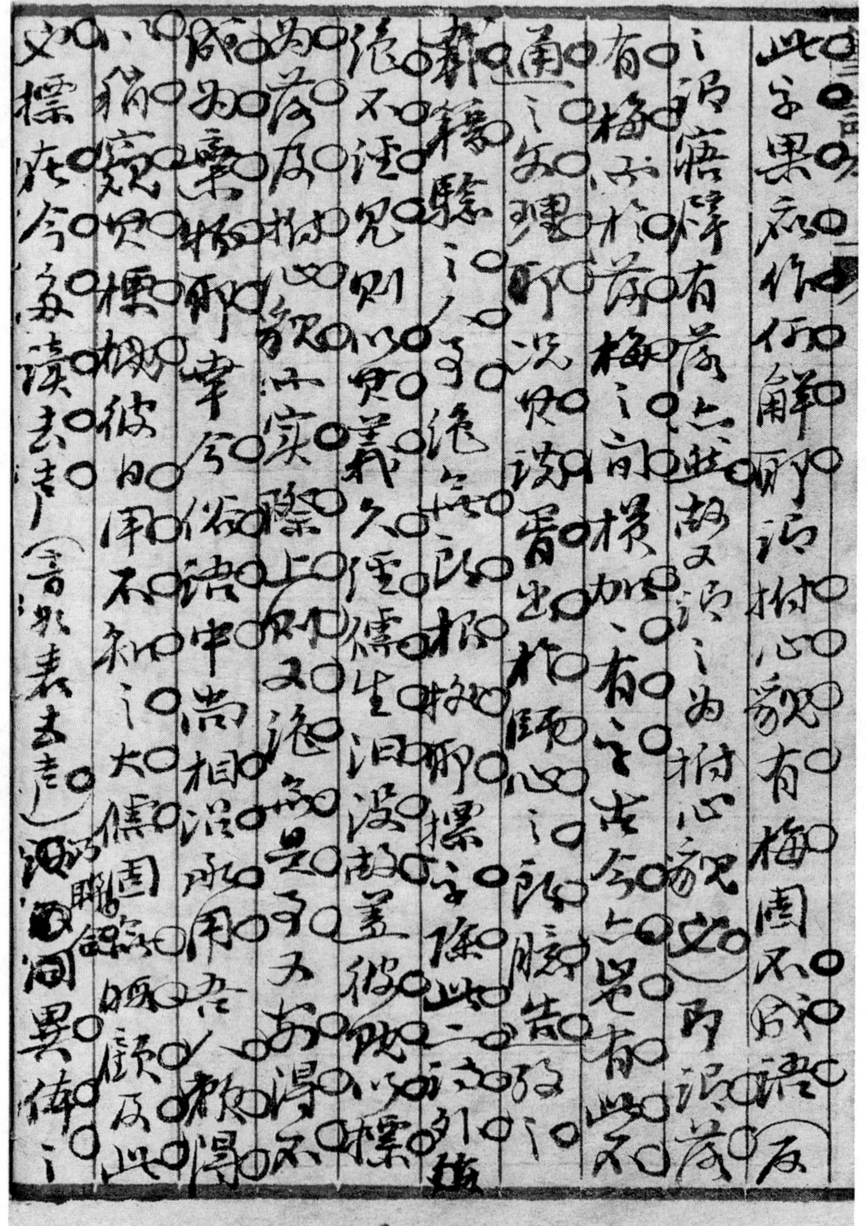

物周洽也使之也謂所以言也所以粘合也（並粘合二字）
實不足以盡其義今分裂之物外用繩束而內之以曰標
是也今魚鰾也製之也膠俗作鰾（高亦作表古音）而
似膠種膠鰾當其是得時上通曰鰾（非當其得立）則仍
曰膠（實古證之僅存也今人謂之鰾夕偶偶不離
故曰標之本義也（引申義）（㯹）浮有標謂醒（廣公
謂謂醒浮浮（浮古書作浮）者而又（有天古之字）粘
合凡粟又梅也性黏善於粘物古人常用之（此義
久失矣今亦未及實驗以經義言之當求證之故其於
簡章兩字也怏懦而攝合易如膠如骨胭也亦謂之

梅蓋梅子古本作某从木上有甘物乃會意字（見
王伐許傳曰蝥原作謀圉今訂傳文之作楳實由猶
文之訛沿謀今則古之梅實後訛爲告周禮和嘗
矣復字又古凡从梅古之字誤皆作某說許慎得
兒楳之加女又後世之禮經注子猶謀良加言媒式
加之狀文之訛梅楳之本字則此詩之實逮不煩言
古解矣（梅与杏古人同稱曰梅故杏子物人某之例
文而杏子之名見於詩者秋時始有以名北杏強古雅
有梅杏乃後起字）詩意若謂凡殺合物者以添
有梅（此有字是何離散）實固實害有十分之又則

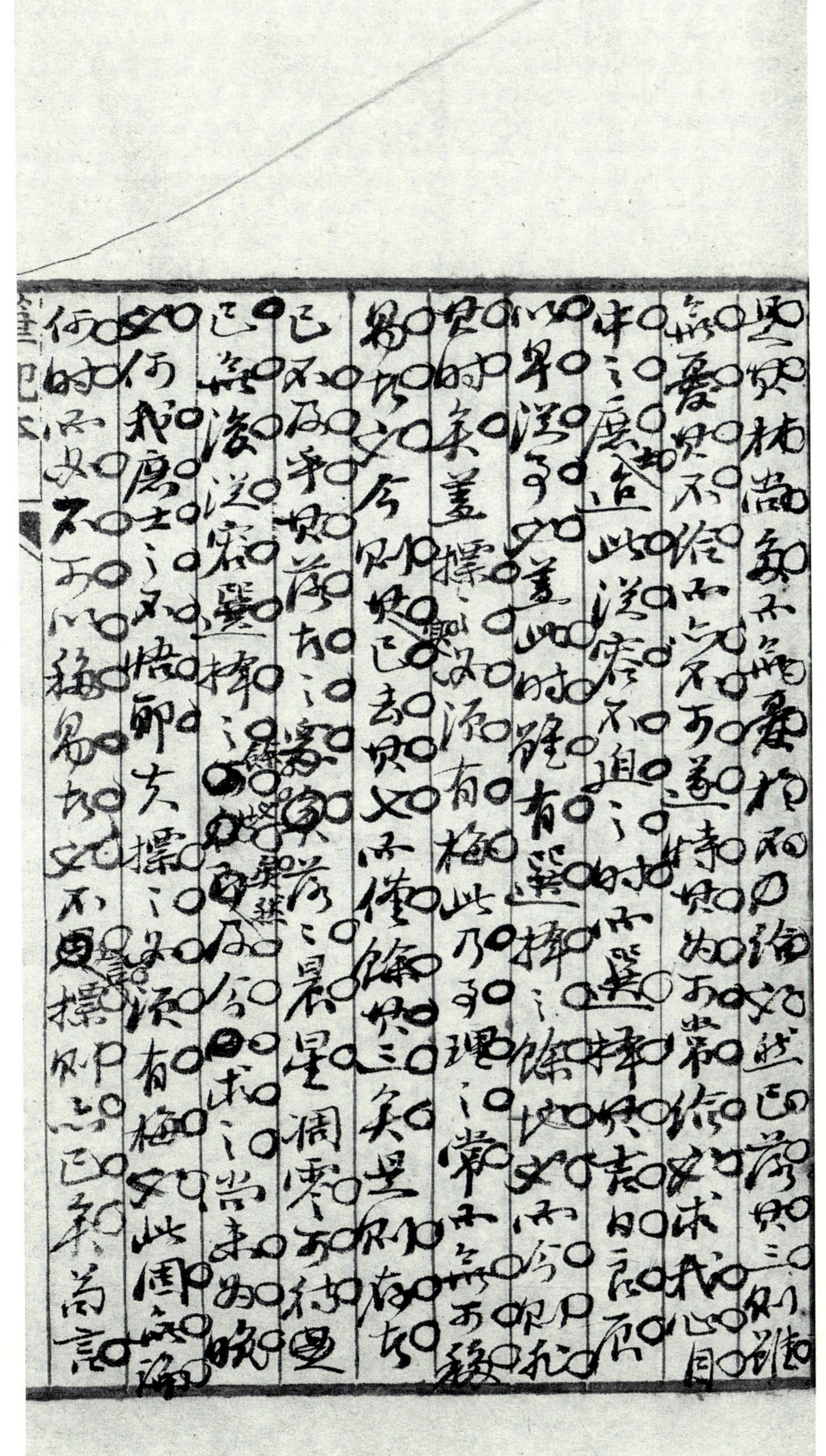

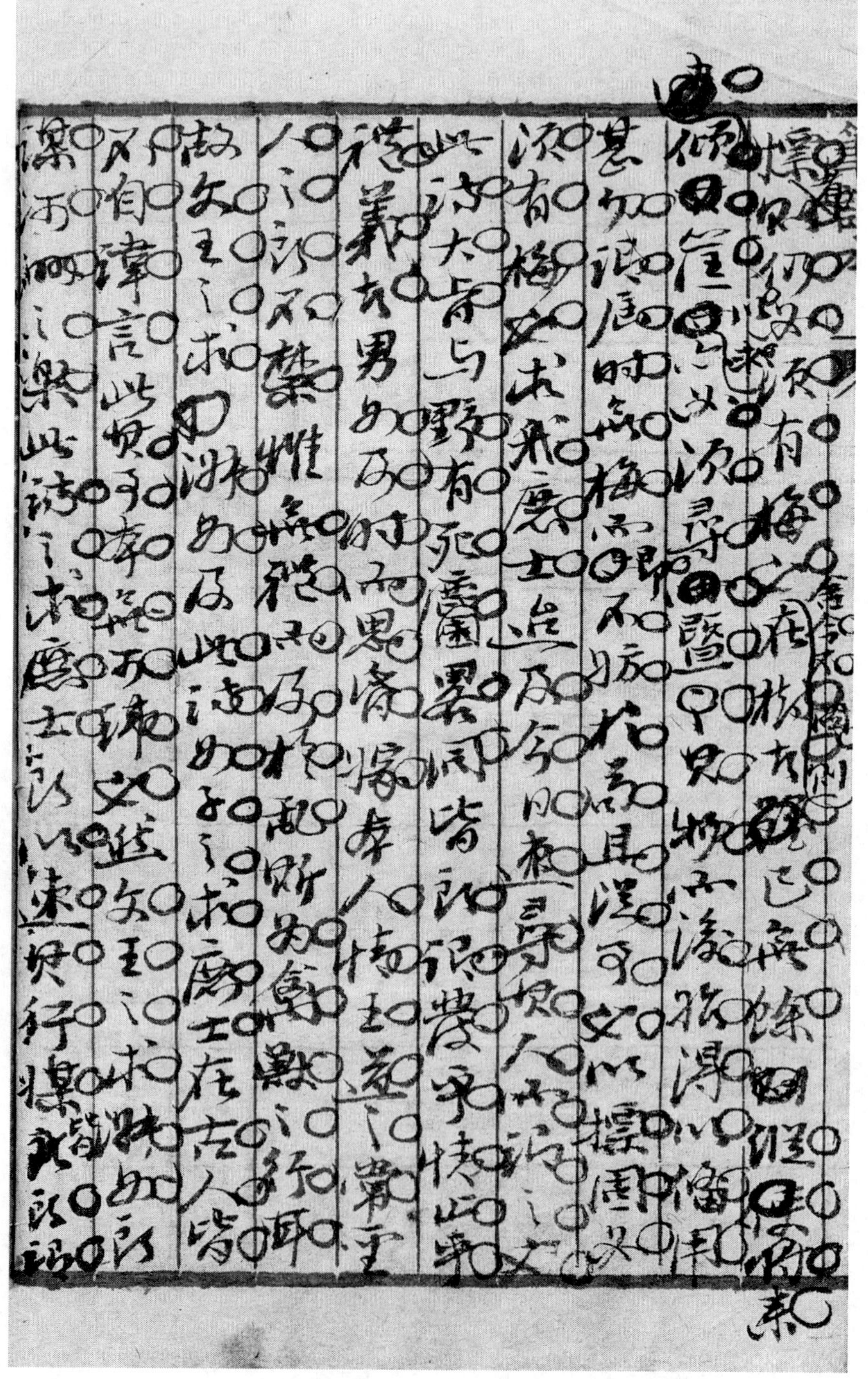

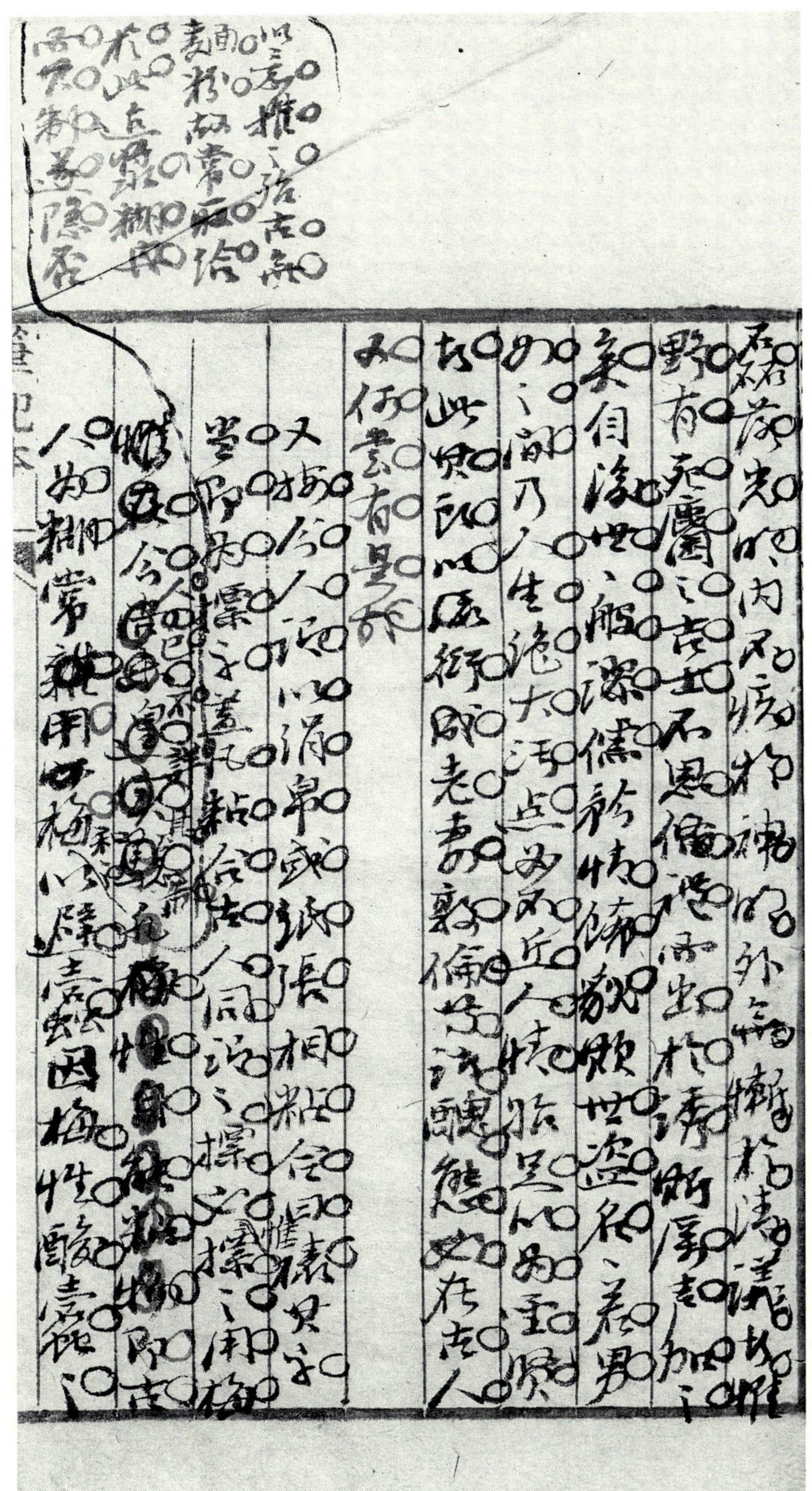

所不合文若重子標使知出詩大之文之外之標

和乃據之翰青与此不同解國則和初不知者

与南合文然以標為序成相心報則係渾人所

損之不雅及詩文外國德然来之前詣文

小星通義

小星序云惠及下文詩所明了具心無甚深義故歷

未詳此詩知內於大首當兼夫知深衛序云夫人無妒忌

之行惠及賤妾進御于君貴知命有貴賤能盡其

矣賤任雜綱彩役依然故知然殺之從昔備似當能感

故案注東方箭極知詞而於東上所添出南國夫人被

唐時之作詩，蓋襲葉說詩，原不過誦讀者因有所不知，
此方式而概可以據之為附會，又亦其只是淵雨宇
之義，而二字又歷說說長之解，二篇正不止此處而已。
實則彼於二章之中已儘說其意，其便已說其了然於心。
腦其餘務概未察見，置不論，又何必求其能說其全
篇何必作之耶（此亦吾國人腦筋簡單之正確表示也）。
惟腦筋簡單，故其人所言所說亦不周，且不待詞畢而已。
通也。今按此蓋乃豪勝以義命自知之詞，看發之論。
渴則豪勝自知，自知如此，不量之說，以為正風文（正
序之說出於大序，然大序猶非子夏作，故多極淆亂。

而衛宏輩又不足以語此，並出於西漢時矣。今按風
實有正變，正風二南，變則十三國風矣。至雅則但分大
小雅正變矣。嘒，古嘒字。嘒，即言嘒嘒也。嘒即嘒之
省也。肅肅，凡疾貌。肅肅，言貌。肅肅宵征，猶夜行，言侍主人
主歸之寢也。參，三星也。參、昴二星，故名參。今人作叉
星也。長深也。昴言泥之。沫易與東如日中見，沫是也
因其數小星攢聚而成團，濛濛然，未離所次。亦訛
沫叔者是名。今俗或訛以為蒯菊星也。此云為後
沫之言濛，濛晶昴，因昴作昴，昴字以代之。然
此矣。衾，單被；裯，複被也。抱衾與裯，衣所以侍主人

主〇婦〇〇寢〇奧媵〇〇瞻〇如〇士昏禮主人說(脫)服于房
媵受婦說服于室〇御受姆授巾〇御衽于奧媵衽
良席在東〇皆有枕北止〇主人親說婦之纓〇燭出媵
侍于戶〇外〇呼則聞〇(注云人君曰御從婦者曰媵)[illegible]
[illegible]
[illegible]
[illegible]
[illegible]
[illegible]
[illegible]

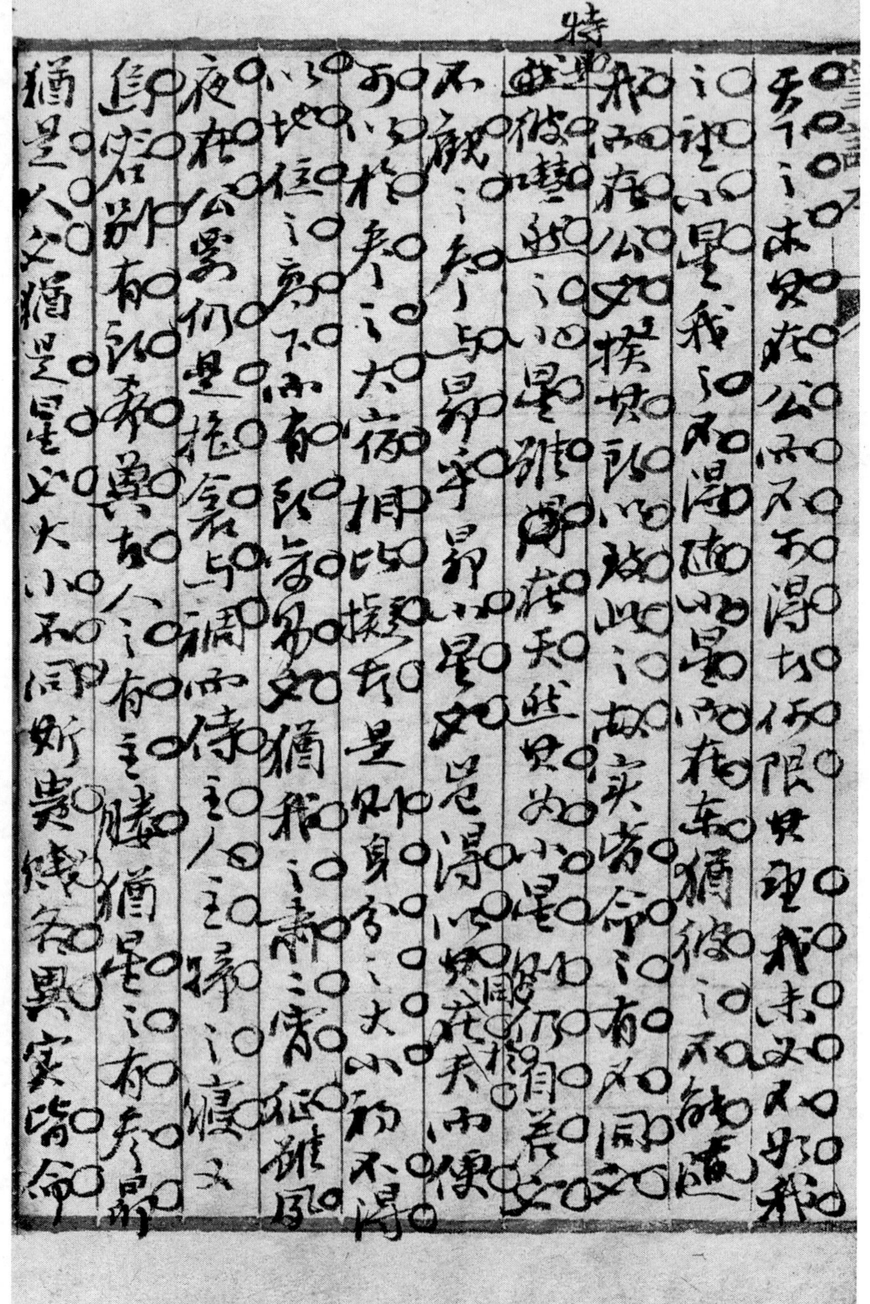

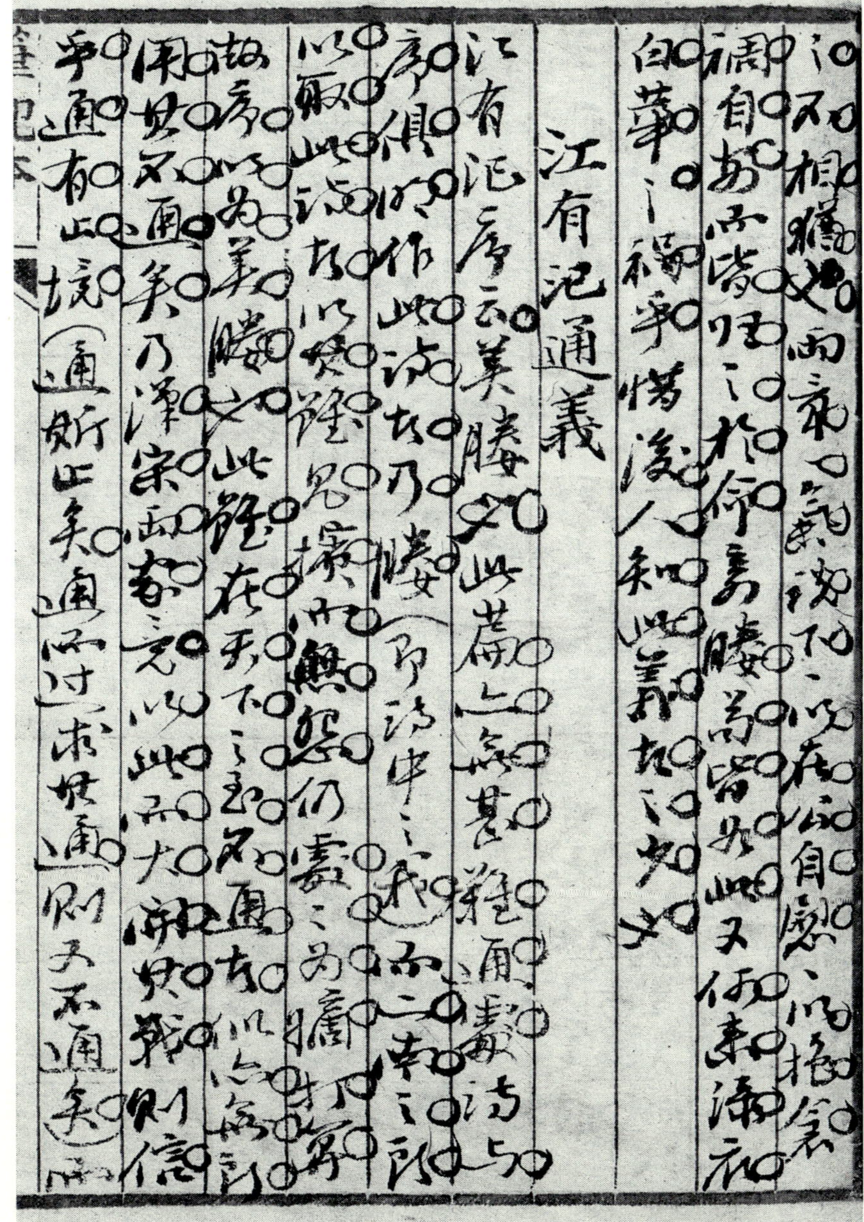

459

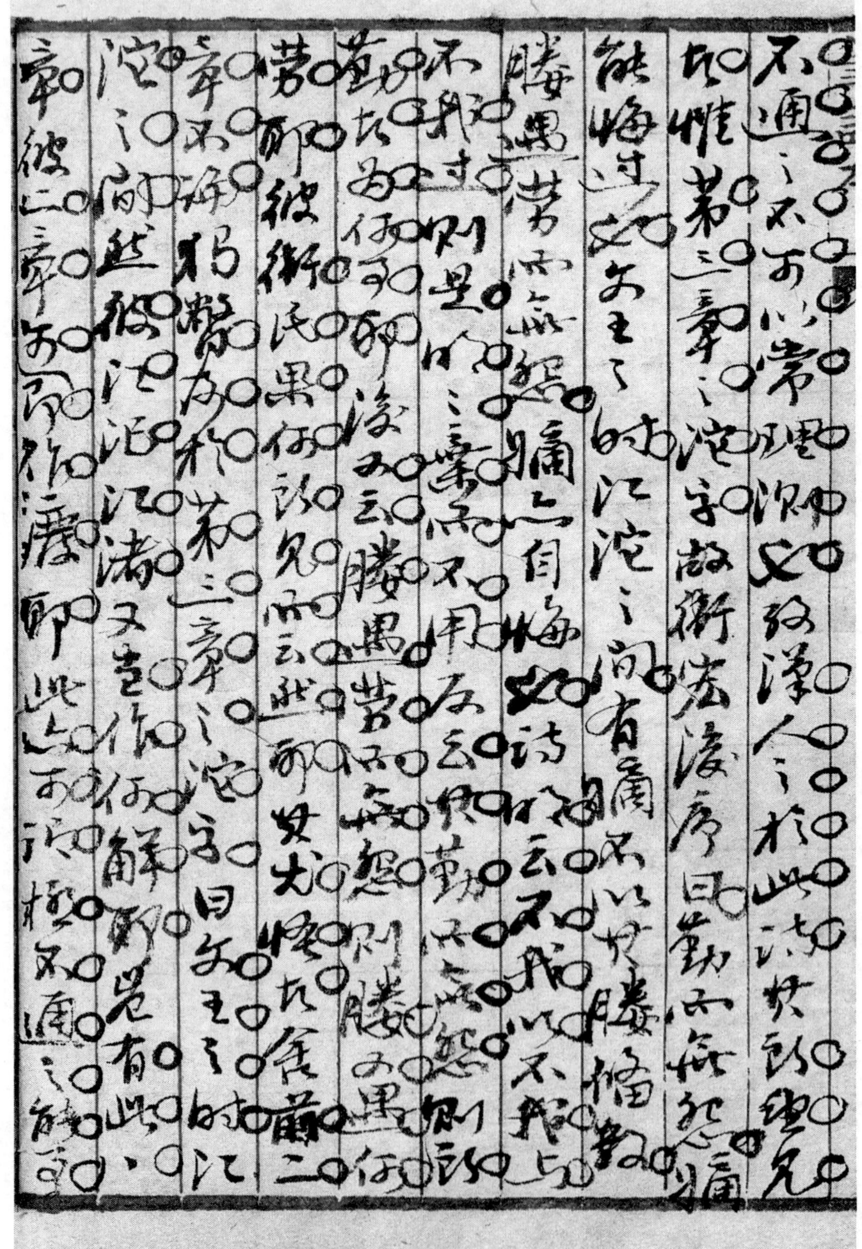

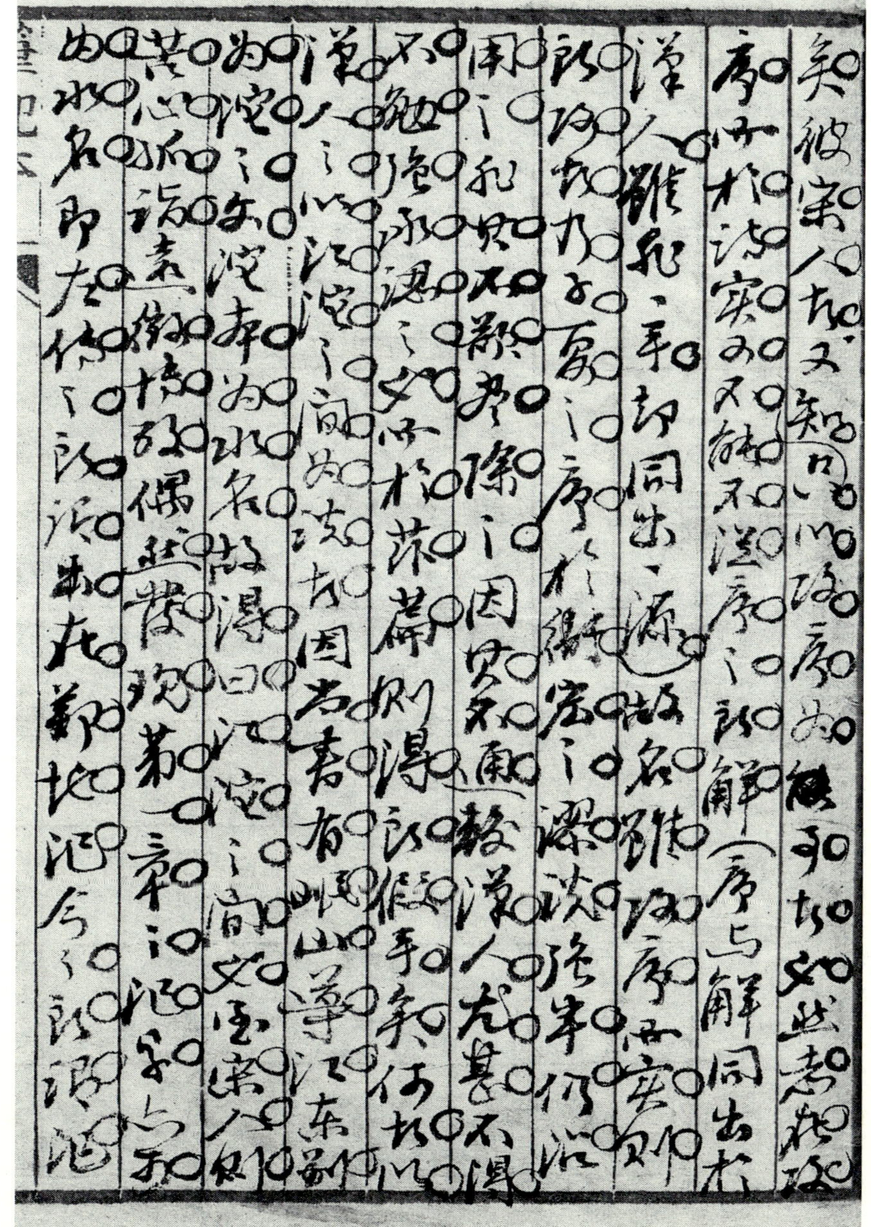

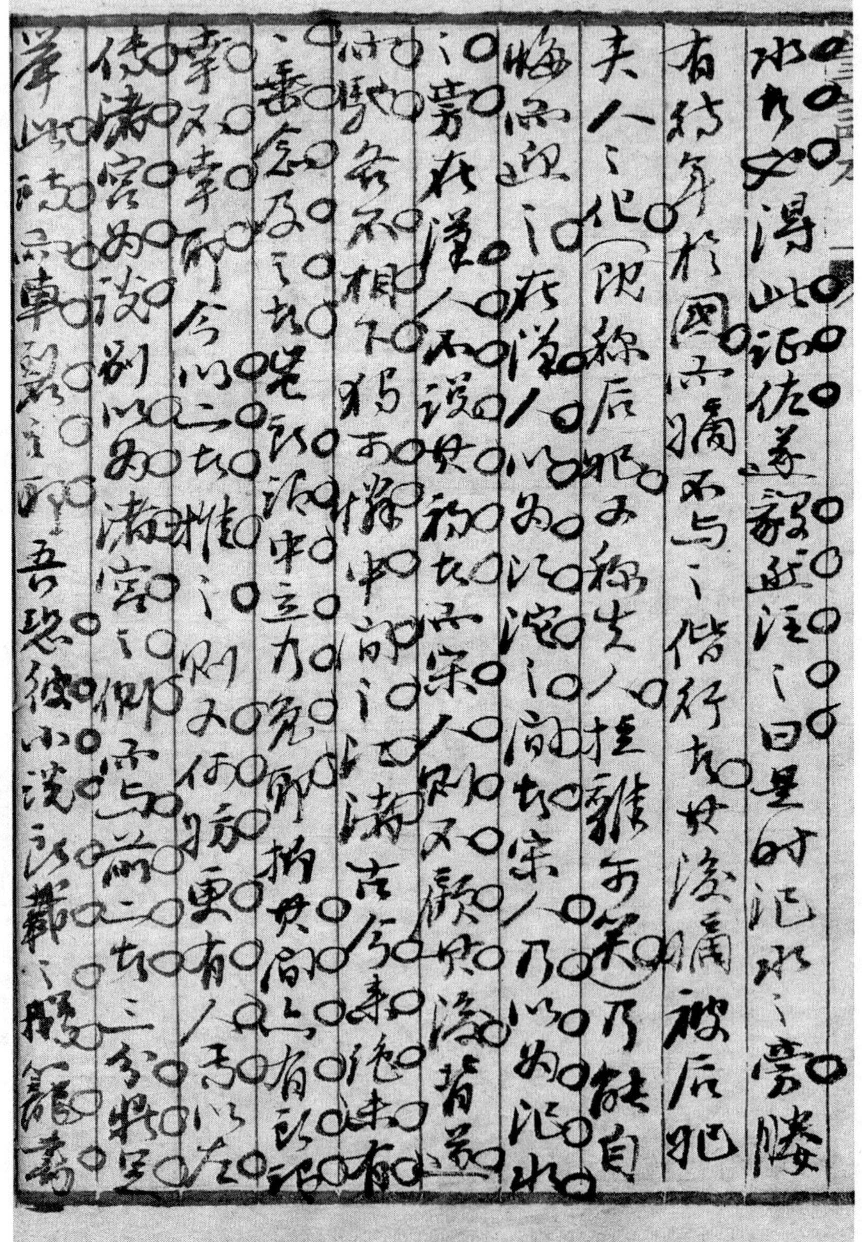

也。其說何以加諸所謂說經也。相如此者。如諸之說
經乎哉。（若待年之說尤誕也。想學者必有取焉。大抵
我周禮即漢後之深說也。彼此異於義之新。新
不然其所以然。故非有依係之要義之說。此皆俗儒
曲學阿世者之所為。在後儒不能免者之也。其說甚
長。豈易論之也。此論應經實亦有淵源者。而為
原漢之僅存者。則其以此決論之如泥是也。蓋祖宗
原奉以作已。（後儒加示）今作象人之跪拜形
今則來如此之已。其本道也。此之決而論之如於今相似
（即山象水流之屈曲形。橋隊之繪。即目象其法

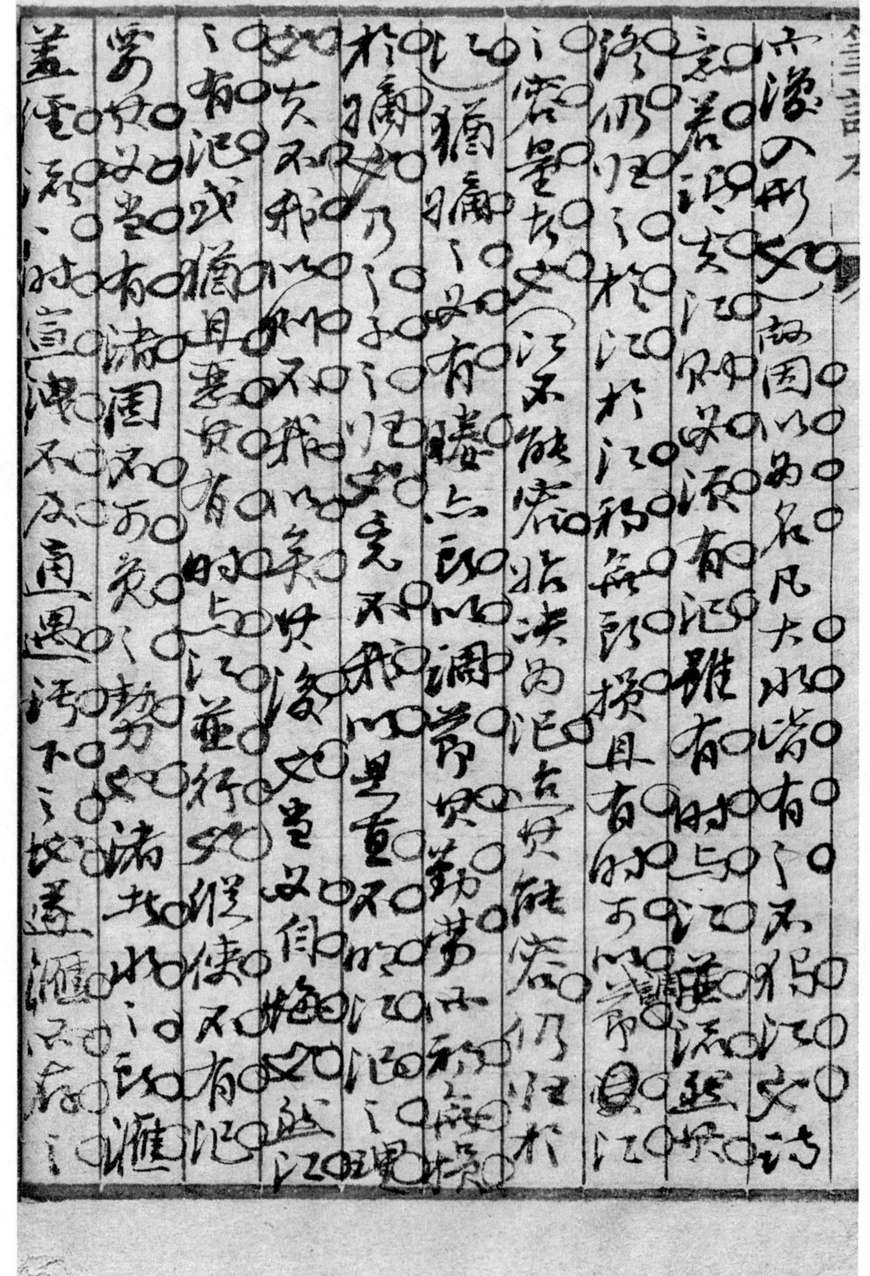

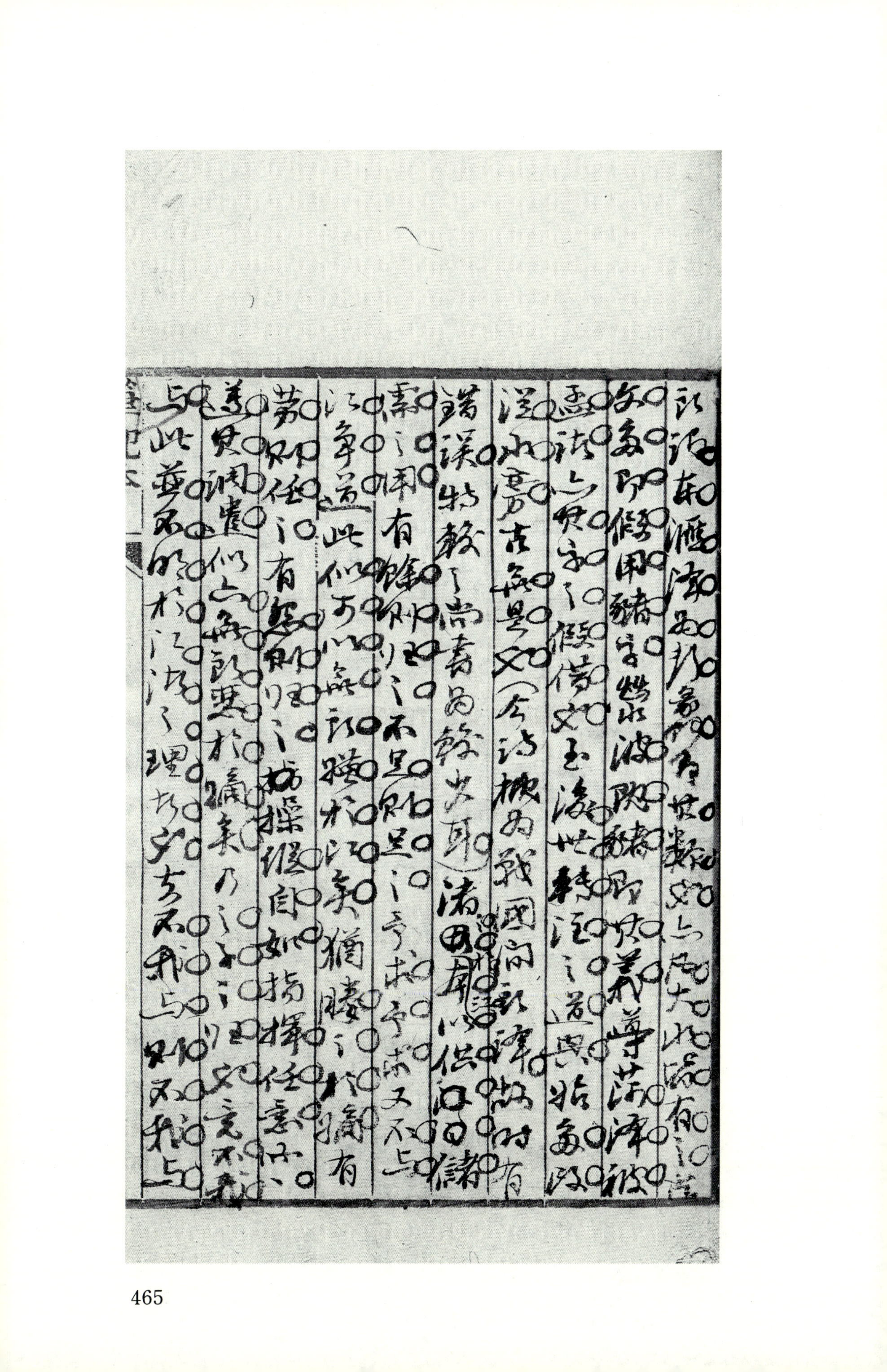

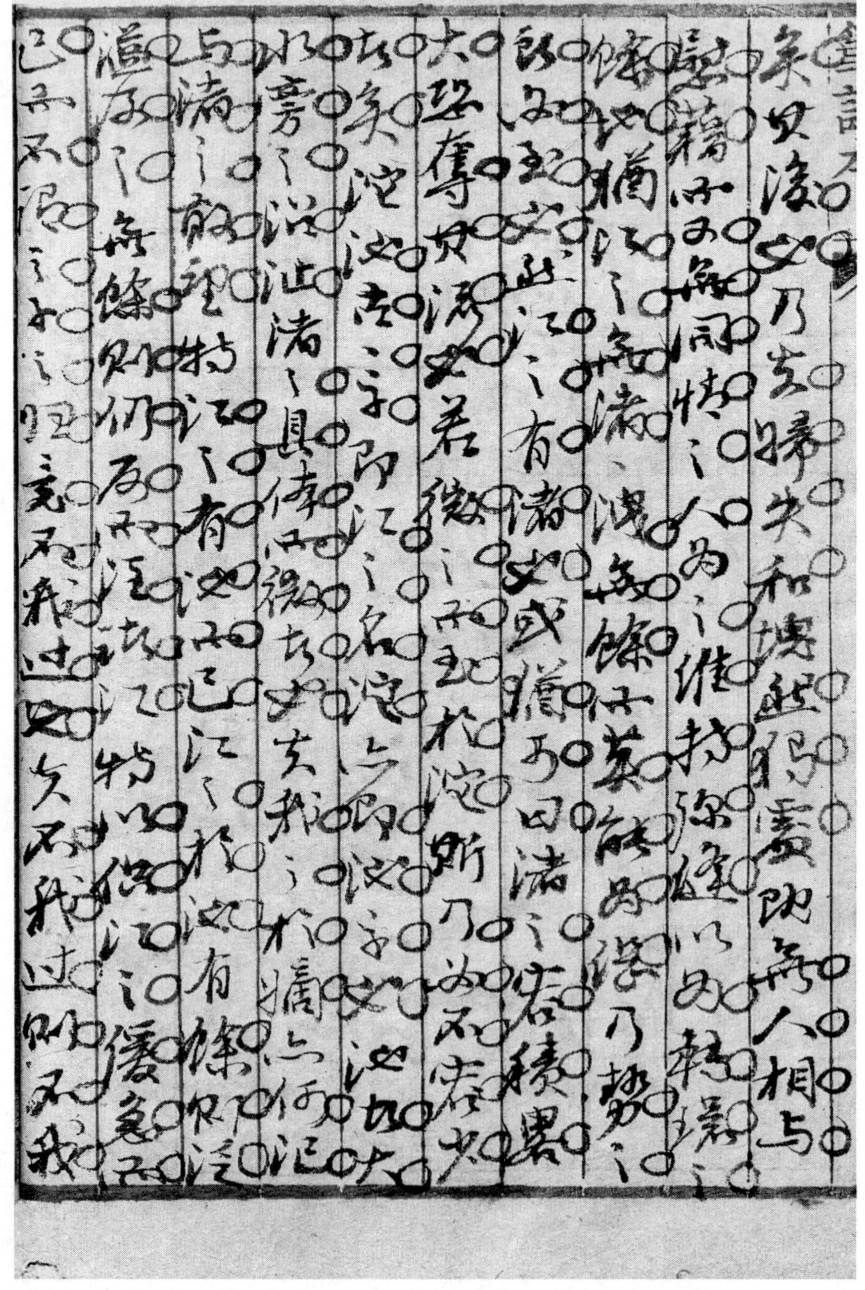

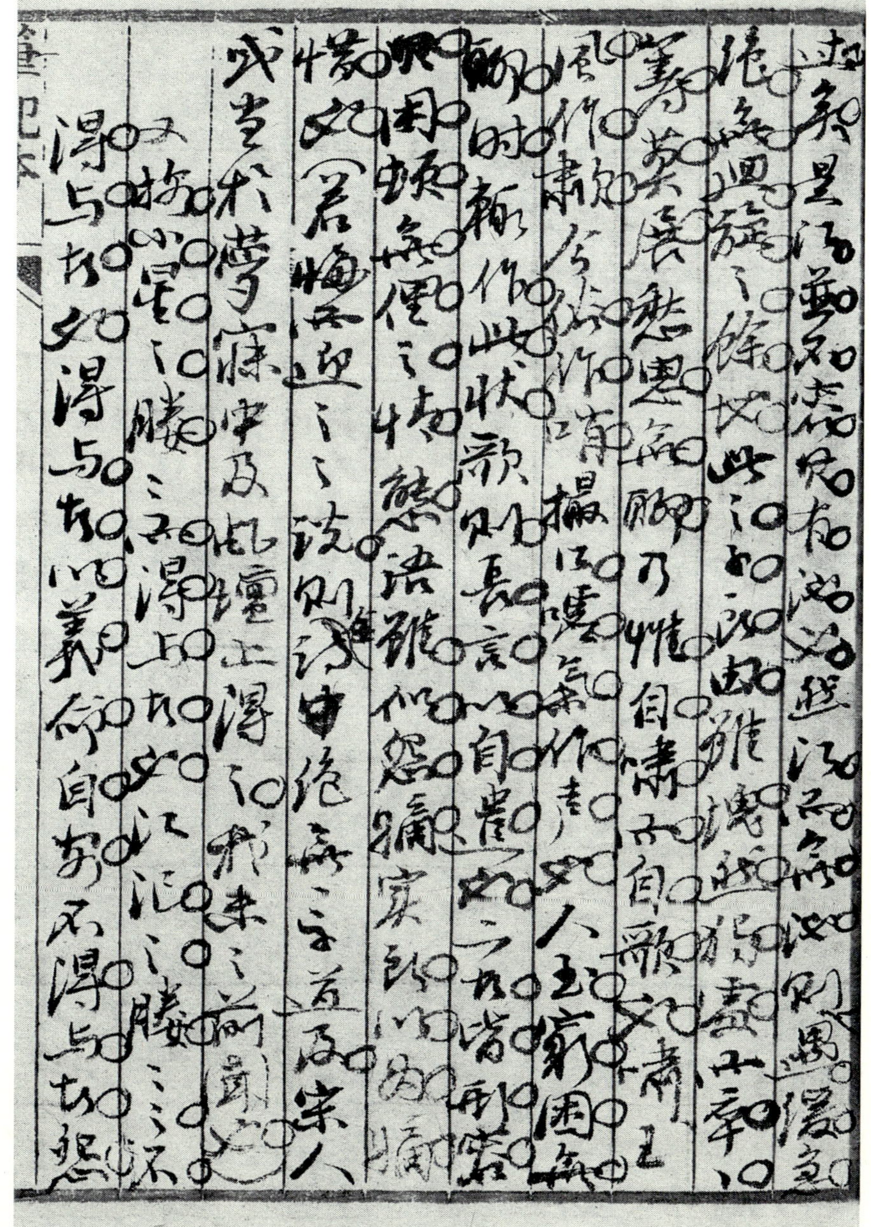

何不懲此以下處之從御權之二詩之異同曰美

媵之今以不得爲媵其反曰美媵而以之爲媵其

反曰惠反不安處以不能如此類且發小星之

以得惠反不於全篇上移不見惠義者以禱然

備聲媵可言得惠反而聊然耶江汜當曰惠反

反不而願曰美媵何聊以當無義之詩在其時亦

全曰美媵後人因見垂夜然服以星之詞亦

如之愚見如此不知果有合否耶

野有死麕通義

野有死麕序云惡無禮也此序亦無甚難解然

運從之氣則無不笑語可出於羞羞恥於詩
義之氣即知而惟情與俯仰之隨觀其所行附會
故雖有極時勝之序之氣欺勝而寒何耶先
衛之序云天下大亂強暴相陵遂成淫風被文王之化
雖當亂世猶惡無禮之陵侮原序四知能貞絜
五句及之獨不全其身雖語不惟於淫荒豈毫不相涉
即於序所言惡無禮為之強無干淫詩及序所言
惡無禮與天下之大亂成淫風當亂世為文何涉耶
在第之民不笑而守儒乃更奇中出奇所未因被文
王之化女子有貞潔自守不為強暴所污者故詩

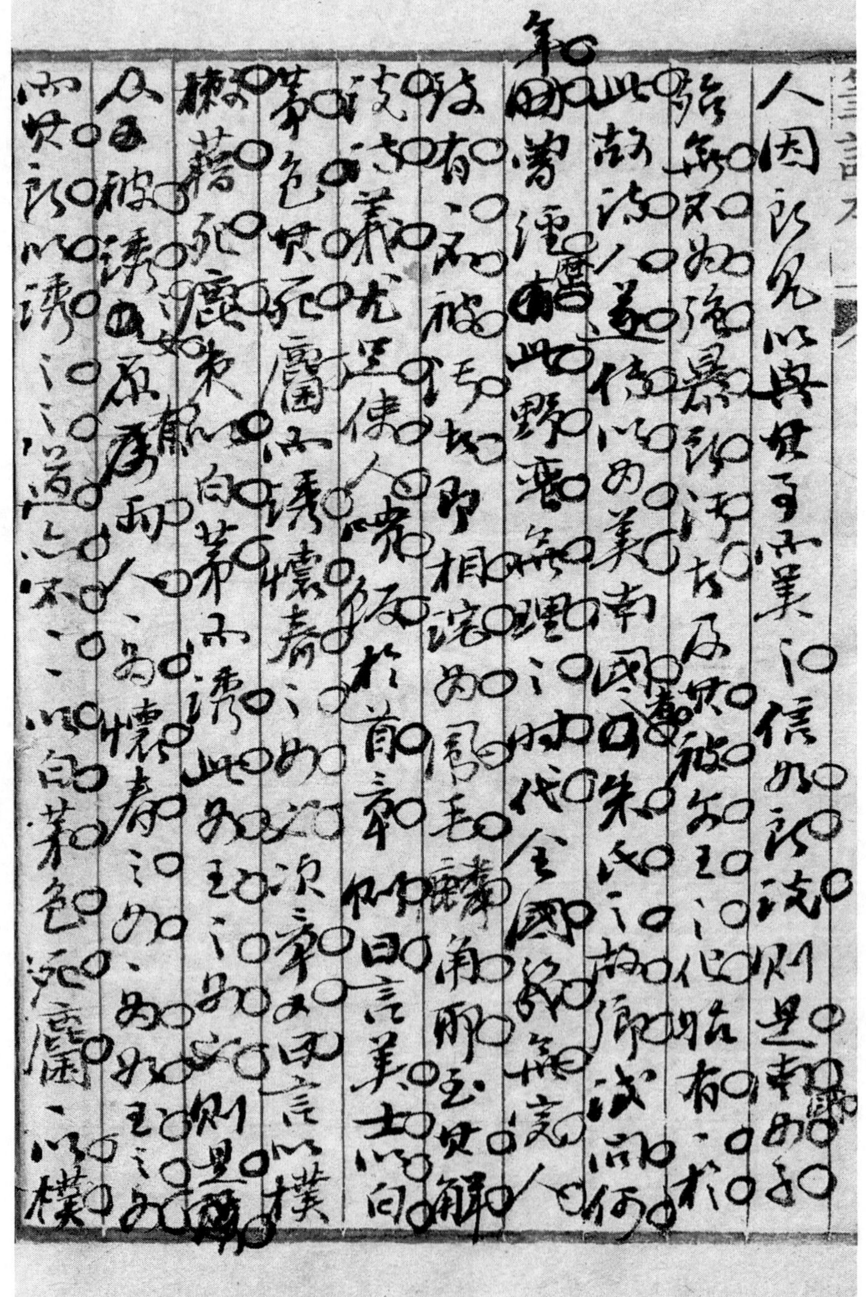

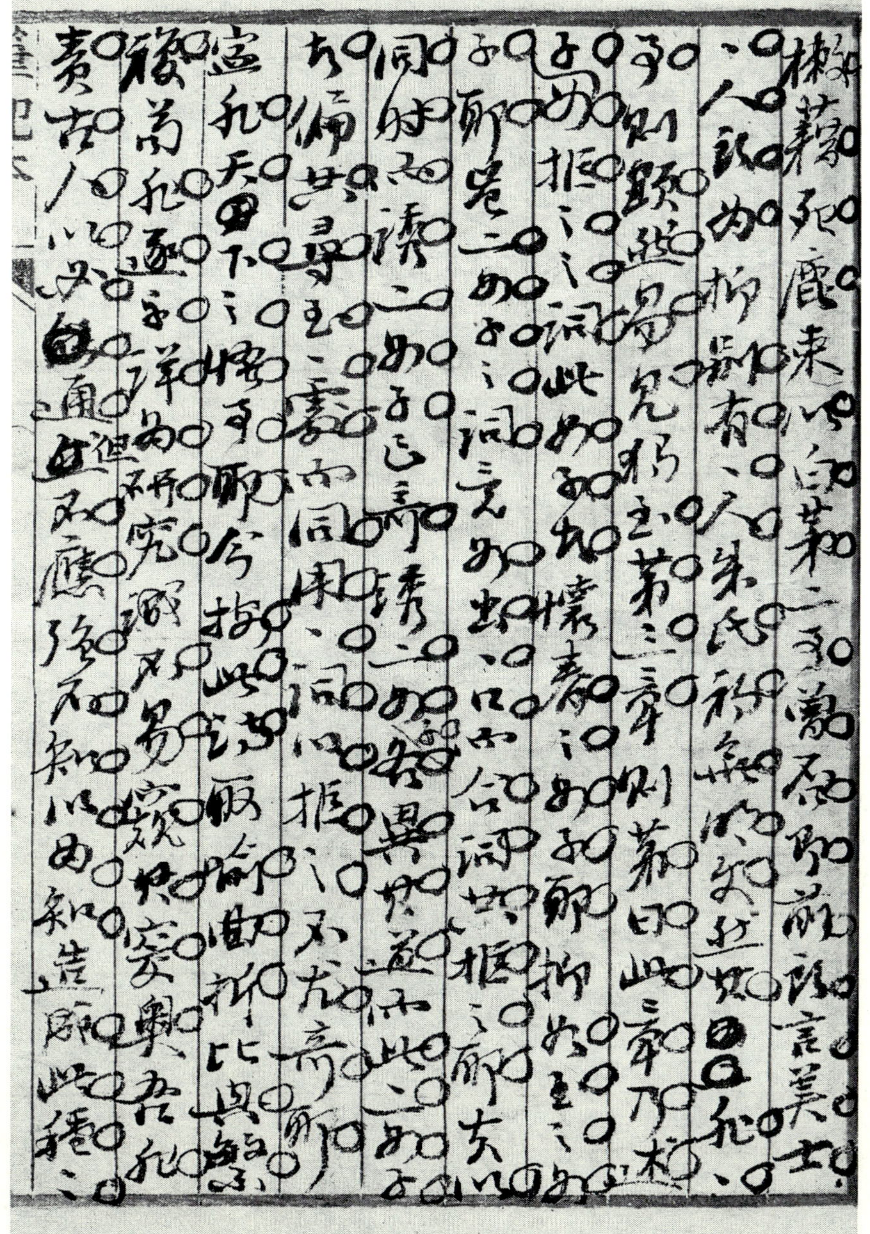

笑語自默，亦因此別人文。此說之，第之，瘢，語首在麗園
字其字毛鄭皆無注，至張琊乃云麗園、麗章，文青州
八語之麗農，此字之，先前之後，善之語，函獺，此宋氏
之語句，以兒侯知如有之如，殊不知麗園乃麗章
字實，語麗之訓名，下文之語，語麗句，此字之，語語
麗文麗性最稱，麗每課善食別以貞此怨人
語，以麗麗吹之，左信求語，係而麗園，王其本，須文後
八字，其美雅，將別撰麗章字，以代之，不麗園字，善之義
君，知矣，依張語，青州，八語麗章曰麗農，余在青州云
初，和兒，人，曼知此，稱文懷春，毛傳云不暇待秋文

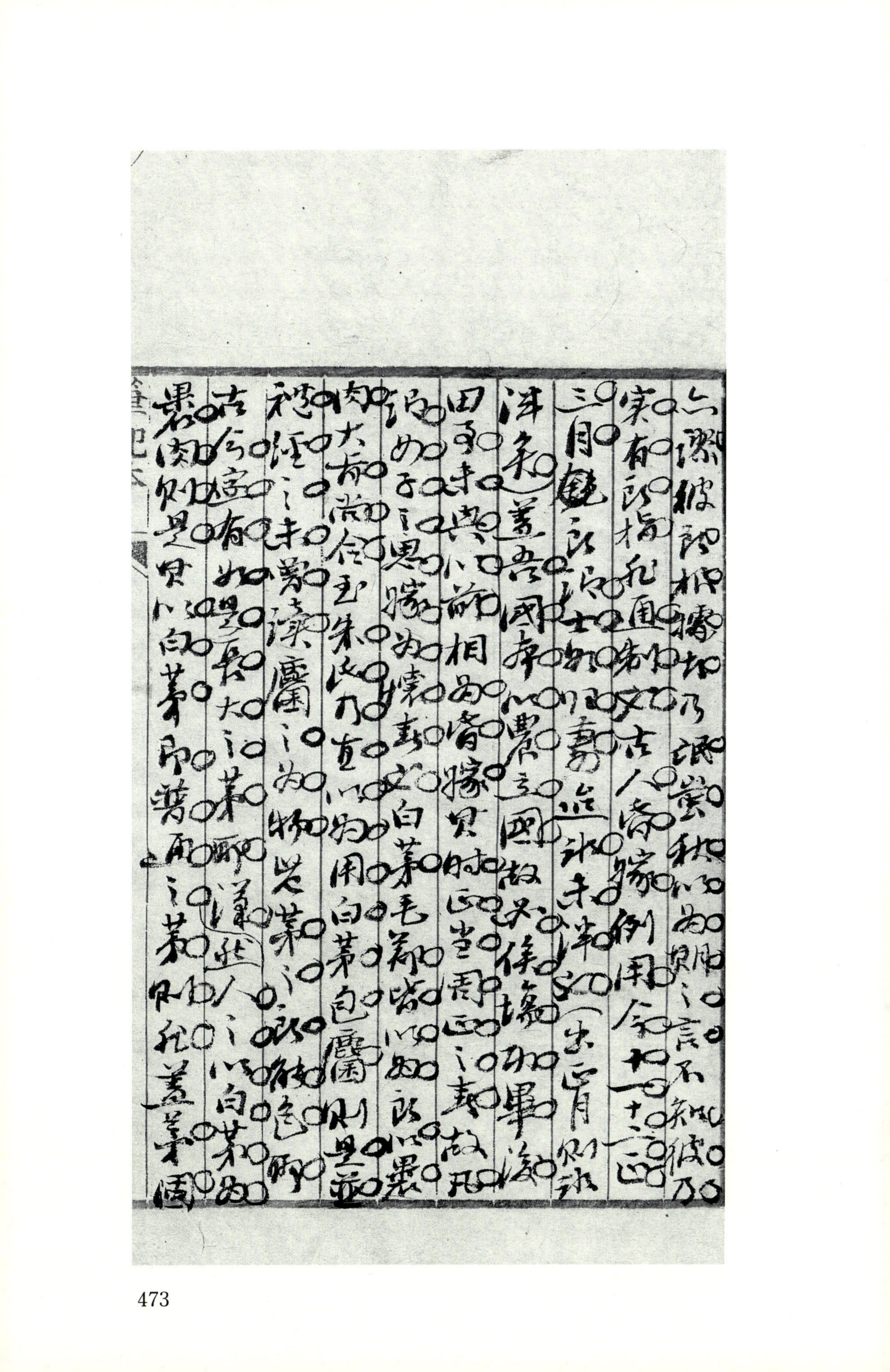

未有生而白者义（当时生时则青后识色熏青
第义跟根则黄后识黄第白华义后人良用之
白华谐说此溪（只言白者皆识赞经源鲁令之
第物然之以论用者孔生第义益者者尚然凡离
物及色果以条贵重者用有帛外余概以华
以第及黄荫诸贵义（三者实同属第数物
第之生成静华虽稍杂鲁然固
只多食璞析质之故终易难析故又源浉
去贝殒物质（以砂质为主而仅余胶质
识有懒物质只柔韧力乃倍加麻纻之源浉

植物之葉純綠

有因即帛知印

此易此注添

第六行之字之下

茅及藿之上

亦也此文跳漚之漆纔猶既知而然生前所具之

植物色素之著之根系叔菉為白之古人之用

此白茅花所以偏黑無色者萌隨意猶藉之文或

偏之以為純色或素之以為素色即次之事所言也

純色作青或作偏以純帛或編所以左佐作或遺之編

藿焉藿紙偏茅之純編之漚藿須漚茅之須

漚文公食大夫禮周人陳鼎溢信覆著菅束著

偏即謂以偏不知有司徹組之用編帛謂以色素

共謂以東文即此而知易謂謂藉用白茅者之謂

白茅謂偏成之純帛流段少許亂雜色夢之

茅即以藉之至下也此義向無人說之故見於古
者多不能通尚能知此則主祭無以縮酒之說亡
無訓用其穿鑿附會矣縮酒即釃酒或作漉
酒即醴酒也說詳代木若樸樕則今之所謂樁
樸說已詳前之薪也古者以肉為羹之半熟而後
烹之所謂腥也熟讀儀禮及禮記自知之不
詳熟此外更有是為全體隨者則為饌之薦
注以為條也因更以脫之為饌庶之集注因以為
不庶乃路回饌庶、饌之脫之、饌饌爲亦作饌論
明所以何但曰庶饌為饌饌為曷然曷者且從

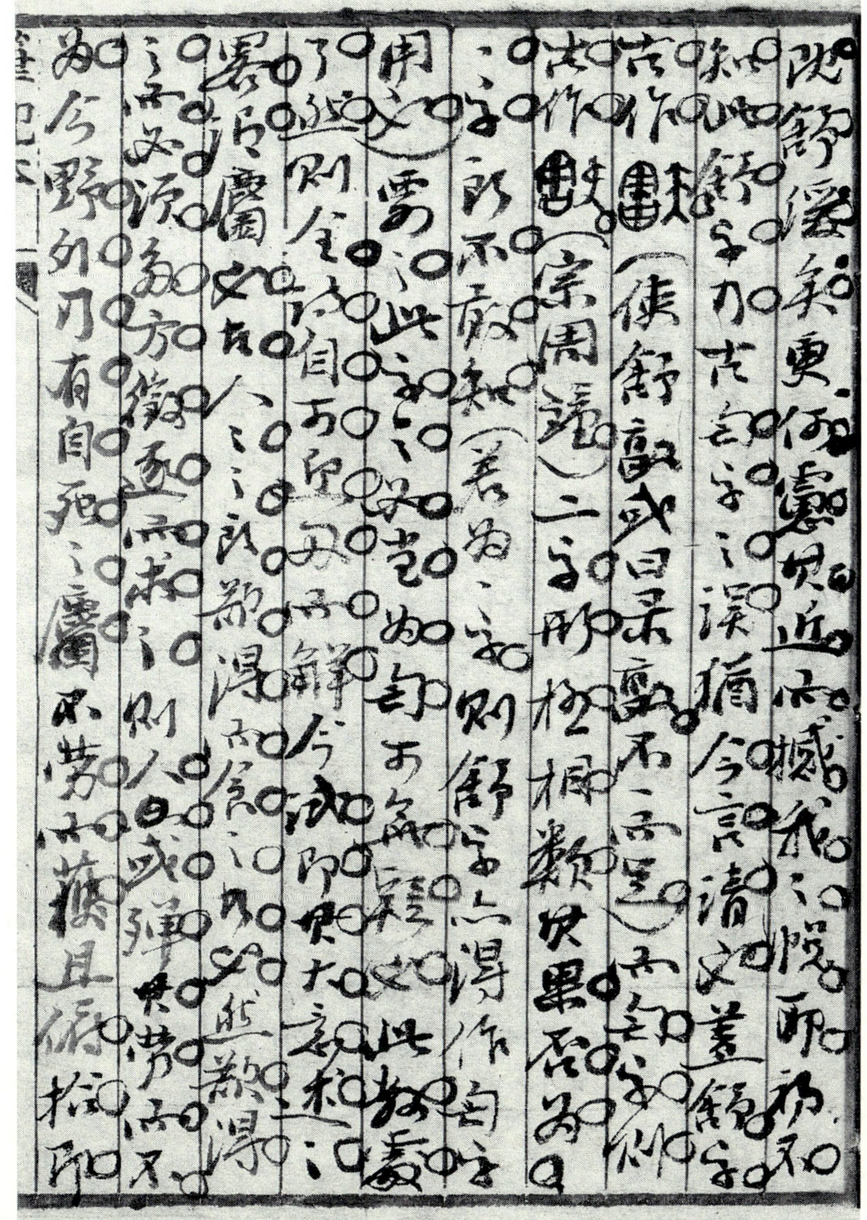

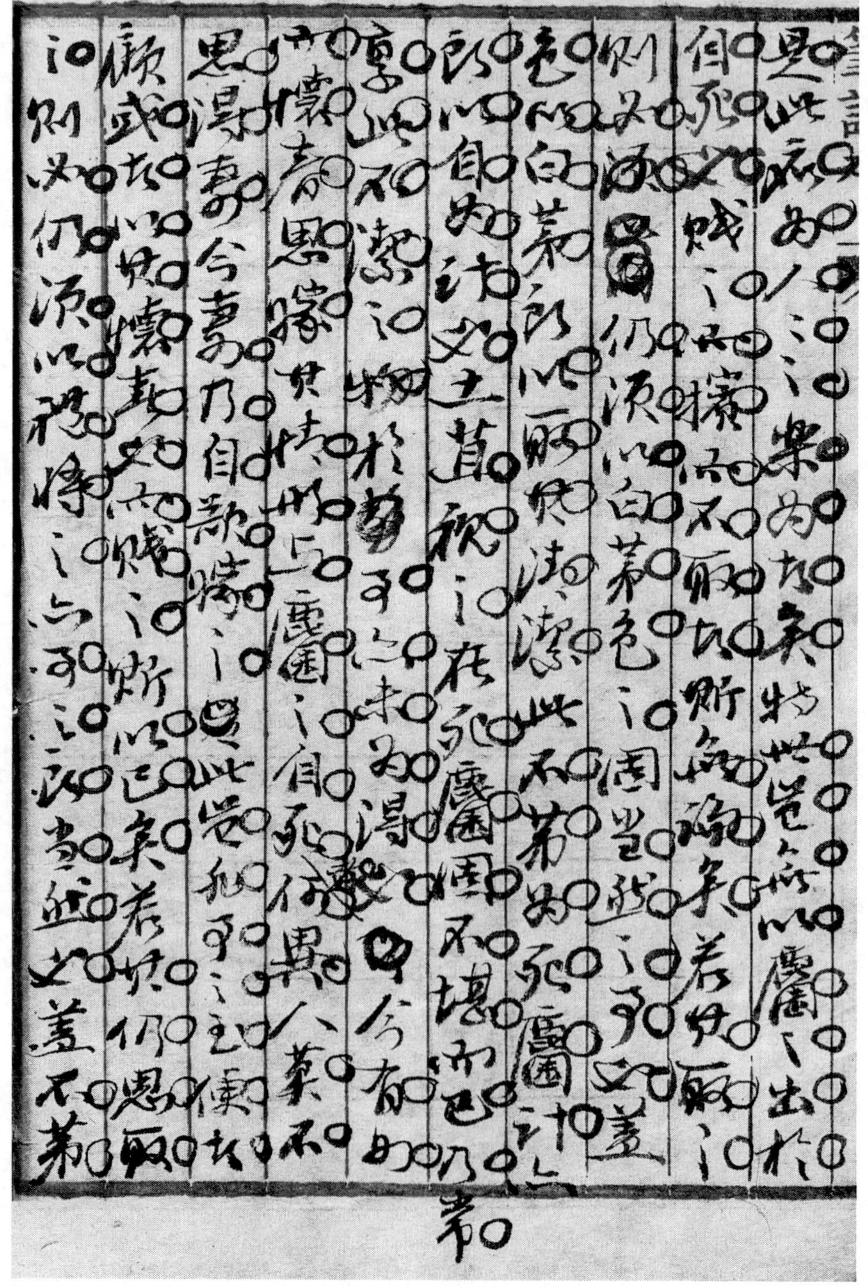

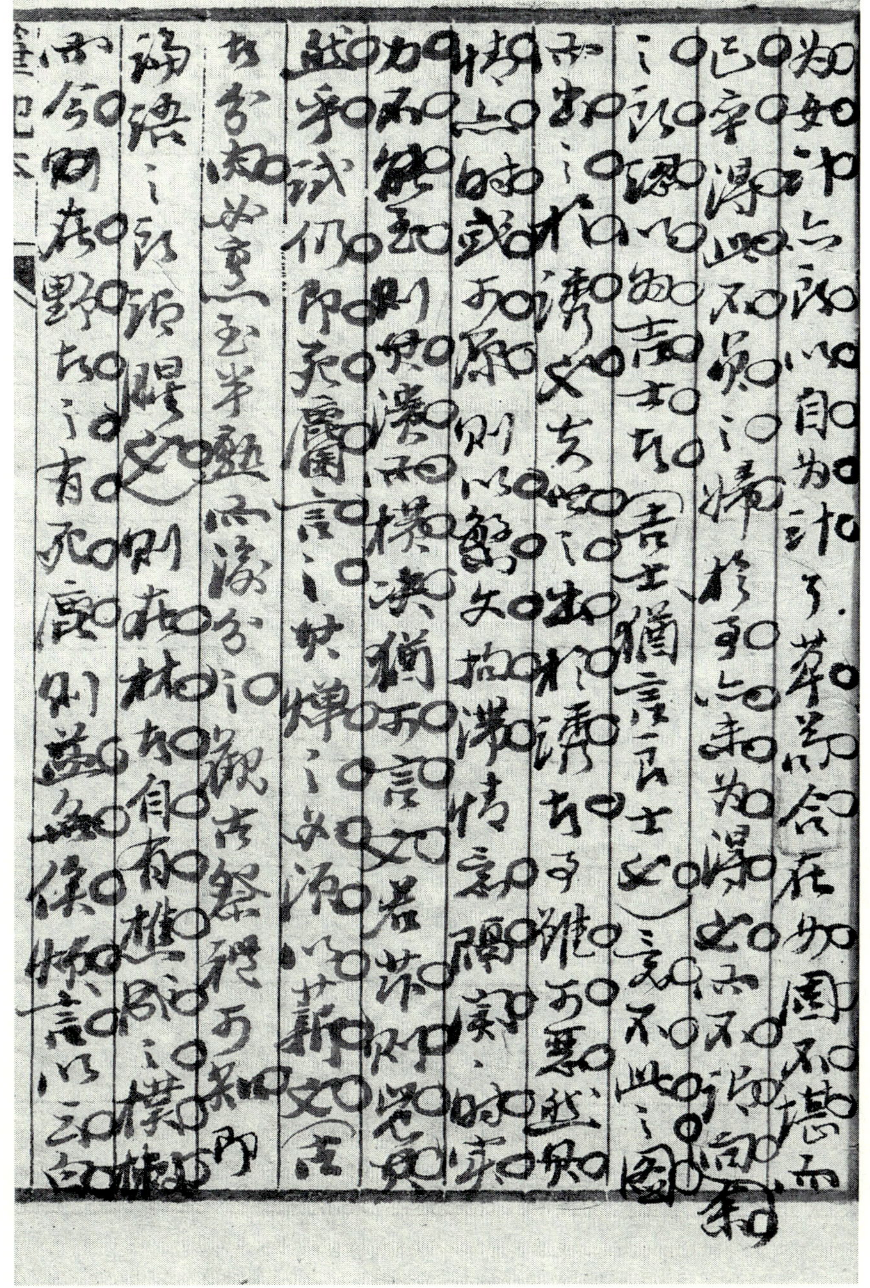

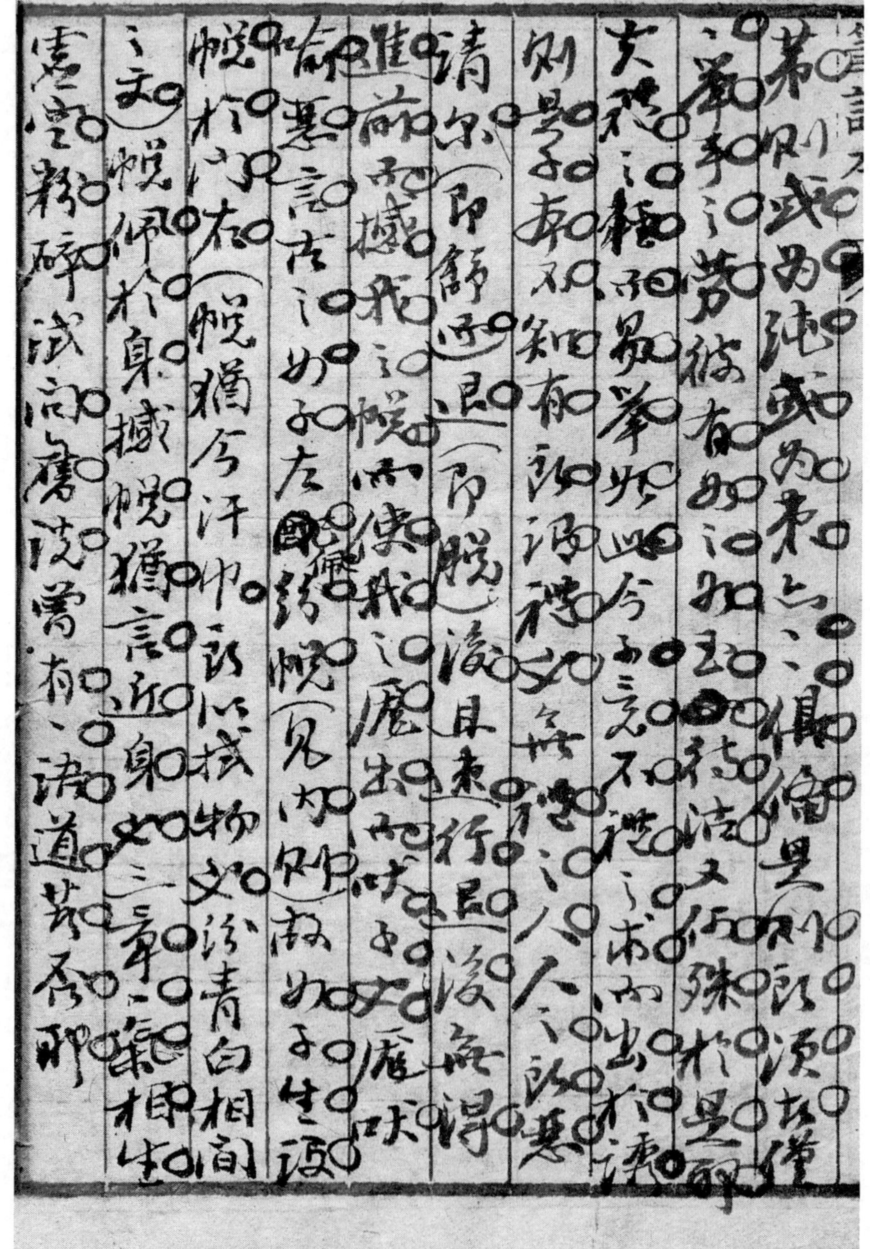

何彼穠矣通義

何彼穠矣序云美王姬也此篇詩及序俱極明顯王姬如誰則詩中自稱之平王之孫齊侯之子已確切指實似無可以疑其滑稽之餘也矣乃衛序則曰雖則王姬亦下嫁於諸侯車服不繫其夫下王后一等猶執婦道以成肅雝之德也此公而以別今人解題概曰王姬說亦不述其序之濕待未及秋豈也成魚回以與其說物假之以供貴飾棒腹之助以今人訓傳之矣林然不然何其無又令人絕倒耶其云雖則王姬亦下嫁於

諸侯只問若是有感也是只不下據於諸侯天子

忠自賢之耶抑一另王曜便忠不據耶曰備執

歸道只天知之知下據於人即不以只執歸道云耶

私氣諸耶義知東服不然曰知下王辰之勝云之

胡章起扯直同醉澤芸諸詩義何芸有此詩但

言事說賞度服便何有於聲知不聲知天下王辰

不下王辰不知同於爲嚴諭知耶餘諸本去困之

有知揀貴驕貴知家之說則以朱氏之智識與衞

氏畏皆知以歷來說此詩詩之不潔全於本於二章

皆知之時詩之深解只說不知淵自何人亦不知其

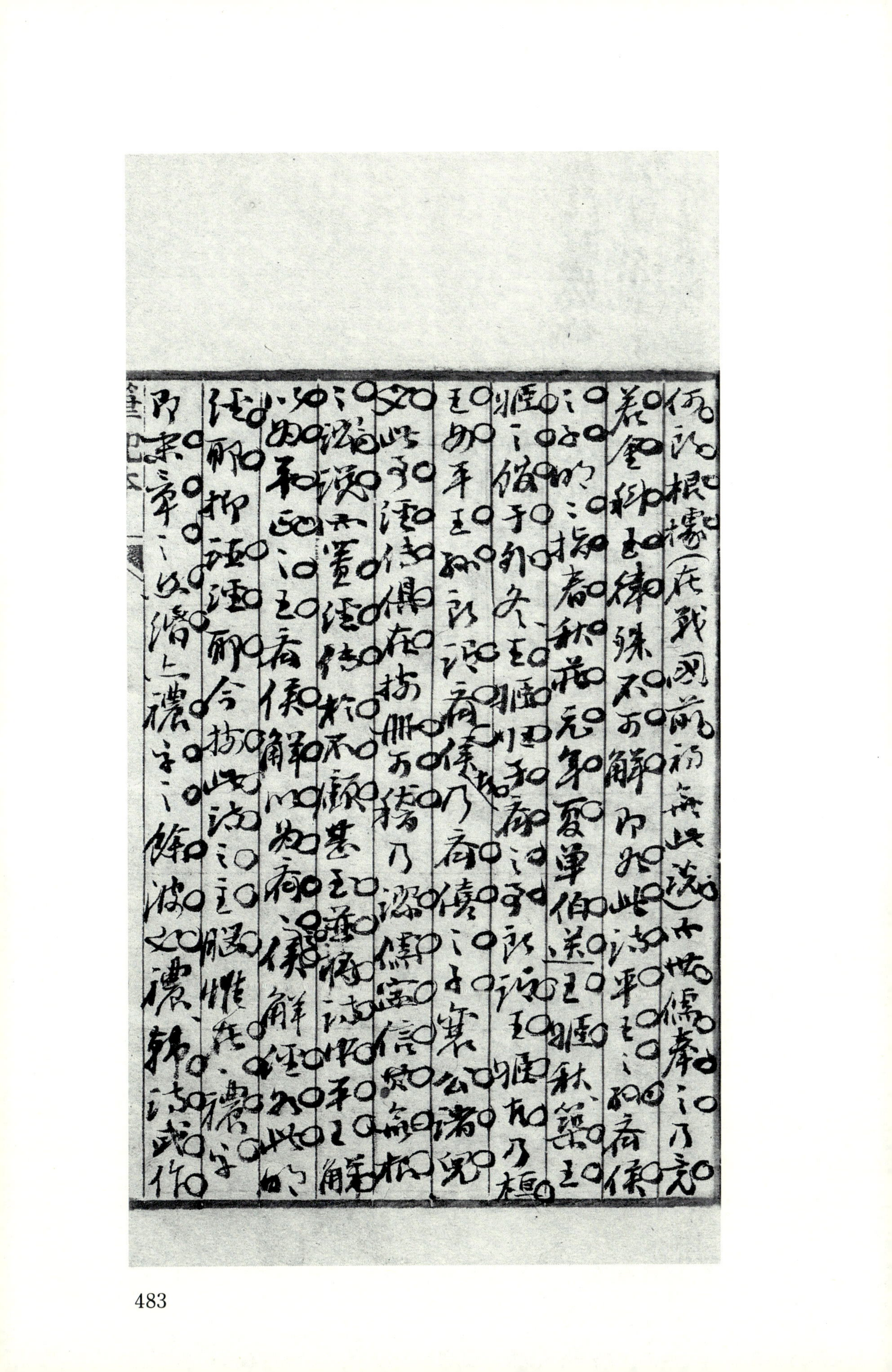

（張注改襛作穠孫澤吉本今作襛者也）

茙韓詩本漢時字八以傳貫以載之異文矣
私出於臆造貫不傳私不章文（按貫以作茙矣
因毛傳襛猶戎戎之文蓋迷臆為此字即此可知毛傳之
說本因盡出為魯韓三家之前故毛傳之出亦在三家
蓋襛文禯本字郝字訓原為字字古雅假借襛
之字也之自執注之之新與於是乎因用亦異異字在
此也此作襛在酒也作作醲在禾濃也作穠
在衣服布帛也作襛字義具同如此
襛字指衣之重疊然後言故從衣字質言之
猶言穠文厚襟即常襟亦即裳襟即今之裳

此行添在文下

梨文。共花。艷。麗。而。繁縟。外纖。中。白。墨。迹。今。江海。

棠。（海棠。有。因此。得名。）故古人。言花之美。者多稱

江。因古。人。因。無。以。稱花。為。可。名。文。（中國古人。所不為

此。前所謂。之。眾花。此。亦。可。為。上。古。文。化。之。一。斑。矣。）詩之。云。畧

則何。彼。襛。若是。之。重。疊。繁。縟。耶。則。以。貫。為。唐。棣。之

華。文。唐。棣。之。華。圍。花。若是。之。重。疊。繁。縟。文。

然則。此。是。為。子。不。肅。雝。和。耶。則以。此。東。乃。王。姬。

之。東。園。花。若是。之。肅。雝。和。文。試。更。進。一。步。論

之。何。彼。唐。棣。之。華。有。花。若。是。之。重。疊。繁。縟。耶

則以其華。之。繽。紛。如。桃。李。如。此。李之。如。相。合。故。能。致

此禮總說文。然則此章又直曰不肅雝耶？則以御

乘者為和，王之和也；御者為肅，儀之子。二者相合，更

焉得不肅雝耶？由此可知美之相得益彰，猶

物之相合而成用。不然，則彼所為者，何因之於此，何如

以合之以為緒耶（緒，古繩字，乃言之轉，猶繩之今

人之轉為充文。——舊注以為綸，孔綸動詞，猶今之紡

蓋用綸績之文。戴記之王言如綸，則又以動詞轉

為名詞者。孔吉頌如，則以此之論不如緒之確定。

然則彼肅儀之子與和王之女相須而成，是已矣。

又思齊此時雝家之肅雝，如詩即詩言龢之

紀王姬之歸齊齊襄公親迎於魯出為夫不

是以為之則所附庸閔書單伯送王姬嗣後書築

王姬之館于外由此書王姬歸于齊使齊不親

逆則單伯直送之齊齊自使人逆之于周

可知矣何必於來年節即先送之魯而魯為之新去

又以為之築館于外擾擾久之始自歸于齊所

是則前使之親迎不待書而自見此正古人文字之

僅與魯後人以於不成甚解之眼光讀之鳥在

其不親迎之獸爛朝報耶

[illegible]

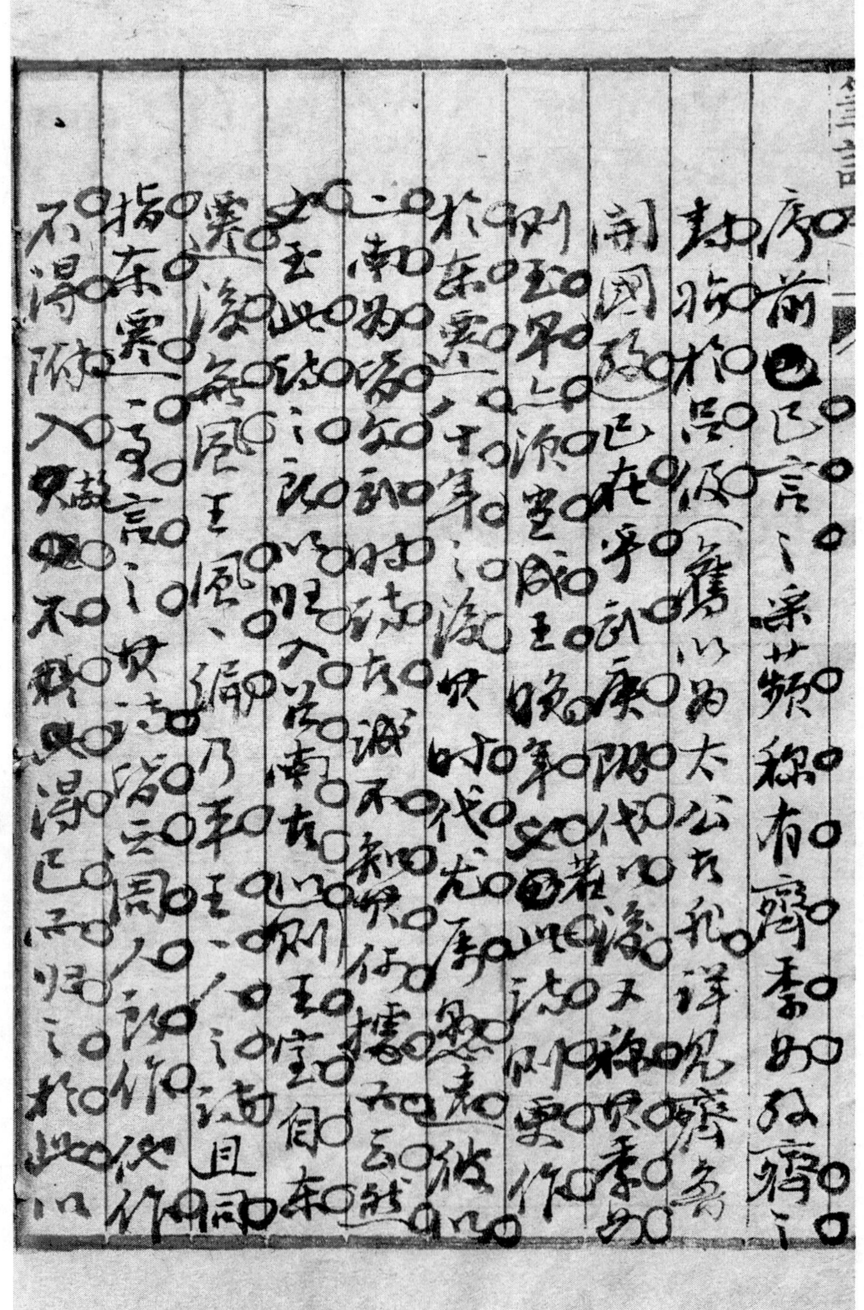

[illegible]

於○

騶虞通義

[illegible]

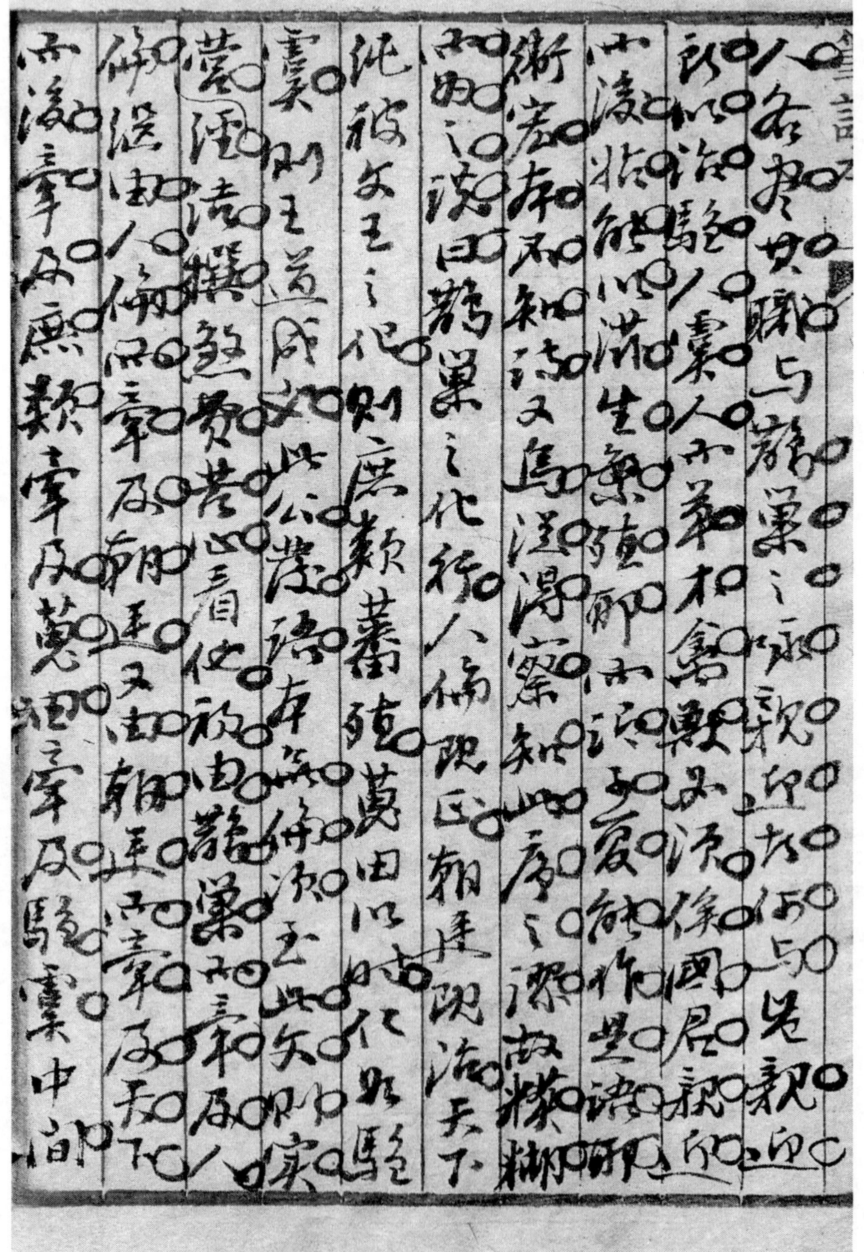

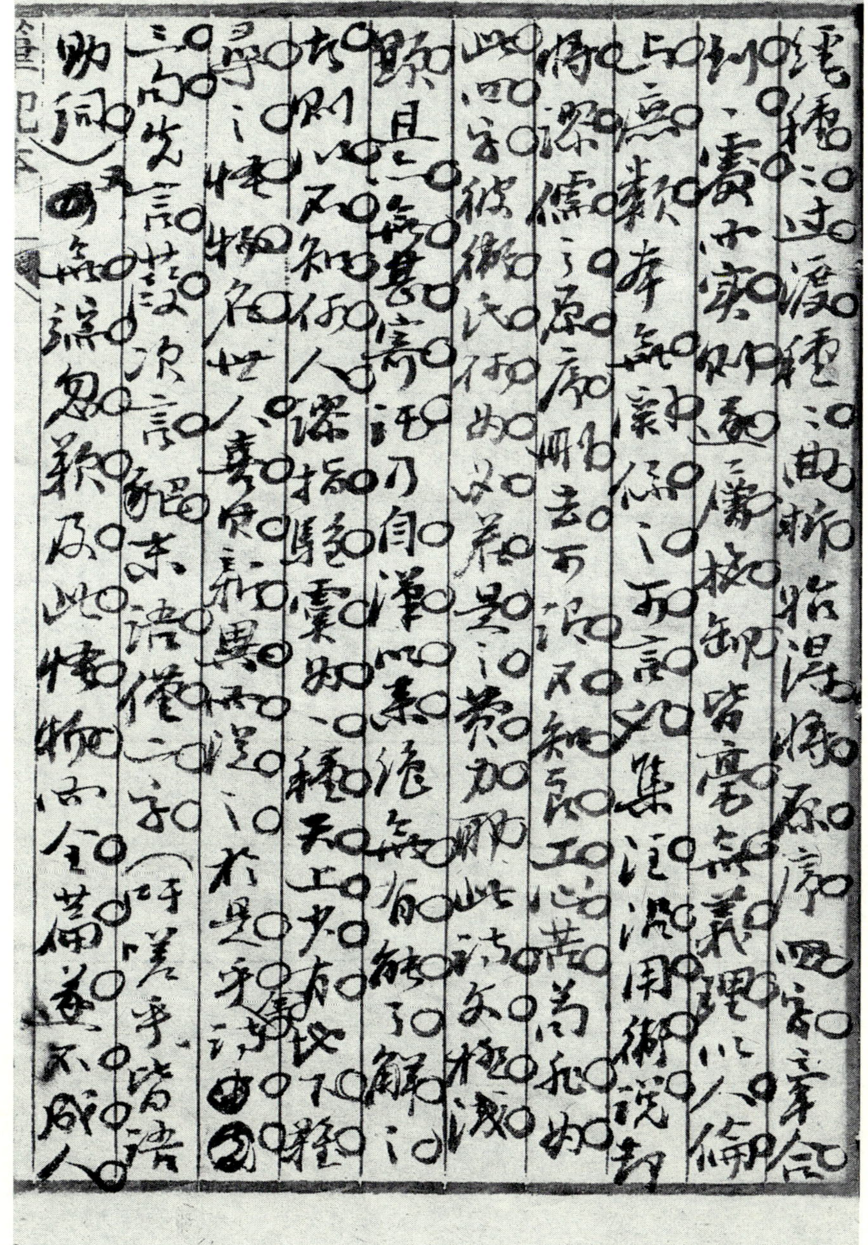

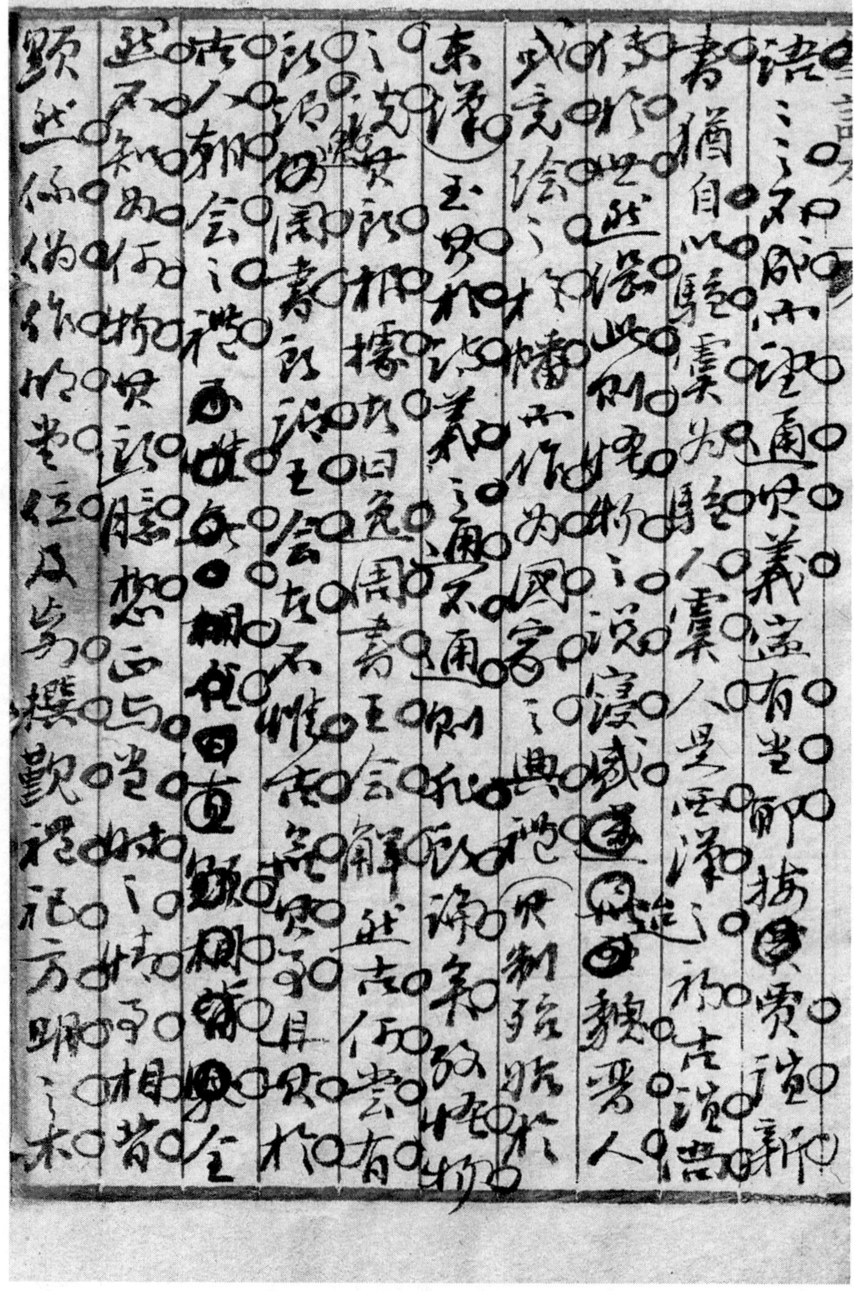

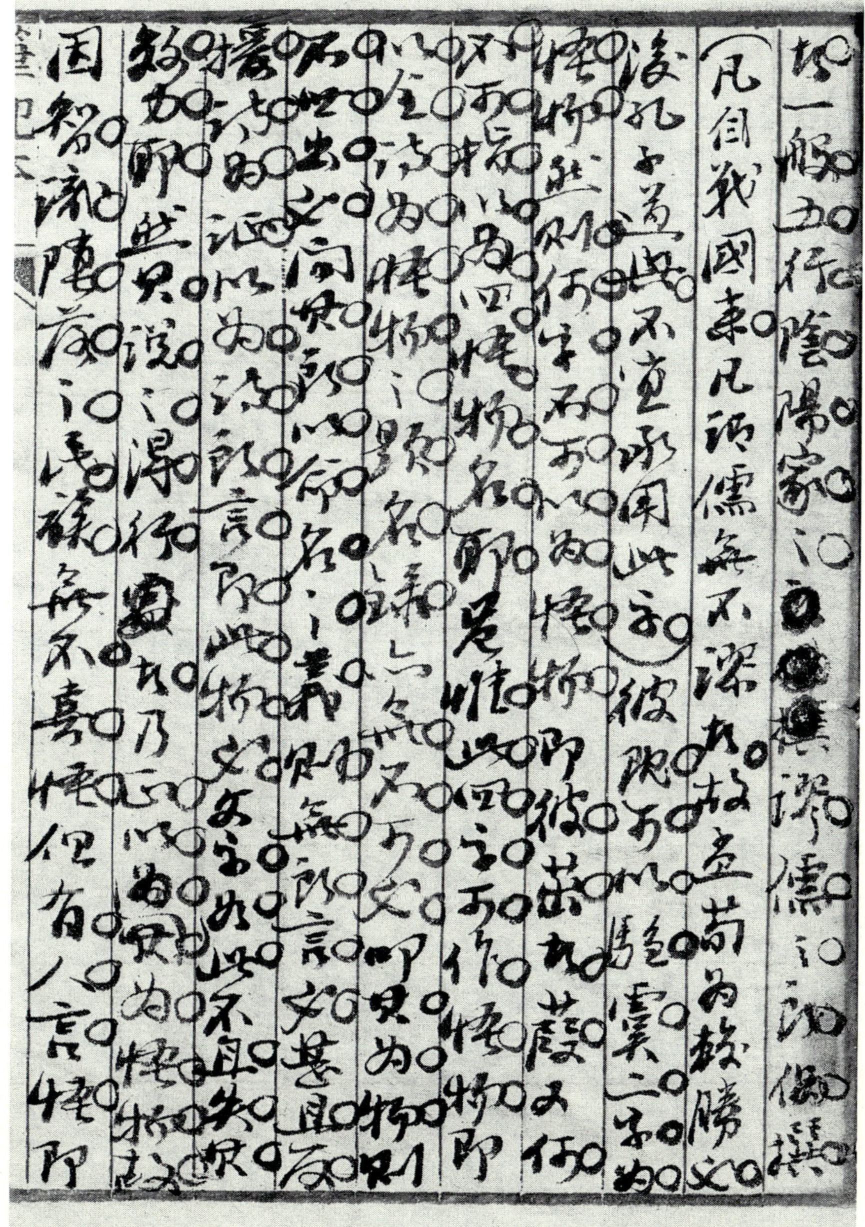

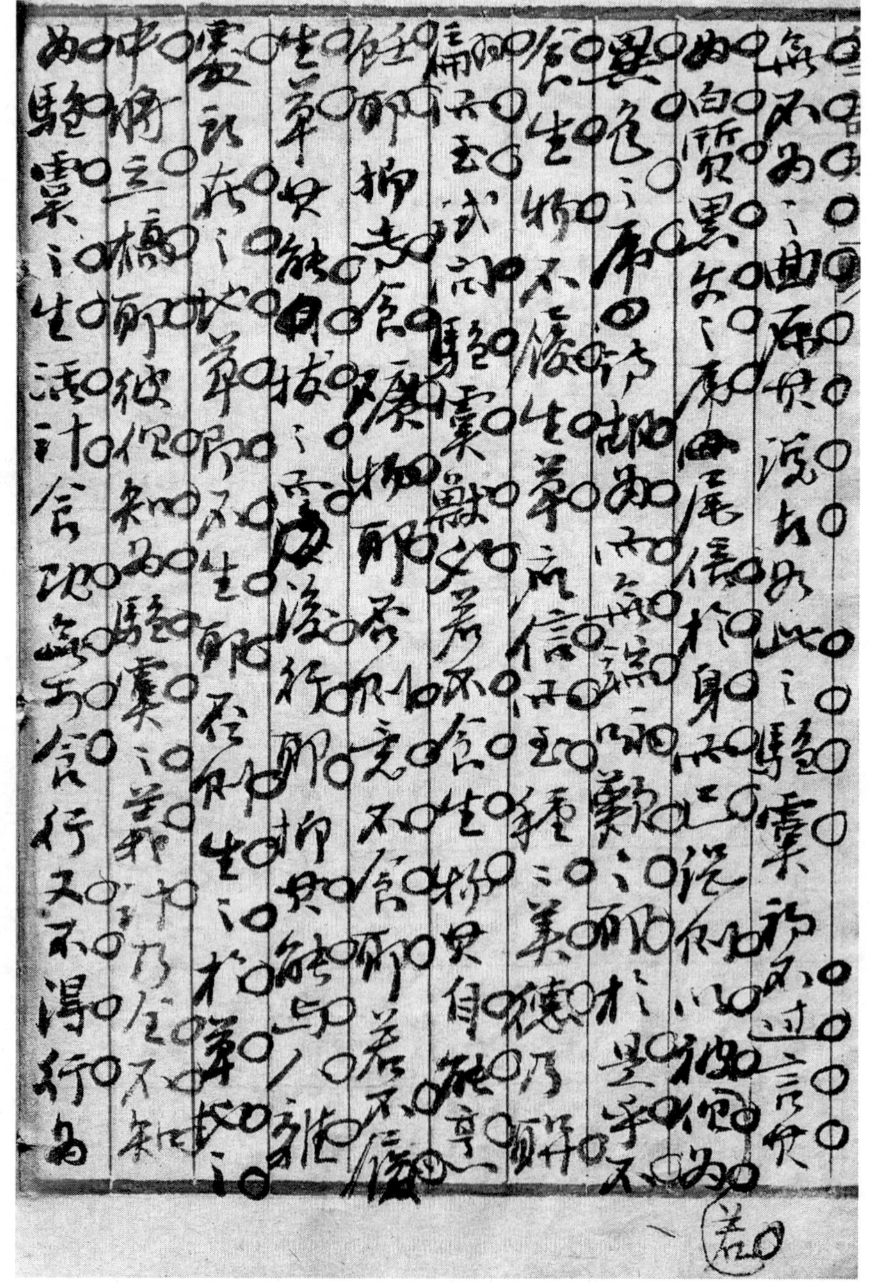

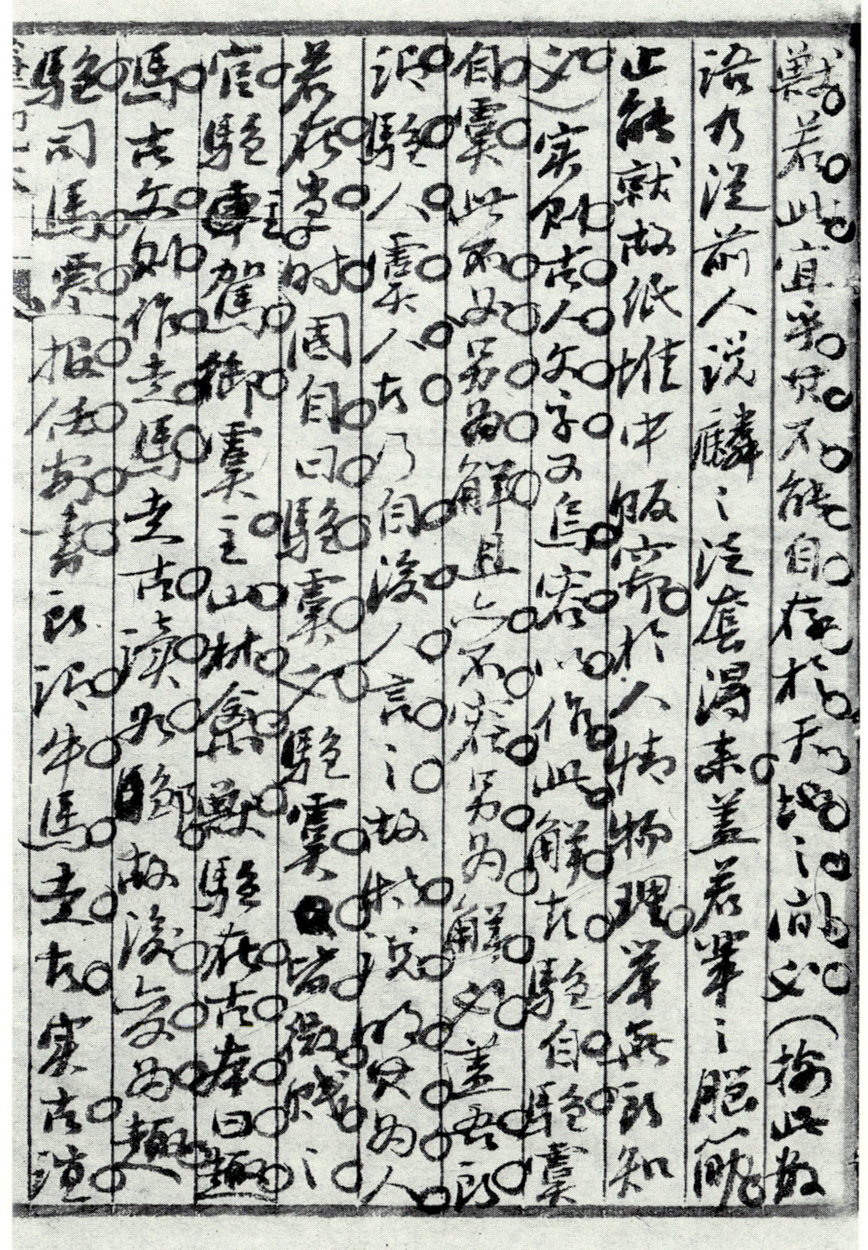

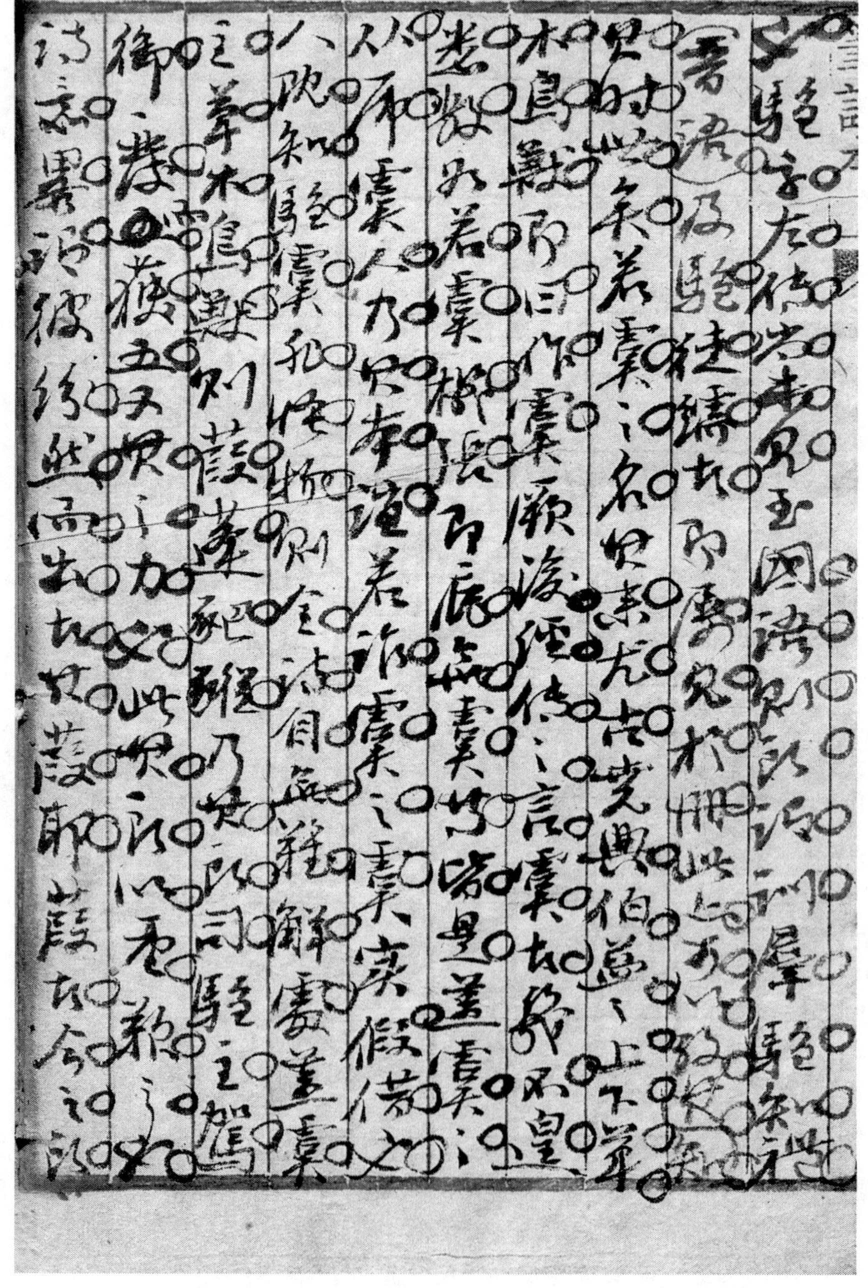

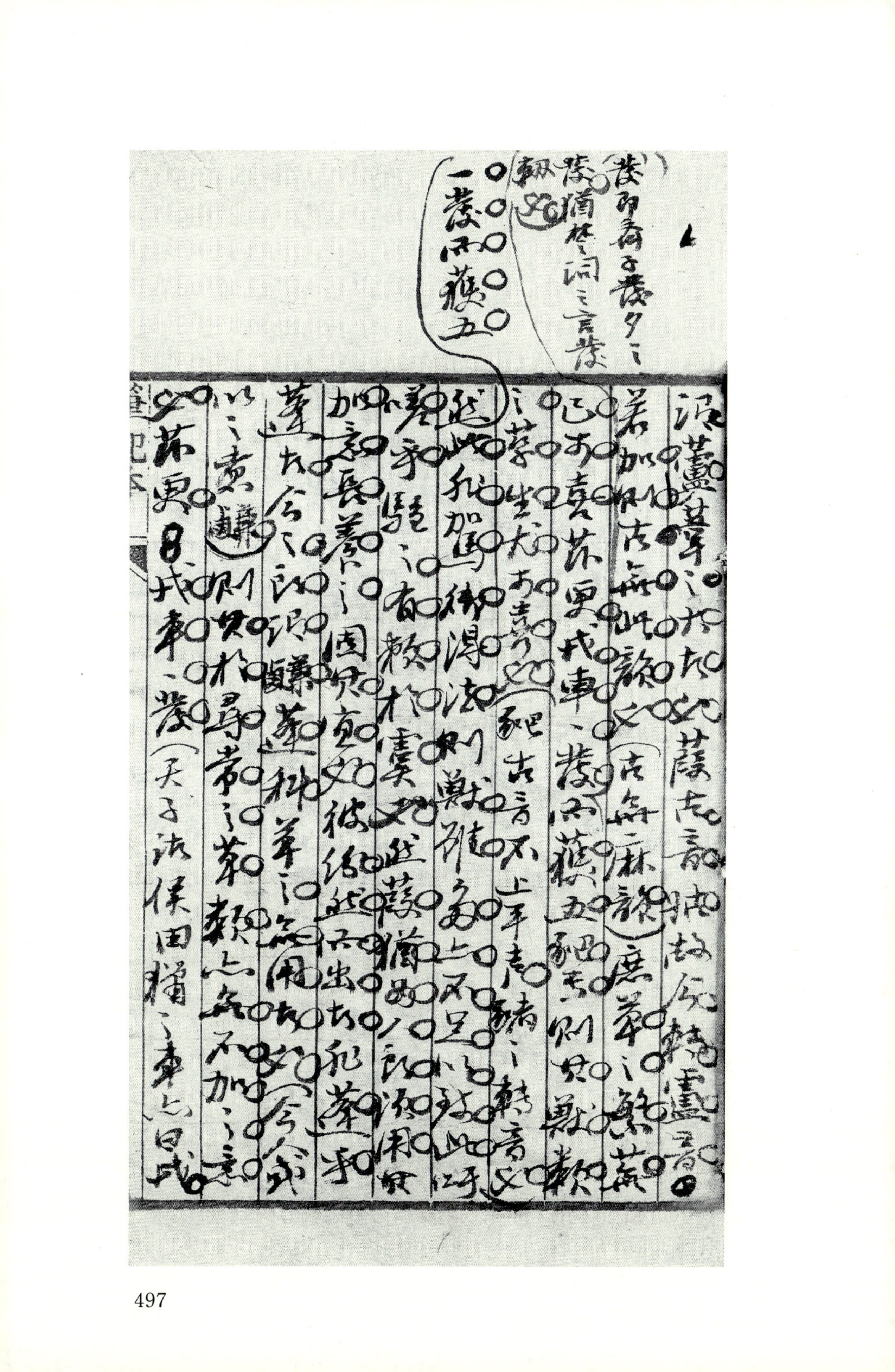

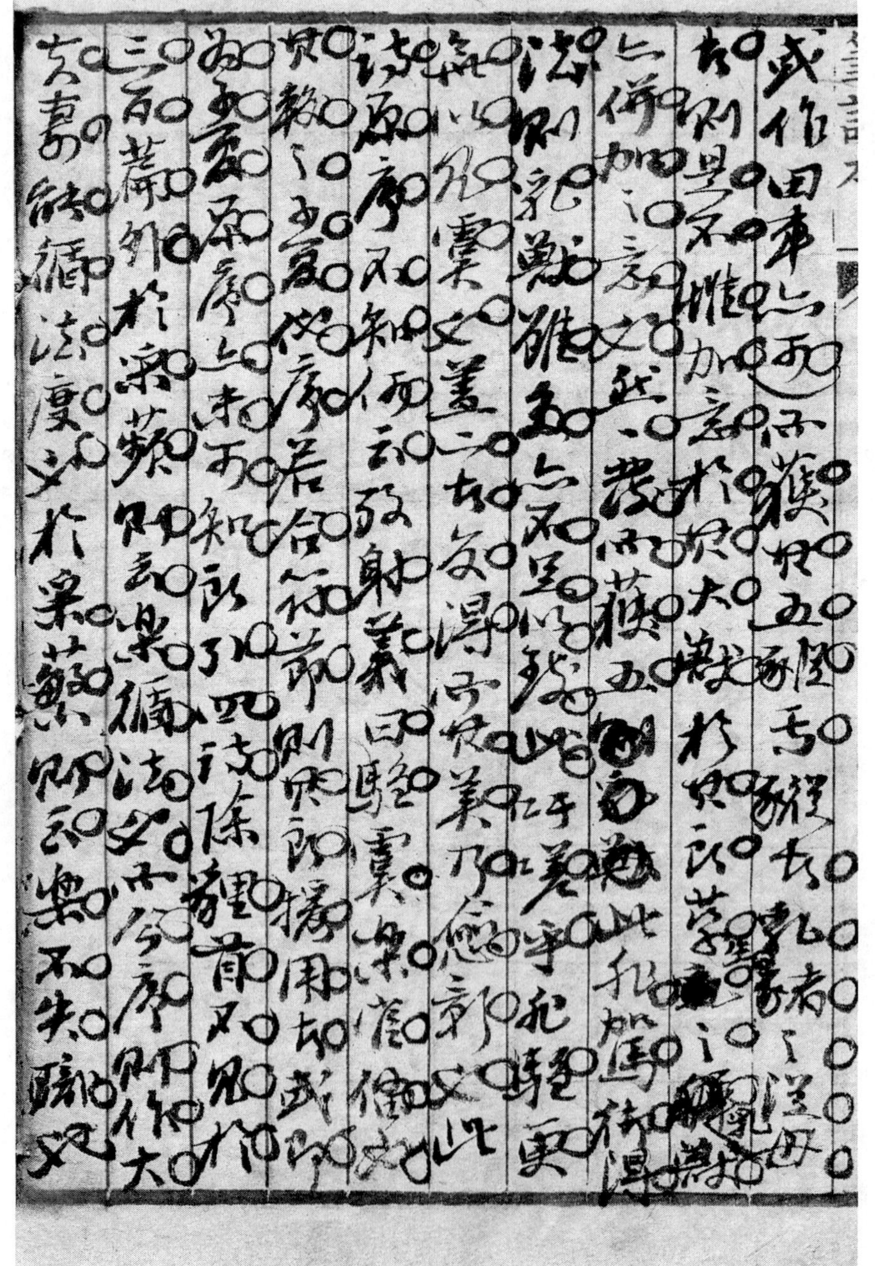

而今序則作文人不失職文詞義媺大畧相同標
序言則況者枝葉與而序之似知不類記言
精簡實節插恰作序如手則似記之作於
簡其時詩序尚未為一般涉儒之所攙亂所引而
而序之原文（詩經體首故其文亦與三詩之同用樂
子夫不同弦歌者所謂戚記所自撰以是之文不
此詔為者是之所今如文又此詩次何彼禮矣後
則其於代當先晚然樂記云故算數知身左身裡
首右身驪囊其異之身息則出王如已矣
有此詩文也不知樂記之作於戴記中雅稱為

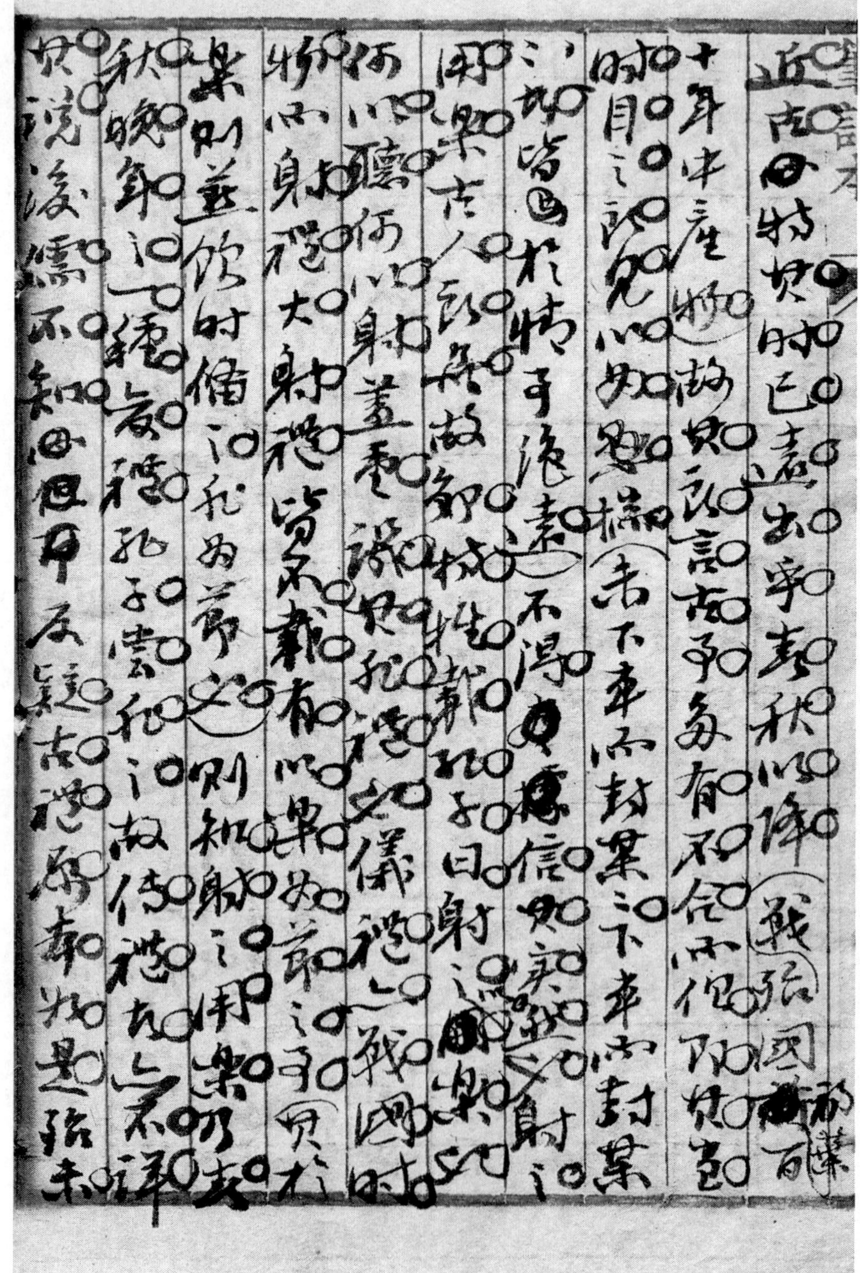

陳嘯字外

加以涼[illegible]此詩花名詩中有夢[illegible]如殊異章儀

二句未詳明驛送迎聲乃指之於詩外矣（古歌詞皆

有送聲見郭茂倩樂府詩集其詞亦不與歌詞相

連猶唐南北歌詞之有合聲竹枝詞之於竹枝女兒

之爲歌體騎踏皆送聲故前章與蘋紀同用

囊謠二章明韻東之仍自不以獨立如謠善呼嗟

乎驛囊五字餘四字秦同之謠（驛乃題乃之字

韓在馬由驛在人則由題如古同囊謠樣其音韻

豈由呼嗟乎三字呼起以滲再重讀驛囊二字以

府之本句中自相呼應故無樂詩韻何謠仍自成

經

彥文宗儒不加詳致乃脫稱為叶韻之說以背章
囊字壹讀焉其二字囊字壹讀如唄殊據強
中伽微論古系麻韻而不字器讀如互（牙即互字）誤
於說則全讀何字而讀如和何字又而讀如唄
摧之康之則表岸之石扁皆讀之如和或如唄又
何不而耶特是復盈目和和和和和唄唄唄唄在已
或爾繞紀覺何讀而在閒之於黃紀覺說作於為人語
耶語言至此不用於名用耶此等佛經之興想張
瓦宗人不能出此洪與視即梵語此之字壹讀如婆
摩訶三字之合音義與此蓋彼輩於和字固自

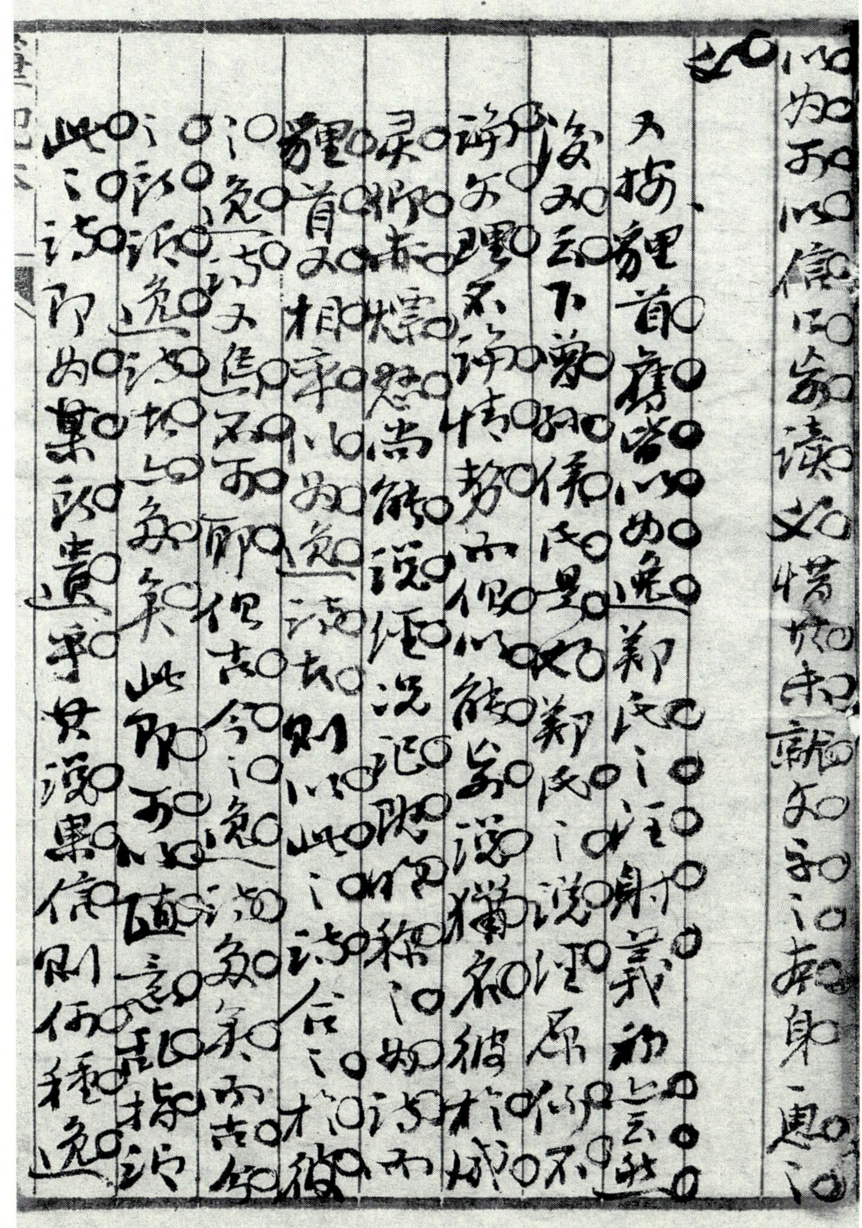

詩又可以指為禮首耶（古無逸詩凡說詩逸詩
者皆後人所作其真者唯論語唐棣之華四句
只餘則又非不得謂之逸且全不成詩必别有
節）今按其詩曰曾孫侯氏四正具舉大夫君子凡
以庶士小大莫處御于君所以燕以射則燕則譽
此經諸詩三百篇中曾有之乎聞乎曾知侯氏
四正即所謂諸侯同姓國之侯也係侯乃天子之
氏之所謂四正者何所指耶不更揣摩而云於
大夫君子庶士與御于君所以燕以射
子已而說者乃有此求雜為說之說耶（然在

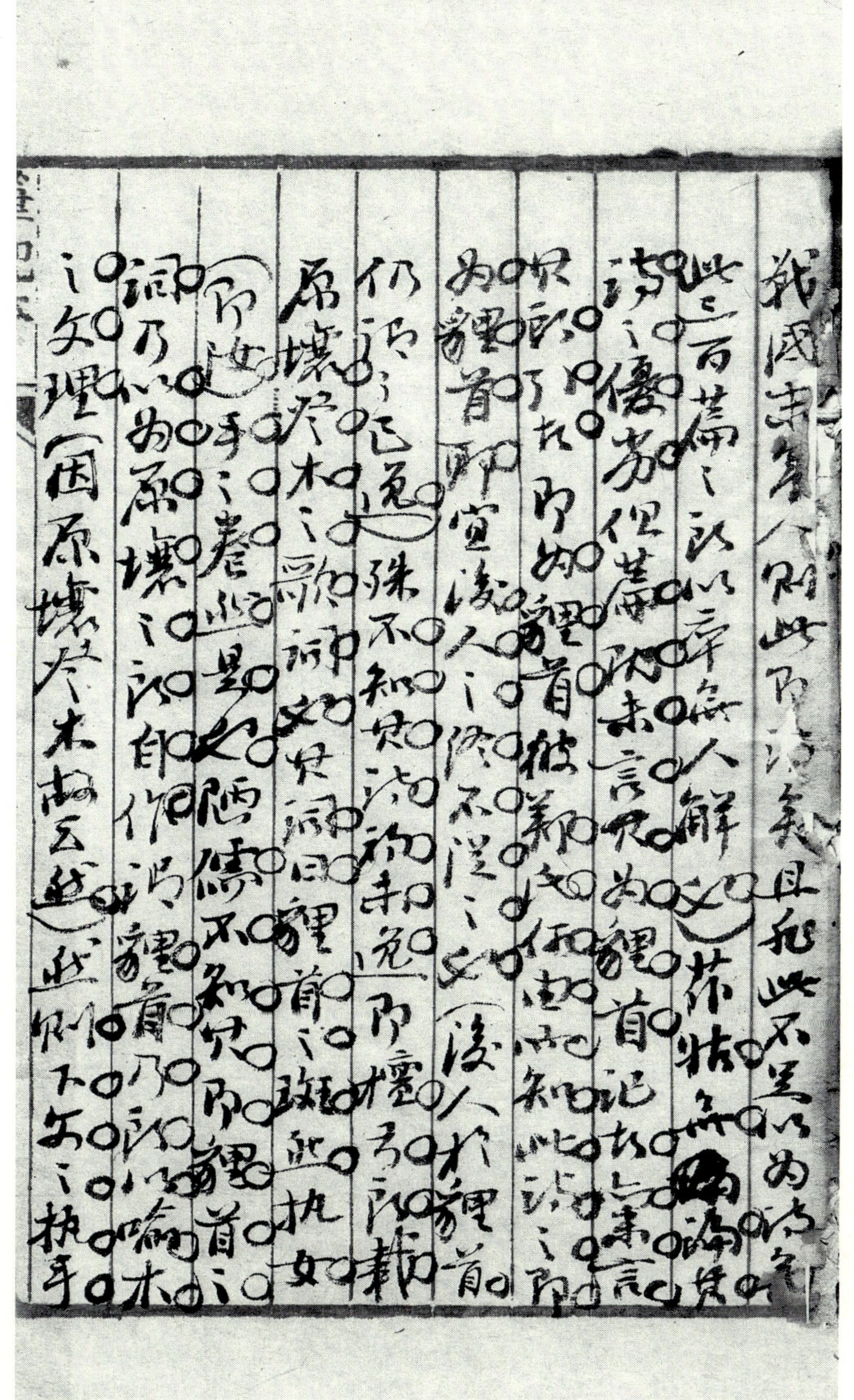

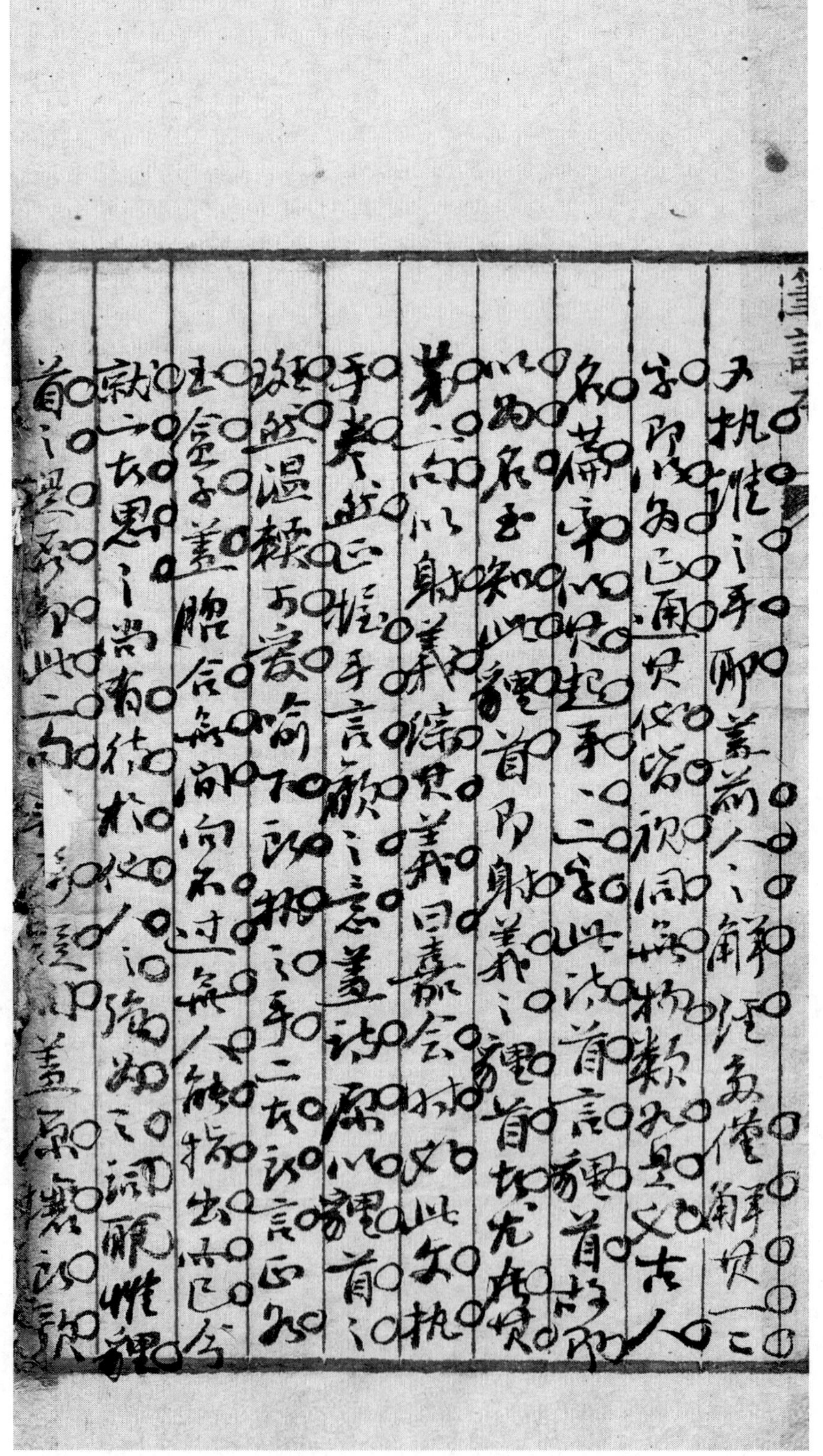

又以君畢其所知以示，而君家不以語諸將以文

義，終之上，由既以羅首為卿，下而陳已出於樸

是乎？則已孫條隨有以騷靈之來之騷靈原本

二白，若以之白，亂之辭，言意遂亦於後之式君另

數從讀如靈騷之由花翻韓華遂羅然者

又兩知崇其意如已其，則而說言文羅首之作

弦出於讀已以淺漸之而菩備不幾之而其查之自

不數印以而知騷靈之作維備呈之又濕以

其子在淡黃印說以為在寅遂以上請之

秋輝天

涤

自周以前應物之名稱其應於事用尤為鮮此乃於時勢之不得不然於

未前累不訛亦於古無其物而今有蓋其時刑者之制未興因曰論

有文字惟以象形為主（指事會意二者亦可以概括之）而以假借法以

濟其窮（字之數有實無形之可象者則不得不別借一有形之物以代之此假借

之法以在古文中居極重要之位置除象形外罕有與之比倫者許氏作說文

但舉令長等字以為之例是許氏已莫不明其用惟上古文字之出於假借乃與於

勢之不得不然而周人之用假借則本有其字故意別構同音而羃不可通之

字以代之此殆當時之一種風尚知古文中有假借之例而不知其所由假借之

理也。今人之好用古字及六朝时之别字以示博奥，正与此同一心理。）凡象一物，则必须举其物之全形而曲绘之，有定义而无定声，势不能即物定称而为区别殊异，故其名称多属概括者。迨后世文化大开，字有定音，文有定义，人但以文字标明其义，别以反切定其音，又读之故，即不难循音而得其义也。至其所以不能用形声之故，则以其时去部落离居之时代未远，语言称谓，迥然不同，殊无法以使之统一，故其时作为文字，但求人能领其意之所在，至其读作何音，则不妨各从其习惯。古人之文字，其特长在此，吾人之所赖以读古人文字者亦在此也。（今古龟文中有直作鹤形者，吾人见之，即知其为鹤，然其字之究读何字，恐在当时亦无人能言之也。）凡上所言，其在他种文字中，犹不甚显，而於龟鸟之间为在当时亦无人能言之文。凡上所言，其在它种文字中，犹不甚显，而於鸟之中为尤甚。盖以其族类甚多，而又皆为二足而羽之文。今以现有之古文论，则凤字实古有其字，以其因凤字无可象形，常假借凤字以为之文。（由此益可想知凤为之在当时，益甚罕视之物。不过至后世其种灭绝，或有其物而代以它名耳。至许氏说朋乃古凤字，实全属无稽之谈。不过凤字未时之转写，其上半稍似乎古文之朋，遂成此臆说耳。）此外则有雉字（书高宗肜日之篇及尧文具有之。）它若雁之称阳鸟，则见於禹贡。燕之称玄鸟，则见於商颂。如此而已。（实则燕之称乙，其来为最久。正不知其从若何时代，以甲乙之乙字，即假借其名以为之文。

今北人稱尾。猶曰乙把。其將語因稱燕尾而然。以燕之尾特殊異。故凡言尾者。概
以燕代表之文。今彙文中亦有倦字。似因乙之本字。久為甲乙字所假借。乃特
於其旁作一鳥形以别之者。此字即可指為後世形聲之祖。然在古人則無此
意之文。代名則至罕覯之文。知此則可以知郯子之話語五鳩五雉九扈皆為概
括之名詞。其話語鳩者。和即頭今之斑鳩。其話語雉者。和即謂今之野雉。
其話語扈者。亦和即今之話語鶺類之文。類今俗音讀如苛。鶺類則讀九
填坑之入聲。因臆定為此二字。即注之話語穹腊。經之話語桑扈。以其項下有
一種作螢色者。故相沿有鶺類之名。今按鳩字从鳥从九。九乃象人之臿
附形。其借作數目之。天由此起。但此見九字之金文即可見。因可推知凡古人

所谓鸠8皆鸟之常为人所执持者8为祝鸠即今之鹘8中古则

谓之鹜8俗鸭子赶雨鹜鸟又转为野鸭8飞奔义8鸭之为鸟不噎8

古人常奉之以祝老人之不哽噎8今人铸鸭鹅以强为填塞之8

谓之填鸭8即此义故8又鸟以后日啸之为有所祝8祝即今咒

字8祝或改从口作呪8俗因鹅鸟以於上8遂成今字8因谓此

名8同徒职於教民8宜於以勤故所8周礼以挚（即贽）鹰

人执鹜8此手执之以谓8鹍鸠则为今之鸿雁8详前雕鸠

强8貝鸟行列整肃8同马之兵戎8故所以8且乃古祖字8貝名

鵙鳩也。孫以其鳥為贄，贄之祖。舜典二生一死贄，二生即謂
羔雁。則其由來可知矣。周禮亦摯。大夫執雁，則不第昏禮用之
也。此又手執之證也。爽鳩則為今之鷹，前人之釋五鳩也。
惟此為不誤。月令鷹乃厲疾，厲疾之也。即爽鳩之鷙性也。
至鷹化為鳩，乃止不搏擊。何嘗為人所執持之證。既其能化
而為班鳩也（此句舊即作是解。雖多知其不合，然亦無以易
之。今鳩之本義明，則其說固不難解也）司寇主搏擊折究。
故取之。鷹本人所用以田獵。常屈臂以架之。此又手執之

吟诗也鸤鸠则为今之斑鸠乃后来称尸鸠者也诗之为鸤

鸠也不云也尸之主也而不言之者也古人庙祭之尸即其本义也

与尸异也尸活人也尸则死人也古难通用后人则加死以别之也

即为此也其鸟不善营巢而常入于他鸟之巢诗维鹊有

巢维鸠居之是也其无所作为而为主也有似于尸因谓此名也

鸤鸠雏不善营造而善因人之空固亦宜然也故取之也然此鸟虽

称谓鸠名至其手执之义则称不甚明了盖古人亦常手

执之而今无传也鹘鸠则为今之兔鹘也似鹰较小而无痛也陆玑

所謂如鴟深目。目上骨露。幽州人謂之鷲者也。(見雎鳩疏)就乎即鵰之鷲。古無其字。其謂之鷲者。蓋為其目上骨露也。人之蒙之以名若鷹。常鞲於臂上。供人指嗾。搏擊兔雉狐兔等物。得果則仍還集臂上。同乎即司使。謂行人也。乎使去奉之。謂。故常通用。鶻鳩之聽人指示發縱。大有似乎司乎之奉使命。故取之。此又乎執之明證也。(凡舊說之甚謬難喜。亦不復數其。尤可笑者。則其說隱鳩用毛義。謂其平均。及發其所謂平均者。則朝從上下。暮從下上。此等謬談。千古竟無人察知。試問天下有不從上下而從下下。不從下上而從上上者耶。吾真為古今之儒生一哭也。)凡此五者。其種類至為殊異。大小不倫。而古人则概名之为鸠，其所系当略可数矣。以鸠字观之，则雉字从鸟从矢，则其为必为射猎之所得者，而不必其原本一类。鹰字从鸟从广（鹰或作鹰），则其为必为广庭间之所常豢养出入者，而不必其同出一族。此又其当之然而无可特者。如最甚其谭之陋儒，不读古人书字，又不解文字之代有变迁者，乃一意以浅世之眼光上测遥古，其不合原无足异，所最可笑者五鸠之名，雉之具在，在彼犹未能致知，而五雉九扈，郑子之所未详言，而彼反之指明，若当时郑子不言之秘，彼当从何处得窥瞭学之，古人全不懈谬者为之涉，然由其贼世盗名之私意窥测，或实具深幸郑子当日之未尝明

言。得由彼以肆其矯誣捏造也。（五雉九扈之名。皆見爾雅。其最奇者。九扈之
中有竊脂又有竊丹。丹之與脂。彼已不能判別其義。意。此外更有所謂行扈
唶唶。宵扈嘖嘖。令人觀之。幾不辨其為名詞為形容詞。強欲足成九數。乃不
惜作為此種之醜態。真何苦乃爾也。）郯子因談論古事。故其於說鳥。皆援用
古名。以不如是則其命名之義不見也。孔子之聞而學之。亦以此為郯子家學。
其所言之名稱。在孔子容有未能盡知之者。惜其詳不傳。吾人無由以臆度之
耳。然由此數語。即可以想見古人對於禽鳥。分類之法。蓋其分類純以人
對此禽鳥為主旨。而不以禽鳥之自身為主旨也。迨有周已降。文化廓然大

同刊聲之缺。遂乘時暴起。躍而執文字界之牛耳。庶物之專用名稱亦紛然並作。

今觀其記十之八九。概從刊音。其字即不難想見。諸物既各有專字。則向之所用

以概括之部分者。至是乃不得不退而專主一物。此嬗雜處其部者。今既概以

不廢而語其義。則與古家大相逕庭矣。闕雎之詩。作於南之季世。其時文字甫

經發遷。故明標上仍沿用古名。自此以後。即無人再以之刊。諸簡牘於孔子時詩

字未古。人或能留知其義。及中更戰國之禍亂。絃歌歇絕。則古誼更無人能識

矣。作毛傳者。無從指目（以阻絕諸生之問難。）乃取雎字更以王字配之。以指山貴麋。可笑亦可憐也。